汪曾祺全集

汪曾祺
全集
9
谈艺 卷

主 编／季红真

谈艺卷主编／赵 坤

人民文学出版社

1981 年 10 月　在高邮百花书场做讲座
朱崇平摄

1987 年　　参加美国爱荷华写作计划时
在晚会上唱戏

在北京虎坊桥新居自己的画作前

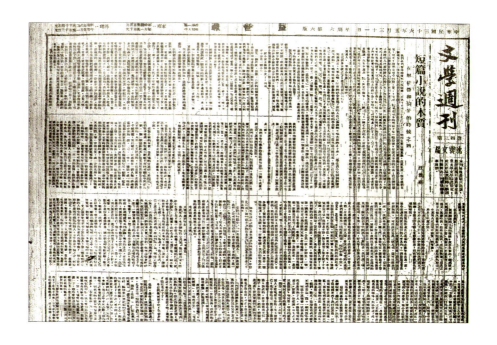

《短篇小说的本质》原载报纸

谈艺卷说明

　　此两卷收入作者自 1944 年创作的谈艺类文章 268 篇，包括谈文学创作、谈作家作品、谈创作心得，以及谈书画、曲艺等其他艺术门类。形式有文论、艺术随笔、讲稿、发言纪要、自序、为他人作序等。多人发言的座谈纪要，仅摘录作者发言内容，收为附录。

人民文学出版社编辑部

目　录

黑 罂 粟 花 [①]

——《李贺歌诗编》读后

第一　李贺的精神生活

下午六点钟,有些人心里是黄昏,有些人眼前是夕阳。金霞,紫霭,珠灰色淹没远山近水,夜当真来了,夜是黑的。

有唐一代,是中国历史上最豪华的日子。每个人都年轻,充满生命力量,境遇又多优裕,所以他们做的事几乎是全是从前此后人所不能做的。从政府机构、社会秩序,直到瓷盘、漆盒,莫不表现其难能的健康美丽。当然最足以记录豪华的是诗。但是历史最严刻。一个最悲哀的称呼终于产生了——晚唐。于是我们可以看到暮色中的几个人像——幽暗的角落,苔先湿,草先冷,贾岛的敏感是无怪其然的;眼看光和热消逝了,竭力想找另一种东西来照耀漫漫长夜的,是韩愈;沉湎于无限好景,以山头胭脂作脸上胭脂的,是温飞卿、李商隐;而李长吉则是守在窗前,望着天,头晕了,脸苍白,眼睛里飞舞各种幻想。

长吉七岁作诗,想属可能,如果他早生几百年,一定不难"一日看尽长安花"。但是在他那个时代,便是有"到处逢人说项斯",恐怕肯听的人也不多。听也许是听了,听过只索一番叹息,还是爱莫能助。所以他一生总不得意。他的《开愁歌》笔下作:

> 秋风吹地百草干,华容碧影生晚寒。我当二十不得意,一心愁谢如枯兰。衣如飞鹑马如狗,临歧击剑生铜吼……

说的已经够惨了。沈亚之返归吴江，他竟连送行钱都备不起，只能"歌一解以送之"，其窘尤可想见。虽然也上长安去"谋身"，因为当时人以犯讳相责，虽有韩愈辩护，仍不获举进士第。大概树高遭嫉，弄的落拓不堪，过"渴饮壶中酒，饥拔陇头粟"的日子。

> 长安有男儿，二十心已朽。

一团愤慨不能自已。所以他的诗里颇有"不怪"的。比如：

> 别弟三年后，还家一日余。醑醨今夕酒，缃帙去时书。病骨犹能在，人间底事无？何须问牛马，抛掷任枭卢。

不论句法、章法、音节、辞藻，都与标准律诗相去不远，便以与老杜的作品相比，也堪左右。想来他平常也作过这类诗，想规规矩矩的应考作官，与一般读书人同一出路。

> 凄凄陈述圣，披褐鉏俎豆。学为尧舜文，时人责衰偶。

十分可信。可是：

> 天眼何时开？

他看的很清楚：

> 只今道已塞，何必须白首。

只等到，

> 三十未有二十余，

依然，

> 白日长饥小甲蔬。

于是，

> 公卿纵不怜，宁能锁吾口。

他的命运注定了去作一个诗人。

他自小身体又不好，无法"收取关山五十州"，甘心"寻章摘句老雕虫"了。韩愈、皇甫湜都是"先辈"了,李长吉一生不过二十七年,自然看法不能跟他们一样。一方面也是生活所限,所以他愿完全过自己的生活。《南园》一十三首中有一些颇见闲适之趣。如:

　　春水初生乳燕飞,黄蜂小尾扑花归。窗含远色通书幌,鱼拥香钩近石矶。

　　边让今朝忆蔡邕,无心裁曲卧春风。舍南有竹堪书字,老去溪头作钓翁。

说是谁的诗都可以,说是李长吉的诗倒反有人不肯相信,因为长吉在写这些诗时,也还如普通人差不多。虽然

　　遥岚破月悬、长苴湿夜烟,

已经透露一点险奇消息,这时他没有意把自己的诗作出李长吉的样子。

他认定自己只能在诗里活下来,用诗来承载他整个生命了。他自然的作他自己的诗。唐诗至于晚唐,甚么形式都有一个最合适的作法,甚么题目都有最好的作品。想于此中求自立,真不大容易。他自然的另辟蹊径。

他有意藏过自己,把自己提到现实以外去,凡有哀乐不直接表现,多半借题发挥。这时他还清醒,他与诗之间还有个距离。其后他为诗所蛊惑,自己整个跳到诗里去,跟诗融成一处,诗之外再也找不到自己了,他焉得不疯。

时代既待他这么不公平,他不免缅想往昔。诗中用古字地方不一而足。眼前题目不能给他刺激,于是他索性全以古乐府旧调为题,有些诗分明是他自己的体,可是题目亦总喜欢弄得古色古香的,例"平城下"、"溪晚凉"、"官街鼓",都是以"拗"令人脱离现实的办法。

他自己穷困,因此恨极穷困。他在精神上是一个贵族,他喜欢写宫廷事情,他决不允许自己有一分寒伧气。其贵族处尤不在其富丽的典实藻绘,在他的境界。我每读到:"腰围白玉冷",觉得没有第二句话更可写出"贵公子夜阑"了。

他甚至于想到天上些多玩意,"梦天"、"天上谣",都是前此没听见说过的。至于神,那更是他心向往之的。所以后来有"玉楼赴会"附会故事已不足怪。

凡此都是他的逃避办法。不过他逃出一个世界,于另一世界何尝真能满足。在许多空虚东西营养之下,当然不会正常。这正如服寒石散求长生一样,其结果是死得古里古怪。说李长吉呕心,一点不夸张。他真如千年老狐,吐出灵丹便无法再活了。

他精神既不正常,当然诗就极其怪艳了。他的时代是黑的,这正作了他的诗的底色。他在一片黑色上描画他的梦;一片浓绿,一片殷红,一片金色,交错成一幅不可解的图案。而这些图案充满了魔性。这些颜色是他所向往的,是黑色之前都曾存在过的,那是整个唐朝的颜色。

李长吉是一条在幽谷中采食百花酿成毒,毒死自己的蛇。

原题本为诗人白居易,提笔后始觉题目太广,临时改写李贺。初拟写两段,一写其生活,一写其诗,奈书至此天已大亮。明天当有考试,只好搁笔。俟有暇当再续写。

十九日晨　五时

注　释

① 本篇作于 1944 年,是为西南联大同学杨毓珉代作的唐诗报告,据手稿编入。

1947 年

短篇小说的本质[①]

—— 在解鞋带和刷牙的时候之四

我们必须暂时稍微与世界隔离,不老摔不开我们是生活在怎样一个国度里这个意识,这就是说,假定我们有一个地方,有一种空气,容许并有利于我们说这个题目。不必要在一个水滨,一个虚廊,竹韵花影;就像这儿,现在,我们有可坐的桌子凳子,有可以起来走两步的空当,有一点随便,有说或不说的自由;没有个智慧超人,得意无言的家伙,脸上不动,连狡诡的眯眼也不给一个的在哪儿听着;没有个真正的小说家,像托老头子那样的人会声势凌人的闯进来;而且我们不是在"此处不是讲话之地"的大街上高谈阔论;这也就够了。我们的话都是草稿的草稿,只提出,不论断,几乎每一句前面都应加一句:假定我们可以这样说。我们所说的大半是平时思索的结果,也可能是从未想过,临时触起,信口开河。我想这是常有的事,要说的都没有说,尽抬架了些不知从那儿斜刺里杀出来的程咬金。有时又常话到嘴边,咽了下去;说了一半,或因思绪散断,或者觉得看来很要紧的意见原来毫不相干,全无道理,接不下去了。这都挺自然,不勉强,正要的是如此。我们是一些喜欢读,也多少读过一点,甚至想动笔,或已经试写了一阵子小说的人,可是千万别把我们的谈话弄得很职业气。我们不大中意那种玩儿票的派头,可是业余的身份是我们遭遇困难时的解脱藉口。不知为不知,我们没有责任搜索枯肠,找话支吾。我们说了的不是讲义,充其量是一条一条的札记,不必弄得四平八稳,分量平均,首尾相应,具一格局。好了,我们已经很不受拘束,放心说话吧。声音大,小,半缓,带舞台动作,发点脾气,骂骂人,一切随心所欲,悉听尊便。

在这许多方便之下,我呈出我的一份。

无庸讳言,大家心照,所有的话全是为了说的人自己而说的。唱大鼓的走上来,"学徒我今儿个伺候诸位一段大西厢"。唱到得意处,得意的仍是他自己。听唱的李大爹,王二爷也听得颇得意,他们得意的也是他们自己。我觉得李大爹王二爷实际也会唱得极好,甚至可能比台上人更唱得好,只是他们没有唱罢了。李大爹王二爷自小学了茶叶店糕饼店生意,他们注定了要搞旗枪明前,上素黑芝麻,他们没有学大鼓。没有学,可是懂。他摸得到顿、拨、沉、落、迥、扭、煞诸种差之毫厘失之千里的那么点个妙处。所以李大爹王二爷是来听他们自己唱,不,简直听他们自己整个儿的人来了。台上那段大西厢不过是他们的替身,或一部分的影子。李大爹看了一眼王二爷,头微微一点,王二爷看了一眼李大爹,头也那么一点。他们的意思是"是了!"在这一点上劳伦斯的"为我自己",克罗采的传达说,我都觉得有道理。——阿,别瞪我,我只是借此而说明我现在要说的话是一个甚么性质。这,也是我对小说作者与读者间的关系的一个看法。这等一下大概还会再提起。真是,所有的要说恐怕都只是可以连在一处的道白而已。

时下的许多小说实在不能令人满意!

教我们写作的一位先生几乎每年给他的学生出一个题目:一个理想的短篇小说。——我当时写了三千字,不知说了些甚么东西;现在想重新交一次卷,虽然还一样不知会说些甚么东西。——可见,他大概也颇觉得许多小说不顶合乎理想。所以不顶理想,因为一般小说都好像有那么一个"标准":

一般小说太像个小说了,因而

不十分是一个小说。

悬定一个尺度,很难。小说的种类将不下于人格;而且照理两者的数量(假如可以计算)应当恰恰相等;鉴别小说,也如同品藻人物一样的不可具说。但我们也可以像看人一样的看小说,凭全面的,综合的印象,凭直觉。我们心平气和,体贴入微的看完一篇东西,我们说:这是小说,或者不是小说。有时候我们说的是这够或不够是一个小说。这跟前一句话全一样,够即是,不够的不是。在这一点上,小说的读者,你不必客气,你自然先假定自己是"够了"。哎,不必客气,这个够了并不是什么了不起的事情。不够,你还看什么小说呢!

那个时候,我因为要交卷,不得不找出一个"理想"的时候,正是卞之琳先生把《亨利第三》、《军旗手的爱与死》翻过来的时候,手边正好有一本,抓着就是,我们像鳖了一点气,在课堂上大叫:

"一个理想的短篇小说应当是像《亨利第三》与《军旗手的爱与死》那样的!"

现在我的意思仍然如此,我愿意维持原来的那点感情,不过觉得需要加以补充。

我们看过的若干短篇小说,有些只是一个长篇小说的大纲,一个作者因为时间不够,事情忙,或者懒,有一堆材料,他大概组织分布了一下,有时甚至连组织分布都不干,马马虎虎的即照单抄出来交了货,我们只看到有几个人,在那里,做了什么事,说话了,动作了,走了,去了,死了。有时作者觉得这太不像小说,(就是这个倒霉的觉得害了他!)小说不能单是一串流水账,于是怎么样呢?描写了把那个人从头到脚的像裁缝师傅记出手下摆那么记一记,清楚是清楚了,可是我们本来心里可能有的浑然印象反教他挤掉了。我们只落得一堆零碎料子,多高的额头,多大的鼻子,长腿或短腿;外八字还是内八字脚,……这些"部分"彼此不粘不靠,不起作用,不相干。还有更不相干的,是那些连篇累牍的环境渲染。有时候我们看那段发生在秋天的黄昏的情节,并不是一定不能发生在春天的早晨。在进行演变上,落叶,溪水,夕阳,歌声,蟋蟀,当然风马牛不相及。这是七巧板那么拼出来的,是人为的,外加的,生造的不融合的。他没有把这些东西当着是从故事中分泌出来,为故事的一个契机,一分必不可少的成分。他的文字不是他要说的那个东西本身。自然主义用在许多人手里成了一个最不自然的主义。这些人为主义而牺牲了。有些,说得周详慎密,结构紧严,力量不懈,交待干净,不浪费笔墨也不偷工减料,文字时间与故事时间合了拍,把读者引上了路,觉得舒服得很;可是也只好算长篇小说之一章,很好的一章而已。更多的小说,比较鲜明生动,我以为把它收入中篇小说,较为佳适。再有一种则是"标准的"短篇小说。标准的短篇小说不是理想的短篇小说,也不能令我们满意。

我们的谈话行将进入一个比较枯糙困难的阶段,我们怕不能摆脱习惯的衍讲方式。我们尽量想避开让我们踏脚,也致我们疲惫的抽象名词,但事实上不易办到。先歇一歇力,在一块不大平滑的石头上坐一坐:给短篇小说来讲一个定义:不用麻烦拣选,反正我们掉一掉身子马上就来。中学教科书上写着,短篇小说是:

用最经济的文学手腕,描写事实中最精采的一段或一面。

我们且暂时义务的为这两句话作一注释。或者六经注我,靠它的帮忙说话。

我们不得已而用比喻,扣槃扪烛,求其大概。吴尔芙夫人以在火车中与白朗宁太太同了一段路的几位先生的不同感情冲动譬象几种不同的写小说法,我们现在单摘取同车一事来说明小说与其人物的关系。设想一位作者,我们称他为×先生,在某处与白朗宁太太一齐上了车,火车是小说,车门一关,汽笛拉动,车开了,小说起了头。×先生有墨水两瓶,钢笔尖二盒,一箱子纸,四磅烟草,白朗宁太太有的是全部生活。×先生收心放志,集中精神,松开领子,咬起大烟斗,白朗宁太太开始现身说法,开始表演。我们设想火车轨道经行之地是白朗宁太太的生活,这一列车随处可停,可左可右,可进可退,给×先生以诸方便,他可以得到他所需的白朗宁太太生活中任何场景节目。白朗宁太太生来有个责任,即被写在小说里,她不厌烦,不掩饰省略,妥妥实实回答×先生一切问话。好了,除去吃饭睡觉等不可不要的动作之外,白朗宁太太一生尽在此中,×先生也颇累了,他们点点头,下车,分别。小说完成!

先生,你觉得这是可能的么?

有人说历史这个东西就是历史而已,既不是科学,也算不得是艺术。我们埋葬了一部分小说,也很可以在它们的墓碑上刻这样两句话。而且历史究竟还是历史,若干小说常不是科学,不是艺术,也不成其为小说。

长篇小说的本质，也是它的守护神，是因果。但我们很少看到一本长篇小说从千百种可能之中挑选出一个，一个一个连编起来，这其间有什么是必然，有决定性的。人的一生是散漫的，不很连贯，充满偶然，千头万绪，兔起鹘落，从来没有一个人每一秒钟相当于小说的一段，一句，一字，一标点，或一空格，而长篇小说首先得悍然不顾这个情形。结构，这是一个长篇最紧要的部分，而且简直是小说的全部，但那根本是个不合理的东西。我们知道一个小说不是天成的，是编排连缀出来的，我所怀疑的是一个作者的精神是否能够照顾得过来，特别是他的记忆力是不是能够写到第十五章时还清清楚楚对他在第三章中所说的话的分量和速度有个印象？整本小说是否一气呵成天衣无缝，增一分则太长，减一分则太短，不能倒置，翻覆，简直是那样便是那样，毫无商量余地了？

从来也没有一个音乐家想写一个连续演奏十小时以上的乐章吧，（读《战争与和平》一遍需要多少时候？）而我们的小说家，想做不可能的事。看他们把一厚册一厚册的原稿销毁，一次一次的重写，我们寒心那是多苦的事。有几个人，他们是一种英雄式的人，自人中走出，与大家不同，他们不是为生活而写，简直活着就为的是写他的小说，他全部时间入于海，海是小说，居然做到离理想不远了。第一个忘不了的是狠辣的陀思退亦夫斯基。他像是一咬牙就没有松开过。可是我们承认他的小说是一种很伟大的东西，却不一定是亲切的东西。什么样的人是陀思退亦夫斯基的合适读者？

应是科学家。

我宁愿通过工具的艰难，放下又拿起，翻到后面又倒回前头，随便挑一节，抄两句，不求甚解，自以为是，什么时候，悠然见南山，飞鸟相与还，以我之所有向他所描画的对照对照那么读一遍《尤利色斯》去。

小说与人生之间不能描画一个等号。

于是有中篇小说。

如果读长篇小说的时间是阴冷的冬夜，那么中篇小说是宜于在秋天下午。一本中篇正好陪我们过五六点钟，连阅读带整个人受影响作用,引起潜移默化所需的时间。

一个长篇的作者自己在他的小说中生活过一遭,他命使读者的便是绝对的入乎其内。一个长篇常常长到跟人生一样的长,(这跟我们前面一段有些话并不相冲突,)可以说是另外一个人生,尽可以跟我们这一个完全一样,但□□是另外一个。(不是一段,一面,)我们必须放开我们自己的恩怨憎喜,宗教饮食,被拉了上去,关上门,靠窗坐定,随那节车子带我们到那里去旅行。作者作向导,山山水水他都熟习,而假定我们一无所知。我们只有也必须死心塌地的作个素人。我们应当视而不见,听而不闻,食而不知其味;应当醉于书中的酒,字里的香,我们说:哦,这是玫瑰,多美,这是山,好大呀! 好像我们从来没有见过一座山,不知道玫瑰是甚么东西。——可是一般人不是那么容易的死于生活,活于书本,不会一直入觳。有比较体贴,近人情,会说话的可爱的人就为了我们而写另外一种性质的书,叫作中篇小说。(Once upon a time)他自自然然的谈起来了。他跟我们抵掌促膝,不高不可攀,耳提指图,他说得流利,娓婉,不疾不徐,轻重得当,不口吃,不上气不接下气,他用志不纷,胸有成竹。他才说了十多分钟,我们已经觉得:他说得真好。我们入神了,颔首了,暖然似春,凄然似秋了,毫不反抗的给出他向我们要的感动。有话则长,无话则短,他知道他是在说一个故事。花开两朵,各表一枝,分即全,一切一切,他不弄得过分麻烦冗重。有时他插一点闲话,聊点儿别的;他更带着一堆画片,一张一张拍得光线强弱,距离远近都对了的照相,他一边说故事,一边指点我们看。这些纪念品不一定是绘摄的大场面,有时也许一片阳光,一堆倒影,破风上一角残蚀的浮雕,唱歌的树,嘴上生花的人,……我们也明知他提起这话目的何在,但他对于那些小玩意确具真情,有眼光,而且趣味与我们相投,但听他说说这些即颇过瘾了。我们最中意的是他要我们跟他合作。也空出许多地方,留出足够的时间,让读者自己说。他不一个劲儿讲演,他也听。来一杯咖啡么,我们的中篇小说家?

如果长篇小说的作者与读者的地位是前后,中篇是对面,则短篇小说的作者是请他的读者并排着起坐行走的。

常听到短篇小说的作者劝他的熟人："你也写么,我相信你可以写得很好。没有什么了不起的,花一点时间,多试验几种方法,不怕费事,找到你觉得那么着写合适的形式,你就写,不会不成功的。凭你那个脑子,那点了解人事的深度,生活的广度,对于文字的精敏感觉,还有那一分真挚深沉的爱,你早就该着笔了。"短篇小说家从来就把我们当着跟他一样的人,跟他生活在同一世界之中,对于他所写的那回事的前前后后也知道得一样仔细真切。我们与他之间只是为不为,没有能不能的差异。短篇小说的作者是假设他的读者都是短篇小说家的。

唯其如此,他才能挑出事实中最精采的一段或一面,来描写。

也许有人天生是个短篇小说家,他只要动笔,得来全不费工夫,他一小从老祖母,从疯瘫的师爷,从鸦片铺上、茶馆里,码头旁边,耳濡目染,不知不觉之中领会了许多方法;他的窗口开得好,一片又一片的材料本身剪裁的好好的在那儿,他略一凝眸,翩翩已得;交出去,印出来,大家传诵了,街谈巷议,"这才真是我们所需要的,从头到尾,每一个字是短篇小说!"而我们的作者倚在他的窗口悠然下看:这些人扰攘些甚么,甚么事大惊小怪的?风吹得他身轻神爽,也许他想到一条河边走走,听听修桥工人唱那种忧郁而雄浑的歌去;而在他转身想带着他的烟盒子时,窗下一个读者议论他的小说,激动的高叹声吸引了他,他看了一眼,想:甚么叫小说么,问我,我可不知道,你那个瘦瓜瓜的后脑,微高的左肩,正是我需要的,我要把你写下来,你就是小说,傻小子,你为甚么不问问你自己?他不出去了。坐下,抽上两枝烟,到天黑肚饥时一篇小说也已经写了五分之四,好了,晚饭一吃,一天过去;他的新小说也完成了,但大多数的小说作者都得经过一个比较长时期的试验。他明白,他必须"找到了自己的方法",必须用他自己的方法来写,他才站得住,他得在浩如烟海的文学作品,在也一样浩如烟海的短篇小说之中,为他自己的篇什觅得一个位置。天知道那是多么荒时废日的事情!

世上尽有从来不看小说的诗人,但一个写短篇小说的人能全然不管前此与当代的诗歌么?一个小说家即使不是彻头彻尾的诗人,至少也是半仙之分,部分的诗人,也许他有时会懊悔他当初为什么不一直推敲韵脚,部署抑扬,飞上枝头变凤凰,什么一念教他拣定现在卑微的工作的?他羡慕戏剧家的规矩,也向往散文作者的自在,甚至跟他相去不远的长篇中篇小说家他也嫉妒。威严,对于威严的敬重;优美的风度,对于优美风度的友爱,他全不能有,得不着。短篇小说的作者所希望的是给他的劳绩一个说得过去的地位。他希望报纸的排字工人不要把他的东西拆得东一块西一块的,不要随便给它分栏,加什么花边,不要当中挖了一方嵌一个与它毫不相干的木刻漫画,不要在一行的头上来一个吓人的惊叹号,不要在他的文章下面补两句嘉言语录,名人轶事,还有错字不太多,字体稍为清楚一点;……对于一个杂志的编辑他很想求求他一个稍为公平一点的篇幅,他希望天地头留着大些,前头能空出两页不印最好。……他不是难伺候,闹脾气,他是为了他的文章命运而争。他以为他的小说的形式即是他要表达的那个东西本身,不能随便玷辱它,而且一个短篇没有写出的比写出来的要多得多,需要足够的空间,好让读者自己从从容容来抒写。对于较长篇幅的文章,一般读者有读它的心理准备,他心甘情愿的让出时间,留下闲豫,来接受一些东西。只要披沙拣金,往往见宝,即为足矣。他们深切的感到那份力量,领得那种智巧。而他们读短篇小说则都是誓剿灭此而后朝食,你不难想象一个读者如何恶狠狠的抓过一篇短篇小说,一边嚼着他的火腿面包,一边狼吞虎咽的看下去,忽然拍案而起,"混蛋,这是什么平淡无奇的东西!"他骂的是他的咖啡,但小说遭了殃,他叭了一下扔了,挤起左眼看了那个可怜的题目,又来了一句,"什么东西!"好了,他要是看进去两句那就怪。一个短篇小说作者简直非把它弄得灿若舒锦,无处不佳不可!小说作者可又还不能像一个高大强壮的猪眼厨师傅两手撑在腰上大吼"就是这样,爱吃不吃!"即是真的从头到尾都是心血,你从那里得到青眼?

这位残暴的午茶餐客如果也想,他想的是:这是什么玩意,谁写不出来,我也……真的,他还不屑于写这种东西!我们原说过,只要他肯,他未始不可以写短篇小说。我们不能怪他,第一他生活太忙,太乱,而且受到许多像那位猪眼大师傅的气,他想借小说来忘去他的生活,或者真的生活一下,短篇似乎不能满足他;第二,他相当有文学修养,他看过许多诗,戏剧,散文,他还更看过那么多那么多的小说,再不要看这一篇。一个短篇小说作家,你该怎么办?

短篇小说能够一脉相承的存在下来,应当归功于代有所出的人才,不断给它新的素质,不断变易其面目,推广,加深它。日光之下无新事,就看你如何以故为新,如何看,如何捞网捕捉,如何留住过眼烟云,如何有心中的佛,花上的天堂。文学革命初期以"创作"称短篇小说,是的,你要创作。你不应抄袭别人,要叫你有你的,有不同于别人的;且不能抄袭自己,你不能叫这一篇是那一篇的副本,得每一篇是每一篇的样子,每一篇小说有它应当有的形式,风格。简直的,你不能写出任何一个世界上已经有过的句子。你得突破,超出,稍偏颇于那个"标准"。这是老话,但须要我们不断的用各种声音提起。

我们宁可一个短篇小说像诗,像散文,像戏,什么也不像也行,可是不愿意它太像个小说,那只有注定它的死灭。我们那种旧小说,那种标准的短篇小说,必然将是个历史上的东西。许多本来可以写的在小说里的东西老早老早就有另外方式代替了去。比如电影,简直老小说中的大部分,而且是最要紧的部分,它全能代劳,而且比较更准确,有声有形,证诸耳目,直接得多。念小说已成了一个过时的娱乐,一种古怪固执的癖好了。此世纪中的诗,戏,甚至散文,都已显然与前一世纪异趣,而我们的小说仍是十八世纪的方法,真不可解。一切全因制度的变而变了,小说动得那么懒,什么道理。

我们耳熟了"现代音乐","现代绘画","现代塑刻","现代建筑","现代服装","现代烹调术",可是"现代小说"在我们这儿远是个不太流行的名词。唉!"小说的保守性",是个值得一作的毕业论文题目;本来小说这东西一向是跟在后面老成持重的走的。但走得如此之慢,特别是在东方一个又很大又很小的国度中简直一步也不动,是颇可诧异的现象。多打开几面窗子吧,这里的空气实在该换一换,闷得受不了了。

多打开几面窗子吧!只要是吹的,不管是什么风。

也好，没有人重视短篇小说，因此它也从来没有一个严格的画界，我们可以从别的部门搬两块石头来垫一垫基脚。要紧的是要它改一改样子再说。从戏剧里，尤其是新一点的戏里我们可以得到一点活泼，尖深，顽皮，作态。（一切在真与纯之上的相反相成的东西。）萧伯纳皮蓝德娄从小说中偷去的，我们得讨一点回来。至于戏的原有长处，节奏清显，擒纵利落，起伏明灭，了然在心，则许多小说中早已暗暗的放进去了。小说之离不开诗，更是昭然若揭的。一个小说家才真是个谪仙人，他一念红尘，堕落人间，他不断体验由泥淖至青云之间的挣扎，深知人在凡庸，卑微，罪恶之中不死去者，端因还承认有个天上，相信有许多更好的东西不是一句谎话，人所要的，是诗。一个真正的小说家的气质也是一个诗人。就这两方面说，《亨利第三》与《军旗手的爱与死》，是一个理想的型范。我不觉得我的话有什么夸张之处。那两篇东西所缺少的，也许是一点散文的美，散文的广度，一点"大块噫气其名为风"的那种遇到什么都抚摸一下，随时会留连片刻，参差荇菜，左右缭之，喜欢到亭边小道上张张望望的，不衫不履，落帽风前，振衣高岗的气派，缺少点开头我要求的一点随意说话的自然。

太戈尔告诉罗曼罗兰他要学画了，他觉得有些东西文字表达不出来，只有颜色线条胜任；勃罗斯忒在他的书里忽然来了一段五线谱，任何一个写作的人必都同情，不是同情，是赞同他们。我们设想将来有一种新艺术，能够包融一切，但不复是一切本来形象，又与电影全然不同的，那东西的名字是短篇小说。这不知什么时候才办得到，也许永远办不到。至少我们希望短篇小说能够吸收诗，戏剧，散文一切长处，而仍旧是一个它应当是的东西，一个短篇小说。

我们前面既说过一个短篇小说的作者假定他的读者都是短篇小说家，假定读者对于他所依附而写的那回事情的前前后后清楚得跟他自己一样，假定读者跟他平肩并排，所以"事"的本身在短篇小说中的地位行将越来越不重要。一个画家在一个乡下人面前画一棵树，他告诉他"我画的是那棵树"。乡下人一面奇怪树已经直端端生在那儿了，画它干什么？一面看了又看，觉得这位先生实在不大会画，画得简直不像。一会儿画家来了个朋友,也是一个画家。画家之一画,画家之二看,两人一句话不说。也许有时他们互相看一眼,微微一点头,犹如李大爹王二爷听大鼓,眼睛里一句话:"是了!"问画家到底画的甚么,他该回答的是:"我画那个画"。真正的小说家也是,不是为写那件事,他只是写小说。——我们已经听到好多声音,"不懂,不懂!"其实他懂的,他装着不懂。毕加索给我们举了一个例。他用同一"对象"画了三张画,第一张人像个人,狗像条狗;第二张不顶像了,不过还大体认得出来;第三张,简直不知道是什么东西了。人应当最能够从第三张得到"快乐",不过常识每每把人谋害在第一张之前。小说也许不该像第三张,但至少该往第二张上走一走吧?很久以前,有人提出"纯诗"的理想,纪德说过他要写"纯小说";虽未能至,心向往之。我们希望短篇小说能向"纯"的方向作去,虽然这里所说的"纯"与纪德所提出的好像不一样。严格说来,短篇小说者,是在一定时间,一定空间之内,利用一定工具制作出来的一种比较轻巧的艺术,一个短篇小说家是一种语言的艺术家。——我看出有人颇不耐烦了,他心里泛起了一阵酸,许多过了时的标准口号在他耳根雷鸣,他随便抓得一块砖头,"唯美主义",要往我脑袋上砸。

听我告诉你一个秘密,我有个朋友,是个航空员,他凭一股热气,放下一切,去学开飞机,百战归来,同班毕业的已经所剩无几了;我问他你在天上是否不断的想起民族的仇恨?他非常严肃的说:"当你从事于某一工作时,不可想一切无关的事。我的手在驾驶盘上,我只想如何把得它稳当,准确。我只集中精神于转弯,抬起,俯降。我的眼睛看着前头云雾山头。我不能分心于外物,否则一定出毛病。——有一回 C 的信上说了我几句话,教我放不下来,我一翅飞到芷江上空,差点儿没跟她那几句一齐摔下去!"小说家在安排他的小说时他也不能想得太多,他得沉酣于他的工作。他只知道如何能不颠不簸,不滞不滑,求其所安,不摔下来跌死了。一个小说家有什么样的责任,这是另外一个题目,有机会不妨讨论讨论。今天到此为止,我们再总结一句:一个短篇小说,是一种思索方式，一种情感形态，是人类智慧的一种模样。

或者：一个短篇小说是一个短篇小说，不多，也不少。

三十六年五月六日晨四时
脱稿。自落笔至完工计费约
二十一小时，前后五夜。在上海市中心区之听水斋。

注　释

① 本篇原载 1947 年 5 月 31 日天津《益世报》"文学周刊"第四十三期，又载
《北京文学》1997 年第八期；初收《汪曾祺全集》第三卷，北京师范大学出
版社，1998 年 8 月。

1950 年

还是应当写[①]

很多朋友很久没有看见在写什么东西了。

"写了什么了没有？"

"没有。"

原因除了是，没有时间之外大都是很诚恳的说：自己的思想没有改造好，写不出什么，也没有什么可写。这种对人民负责的态度是值得嘉许的。

然而时间似乎太长了。

还是应当写。能写什么写什么，写不出什么不妨也挤一挤，逼一逼。等待，恐不是很好的办法。思想的改造是长期的，很难说什么时候完成；而且我们的改造的最直接有效的医药应当即在写作当中。不妨让它有错误，有错误才能改正。错误，改正，再错误，再改正。搁了起来，不是事情。

不应当在心理上放下笔来。应当不冷然对着每一个自己的写作和"冲动"，应当随时准备写。我愿意有一天告诉人，我写了一点。也愿意听朋友们说。

注　释

① 本篇原载 1950 年 1 月 1 日汉口《大刚报》。

1951 年

丹 娘 不 死[①]

武汉青年文艺工作团在北京演出了苏联诗剧《丹娘》，我们最关心的，是剧本怎样处理丹娘的死。

这是一个诗剧。一提到"诗剧"，我们就不禁会想到不自然的抑扬顿挫的腔调；拉长的，非常之显著的韵脚……但是事实上并不如此，我们所担心的那一套东西都没有，看起来大体上也还习惯。然而它又确实是"诗剧"。虽然剧本的翻译和演出上有一些缺点，我们仍然可以清清楚楚的感觉到里面充满了崇高纯洁的感情，充满了真正的，浓厚的"诗"，我们被剧本本身吸引住了。

可是到了第三幕闭了幕，第四幕还没有开，我们又想起了那个看戏之前曾经关心过的问题了。这已经不是单纯地对作品的兴趣，而是在知道了年青的英雄思想性格的成长过程，知道她是如何辛勤的，努力的创造着自己；对于她的结局，她如何最后地完成自己，她将会留给我们怎样的一个永不磨灭的形象，不能不表示最大的关切。

幕一拉开，我们以为作者是故意切断了故事的发展，插进来一个"插曲"；这是一个完全没有在我们意料之中出现过的环境：不是监狱，不是审问室，更不是刑场，——是一间庞大宽深的木屋；我们在许多画片和电影上看见过的，俄罗斯的木屋；一个祖母跟她的孙子和孙女在灯光底下讲"真理姑娘"的故事，丹娘在第一幕中曾经跟一个小姑娘讲过而没有讲完的故事……故事差不多完了，小姑娘正在问"真理姑娘后来怎么样呢"，丹娘进来了，她受了伤，衣服也破了，但是并不萎弱。祖母招扶丹娘。丹娘喝了一点水。清凉的水让她想起小时候唱过的歌，蓝色的小河。她轻轻地唱了这支歌,在歌声中展开了幻觉。丹娘的母亲,丹娘的爱人,丹娘爱护的战友,丹娘为她讲过"真理姑娘"的那个小姑娘……一个一个地,依次走入丹娘的梦境。丹娘跟她们亲切地,充满爱情地谈着话。丹娘一点都没有改变,她的爱情变得更深挚,更崇高纯洁,更温柔了。她一点都没有软弱,她即使在最后的梦里还是那么清醒而坚定。正因为她有那么深的爱,她对自己的行为毫不怀疑,对于敌人加于她身上的一切才毫不畏惧,毫不恐怖。她的坚定不只是生理的"忍受",坚定是由于她的思想和性格的优越和对于敌人的轻蔑。——最后,她仿佛看见了斯大林,她充满感谢和喜悦的向全苏联青年的父亲报告,她做了甚么,她知道她完成了她的英雄行为,她自幼即追求向往的英雄行为,完全是由于他的教养,她知道他是嘉许她的行为的;她看见斯大林的慈祥的微笑,她感觉到斯大林的手掌抚摸着她的肩膀和头,她觉得快乐极了,幸福极了。——太阳出来了,屋里充满了红光,——幕布闭上,戏结束了。

这里没有巨大的绞架的阴影,没有铁锁,没有镣铐的声音,没有肮脏的杂物,没有刑具,没有皮鞭,没有丑恶的德国人的兽性的嚎叫和猫头鹰一样的怪笑,没有任何令人难堪的形象和声音。——两个把丹娘推进来的德国人只在门外喝叫了两声,没有上场;甚至幕后一直没有停止的钉绞架的声音都没有带进一点阴森的气氛,没有给人威胁的感觉。

丹娘并没有死。我们这样相信,舞台上也这样告诉我们。

我们印象中的丹娘是一个充满青春的活力的,永远不肯停止她的健康乐观的理想,时刻生活在对于祖国,对于斯大林,对于母亲,爱人和伙伴的爱情之中,因为这种爱情而快乐和幸福的。

我们并没有在舞台上直接看到丹娘牺牲,但是我们相信,为了她所热爱的一切,她一定会勇于自我牺牲,牺牲得慷慨而从容的。

剧本使我们全心全意的相信,丹娘是一个英雄,因为她告诉了我们她为甚么会是一个英雄。

这一点,值得我们在描写英雄,创造英雄的时候参考,尤其在用戏剧这一形式的时候。

我们要求我们的戏剧工作者,不要把过多的血,过多的肉体的苦痛,带到舞台上来,不要把舞台上弄得阴森恐怖,不要把我们的英雄人物弄得遍体伤残,使我们在感情上受太大的折磨。

我们爱我们的英雄。

注　释

① 本篇原载《北京文艺》1951 年第二卷第三期。

武训的错误①

有不少人尊敬过武训,宣传过武训的"伟大"。这些人当中,有的是抬出武训的幌子,叫老百姓都来学武训服服贴贴的样子,干点儿像办办义学之类的"好"事,别想着惹是生非,犯上作乱。从疏请给他立碑、旌祀入忠义祠、宣付史馆立传的山东巡抚张曜、袁树勋,批准的慈禧太后,到题字颂扬的蒋介石,都是这一种人。有的是抬出武训的幌子,宣传资产阶级的改良主义,以"教育救国"、"道德救国"、"无抵抗主义"的说教来代替革命的阶级斗争。武训的许多狂热的职业宣传者,无论自觉的程度怎样,本质上大抵属于这一类。另外一些宣传武训,尊敬武训的,则是比较天真的。他们大都觉得一个乞丐,讨了三十年的饭,居然能兴办三处义学,这真是了不起。他们欣赏他的"利他主义",欣赏他的自我牺牲,非常感伤主义地叹息道:"这真是个了不起的人啊!"

很多人就是这样把武训当作一个独立特行的神话式的英雄崇拜着的。

这种崇拜,是有害的。

看一个人,应当看他对历史的发展所起的作用,不能只看他个人某一些生活行为。如果对历史的发展是起了积极的、推动的作用,那是英雄,否则不是;不管他穿的是绫罗绸缎还是鹑衣百结,吃的是山珍海味还是菜根芋尾,也不管他会不会唱歌。

武训一生干了甚么事呢?修了三处义学。

武训,一个乞丐,修成了三处义学,许多人说这是个奇迹,是个"偶然"事件。但是历史上从来就没有出现过一个完全脱出历史轨道的偶然事件,"偶然性只是一种相对的东西。它只在诸必然的交叉点上出现。"(普列汉诺夫:《个人在历史上的作用》)武训对义学的兴办发生过

作用是没有疑问的;"但这种作用只有在当时的那种社会条件下才能发生。"(前书)

武训兴办义学的时候,是满清光绪年间。那是帝国主义打进了中国的大门,太平天国的革命起来,封建制度已经摇摇欲坠,腐朽不堪的清王朝已经将临末日的时候;是随着资本主义的侵入,资本主义的民主思想也渐渐侵入的时候;是康梁的改良主义一天比一天发生影响的时候;是统治者的统治方式不得不"开明"一点的时候。

改良主义的办法之一是"普及教育"。

武训死的时候是光绪二十二年,到了光绪二十四年,"朝廷"即明令废科举,改学堂(武训的义学不久即改成了学堂)。目的是"普及教育"。这个"普及教育"的思想却绝非在光绪二十四年才开始有的,光绪二十四年之前二三十年就已经有了,即在武训兴办义学的时候就开始有了。武训的兴义学就是这种思想的物质反映,是深合朝廷"普及教育"之旨的。

武训以一个乞丐而能兴成了三处义学,当然并不容易。但是当时的社会条件是给了兴办义学一种可能的,武训不过是实现了这种可能。他的偶然性的"奇迹"正是出现在各种必然性的交叉点上的。

当时兴办义学的并不只是武训一个人。在"清史稿"上跟武训紧紧挨着的叶澄衷、杨斯盛就都是因为捐资兴学而受到宣付史馆立传的恩典的。叶、杨二人都因为发了财再兴学的,当然不像行乞兴学的武训那么"奇",但其为兴学则一。从武、叶、杨三人挨着个儿进了"孝义传",可见当时的统治者对兴学是"甚表欢迎"的。

如果还嫌这近乎是推测,那么正面的证据也有。就在袁树勋"奏义丐武训积资兴学请宣付史馆"的折子上就明明白白写着:

"自圣诏累颁,学校踵起。教育义主普及,官立公立之不足,必藉私立以辅迎之,国家设为种种奖励,为诱掖之具……"

这该是十分可靠的了。

改良主义本来不是慈禧太后所喜欢的,但慈禧太后一个人也抗不过"潮流"去,而且改良主义到底比"讨厌"的革命"可喜"一点。

改良主义者梁启超和张謇都很热心地给武训写过传,这不是偶然的。

在一定的历史条件下,改良也可以有进步意义,例如在孙中山等人的革命运动兴起以前的康梁变法运动和兴办新式学堂的运动。但是武训的义学却连这种改良主义的进步作用也没有。康梁有的是新的资本主义色彩的纲领,所以要"变法",所以会引起谭嗣同等六人的流血;但是武训所有的却只是旧的封建主义的纲领。武训并不需要任何的"变法",所以他也不需要任何的流血,他只以叩头来实现自己的也就是封建统治者的"理想",而杀死谭嗣同等的朝廷则以赏赐黄马褂和准立牌坊来酬报他的努力。

或者有人说,武训行乞兴学,目的原来是很朴质单纯的。不过是因为自己吃了不识字的亏,发愤想要穷人子弟都能读书而已,说他是反动封建统治的拥护者,比改良主义的康梁还不如,不免太忍心了吧?

但是请看一看:武训的义学里都教的是些甚么呢?

"清史稿"本传上说他的义学里分为二级,一是"蒙学",一是"经学"。"蒙学"所授不外是方字,三字经、百家姓、千字文。经学里所教的就不能不是"齐家治国平天下","劳心者治人,劳力者治于人"了。这里头造就的不外是两种人,一是帮朝廷做事的官,一是帮做官的做事的"士"。梁启超给武训写的传上说:"行之数十年,学堂中受业子弟,彬彬济济,掇高第,成通儒者,不可胜数",这大概不能是毫无根据的。这些彬彬济济的子弟们在当时社会上会起着怎样的作用,还难于想见吗?

有人说:这怕不是武训兴学之初衷吧。有的好心的先生还愿意那么想象,说武训因为看到他的义学里出来的学生做了官而觉得非常痛苦。这是不见得有甚么根据的。我们看武训行乞时所唱的一首歌:

> 不嫌多,不嫌少,舍些文钱修义学,
> 又有名,又行好,
> 文昌帝君知道了,
> 准教你子子孙孙坐八抬大轿。

这不能不是武训的思想意识的反映,——他对于"坐八抬大轿"是崇拜而羡慕的呀!

　　有人还要说:武训至少使一些农民子弟识了字,读了一点书,提高了他们的文化,总不能不说他也起了一点"积极"的作用吧。

　　同志,"提高文化"可不那么简单!

　　要农民提高文化,必先提高他们的生活。要在文化上翻身,必先在经济上翻身。吃不上饭,决读不上书,这是天经地义的真理。有的记载上说武训曾经给因为家里须要帮忙干活而不肯把子弟送去读书的家长下过跪,这简直是不能再胡涂的事!记载上说他下跪成了功,我看那信不得。如果当真是一家整天苦累还顾不上嘴,武训怎么跪也是白搭。不过他的下跪和兴学对于一部分农民也是起了一点作用的,这是怎样的作用呢。

　　农民要有文化,必须先吃饱,没有比吃饱饭更重要的事了。要吃饱,必须改变压在农民头上的封建剥削的生产关系。要改变封建生产关系,必须革命。革命,在某个意义上说起来就是拿刀动枪的造反。当时不是没有人懂得这个道理,太平天国的领袖就是懂得这个道理,并且实践了这个道理的。懂得这个道理,并且实践了这个道理的,是了解并且推动历史向前发展的,对于历史的发展是起着积极的作用的。满清一代,只有进行像太平天国一样的革命的人,才是值得崇敬,值得宣传的英雄人物。

　　革命,是统治者最讨厌的东西。

　　因为讨厌革命,反动的统治者就欢迎武训,就表扬武训,就希望穷人里头多出些武训了。

　　受反动统治者表扬的武训立了些甚么功勋呢?他模糊了、弄乱了、掩蔽了当时人民斗争的目标,麻痹了人民的思想,减弱了革命的力量,冲淡了阶级的矛盾,他对于革命,对于历史起的是消极的,阻碍的作用。

　　这个为反动封建统治效忠的"自我牺牲"者是一个英雄么?

　　不是,绝对不是。

　　当时农民叫他是"豆沫",言其胡涂,就他的完全不认识历史的发展方向来说,并不算冤枉他。

他的"自我牺牲"到底牺牲给了谁呢?他的"利他主义"到底利了一个甚么他呢?反动的统治阶级。凡对反动统治阶级有利的,对人民就不会有利。

对这样一个胡涂人物,这样一个对人民并无利益的人物,我们今天再不应该对他崇拜,为他宣传了。我们应该对他的"事业",他的思想,他在历史上的作用加以详尽的批判!

注 释

① 本篇原载 1951 年 5 月 22 日《人民日报》,又载《人民周报》1951 年第二十二期。同年,又被《文汇报》、香港《大公报》等转载。

听侯宝林同志说相声^①

一

侯宝林同志参加了赴朝慰问团,最近刚刚回国。前两天,他在一个晚会上说了一段相声,说的是《美国俘虏》。他一说"我特别到俘虏营去看了看",台下就笑了;"因为那儿有我的材料,我要拿回来,好编我的新相声",台下笑得更高兴,更满意了。因为他这么做正是大家希望着,期待着的。大家都相信他一定会这么做,他果然这么做了。

他说得最精采的是这一段:^②

"我问一个俘虏:'你在国内是干甚么的啊?'翻译翻给他听;他说是'工人'。'做什么工啊?'——'是箍桶的'。'你在国内一月挣多少钱啊?'——'一百五十块美金。''你在这儿呢,在军队里,一月挣多少钱呢?''也是一百五十块美金。'我一想,'那你干甚么要来,你是爱打仗玩啦?'他说:'不是的。在美国,一月挣一百五,刨去房钱,连半个月饭也吃不上。在这儿,有人管饭,管衣服,还不用发愁房钱——每月净落一百五十块钱。''那你不怕危险?''没出国的时候我就弄了张投降证,早就都填好了。'我那么一想:'合着你们不是来打仗,是来做买卖来了,你们这是'企业化部队'?"

"企业化部队",太妙了!

"企业化部队",多么尖利的讽刺,多么恰当、深刻的讽刺啊!

这样的讽刺从那里来的,这不是坐在家里"制造"得出来的。侯宝林同志不管多么聪明,如果不是参加了慰问团,不是到了一趟朝鲜战场,没有跟志愿军战士们在一起,没有亲眼看到美国的军队在朝鲜制造的灾害,没有见到他们被俘之后的可耻的样子,没有对于他们的深刻的恨和深刻的轻鄙,他不能给他们下出这样的总结。

台下忍不住哄堂大笑了,虽然只有五个字,而且说得轻轻巧巧,毫不夸张,非常含蓄。

这是相声中的"上乘"。相声是完全可以不用庸俗的内容和形式取得效果的。相声是完全可以作为宣传武器的。相声是完全可以跟政治结合起来的。相声一定要有思想性,深刻的思想性。

二

侯宝林同志这回不只是来说一段相声,他同时宣传了捐献飞机坦克、支援志愿军战士。他说得很好,他脸上有以前在台上不大看到的激动,从心里出来的激动,我们看见侯宝林身上有了一种新的东西,新的感情。最后,他说:"咱们北京在毛主席跟前,北京,件件事要走在全国的前头。"

这句话要用流行的语言"翻译"过来,应当是:

"北京是在毛主席直接领导之下的,北京应当在每一个工作上,在全国范围内起带头作用和模范作用。"

两相比较,哪一个语言更生动,更亲切,更容易为群众所接受呢?

"通俗化"当然不只是形式的问题。"通俗化"要用政治热情来做。听听相声,会了解为甚么要"通俗化"的一部分的道理。——相声是一种语言的艺术。

注 释

① 本篇原载 1951 年 6 月 9 日《北京新民报日刊》,又载 1951 年 6 月 13 日《新民晚报》。

② 注:是凭记忆写出的,当然不能完全忠实;捧哏的话都没有录出。

如此《老牌天河配》！①

天河配牛郎织女双星的故事，我个人看到的最古的记载，是《荆楚岁时记》上的一段：

> 天河之东有织女，天帝之子也，年年织杼劳役，织成云锦天衣。天帝怜其独处，许嫁河西牵牛郎，嫁后遂废织纴。天帝怒，责令归河东，使其一年一度相会。

这个传说的用意，一方面说明了天上的银河、双星、梭等等自然现象，一方面说明劳动的重要性，这正是我们祖先热爱劳动思想的反映。但共舞台的剧本《老牌天河配》从头到尾充满了有毒的思想，起了许多坏的作用。

第一，迷信思想，在剧中是俯拾即是。譬如说牛女降生时的红光香味，神仙斗法时的白光一道，这些，在科学昌明的今日，早就被扫到垃圾堆里去了。而《天河配》还把它拾了起来，大吹大擂的放在剧中，来宣传表扬一番。我们应该把这种恶劣思想从舞台上驱逐出去！

第二，封建思想。这在剧中也有很浓厚的表现。譬如公然喊出三从四德等，都是不大好的。但最要不得的是宿命论。如说牛郎织女都是天星下世，"神仙本是神仙作，那有凡人作神仙"。牛、女能上天，因为他是天仙转世。帝王将相能统治人民，因为他是星宿转世。这一套思想都是用来麻醉人民，劝那些不是"天星投胎"的老百姓死心塌地的安分守己，不要革命。如说牛郎织女缘满就要分手，把一切世事委之于定数，也是麻醉人民不起革命念头的办法，这些思想在今日是应该反对的。

第三，怯弱逃避的思想。在婚姻法已公布的今日，编者虚撰出一段织女下凡的恋爱故事,结果是女方因为婚姻不自由,(其实并未谈到婚姻,故事是极牵强不自然的),碰死在山石下面。这种怯懦退缩、逃避现实,是可耻的思想。

以上不过是随手拾来的几个例子,已足够说明这戏内容上的荒谬。再看剧本结构和表演手法、舞台形象是如何吧:

第一,是舞台形象。我们看到了许多恶劣的形象:如检场的重行出现,五仙女沐浴舞蹈的丑态,血卵的丑恶(卵生人是许多神话里有的,但摆到舞台上表演,是另一个问题),这都是不好的表现。

第二,是杂技的穿插。近日上海舞台上有一种不好的倾向,就是剧本的演出,不以故事、演技等的意义和艺术性来吸引观众,而加强或者扩大一些与剧本无干或有极淡薄关系的场面,摆上些"滑稽精彩"的杂技,用来号召一般顾客,譬如从《新龙凤花烛》以后,一连串几个戏的喜堂花轿布置,《太平天国》里的戏中串戏,在《天河配》里也有作堂会的穿插,颇有研究的必要。编导同志如果都朝这个方向努力,必然放松了对戏剧本身教育性和艺术性的钻研,剧本成了空洞散漫没有内容的东西。这对戏曲的改进是有害的。

以上是个人看了《天河配》的感想。一个戏的成功,原是靠艺术性和政治性两方面的成就。《三打祝家庄》和《江汉渔歌》就是明证。而《老牌天河配》不但完全不合这一个基本要求,而且走到很坏的倾向上去了。

注　释

① 本篇原载 1951 年 9 月 8 日上海《大公报》,署名"曾祺"。

赵坚同志的《磨刀》
和《检查站上》①

《磨刀》载《北京文艺》第二卷第三期。

《检查站上》载《工人文艺创作选集》第一集,工人出版社印行。

我们需要短篇小说。赵坚同志这两篇小说我以为是写得比较好的。

《磨刀》的好处第一是主题选择得好,写得好。

写的是这样一个故事:有一个镟工小组向马恒昌应了战,大家的热情都很高。可是做不到提出的标准,而且废活出的多。原因是刀尖不受使。有个小李,细心琢磨,一次又一次改磨刀尖,到底磨好了。大家跟着他学,果然都有了成绩。只有一个老张,抱着一套老经验,以为干活就靠手快力气大,小李要给他磨刀他却不要。后来就他一个人还落在后面,而且一个劲儿拼命硬要干,身体也不大支持得住了。——他还是不服气!可是怪得很,这一天,他干得挺顺,一口气到底,没出毛病,而且超过了标准数,做的比任何人都多,创了新纪录。这他心里可高了兴,以为还是力大手快解决问题。不想有人对他撇撇嘴:"不是小李昨天晚上给你磨了刀,还有你吹的!"他拿起刀来一看,这才觉悟,决定参加技术研究小组。

要工作做得好,不能局限于片面的经验,必须研究技术。体力劳动必须跟脑力劳动结合起来。这是开展生产竞赛当中的一个重要问题,这是现在需要、将来也需要在工人同志当中提出的问题。赵坚同志在这篇小说里把这个问题提出来,他提的正是时候。这种对于新鲜事物的敏感,是好的。

赵坚同志说,这个问题不好说明,想了很久,结果想出藉磨刀这样一回事来说明。因为磨刀是一种比较简单的技术,刀磨得好,工作就能顺利,这是一般工人都能理解的事实,通过这样一回事来说明钻研技术的重要,是容易为工人同志们接受的。这是对的。这样写,就是工人同志以外的人也是容易接受的。这样,这个作品就起了教育群众的效果。

《磨刀》的第二个好处是写得简短。

赵坚同志曾经把这篇小说一再压缩,由七千多字压缩到三千字,为的是希望工人同志能够有时间看,希望作品能在他们当中起作用,这是多诚恳,多正确的态度。

这篇小说的人物很简单,一共四个人:老张,小李,还有一个小赵,一个没有写出姓名的小组长。(里面有一个"小张",出现了一次,是排错了,应作"小赵"。)凡是出场的人物,都不缺乏个性,——老张爽快而固执,小赵热情、急躁,而很调皮,小李沉着、安静、但因为究竟年轻,耐性还不够,小组长处处显出是个小组长,照顾全面,领导有方,——正是因为有这些个性,才构成这样的故事,离开了这些个性,也就没有了故事。可是这里的个性永远不是独立静止的存在的,他们每一个人说一句话,做一个动作,都有所为,彼此都发生关系,都推动着主题的发展。不能说明彼此的关系超过主题需要的个性,他不写。偶尔也有一点穿插(如小赵在里面说了四句快板),那也是主题发展到了那儿自然发生的,不是节外生枝。人物、事件、跟主题紧紧扣在一起,一气贯注下来,不仅篇幅简短,而且紧练、坚实、明白、容易说服人。

再就是他所写的工人是工人。老张的"力大手快"的观点在今天说起来是落后观点,单就这一方面说起来他可以说是一个"落后分子"吧,但是他仍然是一个工人,他仍然有工人阶级的长处。"每次讨论计划他没有嫌过多,见懒惰一点的工友稍微一含糊,他就跟人家急鼻子红脸的说:'你是中国人不?今天这白面馍是怎么来的?这是共产党毛主席费心把力争来的!再不多干点等个啥!不使劲干,甭说对不起共产党,连你自己也对不起呀!'"他基本上是进步的。赵坚同志没有像有一些人一样,把"落后"工人写得比非工人阶级的落后分子还要落后,写成一个毫无进步性的人,这一点值得我们学习。——赵坚同志所写的老张不但是一个工人，而且还是解放之后两年的工人，虽然他有缺点。

《检查站上》是抗美援朝创作运动初期出现的一个突出的作品。

《检查站上》让我们看出来赵坚同志有了相当高的概括主题，组织题材的能力。

赵坚同志一开头说明他要写的是"在一九四五年的时候……所谓'美国远征军'到处蹂躏和奸污中国的妇女，野蛮的欺压中国人民，蒋介石也不过是他们饲养的一条狗而已。"

全文约六千余字，可以分做四段：

一、一九四六年，老李在湘西公路开汽车。因为上坡，开得很慢。后面来了一辆美国兵车，对他们的车打了两枪，叫他们赶快让车。赶紧让。后头又打了两枪，打坏了他的轮胎。车停了，危险极了，差一点翻下山沟。美国兵还又打了他们！

二、因为修轮胎，把原来预备的给检查站上的人员"抬包袱"的钱花掉了。到了站，检查员百般留难，口口声声"这是蒋委员长的命令"。把一车棉花都卸下来检查过了，没有毛病。他想了想，说装得太高，叫留下三包回来再装！

三、正生着气，有人叫老李，是熟人老张，老张招待了他们。因为说起路上的事，老张说起一段美国兵奸污了他弟妇，气死他兄弟，害得他家破人亡。

四、回到站上装车的时候，又来了一辆美国兵车。检查员不得不装起势子要检查，"这是蒋委员长的命令"！美国兵转身给了检查员一嘴巴，检查员急了，要掏枪，美国兵的枪早已经打响了。美国兵一直追进站去打，站上人员全部吓得匍在稻田沟里。美国兵用车尾拖绳拴住检查站栏车的木栏，连老根都拔掉了。

这里所说的不是一件事，是好几回事。要是处理得不好，就会各段互不相关，散漫，零乱。但是赵坚同志处理的很好很完整，很紧密，自自然然，真如赵坚同志在文章前面所说的，是一回"实事"，是赵坚同志亲身的经历。

是不是"实事",是不是赵坚同志的亲身经历呢?

赵坚同志告诉我,那里的人物都是虚构的,事情也不是真是发生在一天的事情。可是那样的人是有的,赵坚同志在西南跑过很多时候车,对于这些人,司机,开小饭铺的,公路上的美国兵,检查员(赵坚同志自己就受过检查员不知多少回气)……他都很熟悉,他们的语言,动作,性情,他都了解。那样的事情也多半是有过的,不过不是发生在一个地方,一个时间,他把它们集中起来了,把它们贯串起来,组织起来,变成了一篇作品。

为甚么他能够把不是在一时一地发生和存在的人事集中起来,而且组织得那么完整,首尾相通,成为有机的一个整体呢?因为他不仅看到了个别的、分散的事物的现象,他还看到这些事物的本质,他看到这些事物的内在的关联。他不仅看到那些事情,而且从这些事情,认识到美国兵当时在中国是干甚么的,他们跟蒋介石是甚么关系,而且,他更从个人立场的认识提到了人民立场的认识,从民族立场的认识提到阶级立场的认识。赵坚同志在小说的结尾说:"在当时,我只知道单纯的仇恨",到他写这篇东西的时候就"完全认识了美帝国主义的阴谋——它时时刻刻想吞并中国,霸占亚洲,统治全世界"。作为全篇结构的骨干,贯串每一段,每一字句,不是别的,正是作者的认识,作者的思想。

他并没有把现在的思想、认识,代替了他自己当时的思想认识,代替了小说里的人物当时的思想、认识。比如老张在说完了那一段事情之后,说:"这就是'蒋委员长'请来'盟军'的好处!害的我家破人亡!反正有一天俺要报仇!"怎么报仇呢,他没有说"俺要去当八路军",他只说"那怕当土匪也要打死几个老美解恨!"因为像老张那样的人,在那种时候,只能说出前面的一句话,不能说出后面那样一句话。如果说出后面那样一句话,用赵坚同志自己常说的话,就是"不现实"!赵坚同志非常强调"现实",他下笔的时候随时考虑到这两个字。但是如果赵坚同志没有现在的思想、认识,他就不可能更深的了解像老张那样的一些人的思想、认识,不可能了解他们的情感中的最强烈的一面,而把他在老张的身上集中的表现出来。因为有了现在的思想、认识，才能使全篇小说都有一种仇恨和坚决的感情；才能是有目的的，而不是纯客观的记载那些事情。——比如老张在叙述那一回事的时候，他没有正面描写美军的兽行，他着眼在描写老张的仇恨。因为有现在的明确的认识，这种深刻化了的仇恨，贯彻于全篇的字里行间，处处皆到，所以作品的结构，才能完整。

"创作是理解与表现的统一的过程。"（高尔基）形式跟内容分不开，结构跟主题思想分不开。

令人惊异的（按照赵坚本人的水准来说）是赵坚同志文字的准确和风格的新鲜。

赵坚同志的文字是普普通通、简简单单、老老实实的文字。这里没有特别的句式，没有复杂的语气，很少用比喻，不说俏皮话；方言，土语，歇后语，除非是非用不可，一概不用。他用字用得很少，句子很短，每一段的字数也不多，笔下节制很厉害。比如：

> 迎面是一座山，坡高路长。

这是多简练的句子？这是提炼过的语言。

> 一九四五年的春天。我在贵阳失业，没工做。接到朋友从湘西来信说："听说你从修理厂被裁，住闲很久了，这怎么行呢！这里倒有个开车的事，我看你先来凑和着干吧！"

怎么失的业，失业多少时候了，都在朋友信里说明了。这就减省了很多笔墨。"这怎么行呢"，这句话多有感情，这比说多少句表示同情的话都强。

这样简练的文字，不但能够像繁复的文字一样把事情说明白，而且说得更明白，这就是——准确。比如：

> 这天下午，汽车往前跑着，看着路牌一算计，离芷江不远了。迎面是一座山，坡高路长。老李这辆破车，劲又小，棉花包装的又高，爬起坡来唏哩哗啦乱响，吵的坐在驾驶室里说话都听不见。路

又窄，边上就是山涧，一不小心就有危险！老李不顾一切，瞪着眼全副精神往上开。这时候车速慢得跟普通人步行一样。

就这样正往上爬着，忽然"拍、拍"响了两枪。

助手老陈赶紧从门窗往后一看，急急嚷着："让车！"

老李赶忙扭舵轮往边上开。没等顺好，接着又是"拍、拍！"两枪。

"轰隆！"车身晃了几晃，老李赶紧踏着刹车，车歪在路边上了。我们都吓了一身冷汗。老李说："阿弥陀佛没有翻下去。"

话没说完，一辆十轮大卡车已停在我们面前。跳下一个美国兵，照着老李就是一顿嘴巴……。

这样说，事情不但说得很清楚，而且，它还带着一种紧张的动态。旧小说里常说"说时迟，那时快"，赵坚同志这样的文字真是做到了"那"时快，说时也快。他把事情切开了说，不是拉不开，扯不断。这样的切开不是随便的切开，是符合当时的实际情况的，文字节奏跟事件的节奏是一致的，从文字中所得的感觉跟参加在事件中所得的感觉是一致的。这样，就会使读者有如"身临其境"，能紧紧跟上事件的发展和进行。赵坚同志也用两个字概括他的这样使用文字的办法，还是那两个字：现实。他觉得这样写，现实；不这样写，就不现实。

《检查站上》从头至尾都是用的这种跟现实生活协调一致的叙述方法。比如检查员留难老李的那一段，检查员说一句甚么话，老李怎么应付，那里检查员翻翻眼睛，那里老李心里想甚么，那里周围的群众有所表示，这些地方的长短分量，都恰恰跟当时的时间相合，文字所占的"几何学的长度"是跟实际情形符合的。又如老张叙述家破人亡的经历的一段，老张几次欲言又止，时断时续，当中还插进一些不相干的事，这样不单让老张蓄足了一股劲，加重了他后来和盘托出，一泄无余的力量，而且使读者转回来接受了老张前面吞吞吐吐之中所含蓄的仇恨。不单是老张的话本身，老张说话的整个过程都对读者起了作用。而，这样的写法，不只是单纯的旧小说似的"卖关子"，它是符合当时的实际情况的，是"现实"的。

赵坚同志是按照"生活本身的辩证法"来表现生活的,他没有"把多方面的、复杂的、曲折的生活现象,理解成和描写成片面的,简单化的,直线的。"(周扬:《坚决贯彻毛泽东文艺路线》。)

按照"生活本身的辩证法"写出来的作品,是好的。只有按照"生活本身的辩证法"写出来的作品会产生新鲜的,真正的风格。

是不是赵坚同志这两篇东西已经是没有缺点的作品了呢?还不能这样说。缺点是有,但是基本上是好的。而且,我们珍视赵坚同志的作品还有更重要的理由:

赵坚同志是个工人。他曾经在家搒过五年地,后来就一直做了二十年的工。他做过各样的事情,跑过许多地方,当过挖地沟的小工,在阔人家当过烧饭抱孩子,伺候官太太的"老妈子",曾经在一家"公馆"里每天擦三层楼的地板和玻璃窗……这都是失业的时候为了"填肚子"干的。主要的,他一直干他的本行,跑车、修车,修车、跑车,二十年来,来回倒。直到解放以前,他在北京汽车修配厂,曾搞过一个时期动力工作。他在家的时候读过私塾,算在一起不过十八九个月。后来都忘了。到抗战的时候,因为一个地下同志的帮助,他把那点忘了的字又找了回来,而且能够看一点新书。——他第一本看中的书是《鼓风炉旁四十年》。但是,一直到解放的时候,他写信都还写不下来。解放以后,因为搞工会,搞工厂小报,才开始练习写东西。到去年十一月,抗美援朝运动刚一起来的时候,他写了《检查站上》。发表《磨刀》是今年五月的事。整个算起来,赵坚同志写作的时间不过两年,而能写出这样的作品,这难道不是可喜的,不是应该珍视的么?

为甚么赵坚同志能够有这样成就?这当然跟他是个有二十年工龄的产业工人分不开。他有丰富的,直接的,生活的和生产的斗争的经验,有活生生的"感觉材料",又有能够把材料提升起来的,工人阶级认识事物的方法,和工人阶级的坚持学习的精神。还有,当然,从他找回了他丢掉的字,接触到新书,一直到开始写作,到参加中央文学研究所学习,都和党的领导培植分不开。

周扬同志在《贯彻毛泽东文艺路线》中说："特别值得注意的，是已经从工农群众中产生了新的作家"，赵坚同志应当就是其中的一个。他们的作品真是"特别表现了中国工人阶级在艺术创造上的天才"。我们为赵坚同志的成就感到兴奋，并希望他能够把既有的成就巩固下来。希望他不要有一丝一毫的自满，更坚持、虚心、踏踏实实的学习，再努力的写出更好的，思想性和艺术性都更高一层的作品。我们相信，这是可能的。

　　从赵坚同志身上，我们感觉到祖国和党的伟大。光荣归于祖国，归于伟大的中国共产党！

注　释

①　本篇原载《北京文艺》1951 年第二卷第六期。

1956 年

且说过于执[①]

　　浙江省昆苏剧团整理演出的"十五贯"有许多好处,大家已经谈了很多,这里只想就"过于执"这个人物说一点感想。

　　过于执基本上是个新创造出来的人物。

　　所以要创造过于执,是因为要使剧本的主题更鲜明。"十五贯"的整理者抓住了原作的精华部分,要突出地描写为民请命的况钟,因而把熊友蕙、侯三姑的一条线索去掉,把所有不相干的人物和情节也都统统去掉。这是十分果断的作为。但这样一来,就会使剧情不大连贯,而且单薄;不流畅,不丰满;必须加戏。要突出地描写况钟怎样"担着心,捏着汗"地救人,就必需加重地描写他所处的环境,描写他的敌对势力。这种敌对势力是十分顽固的,并且是互相沆瀣一气,牢牢结合在一起的。这样才看得出况钟的斗争的尖锐性,充分地表现出他的公正聪明、沉着果敢来。这样也才合乎历史情况。原著的几场戏,特别是"见都"一折,是大胆地揭露了官场的昏暗腐朽的,这是原剧人民性最强烈的部分;因此整理者除了把词句通俗化了一下,基本上原封保留了下来,也是很正确的。但是单是这一折戏,还不够;这还不足以显出况钟处境的艰难险恶,也不足以显出他的坚毅难能。戏怎么加呢? 从哪里发展出来呢? 集中在谁的身上呢? 这样,这位过老爷就被"借重"了。

　　朱素臣原著的"十五贯"里,是有过于执这个人的。他的简历如下:他原任山阳县正堂。三年任满,改投常州理刑。他在山阳县任内,因为"一时执见",枉断了熊友蕙、侯三姑的官司;巧得很,他刚刚调到常州后,又遇到熊友兰、苏戍娟的官司,又因"一时执见""枉断"了。这两桩案子,被苏州知府况钟审清楚了,他才"随任往军门自勃",巡抚周忱念他"终任清廉",一力保奏,仅仅罚了半年薪俸。后来适逢乡试,他又被荐入内帘阅卷。刚好,熊氏兄弟都去投考,都中了,都成了他的门生。发榜后,兄弟二人例当去谒师,又都见到了过于执。相见之下,过于执自然有些难为情,于是为了赎取前愆,他自己提出给熊氏兄弟作媒。熊友兰、熊友蕙当时虽然是拒绝了,但是后来毕竟和侯三姑、苏戍娟"团圆"了。在有些本子里,这出戏最后还是由他老先生出来"哈哈"笑了两声,唱了几句吉祥话结束的。

从这里可以看出原作者对于过于执,对于当时官场的模棱的、妥协的态度。作者有心替他开脱。所错断了两件命案,几乎枉杀了四个无罪的人,得的惩处却仅仅是罚俸半年,这成什么话呢!当然,从个别地方看来,作者对于过于执,还是不无微词的,但是,显然并不是深恶而痛绝之。从这里我们可以看出,原作者在世界观和创作方法上的弱点。

整理者在原著中发现了这一个人,把他一把抓住;并且从原剧发展的线索中找到合适的关节(头堂官司原是他审的,况钟踏勘时他这个地方官理应在场),从那里展开了两场戏("受冤"和"疑鼠、踏勘"),这是很巧妙的措置。这是从内部抽长出来的枝叶,不是人工的嫁接,所以看上去非常自然非常得体。要是不看原著,会觉得那是本来就有,不是新加上去的。有了这个人物,这两场戏,戏就多了一面。而这一面是关系全局的一面。有了这一面就面面俱到,戏就饱满了,也更深刻了。

过于执虽在原著中著了名姓,但是整理本中的过于执和原本中的过于执已经是判若两人。整理者不仅把他作为一个必要的人物来处理,并且是作为一个艺术典型来创造的。他在剧里显然有反衬况钟的作用。但是并不是况钟是白,他就是黑,不是他的一举一动都是况钟的反面。要是这样,他就成了一个以没有独立的个性为特征的丑角,他的行事就是一些只是滑稽的笑剧了。不,无论剧本,无论导演和演员,都没有这样处理他。他是有自己的色调,自己的个性的。没有况钟,他也是这样;有了况钟,他的性格就表现得更强烈,因为况钟"侵犯"了他。

"被冤"一场,已经有很多人谈过。过于执的自负、自满,只管自己博得一个"英明果断"的能名,不管百姓死活;他的主观、武断,他的运用得十分便捷的逻辑推理,已经是有目共睹。这里只想谈谈演员朱国梁同志所创造的形象。我觉得他在人物的身份上掌握得十分准确。过于执是一个愚而自用的县官,但还不是一个渴血的酷吏,他跟以杀人作升官的本钱的大员——比如《老残游记》里的玉太尊,是有所不同的。同时把他的年龄的特点也表现得很突出。他并不是少年得意,使气妄为,他很老大了;而他的老大跟他的无知和自满相结合,才更加可笑。不知别人有没有这样的感觉,我觉得这个过于执一出台的时候,给人一种非常之"干"的印象,他的腰腿面目都很僵硬干枯,他的灵魂也是干的。这样的人没有一点人情,没有任何幽默感,他从无"内省",没有什么人的声音能打动他。演员对于角色的精神状态是体会得很深的。

"疑鼠、踏勘"是一场独特的、稀有的,少见的戏。许多中国戏在结构上有这样一个特点:忙里偷闲,紧中有慢,越是紧张,越是从容;而这样,紧张就更向里收束,更是内的,更深刻。比起追求表面激情,这是更高的艺术。"疑鼠、踏勘"就是这样的戏。这场戏紧接在"见都"之后,况钟和周忱斗了一场,这一场又要和过于执斗,然而幕一打开,戏好像简直是重新开始,把前面的事情好像完全放下不管了,后面的事也一点不老是惦记着。

在若有所思的,简直有点抒情意味的音乐声中,况钟等一行人走到尤葫芦家里。从况钟、过于执的扇子、皂隶的动作,非常真实而鲜明的渲染出一种空寂荒凉的气氛来,你简直闻得出满台呛人的尘土和霉气。这也暗示出事隔已久,时间会抹去当日的蛛丝马迹,让人觉得很难摸出头绪。同时从所有人(除了过于执)的十分谨慎而不免有点惴然的神态上,也使人充分地感觉出这是发生一件凶杀案的现场,不是什么别的地方。况钟决不是一下子就探囊取物似的得出真相来的,不是的,他在案情的周围摸索了很久。他向总甲问了一些照例的问话,他仔细详察了大门、肉案、墙壁、床铺,地上的血迹……这些不是显出况钟的不够干练,而是显出了他的虚心,他的实事求是。这些细节不是多余的,而是增加了真实感,增加了深度。同时,从皂隶的精细认真,从审察肉案时门子用袖子给况钟拂去落在身上的尘土,可以看出况钟给予下属怎样的精神影响,他怎样受到身边人的爱戴,这些地方都十分令人感动,因而也更衬托出况钟的人格的崇高。难得的是这些细节决不是割断剧情的模拟生活的自然主义,不是喧宾夺主,而是江河不择细流,有推动剧情发展的作用。这是一场精致的戏。

在这一折戏里,过于执和况钟所占的地位是势均力敌的,两个人的一举一动随时都是扣在一起的,角色的呼应一刻也没有中断。这一场戏可以划出两段,以发现铜钱的地方为分水岭。在这以前过于执占着主动地位,他在斗争中占着上风;在这以后况钟占着主动地位,占了上风,而在全折发展中真正的主动人物又是况钟。这里非常真切地看出矛盾的发展和转换。一开头,过于执是"成竹在胸",很有把握的。他嘲笑况钟的深入调查研究为"迂阔"。他也陪同察勘,也上上下下看了一遭,然而是虚应故事,视而未见,心不在焉。他的眼睛更多的时候是看着况钟,他冷眼看着况钟摸索,口角眼风掩不住轻蔑。他竟然胆敢装腔作势地用地上的血迹来捉弄况钟。竟然在问了声"大人是否曾见可疑之处"之后,用露骨的讽刺语气说:"啊!处处可疑啊!"他一个字一个字地念出自己审理此案是"凭、赃、凭、证,据、理、而、断!"真是目中无人。他用深深地打躬来表示抗傲,用笑声来宣泄满腔敌意。我们随时看见他的高高拱起的背,听到他的干涩的冷笑。而到"况大人胸有成竹,怎会徒劳往返?"仰起头来作了三声断开的、没有尾声的干笑之后,深深一躬,说道:"请——查!"他的肆无忌惮就达到了顶点,而他的暂时稳固的立脚点就开始摇晃起来了。从他对于况钟的进攻之中,我们只觉得况钟的虚怀若谷,沉静稳重,潜心考虑问题,毫不因为过于执的冷言冷语而分心动气,这是何等的风度!反过来,过于执则是多么的浅狭、无聊!到了发现铜钱之后,在况钟的层层深入,真正的谨严的、具有充分的前提的逻辑推论比照之下,过于执的逻辑的虚伪性就更加毕露了。他越来越强词诡辩,压制民意,希图掩饰蒙混过去,他的卑鄙险恶的心机也就越来越彻底在观众的面前揭开。到了后来他跑到周忱面前倒打一耙,诬告况钟"捕风捉影,诡言巧辩,捏造凭证,颠倒是非,又假私访为名,每日游山玩水,分明是拖延斩期,包庇死囚",这种毒辣的行径,是他的性格很逻辑的进一步发展。

从过于执的两场戏当中,我们看出昆苏剧团不但能使新加的东西不比原有的好东西逊色,而且能使新旧之间,部分与全体之间非常调协谐和,毫无生米、熟饭煮作一锅之感。从这场戏里,我们还可以看到作者、导演、演员之间的无间的合作,他们的艺术思想是那样的一致,以至使全戏的剧本和演出像是同时生长出来的,不是两件事。……

从过于执的两场戏当中,我们是可以看出昆苏剧团在工作上(包括剧本整理、导演和演员表演)的创造性来的。向创造性致敬!

注　释

① 　本篇原载《北京文艺》1956 年 6 月号;初收《汪曾祺全集》第三卷,北京师范
　　大学出版社,1998 年 8 月。

鲁迅对于民间文学的
一些基本看法^①

民间文学在中国,不是一个孤立的现象,它总是和文学上的思想斗争相联系着的。鲁迅先生并没有专门研究过民间文学,也没有发表过关于民间文学的学术文章,他总是在说到文学上的重要问题时必要地或者附带地提到民间文学;或者以民间文学为例,从这里说开去,发挥他对于政治的和文化的意见。但是虽然是这样,或者正因为这样,他对于民间文学的看法,常常达到不可比拟的深刻性和战斗性。

鲁迅的一生是战斗的一生。他一面要和敌对的阵营作战;一面还要指导说服在一个旗帜下面的同志和友人,和一些主观幼稚的倾向斗争;同时,在这样的过程里也就批评着和改造着自己。他的对于民间文学的理论的片段,就是在这样的斗争中产生和形成的。——虽然这只是片段,但都异常精辟中肯;并且这些片段是彼此互相联系贯通的,如果把它抽取出来,放在一起,是可以看出一定的系统性来的。鲁迅先生对于民间文学的议论,在我们的薄弱而混乱的民间文学理论遗产中,显得特别重要而且正确,至今仍具有积极的指导作用,并且日益显示出它的真实的意义。

鲁迅先生生时,在文艺上正面的,首当其冲的敌人,是以胡适为首的资产阶级学派。胡适派的思想和方法在文艺和学术上发生了广泛的影响,在民间文学工作方面影响也极大。五四运动以后,在民间文学工作方面曾经出现过一度的"旺相"。这个时期发表了不少真正具有人民性的民间文学作品,倡导了搜集研究的风气,并且草创了"民间文学"这一门学科,为此后的工作铺设了一层基础,这是值得我们永远纪念和感激的。但是五四运动是一个泥沙俱下的洪流,这在民间文学工作方面也不例外。这个时期的民间文学研究工作大部分都带有很严重的形式主义的缺点:烦琐不堪的比较,穿凿附会的考证,极少正确地分析它的思想内容。在搜集上也是只看形式和词句,甚至是"为着追求其中落后的东西",把许多封建市民的淫佚颓靡和疲弱的冷嘲的作品,也都一概当作了民间文学,甚至标榜为民间文学的主流和高峰。这样,就掩盖了民间文学的最显著的特色——它的阶级性。胡适派的方法是从他们的基本的文艺思想——文学无阶级性出发的。胡适的影响不但很大,而且很久远,直到现在,还不绝如缕。跟胡适派的残余影响作斗争,仍然是我们的任务。

鲁迅,就用反驳民间文学无阶级性,来反驳了文学无阶级性的说法。

鲁迅直率地把文艺分为消费者的文艺和生产者的文艺,并且指出了民间文艺是生产者的文艺:

> ……既然有消费者,必有生产者,所以一面有消费者的艺术,一面也有生产者的艺术。……这和高等有闲者的艺术对立,是无疑的。②

鲁迅的这一个定义是有科学的精确性的。把民间文学认为首先是生产者的文学,这就划清了它的界限,并且说明了它的基本特征。民间文学的范围和界限,这一门学科的研究对象,是一个长久没有解决,甚至还没有提出讨论的问题。"民间文学"的"民","人民",大家对它的理解颇有分歧,历史上各个时期的情况也不一样。鲁迅先生的这个说法是非常恰当的,这非常鲜明,也非常概括。"生产",这说明"人民"一词最本质的含义,并且也说明了民间文学的最初的和最中心的内容。这个定义,就是对于奴隶社会以前的民间文学,也还是适用的。民间文学,从其全体上看来,它的产生的背景和最基本的主题,是:劳动。

鲁迅不但在原则上划分了民间文学的界限,并且有一双明察秋毫的眼睛,非常善于在模糊含混的表象之下看出实质的不同,剥开名词和形式看到思想。比如"谚语",比如"笑话",我们是很容易马马虎虎地把它一概算到民间文学里面去的，然而鲁迅先生就指出这也有不是出于人民的东西，指出这些东西的反人民性。

> 粗略地一想，谚语固然好像一时代一国民的意思的结晶，但其实，却不过是一部分人的意思。现在就以“各人自扫门前雪，莫管他人瓦上霜”来做例子罢，这乃是被压迫者的格言③，教人要奉公，纳税，输捐，安分，不可怠慢，不可不平，尤其不要管闲事；而压迫者是不包括在内的。……某一种人，一定只有这一种人的思想和眼光，不能越出他的本阶级之外。说起来，好像又在提倡什么犯讳的阶级了，然而事实是如此的。谣谚并非全国民的意思，就为了这缘故。……④

> 浙西有一个讥笑乡下女人之无知的笑话——
>
> 是大热天的正午，一个农妇做事做得正苦，忽然叹道：“皇后娘娘真不知多么快活。这时还不是在床上睡午觉，醒来的时候，就叫道：太监，拿个柿饼来！”
>
> 然而这并不是“下等华人话”，倒是高等华人意中的“下等华人话”，所以其实是“高等华人话”。在下等华人自己，那时也许未必这么说，即使这么说，也并不以为笑话的。⑤

这些意见，是说得非常具体而且深刻的。鲁迅先生这些话主要是针对敌对者而发的，但也同样教育着自己的同志。这种具体分析的鉴定方法，永远值得我们学习。

鲁迅先生对于民间文学的另一个重要论点，是承认民间文学在艺术上的优越性——刚健、清新。这本来是向自己的同志说的，但也间接掊击了胡适派对于民间文学的艺术的形式主义的论调。

革命的文艺工作者注意到民间文学，大约在一九三〇——三二年左右，是在讨论文艺“大众化”的时候。参加大众化讨论的虽然有各色各样的人，但在当时大体上还是倾向于革命的。因为革命形势的需要，文艺和人民大众结合的问题被提了出来，许多同志在理论上和实践上都做了一些开拓和试探的工作,这对于中国革命文学的发展是一个重要的阶段。但是由于历史的限制和革命的文艺者主观的弱点,这次讨论是有很大的缺点的。现在看起来,明显的缺点之一,是把"大众化"看成是一个单纯为了启蒙的手段问题,工具问题,"简单地看做是创造大众能懂的作品,以为是一个语言文字的形式问题"⑥。民间文学,就是在这种要求下被提出来的,当时的提法是"旧形式利用"。这在我们今天已经受了毛主席"在延安文艺座谈会上的讲话"的教育,多少知道一点"百花齐放,推陈出新"的道理的人,是不难看出它的片面性的:把所有的民间文学一概判定为"旧",这就割断了历史;只是着眼在其形式,而且是形式上的最外部的特点,如七字句、攒十字之类,就忽略了内容的人民性和表达这样的内容的艺术。许多同志当时都以为民间文学只是一个空瓶,却不知道这里面原来多半装的是陈年的好酒,喝下去是大有益处的。许多同志对民间文学都缺乏了解,而且存在着不同程度的轻视。虽然只提到"利用",也引起了许多疑虑,担心这是"类乎投降","机会主义",是"为整个旧艺术捧场"⑦,"怕文学的低落,为着文学发愁"⑧……等等。

这次讨论对于民间文学所放置的不适当的地位,后来终由鲁迅先生把它摆正了。

鲁迅先生也并不是一下子就对于民间文学的艺术价值作出充分的肯定的。鲁迅先生从来就热爱民间文学,他对于民间文学有着丰富的感性知识,远在一九二二年就写过《社戏》那样的优美的散文,并且一直都关心着民间文学的活动,也零散地提出过一些对于人民的文艺才能的看法;但是起初还不能提高到理论上来认识。也许他所看到的一些关于"山歌野曲"的出版物在观点和方法上都有些问题,使他产生一些迷惑,他在一九二七年所写的《革命时代的文学》中对民间文学的看法不能不说是带有一定的片面性的,——虽然其中也有合理的成分⑨。值得注意的是就在这一年前后,鲁迅先生写了好几篇充满深情的记述农村民间文艺生活和作品的极有思想性的文章,如《无常》、《五猖会》以及《朝花夕拾》的《后记》等等。从表面看,在那样残酷斗争的时候,鲁迅先生却忆念起这些村居琐事,仿佛是不可理解的事情;但是我们有理由可以说:随着整个思想的蜕变,随着向马克思主义的转移,鲁迅先生对于民间文学的看法也正在确立之中。这些夹叙夹议的散文里面已经闪耀着犀利的阶级分析的观点。这些,是他在参加讨论"大众化",提出民间文学课题之前的思想准备。在讨论初期,鲁迅先生的意见就是比较切实的。而到"大众化"问题的后期,在一九三四年,鲁迅的看法就越加成熟和坚定了,他把民间文学和大众化问题的关联就看得更加密切了。鲁迅先生虽然也袭用过"旧瓶装新酒"的口号,但他的理解是比许多人要深刻得多的,并不只在字面上打转。他的民间文学思想在《门外文谈》中表现得最为完美。《门外文谈》是"大众化"运动的一篇带有总结性的论文,同时也是中国的民间文学理论的杰出的文献。鲁迅先生在这篇文章中几乎全面地涉及到民间文学各方面的根本问题,从文学的起源——"杭育杭育派",直到晚近的农村中表演的戏曲。为了解除许多人的疑虑,叫他们"不必恐慌",不必骇怕大众文艺因为吸收了民间文艺而"低落",鲁迅先生对于民间文艺的艺术价值作了这样的斩钉截铁的估计:

> 大众并无旧文学的修养,比起士大夫文学的细致来,或者会显得所谓"低落"的。但也未染旧文学的痼疾,所以它又刚健,清新。无名氏文学如"子夜歌"之流,曾经给文学一种力量,我先前已经说过了;现在也有人介绍了许多民歌和故事。还有戏剧,例如"朝花夕拾"所引"目莲救母"里的无常鬼自传,说是因为同情一个鬼魂,暂放还阳半日,不料被阎罗责罚,从此不再宽纵了——
>
> "那怕你铜墙铁壁!
>
> 那怕你皇亲国戚!……"
>
> 何等有人情,又何等知过,何等守法,又何等果决,我们的文学家做得出来么?[10]

> 这是真的农民和手工业工人们的作品,由他们闲中扮演。借目莲的巡行来贯串许多故事,除"小尼姑下山"以外,和刻本"目莲救母"是完全不同的。其中有一段"武松打虎",是甲乙两人,-强

一弱,扮着戏玩。先是甲扮武松,乙扮老虎;被甲打得要命,乙埋怨他了,甲道:"你是老虎,不打,不是给你咬死了?"乙只得要求互换,却又被甲咬得要命,一说怨话,甲便道:"你是武松,不咬,不是给你打死了?"我想,比起希腊的伊索,俄国的梭罗古勃的寓言来,这是毫无逊色的。⑪

许多同志的轻视民间文学,有许多原因;原因之一,是接触得太少,知道得太少。在当时,许多同志心目中的民间文学只是一个概念,而且是一个歪曲的概念,以为不过是小沙渡或杨树浦(上海近郊)一带的"泗洲调"、"月望郎"、"孟姜女哭夫"、"五更调"、"十八摸"、"打牙牌"、"毛毛雨"⑫(其实这里面也有好的,比如"孟姜女哭夫")这一类的东西,这就无怪其然了。而鲁迅先生之所以能够深刻地认识民间文学,是因为他在精神上和人民有深刻的联系;前面已经说过,他曾经生活在丰富的民间文学的感性世界之中,对民间文学有广泛的知识和兴趣;民间文学曾经养育过他,这也成为了他身体里的狼的血液,使他切身地感觉着它的强壮的力量。民间文学的伟大的教育作用,其实从鲁迅先生的身上,就可以看出来的。

可惜,鲁迅先生对于民间文学的看法,在当时,没有得到普遍的重视和理解。大家的所以不能重视和理解,也正是因为在民间文学的认识上和鲁迅有很大的差别。——那么,看起来,对于民间文学的搜集整理工作也仍然是当务之急,因为今天大家对于民间文学的理解和重视也还不是那样的"普遍"的。

鲁迅先生深知民间文学的人民性和艺术上的优越性,所以他主张在采录时要忠实,他惋惜"柳枝"、"竹枝"、"子夜"、"读曲"的为文人润色而失去本来面目⑬。他以为"惟神话虽然文章,而诗人则为神话之仇敌,盖当歌颂记叙之际,每不免有所粉饰,失其本来"。⑭但是他并不以为凡属民间文学就一概都是好的。他在《革命时代的文学》中对"山歌野曲"的估价虽然有些片面,但把"对乡下的绅士有田三千亩,就佩服得不了"作为对一部分民间文学的批评来看,也还是正确的,他指出民间文学的间接蒙受士大夫文学的影响,也是合乎事实的。他对游离在革命之外,尚未觉醒的市民在民谣中所表现的麻木和自私,是很为痛心的——他简直称之为"黑暗"⑮。所以我们对搜集记录下来的民间文学材料,也还要加以甄别。同时,要防止"失其本来",也并不是绝对不能动,若是当作宝贝似的供养起来,那就成了鲁迅先生所批评的"国粹派"。鲁迅先生是第一个对"白蛇传"加以热烈的肯定的,但也以为倘要改编为连环画,是要把水漫金山伤害生灵的地方减弱,把白娘娘的坚毅的地方加强的。——这个工作,在我们今天说起来,便是"整理"。另外,则有加工、改编、创作,《故事新编》便是这样的书。《故事新编》有许多借题发挥的情节,但是除去这些之外,还是忠实于原来的传说和史料,并且发挥出原材料的精神的;用鲁迅先生自己的说法,就是"没有把古人写得更死"⑯。鲁迅先生所用的方法我们今天或者不一定全用,但那精神是值得采取的。我们反对"失其本来"的粗暴,也不应保守到"把古人写得更死"。鲁迅先生认为应该从民间文学生出新的艺术,新的形式:

> 旧形式的采取,必有所增删,既有删除,必有所增益,这结果是新形式的出现,也就是变革。⑰

这些问题本来是极为复杂的,因为时间力量所限,一时不能深论,只能这样笼统地提一提。——鲁迅先生对于民间文学还有一些重要的意见,比如他对民间文学与书面文学的相互交流与蜕变的辩证关系的看法,他对民间语言的卓越的见解,他对于中国的鬼和神的富于人情的分析,……这些都对我们当前的工作仍然极有现实的指导意义,但都不是一时所能备说,今只撮述其对于民间文学的一些基本的看法,供大家参考,如上。

一九五六年九月

注　释

① 本篇原载《民间文学》1956 年 10 月号;初收《汪曾祺全集》第三卷,北京师范大学出版社,1998 年 8 月。

② 《且介亭杂文》:《论"旧形式的采用"》。

③ 鲁迅先生这句话的意思是说这是压迫者创设出来使被压迫者遵奉的格言。

④ 《南腔北调集》:《谚语》。

⑤ 《伪自由书》:《人话》。按此笑话亦见石天基《笑得好》,题为"吃柿坨",与此小异。

⑥ 周扬:《马克思主义与文艺》序言。

⑦ 见《且介亭杂文》:《论"旧形式的采用"》。

⑧ 见《且介亭杂文》:《门外文谈》。

⑨ 请参看《而已集》:《革命时代的文学》。关于这篇文章,因为笔者不大了解当时的情况,理解上可能有偏差,姑且这样提出来,请大家商榷。

⑩ 无常的唱词在《朝花夕拾》中《无常》内引述较多,分析亦更为细致,请参看。

⑪ 《且介亭杂文》:《门外文谈》。

⑫ 见丁易编《大众文艺论集》,华汉:《普罗文艺大众化的问题》。

⑬ 见《门外文谈》。

⑭ 《中国小说史略》:《神话与传说》。

⑮ 见《三闲集》:《太平歌诀》。有人以为鲁迅先生这篇文章是在称赞这三首民谣,这是断章取义地把意思看反了。

⑯ 《故事新编》序。

⑰ 《且介亭杂文》:《论"旧形式的采用"》。

1958 年

仇恨·轻蔑·自豪①
——读"义和团的传说故事"札记

张士杰所记的义和团传说故事，大体可分为两类。一类是直接反映义和团斗争的现实性的故事，一类是幻想故事。

《小黄牛》和《渔童》属于后一类。中国的民间故事中有一个广泛流传的特殊题材：洋人盗宝。这不是偶然的。故事中所说的"宝"，不是别的，正是人民和国家的经济利益。盗宝故事的来源颇古，故事中盗宝人的贪婪诡诈的形象是历来的剥削者的形象。但是大量地创作流传，且把里面的盗宝者一律换成了洋人教士，则可以断定不过是百十年间的事。这两个故事中的洋人取宝的方式是最为无耻的，他们不是去偷偷地捞上来或者挖出来，像许多较早产生的故事里所说的一样，而是穷凶极恶地向人民勒逼；他们的结局也不只是偷鸡不着蚀把米，丢掉了取宝的钥匙或钓宝的饵物，暗暗地被拖入深潭或幽闭在石壁里，而是更为狼狈，更为滑稽。这说明这些故事正是觉醒的人民的意识形态，这正是反帝运动的高潮中的产物，这里所反映的人民的仇恨更为炽热。

人民吸取了传统的形象的特征，传统的结构故事的方法和语言，但却赋之以新的思想，新的内容，而且使思想内容和形式达到可惊的统一。《小黄牛》里小黄牛叫刘栓架枯枝烧自己的皮，便炼出了银疙瘩、金疙瘩，这使我们想到某些蛇郎故事或某些兄弟分家狗耕田故事的情节；最后金疙瘩在毛子军官中爆炸，这金疙瘩分明就是某些龙王公主故事结尾的"古怪"（或称"日古怪"，或称"意思"、"没意思"）。但是这是一个表现从压迫到反抗的完整、浑成的故事,读起来不感觉一点拼合的痕迹。特别是《渔童》,我们几乎不大能相信这是一个仅仅产生在六十年前的故事。它的形式是那样的洗炼,它的语言可以跟许多流传最为久远的故事(比如兄弟分家或狼外婆故事)相媲美。特别是渔童唱的那四节短歌:

> "鱼盆鱼盆摇摇,
> 清水清水飘飘!"
> "清水清水流流,
> 金鱼金鱼游游!"
> "金鱼金鱼跳跳,
> 清水清水冒冒!"
> "清水清水静静,
> 金鱼金鱼定定!"

轻快、鲜明、富于音乐性,不仅它本身异常优美,而且使整个故事都具有均衡的节奏,增加了色彩和动态。我们读了一点民间故事的人,往往有这种想法:越是古老的故事,才越成熟,越完整。面对这样的故事,不得不驱使我们对这个问题作更深一步的思索。

《渔童》故事中有一段很有意思的对话。洋牧师向畏葸的县官诬告捞得鱼盆的老渔翁,说那是他从外国带来的宝贝,老渔翁说"这鱼盆是中国河里出的,中国人冒着生死捞上来的",并且反问"既是外国出的鱼盆,为什么这个小渔童是中国人的打扮,中国人的模样?!"这一问问得县官教士全都哑口无言。这是机智的一问。而这机智正是出于中国人民的强烈的主权意识。创造故事的人所安排的这一细节的里面,凝结着十分深刻的民族感情。

特别有意思的是《渔童》的结尾。

高尔基有一次对伊凡诺夫说:

> 当我在草原上漫游的时候,有一次猎狗吃掉了省长。连肩章也吃掉了。您不相信吗?最有意思的是连肩章也一起吃掉了。您

知不知道,这是哥萨克人的愿望,因为他们再想不出比这更可以侮辱自己省长的办法了。而乌克兰人,都是哥萨克,所以在编故事方面,也像每个哥萨克一样,是很谙练的。②

读着《渔翁》③的结尾,我不禁想起高尔基的话。请看:

> 老渔翁一阵恶气涌上来,身子一晃,手一哆嗦,"扑通"——"叭叉"——他气昏倒在地上,鱼盆也摔个粉碎!哪知那鱼盆一碎,小渔童却跳起来活了!渔童站在老渔翁跟前,把鱼竿一晃,立刻变得又顶又大;他把鱼竿朝洋牧师一抖,鱼钩正钩住牧师的嘴上膛;他把鱼竿一提,牧师立刻悬上了半空;他把鱼竿上下一抖,牧师悬在空中手刨脚蹬,"呜噜呜噜"直叫唤!这时,渔童猛地把鱼竿一甩,"日——"牧师立刻上了天,跟斗趔趄地滚到天边去了!

真好啊,牧师跟斗趔趄地滚到天边去了,诚如高尔基所说,中国人民再也想不出比这更能侮辱自己的敌人的办法了。义和团警告"国闻报"揭贴说:

> 只因四十余年内,中国洋人到处行,三月之内都杀尽,中原不准有洋人,余者逐回外国去,免被割据逞奇能。

逐出这些"无理已极,情实难容"④的蛇种,逐出这些"把祷告的殿堂变成贼窝"⑤的假冒为善的法利赛人,正是中国,特别是华北人民的一致的愿望。而在故事中,这种愿望以极端的幻想的形式表现了出来。这里,我们不得不佩服中国人民在编故事方面的谙练。最特奇、最锐利、最有力量的幻想,正是产生于最强烈、最深刻、最残酷的现实之中。什么地方现实感薄弱,什么地方也就没有幻想。

义和团的传说故事是真实的人民的历史。这些现实性的传说虽然是一些传说,刘老爹、张头和李头、铁金刚、宗老路等这些人未必可以查考,但是它却能比较真切地告诉我们一些关于当时运动的情况,其可靠程度是超过许多官方和私家的记载的。

从这些传说看，义和团运动原来只是一种广泛、普遍、分散、自发的农民抗暴自卫行动。刘老爹只是看不过洋毛子的横行霸道，便只身起来跟他们干了一场。铁金刚原来并没有打出义和团的旗号，直到跟毛子兵遭遇上了，毛子兵说出了义和团的所作所为，铁金刚才叫道，"那么，我们就是义和团！"大概，部分的出于义愤，反帝保家的农民的加入义和团，乃是后来的事；而且恐怕有的一直并未投坛入道。当时投入反帝洪流之中的人或比正式入坛的人要多得多，所谓"义和团运动"，不应只看作是义和团民的运动。这说明这个运动的广泛性；但组织薄弱，自发性强，也是运动失败的悲剧原因之一。

　　义和团运动是一个落后的运动，它带着浓厚的迷信、愚昧的色彩。奇怪的是从这些故事中我们看到的落后的东西并不很多。这里没有对于吞符念咒之类的渲染。铁金刚的获得神力，刀枪不入，诚然是带有迷信意味的，但是即是铁金刚的获得神力，也是威胁龙王的结果，这比一心念叨"北方洞房开，洞中请出铁佛来"等等是很不相同的。铁金刚得到龙王的启示，在河边接受了三天三夜的电火的考验，这才变得力大无穷，这里交杂着幻想和迷信，颇带有古代英雄传说的色彩，在气味上要健康得多。他对于龙王那种强硬要挟，和把玉皇、关帝、灌口二郎、增福财神以及马孟起、黄汉升、常遇春、胡大海……不管什么乱七八糟的神道鬼道都请来护佑自己的事急乱投医，证明自己实在是软弱无靠的精神状态是迥然异趣的。至于《托塔李天王》，更是明白地说出迷信附会，乃是被逼得无路可走的老实农民不得已而采用的一种组织、发动群众的手段。这是一个很值得注意的迹象。这反映了当时的农民的意识呢？还是反映了说故事人的意识？是当时在农村活动的拳民本不像一些文献中所记述的城市中的团民那样迷信落后？还是说故事人受了时代的影响，思想上发生了变化，对故事有所选择，有所淘汰，有所改动？后一种情况我们不得不作适当的估计，因为说故事的虽然都是七十以上至九十余岁的老人，但故事的记录都在解放以后。总之，这是研究故事的人应该留心的一个问题。

　　另一个值得注意的问题是这些传说故事中所反映的对于清朝统

治者即"官家"的态度。《托塔李天王》、《铁金刚》所反映的旱灾,官吏的勒索,这都是真实的。当时清廷因为有军饷、洋务、息债三大用项,每年短少一千数百万两银子,这银子都得从人民头上搜括。华北一带连天旱灾,连当时的外国报纸也说:"顺直一带雨水极少,麦田尽槁,民气颇为不靖。"从这两个传说看,李天王、铁金刚,最初都是被逼得不能聊生,所怨恨的是官府皇室,其把斗争的锋芒转向洋人,乃是后来的事。《张头和李头》尤其能够清楚地道出人民和统治者以及洋人之间的关系。洋人逼着人民修铁道,官家不让修,张头和李头把他们弄到了一处,说:"一边让修铁道,一边不让修铁道,狼也来了,虎也来了,你们就当面咬吃咬吃——到底修不修吧!"不想双方不打交道,却一起向修路的民工发威叫狠,横加逼迫,张头、李头这就明白了,说:

> 赶情你们都是给老百姓造罪的呀!这回我们可看清了!不听你们官家的,也不听你们洋毛子的,我们该听我们自己的啦!

"我们该听我们自己的啦",这一句话揭出了中国人民最可贵的觉醒意识。也许这个传说已经经过述说者强调夸张,但是我们看这个传说的结构是周密的,它的主体是不易改换的,它的形成不会是很晚的事。在义和团运动中人民有过一些民主意识,我看是可以肯定的,即使这点意识是虚薄的、朦胧的、动摇的、不稳定的。广大农民的义和团运动,应该看作是近百年来中国人民所进行的反帝反封建的民主运动的一个阶段,不能只是看成为一个单纯的排外运动。义和团运动固然不是"保清灭洋"的清朝贵族所能代表,亦非以"扶清灭洋"为旗号的董福祥的部属所能代表,倒是景廷宾后来所提出的"扫清灭洋",比较符合义和团运动的本来面目。

因为究竟缺乏明确、坚定的政治思想,因为大敌当前,外御其侮,义和团的大部分终于与清室妥协,为清室利用,最后惨败堕灭的悲剧,从《托塔李天王》、《铁金刚》等传说中也分明可以看得出来。

义和团运动失败了,但是中国人民反帝斗争的意志不会消灭。从

《渔童》故事的结尾,从《张头和李头》传说的结尾,我们都看出人民毫不暗淡的胜利的信心。张头李头脱下鞋来,窜进官家和毛子群里,抢鞋底子就打,大伙不约而同一同脱下鞋来涌上前去,"噼哩叭哒"一顿鞋底子,单是鞋里的积土或鞋底沾的土就把官家和洋人全都埋葬起来了。这充分地表示了中国人民对于自己的力量的信心,把内外敌人都没有放在眼里——抖落抖落鞋底的泥,就把他们埋得没有影儿了!这是一个豪迈的、乐观的尾声,同时也是继续斗争的先声。

事实上,反帝斗争在义和团之后并非绝灭。我们请看宗老路。宗老路在事败之后流浪江湖,打渔为活,颇有点像是失路的英雄萧恩,但是他却轻轻松松地收拾了一船打算扫灭义和团余党的鬼子兵。而且,就在故事的述说者之中,就有"后起的"义和团。

义和团时代英国侵华的代理人赫德在其所著《中国实测论》中说:

> ……盖中国数十年在沉睡之中,今也大梦将觉,渐有"中国者中国人之中国也"之思想。故义和团运动实由其爱国之心所发,以强中国,拒外人为目的者也。虽此次初起,无人才,无器械,一败涂地;然其羽檄一飞,四方响应,非无故矣。自今以往,此种精神必更深入人心,弥漫全国。他日必有义和团之子孙,辇格林之炮,肩毛瑟之枪,以行今日义和团未完之志者……

赫德不愧是个有一点远见的人。从张士杰所记的这些故事里,我们也可以得到同样的结论。现在,义和团的子孙已经早就起来,帝国主义者已经被从中国赶了出去,他们"跟斗翻趄地滚到天边去了!"中国将永远是中国人的中国!

义和团运动,若从一八九五年算起,距今不过是六十多年,但是即是对我们这样三十多岁的人来说,也已经仿佛是颇为渺远的事。读了张士杰所记的传说故事,使我亲切地认识了这段其实不过是昨日的历史,获得了不少教育,增加了一分对于祖国的感情。现在,能述说这样的传说故事的人都已是七十八十以上的人了,希望张士杰和其他同志能够积极搜集，免得使这些珍贵的传说故事消失。

三月二十六日

注　释

① 本篇原载《民间文学》1958 年 4 月号；初收《汪曾祺全集》第三卷，北京师范大学出版社，1998 年 8 月。

② 见伊凡诺夫：《会见高尔基》，中译本第 80 页。

③ 应为《渔童》，编者注。

④ 当时的媚外的总理衙门的奏折中语。

⑤ 见《马可福音》。

1960 年

古代民歌杂说①

说《弹 歌》

断竹,续竹;

飞土,逐肉。

这是一首现存最古的中国歌谣。《文心雕龙·章句篇》云:"寻二言肇于黄世,《竹弹》之谣是也。""黄世"是黄帝之世,黄帝之世,代表一个很古远的时代。这大概是可信的。

这是一首关于弓弹的歌谣。玩其词义,盖创作于弓矢、弹丸发明不久之后。

中国的弓弹在何时发明,现无确考,照常理推测,是先有了弓矢,然后再有弹丸的。弹丸是矢箭的代用品,取其携用均较轻便,在对付细小的目的物时用它较为合适。越国有一个陈音,他是认为先有弹,后有弓的。《吴越春秋》:"陈音对越王云:'弩生于弓,弓生于弹……'"。他所谓弓,按文义,是包括箭的。这不见得有什么根据。说"弓生于弹",可能是因为弹之制作,比弓简单,搓土为丸,唾手可得,不像弓矢又是镞,又是笴,还要加上羽那么麻烦。其实不然。这里的关键不在于发射物,而在发射体。弓矢的发明是人类的经验和智慧的结果。恩格斯在《家庭、私有制和国家的起源》中说:"弓、弦、箭已经是很复杂的工具,发明这些工具需要有长期积累的经验及较发达的智力,因而也要同时

58

熟悉其他许多发明。"这是很对的。这里最重要的是人们知道了利用弹力，利用弓弦以发生弹力，知道了利用最初的机械。弦的发明是决定性的条件。其次才是矢、弹。而且最初的矢大概也不是像后世所用的那么精工，很可能即是利用原来打猎和打仗用的棍棍棒棒而带有锐尖的扣在弦上，嗖的一声发射出去，这样就能在一个眼睛所能看到的远距离之外打击敌人与猎物。于是掌握了箭的人便有了莫大的威力。《易》："弦木为弧，剡木为矢，弧矢之利，以威天下，盖取诸睽"，说得很近情理，很可信。弓矢的发明很可能在金属的发明之前。关于矢的不用金属，其他的例证还有《左传》："楚灵王曰：'…昔日先王熊绎，辟在荆山，唯是桃弧棘矢以供御王事'"。《太平御览》引《魏志》："挹娄弓长四尺，力如弩，矢用楛，长尺八寸，青石为镞，古肃慎之国也。"总之，说"弓生于弹"，没有什么根据。我们宁可相信后汉李尤的话："昔之造弹，起意弦木，以丸为矢，合竹为朴，漆饰胶治，不用筋角"（《太平御览》引《弹铭》）。弹的发明，当在弓矢之后，但也不会很久，因为已经有了弓弦，用它代矢便不用费很多脑筋，很多时日。

说了这些话的目的，旨在说明：这首歌谣的创作盖在弓矢的发明之后不久的。

弓矢的发明，照恩格斯说，是在"蒙昧时代"的最高阶段。《家庭、私有制和国家的起源》："蒙昧时代……最高阶段……是从弓箭的发明开始的……：弓箭对于蒙昧时代，正如铁器对于野蛮时代和火器对于文明时代一样，乃是决定性的武器。"这是根据大量材料而得出的不可辩驳的结论，应用于中国的历史也不能例外。如果肯定弹之发明后于弓矢之发明不久这个前提，那么，我们便可进一步推绎，这首歌谣的创作，至多距离"蒙昧时代"也不会很久。宽泛一点地说这是"黄帝之世"时代的歌谣，是有相当充分的理由的。

肯定了这首歌谣的创作的时间，我们便有条件来谈论这首歌谣的性质和内容了，就越发觉得那位陈音的话可以说是一点道理也没有。《吴越春秋》：陈音对越王云："臣闻弩生于弓，弓生于弹，弹起于古之孝子。……古者人民朴质，饥食鸟兽，渴饮雾露，死则裹以白茅，投于中野。孝子不忍见父母为禽兽所食,故作弹以守之,绝鸟兽之害。故歌曰'断竹续竹,飞土逐肉'之谓也。"

如果我们相信恩格斯的话,对陈音的话是很容易驳斥的:蒙昧时代,家庭尚未确定形成,那个时候,还无所谓孝子,也没有"孝"这个观念,生养死葬这一套伦理还要经过一整个历史时代才能产生,把这首歌谣解释为孝了之歌,是后世儒者的造谣,是托古说教。

那么这是一首什么歌谣?弓弹是猎具,猎具为猎者发明与使用,这是一首猎者之歌(当时的社会尚无精密分工,从猎者盖是一部族之全体,也可以说是从猎的全民之歌),所歌的是行猎。是猎具,是弹。《弹歌》者,弹之歌也,如是而已。

弹是猎具,而且大概是专门用来打鸟的(很有可能古人用箭以猎兽,用弹以猎鸟。兽体大,宜用锐镞以深中要害,鸟体小,弹丸足以致死且得完肉。如乐府《乌生》所云:"一丸即发中乌身,乌死魂魄飞扬上天"。鲁迅《奔月》中写后羿用大箭射麻雀,结果把一匹麻雀射得粉碎,这是很有趣,也很近情理的想象,他如果知道用弹,那结果就会好一些)。《庄子》:"浸假而化予之左臂以为鸡,予因以求时夜;浸假而化予之右臂以为弹,予因以求鸮炙",可为一证。李尤《弹铭》也分明说"丸弹之利,以弋凫鹜"。

这是一个关于打猎的歌谣,更进一步,试为作一悬解,曰:这是一段猎人的咒语。

芬兰史诗《卡列瓦拉》写约卡赫伊宁在等待着华奈摩伊宁走近一些的时候,念着咒语:"我的弓弦哪,你要有弹力,呵,橡木箭哪,你要快得像光速一样;毒箭头哪,你要对准华奈摩伊宁的心……"这可以作为射箭之前念咒语的一个遥远的旁证。在中国,则《水浒传》里"放冷箭燕青救主"一回中,燕青在发箭之前念叨的一句"如意子休要负我!"在性质上也可以说是一种咒语,不过是缩短成一句语气急迫的散文了。

这一首歌谣,四个短句,通体用的是隐语。前两句说的是弹弓的制作。断竹,续竹,在字面上造成一种矛盾。既已断之,又复续之,似乎不可理解。所谓"续竹",即合竹为朴,再加以漆饰胶结,使竹之两端联结,并非使已断之竹按原茬再接起来。下面两句是说的弹的作用,但不直说,而用代语,以土代丸,以肉代鸟兽猎物。这样的回互其词,假如不标出题目是《弹歌》,乍一看,是不大容易看明白意思的。代语,字面矛盾,是谜语的常用的手法。这是一首谜语,一首中国的最早的谜语——也是作得很巧的,耐人寻味的谜语之一。

而,谜语,最初的谜语,按民俗学家的研究,是有咒语的作用的。它运用这种曲折费解的语言,不是为了游戏,而是企图由此产生一种神秘的力量,去支配自然,达到所期望的效果。

这样,我们就可以理解,它怎么会"想出"这样有意思的隐语:直接用"肉"以代鸟兽。原来贯串全文的"最高任务"(借用斯坦尼斯拉夫斯基的术语)正是为了——得肉。正如庄子所说的一样:"余因以求鸮炙"。从某个意义上来说,庄子简直想得更为急切,一提到弹弓,马上就想到一只烧熟了的野鸡;于此倒可见古之人是更为"质朴"一点的,只想到肉,没有更往远处幻想一步。

我们弄清了(或者说:假定了)这首歌谣的性质,这不但不有损于这首歌谣的艺术价值,反之,我们正因为知道我们的祖先创作这首歌谣的目的,而更能亲切地感觉到它的情绪。我们可以感觉到我们的祖先,一手挽定强弓,一手捏着泥弹,用足了力气,睁圆了眼睛,嘴里念道:

"断竹,续竹,飞土——逐肉!"然后嗖——的一弹打出去。古代的语言难于复现,但是如果采用广东话或者吴语来念,念出了歌谣中的四个入声,还是能够很具体地感到那种紧张殷切、迫不及待的热烈情绪的。我们在这里一样也能感觉到人对于自己能够制造工具,对于工具的赞美(所飞者土,所费者微;所逐者肉,所得者大,这多么好啊!)和对于自己的聪明和威力的自豪,我们可以感觉到我们的先民在草莽时期的生活的气氛。这些,我想是我们在隔了一个很邈远的时间之后,读起这样短促的歌谣还能获得感动的根本原因。我们读到这首歌谣,总是得到一种感动,尽管我们弄不分明我们为什么会受感动。

我们很容易想到摩尔根记载的澳洲人打袋鼠的歌谣和舞蹈——那全部的仪式。是的,我们可以这样地联想,这是对我们有启发的。这同样是用了语言、音乐和形体来影响、支配自然，获得胜利。很遗憾的是，我们不知道这首歌谣的音乐和伴随它的舞蹈，也不能确定它是否与音乐、舞蹈相联系着，它是否附丽于一定的形式；但是，尽管如此，还是不能动摇我们对于这首歌谣之具有形式的、符咒的作用的信念。

如果种种假说可以成立，那么，我们就可以为普列汉诺夫的艺术起源说找到一条新的、中国的佐证。艺术是为了生活，为了和自然作斗争，为了某种物质的目的，为了——"逐肉"；艺术不是弄着玩玩的。

1960 年 11 月 21 日　沙岭子

说《雉子班》

> "雉子，
>
> 班如此！
>
> 之于雉梁，
>
> 无以吾翁孺
>
> ——雉子！"
>
> 知得雉子高蜚止，
>
> （黄鹄蜚，
>
> 之以千里王可思）
>
> 雄来蜚从雌：
>
> "视子趋一雉。"
>
> "雉子！"
>
> 车大驾马滕，
>
> 被王送行所中，
>
> 尧羊蜚从王孙行。

这是一个悲剧，一首雉家族的生离死别的，惨切的哀歌。

雉的家庭——雄野鸡、雌野鸡带着它们的孩子，小野鸡，正和一群野鸡在一起，雌雄群游于山路，自得其乐。忽然天外飞来横祸，一面密网盖下来,母亲——雌野鸡被扣住了。这是一个游遨行猎的王孙撒下来的网。小野鸡年纪小,从来没有经验过这样的事,吓得忔愣愣一翅子就飞跑了(同时飞跑的还有别的野鸡),它一个劲儿往深山里飞。雄野鸡在仓惶之中还没有完全失去方寸。他这时两头牵累:一头是娇子,一头是爱妻,两头都放不下。首先招呼孩子! 他追在他后面高声地叫:"孩子,就这样飞! 一直飞到咱们老家,别回头,别跟着我们公姆俩!"看着小野鸡飞远了,他放了心,小野鸡得了活命了;但是他也知道他们从此就见不到他们的孩子了,他看着他越飞越远的后影,叫了一声:"孩子!"知道孩子已经高飞远走了,雄野鸡折回来,又追上被捕的雌野鸡。第一件事,是告诉雌野鸡:"我亲眼看见咱们的孩子跟在一个大野鸡后头了。"孩子已经有了依靠,好叫做母亲的放下心(这可能是他看到的,可能是编造出来安慰母亲的)。母亲也是一样,一方面感到一块石头落了地,一方面知道跟孩子是永远见不着了,惨叫了一声:"孩子!"雌野鸡的命运是注定了:这位王孙是个很显赫的贵人,乘的车又大,驾车的马又快得像飞,雌野鸡被一直送到王宫里去,一点生还的希望都没有。雄野鸡这时心意已决,他的心倒塌下来了:只有这样:我跟她一起去,永不离开! 他一翅一翅地飞,跟定了王孙的车子飞……

这是一首一向被认为很难读通的乐府诗。闻一多先生以为鼓吹铙歌十八曲中,这一首和《圣人出》、《石留》等三篇最为难读,很谨慎地说:"此歌皆不可强解,今唯略读一二,阙所不知。"(《乐府诗笺》)余冠英先生花了许多工夫,把这首乐府凿开了一条蹊径。但我觉得余说尚不够圆满,有些地方忽略,有些地方看拧了,按余说读,仍不够通畅。今强为索解,解如上。亦有说,说如下:

"班"我以为即"翻",按古无轻唇音例,这两个字的读音原来一样(我很疑心"乘马班如"的"班"也当作飞跃讲)。"雉梁"余注以为是"野鸡可以吃梁粟的地方",未免迂曲,而且这样长的句子缩成了"雉梁"两个字,这种文法也值得商榷。我觉得梁就是山头,现在也还有这么说的:"山梁子"。"雉梁"即野鸡群居的山梁子。或者简直就叫作"野鸡梁子",也很合乎口语。"无以吾翁孺",我以为各字都当如字直解。以，依也。吾，我或我们也。翁是老头儿。孺是女人。按孺本训小，一般指小孩子为孺或孺子。但是古时也有把小妻称为孺子的。清俞正燮《癸巳类稿·释小补楚语笄内则总角义》条："小妻，曰妾、曰孺、曰姬……曰孺子……或但曰小"；下面还引说："《汉书·艺文志》：中山王孺子妾歌注云：孺子，王妾之有名号者。《齐策》云'王有七孺子'，韩非书作'十孺子'，又《韩非·八奸篇》云：一曰在同床贵大人爱孺子是也。《左传·哀公三年》：季桓子卒，南孺子生子，谓贵妾。注云：桓子妻者，非是。《秦策》亦云：'某夕某孺子纳某士'；《汉书·王子侯表》：'东城侯遗为孺子所杀'：则王公至士民妾，通名孺子……"足证古代是把妾称为"孺子"的。这里的雌野鸡也可能是雄野鸡的小老婆，但是我们对野鸡的妻室还是不必严格区别正庶吧。那大概就是笼统地指的是老婆。呼之为小，不过如俞理初说怀嬴称婢子，是"闺房暂言，不拘礼称"，两口子说话，不讲究这些。《左传》"哀公三年"的误注，以为"孺子"为桓子妻，倒给了我们一个反证，原来古代妻也是可以称"小"的，这一点可以马虎。称之为"孺"，视之为小，这可能是为习惯上轻视妇女的意识支配，也很可能是一种爱称。侯宝林说相声，说对于妇女的称呼大都加一个小字，如小丫头、小媳妇，而男人则多称大，大老爷们，大小伙子，吁，是则妇女称小，自古而然，于"今"未变也矣。总之，我以为解孺为妻，是可以说得通的。"翁孺"对称，亦犹北朝乐府《捉搦歌》中的"天生男女共一处，愿得两个成翁姬"的"翁姬"，即"公姆俩""两口子""两夫妻"也。"翁孺""翁姬"声音原极相近，即说是可以通假，也不为勉强。按此，则"无以吾翁孺"就是"别跟着我们公姆俩"，意思是叫雉子去自寻生路。"知得"即得知。"高蜚止"的"止"是语尾助词，犹"高山仰止"的"止"。"黄鹄蜚，之以千里王可思"，如果作本文读，依余注，亦可通。或者干脆一点，把它看作是衍文，或者是夹杂进来的非本文性的词句亦可。乐府中常有与文义无关的字句杂入，使本文变得奇拗难读。旧来以有两种情况，一是"声词相杂"，一是"胡汉相混"，我设想还有一种情况，就是把帮腔或衬字也不分字体大小和本文杂写在一起了。这种与文义无关或无直接关系的词句，最初大概是由群众帮腔或歌伴和唱,也有即由演唱者自己唱出的。"小放牛"村女叫牧童"牧童哥,帮腔来",帮的是"七个弄冬一呀嗨,八个弄冬一呀嗨,一朵一朵莲花开";单弦牌子曲"金钱莲花落"、"太平年"都有和唱;四川的抒情山歌中竟会夹进字面上与本文情调似极不相及的插语"猪油韭菜包包子,好吃不好吃?"这要是跟本文连写,非此时此地人,将觉大惑不解。我疑心,"黄鹄蜚,之以千里王可思"和《蜻蜓行》里的"雀来燕"可能都是帮腔衬字,为唱禽鸟故事时所常用。如果是这样,如果作为文字材料来读,可以撇开不管,"知得雉子高蜚止,雄来蜚从雌",意思更为紧凑,如果演唱,则这一类帮腔和唱照例是不影响情节的展开和情绪的连贯的,唱自由他唱,解吾亦如此解。"趋",追随也。以下词句并可从余注。

　　把这首诗看成是野鸡家庭的惨剧,这一点余先生是和我相近的,但是我们对情节的理解不同。这里关键问题在这个悲剧中谁是被难者,谁是悲剧的主角。照余注,被猎获的是小野鸡,而剧中的主角就很模糊,似乎忽此忽彼,无一专主。我以为被捕的是雌野鸡,而剧中主角是雄野鸡,全部故事都是集中在他的身上,紧贴着他而写出的,贯串全诗的是他的情绪,这样才紧张,才生动。余注的立脚点恐怕是"知得雉子"的一个"得"字,以为是说雉子被人"得"着了。但是"得"是就人来说的,就雉来说,是罹,而不是得。看全诗,全是代雉立言,立场在雉的一面,不应用此主宾颠倒的词。如依余注,则全部情节似乎是这样:雄野鸡送小野鸡飞出去寻食,告诉他路上要小心,提防着人这种东西。后来知道小野鸡被人得着了(怎样知道的呢?),雄野鸡赶紧飞来,又跑到雌野鸡那儿去;然后,他或他们再跟着王孙的车子一起飞。雄野鸡这样跑来跑去,于情理上既无可解释,情节上又颇破碎。这雄野鸡简直是个老糊涂,既知要小野鸡对老头小孩都要避着点,怎么还放心得下让他一个人去冒险瞎闯呢?而且照余说,则"雄来蜚从雌"、"视子趋一雄"都没有着落。"从"字意思很显明,只能作跟随讲,这个"从"字就是下面的"尧羊蜚从王孙行"的"从",所从者是一雄,并非二雄(从王孙即从王孙车中之雄)。如果照余说被捉的是雉子,怎么又还能"视子趋一雄"

呢？是看见他在笼子里跟随了另一只野鸡了么？但这样就没有什么意义，已经被捉，有雉可趋与无雉可趋是一样的，临死即拉上一个垫背的，也不见得有什么可安慰处。

从艺术结构上看，笼贯全诗大部分的是一种绝望的，张皇急骤的调子。"雉子，班如此！之于雉梁。无以吾翁孺，雉子！"分明是一连串迫切的呼喊，一开头即带来了十分紧张的气氛，说明着一场不测的剧变。余注："班"即"斑"，"班如此"是老野鸡夸赞小野鸡羽毛斑斓好看（野鸡羽毛富于文采，容易叫人往斑斓好看上想，倒是很自然的），与这种短促、断续的语调实不相合。即依余注，被捉的是小野鸡，而小野鸡很快就要罹祸，老野鸡却在事先平白无故地夸赞其羽毛，这在构思上实嫌蔓远，不够集中。而且"班如此"与"之于雉梁"也不相衔接。试翻成白话看："孩子，你长得真花哨，你去到野鸡可以吃粱粟的地方去！不管遇着老人和孩子都要提防着一点，孩子！"这么东一句，西一句的，有这样说话的么？若依我的解释，在"雄来蜚从雌，'视子趋一雉'"之后第三个"雉子"（可能是雌野鸡单独呼叫，也可能是两只大野鸡同时哀呼）处，达到全剧的高潮，以下雄野鸡既已下了决心，情绪上趋于悲剧性的镇定，最后三句的调子，也相应地缓慢舒徐下来，渐行渐远，有余不尽。若依余注，则两只大野鸡同来随定囚载小野鸡的车子而飞，在第三个"雉子！"处情节应仍未展尽，下面仍应有较紧张的戏剧动作，可是最后三句的音韵与这个需要是不相合拍的——请注意这首诗用了两个韵，第二个"雉子"下换了一个韵。前面"子""此""孺""止""雌""雉"，连用齐齿呼，声音比较滞涩，令人有窒息之感，真好像是在吱吱的叫似的（诗人用韵时下意识受到了鸟叫的暗示？），而后三句的"縢""中""行"却是平和而安静的。这样的转换用韵（三句中其他字的音色也比较浏亮），是服从情景的需要，不是偶然的。

也许会有人说，你把这首诗解释得似乎"太"好了，简直是"神"了，这么一解释，这首民歌岂不是完全可以读通了么？这首乐府的艺术表现岂不是太完整，这样的非凡的洗练，紧凑，生动，集中，这样的如闻其声的对话，这样强烈的戏剧性，这不是太现代化了么？这样的来解释一个两千年前的作品，合适么？这不是有点太冒险了么？是的，我也正在犹豫着哩。不过，我想，如果我们有一定的根据，那就应该把话说得足足的，一点也不保留，一毫折扣也不打。抱残守阙，不是我们今天应有的态度。在这样的问题上我们应该大胆些，更大胆些。即使是错了，怕什么？

　　如果我的解释按常理既可说通，诉诸训诂，尚不悖谬，大体上可以成立，我是很快乐的。因为这样一来，我们对于这首诗的思想和艺术就可以作充分的估量；对乐府中犹存的几首动物故事诗，甚至对整个汉乐府所反映的那一时代的生活，它作为集体创作所表现的鲜明、深刻的人民性，就可以增添一分肯定，我们对民族的、人民的文化遗产就可以多一分自豪。

一九六〇年十一月二十四日

注　释

① 　本篇原载《北京文学》2007 年第五期。

"花儿"的格律①

——兼论新诗向民歌学习的一些问题

在用汉语歌唱的民歌当中，"花儿"的形式是很特别的。其特别处在于：一个是它的节拍，多用双音节的句尾；一个是它的用韵，用仄声韵的较多，而且很严格。这和以七字句为主体的大部分汉语民歌很不相同。

（一）

徐迟同志最近发表的谈诗的通讯里，几次提到仿民歌体新诗的三字尾的问题。他提的这个问题是值得注意的。民歌固多三字尾，这是不以人的意志为转移的客观事实。

并非从来就是如此。《诗经》时代的民歌基本上是四言的，其节拍是"二——二"，即用两字尾。《诗经》有三言、五言、七言的句子，但是较为少见，不是主流。

三字尾的出现，盖在两汉之际，即在五言的民歌和五言诗的形成之际。五言诗的特点不在于多了一个字，而是节拍上起了变化，由"二——二"变成了"二——三"，也就是由两字尾变成了三字尾。

从乐府诗可以看出这种变化的痕迹。乐府多用杂言。所谓杂言，与其说是字数参差不齐，不如说是节拍多变，三字尾和两字尾同时出现，而其发展的趋势则是三字尾逐渐占了上风。西汉的铙歌尚多四字句，到了汉末的《孔雀东南飞》，则已是纯粹的五字句，句句是三字尾了。

中国诗体的决定因素是句尾的音节,是双音节还是三个音节,即是两字尾还是三字尾。特别是双数句,即"下句"的句尾的音节。中国诗(包括各体的韵文)的格律的基本形式是分上下句。上句,下句,一开一阖,形成矛盾,推动节奏的前进。一般是两句为一个单元。而在节拍上起举足轻重的作用的,是下句。尽管诗体千变万化,总逃不出三字尾和两字尾这两种格式。

三字尾一出现,就使中国的民歌和诗在节拍上和以前诗歌完全改观。这是一个划时代的变化。

从五言发展到七言,是顺理成章的必然趋势。五言发展到七言,不像四言到五言那样的费劲。只要在五言的基础上向前延伸两个音节就行了。五言的节拍是"二——三",七言的节拍是"二——二——三"。七言的民歌大概比七言诗早一些。我们相信,先有"柳枝"、"竹枝"这样的七言的四句头山歌,然后才有七言绝句。

七言一确立,民歌就完全成了三字尾的一统天下。

词和曲在节拍上是对五、七言诗的一个反动。词、曲也是由三字尾的句子和两字尾的句子交替组织而成的。它和乐府诗的不同是乐府由两字尾向三字尾过渡,而词、曲则是有意识地在三字尾的句子之间加进了两字尾的句子。《花间集》所载初期的小令,还带有浓厚的五七言的痕迹。越到后来,越让人感觉到,在词曲的节拍中起着骨干作用的,是那些两字尾的句子。试看柳耆卿、周美成等人的慢词和元明的散曲和剧曲,便可证明这点。词、曲和诗的不同正在前者杂入了两字尾。李易安说苏、黄之词乃"字句不葺"的小诗。所谓"字句不葺",是因为其中有两字尾。

词、曲和民歌的关系,我们还不太清楚。一些旧称来自"民间"的词曲牌,如"九张机"、"山坡羊"之类,从严格的意义上讲,能不能算是民歌,还很难说。似乎词、曲自在城市的里巷酒筵之间流行,而山村田野所唱的,一直仍是七言的民歌。

"柳枝"、"竹枝",未尝绝绪。直到今天,中国大部分地区的民歌仍以七言为主,基本上是七言绝句。大理白族的民歌多用"七、七、七、五"或"三、七、七、五",实是七绝的一种变体。湖南的五句头山歌是在七绝的后面加了一个"搭句",即找补了一句,也可说是七绝的变体。有些地区的民歌,一首只有两句,而且每句的字数比较自由,比如陕北的"信天游"和内蒙的"爬山调",但其节拍仍然是"二——二——三",可以说这是"截句"之截,是半首七绝。总之,一千多年以来,中国的民歌,大部分是七言,四句,以致许多人一提起民歌,就以为这是说七言的四句头山歌。在许多人的心目中,"民歌"和四句头山歌几乎是同一概念。民歌即七言,七言即三字尾,"民歌"和"三字尾"分不开。因此,许多仿民歌体的新诗多用三字尾,不是没有来由的。徐迟同志的议论即由此而发,他似乎为此现象感到某种不安。

但不是所有的民歌都是三字尾。"花儿"就不是这样。

"花儿"给人总的印象是双字尾。

我分析了《民间文学》1979 年第一期发表的《莲花山"花儿"选》,发现"花儿"的格式有这样几种:

① 四句,每句都用双音节的语词作为句尾,如:

> 尕梯子搭在(者)蓝天上,双手把星星摘上,
> 风云雷电都管上,华主席给下的胆量。

除去一些衬字,这实际上是一首六言诗。

② 四句,每句的句尾用双音节语词,而在句末各加一个相同的语气助词,如:

> 政策回到山垴呢,社员起黑贪早呢,
> 赶着日月赛跑呢,尕日子越过越好呢。

除去四个"呢"字,还是一首六言诗。

> 菊花盅里斟酒哩,人民心愿都有哩,
> 敬给英明领袖华主席,一心紧跟你走哩。

这里"有"、"走"本是单音节语词,但在节拍上,"都有"、"你走"连

在一起,给人一种双音节语词的感觉。这一首第三句是三字尾,于是使人感到在节拍上很像是"西江月"。

③ 四句,上句是三字尾,下句是两字尾:

> 黑云里闪出个宝蓝天,开红了园里的牡丹,
> 华主席接上了毛主席的班,人民(们)心坎上喜欢。

④ 上句是七字句,下句是五字句,七、五、七、五。但下句加一个语气助词,这个助词有延长感,当重读(唱),与前面的一个单音节语词相连,构成双音节的节拍,如:

> 山上的松柏绿油油地长,风吹(者)叶叶儿响哩;
> 人民的总理人民爱,由不得眼泪(呕)淌哩。

⑤ 四句,上句的句尾是双音节语词加语气助词,下句为单音节语词加助词。同上,下句的单音节语词与语气助词相连,构成双音节的节拍,如:

> 南山的云彩里有雨哩,地下青草(们)长哩;
> 毛主席的恩情暖在心里哩,年年(吧)月月地想哩。

⑥ 五句,在四句体的第三句后插入一个三音节的短句。或各句都是两字尾,或上句是三字尾,下句是两字尾:

> 党的阳光照上了,
> 山里飞起凤凰了,
> 心上的"花儿"唱上了,
> 有华主席,
> 才有了六月的会场了。
>
>
> 画了南昌(者)画延安,
> 常青松画在个高山,
> 叶帅的功德高过天,
> 危难时,

把毛主席的旗帜肘端。

⑦　六句,即在四句体的两个上句之后各插入一个三音节的短句。上句常为三字尾,下句或用双音节语词,或以单音节语词加语气助词构成双音节:

云消雾散的满天霞,

彩云飘,

花儿开红(者)笑吓;

群众拥护敌人怕,

邓副主席,

拨乱反正的胆大。

祁连山高(者)云雾绕,

雪山水,

清亮亮流出个油哩!

叶帅八十(者)不服老,

迈大步,

新长征要带个头哩!

⑧　六句、七句,下句句尾或用双音节语词,或以单音节语词加一语气助词构成双音节。

总之,"花儿"的节拍是以双音节、两字尾为主干的。我们相信,如果联系了曲调来考察,这种双字尾的感觉会更加突出。"花儿"和三字尾的七言民歌显然不属于一个系统。如果说七字句的民歌和近体诗相近,那么"花儿"则和词曲靠得更紧一些。"花儿"的格律比较严谨,很像是一首朴素的小令。四句的"花儿"就其比兴、抒情、说事的结构看,往往可分为两个单元,这和词的分为上下两片,也很相似。这是一个很奇怪的现象。"花儿"是用汉语的少数民族(东乡族、回族)的民歌,为什么它有这样独特的节拍,为什么它能独立存在,自成系统,其间的来龙去脉,我们现在还一无所知。但这是一个很值得探讨,并且非常有趣的问题。

（二）

另一个问题是"花儿"的用韵，更准确一点说是它的"调"——四声。

中国话的分四声，在世界语言里是一个很特别的现象。它在中国的诗律——民歌、诗、词曲、戏曲的格律里又占着很重要的位置。离开四声，就谈不上中国韵文的格律。然而这是一个非常麻烦的问题。

首先是它的历史情况。四声是什么时候开始有的，众说不一。清代的语言学家就为此聚讼不休。争论的焦点是古代有无上去两声。直到近代，尚无定论。有人以为古代只有平入两声，上去是中古才分化出来的（如王了一）；有的以为上去古已有之（如周祖谟）。从作品看，我觉得至少《诗经》和《楚辞》时代已经有了四声——有了上去两声了，民歌的作者已经意识到，并在作品中体现了他们的认识。

比如"卿云歌"：

　　卿云烂兮，纠缦缦兮，
　　日月光华，旦复旦兮。

小时读这首民歌，还不完全懂它的意思，只觉得一片光明灿烂，欢畅喜悦，很受感动。这种华丽的艺术效果，无疑地是由一连串的去声韵脚所造成的。

又如《九歌·礼魂》：

　　成礼兮会鼓，
　　传芭兮代舞，
　　姱女倡兮容与，
　　春兰兮秋菊，
　　长无绝兮终古。

年轻时读到这里，不仅听到震人肺腑的沉重的鼓声，也感受到对于受享的诸神的虔诚的诵颂之情。这种堂皇的艺术效果,也无疑地是由一连串的上声韵脚所造成的。

古今音不同,我们不能完全真切地体会到这两首民歌歌词的音乐性,但即以现代的语音衡量,这两首民歌的声音之美,是不容怀疑的。

从实践上看,上去两声的存在是相当久远的事,两者的调值也是有明显的区别的。至于平声、入声的存在,自不待言。

麻烦出在把四声分成平仄。这不知道究竟是什么时候的事。旧说沈约的《四声谱》把上去入归为仄声。不知道有什么根据。中国的语音从来不统一,这样的划分不知是根据什么时代、什么地区的语音来定的。我们设想,也许古代语言的平声没有分化成为阴平阳平,它是平的——"平声平道莫低昂"。入声古今变化似较小,它是促音,"入声短促急收藏"。上去两声,从历来的描模,实在叫人摸不着头脑。也许在一定时期,上去入是"不平"的,即有升有降的。但是平仄的规定,是在律诗确定的时候。或者更准确的说,是在唐代以律诗取士的时候。我很怀疑,这是官修的韵书所定,带有很大的人为的成分。我就不相信说四川话(当时的四川话)的李白和说河南话的杜甫,对于四声平仄的耳感是一致的。

就现代语言说,"平仄"对举是根本讲不通的。大部分方言平声已经分化成为阴平阳平。阴平在很多地区是高平调,可以说是平声。但有些地区是降调,既不高,也不平,如天津话和扬州话。阳平则多数地区都不"平"。或为升调,如北京话;或为降调,如四川、湖南话。现在还把阴平阳平算作一家,有些勉强。致于上去两声,相距更远,拿北京话来说,上声是降升调,去声是降调,说不出有共同之处。把上去入三声挤在一个大院里,更是不近情理。

因此,我们说平仄是一个带有人为痕迹的历史现象,在现代民歌和诗的创作里沿用平仄的概念,是一个不合实际的习惯势力。

沿用平仄的概念带来了不好的后果,一个是阴平阳平相混;一是仄声通押,特别是上去通押。

阴平、阳平相混,问题小一些。因为有相当地区的阳平调值较高,与阴平比较接近。

大部分民歌和近体诗都是押平声韵的。为什么会这样，照王了一先生猜想，以为大概是因为它便于"曼声歌唱"。乍听似乎有理。但是细想一下，也不尽然。上去两声在大部地区的语言里都是可以延长、不妨其为曼声歌唱的。要说不便于曼声歌唱的，其实只有入声，因为它很短促。然而词曲里偏偏有很多押入声韵的牌子，这是什么道理？然而，民歌、诗，乃至词曲，平声韵多，这是事实。如果阴平、阳平有某种相近之处，听起来或者不那么太别扭。

麻烦的是还有一些仄韵的民歌和近体诗。

本来这是不成问题的。照唐以前的习惯，仄韵诗中上去入不能通押。王了一先生在《汉语诗律学》里说："汉字共有平上去入声四个调；平仄格式中虽只论平仄，但是做起仄韵诗来，仍然应该分上去入。上声和上声为韵，去声和去声为韵，入声和入声为韵；偶然有上去通押的例子，都是变例。"不但近体诗是这样，古体诗也是这样。杜甫和李颀的许多多到几十韵的长篇歌行，都没有上去通押。白居易的《琵琶行》和《长恨歌》，照今天的语音读起来，间有上去通押处，但极少。

由此而见，唐人认为上去有别，上去通押是不好听的。

"花儿"的歌手也是意识到这一点的。我统计了一下《民间文学》1979 年第一期发表的"花儿"，用平韵的十首，用仄韵的三十四首，仄韵多于平韵。仄韵中去上通押的也有，但不多，绝大部分是上声押上声，去声押去声。试看：

> 五月端阳插柳哩，牡丹开在路口哩，
> 华主席英明领导哩，精神咋能不有哩？

> 榆木安了镢把了，一切困难不怕了，
> 华主席的恩情记下了，劳动劲头越大了。

这样的严别上去，在民歌里显得很突出。

"花儿"的押韵还有一个十分使人惊奇的现象，是它有间行为韵这

一体,上句和上句押,下句和下句押,就是西洋诗里的ABAB,如:

> 南山的云彩里有雨哩,
>
> 地下的青草(们)长哩;
>
> 毛主席的恩情暖在心底哩,
>
> 年年(吧)月月地想哩。

"雨"和"底"协,"长"和"想"协。

> 东拐西弯的洮河水,(A)
>
> 不停(哈)流,(X)
>
> 把两岸的庄稼(们)浇大;(B)
>
> 南征北战的老前辈,(A)
>
> 朱委员长,(X)
>
> 把您的功德(者)记下。(B)

> 千年的苦根子毛主席拔了,(A)
>
> 高兴(者)把"花儿"漫了;(B)
>
> "四人帮"就像黑霜杀,(A)
>
> 我问你,(X)
>
> 唱"花儿"把啥法犯了?!(B)

这样的间行为韵,共有七首,约占《民间文学》这一期发表的"花儿"总数的六分之一,不能说是偶然的现象。我后来又翻了《民间文学集刊》和过去的《民间文学》发表的"花儿",证实这种押韵方式大量存在,这是"花儿"押韵的一种定格,无可怀疑。

间句为韵的一种常见的办法是两个上句或两个下句的句尾语词相同,如:

> 麦子拔下了草丢下,麻雀抱两窝蛋呢;
>
> 阿哥走了魂丢下,小妹妹做两天伴呢。

石崖吧头上的穗穗草,风刮着摆天下呢;

身子边尕妹的岁数小,疼模样占天下呢。

"花儿"还有一种非常精巧的押韵格式:四句的句尾押一个韵;而上句和上句的句尾的语词,下句和下句句尾前的语词又互相押韵。无以名之,姑且名之曰"复韵",如:

冰冻三尺口子开,雷响了三声(者)雨来;

爱情缠住走不开,坐下是无心肠起来。

这里"开"、"来"为韵,"口"和"走"为韵,"雨"和"起"又为韵。

十样景装的(者)箱子里,小圆镜装的(者)柜子里;

我冤枉装的(者)腔子里,我相思病的(者)内里。

这里四个"里"字是韵,"箱子"、"腔子"为韵,"柜"、"内"又为韵。

间句为韵,古今少有。苏东坡有一首七律,除了双数句押韵外,单数句又互押一个韵,当时即被人认为是"奇格"。苏东坡写这样的诗是偶一为之,但这说明他意识到这样的押韵是有其妙处的。像"花儿"这样大量运用间行为韵,而且押得这样精巧,押出这样多的花样,真是令人惊叹!这样的间行为韵有什么好处呢?好处当然是有的,这就是比双句入韵、单句不入韵可以在声音上造成更为鲜明的对比,更大幅度的抑扬。我很希望诗人、戏曲作者能在作品里引进这种 ABAB 的韵格。在常见的 AA×A 和×A×A 的两种押韵格式之外,增加一种新的(其实是本来就有的)格式,将会使我们的格律更丰富一些,更活泼一些。

"花儿"押韵的一个优点是韵脚很突出。原因是一句的韵脚也就是一句的逻辑和感情的重音。有些仿民歌体的新诗,也用了韵了,但是不那么突出,韵律感不强,虽用韵仍似无韵,诗还是哑的。原因之一,就是意思是意思,韵是韵,韵脚不在逻辑和感情重点上,好像是附加上去的。"花儿"的作者是非常懂得用韵的道理的,他们长于用韵,善于用韵,用得很稳,很俏,很好听,很醒脾。韵脚,是"花儿"的灵魂。删掉或者改掉一个韵脚,这首"花儿"就不存在了。

（三）

综上所述,我们可以为"花儿"的格律作一小结,以赠有志向民歌学习的新诗人:

(1)"花儿"多用双音节的句尾,即两字尾。学习它,对突破仿民歌体新诗的三字尾是有帮助的。汉语的发展趋势是双音节的词汇逐渐增多,完全用三字尾作诗,有时不免格格不入。有的同志意识到这一点,出现了一些吸收词曲格律的新诗,如朔望同志的某些诗,使人感到面目一新。向词曲学习,是突破三字尾的一法,但还有另一法,是向"花儿"这样的民歌学习。我并不同意完全废除三字尾,三字尾自有其方兴未艾的生命。我只是主张增入两字尾,使民歌体的新诗的格律更丰富多样一些。

(2)"花儿"是严别四声的。它没有把语言的声调笼统地分为平仄两大类。上去通押极少。上声和上声为韵,去声和去声为韵,在声音上取得更好的效果。上去通押,因受唐以来仄声说的影响,在多数诗人认为是名正言顺、理所当然的事。其实这是一种误会,这在耳感上是不顺的,是会影响艺术效果的。希望诗人在押韵时能注意到这一点。

(3)"花儿"的作者对于语言、格律、声韵的感觉是非常敏锐的。他们不觉得守律、押韵有什么困难,这在他们一点也不是负担。反之,离开了这些,他们就成了被剪去翅膀的鸟。据剑虹同志在《试谈"花儿"》中说:"每首'花儿'的创作时间顶多不能超过三十秒钟。"三十秒钟!三十秒钟,而能在声韵、格律上如此的精致,如此的讲究,真是难能之至!其中奥妙何在呢?奥妙就在他们赖以思维的语言,就是这样有格律的、押韵的语言。他们是用诗的语言来想的。莫里哀戏剧里的汝尔丹先生说了四十多年的散文,民歌的歌手一辈子说的(想的和唱的)是诗。用合乎格律、押韵的、诗的语言来思维(不是想了一个散文的意思再翻译为诗)。这是我们应该向民歌手学习的。我们要学习他们,训练自己的语感、韵律感。

我对于民歌和诗的知识都很少,对语言声韵的知识更是等于零,只是因为有一些对于民歌和诗歌创作的热情,发了这样一番议论。

我希望,能加强对于诗和民歌的格律的研究。

一九七九年二月六日初稿

三月二十二日改成

注　释

① 　本篇原载《民间文学》1979 年 6 月号;初收《晚翠文谈》,浙江文艺出版社,1988 年 3 月。

飞出黄金的牢狱①

《王昭君》第一幕里，孙美人唱了一支歌：

> 北方有佳人，遗世而独立。
>
> 一顾倾人城，再顾倾人国。
>
> 宁不知倾城与倾国，佳人难再得。

这是汉武帝的宫廷音乐家李延年为他的妹妹李夫人作的。汉武帝听了，说："世上哪有这样的人呢！"李夫人妙丽善舞，由是得幸。她年轻轻的，就死了。她死后，汉武帝一直对她很思念，曾请方士召了她的魂来，想再见见她。写了一首有名的诗："是邪，非邪？立而望之，偏何姗姗其来迟。"还为她写了一篇赋，写得很有感情。这个美人的短促的一生好像是一首诗。然而，就是她，对皇帝的恩宠看得非常透。

李夫人病危，汉武帝亲自来看她，这是多大的情分啊。可李夫人拿被蒙了脑袋，不让皇帝看她，只请求皇帝照看她的儿子和她的一家。汉武帝说："你只要让我看一眼，马上就加赐千金，并且让你的兄弟当大官。"李夫人就是不肯，她转面向里，只是抽泣，不再说话。汉武帝很不高兴地走了。皇帝一走，李夫人的姊妹都埋怨她。她说："我所以不让皇帝见，正是为了想让他照顾你们。我因为长得好看，才受到皇帝的爱幸。我现在病成这样，皇帝一看就恶心。不让他看，他会一直保留一个美好的印象。这样皇帝才会照顾你们。"李夫人真是聪明人。如果当时让汉武帝一看，以后的"是邪，非邪"，和那篇充满感情的赋，肯定都不会有。李夫人说了几句很深刻的话："以色事人者，色罢而爱弛，爱弛则恩绝。"这几句话概括了全部的后妃生活。

据班固统计，自汉兴至平帝，后庭以色宠著闻的有二十余人，只有四个得到善终,其余一概不得好死。班固当时就叹息道:"既欢合矣,或不能成子姓(未能生子),成子姓矣,而不能要其终(没有落下好结局),岂非命也哉!"得宠——失宠——惨死,这就是后妃的命。这还是得宠的,其余的就更不用说了,"有不得见者,三十六年"。

翻开历代的宫词,在那些珠光宝气的词句的后面,分明有一个血写的大字:怨。

后宫,是一座黄金铸成的牢狱。宫墙,是狱墙。里面关押着粉黛三千。这是一座巨大的坟墓,这些少女,在活着的时候就被埋葬了。

王昭君是从农村来的,"生长明妃尚有村",从重庆坐船出峡,可以远眺流入长江的香溪上的昭君村。她不是罪人的后代,也不是歌伎出身,她是好人家的女儿——良家子。她对宫廷生活是不会习惯的。她入宫几年,掖庭待诏,对妃妾的辛酸生活必有所闻。后宫的复道回廊、翠幕栏干,都记录着哀怨女鬼的故事。她不要这种金丝雀一样的笼中岁月,不甘心老死在雕梁画栋的牢狱之中,她耻于"以色事人",她要出去,走到广阔的天地里去,做一个自由自在的活人,这是很自然的。不安于汉宫生活,是她自愿请行的思想基础。

然而昭君的这种思想怎样表现?一种办法是平面地说。昭君身边也有宫女,她可以向宫女说。《王昭君》里昭君也向戚戚和盈盈说了,说她"想出去","堂堂皇皇地出去","正正当当地出去"。但是这不够。还可以让一个人,比如让一个老黄门给她讲故事,使她触目惊心,万分感慨。我十六年前写过一个剧本,就是这么干的。但是,不行,没戏!

为了表现王昭君的思想,曹禺同志塑造了两个人物。一个姜夫人,一个孙美人。

姜夫人庸庸多福。理所当然,应该是个白胖子。她是个"保守派",或者说是个正统派。她一脑袋后妃之德。她为她的侄女王昭君设计了一条青云直上的道路。她认定了昭君总归是要见皇帝的人。见了皇帝,得到恩宠,就有盼头了。她请人教昭君弹琵琶,找人教她学唱、学舞,教她怎样穿衣、打扮,教她读书,目的都是一个:做万民之母,天下之后。她把这条道路设想得那样平坦如意,鸟语花香,光风丽日。王昭君对姑妈的天真的幻想没有戳破,她从未正面反驳过。姑妈爱这样想,让她想去。但是,当姜夫人一本正经地讲"德言工容",让她一天到晚只要想一个念头——"皇帝"时,她说了一句:

"天骤暖了,花气更香了。"

对姑妈的话听而不闻,心不在焉。这是对姜夫人的很大的嘲弃。燕雀安知鸿鹄之志。没有姜夫人的庸俗,很难反衬出昭君的冲远的襟怀。

孙美人是王昭君的一面镜子。

一个人物,只在第一幕里出现,以后就再也没有了,这在一般戏剧里是很少见的。但是这个人物是必不可少的。只出现一幕,然而她完成了她在全剧里的作用,也完成了自己的性格。曹禺同志对这个昙花一现的人物没有几笔带过,而是着力地描写。

未见其人,已闻其声。上场之前,就听见她在幽幽地低唱:"北方有佳人,遗世而独立……"

她的形象是很特别的。她已经六十多岁了,头发全白了,然而声音、神态,依然是个十九岁的少女。四十余年如一瞬,时间在她的身上凝固了。她永远活在一个希望里,随时等待"皇帝宣诏"。她出来后,先在春水里照看,分不清水里的是花影、是人面。贫嘴的鹦鹉谎报万岁到了,她慌忙地急着要去接驾。曹禺同志在这里不厌其烦地写她怎样梳妆打扮。孙美人和王昭君的一大段关于装饰的对话,令人想起《陌上桑》、《古诗为焦仲卿妻作》这样一些汉代乐府诗常用的铺排的手法,是很有民族特色和时代特色的。王昭君的随口应答,表现了对孙美人的深厚的同情,同时也必然在自己的心灵里留下层叠的烙印。

孙美人真的受到皇帝的宣诏,——死了的先皇帝托梦叫生前的美人去慰解地下的寂寞。王昭君听了,问了一句:"去陪先皇帝?"

孙美人上了车,欢喜过度,一下子就断气了。王昭君只"哦"了一声。

这简单的一问和一声"哦",有着多么深切的感触啊!孙美人还把她的琵琶送给王昭君,昭君何以为情?这人琴之感来得太突然了。

孙美人的出现,犹如电光石火,给王昭君极大的震击。她从孙美人的身上,清清楚楚看到自己的影子。孙美人的白发、痴心、惨遇、暴卒,是一个活生生的先例,使她横下一条心:走!王昭君向掖庭令报名请行,是前些天的事,但是孙美人的死,是对她的一个直接推动的力量。

眼前两条路:一边,当美人的皇封到了;一边,备选阏氏的圣旨也来了。非常富于戏剧性的境遇。然而王昭君已经成竹在胸,义无反顾,她毅然决然地说:"这里有过孙美人,永远不会有王美人的!——良家子王昭君,接旨奉诏。""接旨奉诏",一字千钧。如果是戏曲,这里一定是要下一锣的。

通过一个活人,使王昭君亲眼看到汉宫的悲剧,从而选定自己的人生道路,比由一个老宫监讲故事的办法强得多了。

范晔的《后汉书》写昭君去见大单于时,"丰容靓饰,光明汉宫,顾影徘徊,竦动左右。"非常形象地表现出王昭君的意满志得的心情。尤其是"顾影徘徊",生动之至。

王昭君此时的顾影徘徊,必有以前的幽怨怅惘。花点笔墨写一写她对汉宫生活的认识,是完全必要的。万事起头难,有了这样富于诗意的第一幕,才能引出下面的文章。

姜夫人、孙美人,都是史书上所没有的。这是两个虚构的人物。但是这样的庸俗的女官和那样悲惨的妃妾,是一定会有的。没有姜夫人,也会有沈夫人;没有孙美人,也会有杨美人。这里所写的汉宫的生活,虽然不是言皆有据,但无是事,有是理。只要翻翻《汉书》的《外戚列传》,便可相信这样的构拟,完全是有道理的。诗人的想象,是有充分的现实材料为基础的。

注　释

① 本篇原载《民族团结》1979 年第四期。

笔下处处有人[①]

——谈《四进士》

　　《四进士》的来源无可考。传奇、小说、笔记里都找不到它的影子。这大概原是一出地方戏。山西梆子、河北梆子、河南梆子都有这出戏。河南梆子就叫做《宋士杰告状》。故事出在河南。从作者对河南地理熟悉来看，这出戏跟河南可能有些关系。但从唱词的用韵来看，"顾年兄"的"兄"与"不贤人"的"人"押在一起，"中东"、"人辰"相混，又有点像是山西梆子。也许它还在湖北打了一转，然后再流入京剧的。周信芳的演出本，宋士杰口中有一句念白："这信阳州一班无头光棍，追赶一个女子……"。"无头"是"无徒"之误。"无徒"是古语，意思就是无赖，元曲中屡见。白朴的《梧桐雨》和关汉卿的《望江亭》中都有。这个古语大概在剧作者写剧本时还活着，到了周先生的嘴里却因口耳相传传讹了。把"徒"读为"头"，是湖北人的口音。"姑苏"、"尤求"相混，谭鑫培早期的唱词里常有这种现象。马连良演出时念成"油头光棍"，更是以讹传讹了。刘二混是"专靠蒙、坑、诈、骗为生"的混混，却不是调戏妇女的浪子。又，顾读和毛朋的念白中都引用了一句民间俗话："卖屋又卖基，一树能剥几层皮？"这也像是湖北话。

　　以上这些，都只是一些设想，没有充足的证据。但是这是一个民间的无名的剧作者的手笔，却是可以肯定的。从它所表达的思想，所刻画的人物，以及唱词、念白的语言的通俗而生动，都可以证明。这不是文人的作品，与升平署打本子的太监也无关。

　　这原是一出很芜杂的戏。最初姚家兄弟、妯娌争夺家产大概占了相当大的篇幅。争夺的主要东西是一对传家的宝物紫金镯。有一个鼓词《紫金镯》，说的就是这回事。大概鼓词比剧本更早一些。现在的剧本里还保留着紫金镯的一点痕迹。《柳林》一场，有这样的对话：

> 杨　春　你这贱人，方才言道，丈夫去世，三七未满；如今手戴紫金镯，你卖什么风流！
>
> 杨素贞　客官有所不知，我公公在世之时，留下紫金镯儿一对，我夫妻各戴一只；夫死妻不嫁，妻死夫不娶。今日见了此镯，怎不叫我痛哭啊……

现在这对紫金镯成了可有可无，与戏的发展没有什么关系了。原来围绕这对镯子是有许多纠纷的。到了形成为京剧，比现在通常的演出本也要大得多。查升平署档案，汪桂芬在宫里演出时要分两天演，头二本一天，三四本一天。升平署所藏剧本目录，在《四进士》下注明"十六刻"，比现在的演出本要大出三倍。

这原是一出"群戏"。生、旦、净、末，谁都可以来一段。正旦杨素贞是一个很重要的角色。查清代梨园史料，不少旦角都以演杨素贞而擅名。她可以在"灵堂"唱大段反二黄，在"柳林"唱大段西皮慢板。这是"本戏"，照例有许多哪一出戏里都可用的套子；有许多任意穿插，荒诞不经的情节。

原本，田氏有个儿子叫添财。田氏在毒死姚庭梅之后，持刀去杀杨素贞的儿子保童。保童读书困倦，伏案睡着了。出来一个土地爷，把他救了。土地还把田氏踢倒在地，唱了一句"我一脚踢你个倒栽葱"。田氏又叫添财去杀保童。添财高叫"看刀"，但想起自小和保童一块长大，不忍下手。于是叫醒保童，说："我妈叫我杀你，我想，咱们从小一块长大，怪不错的。你死了，谁跟我玩儿呢？我不杀你，咱俩逃走了吧！"这两个孩子一同逃到信阳州，还见到杨素贞。杨素贞此时已经下了狱。她婆婆也到了信阳州。婆婆探监，见到杨素贞，大唱了一气，与《六月雪》相似。最妙的是杨素贞的婆婆夜宿神庙，梦中得了一个"温凉玉盏"。"温凉玉盏"本是秦代的宝物，原名"四季温凉玉盏"，见于孤本元明杂剧《临潼斗宝》。不知怎么叫这位老太太得着了，而且是在梦中！老太太把这件宝物献给毛朋。毛朋转献给皇帝,同时将有关案情申奏。皇恩浩荡,尽准毛朋所奏,并且赐了一块匾:"节义廉明"。所以这出戏又叫《节义廉明》。

真正是打胡乱说,莫名其妙!

现在南周(信芳)北马(连良)所演的《四进士》,大体相同,基本上是一个本子。许多芜杂的、荒诞的、陈旧的情节去掉了。情节集中了,主题明确了,人物突出了。这项工作是谁来完成的呢?这个人真是《四进士》的一个功臣。也许有这么一个人,也许没有这样一个人。也许,这是一个具有睿智、天才的伟大的剧作家——观众。

有人相信《四进士》是真人真事。

有一个传说,说宋士杰确有其人,信阳州现在还有他开的店,他的店的门坎是铁门坎,这当然是好事者附会出来的。说门坎是铁的,无非说是物如其人,老头儿脾气硬,门坎也是硬梆梆的。宋士杰并无其人,从他的名字就可以看出来。这个名字是谐音。"宋士"即讼师。"宋士杰"者,讼师里的杰出的人也。这是一个"拼凑起来的角色",剧作者把许多讼师的特征都集中到他身上了。

戏曲剧本写一个讼师,以一个讼师为主要人物的,好像还只有这一出。

讼师这种人,现在没有了。过去是哪个城市里都有的。凡有衙门处,即有讼师。讼师就是包打官司——包揽词讼的人。这是一种很特殊的职业。他们是有师傅,有传授(多是家传),而且是有专书的。有一本书叫《邓思贤》,就是专门讲怎样打官司的。这邓思贤就是一个有名的讼师。这种人每天坐在家里,就是等着人来找他打官司。他们可以替你写状子,教你怎样回话——怎样为自己狡辩,怎样诬赖对方,可以给你打通关节,给你出各种主意,一直到把对方搞得倾家荡产,一败涂地,只要你给他钱。他们的业务是远远超过正常的法律辩护的范围的。这是依附在封建政体上的蝇蚋,是和官僚共生的蛆虫。这种人大都很坏,刁钻促狭,手辣心狠。这是他们的职业训练出来的。好人,老实人是当不了讼师的。讼师的名声比师爷还要更坏一些。人们有事找他,没事躲着他。讼师所住的地方,做小买卖的都不愿意停留。街坊邻居的孩子都不敢和他们家的孩子打架。

然而《四进士》写了一个好讼师,给讼师翻了案。有人推测,此剧的作者大概就是一个讼师,这倒有几分可能。不过也不一定。作者对讼师这种人,对衙门口的生活是非常熟悉的,这一点则是可以肯定的。

宋士杰是一个好人。他好在,一是办事傲上。在旧社会,傲上是一种难得的品德。一是好管闲事。

宋士杰的性格是逐步展开,很有层次的。剧作者要写他爱打抱不平,爱管闲事,却从他不愿管闲事,怕管闲事写起。

宋士杰的出场是很平淡的。没有什么"远铺垫"、"近铺垫"。几记小锣,他就走出来了。四句诗后,自报家门:

> 老汉,宋士杰。在前任道台衙门,当过一名刑房书吏。只因我办事傲上,才将我刑房革退。在西门以外,开了一所小小店房,不过是避嫌而已。今日有几个朋友,约我去吃酒,街市上走走。

"避嫌"即表示引退闲居,不再过问衙门中事。当然,他是不甘寂寞的。他见多识广,名声在外,总是时常有人来向他求教的。班头丁旦为了"今有一桩事儿,不得明白,不免到宋家伯伯那里领教领教"。为田伦向顾读下书行贿的二公差,在他店里住了一宿,临走时还打听"有个宋士杰,你可认识?"也是慕名而想向他请教。但是他近年来毕竟是韬晦深藏,不大活动了。现任道台久久未闻此人踪迹,以为他已经死了。及至听到宋士杰这个名字,不免吃了一惊:"这老儿还在!"

他没有到处去揽事。他卷进一场复杂的纠纷完全是无心的。他不知姚、杨二家的官司,更不知道以后的麻烦,他遇见杨素贞是偶然的。他要去吃酒,看见刘二混同四光棍赶杨素贞,他的老毛病犯了:

> 啊!这信阳州一班无徒光棍,追赶一个女子;若是追在无人之处,那女子定要吃他们的大亏。我不免赶上前去,打他一个抱不平!

但是转念一想：

> 咳，只因我多管人家的闲事，才将我的刑房革退，我又管的什么闲事啊。不管也罢，街市上走走。

他和万氏打跑了刘二混，以为事情就完了。万氏把杨素贞引进店里，他和杨素贞的交谈，也是没有目的的，他问人家姓什么，什么地方的人，到信阳州来干什么，都是见面后应有的闲话。听到杨素贞是越衙告状来了，他顺口说了一句："哎哟，越衙告状，这个冤枉一定是大了。"也还是局外人的平常的感叹，无动于衷。他想看看杨素贞的状子，只是一种职业的习惯。"状纸若有不到之处，我与她更改更改。"他看了状子，指出什么是"由头"，点破哪里是"赖词"，称赞状子写得好，"作状子这位老先生，有八台之位"，"笔力上带着"，但是，"好是好，废物了！"，因为"道台大人前呼后拥，女流之辈挨挤不上，也是枉然。""交还与她"，他不管了！

他不想管闲事。他不想管闲事吗？

万氏认了杨素贞为干女儿，杨素贞也叫了宋士杰一声干父，宋士杰答应给干女儿去递状子。

到道台衙门递一张状子，这在宋士杰真是小事一桩。本来，宋士杰可以不误堂点，顺顺溜溜地把状子递上，那就万事皆休，与他宋士杰再无干系。不想偏偏遇着班头丁旦，有事求教，拉去酒楼，错过道台的午堂，状子不曾递上，出了个岔子，使他不得不击动堂鼓，面见顾读。犹如一溪静水，碰见了横亘的岩石，撞起了浪花，使矛盾骤然激化了，使宋士杰从一个旁观者变成了当事人，从一个局外人变成了矛盾的一个方面。

要写宋士杰打抱不平，管闲事，先一再写他不想管闲事，欲扬先抑。作者并没有写他路见不平，义形于色，揎拳攘袖，拔刀向前。不。不能这样写。他不是拼命三郎石秀，他是宋士杰。

宋士杰是一个讼师，他的主要行动正是打官司。宋士杰的戏主要是这几场：一公堂、二公堂、盗书、三公堂。三公堂是毛朋的戏，宋士杰没有太大作为。盗书主要看表演。真正表现宋士杰的讼师本色的是一公堂、二公堂。宋士杰的直接的对立面是顾读。一公堂、二公堂,可以说是宋士杰斗顾读。

剧作者没有在姚杨二家的案件上做什么文章,这件案子的是非曲直是自明的事。

一公堂争辩的是宋士杰是不是包揽词讼。

宋士杰是不是包揽词讼?当然是的。包揽词讼是犯法的。所有的讼师在插手一桩官司之前,都必须先替自己把这个罪名择清。宋士杰当然知道这一层。他知道上堂之后,顾读首先要挑剔这一点。他要考虑怎样回答。顾读一声"传宋士杰!"丁旦下堂:"宋家伯伯,大人传你。"宋士杰"吓"了一声。丁旦又说:"大人传你。"宋士杰好像没听明白:"哦,大人传我?"丁旦又重复一次:"传你! 小心去见。"宋士杰好像才醒悟过来:"呵呵! 传我?"这么一句话有什么听不明白的呢?宋士杰为什么这样心不在焉,反应迟钝呢?不是的,他是在想主意。他脱下鸭尾巾,露出雪白的发髻,报门:"报,宋士杰告进。"不卑不亢,似卑实亢。他这时已经成竹在胸,所以能这样从容沉着。顾读果然劈头就问:

"你为何包揽词讼?"

"怎见得小人包揽词讼?"

"杨素贞越衙告状,住在你的家中,分明是你挑唆而来,岂不是包揽词讼?"

顾读问得是在理的。

"小人有下情回禀。"

"讲!"

宋士杰的回答实在是出人意料:

咋! 小人宋士杰,在前任道台衙门当过一名刑房书吏。只因我办事傲上,才将我的刑房革掉。在西门以外,开了一所小小店房,不过是避嫌而已。曾记得那年,去往河南上蔡县办差,住在杨素贞她父家中;杨素贞那时间才这长,这大;拜在我的名下,以为义女。数载以来,书不来,信不去。杨素贞她父已死。她长大成人,许配姚庭梅为妻。她的亲夫被人害死;来到信阳州,越衙告状。常言道是亲者不能不顾;不是亲者不能相顾。她是我的干女儿,我是她的干父;干女儿不住在干父家中,难道说,叫她住在庵堂——寺院!

这真是老虎闻鼻烟!明明是一件没影子的事,他却把它说得有鼻子有眼,活灵活现,点水不漏,无懈可击!这些话是临时旋编出来的,可编得那样的圆全!宋士杰自己对这样的答话也是得意的。杨素贞对他说:"干父,你这两句言语,回答得好哇!"宋士杰一笑:"嘿,这两句言语回答不上,怎么称得起……(两望,低声)包揽词讼的老先生。"顾读光会咋呼,不是对手!宋士杰充满了胜利的快乐:

> 回得家去,叫你那干妈妈,做些个面食馍馍,你我父女吃得饱饱的,打这场热闹官司。走哇。走哇!嗳,走哇!

什么叫讼师?这就叫讼师,——数白道黑,将无作有。

"二公堂"是宋士杰替杨素贞喊冤。顾读受贿之后,对杨素贞拶指逼供,上刑收监。宋士杰在堂口高喊"冤枉!"

顾　读　宋士杰,你为何堂口喊冤?

宋士杰　大人办事不公!

顾　读　本道哪些儿不公?

宋士杰　原告收监,被告讨保,哪些儿公道?

顾　读　杨素贞告的是谎状。

宋士杰　怎见得是谎状?

顾　读　她私通奸夫,谋害亲夫,岂不是谎状?

宋士杰　奸夫是谁?

顾　读　杨春。

宋士杰　哪里人氏?

顾　读　南京水西门。

宋士杰　杨素贞？

顾　读　河南上蔡县。

宋士杰　千里路程,怎样通好?

顾　读　呃!他是先奸后娶!

宋士杰　既然如此,她不去逃命,到你这里送死来了!

这个地方宋士杰是有理的。但是他得理不让,步步进逼,语快如刀,不容喘息,一鞭一条痕,一掴一掌血,一直到把对方打翻在地,再也起不来,真是老辣厉害。什么叫讼师? 这就是讼师。

宋士杰的性格是多方面的。作者除了写了他精通吏道,熟谙官府,还写了他世事洞明,人情练达。

宋士杰吃酒误事,误过午堂,状子不曾递上,他很懊丧,在回家的路上一边走一边自己叨叨:

咳!酒楼之上,多吃了一杯,升过堂了,状子没有递上,只好回去。吃酒的误事! 咳! 回得家去,干女儿迎上前来,言道:"干父你回来了?"我言道:"我回来了。"干女儿必定问道:"状子可曾递上?"我言道:"遇见一个朋友,在酒楼之上,多吃了一杯,升过堂了,没有递上。"她必然言道:"干父啊,我不是你的亲生女儿;若是你的亲生女儿,酒也不吃了,状子也递上了。"这两句言语,总是有的……这两句言语,总是……

到了家,杨素贞果然对万氏说:

嗳,我不是他的亲生女儿……

宋士杰用极低的声音:

来了!

杨素贞接着说:

若是他的亲生女儿,酒也不吃了,状子也递上了!

宋士杰:

> 我早晓得有这两句话……

真是如见其肺肝然。这老头儿对人情世故吃得太透了!

《盗书》一场,誊写书信的动作很重要,但是没有前面的念白,就引不起后面的动作。他一见那两个公差,就感觉到"来得尴尬",要听他们讲些什么。果然听出一些名堂:

> 听他们言道:"田顾刘,……"这"田顾刘"是什么人? 哦,上蔡县刘题,信阳道顾读,这田……田……哦是了! 未曾上任的江西巡按田伦,莫非是他不成? 他们又言道:"酒,酒,酒,终日有;有钱的在天堂,无钱的下地狱。"口角带字,其中必有缘故。哎呀,他们过店的时节,见他手中,有一包裹,十分沉重,其中必有要紧之物,我不免等他们睡着,将门——咳! 为我干女儿之事,我也不得不如此——将门拨开,取将出来,看上一看。若有我干女儿之事,我也好做一准备呀。

他的嗅觉很灵。是啊,他是六扇门里的,又是开店的,什么样的人没见过? 什么样的事没见过? 这两个公差带着三百两银子,——三百两有好大一堆,能逃过他的眼睛吗?

他听说按院大人在此下马,写了一张状子。途遇杨春,认为干亲,合计告状。听到鸣锣开道,差杨春前去打探。他突然想起:

> 哎呀! 按院大人有告条在外,有人拦轿喊冤,四十大板。我实实挨不起了! 有了。我看杨春这个娃娃,倒也精壮得很;我把这四十板子,照顾了这个娃娃吧!

杨春递状回来,他不好好地问人家递上了没有,他叫人家"走过去","走回来"!

宋士杰　啊,这娃娃怎么还不回来,待我迎上前去。

杨　春　义父!

宋士杰　娃娃,你回来了?

杨　春　我回来了。

宋士杰　状子可曾递上？

杨　春　递上了。

宋士杰　哦，递上了！——递上了？

杨　春　递上了。

宋士杰　递上了？

杨　春　递上了啊！

宋士杰　走过去！

杨　春　哦，走过去。

宋士杰　走回来。

杨　春　好，走回来。

宋士杰　唉！娃娃，你没有递上。

杨　春　怎见得没有递上？

宋士杰　哈哈！娃娃，我实对你讲了吧：按院大人有告示在外，有
　　　　人拦轿喊冤，打四十大板。你这两腿好好的，状子没有递
　　　　上吧？

有一个孩子读《四进士》剧本，读到这里，说："这个宋士杰，真坏！"

宋士杰是真坏。

他击动道署的堂鼓，害得看堂人挨了四十板。看堂人下来叫他，他
还要问人家：

　　"娃娃，你挨打了吧？"

　　"唔，挨啦！"

　　"四十个板子？"

丁旦到上蔡县去提差，他送人家一笔空头人情。"我这里有一茶
之敬，带在身旁，买杯茶吃吧。"丁旦不敢拿，他说人家嫌轻了。丁旦愧
领，刚走不远，他在那里念秧："好，好！好丁旦！好丁旦！这个娃娃吃
红了眼了，连我宋士杰的银子他也敢要！好，姚、杨二家，不少一名还则

罢了;短少一名,管叫这个娃娃挨四十个板子,不能挨三十九。"丁旦听见,连忙回来:"原银未动"。宋士杰收了银子,还笑呵呵地说:"娃娃,你的胆子小啊。"——"我本来胆子小。"——"好,吃衙门饭,原要胆小。"他一毛不拔,最后还要奉送一句金玉良言,真正叫人哭笑不得。

作者不放过任何一个有用的细节。他写这些细节并不吃力。信手拈来,皆成妙趣。闲中著色,精细至此。正如风行水面,随处成文。其原因,在于作者对生活熟透了。其可贵处在于,笔下处处有人。

宋士杰是好人,可是他很坏。宋士杰很坏,可是还是一个好人。这是一个有血有肉的,活生生的人物,不是一个干瘪的概念。他的性格不是简单的。简单的性格不是性格。作者也没有把他写成一个一般化的讼师,他写的是宋士杰。这样的性格在中国戏曲里少见。不可无一,不可有二。他是"这一个"。

《四进士》在中国戏曲里是一部杰出的现实主义的作品,宋士杰是一个非常难得的典型。

学习《四进士》对于借鉴传统,推动我们今天的创作,是有益的;对于克服"四人帮"造成的公式主义的影响,是有益的。

《四进士》很好了。现在的演出本是一个相当干净,相当精练,相当完整的本子。但是是不是没有加工余地了?能不能再改改?

双塔寺盟誓,毛朋原有这样的念白:

> 可恨严嵩在朝,与我等作对;多蒙海老恩师保奏,我等方能帘外为官。那严嵩心中怀恨,差遣心腹人等暗中查访,要寻拿你我的错处,以图伤害。

早年演出时,还有严嵩的心腹带领校尉过场,后来大都删掉了。

这只是一个背景,一个伏线。但把整个故事放在这样一个政治背景上来写,有好处。这样就能说明毛朋秉公执法的直接原因,不致把毛朋拔得太高,成了单纯的为民请命。

姚、杨二家的纠纷简化了,是对的。不过现在写法有点近乎儿戏。

田氏因为听说婆婆说她"走东家、串西家,不像个官宦人家的规矩",怀疑是杨素贞挑唆,因此便起意要毒死姚庭梅,殊不可信。应该还是为了争夺家产。这和毛朋所写状子上的"由头""害夫谋产、典卖鲸吞"也才对得上号。田氏与田伦的关系要早点提起。她谋产害人,还不是因为有这么个当大官的阔弟弟么?

顾读是"直接受贿"还是"间接受贿",是师爷把银子拿走了,还是他自己收下了,都可以商量。但不论用哪一种写法,都不能对顾读原谅。

田伦一点性格没有。他向顾读行贿,是不是只是因为母亲一跪,可以考虑。他的思想应该稍稍复杂一些,不能把他的行为写成是全不得已。

有一些不恰当词句要改改。毛朋的定场诗"逢龙除角,遇虎拔毛",这种天真的、童话式的夸张词句出于一个八府巡按之口,不怎么合适。黄大顺的上场诗"朝为田舍郎,暮登天子堂",显然是演员随便抓来的。一个幕僚,登的什么天子堂呢?不合身份。杨素贞《柳林》的唱词:"你家也有姊和妹,你姊姊嫁过多少人",有点像个泼妇。有些听不懂的词句可改。周信芳本,按院大人有告条在外,有人提起"贩梢"二字,责打四十大板,一面长枷。"贩梢"费解。马连良演出时念成"贩售",还有念成"贩售人口者",也都令人生疑。按院查访民情,为什么对贩卖人口问题这样注意,特别出了告示?这一节去掉,于戏似无大碍。"无徒"现在既然很少人懂,不如径改为"流氓光棍"。诸如此类。

"三公堂"宋士杰没有什么戏。毛朋很有戏,宋士杰相形见绌。他在八府巡按面前好像变得老实了。要把这场戏往上挺一下,要想点办法。这办法不太好想。

周信芳和马连良的演出,基本上用的是一个底本。但是取舍之间,颇有不同。现在周先生、马先生都已作古,是不是能把南北两个本子参合起来,斟酌长短,定成一个更完善的本子,供青年演员演出?

我们的前人曾把《四进士》大改了一下,取得很大的成绩。我们今日把它再改改,让它再提高一点,再好一点,叫不叫以呢?有没有这个必要呢？可以的,也必要的。工程不大,但也要费一点事,而且会有困难。困难之一,是有门户之见。我们今天提倡流派,流派不等于门户。然而门户之见是有的。如之何？如之何？

一九七八年十二月写成

一九七九年六月八日改定

注　释

① 　本篇原载《汪曾祺全集》第三卷,北京师范大学出版社,1998 年 8 月。

第一场在七十六页[①]

马盛龙同志曾说,他能在南方站住脚,多亏了肖(长华)先生所传的三国戏。他说肖先生的剧本很有意思。那时抄剧本大都用四方的帐本。也许第一场在七十六页,第二场在五十三页。他自己记得非常清楚。你有一句词不会,去问他:"先生,那一场我有一句记不清了,"他马上告诉你:"在四十八页、第九行",就记得那么清楚。

这是一个发人深思的小故事。

肖先生为什么把他的剧本抄得这样颠颠倒倒的呢?——你偷了他的本子也没有用,看不懂!这是保守么?是的。可是在那种"教会徒弟,饿死师傅","宁赠一锭金,不教一句春"的时代,这是完全可以理解的。

肖先生是一个伟大的戏曲教育家。解放以前,以后,他教出了很多好学生,可谓乐育英才,倾囊相赠。他最不保守。他那样的抄写剧本,是不得已。这反映出一个编剧老前辈的愤怒与悲酸。那是一个艺术私有,也是一个艺术上互相掠夺的时代啊。

今天的年轻学员和演员,多不知道旧社会学戏、排戏之不易。他们说:"你就是应该给我排戏,就是应该给我写剧本!"咳咳!

肖先生他自己写的剧本记得那样清楚,说明他的剧本已经烂熟在他的心里,"册子"不过是留一个底而已;说明他对所写的剧本是经过反复推敲,花了心血的。这是他的"家珍",所以可以"如数"。他的剧本每一句都不是萝卜快了不洗泥,推出门不认货。

我有个朋友,写了一个剧本。刻印的时候,丢了一个第二场。刻印的同志很紧张。他说："不要紧，我给你们背出来。"

能把自己的剧本背出来，说明写的时候曾经反复推敲，花过心血。

因此，我提倡剧本作者背自己的剧本。

注　释

① 　本篇原载北京京剧院院刊《京剧艺术》1980 年第一期，署名"曾岐"。

读民歌札记①

奇特的想象

汉代的民歌里,有一首,很特别:

> 枯鱼过河泣,何时悔复及?
> 作书与鲂鱮,相教慎出入。

枯鱼,怎么能写信呢?两千多年来,凡读过这首民歌的人,都觉得很惊奇②。这样奇特的想象,在书面文学里没有,在口头文学里也少见。似乎这是中国文学里的一个绝无仅有的孤例。

并不是这样。

偶读民歌选集,发现这样一首广西民歌:

> 石榴开花朵朵红,蝴蝶寄信给蜜蜂:
> 蜘蛛结网拦了路,水泡阳桥路不通。

枯鱼作书,蝴蝶寄信,真是无独有偶。

两首民歌的感情不一样。前一首很沉痛。这是一个落难人的沉重的叹息,是从苦痛的津液中分泌出来的奇想。短短二十个字,概括了世途的险恶。后一首的调子是轻松的、明快的。红的石榴花、蝴蝶、蜜蜂、蜘蛛,这是一幅很热闹的图画,让人想到明媚的春光——哦,初夏的风光。这是一首情歌。他和她——蝴蝶和蜜蜂有约,受了意外的阻碍,然而这点阻碍是暂时的,不足为虑的,是没有真正的危险性的。这首民歌的内在的感情是快乐的、光明的,不是痛苦、绝望的。这两首民歌是不同时代的作品,不同生活的反映。但是其设想之奇特,则无二致。

沈德潜在《古诗源》里选了《枯鱼》,下了一个评语,道是:"汉人每有此种奇想③"。其实应该说:民歌每有此种奇想,不独汉人。

汉代民歌里的动物题材

现存的汉代乐府诗里有几首动物题材的诗。它所反映的生活、思想,它的表现方法,在它以前没有,在它以后也少见。这是汉乐府里的一个独特的组成部分,是文学史上一个很值得注意的现象。除了《枯鱼过河泣》,有《雉子班》、《乌生》、《蜨蝶行》。另,本辞不传,晋乐所奏的《艳歌何尝行》也可以算在里面。我们有理由相信,这是当时所流行的一种题材,散失不传的当会更多。

雉 子 班

"雉子,

班如此!

之于雉梁。

无以吾翁孺,

雉子!"

知得雉子高蜚止。

黄鹄蜚,

之以千里王可思。

雄来蜚从雌,

视子趋一雉。

"雉子!"

车大驾马滕,

被王送行所中。

尧羊蜚从王孙行。

一向都认为这首诗"言字讹谬,声辞杂书",最为难读。余冠英先生的《乐府诗选》把它加了引号和标点,分清了哪些是剧中人的"对话",哪些是第三者(作者)的叙述,这样,这首难读的诗几乎可以读通了。这是一个伟大的发现。我们说是"伟大的发现",是因为用了这种方法,可以帮助我们把原来一些不很明白或者很不明白的古诗弄明白(古代的人如果学会用我们今天的标点符号,会使我们省很多事,用不着闭着眼睛捉迷藏)。余先生以为这首诗写的是一个野鸡家庭的生离死别的悲剧,也是卓越的创见。

但是这是一个什么样的悲剧,剧中人共有几人?悲剧的情节是怎样的?在这些方面,我们理解和余先生有些不同。

按余先生《乐府诗选》的注解,他似乎以为是一只小野鸡(雉子)被贵人捉获了,关在一辆马车里。老野鸡(性别不详)追随着马车,一面嘱咐小野鸡一些话。

按照这样的设想,有些辞句解释不通。

"之于雉梁"。"雉梁"可以有不同解释,但总是指的某个地方。"之于"是去到的意思。"之于雉梁"是去到某个地方。小野鸡已经被捉了,怎么还能叫它去到某个地方呢?

"知得雉子高蜚止"。这一句本来不难懂,是说知道雉子高飞远走了。余先生断句为"知得雉子,高蜚止",说是知道雉子被人所得,老雉高飞而来,不无勉强。

尤其是,按余先生的设想,"雄来蜚从雌"这一句便没有着落。这是一句很关键性的话。这里明明说的是"雄来飞从雌",不是"雉来飞从雉子"呀。

因此,我觉得有必要在余先生的生动的想象的基础上向前再迈一步。

问题:

一、这里一共有几个人物——几个野鸡?我以为一共有三只:雄野鸡、雌野鸡、小野鸡。

二、被捉获的是谁?——是雌野鸡,不是小野鸡。

对几个词义的猜测:

"班",旧说同"斑"。"班如此"就是这样的好看。在如此紧张的生离死别的关头,还要来称赞自己的孩子毛羽斑斓,无是情理。"班"疑当即"乘马班如"、"班师回朝"的"班",即是回去。贾谊《吊屈原赋》:"般纷纷其离此邮兮",朱熹《集注》云:"般音班,……般,反也","班"即"般"。

"翁孺",余先生以为是老人与小孩,泛指人类。"孺"本训小,但可引申为小夫人,乃至夫人。古代的"孺子"往往指的是小老婆,清俞正燮《癸巳类稿·释小补楚语笄内则总角义》辨之甚详④。我以为"翁孺"是夫妇,与北朝的《捉搦歌》"愿得两个成翁姬"的"翁姬"是一样的意思。"吾翁孺"即"我们老公姆俩"。"无以吾翁孺",以,依也,意思是你不要靠我们老公姆俩了。"吾"字不必假借为"俉",解为"迎也"。

"黄鹄蜚,之以千里王可思",我怀疑是衍文。

上述词意的猜测,如果不十分牵强,我们就可以对这首剧诗的情节有不同于余先生的设想:

野鸡的一家三口:雄野鸡、雌野鸡、小野鸡,一同出来游玩。忽然来了一个王孙公子,捉获了雌野鸡。小野鸡吓坏了,抹头一翅子就往回飞。难为了雄野鸡。它舍不下老的,又搁不下小的。它看见小野鸡飞回去了,就扬声嘱咐:"雉崽呀,往回飞,就这样飞回去,一直飞到野鸡居住的山梁,别管我们老公姆俩!雉崽!"知道小野鸡已经高高飞走了,雄野鸡又飞来追随着雌野鸡。它还忍不住再回头看看,好了,看见小野鸡跟上另一只野鸡,有了照应了,它放了心了。但这也是最后的一眼了,它惨痛地又叫了一声:"雉崽!——"车又大,马又飞跑,(雌雉)被送往王孙的行在所了。雄雉翱翔着追随着王孙的车子,飞,飞……

乌 生

乌生八九子,
端坐秦氏桂树间。——唶我!
秦氏家有游遨荡子,
工用睢阳强、苏合弹。
左手持强弹两丸,

出入乌东西。——喈我！

一丸即发中乌身，

乌死魂魄飞扬上天：

"阿母生乌子时，

乃在南山岩石间，——喈我！

人民安知乌子处？

蹊径窈窕安从通？"

"白鹿乃在上林西苑中，

射工尚复得白鹿脯，——喈我！

黄鹄摩天极高飞，

后宫尚复得烹煮之。

鲤鱼乃在洛水深渊中，

钓钩尚得鲤鱼口。——喈我！

人民生各各有寿命，

死生何须复道前后？"

这是中弹身亡的小乌鸦的魂魄和它的母亲的在天之灵的对话。这首诗的特别处是接连用了五个"喈我"。闻一多先生以为"喈我"应该连读，旧读"我"属下，大谬。这样一来，就把一首因为后人断句的错误而变得很奇怪别扭的诗又变得十分明白晓畅，还了它的本来面目，厥功至伟。闻先生以为"喈"是大声，"我"是语尾助词。我觉得，干脆，这是一个词，是一个状声词，这就是乌鸦的叫声。通篇充满了乌鸦的喊叫，增加诗的凄怆悲凉。

蜨 蝶 行

蜨蝶之遨游东园，

奈何卒逢三月养子燕！

接我首薝间。

持之我入深紫宫中，

行缠之傅欂栌间。

雀来燕，

燕子见衔哺来，

摇头鼓翼何轩奴轩。

剔除了几个"之"字，这首诗的意思是明白的：一只快快活活的蝴蝶，被哺雏的燕子叼去当作小燕子的一口食了。

这几首动物题材的乐府诗有以下几个共同的特点：

一、它们是一种独特题材的诗，不是通常所说的（散体和诗体的）"动物故事"。"动物故事"，或名寓言，意在教训，是以物为喻，说明某种道理。它是哲学的、道德的。"动物故事"的作者对于其所借喻的动物的态度大都是超然的、旁观的，有时是嘲谑的。这些乐府诗是抒情的，写实的。作者对于所描写的动物寄予很深的同情。他们对于这些弱小的动物感同身受。实际上，这些不幸的动物，就是作者自己。

二、这些诗大都用动物自己的口吻，用第一人称的语气讲话。《蜨蝶行》开头虽有客观的描叙，但是自"接我苜蓿间"之后，仍是蜨蝶眼中所见的情景，仍是第一人称。这些诗的主要部分是动物的独白或对话。它们又都有一个简单然而生动的情节。这是一些小小的戏剧。而且，全是悲剧。这些悲剧都是突然发生的。蜨蝶在苜蓿园里遨游，乌鸦在桂树上端坐，原来都是很暇豫安适，自乐其生的，可是突然间横祸飞来，弄得妻离子散、家破人亡。《枯鱼过河泣》、《雉子班》虽未写遇祸前的景况，想象起来，亦当如是。朱矩堂曰"祸机之伏，从未有不于安乐得之"，对于这些诗来说，是贴切的。

三、为什么汉代会产生这样一些动物题材的民歌？写物是为了写人。动物的悲剧是人民的悲剧的曲折的反映。对这些猝然发生的惨祸的陈述，是企图安居乐业的人民遭到不可抗拒的暴力的摧残因而发出的控诉。动物的痛苦即是人的痛苦。这一类诗多用第一人称，不是偶然的。这些痛苦是由谁造成的？谁是这些惨剧的对立面？《枯鱼》未明指。《蜨蝶行》写得很隐晦。《雉子班》和《乌生》就老实不客气地点出了是"王孙"和"游邀荡子"，是享有特权的贵族王侯。这些动物诗，实际上写的是特权阶层对小民的虐害。我们知道，汉代的权豪贵戚是非常的横暴恣睢、无所不为的。权豪作恶,成为汉代政治上的一个大问题。这些诗,是当时的社会生活的很深刻的反映。

这些写动物诗,应当联系当时的社会生活来看,应当与一些写人的诗参照着看,——比如《平陵东》(这是一首写五陵年少绑架平民的诗,因与本题无关,说从略)。

民歌中的哲理

民歌,在本质上是抒情的。

民歌当中有没有哲理诗?

湖南古丈有一首描写插秧的民歌:

> 赤脚双双来插田,低头看见水中天。
>
> 行行插得齐齐整,退步原来是向前。

首先,这是民歌么? 论格律,这是很工整的绝句。论意思,"退步原来是向前",是所谓"见道之言"。这很像是晚唐和宋代的受了禅宗哲学影响的诗人搞出来的东西。然而细读全诗,这的确是劳动人民的作品。没有亲身参加过插秧劳动的人,是不可能有这样真切的体会的。这不是像白居易《观刈麦》那样只是以旁观者的身份在那里发一通感想。

或者,这是某个既参加劳动,也熟悉民歌的诗人所制作的拟民歌? 刘禹锡、黄遵宪的某些诗和民歌放在一起,是几乎可以乱真的。但是我们还没有听说过古丈曾出过像刘禹锡、黄遵宪这样的诗人。

是从别的地方把拟作的民歌传进来的? 古丈是个偏僻的地方,过去交通很不方便,这种可能性也不大。

看来,我们只能相信,这是民歌,这是出在古丈地方的民歌。

或者说,这是民歌,但无所谓哲理。"退步原来是向前",是记实,插秧都是倒退着走的,值不得大惊小怪! 不能这样讲吧。多少人插过秧,可谁想到过进与退之间的辩证关系? 唱出这样的民歌的农民,确实是从实践中悟出一番道理。清代的湖南,出过几个农民出身的唯物主义的哲学家。莫非,湖南的农民特别长于思辩?吁,非所知矣。

何况前面还有一句"低头看见水中天"呢。抬头看天,是常情;低头看天,就有点哲学意味。有这一句,就证明"退步原来是向前"不是孤立的,突如其来的。从总体看,这首民歌弥漫着一种内在的哲理性。——同时又是生机活泼的、生动形象的,不像宋代某些"以理为诗"的作品那样平板枯燥。

民歌,在本质上是抒情的,但不排斥哲理。

民歌中有没有哲理诗,是一个值得探讨下去的题目。

《老鼠歌》与《硕鼠》

藏族民歌里有一首《老鼠歌》:

> 从星星还没有落下的早晨,
> 耕作到太阳落土的晚上;
> 用疲劳翻开这一锄锄的泥土,
> 见太阳升起又落下山岗。
>
> 收的谷子粒粒是血汗,
> 耗子在黑夜里把它往洞里搬;
> 这种冤枉有谁知道谁可怜,
> 唉,累死累活只剩下自己的辛酸。
>
> 我们的皇帝他不管,他不管,
> 我们的朋友只有月亮和太阳;
> 耗子呀,可恨的耗子呀,
> 什么时候你才能死光!

（泽仁沛楚、登主·沛楚追等唱,周良沛搜集

载《民间文学》1965 年 6 月号）

读了这首民歌,立刻让人想到《诗经》里的《硕鼠》。现代研究《诗经》的人,都认为《硕鼠》是劳动者对于统治阶级加在他们头上的不堪忍受的沉重的剥削所发出的怨恨,诸家都无异词。这首《老鼠歌》可以作为一个有力的旁证。如果看了周良沛同志的附注,《诗经》的解释者对于他们的解释就更有信心了:

"这支歌是清末的一个藏族农民劳动时的即兴之作。他以耗子的形象来影射统治者对人民的剥削。这支歌流行很广,后遭禁唱。一九三三年人民因唱这支歌,曾遭到反动统治者的大批屠杀。"

不同的时代,不同的地区,不同的民族,却用同样的形象,同样影射的方法来咒骂压在他们头上的剥削者,这是很有意思的事。其实也不奇怪,人同此心而已。他们遭受的痛苦是一样的。夺去他们的劳动果实的,有统治者,也有像田鼠一样的兽类。他们用老鼠来比喻统治者,正是"能近取譬"。硕鼠,即田鼠,偷盗粮食是很凶的。我在沽源,曾随农民去挖过田鼠洞。挖到一个田鼠洞,可以找到上斗的粮食。而且储藏得很好:豆子是豆子,麦子是麦子,高粱是高粱。分门别类,毫不混杂!这是一个典型的不劳而食者的粮仓。而且,田鼠多得很哪!

《硕鼠》是魏风。周代的魏进入了什么社会形态,我无所知。周良沛同志所搜集的藏族民歌,好像是云南西部的。那个地区的社会形态,我也不了解。"附注"中说这是一个"农民"的即兴之作,是自由农民呢?还是农奴呢?"统治者"是封建地主呢?还是农奴主呢?这些都无从判断。根据直觉的印象,这两首民歌都像是农奴制时代的产物。大批地屠杀唱歌人,这种事只有农奴主才干得出来。而《硕鼠》的"逝(誓)将去汝,适彼乐土"很容易让人想到农奴的逃亡。——封建农民是没有这种思想的。有人说"适彼乐土"只是空虚渺茫的幻想,其实这是十分现实的打算。这首诗分三节,三节的最后都说:"誓将去汝",这是带有积极的行动意味的。而且感情是强烈的。"誓将"乃决绝之词,并无保留,也不软弱。在农奴制社会里,逃亡,是当时仅能做到的反抗。我们不能用今天工人阶级的觉悟去苛求几千年前的农奴。这一点,我和一些《硕鼠》的解释者的看法,有些不同。

一九七九年四月二十三日写成

一九八〇年二月六日修改

注　释

① 本篇原载《民间文学》1980 年四月号;初收《晚翠文谈》,浙江文艺出版社,1988 年 3 月。

② 黄节《汉魏乐府风笺》引陈胤倩曰:"作者甚新"。

③ 闻一多先生《乐府诗笺》也说"汉人常有此奇想"。

④ 俞正燮此文甚长,征引繁浩,其略云:"小妻曰妾,曰孺,曰姬,曰侧室,曰次室,曰偏房,曰如夫人,曰如君,曰姨娘,曰姬娘,曰旁妻,曰庶妻,曰次妻,曰下妻,曰少妻,曰姑娘,曰孺子……"。"《汉书艺文志·中山王孺子妾歌》注云:'孺子,王妾之有名号者。'……秦策亦云:'某夕某孺子纳某士'。《汉书·王子侯表》:'东城侯遗为孺子所杀,''则王公至士民妾,通名孺子'。值得注意的是同前条引《左传·哀公三年》,季桓子卒,南孺子生子,谓贵妾。注云:桓子妻者,非是"。这一条误注倒使我们得到一个启发,"孺子"也可以当妻子讲的,——否则就不至产生这样的错注。

沈从文和他的《边城》①

　　《边城》是沈从文先生所写的唯一的一个中篇小说，说是中篇小说，是因为篇幅比较长，约有六万多字；还因它有一个有头有尾的故事，——沈先生的短篇小说有好些是没有什么故事的，如《牛》、《三三》、《八骏图》……都只是通过一点点小事，写人的感情、感觉、情绪。

　　《边城》的故事甚美也很简单：茶峒山城一里外有一小溪，溪边有一弄渡船的老人。老人的女儿和一个兵有了私情，和那个兵一同死了，留下一个孤雏，名叫翠翠，老船夫和外孙女相依为命地生活着。茶峒城里有个在水码头上掌事的龙头大哥顺顺，顺顺有两个儿子，天保和傩送，两兄弟都爱上翠翠。翠翠爱二老傩送。不爱大老天保，大老天保在失望之下驾船往下游去，失事淹死；傩送因为哥哥的死在心里结了一个难解疙瘩，也驾船出外了。雷雨之夜，渡船老人死了，剩下翠翠一个人。傩送对翠翠的感情没有变，但是他一直没有回来。

　　就这样一个简单的故事，却写出了几个活生生的人物，写了一首将近七万字的长诗！

　　因为故事写得很美，写得真实，有人就认为真有那么一回事。有的华侨青年，读了《边城》，回国来很想到茶峒去看看，看看那个溪水、白塔、渡船，看看渡船老人的坟，看看翠翠曾在哪里吹竹管……

　　大概是看不到的。这故事是沈从文编出来的。

　　有没有一个翠翠？

　　有的。可她不是在茶峒的碧溪岨，是泸溪县一个线绒铺的女孩子。

　　《湘行散记》里说：

　　　　……在十三个伙伴中我有两个极好的朋友。……其次是那个年纪顶轻的，名字就叫"傩右"，一个成衣人的独生子，为人伶俐勇敢,希有少见。……这小孩子年纪虽小,心可不小!同我们到县城街上转了三次,就看中一个绒线铺的女孩子,问我借钱向那女孩子买了三次白棉线草鞋带子……那女孩子名叫"翠翠",我写《边城》故事时,弄渡船的外孙女,明慧温柔的品性,就从那绒线铺小女孩脱胎而来。②

她是泸溪县的么?也不是。她是山东崂山的。

看了《湘行散记》,我很怕上了《灯》里那个青衣女子同样的当,把沈先生编的故事信以为真,特地上他家去核对一回,问他翠翠是不是绒线铺的女孩子。他的回答是:

"我们(他和夫人张兆和)上崂山去,在汽车里看到出殡的,一个女孩子打着幡。我说:这个我可以帮你写个小说。"

幸亏他夫人补充了一句:"翠翠的性格、形象,是绒线铺那个女孩子。"

沈先生还说:"我生平只看过那么一条渡船,在棉花坡。"那么,碧溪岨的渡船是从棉花坡移过来的。……棉花坡离碧溪岨不远,但总还有一小距离。

读到这里,你会立刻想起鲁迅所说的脸在那里,衣服在那里的那段有名的话。是的,作家酝酿人物形象和故事情节是一个很复杂的过程。一九五七年,沈先生曾经跟我说过:"我们过去写小说都是真真假假的,哪有现在这样都是真事的呢。"有一个诗人很欣赏"真真假假"这句话,说是这说明了创作的规律,也说明了什么是浪漫主义。翠翠,《边城》,都是想象出来的。然而必须有丰富的生活经验,积累了众多的印象,并加上作者的思想、感情和才能,才有可能想象得真实,以至把创造变得好像是报导。

沈从文善于写中国农村的少女。沈先生笔下的湘西少女不是一个,而是一串。

三三、夭夭、翠翠,她们是那样的相似,又是那样的不同。她们都很爱娇,但是各因身世不同,娇得不一样。三三生在小溪边的碾坊里,父亲早死,跟着母亲长大,除了碾坊小溪,足迹所到最远处只是堡子里的总爷家。她虽然已经开始有了一个少女对于"人生"的朦朦胧胧的神往,但究竟是个孩子,浑不解事,娇得有点痴。夭夭是个有钱的橘子园主人的幺姑娘,一家子都宠着她。她已经订了婚,未婚夫是个在城里读书的学生。她可以背了一个特别精致的背篓,到集市上去采购她所中意的东西,找高手银匠洗她的粗如手指的银练子。她能和地方上的小军官从容说话。她是个"黑里俏",性格明朗豁达,口角伶俐。她很娇,娇中带点野。翠翠是个无父无母的孤雏,她也娇,但是娇得乖极了。

用文笔描绘少女的外形,是笨人干的事。沈从文画少女,主要是画她的神情,并把她安置在一个颜色美丽的背景上,一些动人的声音当中。

……为了住处两山多竹篁,翠色逼人而来,老船夫随便给这个可怜的孤雏,拾取了一个近身的名字,叫做翠翠。

翠翠在风日里长养着,把皮肤变得黑黑的,触目为青山绿水,一对眸子清明如水晶,自然既长养她且教育她。为人天真活泼,处处俨然如一只小兽物。人又那么乖,和山头黄麂一样,从不想到残忍事情,从不发愁,从不动气。平时在渡船上遇陌生人对她有所注意时,便把光光的眼睛瞅着那陌生人,作成随时都可举步逃入深山的神气,但明白了面前的人无机心后,就又从从容容来完成任务了。

风日清和的天气,无人过渡,镇日长闲,祖父同翠翠便坐在门前大岩石上晒太阳,或把一段木头从高处向水中抛去,嗾使身边黄狗从岩石高处跃下,把木头衔回来;或翠翠与黄狗皆张着耳朵,听祖父说些城中多年以前的战争故事;或祖父同翠翠两人,各把小竹作成的竖笛,逗在嘴边吹着迎亲送女的曲子,过渡人来了,老船夫放下了竹管,独自跟到船边去横溪渡人。在岩上的一个,见船开动时,于是锐声喊着:

"爷爷,爷爷,你听我吹,你唱!"

爷爷到溪中央于是很快乐的唱起来,哑哑的声音,振荡寂静的空气里,溪中仿佛也热闹了些。实则歌声的来复,反而使一切更加寂静。

篁竹、山水、笛声,都是翠翠的一部分,它们共同在你们心里造成这女孩子美的印象。

翠翠的美,美在她的性格。

《边城》是写爱情的,写中国农村的爱情,写一个刚刚进入青春期的农村女孩子的爱情。这种爱是那样的纯粹,那样不俗,那样像空气里小花、青草的香气,像风送来的小溪流水的声音,若有若无,不可捉摸,然而又是那样的实实在在,那样的真。这样的爱情叫人想起古人说得很好,但不大为人所理解的一句话:思无邪。

沈从文的小说往往是用季节的颜色、声音来计算时间的。

翠翠的爱情的发展是跟几个端午节联在一起的。

翠翠十五岁了。

端午节又快到了。

传来了龙船下水预习的鼓声。

> 蓬蓬鼓声掠水越山到了渡夫那里时,最先注意到的是那只黄狗。那黄狗汪汪的吠着,受了惊似的绕屋乱走;有人过渡时,便随船渡过河东岸去,且跑到那小山头向城里一方面大吠。
>
> 翠翠正坐在门外大石上用粽叶编蚱蜢、蜈蚣玩,见黄狗先在太阳下睡着,忽然醒来便发疯似的乱跑,过了河又回来,就问它骂它:
>
> "狗、狗,你做什么! 不许这样子!"
>
> 可是一会儿那远处声音被她发现了,她于是也绕屋跑着,并且同黄狗一块儿渡过了小溪,站在小山头听了许久,让那点迷人的鼓声,把自己带到一个过去的节日里去。

两年前的一个节日里去。

作者这里用了倒叙。

两年前,翠翠才十三岁。

这一年的端午,翠翠是难忘的。因为她遇见了傩送。

翠翠还不大懂事。她和爷爷一同到茶峒城里去看龙船,爷爷走开了,天快黑了,看龙船的人都回家了,翠翠一个人等爷爷,傩送见了她,把她还当一个孩子,很关心地对她说了几句话,翠翠还误会了,骂了人家一句:"你个悖时砍脑壳的!"及至傩送好心派人打火把送她回去,她才知道刚才那人就是出名的傩送二老,"记起自己先前骂人那句话,心里又吃惊又害羞,再也不说什么,默默地随了那火把走了。"到了家,"另外一件事,属于自己不关祖父的,却使翠翠沉默了一个夜晚。"这写得非常含蓄。

翠翠过了两个中秋,两个新年,但"总不如那个端午所经过的事甜而美"。

十五岁的端午不是翠翠所要的那个端午。"从祖父和那长年谈话里,翠翠听明白了二老是在下游六百里外沅水中部青浪滩过端午的。"未及见二老,倒见到大老天保。大老还送他们一只鸭子。回家时,祖父说:"顺顺真是好人,大方得很。大老也很好。这一家人都好!"翠翠说:"一家人都好,你认识他们一家人吗?"祖父不明白这句话的意思所在,聪明的读者是明白的。路上祖父说了假如大老请人来做媒的笑话,"翠翠着了恼,把火炬向路两旁乱晃着,向前快快的走去了。"

"翠翠,莫闹,我摔到河里去了,鸭子会走脱的!"

"谁也不希罕那只鸭子!"

翠翠向前走去,忽然停住了发问:

"爷爷,你的船是不是正在下青浪滩呢?"

这一句没头没脑的问话,说出了这女孩子的心正在飞向什么所在。

端午又来了。翠翠长大了,十六了。

翠翠和爷爷到城里看龙船。

未走之前,先有许多曲折。祖父和翠翠在三天前业已预先约好,祖父守船,翠翠同黄狗过顺顺吊脚楼去看热闹。翠翠先不答应,后来答应了。但过了一天,翠翠又翻悔,以为要看两人去看,要守船两人守船。初五大早,祖父上城买办过节的东西。翠翠独自在家,看看过渡的女孩子,唱唱歌,心上浸入了一丝儿凄凉。远处鼓声起来了,她知道绘有朱红长线的龙船这时节已下河了。细雨下个不止,溪面一片烟。将近吃早饭时节,祖父回来了,办了节货,却因为到处请人喝酒,被顺顺把个酒葫芦扣下了。正像翠翠所预料的那样,酒葫芦有人送回来了。送葫芦回来的是二老。二老向翠翠说:"翠翠,吃了饭,和你爷爷到我家吊脚楼上去看划船吧?"翠翠不明白这陌生人的好意,不懂得为什么一定要到他家中去看船,抿着小嘴笑笑。到了那里,祖父离开去看一个水碾子。翠翠看见二老头上包着红布,在龙船上指挥,心中便印着两年前的旧事。黄狗不见了,翠翠便离了座位,各处去寻她的黄狗。在人丛中却听到两个不相干的妇人谈话。谈的是砦子上王乡绅想把女儿嫁给二老,用水碾子作陪嫁。二老喜欢一个撑渡船的。翠翠脸发火烧。二老船过吊脚楼,失足落水,爬起来上岸,一见翠翠就说:"翠翠,你来了,爷爷也来了吗?"翠翠脸还发烧,不便作声,心想"黄狗跑到什么地方去了呢?"二老又说:"怎不到我家楼上去看呢?我已经要人替你弄了个好位子。"翠翠心想:"碾坊陪嫁,希奇事情咧。"翠翠到河下时,小小心腔中充满一种说不分明的东西。翠翠锐声叫黄狗,黄狗扑下水中,向翠翠方面泅来。到身边时,身上全是水。翠翠说:"得了,狗,装什么疯!你又不翻船,谁要你落水呢?"爷爷来了,说了点疯话。爷爷说:"二老捉得鸭子,一定又会送给我们的。"话不及说完,二老来了,站在翠翠面前微微笑着。翠翠也不由不抿着嘴微笑着。

顺顺派媒人来为大老天保提亲。祖父说得问问翠翠。祖父叫翠翠,翠翠拿了一簸箕豌豆上了船。"翠翠,翠翠,先前那个人来作什么,你知道不知道?"翠翠说:"我不知道。"说后脸同脖颈全红了。翠翠弄明白了,人来做媒的是大老!不曾把头抬起,心忡忡地跳着,脸烧得厉害,仍然剥她的豌豆,且随手把空豆荚抛到水中去,望着它们在流水中从从容容流去。自己也俨然从容了许多。又一次,祖父说了个笑话,说大老请保山来提亲,翠翠那神气不愿意;假若那个人还有个兄弟,想来为翠翠唱歌,攀交情,翠翠将怎么说。翠翠吃了一惊,勉强笑着,轻轻的带点恳求的神气说:"爷爷,莫说这个笑话吧。"翠翠说:"看天上的月亮,那么大!"说着出了屋外,便在那一派清光的露天中站定。

有个女同志,过去很少看过沈从文的小说,看了《边城》提出了一个问题:"他怎么能把女孩子的心捉摸得那么透,把一些细微曲折的地方都写出来了?这些东西我们都是有过的,——沈从文是个男的。"我想了想,只好说:"曹雪芹也是个男的。"

沈先生在给我们上创作课的时候,经常说的一句话,是:"要贴到人物来写。"他还说:"要滚到里面去写。"他的话不太好懂。他的意思是说:笔要紧紧地靠近人物的感情、情绪,不要游离开,不要置身在人物之外。要和人物同呼吸,共哀乐,拿起笔来以后,要随时和人物生活在一起,除了人物,什么都不想,用志不纷,一心一意。

首先要有一颗仁者之心,爱人物,爱这些女孩子,才能体会到她们的许多飘飘忽忽的,跳动的心事。

祖父也写得很好。这是一个古朴、正直、本分、尽职的老人。某些地方,特别是为孙女的事进行打听、试探的时候,又有几分狡猾,狡猾中仍带着妩媚。主要的还是写了老人对这个孤雏的怜爱,一颗随时为翠翠而跳动的心。

黄狗也写得很好。这条狗是这一家的成员之一,它参与了他们的全部生活,全部的命运。一条懂事的、通人性的狗。——沈从文非常善于写动物,写牛、写小猪、写鸡,写这些农村中常见的,和人一同生活的动物。

大老、二老、顺顺都是侧面写的,笔墨不多,也都给人留下颇深的印象。包括那个杨马兵、毛伙,一个是一个。

沈从文不是一个雕塑家,他是一个画家,一个风景画的大师。他画的不是油画,是中国的彩墨画,笔致疏朗,着色明丽。

沈先生的小说中有很多篇描写湘西风景的,各不相同。《边城》写酉水:

> 那条河水便是历史上知名的酉水,新名字叫做白河。白河下游到辰州与沅水汇流后,便略显浑浊,有出山泉水的意思。若溯流

而上，则三丈五丈的深潭，清澈见底。深潭中为白的所映照，河底小小白石子，有花纹的玛瑙石子，全看得明明白白。水中游鱼来去，全如浮在空气里。两岸多高山，山中多可以造纸的细竹，长年作深翠颜色，逼人眼目。近水人家多在桃杏花里，春天时只需注意，凡有桃花处必有人家，凡有人家处必可沽酒。夏天则晒晾在日光下耀目的紫花布衣裤，可以作为人家所在的旗帜。秋冬来时，酉水中游如王村、岔菜、保靖，里邪和许多无名山村。人家房屋在悬崖上的，滨水的，无不朗然入目。黄泥的墙，乌黑的瓦，位置却那么妥贴，且与四周环境极其调和，使人迎面得到的印象，实在非常愉快。

描写风景，是中国文学的一个悠久传统。晋宋时期形成山水诗。吴均的《与朱元思书》是写江南风景的名著。柳宗元的《永州八记》，苏东坡、王安石的许多游记，明代的袁氏兄弟、张岱，这些写风景的高手，都是会对沈先生有启发的。就中沈先生最为钦佩的，据我所知，是郦道元的《水经注》。

古人的记叙虽可资借鉴，主要还得靠本人亲自去感受，养成对于形体、颜色、声音，乃至气味的敏感，并有一种特殊的记忆力，能把各种印象保存在记忆里，要用时即可移到纸上。沈先生从小就爱各处去看；去听、去闻嗅。"我的心总得为一种新鲜声音，新鲜颜色、新鲜气味而跳。"（《从文自传》）

雨后放晴的天气，日头炙到人肩上、背上已有了点力量。溪边芦苇水杨柳，菜园中菜蔬，莫不繁荣滋茂，带着一种有野性的生气。草丛里绿色蚱蜢各处飞着，翅膀搏动空气时嗡嗡作声。枝头新蝉声音虽不成腔，却也渐渐宏大。两山深翠逼人的竹篁中，有黄鸟和竹雀、杜鹃交逼鸣叫。翠翠感觉着，望着、听着，同时也思索着……

这是夏季的白天。

月光如银子，无处不可照及，山上竹篁在月光下变成一片黑色。身边草丛中虫声繁密如落雨，间或不知从什么地方，忽然会有一只草莺"嘀嘀嘀嘀嘘！"转着它的喉咙，不久之间，这小鸟儿又好像明白这是半夜，不应当那么吵闹，便仍然闭着那小小眼儿安睡了。

这是夏天的夜。

小饭店门前长案上常有煎得焦黄的鲤鱼豆腐，身上装饰了红辣椒丝，卧在浅口杯子里，钵旁大竹筒中插着大把朱红筷子……

这是多么热烈的颜色！

到了买杂货的铺子里，有大把的粉条，大缸的白糖，有炮仗，有红蜡烛，莫不给翠翠一种很深的印象，回到祖父身边，总把这些东西说个半天。

粉条、白糖、炮仗、蜡烛，这都是极其常见的东西，然而它们配搭在一起，是一幅对比鲜明的画。

天已经快夜，别的雀子似乎都休息了，只杜鹃叫个不息，石头泥土为白日晒了一整天，草木为白日晒了一整天，到这时节各放散一种热气。空气中有泥土气味，有草木气味，还有各种甲虫气味。翠翠看着天上的红云，听着渡口飘响生意人的杂乱声音，心中有些儿薄薄的凄凉。

甲虫气味大概还没有哪个诗人在作品里描写过！

曾经有人说沈从文是个文体家。

沈先生曾有意识地试验过各种文体。《月下小景》叙事重复铺张，有意模仿六朝翻译的佛经，语言也多四字为句，近似偈语。《神巫之爱》的对话让人想起《圣经》的《雅歌》和沙孚的情诗。他还曾用骈文写过一个故事。其他小说中也常有骈偶的句子，如"凡有桃花处必有人家，凡有人家处必可沽酒。""地方象茶馆却不卖茶，不是烟馆却可以抽烟。"但是通常所用的是他的"沈从文体"。这种"沈从文体"用他自己的话，就是"充满泥土气息"和"文白杂糅"③。他的语言有一些是湘话，还有他个人的口头语，如"即刻"、"照例"之类。他的语言里有相当多的文言成分……文言的词汇和文言的句法。问题是他把家乡话与普通话,文言和口语配置在一起,十分调和,毫不"格生",可是就形成了沈从文自己的特殊文体。他的语言是从多方面吸取的。间或有一些当时的作家都难免的欧化的句子,如"……的我",但极少。大部分语言是具有民族特点的。就中写人叙事简洁处,受《史记》《世说新语》的影响不少。他的语言是朴实的,朴实而有情致;流畅的,流畅而清晰。这种朴实,来自于雕琢;这种流畅,来自于推敲。他很注意语言的节奏感,注意色彩,也注意声音。他从来不用生造的,谁也不懂的形容词之类,用的是人人能懂的普通词汇。但是常能对于普通词汇赋予新的意义。比如《边城》里两次写翠翠拉船,所用字眼不同。一次是:

> 有时过渡的是从川东过茶峒的小牛,是羊群,是新娘子的花轿,翠翠必争着作渡船夫,站在船头,懒懒的攀引缆索,让船缓缓的过去。

又一次是:

> 翠翠斜睨了客人一眼,见客人正盯着她,便把脸背过去,抿着嘴儿,不声不响,很自负的拉着那条横缆。

"懒懒的","很自负的"都是很平常的字眼,但是没有人这样用过,用在这里,就成了未经人道语了。尤其是"很自负的"。你要知道,这"客人"不是别个,是傩送二老呀,于是"很自负的"。就有了很多很深的意思。这个词用在这里真是最准确不过了!

沈先生对我们说过语言的唯一标准是准确(契诃夫也说过类似的意思)。所谓"准确",就是要去找,去选择。一去比较也许你相信这是"妙手偶得之",但是我更相信这是"梦里寻他千百度,蓦然回首,那人却在灯火阑珊处"。

《边城》不到七万字,可是整整写了半年。这不是得来全不费功夫。沈先生常说:人做事要耐烦。沈从文很会写对话。他的对话都没有什么深文大义,也不追求所谓"性格化的语言",只是极普通的说话。然而写得如闻其声,如见其人。比如端午之前,翠翠和祖父商量谁去看龙船:

见祖父不再说话，翠翠就说："我走了，谁陪你？"

祖父说："你走了，船陪我。"

翠翠把一对眉毛皱拢去苦笑着，"船陪你，嗨，嗨，船陪你。爷爷，你真是，只有这只宝贝船！"

比如黄昏来时，翠翠心中无端端地有些薄薄的凄凉，一个人胡思乱想，想到自己下桃源县过洞庭湖，爷爷要拿把刀放在包袱里，搭下水船去杀了她！她被自己的胡想吓怕起来了。心直跳，就锐声喊她的祖父：

"爷爷，爷爷，你把船拉回来呀！"

请求了祖父两次，祖父还不回来，她又叫：

"爷爷，为什么不上来？我要你！"

有人说沈从文的小说不讲结构。

沈先生的某些早期小说诚然有失之散漫冗长的。《会明》就相当散，最散的大概要算《泥涂》。但是后来的大部分小说是很讲结构的。他说他有些小说是为了教学需要而写的，为了给学生示范，"用不同方法处理不同问题"。这"不同方法"包括或极少用对话，或全篇都用对话（如《若墨医生》）等等，也指不同的结构方法。他常把他的小说改来改去，改的也往往是结构。他曾经干过一件事，把写好的小说剪成一条一条的，重新拼合，看看什么样的结构最好。他不大用"结构"这个词，常用的是"组织"、"安排"，怎样把材料组织好，安排位置得更妥帖。他对结构的要求是："匀称"。这是比表面的整齐更为内在的东西。一个作家在写一局部时要顾及整体，随时意识到这种匀称感。正如一棵树，一个枝子，一片叶子，这样长，那样长，都是必需的，有道理的。否则就如一束绢花，虽有颜色，终少生气。《边城》的结构是很讲究的，是完美地实现了沈先生所要求的匀称的，不长不短，恰到好处，不能增减一分。

有人说《边城》像一个长卷。其实像一套二十一开的册页，每一节都自成首尾，而又一气贯注。——更像长卷的是《长河》。

沈先生很注意开头，尤其注意结尾。

他的小说的开头是各式各样的。

《边城》的开头取了讲故事的方式：

> 由四川过湖南去，靠东有一条官路，这官路将近湘西边境，到了一个地方名叫"茶峒"的小小城时，有一小溪，溪边有座白色小塔，塔下住了一户单独的人家。这人家只一个老人，一个女孩子，一只黄狗。

这样的开头很朴素，很平易亲切，而且一下子就带起该文牧歌一样的意境。

汤显祖评董解元《西厢记》，论及戏曲的收尾，说"尾"有两种，一种是"度尾"，一种是"煞尾"。"度尾"如画舫笙歌，从远地来，过近地，又向远地去；"煞尾"如骏马收缰，忽然停住，寸步不移。他说得很好。收尾不外这两种。《边城》各章的收尾，两种兼见。

> 翠翠正坐在门外大石上用棕叶编蚱蜢，蜈蚣玩，见黄狗先在太阳下睡觉，忽然醒来便发疯似的乱跑，过了河又回来，就问它骂它：
>
> "狗，狗，你做什么！不许这样子！"
>
> 可是一会儿那远处声音被她发现了，于是也绕屋跑着，并且同黄狗一块儿渡过了小溪，站在小山头听了许久，让那点迷人的鼓声，把自己带到一个过去的节日里去。

这是"度尾"。

> ……翠翠感觉着，望着，听着，同时也思索着：
>
> "爷爷今年七十岁……三年六个月的歌——谁送那只白鸭子呢？……得碾子的好运气，碾子得谁更是好运气……。"
>
> 痴着，忽地站起，米簸箕豌豆便倾倒到水中去了。伸手把那簸箕从水中捞起时，隔溪有人喊过渡。

这是"煞尾"。

全文的最后，更是一个精彩的结尾：

> 到了冬天，那个圮坍了的白塔，又重新修好了。那个在月下歌

唱,使翠翠在睡梦里为歌声把灵魂轻轻浮起的年青人,还不曾回到茶峒来。

这个人也许永远不回来了,也许明天回来。

七万字一齐收在这一句话上。故事完了,读者还要想半天。你会随小说里的人物对远人作无边的思念,随她一同盼望着,热情而迫切。

我有一次在沈先生家谈起他的小说的结尾都很好,他笑眯眯地说:"我很会结尾。"

三十年来,作为作家的沈从文很少被人提起(这些年他以一个文物专家的资格在文化界占一席位),不过也还有少数人在读他的小说。有一个很有才华的小说家对沈先生的小说存着偏爱。他今年春节,温读了沈先生的小说,一边思索着一个问题:什么是艺术生命?他的意思是说:为什么沈先生的作品现在还有蓬勃的生命?我对这个问题也想了几天,最后还是从沈先生的小说里找到了答案,那就是《长河》里的夭夭所说的:

"好看的应该长远存在。"

现在,似乎沈先生的小说又受到了重视。出版社要出版沈先生的选集,不止一个大学的文学系开始研究沈从文了。这是好事。这是春天里的"百花齐放"的一种体现。这对推动创作的繁荣是有好处的,我想。

一九八○年五月二十二日黎明写完。

注　释

① 本篇原载《芙蓉》1981 年第二期;初收《晚翠文谈》,浙江文艺出版社,1988 年 3 月。

② 见《湘行散记》,《老伴》。

③ 见一九五七年出版《沈从文小说选集》题记。

从戏剧文学的角度看京剧的危机^①

京剧的确存在着危机。从文学史的发展、从它和杂剧、传奇所达到的文学高度的差距来看;从它和"五四"以来新文学发展的关系来看;从它和三十年来的其他文学形式新诗、小说、散文的成就特别是近三年来小说和诗的成就相比较来看,京剧是很落后的。

决定一个剧种的兴衰的,首先是它的文学,而不是唱做念打。应该把京剧和艾青的诗,高晓声、王蒙的小说放在一起比较一下,和话剧《伽俐略传》比较一下,这样才能看出问题。不少人感觉到并且承认京剧存在着危机,一个重要的现象是观众越来越少了,尤其是青年观众少了。京剧脱离了时代,脱离了整整一代人。

很多人说,中国的戏曲在世界戏剧中有自己独特的地位,有它自成一套的体系。但是中国戏曲的体系究竟是什么呢?到现在还没有人说出个所以然来,我希望有人能迅速写出几本谈中国体系的书,这样讨论问题时才有所依据。否则你说你写的是一个戏曲剧本,他说不是,是一个有几段台词的什么别的东西;你说你继承了传统,他说你脱离了传统,聚讼纷纭,莫衷一是。弄清了体系,才能发展京剧。为了适应四个现代化,我认为京剧本身有个现代化的问题。

我认为所有的戏曲都应该是现代戏。把戏曲区别为传统戏、新编历史戏和现代戏是不科学的。经过整理加工、加工得好的传统戏,新编的历史题材的戏,现代题材的戏,都应该是"现代戏"。就是说:都应该具有当代的思想、符合现代的审美观点、用现代的方法创作,使人对当代生活中的问题进行思索。整理传统戏、新编历史剧和现代戏,只是题材的不同,没有目的和方法的不同。不能说写现代题材用一种创作方法,写历史题材是用另一种创作方法。

但是大量的未经整理的京剧传统戏所用的创作方法是陈旧的。从戏剧文学的角度来看,传统京剧存在这样一些问题:

一、陈旧的历史观。传统戏大部分取材于历史,但严格来讲,它不能叫做历史剧,只能叫做"讲史剧"。宋朝说话人有四家,其中有一家叫"讲史"。中国戏曲对于历史的认识也脱不出这些讲史家的认识。中国戏曲的材料,往往不是从历史、而是从演义小说里找来的,很多是歪曲了历史的本来面目的,我们今天的一个艰巨任务就是还历史以本来面目。这首先就要创作出大量的历史题材的新戏,把一些老戏代替掉。比如诸葛亮这个人,是个伟大的政治家、军事家;他一生的遭遇也很有戏剧性。大家都知道他的一句名言:"鞠躬尽瘁,死而后已",这是两句很沉痛的话,他是在一种很困难的环境中去从事几乎没有希望的兴国事业的,本身就带有很大的悲剧性。我们为什么不可以脱掉他身上的八卦衣写一个历史上真正的诸葛亮呢?另一个任务是对传统戏加工整理。这种整理是脱胎换骨,点石成金,化腐朽为神奇的工作,在某种程度上它比新创作一个历史题材的戏的难度还要大一些,从这个角度上说中国戏曲是一个大包袱,我以为是很有道理的。也许我说得夸张一些,从原则上讲,几乎没有一出戏可以原封不动地在社会主义舞台上演出。

二、人物性格的简单化。中国戏曲有少数是写出深刻复杂的人物性格的,突出的例子是宋士杰,宋士杰真正够得上是一个典型。十七年整理传统戏最成功的一出是《十五贯》,我以为这是真正代表十七年戏曲工作成就的一出戏,它所达到的水平,比《将相和》、《杨门女将》更高一些,因为它写了况钟这样一个人物,写得那样具体,那样丰富,不带一点概念化和主题先行的痕迹。其余的人物也都写得有特色,可信。但可惜像宋士杰、况钟这样的典型在中国戏曲里是太少了。这和中国戏曲脱胎于演义小说是有关系的。演义小说一般只讲故事,很少塑造人物。戏曲既然多从演义小说中取材,自然也会受到影响,这是不奇怪的。欧洲文艺复兴前后的小说,也多半只是讲故事,很少有人物性格。着重描写人物,刻画他的内心世界,这是十八十九世纪以后的事。今天,写简单的人物性格,类似写李逵、张飞、牛皋的戏,也还有人要看,比如农民。但是对看过巴尔扎克等小说的知识青年,这样简单化的性格描写是满足不了他们的艺术要求的。

是否中国人的性格、或者说中国古人的性格本来就简单呢?也不是。比如汉武帝这个人的性格就相当复杂。他把自己的太子逼得造了反,太子死后,他又后悔,盖了一座宫叫"思子宫",一个人坐在里面想儿子。历史上有性格的人很多,这方面的题材是取之不尽的。

对历史剧鼓励、提倡什么题材,会带来概念化和主题先行,往往会让某一段历史生活或某一个历史人物去注解这个主题。十七年戏曲工作的缺点之一,就是鼓励、提倡某些题材,因而使题材狭窄了,带来概念化和主题先行的后果。这种倾向,即使在比较优秀的剧目中也在所难免。题材,还是让作者自己去发现,他看了某一段记载,欣然命笔,才能写出才华横溢的作品。十七年,我们对历史剧的创作方法上还有一个误会,就是企图在剧本里写出某个人物在历史上的作用,这实际上是在写史论,而不是写剧本。我认为,"作用"是无法表现的,只能由后代的历史学家去评价,剧本里只能写人物,写性格。

人物性格总是复杂的,简单的性格同时也是肤浅的性格,必然缺乏深度。现在有些清官戏、包公戏,做了错事自我责备的一些戏,说了一些听起来很解气的话,我以为这样的戏只能快意一时,不会长久,因为人物性格简单。

三、结构松散。有些京剧的结构很严谨,如《四郎探母》。但大多数剧本很松散。为什么戏曲里有很多折子戏?因为一出戏里只有这几折比较精彩,全剧却很松散,也很无味。今天的青年看这种没头没尾的折子戏,是不感兴趣的。我曾想过,很多优秀的折子戏,应该重新给它装配齐全,搞成一个完整的戏,但是这工作很难。

四、语言粗糙。京剧里有一些语言是很不错的。比如《桑园寄子》的"走青山望白云家乡何在",真是有情有景。《四郎探母》的唱词也是写得好的,"见娘"的〔倒板〕、〔回龙〕、〔二六〕的唱词写得很动人,"每日花开儿的心不开"真是恰到好处,这段唱和锣鼓、身段的配合,简直是天衣无缝。《打渔杀家》出门和上船后父女之间的对白,具有生活气息,非常感人。宋士杰居然唱出了"宋士杰与你是哪门子亲"这样完全口语化的唱词,老艺人能把这句唱词照样唱出来,而且唱得这样一波三折,很有感情,真是叫人佩服。但是这样的唱词念白在京剧里不多,称得上是剧诗的唱念尤少。

京剧的语言和《西厢记》、《董西厢》是不能比的,京剧里也缺少《琵琶记》"吃糠"和"描容"中那样真切地写出眼前景、心中情的感人唱词。传奇的唱词写得空泛一些,但是有些可取的部分,京剧也没有继承下来。京剧没有能够接上杂剧、传奇的传统,是它的一个很大的先天性的弱点。

京剧的文学性比起一些地方大戏,如川剧、湘剧,也差得很远。

京剧缺少真正的幽默感,因此缺乏真正的喜剧,川剧里许多极有趣的东西,一移植为京剧就会变成毫无余味的粗俗的笑料。

京剧也缺少许多地方小戏所特具的生活气息,可以这样比喻:地方戏好比水果,到了京剧就成了果子干;地方戏是水萝卜,京剧是大腌萝卜,原来的活色生香,全部消失。

"四人帮"尚未插手之前的现代戏创作中,有的剧作者曾有意识地把从生活中来、具有一定生活哲理的语言引进京剧里来,比如《红灯记》里的"里里外外一把手,穷人的孩子早当家",《沙家浜》里的"人一走,茶就凉"等,这证明京剧还是可以容纳一些有生活气息、比较深刻的语言的。可惜这些后来都被那些假大空的豪言壮语所取代了。

京剧里有大量不通的唱词,如《花田错》里的"桃花更比杏花黄",《斩黄袍》里的"天做保来地做保,陈桥扶起龙一条",《二进宫》的唱词几乎全不通。我以为要挽救京剧,要提高京剧的身价,要争取青年尤其是知识青年观众,就必须提高京剧的语言艺术,提高其可读性。巴金同志看了曹禺同志的《雷雨》说:"你这个剧本不但可以演,也是可以读的。"我们不赞成只能供阅读,不能供搬演的"案头剧本",也不赞成只能供上场搬演,而不能供案头阅读的剧本。可惜这种既能演又能读的剧本现在还不多。《人民文学》可以发表曹禺的《王昭君》,为什么不能发表一个戏曲剧本呢？戏曲剧作者常常说自己低人一等，被人家看不起。当然这种社会风气是不公平的，但戏曲剧作者自己也要争气，把剧本的文学性提得高高的，把词儿写得棒棒的，叫诗人、小说家折服。

很多同志对现代戏很关心，认为困难很大。我对现代戏倒是比较乐观的，因为它没有包袱。我以为比较难解决的倒是传统戏，如果传统戏的问题，即陈旧的历史观，陈旧的创作方法，人物性格的简单化的问题解决了，则现代戏的问题也比较好解决。如果创作方法不改变，京剧不但表现现代题材有困难，真正要深刻地表现历史题材也有困难。

我认为京剧确实存在危机，而且是迫在眉睫。怎样解决，我开不出药方。但在文学史上有一条规律，凡是一种文学形式衰退了的时候，挽救它的只有两种东西，一是民间的东西，一是外来的东西。京剧要向地方戏学习，要接受外国的影响，我主张京剧院团把门窗都打开，接受一点新鲜空气，借以恢复自己的活力。

注　释

① 本篇原载《人民戏剧》1980 年第十期；初收《晚翠文谈》，浙江文艺出版社，1988 年 3 月。

1981 年

宋 士 杰[①]
——一个独特的典型

《四进士》原来是一出很芜杂的群戏,现在也还保留着一些芜杂的痕迹,比如杨素贞手上戴的那只紫金镯,与主线已经没有多大关系了。它之能够流传到今天,成为一出无可比拟的独特的京剧,是因为剧中塑造了一个独特的典型,宋士杰。

宋士杰是一个讼师。现在大概很多人不知道讼师是干什么的了。过去,是每一个县城里都有的,他们的职业是包打官司,即包揽词讼。凡有衙门处即有讼师。只要你给他钱,他可以把你的官司包下来,把你的对手搞得倾家荡产,一败涂地。在生活里,他们也是很刁钻促狭的。讼师住的地方,做小买卖的都不愿停留,邻居家的孩子都不敢和他们家的孩子打架。然而《四进士》却写了一个好讼师,这就很特别。

宋士杰的好处在于,一是办事傲上。这在封建社会里是一种难得的品德。二是好管闲事。

要写他的爱管闲事,却从他怕管闲事写起。

宋士杰的出场是很平淡的,几记小锣,他就走出来了。四句诗罢,自报家门:

> 老汉宋士杰。在前任道台衙门,当过一名刑房书吏。只因我办事傲上,才将我的刑房革退。在西门以外,开了一所小小店房,不过是避嫌而已……

避嫌,避什么嫌呢?避官场之嫌。开店是一种姿态,表示引退闲居,从此不再往衙门里插手,免招是非物议。他虽然也不甘寂寞,偶尔给吃衙门饭的人一点指点,杯酒之间,三言两语。平常则是韬晦深藏,很少活动的了。以至顾读一听说宋士杰这名字,吃惊道:"宋士杰!这老儿还未曾死么?"

他卷进一场复杂的纠纷,完全是无心的,偶然的。他要去吃酒,看见刘二混等一伙光棍追赶杨素贞,他的老毛病犯了:

啊!这信阳州一班无徒光棍,追赶一个女子;若是追在无人之处,那女子定要吃他们的亏。我不免赶上前去,打他一个抱不平!

("无徒"即无赖,元曲中屡见。白朴《梧桐雨》、关汉卿《望江亭》中都有。没想到这个古语在京剧里还活着。有的整理过的剧本写成"无头",就没有讲了。)

但是转念一想:

咳!只因为多管人家的闲事,才将我的刑房革退,我又管的什么闲事啊。不管也罢,街市上走走。

他和万氏打跑了刘二混,事情本来就完了。不想万氏把杨素贞领到家里——店里来了。他和杨素贞的攀谈,问人家姓什么,哪里的人,到信阳州来做什么……都是一些见面后应有的闲话。听到杨素贞是越衙告状来了,他顺口说了一句:"哎呀,越衙告状,这个冤枉一定是大了。"也只是平常的感慨(《四进士》能用口语的念白写出人物的神情,非常难得。这出戏的语言是很值得研究的)。他想看看人家的状子,只是一种职业性的兴趣。他指出什么是"由头",点出哪里是"赖词",称赞状子写得好,"作状子的这位老先生有八台之位","笔力上带着",但是"好是好,废物了!"(多好的语言!若是写成"好倒是好啊,可惜么,是一个废物了!"便索然无味。可惜我们今天的许多剧本用的正是后一种语言)——"道台大人前呼后拥,女流之辈,挨挤不上,也是枉然。""交还与她",他不管了!

杨素贞叫了宋士杰一声干父,宋士杰答应到道台衙门去递状。

到道台衙门递一张状,这在宋士杰,真是小事一桩。本来可以不误堂点,顺顺当当把状子递上。不想遇着丁旦,拉去酒楼,出了个岔子,逼得他不得不击动堂鼓,面见顾读。犹一溪春水,撞到一块石头,激起了浪花。宋士杰湿了鞋子,掉进了漩涡,越陷越深,不能自拔。他从一个旁观者变成了当事人,从一个局外人变成了矛盾的一个主要方面。他的性格也就在愈趋复杂的斗争中,更加清楚、更加深刻的展示出来。作者没有一开头就写他路见不平,义形于色,揎拳攘袖,拔刀向前。那样就不是宋士杰,而是拚命三郎石秀了。

宋士杰是一个讼师。他的主要行动是打官司(河南梆子这出戏就叫《宋士杰打官司》)。他的主要的戏是一公堂、二公堂、盗书、三公堂。三公堂是毛朋的戏,宋士杰无大作为。盗书主要看表演,没有多少语言。真正表现宋士杰的讼师本色的,是一公堂、二公堂。一公堂、二公堂的对立面是顾读。全剧的精采处也在于宋士杰斗顾读。

一公堂斗争的焦点是宋士杰是不是包揽词讼。过去,讼师是一种不合法的职业。"包揽词讼"本身就是罪名。所有的讼师在插手一桩官司之前,都首先要把这项罪名摘清。否则未曾回话,官司就输了。宋士杰知道,上堂之后,顾读必然首先要挑这个眼。顾读一声"传宋士杰!"丁旦下堂:"宋家伯伯,大人传你。"宋士杰"吓"了一声。丁旦又说:"大人传你。"宋士杰好像没有听明白:"哦,大人传我?"丁旦又重复一次:"传你!小心去见。"宋士杰好像才醒悟过来:"呵呵,传我?"这么一句话有什么听不明白的呢?他怎么这样心不在焉,反应迟钝呢?不是迟钝,他是在想主意。他脱下鸭尾巾,露出雪白的发髻(刹那之间,宋士杰变得很美),报门:"报,——宋士杰告进。"不卑不亢,似卑实亢。这时他已经成竹在胸,所以能如此从容。剧作者的笔墨精细处真不可及!

果然,顾读劈头就问:

"你为何包揽词讼?"

"怎见得小人包揽词讼?"

"杨素贞越衙告状,住在你的家中,分明是你挑唆而来,岂不是包揽词讼?"

顾读问得在理。

"小人有下情回禀。"

"讲!"

宋士杰的辩词实在出人意料:

"吓。小人宋士杰,在前任道台衙门当过一名刑房书吏。只因我办事傲上,才将我的刑房革掉。在西门以外开了一所小小店房,不过是避嫌而已。曾记得那年,去往河南上蔡县办差,住在杨素贞的家中;杨素贞那时间才这长这大;拜在我的名下,收为义女。数载以来,书不来,信不往。杨素贞她父已死。她长大成人,许配姚庭梅为妻。她的亲夫被人害死,来到信阳州越衙告状。常言道是亲者不能不顾;不是亲者不能相顾。她是我的干女儿,我是她的干父。干女儿不住在干父家中,难道说,叫她住在庵堂——寺院?"

这真是老虎闻鼻烟!一件没影子的事,他却说得有鼻子有眼,活灵活现,点水不漏,无懈可击!这段辩词,层次清楚,语调铿锵,真是掷地作金石声!"这长这大",真亏他想得出来。——我们现在要是写,像"这长这大"这样活生生的语言,是无论如何写不出来的。

什么叫讼师?这就叫讼师:数白道黑,将无作有。

二公堂是宋士杰替杨素贞喊冤。顾读受贿之后,对杨素贞拶指逼供,上刑收监。宋士杰在堂口高喊:"冤枉!"

"宋士杰,你为何堂口喊冤?"

"大人办事不公!"

"本道哪些儿不公?"

"原告收监,被告讨保,哪些儿公道?"

"杨素贞告的是谎状。"

"怎见得是谎状?"

"她私通奸夫,谋害亲夫,岂不是谎状?"

"奸夫是谁?"

"杨春。"

"哪里人氏?"

"南京水西门。"

"杨素贞?"

"河南上蔡县。"

"千里路程,怎样通奸?"

"呃,——他是先奸后娶!"

"既然如此,她不去逃命,到你这里送死来了!"

这个地方宋士杰是有理的。他得理不让人,步步进逼,语快如刀,不容喘息,一鞭一条痕,一掴一掌血,一直到把对方打翻在地,再也起不来,真是老辣之至。

除了写他是个会打官司的讼师,一个尖刻厉害的刀笔,剧本还从多方面刻画他的世事洞明,人情练达。

宋士杰误过午堂,状子不曾递上,心里很懊恼,回家的路上,一个人自言自语地叨叨:

"咳!酒楼之上,多吃了一杯,升过堂了,状子没有递上,只好回去。吃酒的误事!咳!回得家去,干女儿迎上前来,言道:'干父你回来了?'我言道:'我回来了。'干女儿必定问道:'状子可曾递上?'我言道:'遇见一个朋友,在酒楼之上,多吃了一杯,升过堂了,没有递上。'她必然言道:'干父啊,我不是你的亲生女儿;若是你的亲生女儿,酒也不吃了,状子也递上了。'这两句言语,总是有的……这两句言语,总是……"

到了家,杨素贞果然对万氏说:

"嗳,我不是他的亲生女儿……"

宋士杰用极低的声音说:

"来了!"

杨素贞接着说:

"若是他的亲生女儿,酒也不吃了,状子也递上了!"

宋士杰:

"我早晓得有这两句话……"

真是如见其肺腑然。

他听说按院大人下马,写了一张上告的状子,途遇杨春,认为干亲,核计告状。听说鸣锣开道,差杨春前去打听,他突然想起:

"哎呀! 按院大人有告条在外,有人拦轿喊冤,四十大板。我实实挨不起了。我看杨春这个娃娃,倒也精壮得很,我把这四十板子,照顾了这个娃娃吧!"

杨春递状回来,他不好问人家递上了没有,他叫人家"走过去","走回来"。

"啊,这娃娃怎么还不回来? 待我迎上前去。"

"义父!"

"娃娃,你回来了?"

"我回来了。"

"状子可曾递上?"

"递上了。"

"哦,递上了! ——递上了?"

"递上了。"

"递上了?"

"递上了啊!"

"走过去!"

"哦,走过去。"

"走回来。"

"好,走回来。"

"唉,娃娃,你没有递上。"

"怎见得没有递上?"

"哈哈!娃娃,我实对你讲了吧:按院大人有告示在外,有人拦轿喊冤,打四十大板。你两腿好好的,状子没有递上吧!"

有一个孩子读《四进士》剧本,读到这里,说:"这个宋士杰真坏!"

宋士杰是真坏,可是他真好。他是个很坏的好人。这就是宋士杰,是一个有血有肉的活人,不一般化,不是大慈大悲救苦救难观世音菩萨。

《四进士》一个很大的特点,是运用大量的细节来刻画人物。作者简直是信手拈来,涉笔成趣,笔笔都为人物增添一分光彩。这在戏曲里,至少在京剧里是极为少见的。

为什么作者能够这样从心所欲地写出这样多的细节来呢?原因只有一个:对这个人物太熟了。

张天翼同志在谈儿童文学的一篇讲话中,提出从人物出发,他说:有了人物,没有情节可以有情节,没有细节可以有细节。这是老作家的三折肱之言,是度世的金针。

在去年的全国剧目工作会议上,有一个省的代表介绍经验,说他们省领导创作的同志,在讨论提纲或初稿时,首先问剧作者:你是不是觉得你所写的人物,已经好像站在你的面前了?否则,你不要写!这真是一条十分有益的经验。抓创作,其实只要抓住一条,就够了,抓人物。其余的,都是次要的。我们的许多领导创作的同志,瞎抓一气,就是不懂得抓人物。那种:主题有积极意义,已经有了一定基础,希望继续加工,不要放下……之类的废话,是杀死创作的官僚主义的软刀子。我们已经有了多少在娘胎里闷死的剧本,有了多少毫不精彩,劳民伤财的,叫人连意见都没法提的寡淡的演出,其弊只在一点:没有人物。

这里说的只是应当写人物的戏。至于有的别种样式的戏,如牧歌体的、散文式的(如《老道游山》)、散文诗式的(如《贵妃醉酒》)或用意识流方法写的京剧,当然不在此列,而我以为像《四进士》这样的京剧是应该大力提倡的。

注　释

① 　本篇原载《人民戏剧》1981 年第一期;初收《晚翠文谈》,浙江文艺出版社,1988 年 3 月。

与友人谈沈从文①

——给一个中年作家的信

××：

春节前后两信均收到。

你听说出版社要出版沈先生的选集，我想在后面写几个字，你心里"格噔一跳"。我说准备零零碎碎写一点，你不放心，特地写了信来，嘱咐我"应当把这事当一件事来做"。你可真是个有心人！不过我告诉你，目前我还是只能零零碎碎地写一点。这是我的老师给我出的主意。这是个好主意，一个知己知彼，切实可行的主意。

而且，我最近把沈先生的主要作品浏览了一遍，觉得连零零碎碎写一点也很难。

难处之一是他已经被人们忘记了。四十年前，我有一次和沈先生到一个图书馆去，在一列一列的书架面前，他叹息道："看到有那么多人，写了那么多书，我什么也不想写了。"古今中外，多少人写了多少书呀，真是浩如烟海。在这个书海里加进自己的一本，究竟有多大意义呢？有多少书能够在人的心上留下一点影响呢？从这个方面看，一个人的作品被人忘记，并不是很值得惆怅的事。

但从另一方面看，一个人写了那样多作品，却被人忘记得这样干净，——至少在国内是如此，总是一件很奇怪的事。

原因之一，是沈先生后来不写什么东西，——不搞创作了。沈先生的创作最旺盛的十年是从一九二四到一九三四这十年。十年里他写了一本自传，两本散文（《湘西》和《湘行散记》），一个未完成的长篇（《长河》），四十几个短篇小说集。在数量上，同时代的作家中很少有能和他相比的，至少在短篇小说方面。四十年代他写的东西就不多了。五十年代以后，基本上没有写什么。沈先生放下搞创作的笔，已经三十年了。

解放以后不久，我曾看到过一个对文艺有着卓识和具眼的党内负责同志给沈先生写的信（我不能忘记那秀整的字迹和直接在信纸上勾抹涂改的那种"修辞立其诚"的坦白态度），劝他继续写作，并建议如果一时不能写现实的题材，就先写写历史题材。沈先生在一九五七年出版的小说选集的《题记》中也表示："希望过些日子，还能够重新拿起手中的笔，和大家一道来讴歌人民在觉醒中，在胜利中，为建设祖国、建设家乡、保卫世界和平所贡献的劳力，和表现的坚固信心及充沛热情。我的生命和我手中这枝笔，也自然会因此重新回复活泼而年青！"但是一晃三十年，他的那枝笔还在放着。只有你这个对沈从文小说怀有偏爱的人，才会在去年文代会期间结结巴巴地劝沈先生再回到文学上来。

这种可能性是几乎没有的了。他"变"成了一个文物专家。这也是命该如此。他是一个不可救药的"美"的爱好者，对于由于人的劳动而创造出来的一切美的东西具有一种宗教徒式的狂热。对于美，他永远不缺乏一个年轻的情人那样的惊喜与崇拜。直到现在，七十八岁了，也还是那样。这是这个人到现在还不老的一个重要原因。他的兴趣是那样的广。我在昆明当他的学生的时候，他跟我（以及其他人）谈文学的时候，远不如谈陶瓷，谈漆器，谈刺绣的时候多。他不知从哪里买了那么多少数民族的挑花布。沏了几杯茶，大家就跟着他对着这些挑花图案一起赞叹了一个晚上。有一阵，一上街，就到处搜罗缅漆盒子。这种漆盒，大概本是食具，圆形，竹胎，用竹笔刮绘出红黑两色的云龙人物图像，风格直接楚器，而自具缅族特点。不知道什么道理，流入昆明很多。他搞了很多。装印泥、图章、邮票的，装芙蓉糕萨其玛的，无不是这种圆盒。昆明的熟人没有人家里没有沈从文送的这种漆盒。有一次他定睛对一个直径一尺的大漆盒看了很久，抚摸着，说："这可以做一个《红黑》杂志的封面！"有一次我陪他到故宫去看瓷器。一个莲子盅的造型吸引了人的眼睛。沈先生小声跟我说："这是按照一个女人的奶子做出来的。"四十年前，我向他借阅的谈工艺的书，无不经他密密地批注过,而且贴了很多条子。他的"变",对我,以及一些熟人,并不突然。而且认为这和他的写小说,是可以相通的。他是一个高明的鉴赏家。不过所鉴赏的对象,一为人,一为物。这种例子,在文学史上不多见,因此局外人不免觉得难于理解。不管怎么说,在通常意义上,沈先生是改了行了,而且已经是无可挽回的了。你希望他"回来",他只要动一动步,他的那些丝绸铜铁就都会叫起来的:"沈老,沈老,别走,别走,我们要你!"

沈从文的"改行",从整个文化史来说,是得是失,且容天下后世人去作结论吧,反正,他已经三十年不写小说了。

三十年。因此现在三十岁的年轻人多不知道沈从文这个名字。四五十岁的呢?像你这样不声不响地读着沈从文小说的人很少了。他们也许知道这个人,在提及时也许会点起一枝烟,翘着一只腿,很潇洒地说:"哈,沈从文,这个人的文字有特点!"六十岁的人,有些是读过他的作品并且受过影响的,但是多年来他们全都保持沉默,无一例外。因此,沈从文就被人忘记了。

谈话,都得大家来谈,互相启发,才可能说出精彩的,有智慧的意见。一个人说话,思想不易展开。幸亏有你这样一个好事者,我说话才有个对象,否则直是对着虚空演讲,情形不免滑稽。独学无友,这是难处之一。

难处之二,是我自己。我"老"了。我不是说我的年龄。我偶尔读了一些国外的研究沈从文的专家的文章,深深感到这一点。我不是说他们的见解怎么深刻、正确,而是我觉得那种不衫不履、无拘无束、纵意而谈的挥洒自如的风度,我没有了。我的思想老化了,僵硬了。我的语言失去了弹性,失去了滋润、柔软。我的才华(假如我曾经有过)枯竭了。我这才发现,我的思想背上了多么沉重的框框。我的思想穿了制服。三十年来,没有真正执行"百花齐放"的方针,使很多人的思想都浸染了官气,使很多人的才华没有得到正常发育,很多人的才华过早的枯萎,这是一个看不见的严重的损失。

以上,我说了我写这篇后记的难处,也许也正说出了沈先生的作品被人忘记的原因。那原因，其实是很清楚的：是政治上和艺术上的偏见。

请容许我说一两句可能也是偏激的话：我们的现代文学史（包括古代文学史也一样）不是文学史，是政治史，是文学运动史，文艺论争史，文学派别史。什么时候我们能够排除各种门户之见，直接从作家的作品去探讨它的社会意义和美学意义呢？

现在，要出版《沈从文选集》，这是一件好事！这是春天的信息，这是"百花齐放"的具体体现。

你来信说，你春节温书，读了沈先生的小说，想着一个问题：什么是艺术生命？你的意思是说，沈先生三十年前写的小说，为什么今天还有蓬勃的生命呢？你好像希望我回答这个问题。我也在想着一个问题：现在出版《沈从文选集》，意义是什么呢？是作为一种"资料"让人们知道五四以来有这样一个作家，写过这样一些作品，他的某些方法，某些技巧可以"借鉴"，可以"批判"地吸取？推而广之，契诃夫有什么意义？拉斐尔有什么意义？贝多芬有什么意义？演奏一首 D 大调奏鸣曲，只是为了让人们"研究"？它跟我们的现实生活不发生关系？……

我的问题和你的问题也许是一个。

这个问题很不好回答。我想了几天，后来还是在沈先生的小说里找到了答案，那是《长河》里夭夭所说的：

"好看的应该长远存在"。

一个乡下人对现代文明的抗议

沈从文是一个复杂的作家。他不是那种"让组织代替他去思想"的作家②。从内容到形式，从思想到表现方法，乃至造句修辞，都有他自己的一套。

有一种流行的，轻率的说法，说沈从文是一个"没有思想"，"没有灵魂"，"空虚"的作家。一个作家，总有他的思想，尽管他的思想可能是肤浅的，庸俗的，晦涩难懂的，或是反动的。像沈先生这样严肃地，辛苦而固执地写了二十年小说的作家,没有思想,这种说法太离奇了。

沈先生自己也常说,他的某些小说是"习作",是为了教学的需要,为了给学生示范,教他们学会"用不同方法处理不同问题"。或完全用对话,或一句对话也不用……如此等等。这也是事实。我在上他的"创作实习"课的时候,有一次写了一篇作业,写一个小县城的小店铺傍晚上灯时来往坐歇的各色人等活动,他就介绍我看他的《腐烂》。这就给了某些评论家以口实,说沈先生的小说是从形式出发的。用这样的办法评论一个作家,实在太省事了。教学生"用不同方法处理问题"是一回事,作家的思想是另一回事。两者不能混为一谈。创作本是不能教的。沈先生对一些不写小说,不写散文的文人兼书贾却在那里一本一本的出版"小说作法"、"散文作法"之类,觉得很可笑也很气愤(这种书当时是很多的),因此想出用自己的"习作"为学生作范例。我到现在,也还觉得这是教创作的很好的,也许是唯一可行的办法。我们,当过沈先生的学生的人,都觉得这是有效果的,实惠的。我倒愿意今天大学里教创作的老师也来试试这种办法。只是像沈先生那样能够试验各种"方法",掌握各种"方法"的师资,恐怕很不易得。用自己的学习带领着学生去实践,从这个意义讲,沈先生把自己的许多作品叫作"习作",是切合实际的,不是矫情自谦。但是总得有那样的生活,并从生活中提出思想,又用这样的思想去透视生活,才能完成这样的"习作"。

沈先生是很注重形式的。他的"习作"里诚然有一些是形式重于内容的。比如《神巫之爱》和《月下小景》。《月下小景》摹仿《十日谈》,这是无可讳言的。"金狼旅店"在中国找不到,这很像是从塞万提斯的传奇里借用来的。《神巫之爱》里许多抒情歌也显然带着浓厚的异国情调。这些写得很美的诗让人想起萨孚的情歌、《圣经》里的《雅歌》。《月下小景》故事取于《法苑珠林》等书。在语言上仿照佛经的偈语,多四字为句;在叙事方法上也竭力铺排,重复华丽,如六朝译经体格。我们不妨说,这是沈先生对不同文体所作的尝试。我个人认为,这不是沈先生的重要作品,只是备一格而已。就是这样的试验文体的作品,也不是完全不倾注作者的思想。

沈先生曾说:"这世界上或有想在沙基或水面上建造崇楼杰阁的人,那可不是我。"他对称他为"空虚"的,"没有思想"的评论家提出了无可奈何的抗议。他说他想建造神庙,这神庙里供奉的是"人性"。——什么是他所说的"人性"?

　　他的"人性"不是抽象的。不是欧洲中世纪的启蒙主义者反对基督的那种"人性"。简单地说,就是没有遭到外来的资本主义的物质文明和精神文明的侵略,没有被洋油、洋布所破坏前中国土著的抒情诗一样的品德。我们可以鲁莽一点,说沈从文是一个民族主义者。

　　沈先生对他的世界观其实是说得很清楚的,并且一再说到。

　　沈先生在《长河》题记中说:"……用辰河流域一个小小的水码头作背景,就我所熟习的人事作题材,来写写这个地方一些平凡人物生活上的'常'与'变',以及在两相乘除中所有的哀乐。"他所说的"常"与"变"是什么?"常"就是"前一代固有的优点,尤其是长辈中妇女,祖母或老姑母行勤俭治生忠厚待人处,以及在素朴自然景物下衬托简单信仰蕴蓄了多少抒情诗气分"。所谓"变"就是这些品德"被外来洋布煤油逐渐破坏,年青人几乎全不认识,也毫无希望从学习中去认识"。"常"就是"农村社会所保有那点正直素朴人情美";"变"就是"近二十年实际社会培养成功的一种唯实唯利庸俗人生观"。"常"与"变",也就是沈先生在《边城》题记提出的"过去"与"当前"。抒情诗消失,人的生活越来越散文化,人应当怎样活下去,这是资本主义席卷世界之后,许多现代的作家探索和苦恼的问题。这是现代文学的压倒的主题。这也是沈先生全部小说的一个贯串性的主题。

　　多数现代作家对这个问题是绝望的。他们的调子是低沉的,哀悼的,尖刻的,愤世嫉俗的,冷嘲的。沈从文不是这样的人。他不是一个悲观主义者。一九四五年,在他离开昆明之际,他还郑重地跟我说:"千万不要冷嘲。"这是对我的作人和作文的一个非常有分量的警告。最近我提及某些作品的玩世不恭的倾向,他又说:"这不好。对现实可以不满,但一定要有感情。就是开玩笑,也要有感情。"《长河》的题记里说:"横在我们面前许多事都使人痛苦,可是却不用悲观。骤然而来的风雨,说不定会把许多人的高尚理想,卷扫摧残,弄得无影无踪。然而一个人对于人类前途的热忱,和工作的虔敬态度,是应当永远存在,且必然给后来者以极大鼓励的!"沈从文的小说的调子自然不是昂扬的,但是是明朗的,引人向上的。

他叹息民族品德的消失,思索着品德的重造,并考虑从什么地方下手。他把希望寄托于"自然景物的明朗,和生长在这个环境中几个小儿女性情上的天真纯粹"。

沈先生有时在他的作品中发议论。《长河》是个有意用"夹叙夹议"的方法来写的作品。其他小说中也常常从正反两个方面阐述他的"民族品德重造论"。但是更多的时候他把他的思想包藏在形象中。

《从文自传》中说:

> 我记得迭更司的《冰雪因缘》、《滑稽外史》、《贼史》这三部书反复约占去了我两个月的时间。我欢喜这种书,因为他告给我的正是我所要明白的。他不如别的书说道理,他只记下一些现象。即使他说的还是一种很陈腐的道理,但他却有本领把道理包含在现象中。

沈先生那时大概没有读过恩格斯的书,然而他的认识和恩格斯的倾向性不要特别地说出,是很相近的。沈先生自己也正是这样做的。他把他的思想深深地隐藏在人物和故事的后面。以至当时人就有很多不知道他要说什么。他们不知道沈从文说的是什么,他们就以为他没有说什么。沈先生有些不平了。他在《从文小说习作选》的题记里说:"你们能欣赏我的故事的清新,照例那作品背后蕴藏的热情却忽略了,你们能欣赏我文字的朴实,照例那作品背后隐伏的悲痛也忽略了。"他说他的作品在市场上流行,实际上近于"买椟还珠"。这原是难怪的,因为这种热情和悲痛不在表面上。

其实这也不错。作品的思想和它的诗意究竟不是"椟"和"珠"的关系,它是水果的营养价值和红、香、酸甜的关系。人们吃水果不是吃营养。营养是看不见,尝不出来的。然而他看见了颜色,闻到了香气,入口觉得很爽快,这就很好了。

我不想讨论沈先生的民族品德重造论。沈先生在观察中国的问题时用的也不是一个社会学家或一个主教的眼睛。他是一个诗人。他说:

> 我看一切,却并不把那个社会价值挪加进去,估定我的爱憎。……我永远不厌倦的是"看"一切。宇宙万汇在动中,在静止中,我皆能抓定它的最美丽与最调和的风度,但我的爱好却不能同一切目的相合。我不明白一切同人类生活相联结时的美恶,另外一句话说来,就是我不大能领会伦理的美。接近人生时我永远是个艺术家的感情。

有诗意还是没有诗意,这是沈先生评价一切人和事物的唯一标准。他怀念祖母或老姑母们,是她们身上"蕴蓄了多少抒情诗气分"。他讨厌"时髦青年",是讨厌他们的"唯实唯利的庸俗人生观"。沈从文的世界是一个充满乡土气息的抒情诗的世界。他一直把他的诗人气质完好地保存到七十八岁。文物,是他现在陶醉在里面的诗。只是由于这种陶醉,他却积累了一大堆吓人的知识。

水边的抒情诗人

大概每一个人都曾在一个时候保持着对于家乡的新鲜的记忆。他会清清楚楚地记得从自己的家走到所读的小学沿街的各种店铺、作坊、市招、响器、小庙、安放水龙的"局子"、火灾后留下的焦墙、糖坊煮麦芽的气味、竹厂烤竹子的气味……他可以挨着门数过去,一处不差。故乡的瓜果常常是远方的游子难忍的蛊惑。故乡的景物一定会在三四十岁时还会常常入梦的。一个人对生长居住的地方失去新鲜感,像一个贪吃的人失去食欲一样,那他也就写不出什么东西了。乡情的衰退的同时,就是诗情的锐减。可惜呀,我们很多人的乡情和诗情在累年的无情的生活折损中变得迟钝了。

沈先生是幸福的，他在三十几岁时写了一本《从文自传》。

这是一本奇妙的书。这样的书本来应该很多，但是却很少。在中国，好像只有这样一本。这本自传没有记载惊天动地的大事，没有干过大事的历史人物，也没有个人思想感情上的雷霆风暴，只是不加夸饰地记录了一个小地方，一个小小的人的所见、所闻、所感。文字非常朴素。在沈先生的作品中，《自传》的文字不是最讲究、最成熟的，然而却是最流畅的。沈先生说他写东西很少有一气呵成的时候。他的文章是"一个字一个字地雕出来的"。这本书是一个例外（写得比较顺畅的，另外还有一个《边城》）。沈先生说他写出一篇就拿去排印，连看一遍都没有，少有。这本书写得那样的生动、亲切、自然，曾经感动过很多人，当时有一个杂志（好像是《宇宙风》），向一些知名作家征求他本年最爱读的三本书，一向很不轻易地称许人的周作人，头一本就举了《从文自传》。为什么写得那样顺畅，而又那样生动、亲切、自然，是因为：

> 我就生长到这样一个小城里，将近十五岁时方离开。出门两年半回过那小城一次以后，直到现在为止，那城门我还不再进去过。但那地方我是熟习的。现在还有许多人生活在那个城市里，我却常常生活在那个小城过去给我的印象里。

这是一本文学自传。它告诉我们一个人是怎样成为作家的，一个作家需要具备哪些素质，接受哪些"教育"。"教育"的意思不是指他在《自传》里提到的《辞源》、迭更司、《薛氏彝器图录》和索靖的《出师颂》……沈先生是把各种人事、风景，自然界的各种颜色、声音、气味加于他的印象、感觉都算是对自己的教育的。

如果我说：一个作家应该有个好的鼻子，你将会认为这是一句开玩笑的话。不！我是很严肃的。

> 薄暮的空气极其温柔，微风摇荡大气中，有稻草香味，有烂熟了山果香味，有甲虫类气味，有泥土气味。一切在成熟，在开始结束一个夏天阳光雨露所及长养生成的一切。……

我最近到沈先生家去，说起他的《月下小景》，我说："你对于颜色、声音很敏感,对于气味……"

我说:"'菌子已经没有了,但是菌子的气味留在空气里',这写得很美,但是我还没有见到一个作家写到甲虫的气味!……"

我的师母张兆和,我习惯上叫她三姐,因为我发现了这一点而很兴奋,说:

"哎!甲虫的气味!"

沈先生笑眯眯地说:"甲虫的分泌物。"

我说:"我小时玩过天牛。我知道天牛的气味,很香,很甜!……"

沈先生还是笑眯眯地说:"天牛是香的,金龟子也有气味。"

师母说:"他的鼻子很灵!什么东西一闻……"

沈从文是一个风景画的大师,一个横绝一代,无与伦比的风景画家。——除了鲁迅的《故乡》、《社戏》,还没有人画出过这样的中国作风,中国气派的风景画。

他的风景画多是混和了颜色、声音和气味的。

举几个例:

> 从碾坊往上看,看到堡子里比屋连墙,嘉树成荫,正是十分兴旺的样子。往下来,夹溪有无数山田,如堆积蒸糕;因此种田人借用水力,用大竹扎了无数水车,用椿木做成横轴同撑柱,圆圆的如一面锣,大小不等竖立在水边。这一群水车,就同一群游手好闲人一样,成日成夜不知疲倦的咿咿呀呀唱着意义含糊的歌。
>
> ——《三三》

> 辰河中部小吕岸吕家坪,河下游约有四十里一个小土坡上,名叫"枫树坳",坳下有个滕姓祠堂。祠堂前后十几株老枫木树,叶子已被几个早上的严霜,镀上一片黄,一片红,一片紫。枫树下到处是这种彩色斑驳的美丽落叶。祠堂前枫树下有个摆小摊子的,放了三个大小不一的簸箕,簸箕中零星货物上也是这种美丽的落叶。祠堂位在山坳上,地点较高,向对河望去,但见千山草黄,起野火处有白烟如云。村落中为耕牛过冬预备的稻草,傍近树根堆积,无不如塔如坟。银杏白杨树成行高矗,大小叶片在微阳下翻飞,黄

绿杂彩相间,如旗纛,如羽葆。又如有所招邀,有所期待。沿河橘子园尤呈奇观,绿叶浓翠,绵延小河两岸,缀系在枝头的果实,丹朱明黄,繁密如天上星子,远望但见一片光明,幻异不可形容。河下船埠边,有从土地上得来的萝蔔,薯芋,以及各种农产物,一堆堆放在那里,等待装运下船。三五个孩子,坐在这种庞大堆积物上,相互扭打游戏。河中乘流而下行驶的小船,也多数装满了这种深秋收获物,并装满了弄船人欢欣与希望,向辰溪县、浦市、辰州各个码头集中,到地后再把它卸到干涸河滩上去等待主顾。更远处有皮鼓铜锣声音,说明某一处村中人对于这一年来人与自然合作的结果,因为得到满意的收成,正在野地上举行谢土的仪式,向神表示感激,并预约"明年照常"的简单愿心。

土地已经疲倦了,似乎行将休息,灵物因之转增妍媚,天宇澄清,河水澄清。

——《长河·秋(动中有静)》

在小说描写人物心情时,时或插进景物的描写,这种描写也无不充满着颜色、声音与气味,与人的心情相衬托,相一致。如:

到午时,各处船上都已经有人在烧饭了。湿柴烧不燃,烟子到处窜,使人流泪打嚏。柴烟平铺到水面如薄绸。听到河街馆子里大师傅用铲子敲打锅边的声音,听到邻船上白菜落锅的声音,老七还不见回来。

——《丈夫》

在同一地方,另外一些小屋子里,一定也还有那种能够在小灶里塞上一点湿柴,升起晚餐烟火的人家,湿柴毕毕剥剥的在灶肚中燃着,满屋便窜着呛人的烟子。屋中人,借着灶口的火光,或另一小小的油灯光明,向那个黑色的锅里,倒下一碗鱼内脏或一把辣子,于是辛辣的气味同烟雾混合,屋中人皆打着喷嚏,把脸掉向另一方去。

——《泥涂》

对于颜色、声音、气味的敏感，是一个画家，一个诗人必需具备的条件。这种敏感是要从小培养的。沈先生在给我们上课时就说过：要训练自己的感觉。学生之中有人学会一点感觉，从沈先生的谈吐里，从他的书里。沈先生说他从小就爱到处看，到处听，还到处嗅闻。"我的心总得为一种新鲜声音，新鲜气味而跳。"一本《从文自传》就是一些声音、颜色、气味的记录。当然，主要的还是人。声音、颜色、气味都是附着于人的。沈先生的小说里的人物大都在《自传》里可以找到影子。可以说，《自传》是他所有的小说的提要；他的小说是《自传》的长编。

沈先生的最好的小说是写他的家乡的。更具体的说，是写家乡的水的。沈先生曾写过一篇文章，题为《我的写作和水的关系》。"我幼小时较美丽的生活，大部分都与水不能分离。我的学校可以说是在水边的。我认识美，学会思索，水对我有极大关系"（《自传》）。湘西的一条辰河，流过沈从文的全部作品。他的小说的背景多在水边，随时出现的是广舶子、渡船、木筏、辇烟划子，磨坊、码头、吊脚楼……小说的人物是水边生活，靠水吃水的人，三三、夭夭、翠翠、天保、傩送、老七、水保……关于这条河有说不尽的故事。沈先生写了多少篇关于辰河、沅水、酉水的小说，即每一篇都有近似的色调，然而每一篇又各有特色，每一篇都有不同动人的艺术魅力。河水是不老的，沈先生的小说也永远是清新的。一个人不知疲倦地写着一条河的故事，原因只有一个：他爱家乡。

如果说沈先生的作品是乡土文学，只取这个名词的最好的意义，我想也许沈先生不会反对。

注 释

① 本篇原载《汪曾祺全集》第六卷，北京师范大学出版社，1998 年 8 月。
② 海明威语。

关于《受戒》①

我没有当过和尚。

我的家乡有很多大大小小的庙。我的家乡没有多少名胜风景。我们小时候经常去玩的地方，便是这些庙。我们去看佛象。看释迦牟尼，和他两旁的侍者（有一个侍者岁数很大了，还老那么站着，我常为他不平）。看降龙罗汉、伏虎罗汉、长眉罗汉。看释迦牟尼的背后塑在墙壁上的"海水观音"。观音站在一个鳌鱼的头上，四周都是卷着漩涡的海水。我没有见过海，却从这一壁泥塑上听到了大海的声音。一个中小城市的寺庙，实际上就是一个美术馆。它同时又是一所公园。庙里大都有广庭、大树、高楼。我到现在还记得走上吱吱作响的楼梯，踏着尘土上印着清晰的黄鼠狼足迹的楼板时心里的轻微的紧张，记得凭栏一望后的畅快。

我写的那个善因寺是有的。我读初中时，天天从寺边经过。寺里放戒，一天去看几回。

我小时就认识一些和尚。我曾到一个人迹罕到的小庵里，去看过一个戒行严苦的老和尚。他年轻时曾在香炉里烧掉自己的两个指头，自号八指头陀。我见过一些阔和尚，那些大庙里的方丈。他们大都衣履讲究（讲究到令人难以相信），相貌堂堂，谈吐不俗，比县里的许多绅士还显得更有文化。事实上他们就是这个县的文化人。我写的那个石桥是有那么一个人的（名字我给他改了）。他能写能画，画法任伯年，书学吴昌硕，都很有可观。我们还常常走过门外，去看他那个小老婆。长得像一穗兰花。

我也认识一些以念经为职业的普通的和尚。我们家常做法事。我因为是长子，常在法事的开头和当中被叫去磕头；法事完了，在他们脱下袈裟,互道辛苦之后(头一次听见他们互相道"辛苦",我颇为感动,原来和尚之间也很讲人情,不是那样冷淡),陪他们一起喝粥或者吃挂面。这样我就有机会看怎样布置道场,翻看他们的经卷,听他们敲击法器。对着经本一句一句地听正座唱"叹骷髅"(据说这一段唱词是苏东坡写的)。

我认为和尚也是一种人,他们的生活也是一种生活。凡作为人的七情六欲,他们皆不缺少,只是表现方式不同而已。

一个偶然的机会,我在一个乡下的小庵里住了几个月,就住在小说里所写的"一花一世界"那几间小屋里。庵名我已经忘记了,反正不叫菩提庵。菩提庵是我因为小门上有那样一副对联而给它起的。"一花一世界",我并不大懂,只是朦朦胧胧地感到一种哲学的美。我那时也就是明海那样的年龄,十七八岁,能懂什么呢。

庵里的人,和他们的日常生活,也就是我所写的那样。明海是没有的。倒是有一个小和尚,人相当蠢,和明海不一样。至于当家和尚拍着板教小和尚念经,则是我亲眼得见。

这个庄是叫庵赵庄。小英子的一家,如我所写的那样。这一家,人特别的勤劳,房屋、用具特别的整齐干净,小英子眉眼的明秀,性格的开放爽朗,身体姿态的优美和健康,都使我留下难忘的印象,和我在城里所见的女孩子不一样。她的全身,都发散着一种青春的气息。

我一直想写写在这小庵里所见到的生活,一直没有写。

怎么会在四十三年之后,在我已经六十岁的时候,忽然会写出这样一篇东西来呢?这是说不明白的。要说明一个作者怎样孕育一篇作品,就像要说明一棵树是怎样开出花来的一样的困难。

理智地想一下,因由也是有一些的。

一是在这以前,我曾经忽然心血来潮,想起我在三十二年前写的,久已遗失的一篇旧作《异秉》,提笔重写了一遍。写后,想:是谁规定过,解放前的生活不能反映呢?既然历史小说都可以写,为什么写写旧社会就不行呢?今天的人,对于今天的生活所从来的那个旧的生活,就不需要再认识认识吗?旧社会的悲哀和苦趣,以及旧社会也不是没有的欢乐,不能给今天的人一点什么吗?这样,我就渐渐回忆起四十三年前的一些旧梦。当然,今天来写旧生活,和我当时的感情不一样,正好同我重写过的《异秉》和三十二年前所写的感情也一定不会一样。四十多年前的事,我是用一个八十年代的人的感情来写的。《受戒》的产生,是我这样一个八十年代的中国人的各种感情的一个总和。

二是,前几个月,因为我的老师沈从文要编他的小说集,我又一次比较集中,比较系统的读了他的小说。我认为,他的小说,他的小说里的人物,特别是他笔下的那些农村的少女,三三、夭夭、翠翠,是推动我产生小英子这样一个形象的一种很潜在的因素。这一点,是我后来才意识到的。在写作过程中,一点也没有察觉。大概是有关系的。我是沈先生的学生。我曾问过自己:这篇小说像什么? 我觉得,有点像《边城》。

第三,是受了百花齐放的气候的感召。

试想一想:不用说十年浩劫,就是"十七年",我会写出这样一篇东西么? 写出了,会有地方发表么? 发表了,会有人没有顾虑地表示他喜欢这篇作品么? 都不可能的。那么,我就觉得,我们的文艺的情况真是好了,人们的思想比前一阵解放得多了。百花齐放,蔚然成风,使人感到温暖。虽然风的形成是曲曲折折的(这种曲折的过程我不大了解),也许还会乍暖还寒,但是我想不会。我为此,为我们这个国家,感到高兴。

这篇小说写的是什么? 我在大体上有了一个设想之后,曾和个别同志谈过。"你为什么要写这样一篇东西呢?"当时我没有回答,只是带着一点激动说:"我要写! 我一定要把它写得很美,很健康,很有诗意!"写成后,我说:我写的是美,是健康的人性。美,人性,是任何时候都需要的。

人们都说,文艺有三种作用:教育作用、美感作用和认识作用。是的。我承认有的作品有更深刻或更明显的教育意义。但是我希望不要把美感作用和教育作用截然分开甚至对立起来,不要把教育作用看得太狭窄(我历来不赞成单纯娱乐性的文艺这种提法),那样就会导致题材的单调。美感作用同时也是一种教育作用。美育嘛。这二年重提美育,我认为是很有必要的。这是医治民族的创伤,提高青年品德的一个很重要的措施。我们的青年应该生活得更充实,更优美,更高尚。我甚至相信,一个真正能欣赏齐白石和柴可夫斯基的青年,不大会成为一个打砸抢分子。

我的作品的内在的情绪是欢乐的。我们有过各种创伤,但是我们今天应该快乐。一个作家,有责任给予人们一分快乐,尤其是今天(请不要误会,我并不反对写悲惨的故事)。我在写出这个作品之后,原本也是有顾虑的。我说过:发表这样的作品是需要勇气的。但是我到底还是拿出来了,我还有一点自信。我相信我的作品是健康的,是引人向上的,是可以增加人对于生活的信心的,这至少是我的希望。

也许会适得其反。

我们当然是需要有战斗性的、描写具有丰富的人性的现代英雄的、深刻而尖锐地揭示社会的病痛,引起疗救的注意的、悲壮、闳伟的作品。悲剧总要比喜剧更高一些。我的作品不是,也不可能成为主流。

我从来没有说过关于自己作品的话。一个不长的短篇,也没有多少可说的话。《小说选刊》的编者要我写几句关于《受戒》的话,我就写了这样一些。写得不短,而且那样的直率,大概我的性格在变。

很多人的性格都在变。这好。

注　释

① 本篇原载《小说选刊》1981 年第二期;初收《晚翠文谈》,浙江文艺出版社,1988 年 3 月。

动人不在高声[1]

《打渔杀家》萧恩过江时的［哭头］"桂英儿呀"，是很特别的。不同于一般［哭头］的翻高，走了一个低腔。低腔的［哭头］在京剧里大概只此一个，它非常生动地表现了人物的悲怆心情。据徐兰沅先生说，这是谭鑫培从梆子的［哭头］变过来的。谭鑫培不愧是谭鑫培！

这才叫"创腔"。

《四郎探母》的唱腔堪称一时独步。那么大一出戏，"西皮"到底。然而，就好像是菊花，粉白黛绿，各不相重。即以"见娘"来说，"老娘亲请上受儿拜"，这句唱腔是任何一出戏里所没有的：［哭头］之后，接一个回肠荡气的［回龙］；在"老娘亲"的高腔之后，"请上"走了一个很低的腔，犹如一倾瀑布从九天上跌落而下，真是哀婉情深。

这才叫"创腔"。

学唱梅派戏的人都知道，梅先生的每一出新戏，都有低腔。梅先生的低腔最难学，也最好听。

近来安腔，大都往高里走，自有"样板戏"以来，此风尤甚。高，且怪。好像下定决心，非要把演员的嗓子唱坏了不可。

其实，动人不在高声。

注　释

① 本篇原载 1981 年 3 月 29 日《北京戏剧报》，署名"曾岐"；初收《汪曾祺全集》第六卷，北京师范大学出版社，1998 年 8 月。

尊　丑[①]

从前的戏班子里,在演员化妆时,必得唱丑的演员先在鼻子上涂一点白,然后别的演员才敢上妆。据说这是因为唐明皇是唱丑的。唐明皇唱戏,史无明文。至于他是不是唱丑,更是无从稽考。大概是不可能的,因为戏曲在唐代尚未成型。那么这规矩是怎么来的呢?我以为这无非是对于丑角的一种尊重。

四川菜离不开郫县豆瓣,湖南人喝茶离不开一把芝麻几片姜,北京人吃面条离不开蒜瓣;戏曲没有丑,就会索然寡味了。

一个剧种的品格高低,相当程度内决定于该剧种丑角艺术的高低。五十年代,川剧震动了北京,原因之一,是他们带来了一批使人耳目一新的丑戏。正因为有刘成基、周企何、周裕祥、李文杰……这样一些多才多艺的名丑,川剧才成其为川剧。

世界上很多伟大的演员都是丑角。看了法国电影《莫里哀》,我才知道:哦,原来莫里哀的喜剧当初是那样演的。莫里哀原来是个丑角。他的声调、动作都是那样夸张而怪诞,脸上涂着厚厚的白粉,随着剧烈的肌肉动作,一片一片地往下掉。这不是丑角是什么?卓别林创造了"含泪的笑"的别具一格的丑角。我觉得布莱希特在《高加索灰阑记》里演的那个法官,在酒醉中清醒,糊涂中正直,荒唐中维护了正义,这样一个滑稽玩世的人物,应该算是丑角。

丑角往往是一个剧本的解释者。不管这个人物多么不重要,他多少总直接地表现了剧作者的思想、气质。川剧的很多丑角都是导演,这是个引人深思的问题。我希望从丑角里产生自编、自导、自演的人才。莫里哀、卓别林、布莱希特自己演他们戏里的关键人物,这不是偶然的。

丑角人才难得。

丑角必须是语言艺术家,他要对语言有一种特殊的敏感,能够从普通的语言中挖掘出其中的美。

　　丑角得是思想家。他要洞达世态人情,从常见的生活现象中看到喜剧因素。他要深思好学,博览群书。侯宝林的相声所以比别人高出一头,因为他读书。

　　我希望戏曲学校在招生时把最聪明的学生分到丑行,然而谁来教他们呢?……

注　释

① 　本篇原载 1981 年 4 月 12 日《北京戏剧报》。

《汪曾祺短篇小说选》自序①

近年来有人称我为老作家了,这对我是新鲜事。老则老矣,已经六十一岁;说是作家,则还很不够。我多年来不觉得我是个作家。我写得太少了。

我写小说,是断断续续,一阵一阵的。开始写作的时间倒是颇早的。第一篇作品大约是一九四〇年发表的。那是沈从文先生所开"各体文习作"课上的作业,经沈先生介绍出去的。大学时期所写,都已散失。此集中所收的第一篇《复仇》,可作为那一时期的一个代表,虽然写成时我已经离开大学了。一九四六、四七年在上海,写了一些,编成一本《邂逅集》。此集的前四篇即选自《邂逅集》。这次编集时都作了一些修改,但基本上保留了原貌。解放后长期担任编辑,未写作。一九五七年偶然写了一点散文和散文诗。一九六一年写了《羊舍一夕》。因为少年儿童出版社约我出一个小集子(听说是萧也牧同志所建议),我又接着写了两篇。一九七九年到一九八一年写得多一些,这都是几个老朋友怂恿的结果。没有他们的鼓励、催迫、甚至责备,我也许就不会再写小说了。深情厚谊,良可感念,于此谢之。

我的一些小说不大像小说,或者根本就不是小说。有些只是人物素描。我不善于讲故事。我也不喜欢太像小说的小说,即故事性很强的小说。故事性太强了,我觉得就不大真实。我的初期的小说,只是相当客观地记录对一些人的印象,对我所未见到的,不了解的,不去以意为之作过多的补充。后来稍稍展开一些,有较多的虚构,也有一点点情节。

有人说我的小说跟散文很难区别,是的。我年轻时曾想打破小说、散文和诗的界限。《复仇》就是这种意图的一个实践。后来在形式上排除了诗,不分行了,散文的成分是一直明显地存在着的。所谓散文,即不是直接写人物的部分。不直接写人物的性格、心理、活动。有时只是一点气氛。但我以为气氛即人物。一篇小说要在字里行间都浸透了人物。作品的风格,就是人物性格。

我的小说的另一个特点是:散。这倒是有意为之。我不喜欢布局严谨的小说,主张信马由缰,为文无法。苏轼说:"大略如行云流水,初无定质;但常行于所当行,常止于所不可不止。文理自然,恣态横生"(《答谢民师书》);又说:"吾文如万斛泉源,不择地而出,在平地滔滔汩汩,虽一日千里无难。及其与山石曲折,随物赋形而不可知也"(《文说》)。虽不能至,心向往之。

我的小说的题材,大都是不期然而遇,因此我把第一个集子定名为"邂逅"。因此,我的创作无计划可言。今后写什么,一点不知道。但如果身体还好,总还能再写一点吧。恐怕也还是断断续续,一阵一阵的。

是为序。

一九八一年四月二十二日

注　释

① 本篇原载《汪曾祺短篇小说选》,北京出版社,1982 年 2 月;后又作为自序收入《寂寞和温暖》,略有改动,新地出版社,1987 年 9 月。

中国戏曲有没有间离效果[①]

布莱希特谈他的"间离效果说"是受了中国戏曲的启发而提出的。但是,中国的布莱希特研究者很少联系中国戏曲;中国的戏曲演员和教戏的老师又根本不理睬布莱希特的那一套。到底中国戏曲有没有间离效果呢? 我以为是有的。

间离效果,照我的粗浅的、中国化了的理解,是:若即若离,入情入理。

中国的有些戏曲是使人激动,催人落泪的,比如越剧的祝英台哭灵,山西梆子的《三上轿》。但是有些戏,即使带有悲剧性,也并不那样使人激动。看了川剧《打神告庙》、昆曲的《断桥》,很少人会因之而热泪盈眶,失声啜泣的。有人埋怨中国戏曲不那样感动人,他埋怨错了。有些戏的目的本不在使人过于感动。中国的观众和舞台,演员和角色之间,是存在着一段距离的。戏曲演员的服装、化妆和程式化的表演,很难使人相信他是一个真人。演员自己也不相信他就是周瑜或是诸葛亮。演戏的演"戏",看戏的看"戏"。中国的观众一边感受着,欣赏着,一边还在思索着。即使这种思索只是"若有所思"。他们并不那样掉在戏里。

丑角身上的间离效果是明显的。有人埋怨丑角缺乏性格,缺乏感情。有的丑角是有性格,有感情的,比如汤勤和《窦公送子》里的窦公。有些丑角是不那么有性格,他的目的本来就不在演性格。丑,就是瞅着。丑是一个哲学的形象,或者是形象化了的哲学。他是一个旁观者,他就是时常要跳到生活之外(戏之外),对人情世态加以批评的。曾见一个名丑演武大郎,在服毒之后,蹲在床上翻了一个吊毛落地,原来一直蹲曲着的两腿骤然伸长了,一直好像系在腰上的短布裙高高地吊在胸脯上,观众哗然大笑了,观众笑什么? 笑矮人也会变长,笑:武大郎老兄,你委屈了一辈子,这回可伸开了腰了。这种表演是深刻的、隽永的。有评论家说这脱离了人物,出了戏。对这样的评论家,你能拿他有什么办法呢?

曾看过一出川剧(剧名已忘),两个奸臣吵架,互相骂道:"你混蛋!"——"你混蛋!"帮腔的在一旁唱道:"你两个都混蛋哪……!"布莱希特要求观众是批评者,这个帮腔人实是观众的代表,他不但批评,而且大声地唱出来了。这可是非常突出的间离效果。

为了使戏剧变成剧作家之剧,即诗人之剧,使观众能在较远的距离从平淡的生活中看出其中的抒情性;用一种挪揄的、幽默的、甚至是玩世不恭的态度来观察某些不正常的、被扭曲了的生活,为了提高戏曲的诗意和哲理性,总之,为了使戏曲现代化,研究一下间离效果,我以为是有好处的。

注　释

① 　本篇原载 1981 年 4 月 26 日《北京戏剧报》。

《贵妃醉酒》是京剧么?[①]

这出戏是梅兰芳先生的杰作,唱的是"四平调",伴奏的乐器是胡琴。它是京剧,这还有问题么?

中国的戏曲分作两大系。一类是曲牌体,如四川高腔,江西的弋阳腔。一类是板腔体,如梆子、京剧。曲牌体是长短句。板腔体字句整齐。七字句,十字句。《贵妃醉酒》是什么体?

"海岛冰轮初转腾;见玉兔,玉兔又转东升。那冰轮离海岛,乾坤分外明。皓月当空。恰便是嫦娥离月宫,奴本嫦娥离月宫。"

这是什么体?

"长空(啊)雁,雁儿飞,哎呀雁儿呀,雁儿并飞腾。闻奴的声音落花阴。这景色撩人人欲醉,不觉来到百花亭。"

这是什么体?

"去也,去也,回宫去也。恼恨李三郎,竟自把奴撇,撇得奴挨长夜。只落得冷清清回宫去也。"

这是什么体?

单看唱词,你会觉得这不是一个京剧的剧本。"皓月当空","长空(啊)雁,雁儿飞,哎呀雁儿呀……"这样的唱腔的处理,也是一般京剧所没有的。

这是个奇怪而有趣的现象。

《醉酒》本不是京剧。许姬传、朱家溍在《梅兰芳的舞台艺术》里引溥西园、曹心泉说:"从前没见过京班演《醉酒》。光绪十二年(一八八六年)七月间,有一位演花旦的汉剧演员吴红喜,艺名叫'月月红',到北京搭班演唱,第一天就唱《醉酒》。月月红把这出戏唱红了,大家才跟着演唱《醉酒》"。月月红是汉剧演员。他到北京搭班,所搭的当是京班。所唱的当是汉剧，——他不会一进京就改京剧。那么，《醉酒》本是汉剧。

"大家才跟着演唱"，这"大家"里就有路三宝、余玉琴、郭际云等人。路三宝等人看来没有把月月红的剧本和唱腔加以改变——至少，改变不大。路三宝唱的仍然是汉剧。梅先生这出戏是跟路三宝学的。虽然删汰了一些不健康的东西，在艺术上有新的创造。但是路子还是路三宝的路子。梅先生是在京剧舞台上演了一出汉剧。

那么，《醉酒》是不是就是汉剧？

也不是的。

这出戏的历史很长了。在没有京剧以前，甚至没有汉剧以前就有了。

据许姬传、朱家溍考查，清代的曲谱《太古传宗》里有一出《醉杨妃》，唱词和现在的《醉酒》几乎完全相同。《纳书楹曲谱》补遗里也有同样的《醉杨妃》。《纳书楹》成书在乾隆年间，距今二百余年。《太古传宗》编订在康熙年间，距今已经有三百多年。

以上两书都是昆曲曲谱。两书把《醉杨妃》都标为"时剧"。所谓"时剧"，多是民间的无名作者的作品。标出来，以示与传奇的大家作品有别。在曲调上也更为自由而委婉。比如现在还常唱的《思凡》，原来也标为"时剧"。时剧与正统的昆曲都是长短句的曲牌体，和昆曲同属一系。演唱"时剧"的，都是昆班。乾隆年间常演《醉杨妃》的"保和部"，就是昆剧班子。到后来，"时剧"和昆剧的界限已经泯除。比如《思凡》，现在谁不说它是昆曲呢？

值得注意的是《醉杨妃》的唱词和今天的《贵妃醉酒》几乎完全一样。这是一个很值得深思的问题。

《贵妃醉酒》是一个活化石。它让我们看得到三百多年以前的"时剧"的某些痕迹。

《贵妃醉酒》是从曲牌体过渡到板腔体的过程中的一座桥梁。有人说板腔体源出于曲牌体，是有道理的。

这就奇怪了：一个板腔体的剧种能够原封不动地演出曲牌体的

剧本！

月月红、路三宝、梅兰芳他们都没有削足适履,没有删削原来的唱词以迁就汉剧、京剧的唱腔;而是变化唱腔以适应原来的唱词,——也必然保留不少原来曲牌的唱腔。这是一条很重要的经验。

《贵妃醉酒》的唱词和唱腔比起今天的许多京剧还要新鲜、活泼得多。为了京剧形式的推陈出新,我主张可以允许有"返祖"现象,不妨向昆剧、向"时剧"取回一点东西。总有一天,我们会打破曲牌体和板腔体的藩篱,并从民歌中吸取养料,创造出一种新的民族歌剧。

注　释

① 　本篇原载 1981 年 5 月 10 日《北京戏剧报》,署名"曾岐"。

高英培的相声和埃林·彼林的小说^①

埃林·彼林是保加利亚的小说家。我很喜欢他的小说。他的小说大都没有强烈的戏剧性，淡淡的，然而有着深沉的悲愤和爽朗的幽默感。他有一篇《得心应手的打猎》，写的是：三个打兔子的人，打了一天，毫无所获，疲惫不堪，聚会在一家小酒店里发牢骚、诉苦。来了一个他们一伙打猎的第四个人，叫做黄胡子，他举起一只大兔子在空中挥动着。接着，黄胡子就详详细细讲起他打到这只兔子的经过。正讲得起劲，从路旁灌木丛里钻出了一个衣衫褴褛，肩上背着一支老式步枪的庄稼汉来。他手里挥着一只兔子对黄胡子喊道：

"喂，先生，买去吧，连这一只也买下吧！比那一只还便宜些。你给五十个列瓦，这是最后的买卖啦！"

这篇小说和高英培所说的相声《钓鱼》何其相似乃尔！——据说《钓鱼》原是郭启儒说的单口相声，但现在人们听熟了的是高英培的那一段。由此，我想起了许多事。

《钓鱼》，我以为是这几年出现的相声里格调最高的一段。它对社会上那么一种人，爱吹牛的人，讽刺得那样尖刻，但又并不严厉，或者可以说颇有温情。——爱吹牛的不是坏人，他也不害人。它不是穷逗，而有很隽永的幽默，而且很有生活气息。"二他妈，给我烙两张糖饼"，如闻其声，如见其人。说实在话，我觉得其刻画入微之处，较之《得心应手的打猎》还更胜一筹。可是，为什么埃林·彼林的作品算是文学，《钓鱼》就不算是文学呢？看来，雅、俗、高、低之别，在人们心中还是根深蒂固的。

为什么没有人写出像《钓鱼》这样十分有趣的小说呢？看来文学作家还有直接为政治服务、写重大题材这样的框框。中国文学需要幽默,不论是黑色的还是别种颜色的。

埃林·彼林和高英培这种不谋而合的相似,是世界文学中很值得注意的现象。今年成立了比较文学研究会,这是值得庆幸的事,这弥补了文学研究的一个空白。我希望有像钱钟书、杨宪益这样的学贯中西的学者,更盼望有熟悉书本文学也熟悉活着的文艺,如戏曲、曲艺的同志参加比较文学的研究。我希望戏曲、曲艺界有人来钻研外国的文学。中国的戏曲、曲艺,完全可以,而且应该从外国文学,特别是现代外国文学中吸取营养。

建议高英培同志读一读埃林·彼林的这篇小说。

注　释

①　本篇原载 1981 年 5 月 31 日《北京戏剧报》。

京剧格律的解放^①

用京剧曲调谱写语录和毛主席诗词,使人们觉得京剧曲谱的能量也是很大的。有些京剧语录和诗词比较勉强,带有明显的削足适履的痕迹。但是有一些是很顺畅的,有气魄,有感情,有意境的,比如裴盛戎唱的"群众是真正的英雄",李维康唱的"风雨送春归"。有的唱腔设计的同志说:这些都能唱,还有什么不能唱的呢?

这就让人想到另一个问题,为什么京剧唱词的格律一定要死守着二二三、三三四、上下句这样的框框呢?

有没有什么道理? 据说是有:这是京剧的唱腔规律所决定的。京剧唱腔每一句分三小节,一小节的拍数是相对固定的,因此唱词字数不能参差;上下句,上句押仄声,下句押平声,是因为平声可以延长,便于"曼声歌唱",即"使腔"。但是《贵妃醉酒》的字句并不整齐,它不是板腔体,而是曲牌体,怎么也能唱了呢? 平声么? 北京话的阴平是高平调,阳平是升调,倒似乎便于延长,然而京剧原用湖广音,湖北话的阳平是降调,不便延长,那又如何解释呢? 而且,大家都知道京剧使腔并不都在下句,上句使腔的时候更多一些,而且,京剧的"按字行腔"是指小腔而言,至于大腔,则除了开头部分受字音的制约。字既吐出,下面的腔与字音已经没有关系了。因此,这些道理不能说服人。

只能说,京剧的格律是一个历史的、人为的现象,是习惯,是约定俗成,没有一定的道理。它大概是来源于说唱文学。这样的格律有两个缺点,一是宜于叙事而拙于抒情(旧戏唱词往往有第三人称的痕迹);二是死板少变化。唱词格律的简陋、死板,很大程度上助长了京剧艺术的凝固性。

老一辈的京剧艺术家已经自觉不自觉地突破了框框。《法场换子》、《沙桥饯别》都在二黄三眼里垛了几个四字句。《上天台》的三眼在结尾后又饶了一句"你我是布衣的君臣",是所谓"搭句",即唱了两个下句。程砚秋真大胆,他把《胡笳十八拍》的第十四拍一字不动地唱了出来,而且顿挫一如原诗! 梅兰芳唱的《三娘教子》:"小东人下学归,我教他拿书来背,谁知他一句也背不出来。手执家法将他打,他倒说我不是他的亲生的娘,啊,老掌家呀!"这是什么? 这是散文,根本不押韵! 然而很有感情。

我深深感到,京剧格律有突破、丰富的必要。我觉得可以把曲牌体吸收进来。词曲在写情上较之原来规整的古近体诗无疑是一个进步。我曾经按谱填词写过昆曲,发现这种貌似严格的诗体,其实比二二三、三三四自由得多,上下句不必死守。可以连用几个上句,或几个下句,以适合剧中感情的需要。古诗用韵,常常是平仄交替。一段之中也可以转韵。杜甫的古诗都是一韵到底,白居易的古诗就按情绪需要不断地转韵。一段二三十句的京剧唱词,为什么只能一道辙呢? 转韵有好处,可以省层次,有转折。我甚至觉得京剧完全可以吸收一些西洋诗的押韵格式,如间行为韵,ABAB;抱韵,ABBA……

不是为格律而格律,不是跟京剧的传统格律捣乱,不是别出心裁,是为了把京剧往前推进一步。新的内容、新的思想,新的感情,要求有新的格律。

当然不是要京剧格律搞得稀里花啦,原来的格律全部抛弃。主体,仍应是二二三、三三四、上下句。

担心这样搞会不像京剧么? 请听"风雨送春归"。

注　释

① 本篇原载 1981 年 6 月 14 日《北京戏剧报》;初收《汪曾祺全集》第三卷,北京师范大学出版社,1998 年 8 月。

揉　面①

——谈语言运用

揉　面

　　使用语言,譬如揉面。面要揉到了,才软熟,筋道,有劲儿。水和面粉本来是两不相干的,多揉揉,水和面的分子就发生了变化。写作也是这样,下笔之前,要把语言在手里反复抟弄。我的习惯是,打好腹稿。我写京剧剧本,一段唱词,二十来句,我是想得每一句都能背下来,才落笔的。写小说,要把全篇大体想好。怎样开头,怎样结尾,都想好。在写每一段之间,我是想得几乎能背下来,才写的(写的时候自然会又有些变化)。写出后,如果不满意,我就把原稿扔在一边,重新写过。我不习惯在原稿上涂改。在原稿上涂改,我觉得很别扭,思路纷杂,文气不贯。

　　曾见一些青年同志写作,写一句,想一句。我觉得这样写出来的语言往往是松的,散的,不成"个儿",没有咬劲。

　　有一位评论家说我的语言有点特别,拆开来看,每一句都很平淡,放在一起,就有点味道。我想谁的语言不是这样?拆开来,不都是平平常常的话?

　　中国人写字,除了笔法,还讲究"行气"。包世臣说王羲之的字,看起来大大小小,单看一个字,也不见怎么好,放在一起,字的笔划之间,字与字之间,就如"老翁携举幼孙,顾盼有情,痛痒相关"。安排语言,也是这样。一个词,一个词;一句,一句;痛痒相关,互相映带,才能姿势横生,气韵生动。

中国人写文章讲究"文气",这是很有道理的。

自 铸 新 词

托尔斯泰称赞过这样的语言:"菌子已经没有了,但是菌子的气味留在空气里",以为这写得很美。好像是屠格涅夫曾经这样描写一棵大树被伐倒:"大树叹息着,庄重地倒下了。"这写得非常真实。"庄重",真好!我们来写,也许会写出"慢慢地倒下","沉重地倒下",写不出"庄重"。鲁迅的《药》这样描写枯草:"枯草支支直立,有如铜丝"。大概还没有一个人用"铜丝"来形容过稀疏瘦硬的秋草。《高老夫子》里有这样几句话:"我没有再教下去的意思。女学堂真不知道要闹成什么样子。我辈正经人,确乎犯不上酱在一起……""酱在一起",真是妙绝(高老夫子是绍兴人。如果写的是北京人,就只能说"犯不上一块掺和",那味道可就差远了)。

我的老师沈从文在《边城》里两次写翠翠拉船,所用字眼不一样。一次是:

> 有时过渡的是从川东过茶峒的小牛,是羊群,是新娘子的花轿,翠翠必争着作渡船夫,站在船头,懒懒的攀引缆索,让船缓缓的过去。

又一次是:

> 翠翠斜睨了客人一眼,见客人正盯着她,便把脸背过去,抿着嘴儿,不声不响,很自负的拉着那条横缆。

"懒懒的"、"很自负的",都是很平常的字眼,但是没有人这样用过。要知道盯着翠翠的客人是翠翠所喜欢的傩送二老,于是"很自负的"四个字在这里就有了很多很深的意思了。

我曾在一篇小说里描写过火车的灯光:"车窗蜜黄色的灯光连续

地映在果园东边的树墙子上，一方块，一方块，川流不息地追赶着"；在另一篇小说里描写过夜里的马："正在安静地、严肃地咀嚼着草料"，自以为写得很贴切。"追赶"、"严肃"都不是新鲜字眼，但是它表达了我自己在生活中捕捉到的印象。

一个作家要养成一种习惯，时时观察生活，并把自己的印象用清晰的、明确的语言表达出来。写下来也可以。不写下来，就记住（真正用自己的眼睛观察到的印象是不易忘记的）。记忆里保存了这种经用语言固定住的印象多了，写作时就会从笔端流出，不觉吃力。

语言的独创，不是去杜撰一些"谁也不懂的形容词之类"。好的语言都是平平常常的，人人能懂，并且也可能说得出来的语言——只是他没有说出来。人人心中所有，笔下所无。"红杏枝头春意闹"，"满宫明月梨花白"，都是这样。"闹"字、"白"字，有什么稀奇呢？然而，未经人道。

写小说不比写散文诗，语言不必那样精致。但是好的小说里总要有一点散文诗。

语言要和人物贴近

我初学写小说时喜欢把人物的对话写得很漂亮，有诗意，有哲理，有时甚至很"玄"。沈从文先生对我说："你这是两个聪明脑袋打架！"他的意思是说这不像真人说的话。托尔斯泰说过："人是不能用警句交谈的。"

尼采的"苏鲁支语录"是一个哲人的独白。吉伯维的《先知》讲的是一些箴言。这都不是人物的对话。《朱子语录》是讲道经，谈学问的，倒是谈得很自然，很亲切，没有那么多道学气，像一个活人说的话。我劝青年同志不妨看看这本书，从里面可以学习语言。

《史记》里用口语记述了很多人的对话，很生动。"夥颐，涉之为王沉沉者！"写出了陈涉的乡人乍见皇宫时的惊叹（"夥颐"历来的注家解释不一，我以为这就是一个状声的感叹词，用现在的字写出来就是：

"嗬咦!")。《世说新语》里记录了很多人的对话,寥寥数语,风度宛然。张岱记两个老者去逛一处林园,婆娑其间,一老者说:"直是蓬莱仙境了也!"另一老者说:"箇边哪有这样!"生动之至,而且一听就是绍兴话。《聊斋志异》《翩翩》写两个少妇对话:"一日,有少妇笑入!曰:'翩翩小鬼头快活死!薛姑子好梦几时做得?'女迎笑曰:'花城娘子,贵趾久弗涉,今日西南风紧,吹送来也!——小哥子抢得未?'曰:'又一小婢子。'女笑曰:'花娘子瓦窑哉!——那弗将来?'曰'方鸣之,睡却矣。'"这对话是用文言文写的,但是神态跃然纸上。

写对话就应该这样,普普通通,家长里短,有一点人物性格、神态,不能有多少深文大义。——写戏稍稍不同,戏剧的对话有时可以"提高"一点,可以讲一点"字儿话",大篇大论,讲一点哲理,甚至可以说格言。

可是现在不少青年同志写小说时,也像我初学写作时一样,喜欢让人物讲一些他不可能讲的话,而且用了很多辞藻。有的小说写农民,讲的却是城里的大学生讲的话,——大学生也未必那样讲话。

不单是对话,就是叙述、描写的语言,也要和所写的人物"靠"。

我最近看了一个青年作家写的小说,小说用的是第一人称,小说中的"我"是一个才入小学的孩子,写的是"我"的一个同桌的女同学,这未尝不可。但是这个"我"对他的小同学的印象却是:"她长得很纤秀"。这是不可能的。小学生的语言里不可能有这个词。

有的小说,是写农村的。对话是农民的语言,叙述却是知识分子的语言,叙述和对话脱节。

小说里所描写的景物,不但要是作者眼中所见,而且要是所写的人物的眼中所见。对景物的感受,得是人物的感受。不能离开人物,单写作者自己的感受。作者得设身处地,和人物感同身受。小说的颜色、声音、形象、气氛,得和所写的人物水乳交融,浑然一体。就是说,小说的每一个字,都渗透了人物。写景,就是写人。

契诃夫曾听一个农民描写海,说:"海是大的"。这很美。一个农民眼中的海也就是这样。如果在写农民的小说中,有海,说海是如何苍茫、浩瀚、蔚蓝……统统都不对。我曾经坐火车经过张家口坝上草原，有几里地，开满了手掌大的蓝色的马兰花，我觉得真是到了一个童话的世界。我后来写一个孩子坐火车通过这片地，本是顺理成章，可以写成：他觉得到了一个童话的世界。但是我不能这样写，因为这个孩子是个农村的孩子，他没有念过书，在他的语言里没有"童话"这样的概念。我只能写：他好像在一个梦里。我写一个从山里来的放羊的孩子看一个农业科学研究所的温室，温室里冬天也结黄瓜，结西红柿：西红柿那样红，黄瓜那样绿，好像上了颜色一样。我只能这样写。"好像上了颜色一样"，这就是这个放羊娃的感受。如果稍为写得华丽一点，就不真实。

有的作者有鲜明的个人风格，可以不用署名，一看就知是某人的作品。但是他的各篇作品的风格又不一样。作者的语言风格每因所写的人物、题材而异。契诃夫写《万卡》和写《草原》、《黑修士》所用的语言是很不相同的。作者所写的题材愈广泛，他的风格也就愈易多样。

我写的《徙》里用了一些文言的句子，如"呜呼，先生之泽远矣！""墓草萋萋，落照昏黄，歌声犹在，先生邈矣。"因为写的是一个旧社会的国文教员。写《受戒》、《大淖记事》，就不能用这样的语言。

作者对所写的人物的感情、态度，决定一篇小说的调子，也就是风格。鲁迅写《故乡》、《伤逝》和《高老夫子》、《肥皂》的感情很不一样。对闰土、涓生有深浅不同的同情，而对高尔础、四铭则是不同的厌恶。因此，调子也不同。高晓声写《拣珍珠》和《陈奂生上城》的调子不同，王蒙的《说客盈门》和《风筝飘带》几乎不像是一个人写的。我写的《受戒》、《大淖记事》，抒情的成分多一些，因为我很喜爱所写的人；《异秉》里的人物很可笑，也很可悲悯，所以文体上也是亦庄亦谐。

我觉得一篇小说的开头很难，难的是定全篇的调子。如果对人物的感情、态度把握住了，调子定准了，下面就会写得很顺畅。如果对人物的感情、态度把握不稳，心里没底，或是有什么顾虑，往往就会觉得手生荆棘，有时会半途而废。

作者对所写的人、事，总是有个态度，有感情的。在外国叫做"倾向性",在中国叫做"褒贬"。但是作者的态度、感情不能跳出故事去单独表现,只能融化在叙述和描写之中,流露于字里行间,这叫做"春秋笔法"。

正如恩格斯所说:倾向性不要特别地说出。

一九八二年一月八日

注　释

① 本篇原载《花溪》1982 年第三期,后与作者另一篇文章《语言是艺术》合并为《"揉面"——谈语言》;初收《晚翠文谈》,浙江文艺出版社,1988 年 3 月。

小 说 笔 谈①

语　言

在西单听见交通安全宣传车播出："横穿马路不要低头猛跑"，我觉得这是很好的语言。在校尉营一派出所外宣传夏令卫生的墙报上看到一句话："残菜剩饭必须回锅见开再吃"，我觉得这也是很好的语言。这样的语言真是可以悬之国门，不能增减一字。

语言的目的是使人一看就明白，一听就记住。语言的唯一标准，是准确。

北京的店铺，过去都用八个字标明其特点。有的刻在匾上，有的用黑漆漆在店面两旁的粉墙上，都非常贴切。"尘飞白雪，品重红绫"，这是点心铺。"味珍鸡蹠，香渍豚蹄"是桂香村。煤铺的门额上写着"乌金墨玉，石火光恒"，很美。八面槽有一家"老娘"（接生婆）的门口写的是："轻车快马，吉祥姥姥"，这是诗。

店铺的告白，往往写得非常醒目。如"照配钥匙，立等可取"。在西四看见一家，门口写着："出售新藤椅，修理旧棕床"，很好。过去的澡堂，一进门就看见四个大字："各照衣帽"，真是简到不能再简。

《世说新语》全书的语言都很讲究。

同样的话，这样说，那样说，多几个字，少几个字，味道便不同。张岱记他的一个亲戚的话："你张氏兄弟真是奇。肉只是吃，不知好吃不好吃；酒只是不吃，不知会吃不会吃。"有一个人把这几句话略改了几个字，张岱便斥之为"伧父"。

一个写小说的人得训练自己的"语感"。

要辨别得出,什么语言是无味的。

结　　构

戏剧的结构像建筑,小说的结构像树。

戏剧的结构是比较外在的、理智的。写戏总要有介绍人物,矛盾冲突、高潮(写戏一般都要先有提纲,并且要经过讨论),多少是强迫读者(观众)接受这些东西的。戏剧是愚弄。

小说不是这样。一棵树是不会事先想到怎样长一个枝子,一片叶子,再长的。它就是这样长出来了。然而这一个枝子,这一片叶子,这样长,又都是有道理的。从来没有两个树枝、两片树叶是长在一个空间的。

小说的结构是更内在的,更自然的。

我想用另外一个概念代替"结构"——节奏。

中国过去讲"文气",很有道理。什么是"文气"? 我以为是内在的节奏。"血脉流通"、"气韵生动",说得都很好。

小说的结构是更精细,更复杂,更无迹可求的。

苏东坡说:"但常行于所当行,止于所不可不止",说的是结构。

章太炎《菿汉微言》论汪容甫的骈体文,"起止自在,无首尾呼应之式"。写小说者,正当如此。

小说的结构的特点,是:随便。

叙事与抒情

现在的年轻人写小说是有点爱发议论。夹叙夹议,或者离开故事单独抒情。这种议论和抒情有时是可有可无的。

法郎士专爱在小说里发议论。他的一些小说是以议论为主的,故事无关重要。他不过借一个故事多发表一通牵涉到某一方面的社会问题的大议论。但是法郎士的议论很精彩,很警辟,很深刻。法郎士是哲

172

学家。我们不是。我们发不出很高深的议论。因此，不宜多发。

倾向性不要特别地说出。

一件事可以这样叙述，也可以那样叙述。怎样叙述，都有倾向性。可以是超然的、客观的，尖刻的、嘲讽的（比如鲁迅的《肥皂》、《高老夫子》），也可以是寄予深切的同情的（比如《祝福》、《伤逝》）。

董解元《西厢记》写张生和莺莺分别："马儿登程，坐车儿归舍；马儿往西行，坐车儿往东拽：两口儿一步儿离得远如一步也！"这是叙事。但这里流露出董解元对张生和莺莺的恋爱的态度，充满了感情。"一步儿离得远如一步也"，何等痛切。作者如无深情，便不能写得如此痛切。

在叙事中抒情，用抒情的笔触叙事。

怎样表现倾向性？中国的古话说得好：字里行间。

悠闲和精细

写小说就是要把一件平平淡淡的事说得很有情致（世界上哪有许多惊心动魄的事呢）。同样一件事，一个人可以说得娓娓动听，使人如同身临其境；另一个人也许说得索然无味。

《董西厢》是用韵文写的，但是你简直感觉不出是押了韵的。董解元把韵文运用得如此熟练，比用散文还要流畅自如，细致入微，神情毕肖。

写张生问店二哥蒲州有什么可以散心处，店二哥介绍了普救寺：

> 店都知，说一和，道："国家修造了数载余过，其间盖造的非小可，想天官上光景，赛他不过。说谎后，小人图什么？普天之下，更没两座。"张生当时听说破，道："譬如闲走，与你看去则简。"

张生与店二哥的对话，语气神情，都非常贴切。"说谎后，小人图什么"，活脱是一个二哥的口吻。

写张生游览了普救寺，前面铺叙了许多景物，最后写：

张生觑了，失声地道："果然好！"频频地稽首。欲待问是何年建，见梁文上明写着："垂拱二年修"。

　　这真是神来之笔。"垂拱二年修"，"修"字押得非常稳。这一句把张生的思想活动，神情，动态，全写出来了。——换一个写法就可能很呆板。

　　要把一件事说得有滋有味，得要慢慢地说，不能着急，这样才能体察人情物理，审词定气，从而提神醒脑，引人入胜。急于要告诉人一件什么事，还想告诉人这件事当中包含的道理，面红耳赤，是不会使人留下印象的。

　　张岱记柳敬亭说武松打虎，武松到酒店里，蓦地一声，店中的空酒坛都嗡嗡作响，说他"闲中著色，精细至此"。

　　唯悠闲才能精细。

　　不要着急。

　　董解元《西厢记》与其说是戏曲，不如说是小说。人民文学出版社出版的《董西厢》的《前言》里说："它的组织形式和它采取的艺术手法，为后来的戏曲，小说开阔了蹊径"，是很有见识的话。从小说的角度来看，《董西厢》的许多细致处远胜于许多话本。它的许多方法，到现在对我们还有用，看起来还很"新"。

风格和时尚

　　齐白石在他的一本画集的前面题了四句诗："冷艳如雪箇，来京不值钱。此翁无肝胆，空负一千年。"他后来创出了红花黑叶一派，他的画被买主，——首先是那些壁悬名人字画的大饭庄，所接受了。

　　于非闇开始的画也是吴昌硕式的大写意的。后来张大千告诉他："现在画吴昌硕式的人这样多，你几时才能出头？"他建议于非闇改画院体的工笔画。于非闇于是改画勾勒重彩。于非闇的画也被北京的市民接受了。

　　扬州八怪的知音是当时的盐商。

我不以为盐商是不懂艺术的。

艺术是要卖钱的,是要被人们欣赏、接受的。

红花黑叶、勾勒重彩、扬州八怪,一时成为风尚。实际上决定一时风尚的是买主。画家的风格不能脱离欣赏者的趣味太远。

小说也是这样。就是像卡夫卡那样的作家,如果他的小说没有一个人欣赏,他的作品是不会存在的。

但是一个作家的风格总得走在时尚前面一点,他的风格才有可能转而成为时尚。

追随时尚的作家,就会为时尚所抛弃。

注 释

① 本篇原载《天津日报·文艺》1982 年第一期;初收《晚翠文谈》,浙江文艺出版社,1988 年 3 月。

从赵荣琛拉胡琴谈起^①

赵荣琛由美返国途中在台北机场停留,为机场服务人员用胡琴拉了一段"小开门",这使我想起一个问题,京剧演员要不要学会拉一点胡琴?

很多京剧演员是会拉胡琴的。荣琛同志的老师程砚秋先生是会拉胡琴的。裘盛戎是会拉胡琴的。盛戎的父亲名净裘桂仙曾经是名琴师。谭富英、张君秋、马长礼……都是会拉的。

这不是偶然现象。不是因为京剧演员整天接触胡琴,随便哪里都能抄起一把,兴之所至,拉着玩,拉着解闷儿,其中有一个道理所在。

中国戏曲音乐的特点是声乐和器乐是互相影响的。京剧尤其是这样。

胡琴在京剧演唱中的作用不是伴奏(像唱洋歌那样),而是随奏。除了过门,胡琴所拉的腔和唱腔是一样的。胡琴的尺寸、劲头、气口和演员的歌唱基本上是一致的。胡琴的弓法、指法是受了演员的唱法的制约的。甚至胡琴的音色都是随着演员的嗓音走的。琴师的流派也就是演员的流派。梅派有梅派胡琴,马派有马派胡琴,程派有程派胡琴。可是我们没有听说过有胡(松华)派钢琴、关(牧村)派黑管。要拉好哪一派胡琴,先得学好那一派的唱,因为拉胡琴实际上是用胡琴和演员一同唱,李慕良原来是学马派老生的,唐在炘是唱程派青衣的。这样他们才能和演员默契无间,严丝合缝,丝肉相生,珠联璧合。这是一方面。

另一方面,反过来,演唱又是受了随奏乐器的制约与影响的。拿昆曲来说,很多昆曲好演员同时又是一个好的笛师。俞振飞就吹得一手好笛子。笛子的吹法直接影响昆曲的唱法。吹笛要不断地换气,故昆曲唱起来顿挫很多。吹笛子往往先闭前一孔,再开后一孔,故昆曲出字常稍高于本音。昆曲因受笛孔的限制,唱起来很少用滑音擞音,昆曲即用擞音,也是硬擞,像余叔岩唱《失街亭》"此一番领兵"以下那样的快速下滑软擞,昆曲里是没有的,因为笛子上吹不出来。同样,京剧的唱法的形式,和采用胡琴为主奏乐器是有关系的。京剧演唱的劲头、气口都是受了胡琴的影响的。"挑"和胡琴的"抹","擞"和胡琴的"揉",密不可分。胡琴的空弦,不论西皮、二黄,都是最易有力度的,也是演唱时容易"得劲"的地方。胡琴得"给劲",演员得借得上劲。这样才能相得益彰,否则就会互相掣肘。如果一个演员熟悉胡琴的拉法,就会在自己处理唱腔时得到许多启发。我曾听唐在炘同志说过,程砚秋先生拉胡琴,是为了借助胡琴研究唱腔、唱法。这是很有道理的。

因此,我建议戏曲学校在培养演员时,教他们学会一点拉胡琴。

注 释

① 本篇原载 1982 年 3 月 21 日《戏剧电影报》。

作家五人谈①

　　昨天心武说,现代西方小说的语言比较冷静,我觉得这是现代文学和传统文学的重要区别之一。语言简练朴素,用一般的叙述语言,尽量不带感情色彩,不动声色,而且不像屠格涅夫的语言有很多词藻,有很多定语状语。它的许多比喻、句式都非常简单,句子也很短,都是生活中的语言。而我们现在的许多小说,作者本身的倾向、爱憎、感情流露过于明显。即使如此,可能有些编辑同志觉得还不够热情,感情还不足,还要求作者把他想说的完全写出来,完全告诉读者。这样确实叫读者没有回味余地,有点耳提面命,就是我要说的话,我的思想感情,读者你得好好听着! 可现在的读者不吃这一套。我认为作者写作当然要有很深的感情,很强烈的爱憎,不能说作家本身是无动于衷,没有态度和感觉的,但最好是不要表露出来,一露就浅,一浅就没有意思。作者的倾向性不要说出来,感情当然也得流露出来,但要通过作品的字里行间含蓄地流露。即使有褒贬,也在叙述中自然出现,不要单独说出来。我有个折衷的想法,叙述语言是否也带一定的抒情性? 自己有个切身体会,我对《大淖记事》里的主人公很有感情,可我并没有多去夸奖他,尽管如此,我觉得还是扣住了自己的感情写。我这样结尾——"十一子的伤会好么? 会。当然会!"这两句话就是我对这个人物的全部态度。也许最好连这个也不说。海明威是很厉害的,连这种感情也不流露,完全客观,冷静地叙述。我当然不能完全像他,各人的气质不一样。这就是所谓态度冷静、语言控制、感情节制的问题。我并不反对有时发点议论,我认为这要以题材而异,有些题材不发议论,有些我就要发议论。弗朗西斯的小说就主要是发议论,故事很简单,不占主要成份,你不能说它不是好小说。

另外，我觉得好的语言，首先是朴素，越朴素的语言越好。我赞成用大众一听就懂的，凡是只有翻翻字典方知道意思的词最好不用。有个评论家评我的小说，说我的语言很奇怪，每句话拆开看很平淡，搁在一块儿就很有味道了。当然是过奖了，但我确实是想追求这种语言。每句话拆开来平平淡淡，关键在这句话和那句话之间的关系。古人所谓的文气，就是指语言的内在结构。

另外，小说的语言要和你所写的那个人物贴切，如果你写大学生的生活，就尽量用接近大学生的语言，以此类推。不仅对话，叙述也如此。这几年我比较注意这个问题。最近写了我中学时代的一个语文教员，语言就和前几篇完全不一样，用语半文不白，甚至整段整段用文言文。因为这个人物需要这种语言来刻画他。

人们往往有个误解，认为对话要有哲理，再加一点诗意，和普通人说话不一样。其实对话就是普通说话。我记得大学二年级时写小说反映大学生活，人物说话都很机智、很俏皮、很有诗意，再加些哲理等等，我的老师说那不是对话，是两个聪明脑袋在打架，实际生活里没有那么说话的。托尔斯泰和高尔基都说过类似的话：人是不能用警句交谈的。有人老想在对话中说出警句，这不行。当然，戏剧语言和小说语言有区别，如果我想写个史诗剧，朗诵本身就诗化了。戏剧机动性高，可以有格言，警句，像莎士比亚"活着，还是去死"之类的话。生活里如果有谁在那儿高叫："活着，还是去死"，那就可笑了。

要赋予普通语言以新的意义，把通用词变成自己独创的词。例如有位作家写一棵大树倒下——"大树叹息着，庄重地倒下了。"庄重这词谁都能用，但用在大树倒下，我觉得再贴切没有了。用普通的词给人一个独特的形象，这就是独创了词。这叫"人人心里有，笔下除我无"。

补充一点。一个地区出现文艺的繁荣，和刊物关系很大。举个例子，这几年我又重新写作，跟发表《受戒》有关系。《受戒》的发表是很偶然的，我说写出来没人敢发，我写着自己看，束之高阁。后来有人告诉《北京文学》当时的主编，说有这么个人写了这么篇小说。主编同志很想看看,我说这种东西是不能发表的,发表需要很大的胆量。可他看完后很快就发表了。他说不管什么时候,文学都必须和胆识联在一块。的确如此,一个刊物的编辑,尤其是主编,是要有胆识,而且要独具慧眼,要作伯乐。一种小说已发表很多了,再发表有什么意思。往往发表一篇新东西,就会给创作打开一个新天地。

(一九八二年四月十三日)

注　释

①　本篇原载《文谭》1982年第七期,是作者在成都参加文学座谈会的发言摘要,收入本卷时仅保留作者发言内容。与会者还有林斤澜、刘心武、何士光、孔捷生。

关于文学的语言问题①

——在大足县业余作者座谈会上的讲话

一、语言在文学创作中占极其重要的位置。

语言是文学的手段，文学是语言的艺术，或者说语言是文学的第一要素。要搞语文教学或文学创作，首要问题就是语言问题。文章写不好，就谈不上搞文学。极而言之，语言本身是艺术。音乐只有一个旋律构不成一首乐曲，但一句话就可以成为一首诗。"满城风雨近重阳"就是一首诗。

二、文学创作语言是书面语言，是视觉语言。是供人看的，不是供人听的。有的作品看起来效果好，听起来效果就不一定好。鲁迅的小说《高老夫子》，写高尔础在给学生上了课之后，走进植物园时，"他大吃一惊，至于《中国历史教科书》也失手落在地上了，因为脑壳上突然遭了什么东西的一击。他倒退两步，定睛看时，一枝夭斜的树枝横在他面前，已被他的头撞得树叶都微微发抖。他赶紧弯腰去拾书本，书旁边竖着一块木牌，上面写着—— 桑 桑科 "

这段描写用视觉看可笑，特别是"桑，桑科"很有味，但念起来听就念不出味道，效果就差。柯仲平写的"人在冰上走，水在冰下流"写得很有意境。单听就不易产生好的效果，看就容易产生意境。汉字除字音还有字形，然后才产生字义。这同外国语言不一样，外国语言无字形，都由字母拼音构成。外国诗通过朗诵就能表达思想感情。中国诗通过字形，唤起一定视觉，然后引起想象，进入意境。

作家创作语言不完全是口语，而是在口语基础上创作的艺术语言。老舍等作家是用北京话创作的，但不完全是北京话口语，而是采用北京语言的语汇、词和那股味，它比口语简练得多。它是在北京话的基础上，创作了各自的艺术语言。

三、文学语言标准。

文学语言的标准首要一个，就是准确。契柯夫说过："每句话只有一个最好的说法。"对语言要选择，比较，然后找到能最准确表达自己感情和思想的语言。怎样才能达到准确呢？就是要通过艰苦的学习。学习是多方面的。首先是在生活里学习，向群众学习。年青时，多从作品中学习语言。年岁稍大一点，在同群众长期接触中，有了一点生活，发现群众的语言很美，很生动，非常准确，而富有哲理。我曾在张家口农村里住过几年。有一次在大车队劳动，参加生活会时，群众在批评大车队队长有英雄主义时说："一个人再能挡不住四堵墙。旗杆再高，还得要两块石头夹住。"这很生动、准确，很美。对事不要简单化，北京人有这样一种说法："有枣没枣打三杆"，"你知道哪块云彩有雨？"这说得多好。向生活学习，向群众学习很广泛，只要留心，就能随时随地学到很好的语言。这些语言并能使你折服。有一次我在北京西单，宣传车在广播："横穿马路，不要低头猛跑"，这简直简练、准确到极点。北京有条街的墙报上有一个标题："残菜剩饭，必须回锅煮开再吃"。这些宣传车，墙报上的语言，它使人一看就明白，一听就清楚。这样的语言，就是好语言。

北京有的接生婆墙上写着"轻车快马，吉祥姥姥"，很有诗意，很形象。有个铺子写着："出售新藤椅，修理旧藤床"，修理钥匙店写："照配钥匙，立等可取"，洗澡堂写："各照衣帽"。这些都是用最少的字，用最精练的语言，清楚、准确地把意想表达出来。都值得我们学习。

其次是从书本里学习语言。我们要读较多的古典和现代的作品。我们有的同志只读当代的同辈作家的作品，这不够。还要多读点古代作品，古代散文，多背点古诗词。不然写出的作品语言就没味。我们汉语的特点，一是对仗，就是对对子。汉语一个字一个音节，我们往往利用这个特点以对仗，对偶方式，使语言美。我们写小说或散文，不一定像做对子、写律诗那样对得很工整，但用不很严格的对仗语言，可以产生特殊的效果。我的老师写有两句:"有桃花处必有人家,有人家处必可沽酒"。有一位写船上工会:"地方像茶馆不卖茶,不像烟馆可以抽烟",虽然对得不工整,但这是对仗关系产生了特殊的效果。有的古诗词则对得很绝,如李商隐写的《马嵬》有两句"此日六军同驻马,当时七夕笑牵牛"。二是声调,或叫四声。这是外国语言没有的。这使中国语言具有特有的音乐性。古诗词特别讲究平仄,现代汉语也要平仄交替使用,才能使语言有音乐美。如《智取威虎山》有一句:"迎来春天换人间",毛主席改为"迎来春色换人间",一字之改,除春色比春天更具体形象外,还有声律的需要。如用"天",全句只有一个"换"是仄声字,不好听;改为"色"就多一个仄声字,全句就好听了。双声叠韵用得好有美感,但用得不好,也不好听,没有美感。如《沙家浜》"看小船,穿云破雾渐无踪影"句中的"船""穿"声韵相同,用在一起,不好唱。后改为"看小船,破雾穿云渐无踪影"就好唱了。要懂声调,我们就要多读一点古文,而且要读些骈体文。

第三,向多种艺术形式学习。我们要向民间文学学习,向民歌、戏曲学习。民间文学语言值得我们学习,有些语言是我们想不到的。古代民歌,如:汉乐府里的《枯鱼过河泣》想像非常丰富奇特,鱼干了怎能写信给别的鱼呢? 这是一个在旅途中落难人的心情写照。广西有一首民歌,也用同一样的表现形式:"蝴蝶写信给蜜蜂,蜘蛛结网拦了路,水漫蓝桥路不通。"民歌以抒情为主,但有的也富有哲理。湖南有一首哲理性民歌是写插秧的"赤脚双双来插田,低头看见水中天,行行插的齐齐整,退步原来是向前。""低头看见水中天"、"退步原来是向前"就是深刻的哲理。白族民歌:"斧头砍过的再生树,战争留下的孤儿。"意义很丰富。四川民歌也有很多优美的语言。有的中国作家不研究中国民歌,是很大的遗憾。

中国戏曲也有很多好东西。京剧《打渔杀家》中萧恩和桂英过江杀李时,在离家时,桂英打开门出去,桂英叫:"爹爹请转",萧问"何事",桂英说,"门还没有上锁哩!"萧说:"这门关也罢,不关也罢!"桂英说:"不关门,还有重要家具。"萧说:"人都不要了,还要什么家具!"桂英:"不要了!"如果小说的对话能写成这样,就是高级的语言。川剧文学性很高,也要向川剧学语言。

总之,语言要学习,要向群众学习,向生活学习,向作品学习,不但要向现代作品学习,还要向古代作品学习,要向其他文学形式学习。

学习语言要达到什么目的呢?就是要培养我们的语感。要训练我们的语言敏感。我们要随时随地注意别人的语言,训练自己的语感。我在北京电车上听到一个幼儿园的小孩反复念:"山上有个洞,洞里有个碗,碗里有块肉,你吃了,我尝了,我的故事讲完了。"好像他越念越愉快,这是什么原因呢?原来前三句是重叠,念起来有美感。后三句有三个"了",是阳平,有音乐感。所以这个小孩反复念是美的享受。我们平时就要特别注意音乐美。

关于语言的独创性。青年人感到语言平淡,总爱搞点花花草草,那是无用的。所谓独创,就是把普通的大家都能说的语言,在你的作品里,灌注上新的意思。屠格涅夫"大树庄重地倒下"把大树人格化了,这"庄重"就用得独特。鲁迅在《药》里写夏妈为夏瑜上坟时,有这样的描写,"微风早已停息了;枯草支支直立,有如铜丝。一丝发抖的声音,在空气中愈颤愈细,细到没有,周围便都是死一般静。"鲁迅把"枯草""铜丝"连在一起用,用"铜丝"形容"枯草",用得准确而独特,为别人所无。又如,"红杏枝头春意闹"的"闹"字用得准确、生动、独到。我们说语言的独创性,不是离奇、生造,而是别人想说能说,但没有说或说不出来,你把它准确地说出来,别人一看,你把他的意思说出来了,并且感到新鲜、准确,独特,这就是独创性。

注 释

① 本篇原载《海棠》1982 年第 3 期,大足县广播局根据录音整理,未经本人审阅。

《大淖记事》是怎样写出来的[①]

一个作品写出来了，作者要说的话都说了。为什么要写这个作品，这个作品是怎么写出来的，都在里面。再说，也无非是重复，或者说些题外之言。但是有些读者愿意看作者谈自己的作品的文章，——回想一下，我年轻时也喜欢读这样的文章，以为比读评论更有意思，也更实惠，因此，我还是来写一点。

大淖是有那么一个地方的。不过，我敢说，这个地方是由我给它正了名的。去年我回到阔别了四十余年的家乡，见到一位初中时期教过我国文的张老师，他还问我："你这个淖字是怎样考证出来的?"我们小时做作文、记日记，常常要提到这个地方，而苦于不知道该怎样写。一般都写作"大脑"，我怀疑之久矣。这地方跟人的大脑有什么关系呢?后来到了张家口坝上，才恍然大悟：这个字原来应该这样写! 坝上把大大小小的一片水都叫做"淖儿"。这是蒙古话。坝上蒙古人多，很多地名都是蒙古话。后来到内蒙走过不少叫做"淖儿"的地方，越发证实了我的发现。我的家乡话没有儿化字，所以径称之为淖。至于"大"，是状语。"大淖"是一半汉语，一半蒙语，两结合。我为什么念念不忘地要去考证这个字;为什么在知道淖字应该怎么写的时候，心里觉得很高兴呢? 是因为我很久以前就想写写大淖这地方的事。如果写成"大脑"，在感情是很不舒服的。——三十多年前我写的一篇小说里提到大淖这个地方，为了躲开这个"脑"字，只好另外改变了一个说法。

我去年回乡，当然要到大淖去看看。我一个人去走了几次。大淖已经几乎完全变样了。一个造纸厂把废水排到这里，淖里是一片铁锈颜色的浊流。我的家人告诉我，我写的那个沙洲现在是一个种鸭场。我对着一片红砖的建筑（我的家乡过去不用红砖，都是青砖），看了一会。不过我走过一些依河而筑的不整齐的矮小房屋,一些才可通人的曲巷,觉得还能看到一些当年的痕迹。甚至某一家门前的空气特别清凉,这感觉,和我四十年前走过时也还是一样。

我的一些写旧日家乡的小说发表后,我的乡人问过我的弟弟:"你大哥是不是从小带一个本本,到处记?——要不他为什么能记得那么清楚呢?"我当然没有一个小本本。我那时才十几岁,根本没有想到过我日后会写小说。便是现在,我也没有记笔记的习惯。我的笔记本上除了随手抄录一些所看杂书的片断材料外,只偶尔记下一两句只有我自己看得懂的话,——一点印象,有时只有一个单独的词。

小时候记得的事是不容易忘记的。

我从小喜欢到处走,东看看,西看看(这一点和我的老师沈从文有点像)。放学回来,一路上有很多东西可看。路过银匠店,我走进去看老银匠在模子上敲打半天,敲出一个用来钉在小孩的虎头帽上的小罗汉。路过画匠店,我歪着脑袋看他们画"家神菩萨"或玻璃油画福禄寿三星。路过竹厂,看竹匠把竹子一头劈成几杈,在火上烤弯,做成一张一张草箆子……多少年来,我还记得从我的家到小学的一路每家店铺、人家的样子。去年回乡,一个亲戚请我喝酒,我还能清清楚楚把他家原来的布店的店堂里的格局描绘出来,背得出白色的屏门上用蓝漆写的一付对子。这使他大为惊奇,连说:"是的是的"。也许是这种东看看西看看的习惯,使我后来成了一个"作家"。

我经常去"看"的地方之一,是大淖。

大淖的景物,大体就是像我所写的那样。居住在大淖附近的人,看了我的小说,都说"写得很像"。当然,我多少把它美化了一点。比如大淖的东边有许多粪缸(巧云家的门外就有一口很大的粪缸),我写它干什么呢?我这样美化一下,我的家乡人是同意的。我并没有有闻必录,是有所选择的。大淖岸上有一块比通常的碾盘还要大得多的扁圆石头,人们说是"星"——陨石,以与故事无关,我也割爱了(去年回乡,这个"星"已经不知搬到哪里去了)。如果写这个星,就必然要生出好些文章。因为它目标很大,引人注目,结果又与人事毫不相干,岂非

"冤"了读者一下？

小锡匠那回事是有的。像我这个年龄的人都还记得。我那时还在上小学，听说一个小锡匠因为和一个保安队的兵的"人"要好，被保安队打死了，后来用尿碱救过来了。我跑到出事地点去看，只看见几只尿桶。这地方是平常日子也总有几只尿桶放在那里的，为了集尿，也为了方便行人。我去看了那个"巧云"（我不知道她的真名叫什么），门半掩着，里面很黑，床上坐着一个年轻女人，我没有看清她的模样，只是无端地觉得她很美。过了两天，就看见锡匠们在大街上游行。这些，都给我留下很深的印象，使我很向往。我当时还很小，但我的向往是真实的。我当时还不懂高尚的品质、优美的情操这一套，我有的只是一点向往。这点向往是朦胧的，但也是强烈的。这点向往在我的心里存留了四十多年，终于促使我写了这篇小说。

大淖的东头不大像我所写的一样。真实生活里的巧云的父亲也不是挑夫。挑夫聚居的地方不在大淖而在越塘。越塘就在我家的巷子的尽头。我上小学、初中时每天早晨、傍晚都要经过那里。星期天，去钓鱼。暑假时，挟了一个画夹子去写生。这地方我非常熟。挑夫的生活就像我所写的那样。街里的人对挑夫是看不起的，称之为"挑箩把担"的。便是现在，也还有这个说法。但是我真的从小没有对他们轻视过。

越塘边有一个姓戴的轿夫，得了血丝虫病，——象腿病。抬轿子的得了这种最不该得的病，就算完了，往后的日子还怎么过呢？他的老婆，我每天都看见，原来是个有点邋遢的女人，头发黄黄的，很少梳得整齐的时候，她大概身体不太好，总不大有精神。丈夫得了这种病，她怎么办呢？有一天我看见她，真是焕然一新！她完全变成了另外一个人，头发梳着光光的，衣服很整齐，显得很挺拔，很精神。尤其使我惊奇的，是她原来还挺好看。她当了挑夫了！一百五十斤的担子挑起来嚓嚓地走，和别的男女挑夫走在一列，比谁也不弱。

这个女人使我很惊奇。经过四十多年，神使鬼差，终于使我把她的品行性格移到我原来所知甚少的巧云身上（挑夫们因此也就搬了家）。这样，原来比较模糊的巧云的形象就比较充实，比较丰满了。

这样,一篇小说就酝酿成熟了。我的向往和惊奇也就有了着落。至于这篇小说是怎样写出来的,那真是说不清,只能说是神差鬼使,像鲁迅所说"思想中有了鬼似的"。我只是坐在沙发里东想想,西想想,想了几天,一切就比较明确起来了,所需用的语言、节奏也就自然形成了。一篇小说已经有在那里,我只要把它抄出来就行了。但是写出来的契因,还是那点向往和那点惊奇。我以为没有那么一点东西是不行的。

各人的写作习惯不一样。有人是一边写一边想,几经改削,然后成篇。我是想得相当成熟了,一气写成。当然在写的过程中对原来所想的还会有所取舍,如刘彦和所说:"殆乎篇成,半折心始"。也还会写到那里,涌出一些原来没有想到的细节,所谓"神来之笔",比如我写到:"十一子微微听见一点声音,他睁了睁眼。巧云把一碗尿碱汤灌进了十一子的喉咙"之后,忽然写了一句:

　　不知道为什么,她自己也尝了一口。

这是我原来没有想到的。只是写到那里,出于感情的需要,我迫切地要写出这一句(写这一句时,我流了眼泪)。我的老师教我们写作,常说"要贴到人物来写",很多人不懂他这句话。我的这一个细节也许可以给沈先生的话作一注脚。在写作过程要随时紧紧贴着人物,用自己的心,自己的全部感情。什么时候自己的感情贴不住人物,大概人物也就会"走"了,飘了,不具体了。

几个评论家都说我是一个风俗画作家。我自己原来没有想过。我是很爱看风俗画。十六、七世纪的荷兰画派的画,日本的浮世绘,中国的货郎图、踏歌图……我都爱看。讲风俗的书,《荆楚岁时记》、《东京梦华录》、《一岁货声》……我都爱看。我也爱读竹枝词。我以为风俗是一个民族集体创作的生活抒情诗。我的小说里有些风俗画成分,是很自然的。但是不能为写风俗而写风俗。作为小说,写风俗是为了写人。有些风俗,与人的关系不大,尽管它本身很美,也不宜多写。比如大淖这地方放过荷灯,那是很美的。纸制的荷花,当中安一段浸了桐油的纸捻,点着了,七月十五的夜晚,放到水里,慢慢地漂着,经久不熄,又凄凉又热闹,看的人疑似离开真实生活而进入一种飘渺的梦境。但是我没有把它写入《记事》,——除非我换一个写法,把巧云和十一子的悲喜和放荷灯结合起来,成为故事不可缺少的部分,像沈先生在《边城》里所写的划龙船一样。这本是不待言的事,但我看了一些青年作家写风俗的小说,往往与人物关系不大,所以在这里说一句。

对这篇小说的结构,有两种不同的意见。一种以为前面(不是直接写人物的部分)写得太多,有比例失重之感。另一种意见,以为这篇小说的特点正在其结构,前面写了三节,都是记风土人情,第四节才出现人物。我于此有说焉。我这样写,自己是意识到的。所以一开头着重写环境,是因为"这里的一切和街里不一样","这里的人也不一样。他们的生活,他们的风俗,他们的是非标准、伦理道德观念和街里的穿长衣念过'子曰'的人完全不同"。只有在这样的环境里,才有可能出现这样的人和事。有个青年作家说:"题目是《大淖记事》,不是《巧云和十一子的故事》,可以这样写。"我倾向同意她的意见。

我的小说的结构并不都是这样的。比如《岁寒三友》,开门见山,上来就写人。我以为短篇小说的结构可以是各式各样的。如果结构都差不多,那也就不成其为结构了。

一九八二年五月二十六日

注　释

① 本篇原载 1982 年第 8 期《读书》;初收《晚翠文谈》,浙江文艺出版社,1988 年 3 月。

重新学习《在延安文艺座谈会上的讲话》①

今天是在一个特定条件下来重温《讲话》。过去用《讲话》整过一些人，使得有些人对《讲话》缺少感情，甚至不爱看。有些人是迁怒于《讲话》，别人拿《讲话》整了他嘛。现在是历史地科学地解释、宣传《讲话》的时候了。《讲话》有不足之处，如政治标准第一，艺术标准第二的问题，"四人帮"在这一点上大肆歪曲、利用，给创作带来了很大危害。

学习《讲话》，我有两点想法。一是作家要有在马列主义指导下的明净的世界观。有人说我的作品与马列主义风马牛不相及，上海话叫"不搭界"。但我想我的作品还是与马列主义有关系的。我三十年来是受党的教育的，包括受《讲话》的教育。虽然我写的是旧题材，但我还是在毛泽东文艺思想指导下写作的。拿我解放前的作品与解放后的作品比较，受教育的影响是明显的。虽然我写的也是旧社会生活，但一个作家总要使人民感到生活是美好的，感到生活中有真实可贵的东西，要滋润人的心灵，提高人的信心。如果你写的是混乱的、彷徨的、迷惘的，对生活缺乏信心，怎么能感染别人呢？林斤澜说我的《受戒》里充满了一种内在的欢乐，这个欢乐反映了一个人对社会主义生活的信心。我觉得还要继续改造世界观。第二点是要讲究社会效果，要想到读者，要对读者负责。就是毛主席讲的动机与效果问题。不能想写什么就写什么。近来我得知我的作品的读者面并不太窄，他们之中有公社、工厂的青年人，他们有的人能背我的作品，这使我很惶恐，觉得有一种沉重的责任感。我到底应该给人们一些什么东西呢？我的愿望是拿出更好的东西，贡献给读者。

注　释

① 本篇原载《北京文学》1982 年第五期。该刊为纪念《讲话》发表四十周年组织了座谈会，本篇为发言摘要，由该刊记者记录整理。收入本卷时仅保留作者发言内容，并删去原副题。受邀参加座谈会的还有张志民、刘绍棠、钱光培、余飘、李德君、顾绍康、李功达等。

要有益于世道人心 ①

要有一个清楚、明确的世界观。

我解放前的小说是苦闷和寂寞的产物。我是迷惘的,我的世界观是混乱的,写到后来就几乎写不下去了。近二年我写了一些小说,其中一部分是写旧社会的,这些小说所写的人和事,大都是我十六、七岁以前得到的印象。为什么我长时期没有写,到了我过了六十岁了,才写出来了呢?大概是因为我比较成熟了,我的世界观比较稳定了。有一篇小说(《异秉》)我在一九四八年就写过一次,一九八〇年又重写了一次。前一篇是对生活的一声苦笑,揶揄的成分多,甚至有点玩世不恭。我自己找不到出路,也替我写的那些人找不到出路。后来的一篇则对下层的市民有了更深厚的同情。我想把生活中美好的东西、真实的东西,人的美、人的诗意告诉别人,使人们的心得到滋润,从而提高对生活的信念。如果我的世界观是混乱的,我自己对生活缺乏信心,我怎么能使别人提高信心呢?我不从生活中感到欢乐,就不能在我的作品中注入内在的欢乐。写旧生活,也得有新思想。可以写混乱的生活,但作者的思想不能混乱。

要对读者负责。

解放前我很少想到读者。一篇小说发表了,得到二三师友称赞,即为己足。近二年写小说,我仍以为我的读者面是很窄的。最近听说,我的读者不像我想的那样少,有一些知识青年,青年工人和公社干部也在读我的小说。这使我觉得很惶恐,产生一种沉重的责任感。觉得这不是闹着玩的事。社会主义国家的作家写作,还是得考虑社会效果,真不该是作者就是那样写写,读者就是那样读读。"文章千古事,得失寸心知",得失,首先是社会的得失。我有一个朴素的、古典的想法:总得有益于世道人心。

　　我究竟给了读者一些什么呢？我应该向读者拿出一些更好的作品。因此，《讲话》的基本精神，今天还是对我们有指导意义的。

注　释

① 　本篇原载《人民文学》1982 年第五期。该刊为纪念《讲话》四十周年，特邀1981 年全国优秀短篇小说获奖者召开座谈会，本篇为发言纪要。受邀参加座谈会的还有周克芹、刘绍棠、韩少功、林斤澜、古华、陈建功等；初收《汪曾祺全集》第三卷，北京师范大学出版社，1998 年 8 月。

说　短^①

——与友人书

短,是现代小说的特征之一。

短,是出于对读者的尊重。

现代小说是忙书,不是闲书。现代小说不是在花园里读的,不是在书斋里读的。现代小说的读者不是有钱的老妇人,躺在樱桃花的阴影里,由陪伴女郎读给她听。不是文人雅士,明窗净几,竹韵茶烟。现代小说的读者是工人、学生、干部。他们读小说都是抓空儿。他们在码头上、候车室里、集体宿舍、小饭馆里读小说,一面读小说,一面抓起一个芝麻烧饼或者汉堡包(看也不看)送进嘴里,同时思索着生活。现代小说要符合现代生活方式,现代生活的节奏。现代小说是快餐,是芝麻烧饼或汉堡包。当然,要做得好吃一些。

小说写得长,主要原因是情节过于曲折。现代小说不要太多的情节。

以前人读小说是想知道一些他不知道的生活,或者世界上根本不存在的生活。他要读的不是生活,而是故事,或者还加上作者华丽的文笔。现代的读者是严肃的。他们有时也要读读大仲马的小说,但是只是看看玩玩,谁也不相信他编造的那一套。现代读者要求的是真实,想读的是生活,生活本身。现代读者不能容忍编造。一个作者的责任只是把你看到的、想过的一点生活诚实地告诉读者。你相信,这一点生活读者也是知道的,并且他也是完全可以写出来的。作者的责任只是用你自己的方式,尽量把这一点生活说得有意思一些。现代小说的作者和读者之间的界线逐渐在泯除。作者和读者的地位是平等的。最好不要想到我写小说,你看。而是,咱们来谈谈生活。生活,是没有多少情节的。

小说长，另一个原因是描写过多。

屠格涅夫的风景描写很优美。但那是屠格涅夫式的风景，屠格涅夫眼中的风景，不是人物所感受到的风景。屠格涅夫所写的是没落的俄罗斯贵族，他们的感觉和屠格涅夫有相通之处，所以把这些人物放在屠格涅夫式的风景之中还不"格生"。写现代人，现代的中国人，就不能用这种写景方式，不能脱离人物来写景。小说中的景最好是人物眼中之景，心中之景。至少景与人要协调。现代小说写景，只要是："天黑下来了……"，"雾很大……"，"树叶都落光了……"，就够了。

巴尔扎克长于刻画人物，画了很多人物肖像，作了许多很长很生动的人物性格描写。这种方式不适用于现代小说。这种方式对读者带有很大的强迫性，逼得人只能按照巴尔扎克的方式观察生活。现代读者是自由的，他不愿听人驱使，他要用自己的眼睛看生活，你只要扼要地跟他谈一个人，一件事，不要过多地描写。作者最好客观一点，尽量闪在一边，让人物自己去行动，让读者自己接近人物。

我不大喜欢"性格"这个词。一说"性格"就总意味着一个奇异独特的人。现代小说写的只是平常的"人"。

小说长，还有一个原因是对话多。

有些小说让人物作长篇对话，有思想、有学问，成了坐而论道或相对谈诗，而且所用的语言都很规整，这在生活里是没有的。生活里有谁这样地谈话，别人将会回过头来看着他们，心想：这几位是怎么了？

对话要少，要自然。对话只是平常的说话，只是于平常中却有韵味。对话，要像一串结得很好的果子。

对话要和叙述语言衔接，就像果子在树叶里。

长，还因为议论和抒情太多。

我并不一般地反对在小说里发议论，但议论必须很富于机智。带有讽刺性的小说常有议论，所谓嬉笑怒骂，皆成文章。

抒情，不要流于感伤。一篇短篇小说，有一句抒情诗就足够了。抒情就像菜里的味精一样，不能多放。

长还有一个原因是句子长，句子太规整。写小说要像说话，要有语态。说话，不可能每一个句子都很规整，主语、谓语、附加语全都齐备，像教科书上的语言。教科书的语言是呆板的语言。要使语言生动，要把句子尽量写得短，能切开就切开，这样的语言才明确。平常说话没有说挺老长的句子的。能省略的部分都省掉。我在《异秉》中写陈相公一天的生活，碾药就写"碾药"。裁纸就写"裁纸"。这两个字就算一句。因为生活里叙述一件事就是这样叙述的。如果把句子写齐全了，就会成为："他生活里的另一个项目是碾药"，"他生活里的又一个项目是裁纸"，那多噜嗦！——而且，让人感到你这个人说话像做文章（你和读者的距离立刻就拉远了）。写小说决不能做文章，所用的语言必须是活的，就像聊天说话一样。

现代小说的语言大都是很简短的。从这个意义来说，我觉得海明威比曹雪芹离我更近一些。

鲁迅的教导是非常有益的：竭力将可有可无的字句删去。

我写《徙》，原来是这样开头的：

"世界上曾经有过很多歌，都已经消失了。"

我出去散了一会步，改成了：

"很多歌消失了。"

我牺牲了一些字，赢得的是文体的峻洁。

短，才有风格。现代小说的风格，几乎就等于：短。

短，也是为了自己。

注　释

① 本篇原载 1982 年 7 月 1 日《光明日报》；初收《晚翠文谈》，浙江文艺出版社，1988 年 3 月。

道是无情却有情^①

　　同志们希望我们谈谈文艺形势,这个问题我说不出什么来。我对文艺界的情况很隔膜。我是写京剧剧本的,写小说不是本职工作。我觉得文艺形势是好的。党的三中全会以来,我觉得文艺形势空前的好。我这不是听了什么领导同志的意见,也没有作过调查研究,只是我个人的切身感受。形势好,是说大家思想解放了,题材广阔了,各种流派都允许出现了。拿我来说,我的一些作品,比如你们比较熟悉的《受戒》、《大淖记事》……写旧社会的小和尚和村姑的恋爱,写一个小锡匠和一个挑夫的女儿的恋爱,不用说十年动乱,就是"十七年",这样的作品都是不会出现的。没有地方会发表,我自己也不会写。写了,有地方发表,有人读,这跟以前很不一样了嘛。有人问起关于《受戒》的争议的情况。我没有听到什么争议。只有《作品与争鸣》上发表过国东的一篇《莫名其妙的捧场》。这篇文章主要是批评那些"捧场"的人的。其中也批评了我的小说,说这里的一首民歌"不堪入目"。我觉得对一篇作品有不同的看法,是正常的。不同的意见,这算不得是有"争议"。"争议"一般都指作品有带有倾向性的问题。这篇小说好像还没有人拿来当作有倾向性的问题的作品批评过。大家关心"争议",说明对文艺情况很敏感。有人问《文艺报》和《时代的报告》争论的背景,这个问题我实在一无所知。"十六年"这个提法,很多同志不同意,我也不同意。

　　我的小说有一点和别人不大一样,写旧社会的多。去年我出了一本小说选,十六篇,九篇是写旧社会的,七篇是写解放后的。以后又发表了十来篇,只有两篇是写新社会的。有人问我是不是回避现实生活中的矛盾。我没有回避矛盾的意思。第一,我也还写了一些反映新社会的生活的小说。第二,这是不得已。我对旧社会比较熟悉,对新社会不那么熟悉。我今年六十二岁,前三十年生活在旧社会,后三十年生活在新社会,按说熟悉的程度应该差不多,可是我就是对旧社会还是比较熟悉些,吃得透一些。对新社会的生活,我还没有熟悉到可以从心所欲,挥洒自如。一个作家对生活没有熟悉到可以从心所欲,挥洒自如的程度,就不能取得真正的创作的自由。所谓创作的自由,就是可以自由地想象,自由地虚构。你的想象、虚构都是符合于生活的。一个作家所写的人和事常常有一点影子,但不可能就照那点影子原封不动地写出来,总要补充一点东西,要虚构,要想象。虚构和想象的根据,是生活。不但要熟悉你所写的那个题材,熟悉与那个题材有关的生活,还要熟悉与那个题材无关的生活。你要对某个时代、某个地区、某种范围的生活熟悉到可以随手抓来就放在小说里,很贴切,很真实。海明威说:冰山所以显得雄伟,因为它浮出水面的只有七分之一,七分之六在海里。一个作家在小说里写出来的生活只有七分之一,没有写出来的是七分之六。没有七分之六,就没有七分之一。

生活是第一位的。有生活,就可以头头是道,横写竖写都行;没有生活,就会捉襟见肘,或者,瞎编。

有的青年同志说他也想写写旧社会,我看可以不必。你才二三十岁,你对旧社会不熟悉。而且,我们当然应该多写新社会,写社会主义新人。

要不要有思想,有主题?当然要有。我不同意无主题论。有人说我的小说说不出主题是什么,我自己是心中有数的。比如《岁寒三友》的主题是什么?"涸辙之鲋,相濡以沫"。一个作者必须有思想,有自己的思想。我们要学习马克思主义、毛泽东思想,但是不能用马克思或毛泽东的话,或某一项政策条文,代替自己的思想。一个作者对于生活,对于生活中的某种人或事,总得有自己的看法。作者在观察生活,塑造形象的过程中,总是要伴随自己的思想的。作者的思想不可能脱离形象。同样,也不可能有一种不是浸透了作者思想单独存在的形象。

所谓思想,我以为即是作者自己所发现的生活中的美和诗意,作者自己体察到的生活的意义。我写新社会的题材比较少，是因为我还没有较多地发现新的生活中的美和诗意。所谓不熟悉，就是自己没有找到生活的美和诗意。社会主义新人，就是一种社会主义的新的"人"，人的身上的新的美，新的诗意。必须是自己确实发现了，看到，感受到的。也就是说，确实使自己感动过的。要找到人身上的珠玉，人身上的金子。不是概念的，也不是夸饰的。不是自己并没有感动过，而在作品里作出受了感动的样子。比如，我在剧团生活了二十年，应该是比较熟悉的。有的同志建议我写写剧团演员，写写他们的心灵美。我是想写的，但一直还没有写，因为我还没有找到美的心灵。有人说：你可以写写老演员怎样为了社会主义的艺术事业，培养新的一代；可以写写年轻人怎样刻苦练功，为了演好英雄人物……我谢谢这些同志的好心，但是我不能写，因为我没有真正地看到。我要再找找，找到人的心的珠玉，心的黄金。

作品的主题，作者的思想，在一个作品里必须具体化为对于所写的人物的态度、感情。

对于人或事的态度、感情，大概有这么三种表达方式。一种是"特别地说出"。作者唯恐别人不理解，在叙述、描写中拼命加进一些感情色彩很重的字样，甚至跳出事件外面，自己加以评述、抒情、发议论。一种是尽可能地不动声色。许多西方现代小说的作者就尽量不表示对于所写的人、事的态度，非常冷静。比如海明威。我是主张作者的态度是要让读者感觉到的，但是只能"流露"，不能"特别地说出"。作者的感情、态度最好溶化在叙述、描写之中，隐隐约约，存在于字里行间。"东边日出西边雨，道是无晴却有晴"。

信口说了这些，请大家指正。

注　释

① 　本篇原载《伊犁河》1982 年第 4 期，据作者在伊犁文学讲座上的讲话整理而成，与会者还有邓友梅、林斤澜等；初收《晚翠文谈》，浙江文艺出版社，1988 年 3 月。

两栖杂述①

我是两栖类。写小说,也写戏曲。我本来是写小说的。二十年来在一个京剧院担任编剧。近二、三年又写了一点短篇小说。我过去的朋友听说我写京剧,见面时说:"你怎么会写京剧呢? ——你本来是写小说的,而且是有点'洋'的!"他觉得这简直不可思议。有些新相识的朋友,看过我近年的小说后,很诚恳地跟我说:"您还是写小说吧,写什么戏呢!"他们都觉得小说和戏——京剧,是两码事,而且多多少少有点觉得我写京剧是糟踏自己,为我惋惜。我很感谢他们的心意。有些戏曲界的先辈则希望我还是留下来写戏,当我表示我并不想离开戏曲界时,就很高兴。我也很感谢他们的心意。曹禺同志有一次跟我说:"你还是双管齐下吧!"我接受了他的建议。

我小时候没有想过写戏,也没有想过写小说。我喜欢画画。

我的父亲是个画画的,在我们那个县城里有点名气。我从小就很喜欢看他画画。每当他把画画的那间屋子打开(他不常画画),支上窗户,我就非常高兴。我看他研了颜色,磨了墨,铺好了纸;看他抽着烟想了一会,对着雪白的宣纸看了半天,用指甲或笔杆的一头在纸上比划比划,划几个道道,定了一幅画的间架章法,然后画出几个"花头"(父亲画写意花卉的),然后画枝干、布叶、勾筋、补石、点苔,最后再"收拾"一遍,题款、用印,用按钉钉在壁上,抽着烟对着它看半天。我很用心地看了全过程,每一步都看得很有兴趣。

我从小学到中学,都"以画名"。我父亲有一些石印的和珂罗版印的画谱,我都看得很熟了。放学回家,路过裱画店,我都要进去看看。

高中毕业,我本来是想考美专的。

我到四十来岁还想彻底改行,从头学画。

我始终认为用笔、墨、颜色来抒写胸怀，更为直接，也更快乐。

我到底没有成为一个画家。

到现在我还有爱看画的习惯，爱看展览会。有时兴之所至、特别是运动中挨整的时候，还时常随便涂抹几笔，发泄发泄。

喜欢画，对写小说，也有点好处。一个是，我在构思一篇小说的时候，有点像我父亲画画那样，先有一团情致，一种意向。然后定间架、画"花头"、立枝干、布叶、勾筋……一个是，可以锻炼对于形体、颜色、"神气"的敏感。我以为，一篇小说，总得有点画意。

我是怎样写起小说来的呢？

除了画画，我的"国文"成绩一直很好。从小学五年级到初中三年级，我的国文老师一直是高北溟先生。为了纪念他，我的小说《徙》里直接用了高先生的名字。他的为人、学问和教学的方法也就像我的小说里所写的那样，——当然不尽相同，有些地方是虚构的。在他手里，我读过的文章，印象最深的是归有光的《项脊轩志》、《先妣事略》。

有几个暑假，我还从韦子廉先生学习过。韦先生是专攻桐城派的。我跟着他，每天背一篇桐城派古文。姚鼐的、方苞的、刘大櫆、戴名世的。加在一起，不下百十篇。

到现在，还可以从我的小说里看出归有光和桐城派的影响。归有光以清淡之笔写平常的人情，我是喜欢的（虽然我不喜欢他正统派思想），我觉得他有些地方很像契诃夫。"桐城义法"，我以为是有道理的。桐城派讲究文章的提、放、断、连、疾、徐、顿、挫，讲"文气"。正好中国画讲"血脉流通"、"气韵生动"。我以为，"文气"是比"结构"更为内在，更精微的概念，和内容、思想更有有机联系。这是一个很好的、很先进的概念，比许多西方现代美学的概念还要现代的概念。文气是思想的直接的形式。我希望评论家能把"文气论"引进小说批评中来，并且用它来评论外国小说。

我好像命中注定要当沈从文先生的学生。

我读了高中二年级以后，日本人打到了邻县，我"逃难"在乡下，住在我的小说《受戒》里所写的小和尚庵里。除了高中教科书，我只带了两本书,一本屠格涅夫的《猎人日记》,一本上海一家野鸡书店盗印的《沈从文小说选》。我于是翻来覆去地看这两本书。

我到昆明考大学,报了西南联大中国文学系,就是因为这个大学中文系有朱自清先生、闻一多先生,还有沈先生。

我选读了沈先生的三门课:"各体文习作"、"中国小说史"和"创作实习"。

我追随沈先生多年,受到教益很多,印象最深的是两句话。

一句是"要贴到人物来写"。

他的意思不大好懂。根据我的理解,有这样几层意思:

第一,小说是写人物的。人物是主要的,先行的。其余部分都是次要的,派生的。作者要爱所写的人物。沈先生曾说过,对于兵士和农民"怀了不可言说的温爱"。"温爱",我觉得提得很好。他不说"热爱",而说"温爱",我以为这更能准确地说明作者和人物的关系。作者对所写的人物要具有充满人道主义的温情,要有带抒情意味的同情心。

第二,作者要和人物站在一起,对人物采取一个平等的态度。除了讽刺小说,作者对于人物不宜居高临下。要用自己的心贴近人物的心,以人物哀乐为自己的哀乐。这样才能在写作的大部分的过程中,把自己和人物融为一体,语之出自自己的肺腑,也是人物的肺腑。这样才不会作出浮泛的、不真实的、概念的和抄袭借用来的描述。这样,一个作品的形成,才会是人物行动逻辑自然的结果。这个作品是"流"出来的,而不是"做"出来的。人物的身上没有作者为了外在的目的强加于他身上的东西。

第三,人物以外的其他的东西都是附属于人物的。景物、环境,都得服从于人物,景物、环境都得具有人物的色彩,不能脱节,不能游离。一切景物、环境,声音、颜色、气味,都必须是人物所能感受到的。写景,就是写人,是写人物对于周围世界的感觉。这样,才会使一篇作品处处浸透了人物、散发着人物的气息,在不是写人物的部分也有人物。

另外一句话是:"千万不要冷嘲"。

这是对于生活的态度,也是写作的态度。我在旧社会,因为生活的穷困和卑屈,对于现实不满而又找不到出路,又读了一些西方的现代派的作品,对于生活形成一种带有悲观色彩的尖刻、嘲弄、玩世不恭的态度。这在我的一些作品里也有所流露。沈先生发觉了这点,在昆明时就跟我讲过;我到上海后,又写信给我讲到这点。他要求的是对于生活的"执着",要对生活充满热情,即使在严酷的现实的面前,也不能觉得"世事一无可取,也一无可为"。一个人,总应该用自己的工作,使这个世界更美好一些,给这个世界增加一点好东西。在任何逆境之中也不能丧失对于生活带有抒情意味的情趣,不能丧失对于生活的爱。沈先生在下放咸宁干校时,还写信给黄永玉,说"这里的荷花真好!"沈先生八十岁了,还每天工作十几个小时,完成《中国服饰研究》这样的巨著,就是靠这点对于生活的执着和热情支持着的。沈先生的这句话对我的影响很深。

我是怎样写起京剧剧本来的呢?

我从小爱看京剧,也爱唱唱。我父亲会拉胡琴,我初中一年级的时候就随着他的胡琴唱戏,唱老生,也唱青衣。到读大学时还唱。有个广东同学听到我唱戏,就说:"丢那妈,猫叫!"

因为读的是中文系,我后来又学唱了昆曲。

我喜欢看戏,看京剧,也爱看地方戏,特别爱看川剧。

我没有想到过写戏曲剧本。

因为当编辑,编《说说唱唱》,想写作,又下不去,没有生活,不免发牢骚。那年恰好是纪念世界名人吴敬梓,有人就建议我在《儒林外史》里找一个题材,写写京剧剧本,我就写了一个《范进中举》。这个剧本演出了,还在北京市戏曲会演中得了一个奖。

一九五八年,我戴了右派帽子下去劳动,摘了帽子,想调回北京,恰好北京京剧团还有个编剧名额,我就这样调到了京剧团,一直到现在。二十年了。

搞文学的人是不大看得起京剧的。

这也难怪。京剧的文学性确实是很差,很多剧本简直是不知所云。前几个月,我在北京,每天到玉渊潭散步,每天听一个演员在练《珠帘寨》的定场诗：

> 李白斗酒诗百篇，
> 长安市上酒家眠。
> 摔死国舅段文楚，
> 唐王一怒贬北番！

李克用和李太白有什么关系呢？

《花田错》里有一句唱词：

> 桃花不比杏花黄……

桃花不黄，杏花也不黄呀！

可是，京剧毕竟是我们的文化遗产呀！而且，就是京剧，也有些很好的东西。比如大家都知道的《四进士》，用了那样多的典型的细节，刻画了宋士杰这样一个独特的人物，这就不用说了。我以为这出戏放在世界戏剧名作之林中，是毫不逊色的。再如《打渔杀家》里萧恩和桂英离家时的对话：

萧　恩　开门哪！（出门介）

桂　英　爹爹请转。

萧　恩　儿呀何事？

桂　英　这门还未曾上锁呢。

萧　恩　这门嗒，关也罢不关也罢。

桂　英　里面还有许多动用家具呢。

萧　恩　傻孩子呀，门都不要了，要家具则甚哪！

桂　英　不要了？

萧　恩　不明白的冤家！……

我觉得这是小说，很好的小说。我觉得写小说的，也是可以从戏曲里学到很多东西的。

戏曲、京剧，有些手法好像很旧。但是中国人觉得它很旧，外国人觉得它很新。比如"自报家门"，这就比用整整一幕戏来介绍人物省事得多。比如布莱希特的"间离效果"说，是受了中国戏曲的启发而提出来的，这很新呀！

我觉得我们不要妄自菲薄，数典忘祖。我们要"以故为新"，从遗产中找出新的东西来。特别是搞西方现代派的同志，我建议他们读一点旧文学，用比较文学的方法研究研究中国的古典文学。我总是希望能把古今中外熔为一炉。

我搞京剧，有一个想法，很想提高一下京剧的文学水平，提高其可读性，想把京剧变成一种现代艺术，可以和现代文学作品放在一起，使人们承认它和王蒙的、高晓声的、林斤澜、邓友梅的小说是一个水平的东西，只不过形式不同。

搞搞京剧还有一个好处，即知道戏和小说是两种东西（当然又是相通的）。戏要夸张、要强调；小说要含蓄，要淡远。李笠翁说写诗文不可说尽，十分只能说二三分，写戏剧必须说尽，十分要说到十分。这是很有见地的话。托尔斯泰说人是不能用警句交谈的，这是指的小说；戏里的人物是可以用警句交谈的。因此，不能把小说写得像戏，不能有太多情节，太多的戏剧性。如果写的是一篇戏剧性很强的小说，那你不如干脆写成戏。

以上是一个两栖类的自白。

除了搞戏，我还搞过曲艺，编过《说说唱唱》；搞过民间文学、编了好几年《民间文学》。"文化大革命"以后，我发表的第一篇作品不是小说，而是民间文学的论文，而且和甘肃有点关系，是《"花儿"的格律》。我觉得这对写小说没有坏处。特别是民间文学，那真是一个宝库。我甚至可以武断地说，不读一点民歌，民间故事，是不能成为一个好小说家的。

我这个两栖类，这个"杂家"有点什么经验？一个是要尊重、热爱祖国的文学艺术传统；一个是兼收并蓄，兴趣更广泛一些，知识更丰富一些。

我希望有更多的两栖类，希望诗人、小说家都来写写戏曲。

一九八二年九月十七日　兰州

注　释

①　本篇原载《飞天》1983 年 1 月号；初收《晚翠文谈》,浙江文艺出版社,1988
　　年 3 月。

关于现阶段的文学①

——答《当代文艺思潮》编辑部问

一、新时期文学与十七年文学，
有无明显的区别，它的主要特点是什么？

　　我确实有个实际情况，我对当代文学很陌生，也不是一无所知，但是比较陌生。因为我长期脱离文学创作，搞了二十年的戏曲，而且搞了一段"样板戏"，我说我算个"两栖类"。因为我的本职工作是搞戏曲，是搞京剧编剧的，所以在戏曲的圈子里活动比较久，文学创作就比较陌生。另外，我的精力有限，岁数也比较大了，我看的作品很少。往往看的作品，都是熟人给我说这个作品值得一看，比如今天上午说的高晓声的小说。另外，我的孩子们是博览群书，特别是他们对所谓站在时代前面的作品看得很多，他们有时给我说，这个作品您看一看，我才看一看，所以我实在很无知。

　　刚才谈到《受戒》，《受戒》写出来其实是很偶然的。从我个人来说，我这十七年是在"三突出"统治之下过了很多时候，深受其苦，我的痛苦是别人所不能理解的，因为逼得我非得按那办、按那写不可。什么"主题先行"啦，我都尝受过，对我来说它不是理论问题，也不是一个概念，而是你必须这样去搞。原来我有个很朴素的想法，在个别发言或者文章里都讲到从生活出发，后来有的同志说，现在不是这个提法了，现在是从主题出发。他说于会泳有一个发言，已经发表出来了，他第一次提出"主题先行"。因为当时我们是三结合的创作方法，就是领导出思想，群众出生活，作家出技巧。他出一个思想、出一个主题，然后我们下去到处去找生活素材,来演绎这个主题思想。有时他那个思想就不对。记得那个时候,我们样板团的创作选题必须是江青亲自定,她忽然说她看中了原来的《草原烽火》(后来《草原烽火》否定了),她说你们下去写这样一个题材,就是说一个八路军的工作人员打到草原上去,打入王府,发动王府里头的奴隶,反抗日本帝国主义和汉奸王爷。我们就按照她规定的找这个题材,到处去找,哪有这个事啊。因为当时党中央对内蒙少数民族地区提出来的是内蒙古的王公贵族和牧民团结起来一致抗日,就没有把王爷和牧民截然分开。我们访问许多地方回来后,向当时的于会泳汇报说,没有这样的材料。于会泳回答一句话很妙,他说没有这样的材料更好,你们可以"海阔天空",就是说可以任意瞎编。

也许这十年之苦受得太厉害了,我说去他的,我就不理那一套,所以后就写了那么个小说,写出来没有打算发表,曾和个别同志说过我写了这么一篇小说。那个同志说写这样小说干什么,写出来有什么地方给你发表?他拿去看了以后,当时表示写得好,但是他理智上认为这东西不行。那就是说从他的艺术趣味上或是从他的感情上,他是喜欢这篇小说,但是从沿袭下来的正统的观点上说,他又觉得这玩意儿不行。所以这个作品的发表,有人说有这样的作者敢写这样的作品,也有这样的主编敢发这样的作品。当时我说发表这样的作品是需要有一定的胆量的。还有人说,不知从什么时候起,文学和胆量连在一起了。所以,这一点,经过"四人帮"以后,三中全会以后,对某些人的艺术趣味、艺术欣赏、艺术爱好和当时的某些教条的分裂状态有所改变。像刚才说的,他很喜欢这个作品,但从道理上又不行。到三中全会以后,比较开放,就是大家喜欢的作品能够不太受理论观念的限制而发表了,人们的艺术趣味与理论倡导之间的距离比较小了,因此,很大的一个区别就是题材大大广泛了,不受一时的某种政治口号或某种政策的约束。事实上打破了这种约束,或者说是开始恢复文学正常的创作道路、创作规律。我觉得从这方面说,恢复现实主义的传统,在当时是符合实际情况的,因为"四人帮"搞的那一套,是根本违反现实主义的基本规律的。以后可能有许多新的现象,但是我觉得一开始,文学必须在现实主义基础上去发展,这个道路我觉得还是对的,这是由从理念出发,从思想出发,开始回到从生活出发。因此,这就使开拓文学领域的广阔天地的这种发展要求变成了可能,这个十七年一段——我说的比较冒昧——我觉得十七年如果说文学有什么问题的话,可能就是文学从属政治这个东西束缚着它,打倒"四人帮"以后,在创作实践上,冲破了这个东西。胡乔木同志前不久提出来这一问题,说文学不从属于政治,不是为政治服务的。其实在当时,一些作者在创作实践上已经开始突破文学从属于政治服从于具体政策这样一个东西。譬如《受戒》,你要文学从属于政治,为具体政策服务,我那受戒的小和尚,实在没法服务。这一点我当时是明确的。虽然当时还没有提高到从理论上加以认识的高度,但是大家在创作实践上,实实在在已经向这方面迈进了,已经摆脱了那个东西。我觉得乔木同志的论点实际上是总结了一个历史时期的经验,而不完全是在他的口号提出后,大家才开始冲破文学从属于政治的约束的。事实上,现在所谓新时期很多作品,你用这个标准来衡量,从属于政治,直接为什么政策服务,那都不能存在了。所以我是感觉到,如果说有一点区别(我说不上明显的区别),我觉得事实上已开始突破这样一个东西,也就是开始向现实主义为主潮的这样一个广阔的道路上发展。我觉得现实主义不能把它看得很狭窄,现实主义可以有许多流派,但是恢复到现实主义的基础上,才有可能再发展,使得新的流派产生出来。

二、近两年来的文学主题是否有什么变化? 为什么会发生这种变化?

主题有什么变化,说老实话,这两年作品看的很少,这个主题原来是什么样,后来又有什么变化,我不清楚。更说不出来为什么会发生这种变化。我认为文学的主题是个很严肃的问题,应该研究,不过我觉得历史的年限应放得宽一些,这两年究竟有什么变化,那当然也可以说了,但作为主题,一个是一定时期的现实生活在作者思想的反映,形成为主题。同时也结合一定时期的读者特别是青年读者所关心的问题，也形成主题。不要过分的强调在文学创作现象里边的主题问题，因为一个主题是作者思想的反映，作者思想也不能是两年一变、三年一变。我倒觉得一个作者应该有自己的贯串始终的主题，就是它所谓的倾向性。比如契诃夫，他每个作品都清楚反映了这个东西：反庸俗的小市民。现在是否可以这样的研究，从历史发展上研究一个作者的思想，观察他的作品主题的一些变化。假如两年就去研究一个普遍性的主题，就会变成大家一窝蜂地去赶浪潮。一个作者对社会对生活的思索，我觉得应该是有他自己独特的东西，当然总的应该是在马列主义、毛泽东思想指导之下去观察生活，观察社会。因此，我就觉得现在有些作者往往说你这个作品观点或者思想又落后了，好像赶一种什么浪潮似的。青年的思想是不稳定的，他可以一会儿相信存在主义，一会儿又回到朦胧哲学，他可以回到其他东西上去，要跟他跑就没完了，这种追随青年的某种不很稳定的倾向是有的。我觉得作者还是自己在马列主义、毛泽东思想指导之下，独立思考地去看社会、看问题，不一定形成一个时期的普遍性的所谓浪潮式东西。我并不主张无主题论，一个作者是有思想的，是需要有他自己的思想，而这种思想也许融化在作品中，不是那么表露，这也就是贯串它的主题，因此，我觉得最好时间放长一些。文学史家勃兰兑斯写的《十九世纪文学主潮》，它是就一个世纪整个文学状况来说的。我是不太倾向于把这个时期划分为伤痕文学，那个时期划分为反思文学，它是一个大的主要的潮流。主流什么东西，这样一个须从较长时期，从历史条件来看的问题，我实在回答不上来。

要说我自己的作品，与主流的变化不发生太大的关系，因为我没有考虑过如何去迎合当时的某种浪潮。有时我自己也想了，我自己写的是什么东西。前几个月我在大连的一个地方刊物《海燕》上，发表了三个很短的小说，题目是《钓人的孩子》，写一个小孩叫昆明，他扔了一张钞票在街上，拴一条黑线，有人路过一捡，他就一抽，抽过去钓人。第二个故事，写常常跑警报，有一个学哲学搞逻辑的，他推论跑警报的时候，大家一定把值钱的东西带上，值钱的东西是金子；既然带金子就会有人丢掉金子;丢掉就会有人捡到;人可以捡到金子;我是人,故我可以捡到金子。第三个故事,买航空奖券。国民党人发一种航空奖券,每年中奖的时候,就可以成为一个小富翁。有一个大学文学系的人,很清高,读的都是十九世纪的雪莱的诗,李商隐的诗,自己也写那种漂亮的散文。他喜欢一个女同学,他听人说这位女同学已经许配人了,与人订婚了,因为她家比较贫穷,她的未婚夫拿钱供她上学。这位抒情诗人下定决心,要把她从这种境地中救出来,他就每年买航空奖券,后来发现蛮不那么回事,是瞎编的,那个女的和她的未婚夫关系很好,未婚夫在旅馆里送那女朋友,他也在隔壁旅馆里,听到女同学同她未婚夫放浪的笑声,他觉得如遭电殛,但是航空奖券他继续买下去,因为已买成习惯。要问我这主题是什么,我的主题是“人与金钱”。虽然也是这两年发表的,但是和那文学主流不相干。但是我还是比较严肃的来考虑这个问题,当然这写的是过去的事情。不过我觉得可以按照作家的思想倾向、思想发展或是他的主题某些不同的表现来研究。一个断代,在一定的时期里边,也可以研究一下。如果我觉得把它分得比较细,就是刚才说的,这两年往往是把主题和题材混为一谈,过分的强调主题,就可能导致“题材决定论”。

我再接着说一点。现在所谓主要变化,实际上指的是问题小说。它所提出问题的变化,实际上是这样一个东西,或是更具体地说,提出青年思想问题的变化。这问题要注意,但是也不要过分地强调。

三、请谈谈“乡土文学”的现状。

“乡土文学”这个词,好像是有过,可能过去美国斯坦培克的作品被称作“乡土文学”,不知为什么在美国说他是“乡土文学”,我也不太理解。也许和别的作家比起来,他是专门写森林的工人,而且局限于南美这一带,地方色彩比较鲜明,要是这样的话,我觉得是可以的,你们这里不是也提出了敦煌学派吗?无非是地方色彩比较鲜明一些,我觉得也是可以的。

刚才说到我的老师——沈老,他主要写湘西,但不是专门写湘西,他也写青岛、武汉、上海、北平,他也写知识分子、农民、士兵、小职员,虽然有人把他与蹇先艾归在一起,他自己从不说我是"乡土文学"。

我觉得"乡土文学"的概念不明确,不稳定,因此,我准备奉劝绍棠,不要老提这东西。有一件事情很有意思,他请他的老师孙犁写关于他的小说的序,要求他顺便谈谈"乡土文学",孙犁给他回了封信,说你最好不要考虑这个东西。

我觉得有它的不好处,至少是把自己局限住了。你老是写那三十里路运河滩,你把你的视野是否放开一些,你为什么就不能写青年知识分子,写写工人或是一般市民?因为他写"乡土文学"把他框住了。他说过,我就是通县那块土地。我倒是同意孙犁的主张,不要让"乡土文学"把自己框住。

至于刚才说的,具有中国气派、作风、地方色彩,所谓泥土气,这是可以的。另外,好像在人们心目中把乡土文学跟比较洋的东西对立起来。我觉得这也不必,可以并存。今天上午的会上我就主张:古今中外,熔为一炉。这是我的想法。

四、现代主义对新时期文学有何影响, 前景如何,是否正在形成某种流派?

我倒是和现代派有点关系,有点一知半解。我在大学读书时,受了现代派的影响。

现代派,它也是一个比较广泛的概念。现代派,大概最初是绘画里面提出来的。这是印象派后期以后,比如毕加索、马蒂斯。他们有统一的东西,但是一个人有一个人的表现方法,如马蒂斯他是野兽派,也是现代派。毕加索前面搞了一个青色时期、红色时期,后来他也搞立体构成主义,也是现代派,现代派从美术上说,大体上就是等于古典的现实主义的反动,就是不同于用那种办法来表现。它要追求一种新的方法,它也不是瞎胡闹。

另外，在文学上，现代的西方现代派是什么样？我是比较陌生的。四十年代，在文学上比较有代表性的是英国诗人彼沃德、皮埃尔、海伦，这是现代派的。另外，德国的里尔克，包括西班牙的什么阿多里，以及包括后来的存在主义大师萨特，也可以把它归到现代派里头。

　　我觉得从文学上说，现代派有它的特点。我现在也说不上现代派的特点是什么。西班牙的阿多里，英国的伍尔夫，有它一致的地方，但是，不完全一样。我是受了一些影响。你看我集子的第一篇《复仇》，就是有点受现代派影响，中国四十年代有一批主要是大学里面写诗的，受了一些影响。

　　我觉得接受一些现代派的影响，借鉴于他们的一些表现手法，是可以的。但是，我和写《九叶集》的好些人比较熟，我就跟他们说，你们能不能把外国的现代派变变样，把它中国化了。我说，你们写现代派的诗，是不是用现代派手法写些中国诗、中国词，写一写我这一行——京剧。他们说，这我们办不到。因此，我就对他们不服。我主张，现代派也要中国化。这是我的看法，我说可以吸收一些东西，吸收一些表现方法。

　　另外，我觉得有些现代派的表现方法，中国古已有之，我随便举些例子。中唐、晚唐以后，有些诗的表现方法就和现代派的某些表现方法是比较一致的。如王昌龄的《长信秋词》中："奉帚平明金殿开，暂将团扇共徘徊。玉颜不及寒鸦色，犹带昭阳日影来。""寒鸦"和"玉颜"本来是两码事，怎么放在一起呢，怎能作比较呢？"犹带昭阳日影来"，昭阳日影显然是表现皇帝的恩宠，寒鸦还能从昭阳殿里带太阳影子过来，可是我这玉颜就没法接触昭阳日影。它这个表现方法是很曲折的，这个应该说是唐朝的朦胧诗，它不是很直接的，但还是可以理解的。比如，民间有类似的东西，我曾经看过上海一个滩簧剧本，第一句是"春风弹动半天霞"，表现方法是很现代的。把霞比喻是棉絮，春风比喻成弹棉花的弓子。但是，他不这样说，他直接说"春风弹动半天霞"，这就把它抽象化了。离开语言现象把它抽象化，用抽象化方法把它概括起来了。现代派的表现方法很重要的一点，就是把它抽象化。就是它的视象接触到主体和物体关系有所变化，它不是直接的造成普通一般的，把它抽象起来。我觉得既然中国古已有之，就不能说这东西不合理。现代派中有印象派的诗，就是几个概念，或是几种形象排在一起，不组成句子，然后你自己独特组织。因此，我觉得所谓现代派的表现方法就是不完全按照普遍的古典的现实主义的表现方法反映生活，这是可以吸收的，而且群众是可以接受的。我倒是不主张把现代派搞得完全不能懂，就是你这个作品表现的东西跟群众的接受能力距离太大。现代派可以借鉴，但不是完全模仿西方，因为西方的抽象，往往是我们东方人所不能理解、不能接受的。比如艾略特写的诗"黄昏象一个病人躺在手术床上"。这个东西在英国人可能是比较容易理解的，中国人就不理解了，这么比喻，距离太大。闻先生讲唐诗时，用比较文学的办法讲，他把晚唐的某些诗包括李贺的诗（李贺的诗应该说相当朦胧，或者相当的"现代"），和法国的画派比较来谈，他还没有意识到毕加索，他就是意识到印象派后期，他就是说造成一种印象，表面上看起来不真切，他特别举出法国印象派后期的点彩派，一个一个点子，远看这些点子都是闪动发光造成一种印象。他说，唐诗有一些写法就是这样的写法，表面上看语言不是很对的，但是看了给人产生一种印象。因此，我觉得是可以借鉴中国一些古的东西。另外，我还是觉得更让它中国化，学外国的东西让人瞧不出来。这是我的看法，而且我就这么干了。"意识流"之类，我那作品中都能找出来，我可以老实招供，哪个地方用的"意识流"。但是，我自己后来越来越明确了，还是回到民族传统上来，但要吸收外来的东西，不排除外来的东西，不然老是那么一点儿。要善于融化吸收。

能不能形成一种流派？恐怕这是一种广泛的东西。较多地接受西方现代派影响的某些作家，或是较少一些，或者不吸收，都可能存在。很显然，年轻一代比较容易接受西方的影响，我觉得是可以的。但是，我希望这些同志要带点中国味，把它中国化。不能完全是西方现代派，在中国式的现实主义基础上，要学现代派的表现手法，或有较多的这种东西，我觉得是可以的。也可能形成某种趋向，倒不一定是流派。因为四十年代以后，我就不太看这种东西了。四十年前我倒是看这种作品比较多。我倒是奉劝绍棠同志要看看现代派作品,我对学现代派的同志,往往说你要读一点中国古文,这是我的主张。

另外,坚持中国的民族传统,很重要的一点,要精通祖国语言。我觉得有人是受了西方现代派影响的。有些人往往是外文系的学生,他们甚至是用外文来思维中文,用汉字来写的,我说这个不灵,所以他们有很大的弱点,语言不是很精神的,特别是中国的语言的传统里边韵律感、音乐感、节奏感这个东西,他们不像咱们搞戏曲的那么内行,他写出像翻译的诗,那东西总是不行。我说,要是这样,你干脆拿外文去发表,到大西洋杂志去发表。

五、是否存在乡土派与现代派的竞争?

刚才斤澜说,乡土派在城圈外农村吃得开,现代派在大城市里吃得开,可能有这种倾向。在大城市吃得开不如说在青年知识分子中吃得开,或者是在能够花钱买杂志的那部分读者中吃得开。从西方现代派看,他们也发现读者是比较少的,它就是写的知识分子,尽管它的地位很高,读者面不是很广,因此,有一个问题,现代派新的表现手法,能不能为群众所接受,这个是需要一定的努力。比如智利的聂鲁达是个现代派,据聂鲁达说,他的诗在铜矿朗诵得到很强烈的反应,也许智利铜矿的工人和我们中国西北的农民欣赏习惯或文化教养不一样,聂鲁达自己说,他原来也没想到。因此,某些个现代派的手法要想办法使群众一般能接受。我觉得还需要追求这种表现方法的同志作一番努力,我觉得不是不能办到,有一些东西虽然是现代派的,还是可以懂的,比如年轻女诗人舒婷有一句诗:"踩熄了一路的虫声",我觉得这种表现方法比较新,她把那虫声,想象成小灯火,一路走过去,虫声停了,像踩熄了似的,她不啰唆,直接说踩熄一路的虫声,我觉它很美。我觉得如果倾向于学习这种比较新鲜的手法,应想办法让它接近群众,为一般人所能理解,至少为有初步的文学修养的群众所能理解。另外,我觉得刚才斤澜说的对,可以相互竞争,各自存在。我也觉得竞争是存在的,可以竞争，但不要有门户之见，特别是不要意气用事，一瞧你那带土味的，我就看不起；一瞧洋味的，什么玩意儿呀，不必这样。我觉得，事实上好像有某种对立情绪，我觉得不必这样，它也不是已经到剑拔弩张的程度。

另外，还有一点，我觉得，作为一个刊物的编辑，不能对哪一派带过多的倾向的色彩，他要有比较冷静的公平的态度。不管什么表现手法，什么流派，我要看你的思想深度，表现手法所能达到的水平。现在某些刊物的确有一种倾向，某种流派倾向的作品比较多，甚至它的主编就喜欢这样作品，主编他不喜欢的作品就嗤之以鼻，这种现象虽不是很严重的，但也还是多多少少存在，作为文艺的领导——因为刊物左右一代文风——我觉得还是持一种比较冷静公平的态度为好。

六、您比较留心哪些作家的创作动向？
您有空看外国文学作品吗，近年读了哪些，印象如何？

我也是比较留心熟人的作品。我看书向来是东一榔头西一棒子，也许上午看了关于王羲之的兰亭考，下午也许看海明威的小说，蛮不相干。作家的创作动向，我是没有太留心。外国文学作品，也有的看过了，过些年再找来看一看。例如，海明威的《老人与海》就看过几遍了。这几年我看的作品印象比较深的，除了海明威之外，大概是卡夫卡。卡夫卡的《变形记》，真是写的好，但是海明威的思想和卡夫卡的思想不一样，我觉得他的表现方法，很有他的独到之处。苏联的作品很久没看了，偶尔也看看舒克申的作品，但看的不多，我觉得这个作家很有特点。我觉得苏联的作品不像"四人帮"时期所咒骂的那样，人家还是探索新的东西，而且道路是比较健康的。舒克申我觉得是很有才华，充满诗意，也充满哲理。我只是零零碎碎，不是有目的去看，不像有些人这个时期专门看库普林，那个时期看另一个作家的作品，我倒是前几年我看的最多的是契诃夫，过去有几年我是每年把契诃夫通读一次，现在因为很忙，也没时间去读他了。安东诺夫的作品，我也比较喜欢。大概我看的作品，一个是随便碰到的，一个可能是跟我气质比较接近的，或是表现方法比较接近的那些作家,比如现在让我看巴尔扎克,我是怎么也看不下去,我对巴尔扎克没什么缘分,当然我还是硬着头皮读了几本。比如像狄更斯,我年青时很喜欢,现在又不想看。我看外国作品倒是比较倾向于有点现代的作品,因为它跟我们时代,比较容易接近,虽然他是外国的东西。我看东西没什么目的,我觉得杂乱无章地读书也有好处,因为作家他不是研究工作者,对味我就看,舒服我就看,从兴趣出发。

我再说一点对我们这个刊物的希望。

我希望这个刊物能把古今中外沟通起来,一个就是用比较文学的方法把中国的当代的这个作品或者带有某些思潮性的作品,跟外国的当代文学放在一起看,就是把中国作品放在世界范围里看,怎么评论它,外国作品有时不一定很好,中国的某些个作家或某些作品,放在世界范围里,我们怎么看,这个工作你要不做外国人就做。

另外就是,我希望把古今沟通起来,我很希望大学里讲中国文学史的人,你联系到当前的文艺创作,你就说,中国某些人在当代文学创作上有些什么影响,某些个作家是受了哪些个人的影响,要不成了没有祖宗的人了。所以,我倒设想,能不能有人写一个魏晋文学对鲁迅作品的影响,或者是从郦道元起中国的游记对当代小说景物描写的影响。我总觉得你大学讲文学史,讲作品,没有一个人,也没想过,也没点胆量,说我就把邓友梅的作品跟古代哪一个作品联在一块讲。我觉得否则总是停留在研究者的案头,它不直接影响当前的创作。

注 释

① 本篇原载《当代文艺思潮》1983 年第一期,是该刊编辑部于 1982 年 9 月 18 日组织的座谈会笔录。该座谈会以问答形式完成了六个议题的讨论,参与者还有林斤澜和邓友梅。收入本卷时仅保留作者发言内容。

沈从文的寂寞①

——浅谈他的散文

一九八一年湖南人民出版社出了沈先生的散文选。选集中所收文章,除了一篇《一个传奇的本事》、一篇《张八寨二十分钟》,其余的《从文自传》、《湘行散记》、《湘西》,都是三十年代写的。沈先生写这些文章时才三十几岁,相隔已经半个世纪了。我说这些话,只是点明一下时间,并没有太多感慨。四十年前,我和沈先生到一个图书馆去,站在一架一架的图书面前,沈先生说:"看到有那么多人写了那么多书,我真是什么也不想写了!"古往今来,那么多人写了那么多书,书的命运,盈虚消长,起落兴衰,有多少道理可说呢。不过一个人被遗忘了多年,现在忽然又来出他的书,总叫人不能不想起一些问题。这有什么历史的和现实的意义?这对于今天的读者——主要是青年读者的品德教育、美感教育和语言文字的教育有没有作用?作用有多大?……

这些问题应该由评论家、文学史家来回答。我不想回答,也回答不了。我是沈先生的学生,却不是他的研究者(已经有几位他的研究者写出了很好的论文)。我只能谈谈读了他的散文后的印象。当然是很粗浅的。

文如其人。有几篇谈沈先生的文章都把他的人品和作品联系起来。朱光潜先生在《花城》上发表的短文就是这样。这是一篇好文章。其中说到沈先生是寂寞的,尤为知言。我现在也只能用这种办法。沈先生用手中一支笔写了一生,也用这支笔写了他自己。他本人就像一个作品,一篇他自己所写的作品那样的作品。

我觉得沈先生是一个热情的爱国主义者,一个不老的抒情诗人,一个顽强的不知疲倦的语言文字的工艺大师。

这真是一个少见的热爱家乡、热爱土地的人。他经常来往的是家乡人，说的是家乡话，谈的是家乡的人和事。他不止一次和我谈起棉花坡的渡船；谈起枫树坳，秋天，满城飘舞着枫叶。八一年他回凤凰一次，带着他的夫人和友人看了他的小说里所写过的景物，都看到了，水车和石碾子也终于看到了，没有看到的只是那个大型榨油坊。七十九岁的老人，说起这些，还像一个孩子。他记得的那样多，知道的那样多，想过的那样多，写了的那样多，这真是少有的事。他自己说他最满意的小说是写一条延长千里的沅水边上的人和事的。选集中的散文更全部是写湘西的。这在中国的作家里不多，在外国的作家里也不多。这些作品都是有所为而作的。

沈先生非常善于写风景。他写风景是有目的的。正如他自己所说：

      一首诗或者仅仅二十八个字，一幅画大小不过一方尺，留给后人的印象，却永远是清新壮丽，增加人对于祖国大好河山的感情。

（《张八寨二十分钟》）

风景不殊，时间流动。沈先生常在水边，逝者如斯，他经常提到的一个名词是"历史"。他想的是这块土地，这个民族的过去和未来。他的散文不是晋人的山水诗，不是要引人消沉出世，而是要人振作进取。

读沈先生的作品常令人想起鲁迅的作品，想起《故乡》、《社戏》（沈先生最初拿笔，就是受了鲁迅以农村回忆的题材的小说的影响，思想上也必然受其影响）。他们所写的都是一个贫穷而衰弱的农村。地方是很美的，人民勤劳而朴素，他们的心灵也是那样高尚美好，然而却在一种无望的情况中辛苦麻木地生活着。鲁迅的心是悲凉的。他的小说就混和着美丽与悲凉。湘西地方偏僻，被一种更为愚昧的势力以更为野蛮的方式统治着。那里的生活是"怕人"的，所出的事情简直是离奇的。一个从这种生活里过来的青年人，跑到大城市里，接受了五四以来的民主思想，转过头来再看看那里的生活，不能不感到痛苦。《新与旧》里表现了这种痛苦，《菜园》里表现了这种痛苦。《丈夫》、《贵生》

里也表现了这种痛苦。他的散文也到处流露了这种痛苦。土著军阀随便地杀人，一杀就是两三千。刑名师爷随便地用红笔勒那么一笔，又急忙提着长衫，拿着白铜水烟袋跑到高坡上去欣赏这种不雅观的游戏。卖菜的周家幺妹被一个团长抢去了。"小婊子"嫁了个老烟鬼。一个矿工的女儿，十三岁就被驻防军排长看中，出了两块钱引诱破了身，最后咽了三钱烟膏，死掉了。……说起这些，能不叫人痛苦？这都是谁的责任？"浦市地方屠户也那么瘦了，是谁的责任？"——这问题看似提得可笑，实可悲。便是这种诙谐语气，也是从一种无可奈何的痛苦心境中发出的。这是一种控诉。在小说里，因为要"把道理包含在现象中"，控诉是无言的。在散文中有时就明明白白地说了出来。"读书人的同情，专家的调查，对这种人有什么用？若不能在调查和同情以外有一个'办法'，这种人总永远用血和泪在同样情形中打发日子。地狱俨然就是为他们而设的。他们的生活，正说明'生命'在无知与穷困包围中必然的种种。"（《辰谿的煤》）沈先生是一个不习惯于大喊大叫的人，但这样的控诉实不能说是十分"温柔敦厚"。不知道为什么他的这些话很少有人注意。

沈从文不是一个悲观主义者。个人得失事小，国家前途事大。他曾经明确提出："民族兴衰，事在人为。"就在那样黑暗腐朽（用他的说法是"腐烂"）的时候，他也没有丧失信心。他总是想激发青年的自尊心和自信心。"在事业上有以自现，在学术上有以自立。"他最反对愤世嫉俗，玩世不恭。在昆明，他就跟我说过："千万不要冷嘲"。一九四六年，我到上海，失业，曾想过要自杀，他写了一封长信把我大骂了一通，说我没出息，信中又提到"千万不要冷嘲。"他在《〈长河〉题记》中说："横在我们面前的许多事都使人痛苦，可是却不用悲观。社会还正在变化中，骤然而来的风风雨雨，说不定把许多人的高尚理想，卷扫摧残，弄得无踪无迹。然而一个人对于人类前途的热忱，和工作的虔敬态度，是应当永远存在，且必然能给后来者以极大鼓励的！"事情真奇怪，沈先生这些话是一九四二年说的，听起来却好像是针对"文化大革命"而说的。我们都经过那十年"痛苦怕人"的生活，国家暂时还有许多困难,有许多问题待解决。有一些青年,包括一些青年作家,不免产生冷嘲情绪,觉得世事一无可取,也一无可为。你们是不是可以听听一个老作家四十年前所说的这些很迂执的话呢?

我说这些话好象有点岔了题。不过也还不是离题万里。我的目的只是想说说沈先生的以民族兴亡为己任的爱国热情。

沈先生关心的是人,人的变化,人的前途。他几次提家乡人的品德性格被一种"大力"所扭曲、压扁。"去乡已十八年,一入辰河流域,什么都不同了。表面上看来,事事物物自然都有了极大进步,试仔细注意注意,便见出在变化中的一种堕落趋势。最明显的事,即农村社会所保有那点正直朴素的人情美,几乎快要消失无余,代替而来的却是近二十年实际社会培养成功的一种唯实唯利的庸俗人生观。敬鬼神畏天命的迷信固然已经被常识所摧毁,然而做人时的义利取舍是非辨别也随同泯没了。"(《〈长河〉题记》)他并没有想把时间拉回去,回到封建宗法社会,归真返朴。他明白,那是不可能的。他只是希望能在一种新的条件下,使民族的热情、品德,那点正直朴素的人情美能够得到新的发展。他在回忆了划龙船的美丽情景后,想到"我们用什么方法,就可使这些人心中感觉一种对'明天'的'惶恐',且放弃过去对自然的和平态度,重新来一股劲儿,用划龙船的精神活下去? 这些人在娱乐上的狂热,就证明这种狂热能换个方向,就可使他们还配在世界上占据一片土地,活得更愉快更长久一些。不过有什么方法,可以改造这些人的狂热到一件新的竞争方面去,可是个费思索的问题。"(《箱子岩》)"希望到这个地面上,还有一群精悍结实的青年,来驾驭钢铁征服自然,这责任应当归谁?"——"一时自然不会得到任何结论。"他希望青年人能活得"庄严一点,合理一点",这当然也只是"近乎荒唐的理想"。不过他总是希望着。

他把希望寄托在几个明慧温柔,天真纯粹的小儿女身上。寄托在翠翠身上,寄托在《长河》里的三姊妹身上,也寄托在"一个多情水手与一个多情妇人"身上。——这是一篇写得很美的散文。牛保和那个不知名字的妇人的爱,是一种不正常的爱(这种不正常不该由他们负责），然而是一种非常淳朴真挚，非常美的爱。这种爱里闪耀着一种悠久的民族品德的光。沈先生在《〈长河〉题记》中说："在《边城》题记上，曾提起一个问题，即拟将'过去'和'当前'对照，所谓民族品德的消失与重造，可能从什么地方着手。《边城》中人物的正直和热情，虽然已经成为过去陈迹了，应当还保留些本质在年轻人的血里或梦里，相宜环境中，即可重新燃起年轻人的自尊心和自信心。"提起《边城》和沈先生的许多其他作品，人们往往愿意和"牧歌"这个词联在一起。这有一半是误解。沈先生的文章有一点牧歌的调子。所写的多涉及自然美和爱情，这也有点近似牧歌。但就本质来说，和中世纪的田园诗不是一回事，不是那样恬静无为。有人说《边城》写的是一个世外桃源，更全部是误解（沈先生在《桃源与沅州》中就把来到桃源县访幽探胜的"风雅"人狠狠地嘲笑了一下）。《边城》（和沈先生的其他作品）不是挽歌，而是希望之歌。民族品德会回来么？

这个人也许永远不回来了，也许明天回来！

回来了！你看看张八寨那个弄船女孩子！

令我显得慌张的，并不是渡船的摇动，却是那个站在船头、嘱咐我不必慌张、自己却从从容容在那里当家作事的弄船女孩子。我们似乎相熟又十分陌生。世界上就真有这种巧事，原来她比我二十四年写到的一个小说中人翠翠，虽晚生十来岁，目前所处环境却仿佛相同，同样在这么青山绿水中摆渡，青春生命在慢慢长成。不同处是社会变化大，见世面多，虽对人无机心，而对自己生存却充满信心。一种"从劳动中得到快乐增加幸福成功"的信心。这也正是一种新型的乡村女孩子共同的特征。目前一位有一点与众不同，只是所在背景环境。

沈先生的重造民族品德的思想，不知道为什么，多年来不被理解。"我作品能够在市场上流行，实际上近于买椟还珠，你们能欣赏我故事的清新，照例那作品背后蕴藏的热情却忽略了，你们能欣赏我文字的朴实，照例那作品背后隐伏的悲痛也忽略了。""寄意寒星荃不察"，沈先生不能不感到寂寞。他的散文里一再提到屈原,不是偶然的。

寂寞不是坏事。从某个意义上,可以说寂寞造就了沈从文。寂寞有助于深思,有助于想象。"我有我自己的生活与思想,可以说是皆从孤独中得来的。我的教育,也是从孤独中得来的。"他的四十本小说,是在寂寞中完成的。他所希望的读者,也是"在多种事业里低头努力,很寂寞的从事于民族复兴大业的人。"(《〈长河〉题记》)安于寂寞是一种美德。寂寞的人是充实的。

寂寞是一种境界,一种很美的境界。沈先生笔下的湘西,总是那么安安静静的。边城是这样,长河是这样,鸭窠围、杨家岨也是这样。静中有动,静中有人。沈先生擅长用一些颜色、一些声音来描绘这种安静的诗境。在这方面,他在近代散文作家中可称圣手。

> 黑夜占领了全个河面时,还可以看到木筏上的火光,吊脚楼窗口的灯光,以及上岸下船在河岸大石间飘忽动人的火炬红光。这时节岸上船上都有人说话,吊脚楼上且有妇人在黯淡灯光下唱小曲的声音,每次唱完一支小曲时,就有人笑嚷。什么人家吊脚楼下有匹小羊叫,固执而且柔和的声音,使人听来觉得忧郁。

> 这些人房子窗口既一面临河,可以凭了窗口呼喊河下船中人,当船上人过了瘾,胡闹已够,下船时,或者尚有些事情嘱托,或者其他原因,一个晃着火炬停顿在大石间,一个便凭立在窗口,"大老你记着,船下行时又来!""好,我来的,我记着的。""你见了顺顺就说:'会呢,完了;孩子大牛呢,脚膝骨好了;细粉带三斤,冰糖或片糖带三斤。'""记得到,记得到,大娘你放心,我见了顺顺大爷就说:'会呢,完了。大牛呢,好了。细粉来三斤,冰糖来三斤。'""杨氏,杨氏,一共四吊七,莫错账!""是的,放心呵,你说四吊七就四吊七,年三十夜莫会多要你的!你自己记着就是了。"这样那样的说着,我一一都可听到,而且一面还可以听着在黑暗中某一处咩咩的羊鸣。(以上引自《鸭窠围的夜》)

真是如闻其声。这样的河上河下喊叫着的对话，我好像在别一处也曾听到过。这是一些多么平常琐碎的话呀，然而这就是人世的生活。那只小羊固执而柔和地叫着，使沈先生不能忘记，也使我多年不能忘记，并且如沈先生常说的，一想起就觉得心里"很软"。

不多久，许多木筏皆离岸了，许多下行船也拔了锚，推开篷，着手荡桨摇橹了。我卧在船舱中，就只听到水面人语声，以及橹桨激水声，与橹桨本身被扳动时咿咿哑哑声。河岸吊脚楼上妇人在晓气迷濛中锐声的喊人，正好同音乐中的笙管一样，超越众声而上。河面杂声的综合，交织了庄严与流动，一切真是一个圣境。

岸上吊脚楼前枯树边，正有两个妇人，穿了毛蓝布衣服，不知商量些什么，幽幽的说着话。这里雪已极少，山头皆裸露作深棕色，远山则为深紫色。地方静得很，河边无一只船，无一个人，一堆柴。只不知河边某一个大石后面有人正在捶捣衣服，一下一下的捣。对河也有人说话，却看不清楚人在何处。（以上引自《一个多情水手与一个多情妇人》）

"空山不见人，但闻人语响"，"竹喧归浣女，莲动下渔舟"，静中有动，以动为静，这是中国文学的一个长久的传统。但是这种境界只有一个摆脱浮世的营扰，习惯于寂寞的人方能于静观中得之。齐白石云："白石老人心闲气静时一挥"，寂寞安静，是艺术创作所必需的气质。一个热中于利禄，心气浮躁的人，是不能接近自然，也不能接近生活的。沈先生"习静"的方法是写字。在昆明，有一阵，他常常用毛笔在竹纸书写的两句诗是"绿树连村暗，黄花入梦稀"。我就是从他常常书写的这两句诗（当然不止这两句）里解悟到应该怎样用少量文字描写一种安静而活泼，充满生气的"人境"的。

我就是不想明白道理却永远为现象所倾心的人。我看一切，却并不把那个社会价值挽加进去，估定我的爱憎。我不愿问价钱上的多少来为万物作一个好坏批评，却愿意考查他在我官觉上使我愉快不愉快的分量。我永远不厌倦的是"看"一切。宇宙万汇在动作中,在静止中,在我印象里,我都能抓定它的最美丽与最调和的风度,但我的爱好显然却不能同一般目的相合。我不明白一切同人类生活相联结时的美恶,另外一句话来说,就是我不大领会伦理的美。接近人生时我永远是个艺术家的感情,却不是所谓道德君子的感情。(《自传·女难》)

沈先生五十年前所作的这个"自我鉴定"是相当准确的。他的这种诗人气质,从小就有,至今不衰。

《从文自传》是一本奇特的书。这本书可以从各种角度去看。你可以看到从辛亥革命到五四湘西一隅的怕人生活,了解一点中国历史;可以看到一个人"生活陷于完全绝望中,还能充满勇气与信心始终坚持工作,他的动力来源何在",从而增加一点自己对生活的勇气与信心。沈先生自己说这是一本"顽童自传"。我对这本书特别感兴趣,是因为这是一本培养作家的教科书,它告诉我人是怎样成为诗人的。一个人能不能成为一个作家,童年生活是起决定作用的。首先要对生活充满兴趣,充满好奇心,什么都想看看。要到处看,到处听,到处闻嗅,一颗心"永远为一种新鲜颜色,新鲜声音,新鲜气味而跳",要用感官去"吃"各种印象。要会看,看得仔细,看得清楚,抓得住生活中"最美的风度";看了,还得温习,记着,回想起来还异常明朗,要用时即可方便地移到纸上。什么都去看看,要在平平常常的生活里看到它的美,它的诗意,它的亚细亚式残酷和愚昧。比如,熔铁,这有什么看头呢?然而沈先生却把这过程写了好长一段,写得那样生动!一个打豆腐的,因为一件荒唐的爱情要被杀头,临刑前柔弱的笑笑,"我记得这个微笑,十余年来在我印象中还异常明朗。"(《清乡所见》)沈先生的这本《自传》中记录了很多他从生活中得到的美的深刻印象和经验。一个人的艺术感觉就是这样从小锻炼出来的。有一本书叫做《爱的教育》,沈先生这本书实可称为一本"美的教育"。我就是从这本薄薄的小书里学到很多东西,比读了几十本文艺理论书还有用。

沈先生是个感情丰富的人,非常容易动情,非常容易受感动(一个艺术家若不比常人更为善感,是不成的)。他对生活,对人,对祖国的山河草木都充满感情,对什么都爱着,用一颗蔼然仁者之心爱着。

> 山头一抹淡淡的午后阳光感动我,水底各色圆如棋子的石头也感动我。我心中似乎毫无渣滓,透明烛照,对万汇百物,对拉船人与小小船只,一切都那么爱着,十分温暖的爱着!(《一九三四年一月十八日》)

因为充满感情,才使《湘行散记》和《湘西》流溢着动人的光彩。这里有些篇章可以说是游记,或报告文学,但不同于一般的游记或报告文学,它不是那样冷静,那样客观。有些篇,单看题目,如《常德的船》、《沅陵的人》,尤其是《辰溪的煤》,真不知道这会是一些多么枯燥无味的东西,然而你看下去,你就会发现,一点都不枯燥!它不同于许多报告文学,是因为作者生于斯,长于斯,在这里生活过(而且是那样的生活过),它是凭作者自己的生活经验,凭亲历的第一手材料写的;不是凭采访调查材料写的。这里寄托了作者的哀戚、悲悯和希望,作者与这片地,这些人是血肉相关的,感情是深沉而真挚的,不像许多报告文学的感情是空而浅的,——尽管装饰了好多动情的词句,因为作者对生活熟悉且多情,故写来也极自如,毫无勉强,有时不厌其烦,使读者也不厌其烦;有时几笔带过,使读者悠然神往。

和抒情诗人气质相联系的,是沈先生还很富于幽默感。《一个爱惜鼻子的朋友》是一篇非常有趣的妙文。我每次看到:"姓印的可算得是个球迷。任何人邀他去踢球,他皆高兴奉陪,球离他不管多远,他总得赶去踢那么一脚。每到星期天,军营中有人往沿河下游四里的教练营大操场同学兵玩球时,这个人也必参加热闹。大操场里极多牛粪,有一次同人争球,见牛粪也拚命一脚踢去,弄得另一个人全身一塌糊涂",总难免失声大笑。这个人大概就是《自传》里提到的印鉴远。我好像见过这个人。黑黑,瘦瘦的,说话时爱往前探着头。而且无端地觉得他的脚背一定很高。细想想,大概是没有见过,我见过他的可能性极小。因为沈先生把他写得太生动,以致于使他在我印象里活起来了。沅陵的阙五老,是个多有风趣的妙人!沈先生的幽默是很含蓄蕴藉的。

他并不存心逗笑,只是充满了对生活的情趣,觉得许多人,许多事都很好玩。只有一个心地善良,与人无忤,好脾气的人,才能有这种透明的幽默感。他是用微笑来看这个世界的,经常总是很温和地笑着,很少生气着急的时候。——当然也有。

仁者寿。因为这种抒情气质,从不大计较个人得失荣辱,沈先生才能经受了各种打击磨难,依旧还好好地活了下来。八十岁了,还是精力充沛,兴致勃勃。他后来"改行"搞文物研究,乐此不疲,每日孜孜,一坐下去就是十几个小时,也跟这点诗人气质有关。他搞的那些东西,陶瓷、漆器、丝绸、服饰,都是"物",但是他看到的是人,人的聪明,人的创造,人的艺术爱美心和坚持不懈的劳动。他说起这些东西时那样兴奋激动,赞叹不已,样子真是非常天真。他搞的文物工作,我真想给它起一个名字,叫做"抒情考古学"。

沈先生的语言文字功力,是举世公认的。所以有这样的功力,一方面是由于读书多。"由《楚辞》、《史记》、曹植诗到'桂枝儿'曲,什么我都欢喜看看"。我个人觉得,沈先生的语言受魏晋人文章影响较大。试看:"由沅陵南岸看北岸山城,房屋接瓦连椽,较高处露出雉堞,沿山围绕,丛树点缀其间,风光入眼,实不俗气。由北岸向南望,则河边小山间,竹园、树木、庙宇、高塔、居民,仿佛各个都位置在最适当处。山后较远处群峰罗列,如屏如障,烟云变幻,颜色积翠堆蓝。早晚相对,令人想象其中必有帝子天神,驾螭乘蜺,驰骤其间。绕城长河,每年三四月春水发后,洪江油船颜色鲜明,在摇橹歌呼中联翩下驶。长方形大木筏,数十精壮汉子,各据筏上一角,举桡激水,乘流而下。就中最令人感动处,是小船半渡,游目四瞩,俨然四围皆山,山外重山,一切如画。水深流速,弄船女子,腰腿劲健,胆大心平,危立船头,视若无事。"(《沅陵的人》)这不令人想到郦道元的《水经注》?我觉得沈先生写得比郦道元还要好些,因为《水经注》没有这样的生活气息,他多写景,少写人。另外一方面,是从生活学,向群众学习。"我文字风格,假若还有些值得注意处,那只因为我记得水上人的言语太多了。"(《我的写作与水的关系》)沈先生所用的字有好些是直接从生活来，书上没有的。比如："我一个人坐在灌满冷气的小小船舱中"的"灌"字（《箱子岩》），"把鞋脱了还不即睡，便镶到水手身旁去看牌"的"镶"字（《鸭窠围的夜》）。这就同鲁迅在《高老夫子》里"我辈正经人犯不上酱在一起"的"酱"字一样，是用得非常准确的。这样的字，在生活里，群众是用着的，但在知识分子口中，在许多作家的笔下，已经消失了。我们应当在生活里多找找这种字。还有一方面，是不断地实践。

　　沈先生说："本人学习用笔还不到十年，手中一支笔，也只能说正逐渐在成熟中，慢慢脱去矜持、浮夸、生硬、做作，日益接近自然。"（《从文自传·附记》）沈先生写作，共三十年。头一个十年，是试验阶段，学习使用文字阶段。当中十年，是成熟期。这些散文正是成熟期所写。成熟的标志，是脱去"矜持、浮夸、生硬、做作"。

　　沈先生说他的作品是一些"习作"，他要试验用各种不同方法来组织铺陈。这几十篇散文所用的叙事方法就没有一篇是雷同的！

　　"一切作品都需要个性，都必需浸透作者人格和感情，想达到这个目的，写作时要独断，彻底的独断！（文学在这时代虽不免被当作商品之一种，便是商品，也有精粗，且即在同一物品上，制作者还可匠心独运，不落窠臼，社会上流行的风格，流行的款式，尽可置之不问。）"（《从文小说习作选·代序》）这在今天，对许多青年作家，也不失为一种忠告。一个作家，要有自己的风格，经得起时间的考验，必需耐得住寂寞，不要赶时髦，不要追求"票房价值"。

　　"虽然如此，我还预备继续我这个工作，且永远不放下我一点狂妄的想象，以为在另外一时，你们少数的少数，会越过那条间隔城乡的深沟，从一个乡下人的作品中，发现一种燃烧的感情，对于人类智慧与美丽永远的倾心，康健诚实的赞颂，以及对愚蠢自私极端憎恶的感情。这种感情且居然能刺激你们，引起你们对人生向上的憧憬，对当前一切的怀疑。先生，这打算在目前近于一个乡下人的打算，是不是。然而到另外一时，我相信有这种事。"（《从文小说习作选·代序》）莫非这"另外一时"已经到了么?

一九八二年十一月三日上午写完

注 释

① 本篇原载《读书》1984 年第八期,又载《中国现代文学研究丛刊》1985 年第
二期,是为《沈从文散文选》(湖南人民出版社,1982 年版)所作序;初收
《晚翠文谈》,浙江文艺出版社,1988 年 3 月。

小说创作随谈^①

　　我的讲话,自己可以事先作个评价,八个大字,叫作"空空洞洞,乱七八糟"。从北京来的时候,没有作思想准备,走得很匆忙,到长沙后,编辑部的同志才说要我作个发言,谈谈自己的创作。如果我早知道有这么个节目,准备一下,可能会好一些,现在已没有时间准备了。在创作上,我是个"两栖类动物",搞搞戏曲,也搞搞小说创作。我写小说的资历应该说是比较长的,1940年就发表小说了。解放以前出了个集子,但是后来中断了很久。解放后,我搞了相当长时间的编辑工作。编过《北京文学》,编过《说说唱唱》,编过《民间文学》。到六十年代初,才偶尔写几篇小说,之后一直没写,写剧本去了,前后中断了二十多年。一直到七九年,在一些同志,就是北京的几个老朋友,特别是林斤澜、邓友梅他们的鼓励、支持和责怪下,我才又开始写了一些。第三次起步的时间是比较晚的。因为我长期脱离文学工作,而且我现在的职务还是在剧团里,所以对文学方面的情况很不了解,作品也看得很少,不了解情况,我说的话跟当前文学界的情况很可能是脱节的。

　　首先谈生活问题。文学是反映生活的,所以作者必须有深厚的生活基础。前几年我听到一种我不大理解的理论,说文学不是反映生活,而是表现我对生活的看法。我不大懂其中区别何在。对生活的看法也不能离开生活本身嘛,你不能单独写你对生活的看法呀!我还是认为文学必须反映生活,必须从生活出发。一个作家当然会对生活有看法,但客体不能没有。作为主体,观察生活的人,没有生活本身,那总不行吧?什么叫"创作自由"?我认为这个"创作自由"不只是说政治尺度的宽窄,容许写什么,不容许写什么。我认为要获得创作自由,有一个前提,那就是一个作家对生活要非常熟悉,熟悉得可以随心所欲,可以挥洒自如，那才有了真正的创作自由了。你有那么多生活可以让你想象、虚构、概括集中，这样你也就有了创作自由了。而且你也有了创作自信。我深信我写的东西都是真实的，不是捏造的，生活就是那样。一个作家不但要熟悉你所写的那个题材本身的生活，也要熟悉跟你这个题材有关的生活，还要熟悉与你这次所写的题材无关的生活。一句话，各种生活你都要去熟悉。海明威这句话我很欣赏："冰山之所以雄伟，就因为它露在水面上的只有七分之一。"在构思时，材料比写出来的多得多。你要有可以舍弃的本钱，不能手里只有五百块钱，却要买六百块钱的东西，你起码得有一千块钱，只买五百块钱的东西，你才会感到从容。鲁迅说："宁可把一个短篇小说压缩成一个 Sketch（速写），千万不要把一个 Sketch 拉成一个短篇小说。"有人说我的一些小说，比如《大淖记事》，浪费了材料，你稍微抻一抻就变成中篇了。我说我不抻，我就是这样。拉长了干什么呀？我要表达的东西那一万二千字就够了。作品写短有个好处，就是作品的实际容量是比抻长了要大，你没写出的生活并不是浪费，读者是可以感觉得到的。读者感觉到这个作品很饱满，那个作品很单薄，就是因为作者的生活底子不同，反映在作品里的分量也就不同。生活只有那么一点，又要拉得很长，其结果只有一途，就是瞎编。瞎编和虚构不是一回事。瞎编是你根本不知道那个生活。我在《光明日报》上发表过一篇很短的文章，叫做《说短》。我主张宁可把长文章写短了，不可把短文章抻长了。这是上算的事情。因为你作品总的分量还是在那儿，压缩了的文章的感人力量会更强一些。写小说很重要的一点就是要懂得舍弃。

第二谈谈思想问题。一个作家当然要有自己的思想。作家所创作的形象没有一个不是浸透了作家自己的思想的，完全客观的形象是不可能有的。但这个思想必须是你自己的思想，你自己从生活里头直接得到的想法。也就是说你对你所写的那个生活、那个人、那个事件的态度，要具体化为你的感情，不能是个概念的东西。当然我们的思想应该是在马克思主义、毛泽东思想的指导之下，但是你不能把马克思的某一句话，或是某一个政策条文，拿来当作你的思想。那个是引导、指导你思想的东西,而不是你本人的思想。作家写作品,常有最初触发他的东西,有原始的冲动,用文学理论教科书上的话来说,就是创作的契因。这是从哪里来的?是你看了生活以后有所感,有所动,有了些想法的结果。可能你的想法还是朦胧的,但是真切的、真实的。这一点是很重要的。我为什么写《受戒》?我看到那些和尚、那些村姑,感觉到他们的感情是纯洁的、高贵的、健康的,比我生活圈中的人,要更优美些。按现在的话说就是对劳动人民的情操有了理解,因此我想写出它来。最初写时我没打算发表,当时发表这种小说的可能性也不太大。要不是《北京文学》的李清泉同志,根本不可能发表。在一个谈创作思想问题的会上,有人知道我写了这样一篇小说,还把它作为一种文艺动态来汇报。但我就是有这个创作的欲望、冲动,想表现表现这样一些人。我给它取个说法,叫"满足我自己美学感情的需要"。人家说:"你没打算发表,写它干什么?"我说:"我自己想写,我写出来留着自己玩儿。"我把自己对生活的看法表现出来了,我觉得要有这个追求。《大淖记事》是怎样写出来的?我小时候就知道,有一个小锡匠和一个水上保安队的情妇发生恋爱关系,叫水上保安队的兵把他打死过去,后来拿尿碱把他救活了。我那时才十六岁,还没有什么"优美的感情、高尚的情操"这么一些概念,但他们这些人对爱情执着的态度给了我很深的感触。朦朦胧胧地觉得,他为了爱情打死了都干。写巧云的模特儿是另外一个人,不是她,我把她挪到这儿来了,这是常有的事。我们家巷子口是挑夫集中的地方,还有一些轿夫。有一个姓黄的轿夫,他的姓我现在还记得,他突然得了血丝虫病,就是象腿病。腿那么粗,抬轿是靠腿脚吃饭的,腿搞成那个样子,就完了!怎么生活下去呢?他有个老婆,不很起眼,头发黄黄的,衣服也不整齐,也不是很精神的,我每天上学都看见她。过两天,我再看见她时,咦,变了个样儿!头发梳得光光的,衣服也穿得很整齐,她去当挑夫去了。用现在的话说,是勇敢地担负起全家生活的担子。当时我很惊奇,或者说我很佩服。这种最初激动你,刺激你的那个东西很重要。没有那个东西,你写出的东西很可能是从概念出发的。对生活的看法,对人和事的看法,最后要具体化为你对这些人的感情,不能单是概念的,理念的东西。单有那个东西恐怕不行。你的这种感情,这种倾向性,这种思想,是不是要在作品中表现出来?据我了解大概有三种态度。一种是极力把自己的思想、感情说出来。有时候正面地发些议论,作者跳出来说话,表明我对这个事情是什么什么看法。这个也不是不可以。还有一种是不动声色,只是把这个事儿,表面上很平静地说出来,海明威就是这样。海明威写《老人与海》,他并不在里面表态。还有一种,是取前面二者而折衷,是折衷主义。我就是这种态度。我觉得作者的态度、感情是要表现出来的,但是不能自己站出来说,只能在你的叙述之中,在你的描写里面,把你的感情、你的思想溶化进去,在字里行间让读者感觉到你的感情,你的思想。

第三我谈谈结构技巧问题。我在大学里跟沈从文先生学了几门课。沈先生不会讲话,加上一口湘西凤凰腔,很不好懂。他没有说出什么大道理,只是讲了些很普通的经验。他讲了一句话,对我的整个写作是很有指导作用的,但当时我们有些同学不理解他的话。他翻来覆去地说要:"贴到人物来写",要"紧紧地贴到人物来写"。有同学说"这是什么意思?"以我的理解,一个是他对人物很重视。我觉得在小说里,人物是主要的,或者是主导的,其他各个部分是次要的,是派生的。当然也有些小说不写人物,有些写动物,但那实际上还是写人物;有些着重写事件;还有的小说甚至也没人物也没事件,就是写一种气氛,那当然也可以,我过去也试验过。但是,我觉得,大量的小说还是以人物为主,其他部分如景物描写等等,都还是从人物中派生出来的。现在谈我的第二点理解。当然,我对沈先生这话的理解,可能是"歪批《三国》",完全讲错了的。我认为沈先生这句话的第二层意思是指作者和人物的关系问题。作者对人物是站在居高临下的态度,还是和人物站在平等地位的态度?我觉得应该和人物平等。当然,讽刺小说要除外,那一般是居高临下的。因为那种作品的人物是讽刺的对象,不能和他站在平等的地位。但对正面人物是要有感情的。沈先生说他对农民、士兵、手工业者怀着"不可言说的温爱"。我很欣赏"温爱"这两个字。他没有用"热爱"而用"温爱",表明与人物稍微有点距离。即使写坏人,写批判的人物,也要和他站在比较平等的地位,写坏人也要写得是可以理解的,甚至还可以有一点儿"同情"。这样这个坏人才是一个活人,才是深刻的人物。作家在构思和写作的过程中,大部分时间要和人物溶为一体。我说大部分时间,不是全过程,有时要离开一些,但大部分时间要和人物"贴"得很紧,人物的哀乐就是你的哀乐。不管叙述也好,描写也好,每句话都应从你的肺腑中流出,也就是从人物的肺腑中流出。这样紧紧地"贴"着人物,你才会写得真切,而且才可能在写作中出现"神来之笔"。我的习惯是先打腹稿,腹稿打得很成熟后,再坐下来写。但就是这样,写的时候也还是有些东西是原来没想到的。比如《大淖记事》写十一子被打死了,巧云拿来一碗尿碱汤,在他耳边说:"十一子,十一子,你喝了!"十一子睁开眼,她把尿碱汤灌了进去。我写到这儿,不由自主地加了一句:"不知道为什么,她自己也尝了一口。"我写这一句时是流了眼泪的,就是我"贴"到了人物,我感到了人物的感情,知道她一定会这样做。这个细节是事先没有想到的。当然人物是你创造的,但当人物在你心里活起来之后,你就得随时跟着他。王蒙说小说有两种,一种是贴着人物写,一种是不贴着人物写(他的这篇谈话我没有看到,是听别人说的)。当然不贴着人物写也是可以的。有的小说主要不是在写人物,它是借题发挥,借人物发议论。比如法郎士的小说,他写卖菜的小贩骂警察,就是这么点事。他也没有详细地写小贩怎么着,他拉开发了一大通议论,实际是通过卖菜的小事件发挥对资产阶级虚伪的法制的批判。但大部分小说是写人物的,还是贴着人物写比较好。第三,沈先生所谓"贴到人物写",我的理解,就是写其他部分都要附丽于人物。比如说写风景也不能与人物无关。风景就是人物活动的环境,同时也是人物对周围环境的感觉。风景是人物眼中的风景,大部分时候要用人物的眼睛去看风景,用人物的耳朵去听声音,用人物的感觉去感觉周围的事件。你写秋天,写一个农民,只能是农民感觉的秋天,不能用写大学生感觉的秋天来写农民眼里的秋天。这种情况是有的,就是游离出去了,环境描写与人物相脱节,相游离。如果贴着人物写景物,那么不直接写人物也是写人物。我曾经有一句没有解释清楚的话,我认为"气氛即人物",讲明白一点,即是全篇每一个地方都应浸透人物的色彩。叙述语言应该尽量与人物靠近,不能完全是你自己的语言。对话当然必须切合人物的身份,不能让农民讲大学生的话。对话最好平淡一些,简单一些,就是普通人说的日常话,不要企图在对话里赋予很多的诗意,很多哲理。托尔斯泰有句名言:"人是不能用警句交谈的。"有些青年人给我寄来的稿子里,大家都在说警句,生活要真那样,受得了吗?年轻时我也那么干过,我写两个知识分子,自己觉得好像写得很漂亮。可是我的老师沈从文看后却说:"你这不是两个人在对话,是两个聪明脑壳在打架。"我事后想,觉得也有道理,即使是知识分子也不能老是用警句交谈啊。写小说尤其要注意这一点,它与写戏剧不一样。戏剧可以允许人物说一点警句,比如莎士比亚写"活着还是不活,这是个问题……"放在小说里就不行。另外戏剧人物可以长篇大论,生活中的人物却不可能长篇大论。李笠翁有句名言很有道理,他说:"写诗文不可写尽,有十分只能说出二三分。"这个见解很精辟。写戏不行,有十分就得写出十分,因为它不是思索的艺术,不能说我看着看着可以掩卷深思,掩卷深思这场就过去了!我曾经写过一篇很短的小说,写一个孩子,在口外坝上,坐在牛车上,好几里地都是马兰花。这花湖南好像没有,像蝴蝶花似的,淡紫蓝色,花开得很大。我写这个孩子的感觉,也就是我自己的亲身感觉。我曾经坐过这样的牛车,我当时的感觉好像真是到了一个童话的世界。但我写这个孩子就不能用这句话,因为孩子是河北省农村没上过学的孩子,他根本不知道何为童话。如果我写他想"真是在一个童话里",那就蛮不真实了。我只好写他觉得好像在一个梦里,这还差不多。我在一个作品里写一个放羊的孩子,到农业科学研究所去参观温室。他没见过温室,是个山里的孩子。他很惊奇,很有兴趣,把它叫"暖房"。暖房里冬天也结黄瓜,也结西红柿。我要写他对黄瓜、西红柿是什么感觉。如果我写他觉得黄瓜、西红柿都长得很鲜艳,那完了!山里孩子的嘴里是不会说"鲜艳"两字的。我琢磨他的感觉,黄瓜那样绿,西红柿那样红,"好像上了颜色一样"。我觉得这样的叙述语言跟人物比较"贴"。我发现有些作品写对话时还像个农民，但描写的时候就跟人物脱节了，这就不能说"贴"住了人物。

另外谈谈语言的问题。我的老师沈从文告诉我，语言只有一个标准，就是准确。一句话要找一个最好的说法，用朴素的语言加以表达。当然也有华丽的语言，但我觉得一般地说，特别是现代小说，语言是越来越朴素，越来越简单。比如海明威的小说，都是写的很简单的事情，句子很短。

下面再讲讲结构问题。结构是多种多样的，没有个成法。大体上有两种结构，一种是较严谨的结构，一种是较松散的结构。莫泊桑的结构比较严谨，契诃夫的结构就比较松散。我是倾向于松散的。我主张按照生活本身的形式来结构作品。有的人说中国结构的特点是有头有尾，从头说到尾。我觉得不一定，用比较跳动的手法也完全可以。我很欣赏苏辙（大概是苏辙）对白居易的评价。他说白居易"拙于记事，寸步不离，犹恐失之。"乍听这种说法会很奇怪，白居易是有名的善于写叙事诗的，苏辙却说他"拙于记事"。其实苏辙的话是有道理的，因为白居易"寸步不离"，对事儿一步不敢离开，"犹恐失之"，生怕把事儿写丢了，这样的写法必定是费力不讨好的。苏辙还说杜甫的《丽人行》是高明的杰作。他说《丽人行》同样是写杨贵妃的，然而却"……似百金战马，注坡蓦涧，如履平地。"也就是用打乱了的、跳动的结构。我是主张搞民族形式的，但是说民族形式就是有头有尾，那不一定对。我欣赏中国的一个说法，叫做"文气"，我觉得这是比结构更精微，更内在的一个概念。什么叫文气？我的解释就是内在的节奏。"桐城派"提出，所谓文气就是文章应该怎么想，怎么落，怎么断，怎么连，怎么顿等等这样一些东西，讲究这些东西，文章内在的节奏感就很强。清代的叶燮讲诗讲得很好，说如泰山出云，泰山不会先想好了，我先出哪儿，后出哪儿，没有这套，它是自然冒出来的。这就是说文章有内在的规律，要写得自然。我觉得如果掌握了"文气"，比讲结构更容易形成风格。文章内在的各部分之间的有机联系是非常重要的。有的文章看起来很死板，有些看起来很活。这个"活"，就是内在的有机联系，不要单纯地讲表面的整齐、对称、呼应。

　　最后谈谈作者的修养问题。在北京有个年轻同志问我："你的修养是怎么形成的?"我告诉他："古今中外、乱七八糟。"我说你应该广泛地汲收。写小说的除了看小说,还要多看点别的东西。要读点民歌,读点戏剧,这里头有很多好东西,值得我们搞小说创作的人学习。我的话说得太多了,瞎说一气,很多地方是我的一家之言!

注　释

① 　本篇原载《芙蓉》1983 年第三期,是作者在该刊 1982 年 11 月主办的青年
　　文学讲习班上的讲话摘录,由该刊根据录音整理;初收《晚翠文谈》,浙江
　　文艺出版社,1988 年 3 月。

1983 年

语言是艺术①

语言本身是艺术，不只是工具。

写小说用的语言，文学的语言，不是口头语言，而是书面语言。是视觉的语言，不是听觉的语言。有的作家的语言离开口语较远，比如鲁迅；有的作家的语言比较接近口语，比如老舍。即使是老舍，我们可以说他的语言接近口语，甚至是口语化，但不能说他用口语写作，他用的是经过加工的口语。老舍是北京人，他的小说里用了很多北京话。陈建功、林斤澜、中杰英的小说里也用了不少北京话。但是他们并不是用北京话写作。他们只是吸取了北京话的词汇，尤其是北京人说话的神气，劲头、"味儿"。他们在北京人说话的基础上创造了各自的艺术语言。

小说是写给人看的，不是写给人听的。

外国人有给自己的亲友谈自己的作品的习惯。普希金给老保姆读过诗。屠格涅夫给托尔斯泰读过自己的小说。效果不知如何。中国字不是拼音文学。中国的有文化的人，与其说是用汉语思维，不如说是用汉字思维。汉字的同音字又非常多。因此，很多中国作品不太宜于朗诵。

比如鲁迅的《高老夫子》：

他大吃一惊，至于连《中国历史教科书》也失手落在地上了，因为脑壳上突然遭到了什么东西的一击。他倒退两步，定睛看时，一枝歪斜的树枝横在他的面前，已被他的头撞得树叶都微微发抖。他赶紧弯腰去拾书本，书旁边竖着一块木牌，上面

238

写道——

桑
桑　科

看小说看到这里，谁都忍不住失声一笑。如果单是听，是觉不出那么可笑的。

有的诗是专门写来朗诵的。但是有的朗诵诗阅读的效果比耳听还更好一些。比如柯仲平的诗：

> 人在冰上走，
>
> 水在冰下流……

这写得很美。但是听朗诵的都是识字的，并且大都是有一定的诗的素养的，他们还是把听觉转化成视觉的（人的感觉是相通的），实际还是在想象中看到了那几个字。如果叫一个不识字的，没有文学素养的普通农民来听，大概不会感受到那样的意境，那样浓厚的诗意。"老妪都解"不难，叫老妪都能欣赏就不那么容易。"离离原上草"，老妪未必都能击节。

我是不太赞成电台朗诵诗和小说的，尤其是配了乐。我觉得这常常限制了甚至损伤了原作的意境。听这种朗诵总觉得是隔着袜子挠痒痒，很不过瘾，不若直接看书痛快。

文学作品的语言和口语最大的不同是精炼。高尔基说契诃夫可以用一个字说了很多意思。这在说话时很难办到，而且也不必要。过于简炼，甚至使人听不明白。张寿臣的单口相声，看印出来的本子，会觉得很啰嗦，但是说相声就得那么说，才明白。反之，老舍的小说也不能当相声来说。

其次还有字的颜色、形象、声音。

中国字原来是象形文字，它包含形、音、义三个部分。形、音，是会对义产生影响的。中国人习惯于望"文"生义。"浩瀚"必非小水,"涓涓"定是细流。木玄虚的《海赋》里用了许多三点水的字,许多摹拟水的声音的词,这有点近于魔道。但是中国字有这些特点,是不能不注意的。

说小说的语言是视觉语言,不是说它没有声音。前已说过,人的感觉是相通的。声音美是语言美的很重要的因素。一个有文学修养的人,对文字训练有素的人,是会直接从字上"看"出它的声音的。中国语言因为有"调",即"四声",所以特别富于音乐性。一个搞文字的人,不能不讲一点声音之道。"前有浮声,则后有切响",沈约把语言声音的规律概括得很扼要。简单地说,就是平仄声要交错使用。一句话都是平声或都是仄声,一顺边,是很难听的。京剧《智取威虎山》里有一句唱词,原来是"迎来春天换人间",毛主席给改了一个字,把"天"字改成"色"字。有一点旧诗词训练的人都会知道,除了"色"字更具体之外,全句声音上要好听得多。原来全句六个平声字,声音太飘,改一个声音沉重的"色"字,一下子就扳过来了。写小说不比写诗词,不能有那样严的格律,但不能不追求语言的声音美,要训练自己的耳朵。一个写小说的人,如果学写一点旧诗、曲艺、戏曲的唱词,是有好处的。

外国话没有四声,但有类似中国的双声叠韵。高尔基曾批评一个作家的作品,说他用"咝"音的字太多,很难听。

中国语言里还有对仗这个东西。

中国旧诗用五七言,而文章中多用四六字句。骈体文固然是这样,骈四俪六;就是散文也是这样。尤其是四字句。四字句多,几乎成了汉语的一个特色。没有一篇文章找不出大量的四字句。如果有意避免四字句,便会形成一种非常奇特的拗体。适当地运用一些四字句,可以造成文章的稳定感。

我们现在写作时所用的语言,绝大部分是前人已经用过,在文章里写过的。有的语言,如果知道它的来历,便会产生联想,使这一句话有更丰富的意义。比如毛主席的诗:"落花时节读华章",如果不知出处,"落花时节",就只是落花的时节。如果读过杜甫的诗:"岐王宅里寻常见，崔九堂前几度闻，正是江南好风景，落花时节又逢君"，就会知道"落花时节"就包含着久别重逢的意思，就可产生联想。《沙家浜》里有两句唱词："垒起七星灶，铜壶煮三江"，是从苏东坡的诗"大瓢贮月归春瓮，小杓分江入夜瓶"脱胎出来的。我们许多的语言，自觉或不自觉地，都是从前人的语言中脱胎而出的。如果平日留心，积学有素，就会如有源之水，触处成文。否则就会下笔枯窘，想要用一个词句，一时却找它不出。

语言是要磨练，要学的。

怎样学习语言？——随时随地。

首先是向群众学习。

我在张家口听见一个饲养员批评一个有点个人英雄主义的组长："一个人再能，当不了四堵墙。旗杆再高，还得有两块石头夹着。"

我觉得这是很好的语言。

我刚到北京京剧团不久，听见一个同志说：

"有枣没枣打三杆，你知道哪块云彩里有雨啊？"

我觉得这也是很好的语言。

一次，我回乡，听家乡人谈过去运河的水位很高，说是站在河堤上可以"踢水洗脚"，我觉得这非常生动。

我在电车上听见一个幼儿园的孩子念一首大概是孩子们自己编的儿歌：

> 山上有个洞，
>
> 洞里有个碗，
>
> 碗里有块肉，
>
> 你吃了，我尝了，
>
> 我的故事讲完了！

他翻来覆去地念，分明从这种语言的游戏里得到很大的快乐。我反复地听着，也能感受到他的快乐。我觉得这首几乎是没有意义的儿歌的音节很美。我也捉摸出中国语言除了押韵之外还可以押调。

"尝"、"完"并不押韵,但是同是阳平,放在一起,产生一种很好玩的音乐感。

《礼记》的《月令》写得很美。

各地的"九九歌"是非常好的诗。

只要你留心,在大街上,在电车上,从人们的谈话中,从广告招贴上,你每天都能学到几句很好的语言。

其次是读书。

我要劝告青年作者,趁现在还年轻,多背几篇古文,背几首诗词,熟读一些现代作家的作品。

即使是看外国的翻译作品,也注意它的语言。我是从契诃夫、海明威、萨洛扬的语言中学到一些东西的。

读一点戏曲、曲艺、民歌。

我在《说说唱唱》当编辑的时候,看到一篇来稿,一个小戏,人物是一个小炉匠,上场念了两句对子:

> 风吹一炉火。
>
> 锤打万点金。

我觉得很美。

一九四七年,我在上海翻看一本老戏考,有一段滩簧,一个旦角上场唱了一句:

> 春风弹动半天霞。

我大为惊疑:这是李贺的诗!

二十多年前,看到一首傣族的民歌,只有两句,至今忘记不了:

> 斧头砍过的再生树,
>
> 战争留下的孤儿。

巴甫连柯有一句名言:"作家是用手思索的。"得不断地写,才能扪触到语言。老舍先生告诉过我,说他有得写,没得写,每天至少要写五百字。有一次我和他一同开会,有一位同志作了一个冗长而空洞的发

言,老舍先生似听不听,他在一张纸上把几个人的姓名连缀在一起,编了一副对联:

　　伏园焦菊隐
　　老舍黄药眠

　　一个作家应该从语言中得到快乐,正像电车上那个念儿歌的孩子一样。

　　董其昌见一个书家写一个便条也很用心,问他为什么这样,这位书家说:"即此便是练字。"作家应该随时锻炼自己的语言,写一封信,一个便条,甚至是一个检查,也要力求语言准确合度。

　　鲁迅的书信,日记,都是好文章。

　　语言学中有一个术语,叫做"语感"。作家要锻炼自己对于语言的感觉。

　　王安石曾见一个青年诗人写的诗,绝句,写的是在宫廷中值班,很欣赏。其中的第三句是:"日长奏罢长杨赋",王安石给改了一下,变成"日长奏赋长杨罢",且说:"诗家语必此等乃健"。为什么这样一改就"健"了呢? 写小说的,不必写"日长奏赋长杨罢"这样的句子,但要能体会如何便"健"。要能体会峭拔、委婉、流丽、安详、沉痛……

　　建议青年作家研究研究老作家的手稿,捉摸他为什么改两个字,为什么要把那两个字颠倒一下。

　　"如鱼饮水,冷暖自知",语言艺术有时是可以意会,难于言传的。

注　释

①　本篇原载《花溪》1983 年第一期,后与作者另一篇文章《揉面——谈语言运用》合并为《"揉面"——谈语言》一文;初收《晚翠文谈》,浙江文艺出版社,1988 年 3 月。

美学感情的需要和社会效果[①]

按说我写作的时间不是很短了,今年我62岁,开始写作才20岁。我的写作断断续续,大学时写了点东西,解放前几年写了一些小说,出过一本集子。解放后做编辑工作,没写什么。反右前写了点散文,62、63年写了点小说,又搁下十几年。79—81年写了20来篇短篇小说,大部分反映的是解放以前的生活,是我十六、七岁以前在生活中捕捉的印象。我十六岁离开老家,十九岁在昆明西南联大上大学。我为什么要写反映我十六岁前的生活的小说呢?我想,第一个原因,就是现在的气候很好。三中全会以后,思想解放深入人心,文艺呈现了蓬勃旺盛的景象,形势很好。形势好的标志,是创作题材和表现方法多样化,思想艺术都比较新鲜。一些青年同志在思想和艺术上追求探索的精神使我很感动,在这样的气候感召下,在一些同志的鼓励和督促下,我又开始写作。一个人的创作不能不受社会条件的影响和制约,不可能是孤立的现象。这是一。第二个原因,是我的世界观比较成熟了。一个人到了我这样的年龄,一般说世界观已经成熟了。我年轻时写的那些作品,思想是迷惘的。在西南联大时,我接受了各式各样的思想影响,读的书很乱,读了不少西方现代派作品。我在大学一、二年级写的那些东西,很不好懂,它们都没有保留下来。比如那时我写的一首诗中有这样一句:"所有的西边都是东边的西边。"这是什么东西呢?这是观念的游戏。我和许多青年人一样,搞创作,是从写诗起步的。一开始总喜欢追求新奇的、抽象的、晦涩的意境,有点"朦胧"。我们的同学中有人称我为"写那种别人不懂,他自己也不懂的诗的人"。大学二年级以后,受了西班牙作家阿左林的影响,写了一些很轻淡的小品文。有一个时期很喜爱A.纪德的作品,成天挟着一本纪德的书坐茶馆。那时萨特的书已经介绍进来了,我也读了一两本关于存在主义的书。虽然似懂不懂,但是思想上是受了影响的。离开学校后,不得不正视现实,对现实进行一些自己的思考。但是因为没有正确的思想作指导,我的世界观是混乱的。解放前一二年,我的作品是寂寞和苦闷的产物,对生活的态度是:无可奈何。作品中流露出揶揄,嘲讽,甚至是玩世不恭。解放后三十多年来,接受了党的教育,接受了马列主义思想,解放前思想中的那些乱七八糟的东西基本没有了。解放后我的生活道路也给了我很深的教育,不平坦的生活道路对我个人来说也不是没有好处的。经过长久的学习和磨练,我的人生观比较稳定,比较清楚了,因此对过去的生活看得比较真切了。人到晚年,往往喜欢回忆童年和青年时期的生活。但是,你用什么观点去观察和表现它呢?用比较明净的世界观,才能看出过去生活中的美和诗意。一个人的世界观不能永远混乱下去,短期可以,长期是不行的。听说萨特的存在主义在我们青年中相当有影响,当然可能跟我们年轻时所受的影响有所不同,有些地方使我感到陌生,有些地方似曾相识。我感到还是马克思主义好些,因为它能解决我们生活中所碰到的问题。

我写《受戒》的冲动是很偶然的,有天早晨,我忽然想起这篇作品中所表现的那段生活。这段生活当然不是我的生活。不少同志问我,你是不是当过和尚?我没有当过和尚。不过我曾在和尚庙里住过半年多。作品中那几个和尚的生活不是我造出来的。作品中姓赵的那一家,在实际生活中确实有那么一家。这家人给我的印象很深。当时我的年龄正是作品中小和尚的那个年龄。我感到作品中小英子那个农村女孩子情绪的发育是正常的、健康的,感情没有被扭曲。这种生活,这种生活样式,在当时是美好的,因此我想把它写出来。想起来了,我就写了。写之前,我跟个别同志谈过,他们感到很奇怪:你为什么要写这个作品?写它有什么意义?再说到哪里去发表呢?我说,我要写,写了自己玩;我要把它写得很健康,很美,很有诗意。这就叫美学感情的需要吧。创作应该有这种感情需要。我写《大淖记事》也是这样的。大淖这个地方离那时我的家不远,我几乎天天去玩。我写的那些挑夫,不住在大淖,住在另一个地方,叫越塘。那些挑夫不是穿长衫念子曰的人,他们的是非标准、伦理道德观念跟我周围的人不一样,他们是更高尚的人,虽然他们比较粗野,越塘边住着一个姓戴的轿夫,得了象腿病(血丝虫病)。一个抬轿的得了这种病,就完了。他的老婆本是个头发蓬乱的普通女人,从来没有出头露面。丈夫得了这种病,她毅然出来当了"挑夫",把头发梳得光光的,人变得很干净利落,也漂亮了。我觉得她很高贵。《大淖记事》最后巧云的形象,是从这个轿夫的老婆身上汲取的。小时候我听到过一个小锡匠的恋爱史。这个小锡匠曾被人打死过去,用尿碱救活了,这些都是真的。锡匠们挑着担子去游行,这也是我亲眼见到的。写了《受戒》以后,我忽然想起这件事,并且非要把它表现出来不可,一定要把这样一些具有特殊风貌的劳动者写出来,把他们的情绪、情操、生活态度写出来,写得更美、更富于诗意。没有地方发表,写出来自己玩,这就是美学感情的需要。接着就发生了第二个问题,这样的东西有什么作用? 周总理在广州会议上说过:文学有四个功能:教育作用,认识作用,美感作用,娱乐作用。有人说,你的这些作品写得很美,美感作用是有的;认识作用也有,可以了解当时劳动人民的道德情操;娱乐作用也是有的,有点幽默感,用北京话说很"逗",看完了,使人会心一笑;教育作用谈不上。对这种说法,我一半同意,一半不同意。说我的这些东西一点教育作用没有,我不大服气。完全没有教育作用只有美感作用的作品是很少的,除非是纯粹的唯美主义的作品。写作品应该想到对读者起什么样的心理上的作用。我要运用普通朴实的语言把生活写得很美,很健康,富于诗意,这同时也就是我要想达到的效果。虽然我的作品所反映的生活跟现实没有直接关系,跟四化没有直接关系。我想把生活中真实的东西、美好的东西、人的美、人的诗意告诉人们,使人们的心灵得到滋润,增强对生活的信心、信念。我的世界观的变化,其中也包含这个因素:欢乐。我觉得我作品的情绪是向上的、欢乐的,不是低沉的,跟解放前的作品不一样。生活是美好的,有前途的,生活应该是快乐的,这就是我所要达到的效果。我写旧社会少男少女健康、优美的爱情生活,这也是有感而发的,有什么感呢? 我感到现在有些青年在爱情婚姻上有物质化、庸俗化的倾向,有的青年什么都要,就是不要纯洁的爱情。我并不是很有意识地要针对时弊写作品来振聋发聩,但确是有感而发的。以前,我写作品从不考虑社会效果,发表作品寄托个人小小的哀乐,得到二三师友的欣赏,也就满足了。这几年我感到效果问题是个很严肃的问题。原来我以为我的作品的读者面很窄,现在听说并不完全这样,有些年轻人,包括一些青年工人和农村干部也在看我的作品,这对我是很新奇的事,我感到很惶恐。我的作品到底给了别人一点什么呢?对人家的心灵起什么作用呢?一个作品发表后,不是起积极作用,就是消极作用,不是提高人的精神境界,就是使人迷惘、颓丧,总会有这样那样的作用。我感到写作不是闹着玩的事,就像列宁所指出的那样,作者就是这样写,读者就是那样读,用四川的话说,没有这么"撇脱"。我的作品反映的是解放前的生活,对当前的现实有多大的影响,很难说,但我有个朴素的古典的中国式的想法,就是作品要有益于世道人心。过去有人说,文章千古事,得失寸心知。得失首先是社会的得失。作者写作时对自己的作品的效果不可能估计得十分准确,但你总应有个良好的写作愿望。有些作者不愿谈社会效果,我是要考虑这个问题的。一个作品写出来放着,是个人的事情;发表了,就是社会现象。作者要有"良心",要对读者负责。当然也有这样的可能,作者对自己作品的思想内涵考虑得多了,会带来概念化、思想大于形象的问题。但我认为,只要你忠于自己的美感需要,不去图解当前的某种口号,不是无动于衷,这个问题是可以避免的。

注　释

① 本篇原载《文谭》1983 年第一期;初收《晚翠文谈》,浙江文艺出版社,1988
　　年 3 月。

回到现实主义,回到民族传统[①]

我愿意悄悄写东西,悄悄发表,不大愿意为人所注意。二十几岁起,我就没怎么读文学理论方面的书了,已经不习惯用理论用语表达思想。我对自己很不了解,现在也还在考虑我算不算作家?从开始写作到现在,写的小说大概不超过四十篇,怎么能算作家呢?

下面,谈几点感想。

关于评论家与作家的关系。昨天,我去玉渊潭散步,一点风都没有,湖水很平静,树的倒影显得比树本身还清楚,我想,这就是作家与评论家的关系。对于作家的作品,评论家比作家看得还清楚,评论是镜子,而且多少是凸镜,作家的面貌是被放大了的,评论家应当帮助作家认识自己,把作家还不很明确的东西说得更明确。明确就意味着局限。一个作家明确了一些东西,就必须在此基础上,去寻找他还不明确的东西,模糊的东西。这就是开拓。评论家的作用就是不断推动作家去探索,去追求。评论家对作家来说是不可缺少的。

关于主流与非主流的问题。这是我自己提出来的,用的是一般的习惯的概念。比如蒋子龙的作品对时代发生直接的作用,一般的看法,这当然是主流。我反映四十年代生活,不可否认它有美感作用,认识作用,也有间接的教育作用。我不希望我这一类作品太多,我也希望多写一点反映现实的作品。为什么我反映旧社会的作品比较多,反映当代的比较少?我现在六十多岁了,旧社会三十年,新社会三十年。过去是定型的生活,看得比较准;现在变动很大,一些看法不一定抓得很准。一个人写作时要有创作自由,"创作自由"不是指政策的宽严,政治气候的冷暖;指的是作家自己想象的自由,虚构的自由,概括集中的自由。对我来说,对旧社会怎样想象概括都可以,对新生活还未达到这种自由的地步。比如，社会主义新人，如果你看到了，可以随心所欲挥洒自如，怎样写都行，可惜在我的生活里接触到这样的人不多。我写的人大都有原型，这就有个问题，褒了贬了都不好办。我现在写的旧社会的人物的原型，大都是死掉了的，怎么写都行。当然，我也要发现新的人，做新的努力。当然，有些新生活，我也只好暂时搁搁再写。对新生活我还达不到挥洒自如的程度。

今天评论有许多新的论点引起我深思。比如季红真同志说，我写的旧知识分子有传统的道家思想，过去我没听到过这个意见，值得我深思。又说，我对他们同情较多，批评较少，这些知识分子都有出世思想，她的说法是否正确，我不敢说。但这是一个新的研究角度。从传统的文化思想来分析小说人物，这是一个新的方法，很值得探索。在中国，不仅是知识分子，就是劳动人民身上也有中国传统的文化思想，有些人尽管没有读过老子、庄子的书，但可能有老庄的影响。一个真正有中国色彩的人物，与中国的传统文化是不能分开的。比如我写的《皮凤三楦房子》，高大头、皮凤三用滑稽玩世的办法对付不合理的事情，这些形象，可以一直上溯到东方朔。我对这样的研究角度很感兴趣。

有人说，用习惯的西方文学概念套我是套不上的。我这几年是比较注意传统文学的继承问题。我自小接触的两个老师对我的小说是很有影响的。中国传统的文论、画论是很有影响的。我初中有个老师，教我归有光的文章。归有光用清淡的文笔写平常的人情，对我是有影响的。另一个老师每天让我读一篇"桐城派"的文章，"桐城派"是中国古文集大成者，不能完全打倒。他们讲文气贯通，注意文章怎样起怎样落，是有一套的。中国散文在世界上是独特的。"气韵生动"是文章内在的规律性的东西。庄子是大诗人、大散文家，说我的结构受他一些影响，我是同意的。又比如，李卓吾的"为文无法"，怎么写都行，我也是同意的。应当研究中国作品中的规律性的东西，用来解释中国作品，甚至可以用来解释外国作品。就拿画论来说，外国的印象派的画是很符合中国的画论的。传统的文艺理论是很高明的，年轻人只从翻译小说、现代小说学习写小说，忽视中国的传统的文艺理论，是太可惜了。我最喜欢读画论、读游记。讲文学史的同志能不能把文学史与当代创作联系起来讲,不要谈当代就是当代,谈古代就是古代。

现实主义问题。有人说我是新现实主义,这问题我说不清,我给自己提出的要求是回到现实主义、回到民族传统。我也曾经接受过外国文学的影响,包括"意识流"的作品的影响,就是现在的某些作品也有外国文学影响的蛛丝马迹。但是,总的来说,我还是要回到现实主义,回到民族传统。这种现实主义是容纳各种流派的现实主义;这种民族传统是对外来文化的精华兼收并蓄的民族传统,路子应当更宽一些。

注　释

① 本篇原载《北京文学》1983 年第二期,是作者在一次作家作品讨论会上的发言;初收《晚翠文谈》,浙江文艺出版社,1988 年 3 月。

回到现实主义,回到民族传统[①]

我想在这个总题目之下谈三个问题:一个是生活和创作的关系;第二是美学感情的需要和社会效果的问题;最后谈谈现实主义和民族传统。我这个人很不善于逻辑思维,用中国古人说法就是不能持论,不善于说带理性的话,因此,只能谈一点个人的体会和感受。

最近几年,我写了一些小说,引起了读者的注意,有的同志就问:"哪儿冒出了一个汪曾祺来啦?"其实,我开始写作的年代比较远了,从四十年代就写短篇小说。解放以后长期搞编辑工作,搞编辑是不大容易写东西的,所以我长时期也没写什么东西。五七年前写过一点散文,六二年又写了几篇小说,以后搞戏曲,编京剧,也就再没写小说。我所以又拿起笔来写小说,都是一些同志鼓励、督促、鞭策、责骂的结果。如邓友梅同志,林斤澜同志,都是骂得最厉害的。除此之外,三中全会以后那种温暖的政治气候,也是感召我重新写小说的重要因素。在很多同志写了很多小说,写了很多很好的小说之后,我的思想解放了以后,才有可能重新拿起笔来。

我的小说的题材跟别人的不大一样,我写的小说很大一部分是反映旧社会生活的。去年,北京出版社出了我的一个集子,那个集子收了十六篇小说,写解放以后题材的大概有七八篇,其余的都是写解放前的生活。这种情况在目前中国作家里是不多的。我为什么要这样,为什么解放以后的题材写得比较少,解放以前的写得较多呢?原因很简单,就是我虽然一生中有一半时间是生活在解放后,但是我比较熟、比较吃得透的,还是解放前的那段生活。我比较年轻的时候,十几岁那个时候的生活经验,在我的印象里还是比较新鲜、比较深刻、比较吃得准的。对解放以后的生活,我不是认识得那样深刻,还没有熟悉到能够从心所欲,挥洒自如。也就是说,我还没能做到自己很有自信地虚构和想象。小说总是要有些原型和原材料,但我们还是要补充一些东西,这些东西往往都是虚构的,想象的。如果你对生活相当熟悉,你就可以从心所欲地去虚构,去想象,而且你怎么虚构、怎么想象都是合适的,都是你所想要写的那个人的事,那个时代的事。你对这个生活要非常熟悉,熟悉到除了你所要写的那个题材的本身之外还要熟悉和这个题材有关的许多生活。这样,你就随时都可以抓一点生活过来补充到你所写的题材里面,补充到你的人物身上,而且你自己也相信,我所写的这个细节或情节就是那个人的,尽管这个人在生活里并没有那回子事情。所谓"创作自由",我以为就是虚构的自由,想象的自由。

我为什么写解放以前的题材比较多呢?因为我在家乡的那个小城里边,和我现在所写的那些人物基本上都是朝夕相处的。去年,我回了一趟家乡。乡亲们说我写的反映家乡的小说很像,对我弟弟说:"你大哥是不是小时候就带着个笔记本到处记,要不,他怎么对过去的事情记得那么清楚呢?"我说没有。我那个时候才十几岁,上初中,还没有想到将来我会要写东西,也没有拿个笔记本到处记的习惯,我完全凭着自己的印象。我写的一篇小说中的主人公的儿子,他跟我儿子说,你爸爸小说里写的我爸爸,百分之八十是真的。其实,也不完全是这样,那小说里也有很多是虚构的。我觉得不需要讲很多大道理,一定要非常熟悉生活,熟悉到你把它抓过来就可以放到作品里去应用,这样才会得心应手。海明威有一句话,我觉得很有道理。他说,冰山显得雄伟就是因为它浮在水面上只有七分之一,而七分之六在水里,眼睛是看不见的。一个作家所要表现的生活的厚度要比你写出来的多得多,有很多东西虽然没有写进作品,但它是你作品的基础。作家一定要真正地熟悉生活,深刻地理解生活,广泛地积累生活,否则,就不容易写得真实、形象、深刻。现在,有些人往往说,我这个作品写不下去了,下去补充一点材料,补充一点细节。我觉得这样急来抱佛脚的办法恐怕不行。

第二个问题,关于美学感情的需要和社会效果。这个问题要说的是,你为什么要写这篇作品,你的创作冲动是从哪儿来的。这里,我想谈谈自己的作品。我的《受戒》写的是一个小和尚和一个村姑的恋爱故事。有的同志比较婉转地问我,你怎么会有那样的生活?那意思就是,你是不是当过和尚?我为什么要写这个作品呢?我在一个和尚庵里住过半年,对和尚庵里的生活是很熟悉的,那时我只有十五六岁,我就觉得这些和尚也是人,和尚的生活也是一种人的生活,而且我熟悉那个大英子、小英子一家。她们跟我很熟,她们那种没有受过扭曲的开朗、健康的性格,给我很深刻的印象。我当时朦朦胧胧地觉得,她们的生活是美的,比我那个生活圈子里的人更健康、更美。所以,多年来我始终存在着这个印象,四十三年了。我终于把它写出来了。那篇小说发表的时候,我有一篇很短的后记,这个后记引来一些麻烦,我说是哪一年、哪一月、哪一天,我写的是四十三年前的一个梦。这就让人感到,好像这里面有我自己的一段恋爱史似的。其实没有。我四十三年前很年轻,年龄也应该说是正在初恋的年龄,对恋爱倒是有着一种朦胧的向往。《大淖记事》写的是一个小锡匠跟一个挑夫的女儿的恋爱。有人很奇怪,说你这个老头怎么写了好几篇恋爱题材的小说呢?我小时候,在我家乡,有一个小锡匠因为爱情被一个地方水上保安队的当兵的打死了,后来这个小锡匠被用尿桶里的尿碱救活了。记得我还跑到那个出事地点去看,没见着人,只有几个尿桶摆在那儿。我就跑到我所写的那个巧云家里去看,也没看见那个巧云什么样子,但我无端地感觉着她一定很美。当时我还不懂得什么优美的情操之类的词儿,但我觉得这些人的生活里面有他真实的东西,美的东西。当时我对这些人有一种向往,向往他们那样的人,他们那样的生活。我写的巧云、挑夫,本来不是在大淖那个地方,是在一个叫越塘的地方。这个地方,有很多挑夫,也有一些轿夫。记得那时有一个轿夫姓戴,得了一种病,叫血吸虫病,是腿上的毛病。轿夫是靠腿脚混饭吃的,他得了那种病,等于他的生活就完了。他的老婆看起来很不起眼,头发黄黄的,衣服也不齐整,人也不精神。但丈夫得了病以后,过了几天,她就好像忽然变了一个人,变得很精干,人好像也精神焕发,变得漂亮了。她去当挑夫去了,把一家人的生活勇敢地担当起来了。当时这个劳动妇女引起了我很大的惊奇,觉得这个人不简单,很令人敬佩。因此,我就把她的这个品质移到了巧云的身上。

我上面举的例子主要想说明,一个作家在写他接触到的那段生活的时候,往往是被一种向往,一种惊奇打动着的。生活里有使你激动,使你向往,使你感到惊奇的东西,你才能捕捉到生活本身的意义。这个一般就叫做创作的契机吧。创作一开始萌芽的那个东西是怎么来的,这点非常重要。生活里一定有某些东西使你感动过,你才能把它写得比较感人。生活材料是容易得到的,但是从生活里面捕捉到美的、诗意的东西就不那么容易了。就是说,你为什么要提笔写这个作品,首先是要满足你自己的某种感情的需要,或者用个带点学术味儿的名词,就是美学感情的需要,要去表达这种东西,要去表达这种感情。我觉得,一个作品写出来后,在你的案头的时候是你个人的事情,发表出来就是一个社会现象了,因此,我们不能不考虑社会效果。有的同志对社会效果很反感,但我觉得还是要考虑到这个问题。我跟有些同志说过,我希望我的作品能使大家有美的感受,能够感受到一种健康的、诗意的、向上东西。所以,我有一个很朴素的、古典的说法,就是写一个作品总要有益于世道人心,不管从哪方面说,你总不能让人读了你的作品之后产生消极、悲观、颓废、灰暗的情绪。

一般地说,文艺具有四大功能,即认识作用,美感作用,娱乐作用,教育作用。有的同志认为我的小说对于前三个方面没有多大问题,至于教育作用,就谈不上了。我不能同意这种说法。我认为,一个作品,不是有积极的作用就是有消极的作用,完全属于中性的作品很难设想。教育作用有的直接一些,有的间接一些。我的愿望是希望我的作品能使读者,特别是年轻的读者在情操上有一些洗涤作用,或者照亚里斯多德的说法,是"净化"作用也可以,总之是要使得人们的精神境界有所提高吧。当然,你说我写这些作品是不是有感而发的呢?我写这些年轻人的纯洁的、健康的、优美的爱情,就是有感于现在某些年轻人在恋爱、婚姻问题上的庸俗化和物质化的倾向。但也不可能有谁读了我的小说,就会树立比较正确的恋爱观了,就不追求那种物质的或者比较庸俗的恋爱观了，这种效果是很难达到的。然而，我还是希望我的小说能给人一些美的启发，美的诱导。所以，我觉得写一个作品，不能不考虑它发表以后产生的社会客观效果。

有一个问题，一直在我脑子里转了很久，就是作品怎样对"四化"起作用。有些作品直接描写战斗在"四化"第一线的社会主义新人，这样的作品为"四化"服务是没有问题的，也是很需要的。但是，有的作品并不一定这样。比如有些作品写的是历史题材，就不能说它是直接服务于"四化"的。我听到过一个负责同志的讲话，他说，写当前现实的，写近百年历史的，写革命斗争的，写历史题材的，只要能引导人们精神向上，就都是为"四化"服务的。我觉得这个尺度是放宽得多了。如果所有作品都要直接写"四化"，我的那些小说就无法存在了，你让我怎么强词夺理，我也不能说我写一个小和尚的恋爱跟"四化"有什么关系。

下面再谈谈"回到现实主义，回到民族传统"。我为什么用"回到"这两个字呢？因为我这个人曾经不是搞现实主义，搞民族传统的。我四十年代的几个朋友，他们对我现在的作品感到很奇怪，说你原来是相当洋的，现在怎么搞起这种小说，甚至搞起京剧来了呢？我过去有些作品确实受了一些西方的影响，而且某些地方受了些西方现代派的影响。我的短篇小说集的第一篇《复仇》，是一九四四年写的，那是带着比较浓厚的洋味儿的，有相当多的意识流。

我过去读过的一些意识流的作品，一般都写得很美，而现在有些搞意识流的，它那个意识的流动就不是那么美，不是那么有诗意。意识流这个东西无论如何是作家所设想的那个人物意识的流动，不是当真的一个人，他的意识就是这么流，你又没有钻到他肚子去看过，无非是你设想的那个流动。我不赞成专门去搞意识流，你在作品里可以有一点儿，整篇从头到尾搞意识流就不一定有什么道理了。我现在的作品，还是有一点意识流的东西。比如《大淖记事》里的巧云被奸污之后，她起来飘飘忽忽地想了一些事情，想起了母亲，远在天边的母亲，母亲给她在点一点眉心红；想起她小时候去看人家新娘子，新娘子穿的粉红色绣花鞋;想起她手划破了,十一子给她吮指头上的血,她想那血一定是咸的,思绪都是不衔接的。我的目的是表现她失去童贞之后的痛苦心情,但是以一种优美的方式来表现的。意识流这个东西,我觉得用一点可以,比较多也可以,但是通篇搞我是不大赞成的。

接受西方外来的东西,没有什么不对,但是要立足于本民族的东西。越是有本民族的特点的东西才越是有世界意义。吸收西方的东西,吸收西方的影响是完全可以的,但你要让人瞧不出来。要是让人一看你完全学外国的东西便不好了。你学了一点外国的东西,还要让人感觉是中国的东西。我去年在《北京文学》发表了一篇叫《徙》的小说,写一个小学教员给一个小学作了一支校歌,教员后来死了,孩子们还唱这支校歌。我就写孩子们在唱校歌时的情景:每到集会的时候,孩子们就拼足了气力,用玻璃一样脆亮的童声,高唱这支歌,好像屋上的瓦片和树上的树叶都在唱。这不是本民族的东西,带着点洋味儿。我觉得,你把外国的东西弄到中国来,放到作品里边,可以是一些其他的非现实主义的流派,但你还得以现实主义为基础。一味是摹仿,一味是向人家外国人学,那确实如毛泽东同志所说的,是没有出息的文学家。吸收古典的、中国的民族的东西,或者是外来的东西,都是必要的,但最后都要变成你自己的东西,不管是吸收外来的形式、外来的影响、古典的民族传统,最后都要形成你个人的风格。有的同志问我,你看不看外国作家的作品?他以为我是不看外国作品的。我的回答是恰恰相反。我现在看得比较多的是外国作品,但是写的东西我认为还是中国味儿的。

我主张回到现实主义,回到民族传统。但是,这种现实主义是要能够容纳其他很多流派的现实主义,这种民族传统是能够吸收一切东方和西方影响的民族传统。如果你能巧妙地吸收外来的影响,就可以丰富你的作品的民族特色。中国最辉煌的文化是汉朝和唐朝,它吸收了很多外国的东西,如绘画、音乐等,变成了中国的东西。我觉得应该大量地吸收,广泛地吸收,但是得有个基础。打个比方,就好像是拿一块海绵去吸收人家的水分,而不是拿水去吸收人家的水,得有个自己的东西,或本体,其他东西才有依附。总之,搞现实主义的东西,搞民族传统的东西,但又不排斥其他非现实主义流派的影响,不排斥外来的影响,这是我给我自己定的奋斗目标,但我现在并没能办到,只能算是我经历了几十年文学创作历程之后得出的经验体会吧!

注 释

① 本篇原载《新疆文学》1983 年二月号,是在新疆一次文学座谈会上的发言。

小说技巧常谈[①]

成语·乡谈·四字句

春节前与林斤澜同去看沈从文先生。座间谈起一位青年作家的小说,沈先生说:"他爱用成语写景,这不行。写景不能用成语。"这真是一针见血的经验之谈。写景是为了写人,不能一般化。必须状难状之景,如在目前,这样才能为人物设置一个特殊的环境,使读者能感触到人物所生存的世界。用成语写景,必然是似是而非,模模糊糊,因而也就是可有可无,衬托不出人物。《西游记》爱写景,常于"但见"之后,写一段骈四俪六的通俗小赋,对仗工整,声调铿锵,但多是"四时不谢之花,八节常春之草"一类的陈词套语,读者看到这里大都跳了过去,因为没有特点。

由沈先生的话使我联带想到,不但写景,就是描写人物,也不宜多用成语。旧小说多用成语描写人物的外貌,如"面如重枣"、"面如锅底"、"豹头环眼"、"虎背熊腰",给人的印象是"差不多"。评书里有许多"赞",如"美人赞",无非是"柳叶眉、杏核眼,樱桃小口一点点"。刘金定是这样,樊梨花也是这样。《红楼梦》写凤姐极生动,但多于其口角言谈,声音笑貌中得之,至于写她出场时的"亮相",说她"两弯柳叶吊梢眉,一双丹凤三角眼",形象实在不大美,也不准确,就是因为受了评书的"赞"的影响,用了成语。

看来凡属描写,无论写景写人,都不宜用成语。

至于叙述语言,则不妨适当地使用一点成语。盖叙述是交代过程,来龙去脉,读者可以想见,稍用成语,能够节省笔墨。但也不宜多用。

满篇都是成语,容易有市井气,有伤文体的庄重。

听说欧阳山同志劝广东的青年作家都到北京住几年,广东作家都要过语言关。孙犁同志说老舍在语言上得天独厚。这都是实情话。北京的作家在语言上占了很大的便宜。

大概从明朝起,北京话就成了"官话"。中国自有白话小说,用的就是官话。"三言"、"二拍"的编著者,冯梦龙是苏州人,凌濛初是浙江乌程(即吴兴)人,但文中用吴语甚少。冯梦龙偶尔在对话中用一点吴语,如"直待两脚壁立直,那时不关我事得"(《滕大尹鬼断家私》)。凌濛初的叙述语言中偶有吴语词汇,如"不匡"(即苏州话里的"弗壳张",想不到的意思)。《儒林外史》里有安徽话,《西游记》里淮安土语颇多(如"不当人子")。但是这些小说大体都是用全国通行的官话写的。《红楼梦》是用地道的北京话写的。《红楼梦》对中国现代文学语言的形成,有着不可估量的影响。

有了官话文学,"白话文"的出现就是水到渠成的事。白话文运动的策源地在北京。五四时期许多外省籍的作家都是用普通话即官话写作。有的是有意识地用北京话写作的。闻一多先生的《飞毛腿》就是用纯粹的北京口语写成的。朱自清先生晚年写的随笔,北京味儿也颇浓。

咱们现在都用普通话写作。普通话是以北方话作为基础方言,吸收别处方言的有用成分,以北京音为标准音的。"北方话"包括的范围很广,但是事实上北京话却是北方话的核心,也就是说是普通话的核心。北京话也是一种方言。普通话也仍然带有方言色彩。张奚若先生在当教育部长时作了一次报告,指出"普通话"是普遍通行的话,不是寻常的普普通通的话。就是说,不是没有个性,没有特点,没有地方色彩的话。普通话不是全国语言的最大公约数,不是把词汇压缩到最低程度,因而是缺乏艺术表现力的蒸馏水式的语言。普通话也有其生长的土壤,它的根扎在北京。要精通一种语言,最好是到那个地方住一阵子。欧阳山同志的忠告,是有道理的。

不能到北京,那就只好从书面语言去学,从作品学,那怎么说也是隔了一层。

吸收别处方言的有用成分,别处方言,首先是作家的家乡话。一个人最熟悉,理解最深,最能懂得其传神妙处的,还是自己的家乡话,即"母舌"。有些地区的作家比较占便宜,比如云、贵、川的作家。云、贵、川的话属西南官话,也算在"北方话"之内。这样他们就可以用家乡话写作,既有乡土气息,又易为外方人所懂,也可以说是"得天独厚"。沙汀、艾芜、何士光、周克芹都是这样。有的名物,各地歧异甚大,我以为不必强求统一。比如何士光的《种包谷的老人》,如果改成《种玉米的老人》,读者就会以为这是写的华北的故事。有些地方语词,只能以声音传情,很难望文生义,就有点麻烦。我的家乡(我的家乡属苏北官话区)把一个人穿衣服干净、整齐,挺括,有样子,叫做"格挣挣的"。我在写《受戒》时想用这个词,踌躇了很久。后来发现山西话里也有这个说法,并在元曲里也发现"格挣"这个词,才放心地用了。有些地方话不属"北方话",比如吴语、粤语、闽南语、闽北语,就更加麻烦了。有些不得不用,无法代替的语词,最好加一点注解。高晓声小说中用了"投煞青鱼",我到现在还不知道这究竟是什么意思。

作家最好多懂几种方言。有时为了加强地方色彩,作者不得不刻苦地学习这个地方的话。周立波是湖南益阳人,平常说话,乡音未改,《暴风骤雨》里却用了很多东北土话。旧小说里写一个人聪明伶俐,见多识广,每说他"能打各省乡谈",比如浪子燕青。能多掌握几种方言,也是作家生活知识比较丰富的标志。

听说有些中青年作家非常反对用四字句,说是一看到四字句就讨厌。这使我有点觉得奇怪。

中国语言里本来就有许多四字句,不妨说四字句多是中国语言的特点之一。

我是主张适当地用一点四字句的。理由是：一，可以使文章有点中国味儿。二，经过锤炼的四字句往往比自然状态的口语更为简洁，更能传神。若干年前，偶读张恨水的一本小说，写几个政客在妓院里磋商政局，其中一人，"闭目抽烟，烟灰自落"。老谋深算，不动声色，只此八字，完全画出。三，连用四字句，可以把句与句之间的连词、介词，甚至主语都省掉，把有转折、多层次的几件事贯在一起，造成一种明快流畅的节奏。如："乃瞻衡宇，载欣载奔。僮仆欢迎，稚子候门。三径就荒，松菊犹存。携幼入室，有酒盈樽。"（陶渊明《归去来兮辞》）

反对用四字句，我想有两方面的原因。一方面是作者习惯于用外来的，即"洋"一点的方式叙述，四字句与这种叙述方式格格不入。一方面是觉得滥用四字句，容易使文体滑俗，带评书气。如果是第二种，我觉得可以同情。我并不主张用说评书的语言写小说。如果用一种"别体"，有意地用评书体甚至相声体来写小说，那另当别论。但是评书和相声与现代小说毕竟不是一回事。

呼　应

我曾在一篇谈小说创作的短文中提到章太炎论汪容甫的骈文，"起止自在，无首尾呼应之式"，表示很欣赏。汪容甫能把骈体文写得那样"自在"，行云流水，不讲起承转合那一套，读起来很有生气，不像一般四六文那样呆板，确实很不容易。但这是指行文布局，不是说小说的情节和细节的安排。小说的情节和细节，是要有呼应的。

李笠翁论戏曲讲究"密针线"，讲究照应和埋伏。《闲情偶寄》有一段说得很好：

> 编戏有如缝衣，其初则以完全者剪碎，其后又以剪碎者凑成。剪碎易，凑成难。凑成之工，全在针线紧密。一节偶疏，全篇之破绽出矣。每编一折，必须前顾数折，后顾数折。顾前者欲其照映，顾后者便于埋伏。照映、埋伏，不止照映一人，埋伏一事，凡是剧中

有名之人,关涉之事,与前此后此所说之话,节节俱要想到。

我是习惯于打好腹稿的。但一篇较长的小说,如超过一万字,总不能从头至尾每一个字都想好,有了一个总体构思之后,总得一边写一边想。写的时候要往前想几段,往后想几段,不能写这段只想这段。有埋伏,有呼应,这样才能使各段之间互相沟通,成为一体,否则就成了拼盘或北京人过年吃的杂拌儿。譬如一弯流水,曲折流去,不断向前,又时时回顾,才能生动多姿。一边写一边想,顾前顾后,会写出一些原来没有想到的细节,或使原来想到但还不够鲜明的细节鲜明起来。我写《八千岁》,写了他允许儿子养几只鸽子,他自己有时也去看看鸽子,原来只是想写他也是个人,对生活的兴趣并未泯灭,但他在被八舅太爷敲了一笔竹杠,到赵厨房去参观满汉全席,赵厨房说鸽蛋燕窝里鸽蛋不够,他说了一句:"你要鸽子蛋,我那里有",都是事前没有想到的。只是觉得他的处境又可怜又可笑,才信手拈来,写了这样一笔。他平日自奉甚薄,饮食粗粝,老吃"草炉烧饼",遭了变故,后来吃得好一点,我是想到的。但让他吃什么,却还没有想好。直到写到快结束时,我才想起在他的儿子把照例的"晚茶"——两个烧饼拿来时,他把烧饼往桌上一拍,大声说:"给我去叫一碗三鲜面!"边写边想,前后照顾,可以情文相生,时出新意。

埋伏和照映是要惨淡经营的,但也不能过分地刻意求之。埋伏处要能轻轻一笔,若不经意。照映处要顺理成章,水到渠成。要使读者看不出斧凿痕迹,只觉得自自然然,完完整整,如一丛花,如一棵菜。虽由人力,却似天成。如果使人看出来这里是埋伏,这里是照映,便成死症。

含　　藏

"逢人只说三分话,未可全抛一片心",这是一种庸俗的处世哲学。写小说却必须这样。李笠翁云,作诗文不可说尽,十分只说得二三分。都说出来,就没有意思了。

侯宝林有一个相声小段《买佛龛》。一个老太太买了一个祭灶用的佛龛,一个小伙子问她:"老太太,您这佛龛是哪儿买的?"——"嗨,小伙子,这不能说买,得说'请'!"——"那您是多少钱'请'的?"——"嗐!这么个玩意——八毛!"听众都笑了。这就够了。如果侯宝林"批讲"一番,说老太太一提到钱,心疼,就把对佛龛的敬意给忘了,那还有什么意思呢?话全说白了,没个捉摸头了。契诃夫写《万卡》,万卡给爷爷写了一封很长的信,诉说他的悲惨的生活,写完了,写信封,信封上写道:"寄给乡下的爷爷收"。如果契诃夫写出:万卡不知道,这封信爷爷是不会收到的,那这篇小说的感人的力量就大大削弱了,契诃夫也就不是契诃夫了。

我写《异秉》,写到大家听到王二的"大小解分清"的异秉后,陈相公不见了,"原来陈相公在厕所里。这是陶先生发现的。他一头走进厕所,发现陈相公已经蹲在那里。本来,这时候都不是他们俩解大手的时候"。一位评论家在一次讨论会上,说他看到这里,过了半天,才大笑出来。如果我说破了他们是想试试自己也能不能做到"大小解分清",就不会有这样的效果。如果再发一通议论,说:"他们竟然把生活的希望寄托在这样的微不足道的,可笑的生理特征上,庸俗而又可悲悯的小市民呀!"那就更完了。

"话到嘴边留半句",在一点就破的地方,偏偏不要去点。在"褃节儿"上,"七寸三分"的地方,一定要"留"得住。尤三姐有言:"提着影戏人儿上场,好歹别戳破这层纸儿。"把作者的立意点出来,主题倒是清楚了,但也就使主题受到局限,而且意味也就索然了。

小说不宜点题。

一九八三年四月四日

注 释

① 本篇原载《钟山》1983 年第四期;初收《晚翠文谈》,浙江文艺出版社,1988年 3 月。

戏曲和小说杂谈 ①

一、戏曲和小说的社会功能

据说周总理曾在广州会议上提出,文艺有四大功能,第一是教育作用,第二是认识作用,第三是美感作用,第四是娱乐作用。听说在美学界有一种理论,认为不存在这四种功能,只存在一种功能,只存在审美作用。我不了解这种理论,我还是同意文艺有这四种功能。

但是,我觉得长期以来,比较片面地强调了文艺的教育作用,而比较忽视文艺的认识作用。我怎么想起这个问题呢?是从《玉堂春》想起的,从苏三想起的。来这里之前,林斤澜等几位同志到山西去了一趟,到了洪洞县。林斤澜对我说,洪洞县的苏三监狱拆掉了,是文化大革命中拆的,说这是统治阶级压迫劳动人民的工具,不能留。林斤澜说,很可惜,这是全国仅有的一个明朝监狱,现在没有了。我见过这个监狱。这个县没其他名胜古迹,主要是苏三监狱。据说,苏三就是关在这个监狱里,在这个县大堂上过堂。这可能是真的,也可能是附会出来的。苏三这样一个人物,为什么被洪洞县的人那么纪念?全国许多人知道山西有个洪洞县,是因为有了《玉堂春》这个戏,不少人会唱几句"苏三离了洪洞县,将身来在大街前"。《玉堂春》这个戏是很有特色的,是出家喻户晓、脍炙人口的名剧。这出戏,编得不错。其中精彩的,经常唱的是"起解"和"玉堂春"。平常说的"玉堂春"是指"三堂会审"。用全剧的剧名,作为其中一折的剧目,就说明这是这出戏的"戏核"。这一折的艺术处理是非常特殊的。舞台处理是大手笔。整个一场戏,没什么舞台调度,就是上边三个问官:王金龙、红袍、兰袍,下边是苏三唱。三个问官没什么太大的动作,苏三也基本上是跪着唱。她唱的内容都是前边演过的。这里的唱,把全部的内容重复地叙述了一遍。重复,这是编剧本的大忌。《玉堂春》走了一条险路,这个戏,表面看起来很平静,上边坐着,下边跪着,上边问,下边唱。这是很难的,表演也难,它没什么动作,但它的人物内心的矛盾冲突是很强烈的,而且层次很清楚,几经起伏,节节升高,以至达到感情的高峰。由于人物内心冲突很强烈,把观众吸引住了,从而感染了观众,使观众认识了《玉堂春》那个时代。就是那样一个时代,玉堂春被无辜弄到监狱里。我想,《玉堂春》这个戏有什么教育作用? 很难说。能说我们今天要向苏三学习吗? 学什么? 顶多说学她对爱情的忠贞,但是这也很勉强。主要是个认识作用,现在我们来认识几百年前的明朝社会,这是个很好的资料。因此,我想,我们许多传统剧目,到今天仍能存在,以后还能存在,主要是因为它有一定的认识作用。我想,如果我们对过去的时代没有较深的认识,那就不可能对今天的时代产生真挚的感情。所以,认识作用是不可忽视的。

从作家的创作和观众接受的程序来看,也是认识作用在前,教育作用在后。一个作者写一个作品,不管它是反映现实生活,还是反映历史生活,一开始总是被生活中的现象所感动,然后才能意识到现象里面包含的意义。一个作家首先是观察了生活,理解了生活,在这基础上塑造形象;在这形象活起来之后,才会意识到这形象所具有的、所可能产生的道德力量和思想力量。一个读者或一个观众,看作品或看戏,他首先接受感染的也是人物的形象,是作者反映的生活,是生活现象。把这些东西记在心里,下一步,才可能使他对美好事情进行追求,或对丑恶事物予以否定。从作者产生作品的程序和读者接受作品的程序,一般是认识在前,教育在后。但是,教育作用有时被强调到或简单化到一点:向戏中的某个人物学习。我不否认号召读者向作品中塑造的英雄人物学习,但是,一般说这个教育作用是个复杂的过程。我们的作品如果只是强调教育作用,会导致题材的狭窄化,因为有些题材确实教育作用不大,但认识作用很深。比如,邓友梅的《那五》,它的教育作用在哪里?

也可能读了之后引起我们的警觉,我们的青年人不要学习八旗子弟。这是间接的得到的理念上的认识。但是,真正从作品中得到的,是对那个时代,那个八旗,那些人物,那个生活的认识,他们是怎样堕落下去的。《茶馆》是中国旧时代的生活画面。我的那些作品《受戒》《大淖记事》,不能说一点教育作用也没有;这些作品存在的意义,主要是让人认识那个时代。如果说它们有点教育作用的话,就是教育青年追求纯洁的、朴实的爱情。刚发表时,有人问我:你小说的主题是什么? 我说是"思无邪"。但是,我主要是想让现在的青年认识认识那个时代。如果我们允许教育意义不是很强,但认识意义比较深的作品可以写的话,那么,我们的写作天地就比较宽一些。比如某个题材,很有典型意义,写出来能让人认识生活的某个角落,或某个时代的某个生活侧面,但是如果非强调要写教育作用大的,那么这个题材就完了。另外,为了避免在戏剧方面的一些武断,也应该提倡一下文艺的认识作用。比如,《起解》有人把一句念白给改了,原来是苏三说"待我辞别狱神也好赶路",改为"待我辞别辞别也好赶路",大概说狱神有迷信色彩吧,可是这样一改,辞别就没有对象了。再如,"三堂会审"的词,有好些剧团就把它改了,苏三唱的头一次开怀是哪一个,十六岁开怀是那王公子。现在把"开怀"改为"订情",觉得"开怀",这个词不好听。"开怀"这词,是妓院的习惯用语,改成"订情",那么苏三第一次订情,第二次订情,老是和人订情,这样苏三就成了不贞的人了,爱情不专一了。还有苏三唱的在关王庙与王金龙相会:"不顾腌臜怀中抱,在那神案底下叙叙旧情",有的认为这两句不好,干脆删掉了。这是苏三这个妓女表达爱情的方式。做为一个妓女做到这样很不容易呵。这样一些词,使我们看到当时妓院的生活。可是,这样一改,的确是净化了,很"卫生",也就没什么意思了。有些人对古典名著也是随便改。比如,《赵盼儿风月救风尘》,我看了几个改本,把赵盼儿改得一点妓女的痕迹也没有了,赵盼儿成了"高大全"了,非常仗义。赵盼儿是什么人? 关汉卿写得很明白,赵盼儿"风月救风尘",她用那妓女的手段救了一个落难的人。离开了妓女的身份,这个戏就不存在。所以,我想,强调一下认识作用,对某些同志或可改变一下那种粗暴的做法,也不致于把人物的精神境界无限制地硬拔高。

二、戏曲与小说的异同

它们的相同之处都是反映生活,塑造人物,都是语言的艺术。与音乐绘画不同,音乐靠旋律、节奏,绘画靠色彩、线条。可是戏曲与小说又确实是两种不同的艺术形式。第一从形式上看,小说可以有叙述语言,作者可以出来讲话,戏曲则不行。小说作者可以把自己的思想感情、态度通过叙述语言表达出来,而戏曲只有通过人物的语言和行动来表现,作者不能出来讲话。小说的风格主要表现在他的叙述语言上,而不是人物的对话,而戏曲要写出风格是很难的。第二,戏剧包括戏曲,是强调的,而小说,特别是现代小说是不能强调的,它不用强调这个手法。小说越像生活本身的形式越好。生活本身是较平淡的,有时是错乱的。小说的形式与生活的形式越接近越好。小说中的对话与戏剧台词不是一回事。小说的对话越平常,越和普通人说话一样越好,不能有深文大义。托尔斯泰有一句话,人是不能用警句交谈的。这话是很精彩的。小说的对话,一般不要用带哲理性的语言,或具有诗意的语言。否则,就不像真人说的话。年青时,我就犯过这个毛病,总想把对话写得美一点,深一点,有点哲理,有点诗意。我让老师沈从文看,他说,你这两个人物的对话是两个聪明脑袋在打架。戏剧则是可以的,戏剧人物的语言太平淡了不行。它比生活更高一点,离生活更远一点。这样说不一定恰当。我想,小说对生活是一度概括,戏剧是二度概括,戏曲是三度概括,高度概括。如果用戏剧的概念写小说,搞什么悬念,危机,高潮,写出的小说准不像样。小说贵淡雅,戏剧贵凝练;小说要分散,戏剧要集中。戏剧不能完全像生活,说白了,戏剧是可以编造的。当然,人物是不能瞎编造的。有些小说,浪漫主义小说,有时也带有戏剧性情节,如雨果的小说。他的小说情节性强,而且带戏剧性,改成戏、电影是很方便的。但是,一般小说,特别是现代小说,不太重视情节。有人反对小说中带有戏剧性情节。我也这样主张。如果你的题材带有戏剧性，你就写戏得了，何必写小说呢？一般说，戏还是重情节、重戏剧性的，当然有的不，如肖伯纳的戏就没多少戏剧性。

有的同志容易把小说与戏剧搞混了。有人用写戏的方法写小说。也有同志写戏用写小说的办法，这样写出来的戏就比较平淡。

三、中国戏曲的特点

1. 中国戏曲是高度综合的艺术。表现手段，在现在世界戏剧中是最多的，唱、念、做、打。在外国，一个戏中，同时用这么多手段，是没有的。外国戏剧家到中国来看戏，就说，你们中国的演员真是了不起。我们演歌剧的，不重视表演；重视表演的，就不重视唱。

2. 中国的戏曲是自成体系的。上海的黄佐临同志说，世界的戏剧有三大体系，一是斯坦尼斯拉夫斯基体系，一是德国布莱希特的体系，另外一个是中国的体系，或称梅兰芳体系。中国体系与布莱希特体系较接近，布莱希特说：他的体系的形成是受中国戏剧的影响。他说，他让观众意识到，我写的是戏，不是生活。舞台上演的是戏，不是生活本身。我不让你相信这是生活本身。另外，他不像斯坦尼要求演员进入角色，搞第一自我，第二自我。他要求演员清醒地意识到，我是个演员，我要表演这个人物。中国的表演程式化很厉害，演员很意识到自己怎样表演，怎样发声，怎样动作才美。不要求演员跟着人物走。中国观众看戏，不是完全掉进戏里，当然有些戏，特别是看苦戏，有些人是掉进戏里的。特别是一些老太太，台上演苦戏，她在台下一把鼻涕一把泪的哭。一般说，中国演悲剧，也不要求你那么感动。它要求你保留着欣赏态度。有人说，中国的京剧不感动人，我说，你埋怨错了，它不要求你感动。它的美学过程不一样。我在四川看过一个戏，写两个奸臣在吵架，一个说，你混蛋，另一个说，你混蛋。两个人吵得不可开交，这时，帮腔的唱："你俩都混蛋哪！"这就把观众的批评，直接由帮腔的人唱出来了。这表现了中国戏曲的很大特点。

3.中国的戏曲有独特的手法。它可以容纳进小说的成分,即所谓"闲文",它不是直接与戏剧情节有关系的东西,但对表现人物有帮助。比如《四进士》,在第三场中,宋士杰琢磨着回家后如何向干女儿杨素贞说,杨素贞又会怎样说法。回家后父女一对话,果然不出所料。当杨素贞刚说一句"我不是你的亲生女儿",这时,周信芳加了一句:"来了!"这两个字很是精彩:我等着她说的,果然说出来了。宋士杰说"我早知道你有这两句话了。"这一段,做为一个小过场,把宋士杰这个人对人情世故的练达表现得非常清楚。再比如《打渔杀家》,萧恩决定过江杀吕子秋一家。萧恩出门,桂英说:"爹爹请转。"萧恩说"儿呵,何事?""这门还未曾上锁呢。""这门麽,关也罢,不关也罢。"桂英说"里边还有许多动用的家具呢。"萧恩说:"傻孩子呵,这门都不关了,还要家具做甚。"桂英不明白,说"不要了?"萧恩说:"不明白的冤家!"这一细节,写桂英的不懂事,以及萧恩的压抑、悲愤、要报仇的老英雄的悲壮心理,就在这简单的对话中表现了出来。我们现在写戏的人没有这个功夫。京剧不容易表现生活,生活化的东西是不太多的。我们也有荒诞派的东西,如《一匹布》,故事荒唐,表现手法独特。

我们的戏曲也有缺点,历史故事,历史人物,特别是人物雷同化。年青人看不上劲,感到不满足,一个原因就是人物简单化,缺乏复杂的丰富的充满矛盾的性格。这是历史的局限。其实,外国的东西,在中古以前的东西,也没有这么复杂的性格,如《十日谈》、《堂·吉诃德》。我们现在创作要向外国学习借鉴。但是中国的戏剧是独树一帜的。现在的欧洲、美洲的许多戏剧家认为,戏剧的出路在中国。走中国戏曲的路子。对于我们戏曲的一些缺点,在创作时要注意避免。

四、小说的情节与细节呼应

李渔谈编戏有一段话,话不难懂,但很有道理。他说:"编戏有如缝衣,其初则以完全者剪碎,其后又以剪碎者凑成。剪碎易,凑成难。凑成之工,全在针线紧密;一节偶疏,全篇之破绽出矣。每编一折,必须前顾数折,后顾数折。顾前者,欲其照映;顾后者,便于埋伏。照映埋伏,不止照映一人,埋伏一事,凡是此剧中有名之人,关涉之事,与前此后此所说之话,节节俱要想到。宁使想到而不用,勿使有用而忽之。"照应、埋伏的关键是前思后想,要有总体构思。有的同志写小说,写这一段就只想这一段,这不行。写这一段时,往前想几段,看哪里需要照应;往后想几段,看是否应该埋伏。我们一般的写小说,往往很难从头至尾想得很周全。我有打腹稿的习惯,特别是短的。要往前想想,往后想想,不这样,写出来的小说就像个拼盘。埋伏,要埋伏得叫人看不出来,不露痕迹。照应应该是水到渠成。

五、主题的含藏

李渔讲到"立主脑"。为什么叫主脑?我想到风筝上有一根脑线。有了这根脑线,风筝才飘起来。但是让人看到的是风筝的那个形象,而不是那根脑线。中国有句俗话,叫"逢人只说三分话,未可全抛一片心。"在做人上这是庸俗的哲学,而写小说却是可以这样的。李渔说写诗文不可把话说尽,有十分只说二三分,如果全说出来就没意思了。虽没有写出来,但要使读者感觉得到。侯宝林说《买佛龛》,老太太买来佛龛,小伙子问"多少钱买的?"老太太说:"不能说买,要说'请'。""多少钱请的?""唉,这么个玩艺,六毛!"不再往下说了。如果说破了,说老太太一提到钱,心痛了,就忘了对佛龛的敬意。这就说白了。也就没有"嚼头"了。我们的作者往往把话说破了。再如契诃夫的《万卡》,最后是,寄给乡下的爷爷收。到这就完了。如果后边再加上:万卡不知道,他的爷爷是不会收到的。这就"白"了。也就不是契诃夫的《万卡》了。不说,更深刻;说破了,它感人的艺术效果就被削弱了许多。中国还有句话说"话到嘴边留半句"。点题的话,想说时你要忍着,留着,别把它说出来,像《红楼梦》中尤三姐说的一句话,"提着影戏人儿上场,好歹别戳破这层纸儿。"我觉得小说一般不要点题。

注　释

① 本篇原载《山东文学》1983 年第十一期,是作者 1983 年 4 月在德州文学讲座的发言,赵连起根据录音整理,经作者本人审阅,刊载时略删节;初收《汪曾祺全集》第六卷,北京师范大学出版社,1998 年 8 月。

关于小小说[①]

希腊人对于"诗铭"的要求是：

诗铭像蜜蜂。

一要蜜，

二要刺，

三要小身体。

这要求也可以移之于小小说，一篇好的小小说应该同时具备：有蜜，即有诗意；有刺，即有所讽喻；当然，还要短小精致。

《都城纪胜》论说书云："最畏小说人，盖小说者能以一朝一代故事顷刻间提破"。"提破"不知究竟当作何解释，但望文生义，大概就是提醒点破的意思。唯其能于"顷刻间提破"，所以"可畏"。小小说正应该这样，几句话就点出一种道理，如张岱记柳敬亭说书"找截干净，并不唠叨"。

有一幅宋人小画，只于尺幅中画一宫门，一宫女早起出门倒垃圾，倒的全是荔枝、桂圆、鸭脚（即百果）之类的皮壳。完全没有画灯火笙歌，但是宫苑生活的豪华闲逸都表现出来了。小小说也当这样。一般地说，小小说只能反映生活的一个侧面，但要让人想象出生活的全盘，写小小说，要留出大量空白。能不说的，尽量删去。

昔人云："忙中不及作草，家贫难办素食。"看人以为草字是匆匆忙忙地写出来的，没有时间，就潦潦草草写上几行。其实不是这样，无论是章草、狂草，都必须在心气平和，好整以暇时动笔，才能一气呵成，疏密有致。白石老人题画曰："心闲气静时一挥"，只有心闲气静，才能一挥而就。意大利的莱奥纳尔多·夏侠在小说《白天的猫头鹰》附记中说："'请你们原谅，这封信长了点儿'伟大的十八世纪的一个法国男人（或女人）写道，因为我没有时间把它写得短些。"这是经验之谈。冗长芜杂往往由于匆忙粗率。素菜是不好办的。一般人家，炒个肉丝什么的，不算什么。真要炒出一盘好素菜，可困难。要极好的鲜菜，要好配料——冬笋、松菌、核桃仁、百果、山药……，要好刀功，好火候。一篇好的小小说要像几行神完气足的草书，一盘生鲜碧绿的素菜。

注　释

① 本篇原载《百花园》1983 年第四期，又载《小小说选刊》1985 年创刊号。

我是一个中国人①

——散步随想

　　我实在不想说话,因为没有什么话可说。我对文艺界的情况很不了解。这几年精力渐减,很少读作品,中国的,和外国的。我对自己也不大了解。我究竟算是哪一"档"的作家?什么样的人在读我的作品?这些全都心中无数。我一直还在摸索着,有一点孤独,有时又颇为自得其乐地摸索着。

　　在山东菏泽讲话,下面递上来一个条子:"汪曾祺同志:你近年写了一些无主题小说,请你就这方面谈谈看法。"因为时间关系,我当时没有来得及回答。到了平原,又讲话,顺便谈了谈这个问题。写条子的这位青年同志(我相信是青年)大概对"无主题小说"很感兴趣,可是我对这方面实在无所知。我不知道有没有这个提法,这提法是从哪里来的。我只听说过"无主调音乐",没有听说过"无主题小说"。我说:我没有写过"无主题小说"。我的小说都是有主题的。一定要我说,我也能说得出来。这位递条子的同志所称"无主题小说",我想大概指的我近年发表的一些短小作品,如在《海燕》上发表的《钓人的孩子》,《十月》上发表的一组小说《晚饭花》里的《珠子灯》。这两篇小说都是有主题的。《钓人的孩子》的主题是:货币使人变成魔鬼。《珠子灯》的主题是:封建贞操观念的零落。

　　不过主题最好不要让人一眼就看出来。

　　李笠翁论传奇,讲"立主脑"。郭绍虞解释主脑即主题,我是同意郭先生的解释的。我以为李笠翁所说"主脑",即风筝的脑线。风筝没有脑线,是放不上去的。作品没有主题,是飞不起来的。但是你只要看风筝就行了,何必一定非瞅清楚风筝的脑线不可呢?

脑线使风筝飞起,同时也是对于风筝的限制。脑线断了,风筝就会不知道飞到哪里去了。主题对作品也是一种限制。一个作者应该自觉地使自己受到限制。人的思想不能汗漫无际。我们不能往一片玻璃上为人斟酒。

> 鸟飞在天上,
> 影子落在地下。[②]

任何高超缥缈的思想都是有迹可求的。

捉摸捉摸一个作品的主题,捉摸捉摸作者想说的究竟是什么,对读者来说,不也是一种乐趣么?"好读书,不求甚解;每有会意,便欣然忘食",这是一种很惬意的读书方法。读小说,正当如此。

不要把主题讲得太死,太实,太窄。

也许我前面所说的主题,在许多人看来不是主题(因此他们称我的小说为"无主题小说")。在有些同志看来,主题得是几句具有鼓动性的、有教诲意义的箴言。这样的主题,我诚然是没有。

我是一个中国人。

中国人必然会接受中国传统思想和文化的影响。我接受了什么影响?道家?中国化了的佛家——禅宗?都很少。比较起来,我还是接受儒家的思想多一些。

我不是从道理上,而是从感情上接受儒家思想的。我认为儒家是讲人情的,是一种富于人情味的思想。《论语》里的孔夫子是一个活人。他可以骂人,可以生气着急,赌咒发誓。

我很喜欢《论语·子路曾皙冉有公西华侍坐章》。"暮春者,春服既成,冠者五六人,童子六七人,浴乎沂,风乎舞雩,咏而归。"我以为这是一种很美的生活态度。

我欣赏孟子的"大人者,不失其赤子之心"。

我认为陶渊明是一个纯正的儒家。"暧暧远人村,依依墟里烟。

狗吠深巷中,鸡鸣桑树颠。"我很熟悉这样的充满人的气息的"人境",我觉得很亲切。

我喜欢这样的诗:"万物静观皆自得,四时佳兴与人同","顿觉眼前生意满,须知世上苦人多"。这是蔼然仁者之言。这样的诗人总是想到别人。

有人让我用一句话概括出我的思想,我想了想,说:我大概是一个中国式的抒情的人道主义者。

我不了解前些时报上关于人道主义的争论的实质和背景。我愿意看看这样的文章,但是我没有力量去作哲学上的论辩。我的人道主义不带任何理论色彩,很朴素,就是对人的关心,对人的尊重和欣赏。

讲一点人道主义有什么不好呢?说老实话,不是十年"文化大革命"的惨痛教训,不是经过三中全会的拨乱反正,我是不会产生对于人道主义的追求,不会用充满温情的眼睛看人,去发挖普通人身上的美和诗意的。不会感觉到周围生活生意盎然,不会有碧绿透明的幽默感,不会有我近几年的作品。

我当然反对利用"人道主义"来诋毁社会主义,诋毁我们伟大的祖国。

关于现代派。

我的意见很简单:在民族传统的基础上接受外来影响,在现实主义的基础上吸收现代派的某些表现手法。

最新的现代派我不了解。我知道一点的是老一代的现代派。我曾经很爱读弗·吴尔芙和阿左林的作品(通过翻译)。我觉得在社会主义现实主义的旗帜下的某些苏联作家是吸收了现代派的表现手法的。比如安东诺夫的《在电车上》,显然是用意识流的手法写出来的。意识流是可以表现社会主义内容的,意识流和社会主义内容不是不相容,而是可以给社会主义文学带来一股清新的气息的。

我的一些颇带土气的作品偶尔也吸取了一点现代派手法。比如《大淖记事》里写巧云被奸污后第二天早上的乱糟糟的,断断续续,飘飘忽忽的思想，就是意识流。我在《钓人的孩子》一开头写抗日战争时期昆明大西门外的忙乱纷杂的气氛，用了一系列静态的，只有名词，而无主语、无动词的短句，后面才说出"每个人带着他一生的历史和半个月的哀乐在街上走"，这颇有点现代派的味道。我写过一篇《求雨》（将在《钟山》第四期发表），写栽秧时节不下雨，望儿的爸爸和妈妈一天抬头看天好多次，天蓝得要命，望儿的爸爸和妈妈的眼睛是蓝的。望儿看着爸爸和妈妈，望儿的眼睛也是蓝的。望儿和一群孩子上街求雨，路上的行人看着这支幼弱、褴褛、有些污脏而又神圣的小小的队伍，行人的眼睛也是蓝的。这也颇有点现代派的味道（把人的眼睛画蓝了，这是后期印象派的办法）。我觉得这没有什么不可以。而且我觉得只有这样写才能达到预期的效果。也可以说，这样写是为了主题的需要。

我觉得现实主义是可以、应该，甚至是必须吸收一点现代派的手法的，为了使现实主义返老还童。

但是我不赞成把现代派作为一个思想体系原封不动地搬到中国来。

爱护祖国的语言。一个作家应该精通语言。一个作家，如果是用很讲究的中国话写作，即使他吸收了外来的影响，他的作品仍然会具有鲜明的民族风格。外来影响和民族风格不是对立的矛盾。民族风格的决定因素是语言。五四以后不少着力学习西方文学的格律和方法的作家，同时也在着力运用中国味儿的语言。徐志摩（他是浙江硖石人）、闻一多（湖北浠水人），都努力地用北京话写作。中国第一个有意识地运用意识流方法，作品很像弗·吴尔芙的女作家林徽因（福州人），她写的《窗子以外》、《九十九度中》，所用的语言是很漂亮的地道的京片子。这样的作品带洋味儿，可是一看就是中国人写的。

外国的现代派作家，我想也是精通他自己的国家的语言的。

用一种不合语法，不符合中国的语言习惯的，不中不西、不伦不类的语言写作，以为这可以造成一种特殊的风格，恐怕是不行的。

我的作品和我的某些意见,大概不怎么招人喜欢。姥姥不疼,舅舅不爱。也许我有一天会像齐白石似的"衰年变法",但目前还没有这意思。我仍将沿着这条路走下去。有点孤独,也不赖。

一九八三年六月七日

注　释

① 本篇原载《北京师范学院学报:社哲版》1983 年第三期,又载《当代作家评论》1995 年第四期;初收《晚翠文谈》,浙江文艺出版社,1988 年 3 月。

② 蒙古族民歌。

生活・思想・技巧①

——在张家口市小说创作座谈会上的发言

张家口在我的一生中是很难忘的一个地方。张家口是我的"流放"城市，我在这里度过了四个年头，对这个地方很有感情。去年我到伊犁去，那是林则徐发配的地方。林则徐离开伊犁时他不是悲哀，不是庆幸，而是留恋，临走时写了一首诗，其中两句我仍记得"格登山色伊江水，回首依依勒马看。"我很能理解他的感情。张家口在我的写作生涯中，比较起作用，我的那本集子除了四篇是解放前写的，解放后写的十二篇中有七篇以张家口为背景，过了半数。五九年我写过一些小说，后来搞戏了，重新拿起笔写小说，还是从张家口开始的。有人说，你打成右派被流放，不引起你的怀恨，反而对党很有感情，这点是一些年轻人不理解的。我说，如果不是戴帽子下放劳动，就不会和群众这样接近。我们住在一个大炕上，虱子可以自由自在地从最西边的人身上爬到最东边的人身上。这一点也不夸张。这样可以真正了解群众，了解生活。另外看到中国历史是谁推动的，谁起支柱的作用。我觉得，倒了霉有好处，作为作家生活上坎坷曲折一些对生活理解，对人的看法，可以更深一些，经受了辛酸苦辣，悲欢离合，能真正感受到群众的疾苦和他们的想往。

文联给我寄去的刊物看了看，很高兴、欣慰。我那时在张家口，文学创作给我的感觉，有一种沙漠感；现在，一片繁荣，这说明大家做了大量的工作。我相信不久的将来，张家口文学还会有新的崛起。

现在随便谈谈吧，还是生活、思想、技巧这些问题。

首先说说作家主观、客观世界的关系。有一些年轻人说他们的小说不是表现客观世界，是表现自我。表现自我不是不可以，但不能认为表现自我的才是高级作品,表现客观事物的就是低级作品。这种提法,未免有些过分。作品有主观东西在内,通过主观世界来反映客观世界,客观世界本身不是作品。用个现代派的词,主观和客观"拥抱"这样说也可以。说"浸透"也可以。反正主客观是不可分开的。纯主观的文学作品是没有的。作品中既不可能有那种单纯思想性、纯理性的存在;也不可能有一种不是浸透了作者主观感情、主观色彩的作品。还是主观和客观的统一。完全写个人的内心活动,这样的作品也是有的。前几年时髦了一阵意识流。英国的意识流祖师爷乔伊斯,写他的内心活动。他长期过隐居生活,和外界没有接触。但这还是很少的。在我们的社会主义国家,生活是热烈丰富的。强调写自我的年轻人,让我们想起希腊的一个传说。有一个少年美男子,他整天在水边凝视自己的倒影,越看自己越美,结果跳水死了,水里长出一株花,叫水仙花,这位少年的名字叫纳绥色斯,后来的"自我恋",就是用这个少年的名字命名的。年轻人整天如果凝视自己的倒影,认为自己最美,就像那棵水仙花。还是应观察客观世界。客观世界有很多美的东西。个人内心活动就是那么高雅、深奥?不一定。应该看到我们周围世界有很多美的、真实的东西。作家要有一双善于发现的眼睛,要比别人看到的多。对于很平常的东西,要能从中看到诗,对周围的事情充满兴趣。善于感受是作家应该具备的。作家永远保持对生活的新鲜感,保持对生活的惊奇。"多愁善感",多愁不说,要善感。在某些地方要向孩子学习,要有童心,觉得生活"好玩儿",对生活要有兴趣。一个诗人、小说家,应该保持自己对生活的热爱。

有人问我的《大淖记事》这样一些小说是怎样写出来的。我小时候上学,东瞧瞧、西瞧瞧,什么东西也愿意瞧。捏面人的也好,吹糖人也好,竹匠也好。还有铁匠打铁,怎么把一块铁打成一个镰刀,三敲两敲变了形。还有银匠,一小块银片,一会儿敲打成一个小罗汉。前年回家乡,我姐姐很奇怪,说:"过去那些事我都忘了,怎么你还记得?"有个亲戚请我喝酒,过去,他家开过布店,我可以把布店的整个格局,包括气氛包括布店后头屏门上的一副对子背下来:"山缘有骨撑千古,海以能容纳百川,"背完他笑了说:"过了四十多年你还能记得那么清?"所以,对生活充满兴趣,一看就是有收获的。这就是生活,就是人的活动。

关于做不做笔记的问题,可能记就记,不可能记就不记。有个笔记本随时记着也好。有的想法和观察到的东西,暂时还没形成作品,记下来有好处。随记是很有用的,以后可以成为作品。有人也不记。我有一个本,但别人看不懂,有的记一个词儿,或做几个符号。一般来说,生活曾使你感动过的东西不容易忘。前年回家乡,人们问我小时候是不是有个小本本,到处记,不然你怎么记那么清?我当时根本也没想写小说,那时很小,也没笔记本这些东西。但我靠我对这些周围世界有兴趣。一个冷淡、冷漠的人是不可能成为作家。作家不是铁石心肠。一个作家的创作和他小时候的生活很有关系,小时候到处去玩,到处记忆,到处感受。我的老师曾说:到处去转、去走,他的心永远为新鲜的事物而跳动。作家有好眼睛会看,好耳朵会听,好鼻子会闻。比如:我那老师写过黄昏时甲虫的气味。谁闻过甲虫的气味呢?是有的。对生活充满兴趣,对颜色、声音、气息,要有深彻的情感。另外,语言、形象的记忆也很重要。形象储存在大脑中,大脑储存有许多信息。一个人物写得好,语言丰富,跟生活积累储藏有关系,那样才不至于枯燥没得说。这是作家的"特异功能",要感受到别人不能感受到的生活气息。

下面说说美学情感的需要和社会效果。美学情感叫创作契因,创作冲动都可以。这是我的理解。生活触动你,你看了以后有所感,有所动,这东西很珍贵。我就《受戒》这篇作品谈谈这个问题。《受戒》中写了四十三年前一个梦,很多人问我,有的直接了当,有的绕弯:"你当过和尚吗?你怎么对那个生活这么熟悉?"以为我当过小和尚、我和小英子有过初恋,没那么回事。但是,我确实在小庙中住过半个月,整天和那些和尚生活在一起。我首先第一次知道,和尚也是人。原来只知道和尚会念经,做法事,他们平常怎么生活呢?那个小庙的和尚以念经为职业,平常也种地、打柴,有时也吃肉,而且,唱稍带色情的民歌。有的和尚也是结过婚的。和尚的生活也是人的生活。我那个小庙中,和尚把媳妇接到庙里住,的确是真的。在那里,从跟人英小英接触,真正感受到劳动人民的生活,他们从生理到情绪的发展是健康的,跟我们那些女同学、表姐、表妹受封建的资产阶级思想的教育,精神上带有某种畸形状态很不一样。小英子她这个少女比我们同阶级的少女更健康优美。正因为我有这些朦胧的感受,四十三年以后终于把它写出来了。我说,我要写,把它写的健康,有诗意。确实准备没地方发表,我自己"玩儿"。结果给我们剧院同志看了,他说很喜欢,心理又很矛盾,在一次会上谈创作思想混乱时说:还有人写这些东西。后来《北京文学》编辑听说,拿去看了。我说:要发是要担风险的。有人说:有这样的作家敢写,也要有这样的编辑敢发。我很自信,就是,我不是伤风败俗,而想激发年轻人向上的情绪,引导一种纯洁健康感情。所以,我是有自信心的。我有这个美学感情,有这个需要,生活打动了我。如果没有这个东西,没有打动你的东西,就很容易公式化。我写《大淖记事》也这样。我前年回家乡,我儿子也到那去看了说:哪有你写得那么美,完全是一摊臭水。的确变了,因为造纸厂的污水排到了那里。前年我回去,到大淖看了看,我说:"哎呀!我的大淖变成这样了!"过去,我总在大淖边玩,生活非常熟。小锡匠的事有那么回事,没有我也造不出来。另外我把两个地方合起来写了。我家南边有一个地方叫越塘,有许多挑夫,我上小学、初中往来经过那里,我对挑夫是很熟悉的。过去对挑夫是看不起的。很苦,冬天住草房,冰柱挂老长。这些挑夫全靠劳力吃饭。《大淖记事》的结尾,巧云当挑夫去了。这不是巧云的事,是一个姓戴的人家,男人抬轿子,后来腿得了病,肿得像大象腿,抬不了轿子了,轿夫靠腿脚吃饭,一天不干活就吃不上饭。结果,原来很不起眼的轿夫老婆完全变了一个人,漂亮起来,利索起来,她出去当挑夫,把全家生活担了起来。我感觉到她了不起,很不简单,对她很钦佩。我说,美学情感,创作契因,就是一开始打动你的是什么。小锡匠为了爱情被人打死,也了不起;抬轿子老婆,一下变了,从内在到外表都变得很美。这些引起我对生活的向往对这种妇女的钦佩,这是我把这些事搁了四十几年终于写成了这篇小说的动因。没有打动自己,怎能打动别人呢。

下面谈一下,对生活选择和舍弃问题。前面谈生活积累,储存,对形象的记忆,说明作家要有丰富的生活积累。你就那么一点材料,想写好一篇东西不容易。关于创作自由,不是决定于外在,而是决定于作者本人。不是政治气压低写不下去了,不在于批评家一时某种论调和政治风向。真正的创作自由,我认为是:可以挥洒自如,从心所欲,想怎么写就怎么写。生活丰富怎么写都行。海明威说:"冰山之虽显得雄伟,是因为它在水面上只有七分之一",七分之六在水里看不见。作家表现生活至多是你生活积累的七分之一。你写这篇东西,不但有关这篇作品的生活要熟悉,没有写进去的甚至无关的生活也应熟悉,只有这样才能从心所欲。我写了一些旧社会的东西。我并不是有很多新社会的题材不写而写旧社会。我今年63岁了,旧社会生活一半,新社会生活一半,在旧社会童年生活是我一切生活感觉最深的时候,另外,那种社会已经过去了,已经沉淀了,就更清楚了。新社会如果没有看得很清楚,没有感受到生活的深度,就写不好。我要写熟悉的感受深的生活。从某个角度说,写新社会不像写旧社会那样随心所欲、任意挥洒。这不能勉强。我愿意写新社会,但不如对旧社会熟悉。如《七里茶坊》写的是现在,因为我熟悉,所以也愿意写。

生活要长期的积累,对生活观察和思考需要一定时间。有的生活也比较熟,但还没有扎根到实处,就是那真正动人的是什么。我写《七里茶坊》时想写一句"过年了,怎么也得让坝下人吃上一口肉",当时还没找到,找了好多年。坝上赶牛人并没有真的说了这句话,他们是从行动中表现出来的,下大雪还从坝上赶牛下来,他们的行动说了这句话,嘴没说。这句朴素美丽的话,我想了很多年,我要找到这东西。对生活要用自己的头脑去思考,不是按政治条文套。《七里茶坊》这篇小说是不像小说的小说,看来散一些。契诃夫的《草原》也写的很散。有个读者读了《七里茶坊》来信说"这些普通的劳动者是我们民族的支柱"。我觉得他完全看懂了我的作品。我们民族经了那么多苦难,包括大跃进,三年自然灾害,靠什么顶过来?是他们支撑着奋斗过来了。不论多困难,他们该掏粪还掏粪,该干活还干活。要从平凡的生活中挖掘提炼出思想意义。

选一个题材,写一个人物,对他的前前后后要很熟悉,很清楚。虽写的是片断,要有历史感。前几年有争议的一幅画,现在没问题了。罗中立画的,题目《父亲》,很多人看了掉眼泪。从这个形象能看到很多东西,我们父辈经过了怎样的坎坷、苦难、折磨,生活使他迟钝、近乎麻木了。但他的眼睛没有完全失去对生活的希望,对生活又那样执着真诚。画的是现在的片断,却看到了他的过去和将来。

高晓声写《李顺大造屋》、《陈奂生上城》也是有历史的深度的。这两篇小说有争议,我说这并不是对我们社会主义抹黑。有人说,带一些阿Q遗迹,农民不带一点阿Q遗迹相当困难。现在写横断面较多,写纵断面较少,但都要从作品中看到历史的年轮。不能就事论事,这样不能深。

《米市上》②写得很好,我很喜欢。这篇东西内容很简单,好处是写了米市上浓郁的生活气息,米市上各种人的活动。对生活熟悉,写出生活本身,生活本身就是艺术,并不只是人物的陪衬。而且语言好。我感到不满足的是卖米的宋世贵,他过去是干什么的,是农民,还是粮商?他这个人在米市上显然不是第一次去卖。他这个人对人情世故是很练达的,很有经验。他怎么形成的这样的性格特点,过去怎么做这个买卖,怎么做法?那个女孩,冒领皮夹子,他怎么一眼看出。那个丢皮夹子的人,是个相当讨厌的人,挺"油"的,他对这个人怎么想的?想到不一定都写出来,但你想到了人家就能感觉到。就是说那七分之六不是不存在。有时写短的东西,实际容量大,也可能比长的东西更长,有浓缩度,让观众、读者感受想象的东西更多。一个作家没有写出的要比写出的东西多得多,这样的作品才厚实,有琢磨头,不是平面的东西。有可琢磨的就必定是作者琢磨过的。

关于思想内涵问题。"四人帮"提主题要"明确",现在不大有人这样提了。我想主题不要外露,包藏的越严越好。思想溶化在形象里。对我的作品有些评论,还没人说我的作品看不懂。也有的同志提出,说我在近年来写了些无主题小说。提这个问题的,我估计是个青年同志,可能他对无主题小说相当感兴趣。我说,我不知道什么叫无主题小说,我没听说过这个提法,这个提法是国产的还是外来的。只听说过无主调音乐,没听说过无主题小说。我的小说有主题,一般我不愿意说出来。高晓声反对人问他主题是什么,说:我要几句话说出来,何必写小说。我不那么绝对。我发表过一个很短的东西,叫《钓人的孩子》,另外还有两篇发表在《十月》和《文汇月刊》,很可能让人问你写的是什么?让我说,《钓人的孩子》的主题是:货币使人变成魔鬼。写的是抗日战争时昆明大西门外一个市集上,很多人想捡到钱发一个小小的横财。这时,地上掉了一张钞票,然后写到这张钞票可以扯多少布,在哪个牛肉馆吃一顿喝一顿,写了它的价值。有人弯腰捡,一捡钞票,飞了。原来铺子后有个小孩儿,在钞票上系了根黑线,谁捡,他一抻。上当的不止一个人。这孩子吃得很饱,长得很胖,长得很狡滑,我写道:这是一个小魔鬼,这不,主题已经点出来了。

我还写过一篇《珠子灯》。一个少爷,读了一些新东西,接受一些新思想。少奶奶从小也是书香门第,她家里从小教她中国古典文学作品,很有文化,能背全部《诗经》,全部《西厢记》、《长恨歌》。我们那里有个风俗,嫁姑娘第二年娘家送一套灯,挂在新房中。这灯按照姑娘家的财力、地位有所不同,有玻璃泡,必须有一个麒麟送子。还有一个主灯、用绿颜色的玻璃珠穿起来的八角宫灯。送灯的意思是希求多子。稍微有些钱的,城市的书香门第都讲究送灯,吹乐器,放鞭炮。后来少爷死了,临死遗言,不要守节。这事在少奶奶是根本不能想象的事。少爷死了以后,少奶奶对少爷生前遗物不能挪动一点地方,一封信放在抽屉中几十年也不能动,茶壶在哪,清清楚楚,一个旧印。少奶奶不改嫁,经常有病,躺在床上,能听到蜻蜓扇动翅膀的声音。还有一种声音,玻璃珠子断了线掉在地上单调的声音,后来她死了,这屋锁起来,可是从这间屋子里还经常听见玻璃珠子掉在地上的声音。我说,这篇小说的主题是:封建贞操观念的零落。我的小说有主题,而且我认为小说主题很重要。但主题不要让人一下看出来,一露了,就浅了,浅露、浅露、没有琢磨劲,不要这样,才能使作品思想深一些,广阔一些。

李笠翁讲"立主脑",主题是主脑,主题和作品的关系,是脑线和风筝的关系，没有脑线风筝放不上去，没有主题作品飞不起来。但我们看的是风筝，不是脑线。主题是作品飞起来不可缺少的条件，又是作者思想必要的限制。没脑线，风筝不知飞到哪里去了。作品表现的思想是一定的思想，不可能包括一切。主题是作家自觉地对自己的限制，主题也就是限制。就如倒水要倒在杯子里，不能往桌子上倒，没个限制。主题不能一眼看出，但可以琢磨。内蒙古的民歌"鸟飞在天上，影子落在地上"，任何高超飘渺的思想都是有迹可求的。不要把主题看得太死，太窄。陶渊明的读书态度我赞成"好读书，不求甚解"，想的差不离儿就行。这是一方面。另外"每有会意，便欣然忘食"，这也是个乐趣。

《七里茶坊》那个读者来信说，这是我们民族的支柱，说到我心里去了。我就要说出这个东西，但不能由我说出来。小说自己不能点题。中国有句古话：逢人只说三分话，未可全抛一片心。这在做人上，是庸俗的处世哲学，写小说就应这样。都说了，读者会反感：你都说了，要我干嘛？留下七成让他去琢磨。"话到嘴边留半句"，千万别都说了，一说露了，没嚼头了。侯宝林有个相声小段《买佛龛》这是北京的风俗。在路上碰见一个小伙子，小伙子傻愣愣地问："老太太您从哪买的佛龛？"老太太说："小伙子，不能说买，得说'请'。""噢，老太太您多少钱'请'的，""他妈的，就这么个玩意儿，六毛！"说到这为止了，再说两句也可以，说老太太对钱心痛，把对佛龛的崇敬全忘了，这就没意思了。

大家大概都读过《万卡》这篇小说，万卡在外学徒很苦，老板打他，他想起了爷爷，买了纸、笔，给爷爷写信，完全是小孩儿的话，想起了乡下的生活，这里实在受不了了，爷爷快来接我，不然我要死了……最后在信封上写上：寄给乡下爷爷收。完了。要是我们的作家该说：万卡不知道爷爷是收不到这封信的，要不再加上一句：万卡是多么值得同情啊！

井绍云的《憨人轶事》③写得很好，好处不说了。只说一下结尾。我觉得这篇小说如果写到这，姑娘给他一包东西……"他捏着湿透了的信纸，看见了上面的文字，那目光再也移动不得几乎呆了。春生同志：你对我提的那桩事，我反复考虑了，没有意见。若赵庆祥同志不嫌弃,请将这张像片转送给他,并请他回送一张。再谈……。"下面有一句话"天!这是怎么回事?"我想到这就行了。而你下面又写了一大段话:"憨五愣了片刻,恍然大悟……"到完,这段可以整个不要,这段是点题了。怎么回事让读者去琢磨,全说出来了,反而说白了。《王老耿赌气》④这篇小说,王老耿工作上追求进度、奖金,不讲质量,然后又去洗澡,遇到老书记说心里话,老书记为他打通了思想,王老耿说:"这回,反正就反正了,以后您瞧我的吧。"写到这就行了。下面又加了个"三个人爽朗的笑声在夜空回荡着"。这就没有余味了。《红楼梦》尤三姐有一句话:"提着影戏人上场,好歹别戳破这层纸",不要把这层纸捅破,捅破就没意思了。不用说就可以明白的话,千万不要把它点透,要让形象说话。

　　下面讲李笠翁说写作如缝衣,先将完整的料子剪碎,再将剪碎者凑成。每编一折,必须前顾几折,后顾几折,顾前者为了照应,顾后者便于埋伏。照应埋伏不只照应一人,埋伏一事,写这一折戏,凡是剧中有名之人、有关之事,所说之话,皆要想到。往前往后都要想想,有些细节、情节必须照应。祝凤潮的作品很懂这一点,如《夸富》⑤中前后呼应写得好,他写了两个大嫂,一个立早章嫂,一个弓长张嫂。前面写"立早章嫂自嫁到章家没有下过一天地,风不吹日不晒,她又懂得打整,个头不高却难得保养得白白胖胖,眉眼不出众可也是细皮嫩肉,穿上件鲜鲜亮亮的的确良花褂子,谁也不能不承认她是姜家屯数一数二的漂亮人。张嫂和章嫂脚前脚后嫁到姜家屯,又都是三十五、六岁,可看起来立早章嫂起码要比弓长张嫂嫩面个四五岁还多。"后面写到弓长张嫂也买了电视机,而且要包场电影给全村看。"张嫂看着一家大的小的都穿戴好了,她自己才穿才戴,才梳洗打整,打扮得哪哪儿都像个要出阁的样子。敢情一打扮出来她也不显老,她也不显丑,哼,比章嫂那可受看多了。"这样前后一对照,一呼应,就很鲜明了。写前边一定想到写后边。我发现我们一些作者写到后来往往把应该照应的重要的东西落了。

　　《豆腐二嫂》⑥写得很好,前面有一段很动人。她听了闺女说过儿句话,是很沉痛的,但后写豆腐二嫂嫁给石夯,大大派派的,她闺女什么态度?前面写到她闺女一句话刺激了豆腐二嫂,外面风言风语很多,可后来她闺女如何了?我说有两个办法,一个是不理她妈了;一个是她觉得妈这样做是对的,在大庭广众下叫石夯一声"爹!"

王颖同志写的《兰妮》⑦,写了兰妮那双鞋,通过这个道具和她的衣着,把这个孩了山药蛋气写出来了,后来发现她品质很高贵,最后还应落在这双鞋上。大家一开始因这双鞋看不起她,后来认为她很高贵了,还应写出对那双鞋有个什么态度。

因为时间关系,今天就讲这些。本来还准备了另外一些问题,来不及讲了。因此这个发言从布局上讲,是很不匀称的。

发言里提到一些张家口市的作者的作品,所说意见未必恰当,仅供参考。

注　释

① 本篇原载《浪花》1983 年第三期。

② 《米市上》(《浪花》1981 年第四期)

③ 《憨人轶事》(《浪花》1981 年第三期)

④ 《王老耿赌气》(《浪花》1981 年第四期)

⑤ 《夸富》(《浪花》1982 年第三期)

⑥ 《豆腐二嫂》(《浪花》1981 年第三期)

⑦ 《兰妮》(《浪花》1981 年第三期)

《晚饭花集》自序^①

一九八一年下半年至一九八三年下半年所写的短篇小说都在这里了。

集名《晚饭花集》，是因为集中有一组以《晚饭花》为题目的小说。不是因为我对这一组小说特别喜欢，而是觉得其他各篇的题目用作集名都不太合适。我对自己写出的作品都还喜欢，无偏爱。读过我的作品的熟人，有人说他喜欢哪一两篇，不喜欢哪一两篇；另一个人的意见也许正好相反。他们问我自己的看法，我常常是笑而不答。

我对晚饭花这种花并不怎么欣赏。我没有从它身上发现过"香远益清"、"出淤泥而不染"之类的品德，也绝对到不了"不可一日无此君"的地步。这是一种很低贱的花，比牵牛花、凤仙花以及北京人叫做"死不了"的草花还要低贱。凤仙花、"死不了"，间或还有卖的，谁见过花市上卖过晚饭花？这种花公园里不种，画家不画，诗人不题咏。它的缺点一是无姿态。二是叶子太多，铺铺拉拉，重重叠叠，乱乱哄哄地一大堆。颜色又是浓绿的。就算是需要进行光合作用，取得养分，也用不着生出这样多的叶子呀，这真是一种毫无节制的浪费！三是花形还好玩，但也不算美，一个长柄的小喇叭。颜色以深胭脂红的为多，也有白的和黄的。这种花很易串种。黄花、白花的瓣上往往有不规则的红色细条纹。花多，而细碎。这种花用"村"、"俗"来形容，都不为过。最恰当的还是北京人爱用的一个字："怯"。北京人称晚饭花为野茉莉，实在是抬举它了。它跟茉莉可以说毫不相干，也一定不会是属于同一科，枝、叶、花形都不相似。把它和茉莉拉扯在一起，可能是因为它有一点淡淡的清香，——然而也不像茉莉的气味。只有一个"野"字它倒是当之无愧的。它是几乎不用种的。随便丢几粒种籽到土里，它就会赫然地长出了一大丛。结了籽，落进土中，第二年就会长出更大的几丛，只要有一点空地，全给你占得满满的，一点也不客气。它不怕旱，不怕涝，不用浇水，不用施肥，不得病，也没见它生过虫。这算是什么花呢？然而不是花又是什么呢？你总不能说它是庄稼，是蔬菜，是药材。虽然吴其濬说它的种籽的黑皮里有一囊白粉，可食；叶可为蔬，如马兰头；俚医用其根治吐血，但我没有见到有人吃过，服用过。那就还算它是一种花吧。

我的小说和晚饭花无相似处，但其无足珍贵则同。

我的对于晚饭花还有一点好感，是和我的童年的记忆有关系的。我家的荒废的后园的一个旧花台上长着一丛晚饭花。晚饭以后，我常常到废园里捉蜻蜓，一捉能捉几十只。选两只放在帐子里让它吃蚊子（我没见过蜻蜓吃蚊子，但我相信它是吃的），其余的装在一个大鸟笼里，第二天一早又把它们全放了。我在别的花木枝头捉，也在晚饭花上捉。因此我的眼睛里每天都有晚饭花。看到晚饭花，我就觉得一天的酷暑过去了，凉意暗暗地从草丛里生了出来，身上的痱子也不痒了，很舒服；有时也会想到又过了一天，小小年纪，也感到一点惆怅，很淡很淡的惆怅。而且觉得有点寂寞，白菊花茶一样的寂寞。

我的儿子曾问过我："《晚饭花》里的李小龙是你自己吧？"我说："是的。"我就像李小龙一样，喜欢随处留连，东张西望。我所写的人物都像王玉英一样，是我每天要看的一幅画。这些画幅吸引着我，使我对生活产生兴趣，使我的心柔软而充实。而当我所倾心的画中人遭到命运的不公平的簸弄时，我也像李小龙那样觉得很气愤。便是现在，我也还常常为一些与我无关的事而发出带孩子气的气愤。这种倾心和气愤，大概就是我自己称之为抒情现实主义的心理基础。

这一集，从形式上看，如果说有什么特点，是有一些以三个小短篇为一组的小说。数了数，竟有六组。这些小短篇的组合，有的有点外部的或内部的联系。比如《故里三陈》写的三个人都姓陈；《钓人的孩子》所写的都是与钱有关的小故事。有的则没有联系，不能构成"组曲"，如《小说三篇》，其实可以各自成篇。至于为什么总是三篇为一组，也没有什么道理，只是因一篇太单，两篇还不足，三篇才够"一卖"。"事不过三",三请诸葛亮,三戏白牡丹,都是三。一二三,才够意思。

我写短小说,一是中国本有用极简的笔墨摹写人事的传统,《世说新语》是突出的代表。其后不绝如缕。我爱读宋人的笔记甚于唐人传奇。《梦溪笔谈》、《容斋随笔》记人事部分我都很喜欢。归有光的《寒花葬志》、龚定盦的《记王隐君》,我觉得都可当小说看。

第二是我过去就曾经写过一些记人事的短文。当时是当作散文诗来写的。这一集中的有些篇,如《钓人的孩子》、《职业》、《求雨》,就还有点散文诗的味道。散文诗和小说的分界处只有一道篱笆,并无墙壁(阿左林和废名的某些小说实际上是散文诗)。我一直以为短篇小说应该有一点散文诗的成分。把散文诗编入小说集,并非自我作古,我看到有些外国作家就这样办过。

第三,这和作者的气质有关。倪云林一辈子只能画平远小景,他不能像范宽一样气势雄豪,也不能像王蒙一样烟云满纸。我也爱看金碧山水和工笔重彩人物,但我画不来。我的调色碟里没有颜色,只有墨,从渴墨焦墨到浅得像清水一样的淡墨。有一次以矮纸尺幅画初春野树,觉得需要一点绿,我就挤了一点菠菜汁在上面。我的小说也像我的画一样,逸笔草草,不求形似。又我的小说往往是应刊物的急索,短稿较易承命。书被催成墨未浓,殊难计其工拙。

这一集里的小说和《汪曾祺短篇小说选》(北京出版社一九八二年出版),在思想上和方法上有些什么不同?很难说。几笔的功夫,很难看出一个作者的作品有多少明显的变化。到了我这样的年龄,很难像青年作家一样会产生飞跃。我不像毕加索那样多变。不过比较而言,也可以说出一些。

从思想情绪上说,前一集更明朗欢快一些。那一集小说明显地受了三中全会的间接影响。三中全会一开,全国人民思想解放,情绪活跃,我的一些作品(如《受戒》、《大淖记事》)的调子是很轻快的。现在到了扎扎实实建设社会主义的时候了,现在是为经济的全面起飞作准备的阶段,人们都由欢欣鼓舞转向深思。我也不例外,小说的内容渐趋沉着。如果说前一集的小说较多抒情性,这一集则较多哲理性。我的作品和政治结合得不紧，但我这个人并不脱离政治。我的感怀寄托是和当前社会政治背景息息相关的。必须先论世，然后可以知人。离开了大的政治社会背景来分析作家个人的思想，是说不清楚的。我想，这是唯物主义的方法。当然，说不同，只是相对而言。如果把这一集的小说编入上一集，或把上一集的编入这一集，皆无不可。大体上，这两集都可以说是一个不乏热情，还算善良的中国作家八十年代初期的思想的记录。

在文风上，我是更有意识地写得平淡的。但我不能一味地平淡。一味平淡，就会流于枯瘦。枯瘦是衰老的迹象。我还不太服老。我愿意把平淡和奇崛结合起来。我的语言一般是流畅自然的，但时时会跳出一两个奇句、古句、拗句、甚至有点像是外国作家写出来的带洋味儿的句子。老夫聊发少年狂，诸君其能许我乎？另一点是，我是更有意识地吸收民族传统的，在叙述方法上有时简直有点像旧小说，但是有时忽然来一点现代派的手法，意象、比喻，都是从外国移来的。这一点和前一点其实是一回事。奇，往往就有点洋。但是，我追求的是和谐。我希望溶奇崛于平淡、纳外来于传统，能把它们揉在一起。奇和洋为了"醒脾"，但不能瞧着扎眼，"硌生"。

我已经六十三岁，不免有"晚了"之感，但思想好像还灵活，希望能抓紧时间，再写出一点。曾为友人画冬日菊花，题诗一首：

> 新沏清茶饭后烟，
> 自搔短发负晴暄。
> 枝头残菊开还好，
> 留得秋光过小年。

愿以自勉，且慰我的同代人。

如果继续写下去，应该写出一点更深刻，更有分量的东西。

是为序。

一九八三年九月一日

注　释

① 本篇原载《读书》1984 年第一期；初收《晚饭花集》，人民文学出版社，1985
年 3 月；又收《晚翠文谈》，浙江文艺出版社，1988 年 3 月。

1984 年

传　神①

　　看过一则杂记，唐朝有两个大画家，一个好像是韩干，另外一个我忘了，二人齐名，难分高下。有一次，皇帝——应该是玄宗了——命令他们俩同时给一个皇子画像。画成了，皇帝拿到宫里请皇后看，问哪一张画得像。皇后说："都像。这一张更像。——那一张只画出皇子的外貌，这一张画出了皇子的潇洒从容的神情。"于是二人之优劣遂定。哪一张更像呢？好像是韩干以外的那一位的一张。这个故事，对于写小说是很有启发的。

　　小说是写人的。写人，有时免不了要给人物画像。但是写小说不比画画，用语言文字描绘人物的形貌，不如用线条颜色表现得那样真切。十九世纪的小说流行摹写人物的肖像，写得很细致，但是不易使读者留下深刻的印象。但是用语言文字捕捉人物的神情——传神，是比较容易办到的，有时能比用颜色线条表现得更鲜明。中国画讲究"形神兼备"，对于写小说来说，传神比写形象更为重要。

　　我的老师沈从文写《边城》里的翠翠乖觉明慧，并没有过多地刻画其外形，只是捕捉住了翠翠的神气：

> 　　翠翠在风日里长养着，把皮肤变得黑黑的，触目为青山绿水，一对眸子清明如水晶。自然既长养她且教育她，为人天真活泼，处处俨然如一只小兽物。人又那么乖，如山头黄麂一样，从不想到残忍事情，从不发怒，从不动气。平时在渡船上遇陌生人对她有所注意时，便把光光的眼睛瞅着那陌生人，作成随时皆可举步逃入深山的神气，但明白了人无机心后，就又从从容容地在水边玩耍了。

鲁迅先生曾说过:有人说,画一个人最好是画他的眼睛。传神,离不开画眼睛。

《祝福》两次写到祥林嫂的眼睛:

> 她不是鲁镇人。有一年的冬初,四叔家里要换女工,做中人的卫老婆子带她进来了,头上系着白头绳,乌裙,蓝夹袄,月白背心,年纪大约二十六七,脸色青黄,但两颊却还是红的。卫老婆子叫她祥林嫂,说是自己母家的邻舍,死了当家人,所以出来做工了。四叔皱了皱眉,四婶已经知道了他的意思,是在讨厌她是一个寡妇。但看她模样还周正,手脚都壮大,又只是顺着眼,不开一句口,很像一个安分耐劳的人,便不管四叔的皱眉,将她留下了。

> 我这回在鲁镇所见的人们中,改变之大,可以说无过于她的了:五年前的花白的头发,即今已经全白,全不像四十上下的人;脸上瘦削不堪,黄中带黑,而且消尽了先前悲哀的神色,仿佛是木刻似的;只有那眼珠间或一轮,还可以表示她是一个活物。

"顺着眼",大概是绍兴方言;"间或一轮",现在也不大用了,但意思是可以懂得的,神情可以想见。这"顺"着的眼和间或一轮的眼珠,写出了祥林嫂的神情和她的悲惨的遭遇。

我在几篇小说里用过画眼睛的方法:

> 两个女儿,长得跟她娘像一个模子里脱出来的。眼睛长得尤其像,白眼珠鸭蛋青,黑眼珠棋子黑,定神时如清水,闪动时像星星。浑身上下,头是头,脚是脚。头发滑滴滴的,衣服格挣挣的。——这里的风俗,十五六岁的姑娘就都梳上头了。这两个丫头,这一头的好头发!通红的发根,雪白的簪子!娘女三个去赶集,一集的人都朝她们望。(《受戒》)

> 巧云十五岁,长成了一朵花。身材、脸盘都像妈。瓜子脸,一边有一个很深的酒窝。眉毛黑如鸦翅,长入鬓角。眼角有点吊,是一双凤眼。睫毛很长,因此显得眼睛经常眯睎着;忽然回头,睁得大大的,带点吃惊而专注的神情,好像听到远处有人叫她似的。

(《大淖记事》)

对于异常漂亮的女人,有时从正面,直接地描写很困难;或者已经写了,还嫌不足,中国的和外国的古代的诗人,便不约而同地想出另外一种聪明的办法,即换一个角度,不是描写她本人,而是间接地,描写看到她的别人的反映,从别人的欣赏、倾慕来反衬出她的美。希腊史诗《伊里亚特》里的海伦皇后是一个绝世的美人,但是荷马在描写她的美时,没有形容她的面貌肢体,只是用相当篇幅描写了看到她的几位老人的惊愕。汉代乐府《陌上桑》描写罗敷,也是用的这种方法:

> 行者见罗敷,下担捋髭须。
>
> 少者见罗敷,脱帽著帩头。
>
> 耕者忘其犁,锄者忘其锄。
>
> 来归相怨怒,但坐观罗敷。

这种方法,不能使人产生具体的印象,但却可以唤起读者无边的想象。他没有看到这个美人是如何的美,但是他想得出她一定非常的美。这样的写法是虚的,但是读者的感受是实的。

这种方法,至少已经有了两千多年的历史了,但是现代的作家还在用着。赵树理《小二黑结婚》写小芹,就用过这种方法(我手边无树理同志这篇小说,不能具引)。我在《大淖记事》里写巧云,也用了这种方法:

> ……她在门外的两棵树杈之间结网,在淖边平地上织席,就有一些少年人装着有事的样子来来去去。她上街买东西,甭管是买肉,买菜,打油,打酒,撕布,量头绳,买梳头油、雪花膏,买石碱、浆块,同样的钱,她买回来,分量都比别人多,东西都比别人的好。这个奥秘早被大娘、大婶们发现,她们就托她买东西。只要巧云一上街,都挎了好几个竹篮,回来时压得两个胳臂酸疼酸疼。泰山庙唱戏,人家都是自己扛了板凳去,巧云散着手就去了。一去了,总有人给她找一个得看的好座。台上的戏唱得正热闹,但是没有多少人叫好。因为好些人不是在看戏,是看她。

前引《受戒》里的"娘女三个去赶集,一集的人都朝她们望",用的也是这方法,只是繁简不同。

这些方法古已有之,应该说是陈旧的方法了,但是运用得好,却可以使之有新意,使人产生新鲜感。方法是不难理解的,也是不难掌握的,但是运用起来,却有不同。运用得好,使人觉得自自然然,很妥贴,很舒服,不露痕迹。虽然有法,恰似无法,用了技巧,却显不出技巧,好像是天生的一段文字,本来就该像这样写。用得不好,就会显得卖弄做作、笨拙生硬,使人像吃馒头时嚼出一块没有蒸熟的生面疙瘩。

这些,写神情、画眼睛,从观赏者的角度反映出人的姿媚,都只是方法,是"用",而不是"体"。"体",是生活。没有丰富的生活积累,只是知道这些方法,还是写不出好作品的。反之,生活丰富了,对于这些方法,也就容易掌握,容易运用自如。

不过,作为初学写作者,知道这些方法,并且有意识地作一些练习,学习用几句话捉住一个人的神情,描绘若干双眼睛,尝试从别人的反映来写人,是有好处的。这可以锻练自己的艺术感觉,并且这也是积累生活的验方。生活和艺术感是互相渗透,互为影响的。

一九八四年一月十日

注　释

① 本篇原载《江城》1984 年第三期;初收《晚翠文谈》,浙江文艺出版社,1988 年 3 月。

谈谈风俗画[①]

　　有几位评论家都说,我的小说里有风俗画。这一点是我原来没有意识到的。经他们一说,我想想倒是有的。有一位文学界的前辈曾对我说:"你那种写法是风俗画的写法,"并说这种写法很难。风俗画的写法是怎样一种写法?这种写法难么?我不知道。有人干脆说我是一个风俗画作家……

　　我是很爱看风俗画的。十七世纪荷兰学派的画,日本的浮世绘,我都爱看。中国的风俗画的传统很久远了。汉代的很多画像石刻、画像砖都画(刻)了迎宾、饮宴、耍杂技——倒立、弄丸、弄飞刀……有名的说书俑,滑稽中带点愚蠢,憨态可掬,看了使人不忘。晋唐的画以宗教画、宫廷画为大宗。但这当中也不是没有风俗画,敦煌壁画中的杰作《张义潮出巡图》就是。墓葬中的笔致粗率天真的壁画,也多涉及当时的风俗。宋代风俗画似乎特别的流行,《清明上河图》是一个突出的例子。我看这幅画,能够一看看半天。我很想在清明那天到汴河上去玩玩,那一定是非常好玩的。南宋的画家也多画风俗。我从马远的《踏歌图》知道"踏歌"是怎么回事,从而增加了对"桃花潭水深千尺,不及汪伦送我情"的理解。这种"踏歌"的遗风,似乎现在朝鲜还有。我也很爱李嵩、苏汉臣的《货郎图》,它让我知道南宋的货郎担上有那么多卖给小孩子们的玩意,真是琳琅满目,都蛮有意思。元明的风俗画我所知甚少。清朝罗雨峰的《鬼趣图》可以算是风俗画。幸好这时兴起了年画。杨柳青、桃花坞的年画大部分都是风俗画,连不画人物只画动物的也都是,如《老鼠嫁女》。我很喜欢这张画,如鲁迅先生所说,所有俨然穿着人的衣冠的鼠类,都尖头尖脑的非常有趣。陈师曾等人都画过北京市井的生活。风俗画的雕塑大师是泥人张。他的《钟馗嫁妹》、

《大出丧》，是近代风俗画的不朽的名作。

我也爱看讲风俗的书。从《荆楚岁时记》直到清朝人写的《一岁货声》之类的书都爱翻翻。还是上初中的时候，一年暑假，我在祖父的尘封的书架上发现了一套巾箱本木活字聚珍版的丛书，里面有一册《岭表录异》，我就很有兴趣地看起来。后来又看了《岭外代答》。从此就对讲地理的书、游记，产生了一种嗜好。不过我最有兴趣的是讲风俗民情的部分，其次是物产，尤其是吃食。对山川疆域，我看不进去，也记不住。宋元人笔记中有许多是记风俗的，《梦溪笔谈》、《容斋随笔》里有不少条记各地民俗，都写得很有趣。明末的张岱特长于记述风物节令，如记西湖七月半、泰山进香，以及为祈雨而赛水浒人物，都极生动。虽然难免有鲁迅先生所说的夸张之处，但是绘形绘声，详细而不琐碎，实在很教人向往。我也很爱读各地的竹枝词，尤其爱读作者自己在题目下面或句间所加的注解。这些注解常比本文更有情致。我放在手边经常看看的一本书是古典文学出版社出的《东京梦华录》（外四种——《都城纪胜》、《西湖老人繁胜录》、《梦粱录》、《武林旧事》），这样把记两宋风俗的书汇为一册，于翻检上极便，是值得感谢的，只是断句断错的地方太多。这也难怪，有一位历史学家就说过《东京梦华录》是一本难读的书。因为对当时的情形和语言不明白，所以不好断句。

我对风俗有兴趣，是因为我觉得它很美。我曾经在一篇文章里说过："我以为风俗是一个民族集体创作的生活的抒情诗"（《〈大淖记事〉是怎样写出来的》）。这是一句随便说说的话，没有任何学术意义。但也不是一点道理没有。我以为，风俗，不论是自然形成的，还是包含一定的人为的成分（如自上而下的推行），都反映了一个民族对生活的挚爱，对"活着"所感到的欢悦。他们把生活中的诗情用一定的外部的形式固定下来，并且相互交流，溶为一体。风俗中保留一个民族的常绿的童心，并对这种童心加以圣化。风俗使一个民族永不衰老。风俗是民族感情的重要的组成部分。斯大林把民族感情引为民族的要素之一。民族感情是抽象的，看不见摸不着，但它确实存在着。民族感情常常体现在风俗中。风俗，是具体的。一种风俗对维系民族感情的作用是不可估量的,如那达慕、刁羊、麦西来甫、三月街……。

所谓风俗,主要指仪式和节日。仪式即"礼"。礼这个东西,未可厚非。据说辜鸿铭把中国的"礼"翻译成英语时,译为"生活的艺术"。这传闻不知是否可靠,但却很有意思。礼是具有艺术性的,很好玩的,假如我们抛开其中迷信和封建的内核,单看它的形式。礼,包括婚礼和丧礼。很多外国的和中国少数民族的民间舞蹈常常以"××人的婚礼"作题目,那是在真实的婚礼的基础上加工而成的。结婚,对一个少女来说,意味着迈进新的生活,同时也意味着向过去的一切告别了。因此,这一类的舞蹈大都既有喜悦,又有悲哀,混和着复杂的感情,其动人处,也在此。中国西南几个民族都有"哭嫁"的习俗。临嫁的姑娘要把要好的姊妹约来哭(唱)一夜甚至几夜。那歌词大都是充满了真情,很美的。我小时候最爱参加丧礼,不管是亲戚家还是自己家的。我喜欢那种平常没有的"当大事"的肃穆的气氛,所有的人好像一下子都变得高雅起来,多情起来了,大家都像在演戏,在扮演一种角色,很认真地扮演着。我喜欢"六七开吊",那是戏的顶点。我们那里开吊那天要"点主"。点主,就是在亡人的牌位上加一点。白木的牌位上事先写好了某某人之"神王",要在王字上加一点,这才成了"神主"。点主不是随随便便点的,很隆重。要请一个有功名的老辈人来点。点主的人就位后,礼生喝道:"凝神,——想象,请加墨主!"点主人用一枝新墨笔在"王"字上点一点;然后,再:"凝神,——想象,请加硃主!"点主人再用硃笔点一点,把原来的墨点盖住。这样,一个人的魂灵就进了这块牌位了。"凝神——想象",这实在很有点抒情的意味,也很有戏剧性。我小时看点主,很受感动,至今印象犹深。

至于节日,那更不用说了。试想一下,如果没有那样多的节,我们的童年将是多么贫乏,多么缺乏光彩呀。日本人对传统的节日非常重视。多么现代化的大企业,到了盂兰盆节这一天,也要停产放假,举行集体的游乐活动。这对于培养和增强民族的自信,无疑是会有好处的。

风俗,仪式和节日,是历史的产物,它必然是要消亡的。谁也不会提出恢复所有的传统的风俗,但是把它们记录下来,给现在的和将来的人看看,是有着各方面的意义的。我很希望中国民俗学会能编出两本书,一本《中国婚丧礼俗》,一本《中国的节日》。现在着手,还来得及。否则,到了"礼失而求诸野",要到穷乡僻壤去访问搜集,就费事了。

为什么要在小说里写进风俗画?前已说过,我这样做原是无意的。只是因为我的相当一部分小说是写我的家乡的,写小城的生活,平常的人事,每天都在发生,举目可见的小小悲欢,这样,写进一点风俗,便是很自然的事了。"人情"和"风土"原是紧密关联的。写一点风俗画,对增加作品的生活气息、乡土气息,是有帮助的。风俗画和乡土文学有着血缘关系,虽然二者不是一回事。很难设想一部富于民族色彩的作品而一点不涉及风俗。鲁迅的《故乡》《社戏》,包括《祝福》,是风俗画的典范。《朝花夕拾》每篇都洋溢着罗汉豆的清香。沈从文的《边城》如果不是几次写到端午节赛龙船,便不会有那样浓郁的色彩。"风俗画小说",在一般人的概念里,不是一个贬词。

风俗画小说的文体几乎都是朴素的。风俗本身是自自然然的。记述风俗的书原来不过是聊资谈助,大都是随笔记之,不事雕饰。幽兰居士孟元老《东京梦华录序》云:"此语言鄙俚,不以文饰者,盖欲上下通晓耳,观者幸详焉。"用华丽的文笔记风俗的人好像还很少。同样,风俗画小说所记述的生活也多是比较平实的,一般不太注重强烈的戏剧化的情节。写风俗而又富于浪漫主义的戏剧性的情节的,似乎只有梅里美一人。但他所写的往往是异乡的奇俗(如世代复仇),而且通常是不把梅里美列在风俗画家范围内的。风俗画小说,在本质上是现实主义的。

记风俗多少有点怀旧,但那是故国神游,带抒情性,但并不流于伤感。风俗画给予人的是慰藉,不是悲苦。就我所见过的风俗画作品来看,调子一般不是低沉的。

小说里写风俗,目的还是写人。不是为写风俗而写风俗,那样就不是小说,而是风俗志了。风俗和人的关系,大体有这样三种:

一种是以风俗作为人的背景。

一种是把风俗和人结合在一起，风俗成为人的活动和心理的契机。
比如：

> 去年元夜时，
>
> 花市灯如昼，
>
> 月上柳梢头，
>
> 人约黄昏后。

又如苏北民歌《探妹》：

> 正月里探妹正月正，
>
> 我带小妹子看花灯，
>
> 看灯是假的，
>
> 妹子呀，试试你的心。

《边城》几次写端午节赛龙船，和翠翠的情绪的发育和感情的变化
是紧紧扣在一起的，并且是情节发展不可缺少的纽带。

也有时，看起来是写风俗，实际上是在写人。我的小说里写风俗占
篇幅最长的大概是《岁寒三友》里描写放焰火的一段。因为这篇小说
见到的人不是很多，我把这一段抄录在下面：

> 这天天气特别好。万里无云，一天皓月。阴城的正中，立起一
> 个四丈多高的架子。有人早早吃了晚饭，而扛了板凳来等着了。
> 各种卖小吃的都来了。卖牛肉高粱酒的、卖回卤豆腐干的，卖五香
> 花生米的、芝麻灌香糖的，卖豆腐脑的，卖煮荸荠的，还有卖河
> 鲜——卖紫皮鲜菱角和新剥鸡头米的……到处是"气死风"的四
> 角玻璃灯，到处是白蒙蒙的热气、香喷喷的茴香八角气味。人们寻
> 亲访友，说短道长，来来往往，亲亲热热，阴城的草都被踏倒了。人
> 们的鞋底也叫秋草的浓汁磨得滑溜溜的。
>
> 忽然，上万双眼睛一齐朝着一个方向看。人们的眼睛一会儿
> 睁大，一会儿眯细；人们的嘴一会儿张开，一会儿又合上；一阵阵叫

喊,一阵阵欢笑,一阵阵掌声。——陶虎臣点着了焰火了。

（中间还有一段具体描写几种焰火的,文长不录）

……火光炎炎,逐渐消隐,这时才听到人们呼唤:

"二丫头,回家咧!"

"四儿,你在哪儿哪?"

"奶奶,等等我,我鞋掉了!"

人们摸摸板凳,才知道:呀,露水下来了。

这里写的是风俗,没有一笔写人物。但是我自己知道笔笔都著意写人,写的是焰火的制造者陶虎臣。我是有意在表现人们看焰火时的欢乐热闹气氛中表现生活一度上升时期陶虎臣的愉快心情,表现用自己的劳作为人们提供欢乐,并于别人的欢乐中感到欣慰的一个善良人的品格的。这一点,在小说里明写出来,是也可以的,但是我故意不写,我把陶虎臣隐去了,让他消融在欢乐的人群之中。我想读者如果感觉到看焰火的热闹和欢乐,也就会感觉到陶虎臣这个人。人在其中,却无觅处。

写风俗,不能离开人,不能和人物脱节,不能和故事情节游离。写风俗不能留连忘返,收不到人物的身上。

风俗画小说是有局限性的。一是风俗画小说往往只就人事的外部加以描写,较少刻画人物的内心世界,不大作心理描写,因此人物的典型性较差。二是,风俗画一般是清新浅易的,不大能够概括十分深刻的社会生活内容,缺乏历史的厚度,也达不到史诗一样的恢宏的气魄。因此,风俗画小说常常不能代表一个时代的文学创作的主流。这一点,风俗画小说作者应该有自知之明,不要因为自己的作品没有受到重视而气愤。

因此,我希望自己,也希望别人,不要只是写风俗画。并且,在写风俗画小说时也要有所突破,向生活的深度和广度掘进和开拓。

一九八四年一月二十二日

注　释

① 本篇原载《钟山》1984 年第三期；初收《晚翠文谈》，浙江文艺出版社，1988
年 3 月。

提高戏曲艺术质量^①

戏曲界的朋友见面,总要谈起我现在写小说了,不写戏了,"转行"了。实际我并没有转行。我原来就是写小说的,写戏是后来的事。这是客观条件造成的,同时也是自投罗网,对写戏有兴趣。当初是有些想法的。五十年代,在一次座谈会上,我说过:我参加这一工作,是想来和京剧闹一阵别扭的。我希望京剧能变变样子。容纳一些新的手法。搞了三十年,我有点伤了心。我发现,我闹不过它。

我觉得,现代戏问题不是孤立的。它和传统戏的问题、新编历史剧的问题,是有联系的。"三并举"是一个整体,不能拆开来。传统戏的问题、新编历史剧的问题解决得比较好,现代戏的问题也就比较好解决。反之,传统戏、新编历史剧的问题解决得不好,现代戏问题也就难于解决。

三者共同的问题是提高质量。

戏曲的创作方法问题、结构问题,这是需要探讨的。传统戏里有一些很好的戏,很有特点。《四进士》塑造了宋士杰这样一个独特的典型,《玉堂春》的结构是很奇特的。但是还有许多的老戏,从编剧艺术的角度来看,是不成熟的,它们往往只是铺陈一段历史故事,不太注重塑造人物。很多老戏的结构也是松散的,很多过场戏,拿《长坂坡》这样的戏来说,从编剧角度来看,实在不叫个戏。就是《挑滑车》,真正刻画高宠的笔墨又有多少? 老观众是不大管剧本的,他们只要看一个下场,听两句唱,就满足了。青年观众不满足。过去改戏,有的只是去掉一些不健康的东西(往往又只是枝枝节节地删除和修改一些词句,没有从总体上触及思想内涵),是消极的。今天我们应该从积极方面,提高老戏的艺术质量。

新编历史剧也有提高质量的问题。今天的新编历史剧应该在"十七年"的基础上前进一步。"十七年"的新编历史剧有不少好戏,但有些戏多少受了"为政治服务"的影响,立意浅露,人物性格比较简单。

我非常同意赵紫阳同志提出的,社会主义文艺的关键是提高质量。我认为,提高传统戏和新编历史剧的艺术质量,也许应该把重点放在写人物上。提高质量,不只是几个编剧、导演所能解决的。关键在于调整机构,调整领导班子。调整领导班子,具体到戏曲剧团,主要是知识化,要改变戏曲剧团的知识结构,就是说要由有文化的、懂艺术的人来管艺术。

最近看了湖北省歌舞团的《编钟乐舞》,在他们的节目单上发现了一个新鲜事物:在编剧、导演、音乐设计、舞美设计等之前有三位"总体设计",这三位总体设计真是有水平、有胆识、有想法的艺术家,是这台节目、这个剧团的灵魂。这从节目的和谐、完整上就可以感觉出来。我觉得每一个戏曲院团,都应该有这样一个志同道合,有才华,有干劲的艺术领导核心。否则,提高质量就是一句空话。

今天还是应该突出地强调提倡现代戏。我是写写小说,也写写戏的,我觉得小说和读者的关系与戏剧和观众的关系不一样。小说的美感作用过程比较细微的,更多地是于潜移默化中提高人们的精神境界;戏剧有时可以立竿见影。戏剧是更能使人受到震动,更富于刺激性的艺术。历史剧更多的作用是认识作用,使人从历史中吸取教训,得到启发,"以古为鉴",其教育作用是间接的。直接反映社会主义生活,可以"以人为鉴",使人受到社会主义思想教育的,还是得靠现代戏。

现代戏的问题尤其是质量问题。一九六四年曾经总结过一九五八年一批现代戏一涌而起又一哄而散的教训,指出主要是没有注意艺术质量。六四年到"文化大革命"前,有几出现代戏能够站住,是因为确实有点质量。"十年磨一戏",未免夸大其词;"精益求精"却是对的。在"样板戏"已经声名狼藉,全国大演老戏的时候,我就听见几个青年人说过:如果现在演出《杜鹃山》,他们还看!《杜鹃山》有许多缺点,但是唱腔、音乐确实搞得比较讲究,好听。

现代戏已经几起几落。单是解放以后，五八年、六四年就已经大起大落了两次。落而再起，比循序渐进，逐步提高，要困难得多。前几年，很多戏曲演员，尤其是京剧演员，对演现代戏已经失去信心。这二年，尤其是三中全会以后，随着社会主义觉悟的普遍提高，戏曲界又颇有人跃跃欲试，群众中蕴藏着一股演现代戏的积极性。他们认识到演现代戏是时代的要求。应该说现代戏再次起飞，条件已经具备。我们应该看到群众中这种积极性，使它发扬起来。

　　一九六四年搞现代戏的经验之一，是集中优势兵力，打歼灭战。搞现代戏，不能一般地搞，不能"就这点水和这点泥"，应该调动更多的人力、物力。不能停留在一般号召上。领导上要亲自抓，切切实实地抓，一抓到底。从剧本选题、搭提纲、定剧本，直到彩排演出。必要的时候，一天三班，要钉在排演场里——把其他工作先放一放。"三结合"的方法不足取，但是搞现代戏，不由领导挂帅，是布不成阵，打不赢的。

　　我希望现代戏能形成第三次高潮。不造成高潮，现代戏难于立足。如果这个战役打下来，认真总结一下，以后，就可以细水长流地演下去，使大家觉得演现代戏是理所当然的常事，不再需要大喊大叫，那，日子就好过了。

　　"样板戏"的经验教训，应该总结。"三突出"、"主题先行"的危害性，大家还不能认识得那样深刻。这是违反艺术规律，违反现实主义原则的创作方法。但最初的几出现代戏是比较自觉地遵守现实主义的创作方法的。当时要解决现代生活和传统程式的矛盾。在解决这种矛盾时，首先还是坚持从生活出发。首先是生活化，其次是戏曲化。这从剧本语言就看得出来。最初的现代戏并没有后来那样多的脱离生活、脱离人物的豪言壮语，更多的是从生活语言中提炼出来的艺术语言。有些唱词、念白已经深入人心，成了群众的谚语。我在井冈山体验生活时，一个群众诉苦，说起在国民党重占井冈山时，他们全家逃难，那时他还很小，用几根藤索当背兜背着他的小弟弟，他说："真是'穷人的孩子早当家'呀！"我们离开井冈山时，送行的人们嘱咐以后常联系，说："可别'人一走，茶就凉'哇！"写现代戏的同志应该摆脱假大空的语言的影响,恢复朴素、生动、生活化、性格化的语言,恢复人民口语的真实的抒情性和质朴的哲理性。

我觉得戏曲得有点浪漫主义。"非奇不传",不是一定要情节曲折离奇,指的是浪漫主义。戏曲和小说不同。小说可以不要浪漫主义,越平常,越像生活本身越好。戏曲不能这样。我认为戏曲是强调的艺术。李渔说写诗文不可写尽,十分只说得二三分,写传奇则必须写尽,十分便须写得十分。看小说可以掩卷深思,看戏则须当场见效。

我又觉得中国戏曲是由"强调"到"不强调"自由转换的艺术。可以同时有戏剧化和"非戏剧化"的场子,散文化的场子。京剧,实际上同时存在分幕与分场。大场子是幕,小场子是场。中国戏曲有小说成分。戏剧往往重大动作,不能容纳较多细节。但是《四进士》却有相当多的碎场子,通过典型的细节来刻画人物。《打渔杀家》萧恩父女离家出门时的对话,很像是小说的对话,不是话剧中的戏剧性的语言。中国戏曲不受时空限制,因此场子可大可小,可紧可松。行云流水,自由自在,疏密相间,大小由之。这是中国戏曲结构的特点,也正是今天西方戏剧所向往、所追求的新的方法。这个特点,在"样板戏"里被破坏了。"样板戏"要求场场有戏,处处有高潮,语语有激情,因此使人看了透不过气来。

我们可以向中国戏曲传统学习的地方很多。我对某些旧戏颇有微词,但我不是一个民族虚无主义者。

注　释

①　本篇原载《戏剧论丛》1984 年第一辑。

漫评《烟壶》^①

叫我来评介邓友梅的《烟壶》，其实是不合适的。我很少写评论。记得好像是柯罗连科对高尔基说过，一个作家在谈到别人的作品时，只要说：这一篇写得不错，就够了，不需要更多的话。评论家可不能这样。一个评论家，要能一眼就看出一篇作品的历史地位。而我只能就小说论小说，谈一点读后的印象和感想。

友梅最初跟我谈起他要写一个关于鼻烟壶的小说的时候，我只是听着，没有表示什么。说老实话，我对鼻烟壶是没有什么好感的。这大概是受了鲁迅先生反对小摆设和"象牙微雕"的影响。我对内画尤其不感兴趣，特别是内画戏装人物，我觉得这是一种恶劣的趣味。读了《烟壶》，我的看法有些改变。友梅这篇小说的写法有点特别，开头一节是发了一大篇议论。他的那一番鼻烟优越论我是不相信的。闻鼻烟代替不了抽烟。蒙古人是现在还闻鼻烟的，但是他们同时也还要抽关东烟。这只能是游戏笔墨。但是他对作为工艺品的鼻烟壶的论赞，我却是拟同意的，因为这说的是真话，正经话。友梅好奇，到一个地方，总喜欢到处闲遛，收集一些具有民族特色、地方特色的工艺品。这表现了一个作家对于生活的广博的兴趣，对精美的工艺的赏悦，和对于制造工艺的匠师的敬爱。我想这是友梅写作《烟壶》的动机。他写这样的题材并不是找什么冷门。即使是找冷门，如果不是平日就有对于工艺美术的嗜爱，这样的冷门也是找不到的。

《烟壶》里的聂小轩师傅有一段关于他所从事的行业的具有哲理性的谈话：

> 打个比方，这世界好比个客店，人生如同过客。我们吃的用的多是以前的客人留下的。要从咱们这儿起，你也住我也住，谁都取

点什么,谁也不添什么,久而久之,我们留给后人的不就成了一堆瓦砾了?反之,来往客商,不论多少,每人都留点什么,您栽棵树,我种棵草,这店可就越来越兴旺,越过越富裕。后来的人也不枉称我们一声先辈。辈辈人如此,这世界不就更有个念头了?

乍一听,这一番话的境界似乎太高了。一个手艺人,能说得出来么?然而这却是真实的,可信的。手工艺我不太熟悉。我比较熟悉戏曲演员。戏曲演员到了晚年,往往十分热衷于授徒传艺。他们常说:"我不能把我从前辈人学到的这点玩艺带走,我得留下点东西。""文化大革命"中冤死了一些艺人,同行们也总是叹惜:"他身上有东西呀!"

"给后人留下点东西",这是朴素的哲理,是他们的职业道德,也是他们立身做人的准则。从这种朴素的思想可能通向社会主义,通向爱国主义。许多艺人,往往是由于爱本行的那点"玩艺",爱"中国人勤劳才智的结晶",因而更爱咱们这个国的。聂小轩的这一思想是贯串全篇的思想。内画也好,古月轩也好,这是咱们中国的玩艺,不能叫他从我这儿绝了。这才引出一大篇曲曲折折的故事。我想,这篇小说真正的爱国主义的"核",应该在这里。

《烟壶》写的是庚子年间的事,距现在已经八十多年,邓友梅今年五十多岁,当然没有赶上。友梅不是北京人。然而他竟然写出一篇反映八十年前北京生活的小说,这简直有点不可思议!这还不比写历史小说(《烟壶》虽写历史,但在一般概念里是不把它划在历史小说范围里的)。历史小说,写唐朝、汉朝的事,死无对证,谁也不能指出这写得对还是不对。庚子年的事,说近不近,说远也不远。这最不好写。八十多岁的人现在还有健在的,七十多岁的也赶上那个时期的后尾。笔下稍稍粗疏,就会有人说:"不像"。然而友梅竟写了那个时期的那样多的生活场景,写得详尽而真切,使人如同身临其境。友梅小说的材料,是靠平时积累的,不是临时现抓的。临时现抓的小说也有,看得出来,不会有这样厚实。友梅有个特点,喜欢听人谈掌故,聊闲篇。三十多年前,我认识友梅时,他是从部队上下来的革命干部、党员,年纪轻轻的,可是却和一些八旗子弟、没落王孙厮混在一起。当时是有人颇不以为然的。然而友梅我行我素。友梅对他们不鄙视，不歧视，也不存什么功利主义。他和所有人的关系都是平等的。也正因为这样，许多老北京才乐于把他所知的掌故轶闻、人情方俗毫无保留地说给他听。他把听来的材料和童年印象相印证，再加之以灵活的想象，于是八十多年前的旧北京就在他心里活了起来。

《烟壶》是中篇小说，中篇总得有曲折的、富于戏剧性的情节、故事。情节，总要编。世界上没有一块天生就富于情节的生活的矿石。我相信《烟壶》的情节大部分也是编出来的。编和编不一样。有的离奇怪诞，破绽百出；有的顺理成章，若有其事。友梅能把一堆零散的生活素材，团巴团巴，编成一个完完整整的故事，虽然还不能说是天衣无缝，无可挑剔，但是不使人觉得如北京人所说的："老虎闻鼻烟——没有那八宗事。"这真是一宗本事。我是不会编故事的，也不赞成编故事。但是故事编圆了，我也佩服。因此，我认为友梅的《烟壶》是一篇"力作"。

友梅写人物，我以为好处是能掌握分寸。乌世保知道聂小轩轧断了手，"他望着聂小轩那血淋淋的衣袖和没有血色的、微闭双眼的面容惊呆了，吓傻了。从屋里走到院子，从院子又回到屋里。想做什么又不知该做什么。想说话又找不到话可说。"这写得非常真实。这就是乌世保，一个由"它撒勒哈番"转成手工艺人的心地善良而又窝窝囊囊的八旗子弟活生生的写照。乌世保蒙冤出狱，家破人亡，走投无路，朋友寿明给他谋划了生计，建议他画内画烟壶，给他找了蒜市口小客店安身，给他办了铺盖，还给他留下几两银子先垫补用，可谓周到之至。乌世保过意不去，连忙拦着说："这就够麻烦您的了，这银子可万万不敢收。"寿明说："您别拦，听我说。这银子连同我给您办铺盖，都不是我白给你的，我给不起。咱们不是搭伙作生意吗？我替您买材料卖烟壶，照理有我一份回扣，这份回扣我是要拿的。替您办铺盖、留零花，这算垫本，我以后也是要从您卖货的款子里收回来的，不光收回，还要收息，这是规矩。交朋友是交朋友，作生意是作生意，送人情是送人情，放垫本是放垫本，都要分清。您刚作这行生意，多有不懂的地方，我不能不点拨明白了。"好！这真是一个靠为人长眼跑合为生的穷旗人的口吻，不是一个为朋友两肋插刀的侠客。他也仗义，也爱财。既重友情，也深明世故。这一番话真是小葱拌豆腐，如刀切，如水洗，清楚明白，嘎嘣爽脆。这才叫通过对话写人物。邓友梅有两下子！

友梅很会写妇女。他的几篇写北京市井的小说里总有一个出身卑微，不是旗人，却支撑了一个败落的旗人家庭的劳动妇女。她们刚强正直，善良明理，坦荡磊落。《那五》里那位庶母、《烟壶》里的刘奶妈，都是这样。《烟壶》写得最成功的人物，我以为是柳娘（我这样说友梅也许会觉得伤心），她俊俏而不俗气，能干而不咋唬，光彩照人，英气勃勃，有心胸，有作为，有决断，拿得起，放得下，掰得开，踢得动，不论遇到什么事都能沉着镇定，头脑清醒，方寸不乱，举措从容。这真是市井中难得的一方碧玉，挺立在水边的一株雪白雪白的马蹄莲，她的出场就不凡：

> ……这时外边大门响了两声，脆脆朗朗响起女人的声音："爹，我买了蒿子回来了。"寿明和乌世保知道是柳娘回来，忙站起身。聂小轩掀开竹帘说道："快来见客人，乌大爷和寿爷来了。"柳娘应了一声，把买的蒿子、线香、嫩藕等东西送进西间，整理一下衣服，进到南屋，向寿明和乌世保道了万福说："我爹打回来就打听乌大爷来过没有，今儿可算到了。寿爷您坐！哟，我们老爷子这是怎么了？大热的天让客人干着，连茶也没沏呀！您说话，我沏茶去！"这柳娘干嘣楞脆说完一串话，提起提梁宜兴大壶，挑帘走了出去。乌世保只觉着泛着光彩，散着香气的一个人影象阵清清爽爽的小旋风在屋内打了个旋又转了出去，使他耳目繁忙，应接不暇，竟没看仔细是什么模样。

寿明为乌世保做媒，聂小轩征求柳娘的意见，问她"咱们还按祖上的规矩，连收徒再择婿一起办好不好呢？"柳娘的回答是："哟，住了一场牢我们老爷子学开通了！可是晚了，这话该在乌大爷搬咱们家来以前问我。如今人已经住进来，饭已经同桌吃了，活儿已经挨肩做了，我要说不愿意,您这台阶怎么下?我这风言风语怎么听呢?唉!"

这里柳娘有点"放刁"了,当初把师哥接到家里来住,是谁的主意呀?你可事前也没跟老爷子商量过就说出口了!

友梅这篇小说基本上用的是叙述,极少描写。偶尔描写,也是插在叙述之间,不把叙述停顿下来,作静止的描写。这是史笔,这是自有《史记》以来中国文学的悠久的传统。但是不完全是直叙,时有补叙、倒叙,这也是《史记》笔法。因为叙述方法多变化,故质朴而不呆板,流畅而不浮滑,舒卷自如,起止自在。有时洋洋洒洒,下笔千言;有时戛然收住,多一句也不说。友梅是很注意语言的。近年功力大见长进。他的语言所以生动,除了下字准确,词达意显,我觉得还因为起落多姿,富于"语态"。"语态"的来源,我想是,一、作者把自己摆了进去了,在描叙人物事件时带着叙述者的感情色彩,如梁任公所说:"笔锋常带感情";同时作者又置身事外,保持冷静和客观,不跳出来抒愤懑,发感慨。二、是作者在叙述时随时不忘记对面有个读者,随时要观察读者的反应,他是不是感兴趣,有没有厌烦?有的时候还要征求读者的意见,问问他对斯人此事有何感想。写小说,是跟人聊天,而且得相信听你聊天的人是个聪明解事,通情达理,欣赏趣味很高的人,而且,他自己就会写小说,写小说的人要诚恳,谦虚,不矜持,不卖弄,对读者十分地尊重。否则,读者会觉得你侮辱了他!

这篇小说的不足之处,我觉得有这些:

一、对聂小轩以及乌世保、柳娘对古月轩的感情写得不够。小说较多写了古月轩烧制之难,而较少写这种瓷器之美。如果聂小轩的爱国主义感情是由对于这门工艺的深爱出发的,那么,应该花一点笔墨写一写他们烧制出一批成品之后的如醉如痴的喜悦,他们应该欣赏、兴奋、爱不释手,笑,流泪,相对如梦寐,忘乎所以。这篇小说一般只描叙人物的外部动作,不作心理描写。但是在写聂小轩想要砍去自己的右手时,应该写一写他的"广陵散从此绝矣"的悲怆沉痛的心情。因为聂小轩的这一行动不是正面描写的,而是通过柳娘和乌世保的眼睛来写的,不能直接写他的心理活动,但是事后如果有 两句揪肝抉胆、血泪交加的话也好。

二、乌世保应该写得更聪明,更有才气一些。这个人百无一用,但是应该聪明过人。他在旗人所玩的玩艺中,应该是不玩则已,一玩则精绝。这个人应该琴棋书画什么都能来两下。否则聂小轩就不会相中他当徒弟,柳娘也不会无缘无故地爱这样一个比棒槌多两个耳朵的凡庸的人了。柳娘爱他什么呢? 无非是他身上这点才吧。

三、九爷写得有点漫画化。

一九八四年二月七日草就

注　释

①　本篇原载 1984 年第四期《文艺报》;初收《晚翠文谈》,浙江文艺出版社,1988 年 3 月。

谈　风　格[①]

　　一个人的风格是和他的气质有关系的。布封说过:"风格即人。"中国也有"文如其人"的说法。人和人是不一样的。趋舍不同,静躁异趣。杜甫不能为李白的飘逸,李白也不能为杜甫的沉郁。苏东坡的词宜关西大汉执铁绰板唱"大江东去",柳耆卿的词宜十三四女郎持红牙板唱"今宵酒醒何处,杨柳岸晓风残月"。中国的词大别为豪放与婉约两派。其他文体大体也可以这样划分。不知从什么时候起,因为什么,豪放派占了上风。茅盾同志曾经很感慨地说:现在很少人写婉约的文章了。十年浩劫,没有人提起风格这个词。我在"样板团"工作过。江青规定:"要写'大江东去',不要'小桥流水'!"我是个只会写"小桥流水"的人,也只好跟着唱了十年空空洞洞的豪言壮语。三中全会以后,我才又重新开始发表小说,我觉得我可以按照我自己的样子写小说了。三中全会以后,文艺形势空前大好的标志之一,是出现了很多不同风格的作品。这一点是"十七年"所不能比拟的。那时作品的风格比较单一。茅盾同志发出感慨,正是在那样的时候。一个人要使自己的作品有风格,要能认识自己、发现自己,并且,应该不客气地说,欣赏自己。"我与我周旋久,宁作我"。一个人很少愿意自己是另外一个人的。一个人不能说自己写得最好,老子天下第一。但是就这个题材,这样的写法,以我为最好,只有我能这样的写。我和我比,我第一! 一个随人俯仰,毫无个性的人是不能成为一个作家的。

　　其次,要形成个人的风格,读和自己气质相近的书。也就是说,读自己喜欢的书、对自己口味的书。我不太主张一个作家有系统地读书。作家应该博学,一般的名著都应该看看。但是作家不是评论家,更不是文学史家。我们不能按照中外文学史循序渐进,一本一本地读那么多书,更不能按照文学史的定论客观地决定自己的爱恶。我主张抓到什么就读什么,读得下去就一连气读一阵,读不下去就抛在一边。屈原的代表作是《离骚》,我直到现在还是比较喜欢《九歌》。李、杜是大家,他们的诗我也读了一些,但是在大学的时候,我有一阵偏爱王维。后来又读了一阵温飞卿、李商隐。诗何必盛唐。我觉得龚定庵的态度很好:"我丁论诗恕中晚,略工感慨即名家。"有一个人说得更为坦率:"一种风情吾最爱,六朝人物晚唐诗",有何不可。一个人的兴趣有时会随年龄、境遇发生变化。我在大学时很看不起元人小令,认为浅薄无聊。后来因为工作关系,读了一些,才发现其中的淋漓沉痛处。巴尔扎克很伟大,可是我就是不能用社会学的观点读他的《人间喜剧》。托尔斯泰的《战争与和平》,我是到近四十岁时,因为成了右派,才在劳动改造的过程中硬着头皮读完了的。孙犁同志说他喜欢屠格涅夫的长篇,不喜欢他的短篇;我则正好相反。我认为都可以。作家读书,允许有偏爱。作家所偏爱的作品往往会影响他的气质,成为他的个性的一部分。契诃夫说过:告诉我你读的是什么书,我就可知道你是一个怎样的人。作家读书,实际上是读另外一个自己所写的作品。法郎士在《生活文学》第一卷的序言里说过:"为了真诚坦白,批评家应该说:'先生们,关于莎士比亚,关于拉辛,我所讲的就是我自己'"。作家更是这样。一个作家在谈论别的作家时,谈的常常是他自己。"六经注我",中国的古人早就说过。

一个作家读很多书,但是真正影响到他的风格的,往往只有不多的作家,不多的作品。有人问我受哪些作家影响比较深,我想了想:古人里是归有光,中国现代作家是鲁迅、沈从文、废名,外国作家是契诃夫和阿左林。

我曾经在一次讲话中说到归有光善于以清淡的文笔写平常的人事。这个意思其实古人早就说过。黄梨洲《文案》卷三《张节母叶孺人墓志铭》云:

> 予读震川文之为女妇者,一往情深,每以一二细事见之,使人欲涕。盖古今来事无巨细,唯此可歌可泣之精神,长留天壤。

姚鼐《与陈硕士》尺牍云：

> 归震川能于不要紧之题，说不要紧之语，却自风韵疏淡，此乃是于太史公深有会处，此境又非石士所易到耳。

王锡爵《归公墓志铭》说归文"无意于感人，而欢愉惨恻之思，溢于言表"。连被归有光诋为"庸妄巨子"的王世贞在晚年也说他"不事雕饰而自有风味"（《归太仆赞序》）。这些话都说得非常中肯。归有光的名文有《先妣事略》、《项脊轩志》、《寒花葬志》等篇。我受到影响的也只是这几篇。归有光在思想上是正统派，我对他的那些谈学论道的大文实在不感兴趣。我曾想：一个思想迂腐的正统派，怎么能写出那样富于人情味的优美的抒情散文呢？这问题我一直还没有想明白。归有光自称他的文章出于欧阳修。读《泷冈阡表》，可以知道《先妣事略》这样的文章的渊源。但是归有光比欧阳修写得更平易，更自然。他真是做到"无意为文"，写得像谈家常话似的。他的结构"随事曲折"，若无结构。他的语言更接近口语，叙述语言与人物语言衔接处若无痕迹。他的《项脊轩志》的结尾："庭有枇杷树，吾妻死亡之年所手植也，今已亭亭如盖矣！"

平淡中包含几许惨恻，悠然不尽，是中国古文里的一个有名的结尾。使我更为惊奇的是前面的："吾妻归宁，述诸小妹语曰：'闻姊家有阁子，且何谓阁子也？'"话没有说完，就写到这里。想来归有光的夫人还要向小妹解释何谓阁子的，然而，不写了。写出了，有何意味？写了半句，而闺阁姊妹之间闲话神情遂如画出。这种照生活那样去写生活，是很值得我们今天写小说时参考的。我觉得归有光是和现代创作方法最能相通，最有现代味儿的一位中国古代作家。我认为他的观察生活和表现生活的方法很有点像契诃夫。我曾说归有光是中国的契诃夫，并非怪论。

中国现代作家的作品我读得比较熟的是鲁迅，我在下放劳动期间曾发愿将鲁迅的小说和散文像金圣叹批《水浒》那样，逐句逐段地加以批注。搞了两篇，因故未竟其事。中国五十年代以前的短篇小说作家不受鲁迅的影响的,几乎没有。近年来研究鲁迅的谈鲁迅的思想的较多,谈艺术技巧的少。现在有些年轻人已经读不懂鲁迅的书,不知鲁迅的作品好在哪里了。看来宣传艺术家鲁迅,还是我们的责任。这一课必须补上。

我是沈从文先生的学生。

废名这个名字现在几乎没有人知道了。国内出版的中国现代文学史没有一本提到他。这实在是一个真正很有特点的作家。他在当时的读者就不是很多,但是他的作品曾经对相当多的三十年代、四十年代的青年作家,至少是北方的青年作家,产生过颇深的影响。这种影响现在看不到了,但是它并未消失。它像一股泉水,在地下流动着。也许有一天,会汩汩地流到地面上来的。他的作品不多,一共大概写了六本小说,都很薄。他后来受了佛教思想的影响,作品中有见道之言,很不好懂。《莫须有先生传》就有点令人莫名其妙,到了《莫须有先生坐飞机以后》就不知所云了。但是他早期的小说,《桥》、《枣》、《桃园》和《竹林的故事》,写得真是很美。他把晚唐诗的超越理性,直写感觉的象征手法移到小说里来了。他用写诗的办法写小说,他的小说实际上是诗。他的小说不注重写人物,也几乎没有故事。《竹林的故事》算是长篇、叫做"故事",实无故事,只是几个孩子每天生活的记录。他不写故事,写意境。但是他的小说是感人的,使人得到一种不同寻常的感动。因为他对于小儿女是那样富于同情心。他用儿童一样明亮而敏感的眼睛观察周围世界,用儿童一样简单而准确的笔墨来记录。他的小说是天真的,具有天真的美。因为他善于捕捉儿童的飘忽不定的思想和情绪,他运用了意识流。他的意识流是从生活里发现的,不是从外国的理论或作品里搬来的。有人说他的小说很像弗·沃尔芙,他说他没有看过沃尔芙的作品。后来找来看看,自己也觉得果然很像。这是一个很有趣的现象。身在不同的国度,素无接触,为什么两个作家会找到同样的方法呢?因为他追随流动的意识,因此他的行文也和别人不一样。周作人曾说废名是一个讲究文章之美的小说家。又说他的行文好比一溪流水,遇到一片草叶,都要去抚摸一下,然后又汪汪地向前流去。这说得实在非常好。

我讲了半天废名,你也许会在心里说:你说的是你自己吧?我跟废名不一样(我们的世界观首先不同)。但是我确实受过他的影响,现在还能看得出来。

契诃夫开创了短篇小说的新纪元。他在世界范围内使"小说观"发生了很大的变化,从重情节、编故事发展为写生活、按照生活的样子写生活。从戏剧化的结构发展为散文化的结构。于是才有了真正的短篇小说,现代的短篇小说。托尔斯泰最初很看不惯契诃夫的小说。他说契诃夫是一个很怪的作家,他好像把文字随便地丢来丢去,就成了一篇小说了。托尔斯泰的话说得非常好。随便地把文字丢来丢去,这正是现代小说的特点。

"阿左林是古怪的"(这是他自己的一篇小品的题目)。他是一个沉思的、回忆的、静观的作家。他特别擅长于描写安静、描写在安静的回忆中的人物的心理的潜微的变化。他的小说的戏剧性是觉察不出来的戏剧性。他的"意识流"是明澈的、覆盖着清凉的阴影,不是芜杂的、纷乱的。热情的恬淡;入世的隐逸。阿左林笔下的西班牙是一个古旧的西班牙,真正的西班牙。

以上,我老实交待了我曾经接受过的影响,未必准确。至于这些影响怎样形成了我的风格(假如说我有自己的风格),那是说不清楚的。人是复杂的,不能用化学的定性分析方法分析清楚。但是研究一个作家的风格,研究一下他所曾接受的影响是有好处的。如果你想学习一个作家的风格,最好不要直接学习他本人,还是学习他所师承的前辈。你要认老师,还得先见见太老师。一祖三宗,渊源有自。这样才不至流于照猫画虎,邯郸学步。

一个作家形成自己的风格大体要经过三个阶段:一、摹仿;二、摆脱;三、自成一家。初学写作者,几乎无一例外,要经过摹仿的阶段。我年轻时写作学沈先生,连他的文白杂糅的语言也学。我的《汪曾祺小说选》第一篇《复仇》,就有摹仿西方现代派的方法的痕迹。后来岁数人了一点,到了"而立之年"了吧,我就竭力想摆脱我所受的各种影响,尽量使自己的作品不同于别人。郭小川同志在"文化大革命"后期有一次碰到我,说:"你说过的一句话,我到现在还记得。"我问他是什么话,他说:"你说过:凡是别人那样写过的,我就决不再那样写!"我想想,是说过。那还是反右以前的事了。我现在不说这个话了。我现在岁数大了,已经无意于使自己的作品像谁,也无意使自己的作品不像谁了。别人是怎样写的,我已经模糊了,我只知道自己这样的写法,只会这样写了。我觉得怎样写合适,就怎样写。我现在看作品,已经很少从形成自己的风格这样的角度去看了。对于曾经影响过我的作家的作品,近几年我也很少再看。然而:

　　　　菌子已经没有了,但是菌子的气味留在空气里。

　　影响,是仍然存在的。

　　一个人也不能老是一个风格,只有一种风格。风格,往往是因为所写的题材不同而有差异的。或庄、或谐;或比较抒情,或尖刻冷峻。但是又看得出还是一个人的手笔。一方面,文备众体,另一方面又自成一家。

注　释

① 本篇原载《文学月报》1984 年第六期;初收《晚翠文谈》,浙江文艺出版社,1988 年 3 月。

流派要发展，要有新剧目^①

——读李一氓《论程砚秋》有感

李一氓同志《论程砚秋》（《文艺研究》1983 年第三期）在戏曲界似乎没有引起多大反响，我觉得有些奇怪。这是一篇科学地分析流派的重要文章。也许因为我孤陋寡闻，这样地分析流派的文章，我以前还没有见过。

一般分析流派，多从唱腔入手。论程派尤其是这样。一氓同志的文章一开头也说："在京戏这个剧种提到程派的时候，很容易使人指出形成这个派，是因为在声乐上创造了独特的程腔。由于程腔低徊婉转的特点，就联结了戏剧的悲剧性质。"一氓同志以为"这个理解，大致不差。"但是他以为这"还不是基本的特点。显著的基本的特点是程派戏的阶级性质，大部分是以市民阶层和中产阶级下层为其戏剧人物的构成，而很少才子、佳人、帝王、将相。有，很少。人物大都是市民阶层或中产阶级下层的被压抑者。由于这一阶级构成，所以大部分戏不能不赋予悲剧的性质。分析程派戏的顺序只能如此，而不能以唱腔为首，然后影响戏剧人物，然后形成悲剧。"

从内容出发，从剧目出发，从戏剧人物、戏剧人物的阶级地位出发，分析到一个流派的唱腔（以及身段、动作），我以为这是正确的方法。

一个演员演出的剧目是很复杂的，但是他总有一些代表作，一些他自己特别喜爱、塑造得成功的人物。我们可以从他的代表作，他爱演的人物，来看出他的思想倾向和艺术特点——包括唱腔。

一氓同志着重分析了四出程派戏：《荒山泪》、《春闺梦》、《锁麟囊》、《亡蜀鉴》，指出这些剧目"反对什么，同情什么，主题是鲜明的。程砚秋本人，不愧为一位杰出的艺术家。程派之所以为程派，他的表演艺术，特别是他的唱腔的创造，自也包含在内。这是应该统一来认识的。"本来，从内容和形式的统一，来认识一个流派，这是无可争议的，并且也不算是什么新奇的方法，可是一般谈流派的，似乎忘记了这个方法。他们或者本末倒置，认为唱腔（和表演）决定剧目，决定人物，形式决定内容；或者干脆不谈剧目，不谈人物，只说唱腔，似乎流派只是形式。这样不但流于皮相，而且往往似是而非、说得很玄。日前流派问题颇有争论，而且有些混乱，一氓同志提出这样的观点，是很有启发的。

一氓同志分析唱腔，也是很有见地的。一提到程腔，人们就会想到这是悲剧唱腔。一氓同志指出："每个剧种都有悲剧，都有悲剧的唱腔。而程腔则是独有低徊婉转、荡气回肠的感人力量。程腔的好处，主要不在刚劲的一面，不在有什么激情。这在程腔的发声和曲调的设计上已经规定了的。我并不是说程腔以柔媚取胜，但刚只是柔的补充，决不苍凉，而且有些华丽。"提出程腔的"华丽"真是有"具耳"！这样地分析程腔，不但扩大了我们对程腔欣赏的视野，而且有助于发现和发展程腔的丰富的表现能力。这对于研究其他流派也是很有启发的。研究程派，不能只限于悲悲切切。同样，研究马派，不能只论其潇洒；研究言派，不能只学其衰飒。他们的艺术，一定还会有和他们的主要特点相辅相成的东西。任何流派，都不能简单对待。

一氓同志在文章接近结尾时说："在时代悲剧逐渐失掉社会意义的情况下，编演不是悲剧的程派戏来发扬程派，这条路是可以走得通的。程派到今天已有一个继承和发扬的问题，只继承，恐怕不行。一讲程派，就同悲剧打个死结，恐怕也不行。"文章最后说："今年，纪念程砚秋逝世二十五周年的演出，没有拿出一个发扬程派的新剧目来，戏剧教育机构和程门弟子将何以自解？"

一氓同志有些论点可以商量，比如悲剧是否已经失去社会意义了？发扬程派是否只是戏剧教育机构的责任？但是其主要论点：流派要发展，要有新剧目，我是完全赞成的。不但程派，梅派、荀派、马派、麒派……都有这个问题。

注　释

①　本篇原载 1984 年 3 月 25 日《戏剧电影报》。

应该争取有思想的年轻一代^①

——关于戏曲问题的冥想

戏曲（我这里主要说的是京剧）不景气，不上座，观众少，原因究竟何在？我认为，根本的原因是：它太陈旧了。

戏曲的观众老了。说他们老，一是说他们年纪大了，二是说他们的艺术观过于陈旧。中国虽有"高台教化"的说法，但是一般观众（尤其是城市观众）对于真和善的要求都不是太高，他们看戏，往往只是取得一时的美的享受，他们较多注重的是戏曲的形式美（包括唱念做打）。因此，中国戏曲最突出的东西，也就是形式美。相当多的戏曲剧目的一个致命的弱点，是缺乏思想，——能够追上现代思潮的新的思想。戏曲落后于时代，这是无法否认的事实。

戏曲的观众需要更新。老一代的观众快要退出剧场，也快要退出这个世界了。戏曲需要青年观众。

但是青年爱看戏曲的很少。

什么原因？

有人说青年人对戏曲形式不熟悉。有这方面的原因。单是韵白，年轻人就听着不习惯。板腔、曲牌，他们也生疏。但是形式不是那样难于熟悉的。有一个昆曲剧院到北大给学生演了两场，看的青年惊呼：我们祖国还有这样美好的艺术！青年的艺术趣味在变。他们对流行歌曲已经没有兴趣。前二年兴起的一阵西洋古典音乐热，不少人迷上了贝多芬。现在又有人对中国的古典艺术产生兴趣了。中国戏曲既然具有那样独特的形式美，它们是能够征服年轻人的。并且由于青年的较新的审美趣味，也必然会给戏曲的形式美带来新的风彩。

有人说，因为戏曲的节奏太慢，和现代生活的节奏不合拍，年轻人看起来着急。这也有点道理。但是生活的节奏并不能完全决定艺术的节奏。而且如果仅仅是节奏慢的问题，那么好办得很，把节奏加快就行了。事实上已经有人这样做。去掉废场子、废锣鼓，把慢板的尺寸唱得近似快三眼，不打"慢长锤"……但是这不能解决根本问题。

要争取青年观众，首先要认识青年，研究当代青年的特点。

我们的青年是思索的一代，理智的一代。他们是热情的，敏锐的，同时也是严肃的，深刻的。不少人具有揽辔澄清，以天下为己任的心胸，戏曲应该满足他们的要求。

当然首先应该多演现代戏。这不是那种写好人好事的现代戏。企图在舞台上树立几个可供青年学习的完美的榜样的想法是天真的。青年希望在舞台上看到和他们差不多的人，看到他们自己。写一个改革者不能只是写出他怎样大刀阔斧地整顿好一个企业。青年人从他们切身的感受中，知道事情绝不那样简单。法律面前人人平等，是一个迫切地需要宣传的思想，但是不能只是写出一个具有法制思想的正面人物，写出一个概念。一个企图体现这样思想的人必然会遇到许多从外部和内部来的阻力、压力、痛苦。现代时兴一个词语，叫做"阵痛"。任何新的事物的诞生，都要经过阵痛。年轻人对这种阵痛最为敏感。他们在看戏的时候，希望体验到这种阵痛，同时，在思索着，和剧中人一起在思索着。没有痛苦，就没有思索。轻松的思索是没有的。而真正的欢乐，也只有通过痛苦的思索才能得到，由痛苦到欢乐的人物性格必然是复杂的，他们的心理结构是多层次的，他的思想是丰富的。从某种意义上说，每个改革者都是一个思想家，或者简单一点说，是个有头脑的人。这对于戏曲说来是有困难的。戏曲一般不能有这样大的思想容量；以"一人一事"为主要方式的戏曲结构也不易表现复杂的性格。这是戏曲改造的一个难题，但又是一个必须克服的难题。否则戏曲将永远是陈旧的。

历史剧的作用不可忽视。中国戏曲长于表现历史题材，这是一种优势。但是大部分戏曲都把历史简单化了。我发现不少青年人对历史产生了浓厚的兴趣。这是很自然的。他们思索着许多问题，他们要了解我们这个民族，这个民族的现状、未来，自然要了解这个民族的性格是怎样形成的,要了解它的昨天。我们多年以来对历史剧的要求多少有一点误解,即使较多看重它们的教诲作用,而比较忽视它的认识作用,因此对许多历史人物的是非功过纠缠不休。其实通过这些历史人物(包括虚构的人物)能够让我们了解那个历史时期,了解我们这个民族的某些特点,某些观念,就很不错了。比如《烂柯山》这出戏,我们不必去议论谁是谁非,不必去同情朱买臣,也不必去同情崔氏。但是我们知道了,并且相信了过去曾经有过那样的事,我们看到"夫荣妻贵"、"从一而终"这样的思想曾经深刻地影响过多少人,影响了朱买臣,也影响了崔氏。朱买臣和崔氏都是这种观念的痛苦的牺牲品。这是我们民族的一个病灶,到现在还时常使我们隐隐作痛。我觉得经过改编的《烂柯山》是能起到这样的作用的,改编者所取的角度是新的,好的。又比如《一捧雪》。我们既不能把莫成当一个"义仆"来歌颂,也不必把他当一个奴才来批判,但是我们知道,并且也相信,过去曾经有过那样的事。不但可以"人替人死",而且在临刑前还要说能替主人一死,乃是大大的喜事,要大笑三声,——这是多么惨痛的笑啊!通过这出戏,可以让我们看到等级观念对人的毒害是多么酷烈,一个奴才的"价值"又是多么的低!如果经过改编的戏,能产生这样的效果,我觉得就很不错了。这样的戏,是能满足青年在理智方面的要求的。我觉得许多老戏,都可以从一个新的角度,用一种新的思想,新的方法重新处理,彻底改造。

我们的青年,是一大批青年思想者。他们要求一个戏,能在思想上给予他们启迪,引起他们思索许多生活中的问题。

因此要求戏曲工作者,首先是编剧,要有思想。我深深感到戏曲编剧最缺乏的是思想。——当然包括我自己在内。

一九八四年九月十三日

注 释

① 本篇原载《新剧本》1985 年第一期;初收《晚翠文谈》,浙江文艺出版社,1988 年 3 月。

1985 年

人之所以为人[1]

——读《棋王》笔记

> 脑袋在肩上，
> 文章靠自己。
>
> ——阿城:《孩子王》

读了阿城的小说，我觉得:这样的小说我写不出来。我相信，不但是我，很多人都写不出来。这样就很好。这样就增加了一篇新的小说，给小说这个概念带进了一点新的东西。否则，多写一篇，少写一篇;写，或不写，差不多。

提笔想写一点读了阿城小说之后的感想，煞费踌躇。因为我不认识他。我很少写评论。我评论过的极少的作家都是我很熟的人。这样我说起话来心里才比较有底。我认为写评论最好联系到所评的作家这个人，不能只是就作品谈作品。就作品谈作品，只论文，不论人，我认为这是目前文学评论的一个缺点。我不认识阿城，没有见过。他的父亲我是见过的。那是他倒了楣的时候，似乎还在生着病。我无端地觉得阿城像他的父亲。这很好。

阿城曾是"知青"。现有的辞书里还没有"知青"这个词条。这一条很难写。绝不能简单地解释为"有知识的青年"。这是一个特定的历史时期的产物，一个很特殊的社会现象，一个经历坎坷、别具风貌的阶层。

知青并不都是一样。正如阿城在《一些话》中所说："知青上山下乡是一种特殊的情况下的扭曲现象,它使有的人狂妄,有的人消沉,有的人投机,有的人安萱。"这样的知青我大都见过。但是大多数知青,都有一个共同的特点,如阿城所说："老老实实地面对人生,在中国诚实地生活"。大多数知青看问题比我们这一代现实得多。他们是很清醒的现实主义者。

大多数知青是从温情脉脉的纱幕中被放逐到中国的干硬的土地上去的。我小的时候唱过一支带有感伤主义色彩的歌:"离开父,离开母,离开兄弟姊妹们,独自行千里……"知青正是这样。他们不再是老师的学生,父母的儿女,姊妹的兄弟,赤条条地被掷到"广阔天地"之中去了。他们要用自己的双手谋食。于是,他们开始用自己的眼睛去看世界。棋呆子王一生说:"你们这些人好日子过惯了,世上不明白的事儿多着呢!"多数知青从"好日子"里被甩出来了,于是他们明白许多他们原来不明白的事。

我发现,知青和我们年轻时不同。他们不软弱,较少不着边际的幻想,几乎没有感伤主义。他们的心不是水蜜桃,不是香白杏。他们的心是坚果,是山核桃。

知青和老一代的最大的不同,是他们较少教条主义。我们这一代,多多少少都带有教条主义色彩。

我很庆幸地看到(也从阿城的小说里)这一代没有被生活打倒。知青里自杀的极少、极少。他们大都不怨天尤人。彷徨、幻灭,都已经过去了。他们怀疑过,但是通过怀疑得到了信念。他们没有流于愤世嫉俗,玩世不恭。他们是看透了许多东西,但是也看到了一些东西。这就是中国,和人。中国人。他们的眼睛从自己的脚下移向远方的地平线。他们是一些悲壮的乐观主义者。有了他们,地球就可以修理得较为整齐,历史就可以源源不绝地默默地延伸。

他们是有希望的一代,有作为的一代。阿城的小说给我们传达了一个非常可喜的信息。我想,这是阿城的小说赢得广大的读者,在青年的心灵中产生共鸣的原因。

《棋王》写的是什么?我以为写的就是关于吃和下棋的故事。先说吃,再说下棋。

文学作品描写吃的很少(莆琴尼尔沃尔夫曾提出过为什么小说里写宴会,很少描写那些食物的)。大概古今中外的作家都有点清高,认为吃是很俗的事。其实吃是人生第一需要。阿城是一个认识吃的意义、并且把吃当作小说的重要情节的作家。(陆文夫的《美食家》写的是一个馋人的故事,不是关于吃的)他对吃的态度是虔诚的。《棋王》有两处写吃,都很精彩。一处是王一生在火车上吃饭,一处是吃蛇。一处写对吃的需求,一处写吃的快乐——一种神圣的快乐。写得那样精细深刻,不厌其烦,以至读了之后,会引起读者肠胃的生理感觉。正面写吃,我以为是阿城对生活的极其现实的态度。对于吃的这样的刻画,非经身受,不能道出。这使阿城的小说显得非常真实,不假。《棋王》的情节按说是很奇,但是奇而不假。

我不会下棋,不解棋道,但我相信有像王一生那样的棋呆子。我欣赏王一生对下棋的看法:“我迷象棋。一下棋,就什么都忘了。呆在棋里舒服。”人总要呆在一种什么东西里,沉溺其中。苟有所得,才能实证自己的存在,切实地掂出自己的价值。王一生一个人和几个人赛棋,连环大战,在胜利后,呜呜地哭着说:“妈,儿今天明白事儿了。人还要有点儿东西,才叫活着。”是的,人总要有点东西,活着才有意义。人总要把自己生命的精华都调动出来,倾力一搏,像干将、莫邪一样,把自己炼进自己的剑里,这,才叫活着。

“不有博弈者乎?为之犹贤乎已”。弈虽小道,可以喻大。“用志不分,乃凝于神”,古今成事业者都需要有这么一点精神。这是我们这个时代需要的精神。

我这样说,阿城也许不高兴。作者的主意,不宜说破。说破便煞风景。说得太实,尤其令人扫兴。

阿城的小说的结尾都是胜利。人的胜利。《棋王》的结尾，王一生胜了。《孩子王》的结尾，"我"被解除了职务，重回生产队劳动去了。但是他胜利了。他教的学生王福写出了这样的好文章："……早上出的白太阳，父亲在山上走，走进白太阳里去。我想，父亲有力气啦。"教的学生写出这样的好文章，这是胜利，是对一切陈规的胜利。

《树王》的结尾，萧疙瘩死了，但是他死得很悲壮。

因此，我说阿城是一个乐观主义者。

有人告诉我，阿城把道家思想揉进了小说。《棋王》里的确有一些道家的话。但那是拣烂纸的老头的思想，甚至也可以说是王一生的思想，不一定就是阿城的思想。阿城大概是看过一些道家的书。他的思想难免受到一些影响。《树王》好像就涉及一点"天"和"人"的关系（这篇东西我还没太看懂，捉不准他究竟想说什么，容我再看看，再想想）。但是我不希望把阿城和道家纠在一起。他最近的小说《孩子王》，我就看不出有什么道家的痕迹。我不希望阿城一头扎进道家里出不来。

阿城是有师承的。他看过不少古今中外的书。外国的，我觉得他大概受过海明威的影响，还有陀思妥也夫斯基。中国的，他受鲁迅的影响是很明显的。他似乎还受过废名的影响。他有些造句光秃秃的，不求规整，有点像《莫须有先生传》。但这都是瞎猜。他的叙述方法和语言是他自己的。司空图《二十四诗品》云："俯拾即是，不取诸邻。俱道适往，着手成春。"说得很好。阿城的文体的可贵处正在："不取诸邻"。"脑袋在肩上，文章靠自己。"

阿城是敏感的。他对生活的观察很精细，能够从平常的生活现象中看出别人视若无睹的特殊的情趣。他的观察是伴随了思索的。否则他就不会在生活中看到生活的底蕴。这样，他才能积蓄了各样的生活的印象,可以俯拾,形成作品。

然而在摄取到生活印象的当时,即在十年动乱期间,在他下放劳动的时候,没有写出小说。这是可以理解的,正常的。

只有在今天,现在,阿城才能更清晰地回顾那一段极不正常时期的生活,那个时期的人,写下来。因为他有了成熟的、冷静的、理直气壮的、不必左顾右盼的思想。一下笔,就都对了。

他的信心和笔力来自党的十一届三中全会以后中国生活的现实。十一届三中全会救了中国,救了一代青年人,也救了现实主义。

阿城业已成为有自己独特风格的青年作家,循此而进,精益求精,如王一生之于棋艺,必将成为中国小说的大家。

一九八五年三月三日

注　释

① 本篇原载 1985 年 3 月 21 日《光明日报》;初收《晚翠文谈》,浙江文艺出版社,1988 年 3 月。

细节的真实①

——习剧札记

戏曲不像电影、小说那样要有很多的细节。传统戏曲似乎不大注重细节描写。但是也不尽然。

《武家坡》。薛平贵在窑外把往事和夫妻分别后的过程述说了一遍,王宝钏相信确是自己的丈夫回来了,开开窑门重相见:

王宝钏(唱)

　　　开开窑门重相见,

　　　我丈夫哪有五绺髯?

薛平贵(唱)

　　　少年子弟江湖老,

　　　红粉佳人两鬓斑。

　　　三姐不信菱花照,

　　　不似当年在彩楼前。

王宝钏(唱)

　　　寒窑哪有菱花镜?

薛平贵(白)水盆里面——

王宝钏(接唱)

　　　水盆里面照容颜。

　　　(夹白)老了!

　　　(接唱)

　　　老了老了真老了,

　　　十八年老了我王宝钏!

"十八年老了我玉宝钏"，一句平常的话，中含几许辛酸！这里有一个非常精彩的细节：水盆里面照容颜。如果没有这个细节，戏是还能进行下去的。王宝钏可以这样唱：

> 菱花镜内来照影，
> 十八年老了我王宝钏！

然而感情上就差得多了。可以说王宝钏的满腹辛酸完全是水盆照影这个细节烘托出来的。寒窑里没有镜子，只能于水盆中照影，王宝钏十八年的苦况，可想而知。征人远出不归，她也没有心思照照自己的模样，她不需要镜子！这个细节是有非常丰富的内涵的。薛平贵的插白也写得极好，只有四个字："水盆里面"，这只是半句话。简短峭拔，增加了感情色彩，也很真实。如果写成一个完整的句子，文气就"懈"了。传统老戏的唱念每有不可及处，不可一概贬之曰："水"。

通过细节刻画人物，深挖感情的例子还有。比如《四进士》。比如《打渔杀家》萧恩父女出门时的对话。比如《三娘教子》老薛保打草鞋为小东人挣得夜读的灯油……

这些细节都是从生活中来的。情节可以虚构，细节则只有从生活中来。细节是虚构不出来的。细节一般都是剧作者从自己的生活感觉中直接提取的。写《武家坡》的人未必知道王宝钏是否真的没有一面镜子，他并没有王宝钏的生活，但是贫穷到没有镜子，只能于水盆中照影，剧作者是一定体验过或观察过这样的生活的。他把自己的生活经验设身处地地加之于王宝钏的身上了。从上述几例，也可说明：写历史剧也需要生活。一个剧作者自己的生活（现代生活）的积累越多，写古人才会栩栩如生。

细节，或者也可叫作闲文。然而传神阿堵，正在这些闲中着色之处。善写闲文，斯为作手。

注　释

①　本篇原载《文艺欣赏》1985 年第三期；初收《晚翠文谈》，浙江文艺出版社，1988 年 3 月。

我和民间文学^①

前年在兰州听一位青年诗人告诉我,他有一次去参加"花儿"会,和婆媳二人同坐在一条船上。这婆媳二人一路交谈,她们说的话没有一句是不押韵的!这媳妇走进一个奶奶庙去求子,她跪下来祷告。那祷告词是:

> 今年来了,我是跟您要着哩,
> 明年来了,我是手里抱着哩,
> 咯咯嘎嘎地笑着哩!

这使得青年诗人大为惊奇了。我听了,也大为惊奇。这样的祷词是我听到过的最美的祷词。群众的创造才能真是不可想象!生活中的语言精美如此,这就难怪西北的"花儿"押韵押得那样巧妙了。

去年在湖南桑植听(看)了一些民歌。有一首土家族情歌:

> 姐的帕子白又白,
> 你给小郎分一截。
> 小郎拿到走夜路,
> 如同天上娥眉月。

我认为这是我看到的一本民歌集的压卷之作。不知道为什么,我立刻想起王昌龄的《长信秋词》:"玉颜不及寒鸦色,犹带昭阳日影来。"二者所写的感情完全不同,但是设想的奇特有其相通处。帕子和月光,妙在似与不似之间。民歌里有一些是很空灵的,并不都是质实的。

一个作家读一点民间文学有什么好处?我以为首先是涵泳其中,从群众那里吸取诗的乳汁,取得美感经验,接受民族的审美教育。

我曾经编过大约四年的《民间文学》期刊,后来写了短篇小说。要问我从民间文学得到什么具体的益处,这不好回答。这不能像《阿诗玛》里所说的那样:吃饭,饭进到肉里;喝水,水进了血里。要指出我的哪篇小说受了哪几篇民间文学的影响,是不可能的。不过有两点可以说一说。一是语言的朴素、简洁和明快。民歌和民间故事的语言没有是含糊费解的。我的语言当然是书面语言,但包含一定的口头性。如果我的语言还有一点口语的神情,跟我读过上万篇民间文学作品是有关系的。其次是结构上的平易自然,在叙述方法上致力于内在的节奏感。民间故事和叙事诗较少描写。偶尔也有,便极精彩,如孙剑冰同志所记内蒙故事中的"鱼哭了,流出长长的眼泪"。一般故事和民间叙事诗多侧重于叙述。但是叙述的节奏感很强。"三度重叠"便是民间文学的一种常见的美学法则。重叙述,轻描写,已经成为现代小说的一个显著特点。在这一点上,小说需要向民间文学学习的地方很多。

我认为,一个作家要想使自己的作品具有鲜明的民族风格、民族特点,不学习民间文学是绝对不行的。

我的话说得很直率,但确是由衷之言,肺腑之言。

注　释

① 本篇原载《民间文学》1985 年第四期;初收《晚翠文谈》,浙江文艺出版社,1988 年 3 月。

祝　　愿[1]

我是《北京文学》的"老人"了。《北京文学》的前身是《北京文艺》和《说说唱唱》。《北京文艺》和《说说唱唱》我都编过。我们那时真是"惨淡经营"。人手少,可用的稿件不多,每月快到发稿的时候,就像穷人家过年一样,一点抓挠没有。到了这个节骨眼,赵树理同志便从编辑部抱了一堆初选的稿子,回到屋里,关起门来,一目十行地翻阅一遍。偶尔沙里淘金,发现一两篇好稿,则大喜过望。这一期又能对付过去了! 树理同志把这种编辑方法,叫做"绝处逢生法"。有时实在选不出好稿,就由主编、编委赶写应急。树理同志的《登记》就是这样赶出来的。编委们说:"实在没有像样的东西了,老赵,你来一篇吧!"老赵喝了一点酒,吃了一碗馄饨,在纸上画了一些符号(表示人物),划了一些纵横交错的线(人物关系和事件的发展),笔不停挥,一气呵成,写出了一篇杰作。

现在《北京文学》的日子比我们那时要好过多了。

《北京文学》有几年办得很兴旺,为省市一级刊物的佼佼者。当时文艺界称《北京文学》为"甲级队"。名篇迭出,印数很多。我很为《北京文学》高兴。

近二年似乎差一点了。印数跌了下来。作品质量上不去。一篇才出,万口争传,在全国产生广泛的影响,能在文学史上留下一笔的佳作,不很多了。"甲级队"还能不能保住,令人担心。

这不是《北京文学》一家的问题。各地刊物的日子都不太好过。这有种种原因(比如"通俗文学"的冲击),一时还理不清楚。不过我觉得《北京文学》可以总结一下"兴旺"时期的经验,以为"重振"的借鉴。

《北京文学》的兴旺和"北京作家群"的形成是分不开的。"北京作家群"，现在大家已经说得很顺口了。最初提出，大家还有点含含糊糊，怵怵惕惕，怕这和宗派、"小圈子"扯在一起。这种顾虑逐渐消除了。北京的作家有相当雄厚的实力，这是事实。北京拥有相当数量的全国水平的专业作家，还有广泛的头角峥嵘的业余作者，这是事实。北京的作家的关系是比较融洽的，但是大家的文学主张、作品风格是互不相同的，并无党同伐异的门户之见。这些主张不同，风格迥异的作家，曾经有一个核心。这个核心，便是《北京文学》。有些青年作家的发祥地是《北京文学》；有些老作家、中年作家，也视《北京文学》如故土，大家对《北京文学》是有感情的。友梅愿意把他的力作交给《北京文学》；斤澜把三篇作品同时交给《北京文学》，任凭挑选，关系不可谓不"铁"。《北京文学》能团结住"北京作家群"是一大功绩，也是《北京文学》成功的原因之一。但是，我觉得这二年"北京作家群"对《北京文学》的向心力有所削减。有相当的作家"飞"了。《北京文学》应当把"北京作家群""拢"住。这得想一点措施。我觉得《北京文学》应当理直气壮地宣布：《北京文学》是"北京作家群"的刊物。如有必要，可以像三十年代有些刊物一样，公布"特约作者"的名单，——当然要征得本人同意。

刊物的声誉系于作品的质量。一个刊物接连发表几篇不同凡响的作品，读者就会刮目相看。反之，老是发表中等水平的作品，威信就会下降。发表不同凡响的作品，往往是要担一点风险的。在我们的印象里，前几年，《北京文学》办了一件引人注意的勇敢的事，是发表了方之的《内奸》。我的《受戒》交给《北京文学》编辑部时曾附信说："发表这样的作品是需要一点勇气的"。不料当时《北京文学》的主编李清泉同志看后，立即决定采用，在下一期刊物上就发表了。《北京文学》那几年办得很有生气，与清泉同志读稿时的别具慧眼与胆识是很有关系的。我希望现在的主编能够继承清泉同志的胆识。

有了好稿，还要敢于突出。一篇好稿，不突出，有时也会"湮浸"了。主编对于一篇稿子的分量，应该有个准确的掂掇，鲜明的态度，不能对所有作品全部平均对待，一视同仁。突出的方法，除了在字号大小，版面安排，标题插画，予以惠待外，我觉得主编应该站出来说话。主编应该和读者交流。过去叶圣陶、茅盾、郑振铎、巴金、靳以编刊物的时候，本人是经常在刊物上露面的，郑振铎、李健吾编《文艺复兴》时，两人轮流写编后记。他们的编后记都是署名的。我的《异秉》在《雨花》发表时，刊物上加了一段"编者附语"（写得要言不烦，切中肯要，一看就是一位行家手笔），这办法在近年的刊物上不多见，但我以为很可取。一篇作品脱颖而出，固然不必为之作"誉满全球"式的吹嘘，但是完全用一种"桃李无言"的态度，等待着"下自成蹊"，恐怕也不是办法。等待、观望的结果，往往就会使同一作家的第二篇好稿和别的作家的好稿溜掉。一个主编应该是一块充满热情的磁铁。

关于"通俗文学"。目前"通俗文学"泛滥，对纯文学的压力很大，《北京文学》申明要坚持纯文学的办刊方针，我很赞同。我觉得，第一，目前"通俗文学"的大量流行，不是一个很正常的现象，这阵风总会刮过去的。现在的风势已经有一点萎。第二，我觉得《北京文学》也不妨发一点比较通俗的作品，但是不能降低格调。赵树理同志的《登记》不也很通俗么？但同时也是严肃的纯文学。《北京文学》不妨发一点"通俗的纯文学"。

我的这些意见，未必正确。聊将一点祝愿，作为《北京文学》创刊三十周年的芹献而已。

五月一日

注　释

① 　本篇原载《北京文学》1985 年第六期。

338

我是怎样和戏曲结缘的[①]

有一位老朋友,三十多年不见,知道我在京剧院工作,很诧异,说:"你本来是写小说的,而且是有点'洋'的,怎么会写起京剧来呢?"我来不及和他详细解释,只是说:"这并不矛盾。"

我的家乡是个小县城,没有什么娱乐。除了过节,到亲戚家参加婚丧庆吊,便是看戏。小时候,只要听见哪里锣鼓响,总要钻进去看一会。

我看过戏的地方很多,给我留下较深的印象的,是两处。

一处是螺蛳坝。坝下有一片空场子。刨出一些深坑,植上粗大的杉篙,铺了木板,上面盖一个席顶,这便是戏台。坝前有几家人家,织芦席的,开茶炉的……门外都有相当宽绰的瓦棚。这些瓦棚里的地面用木板垫高了,摆上长凳,这便是"座"。——不就座的就都站在空地上仰着头看。有一年请来一个比较整齐的戏班子。戏台上点了好几盏雪亮的汽灯,灯光下只见那些簇新的行头,五颜六色,金光闪闪,煞是好看。除了《赵颜借寿》、《八百八军》等开锣吉祥戏,正戏都唱了些什么,我已经模糊了。印象较真切的,是一出《小放牛》,一出《白水滩》。我喜欢《小放牛》的村娘的一身装束,唱词我也大部分能听懂。像"我用手一指,东指西指,南指北指,杨柳树上挂着一个大招牌……""杨柳树上挂着一个大招牌",到现在我还认为写得很美。这是一幅画,提供了一个春风淡荡的恬静的意境。我常想,我自己的唱词要是能写得像这样,我就满足了。《白水滩》这出戏,我觉别具一种诗意,有一种凄凉的美。十一郎的扮相很美。我写的《大淖记事》里的十一子,和十一郎是有着某种潜在的联系的。可以说,如果我小时候没有看过《白水滩》,就写不出后来的十一子。这个戏班里唱青面虎的花脸是很能摔。他能接连摔好多个"踝子"。每摔一个,台下叫好,他就跳起来摘一个"红封"揣进怀里。——台上横拉了一根铁丝,铁丝上挂了好些包着红纸的"封子",内装铜钱或银角子。凡演员得一个"好",就可以跳起来摘一封。另外还有一出,是《九更天》。演《九更天》那天,开戏前即将钉板竖在台口,还要由一个演员把一只活鸡拽(Zhai)在钉板上,以示铁钉的锋利。那是很恐怖的。但我对这出戏兴趣不大,一个老头儿,光着上身,抱了一只钉板在台上滚来滚去,实在说不上美感。但是台下可"炸了窝"了!

另一处是泰山庙。泰山庙供着东岳大帝。这东岳大帝不是别人,是《封神榜》里的黄霓。东岳大帝坐北朝南,大殿前有一片很大的砖坪,迎面是一个戏台。戏台很高,台下可以走人。每逢东岳大帝的生日,——我记不清是几月了,泰山庙都要唱戏。约的班子大都是里下河的草台班子,没有名角,行头也很旧。旦角的水袖上常染着洋红水的点子——这是演《杀子报》时的"彩"溅上去的。这些戏班,没有什么准纲准词,常常由演员在台上随意瞎扯。许多戏里都无缘无故出来一个老头,一个老太太,念几句数板,而且总是那几句:

> 人老了,人老了,
> 人老先从哪块老?
> 人老先从头上老:
> 白头发多,黑头发少。
> 人老了,人老了,
> 人老先从哪块老?
> 人老先从牙齿老,吃不动的多,吃得动的少。
> ……

他们的京白、韵白都带有很重的里下河口音。而且很多戏里都要跑鸡毛报:两个差人,背了公文卷宗,在台上没完没了地乱跑一气。里下河的草台班子受徽戏影响很大,他们常唱《扫松下书》。这是一出冷戏,一到张广才出来,台下观众就都到一边喝豆腐脑去了。他们又受了海派戏的影响,什么戏都可以来一段"五音联弹"——"催战马,来到沙场,尊声壮士把名扬……"他们每一"期"都要唱几场《杀子报》。唱《杀子报》的那天,看戏是要加钱的,因为戏里的闻(文?)太师要勾金脸。有人是专为看那张金脸才去的。演闻太师的花脸很高大,嗓音也响。他姓颜,观众就叫他颜大花脸。我有一天看见他在后台栏杆后面,勾着脸——那天他勾的是包公,向台下水锅的方向,大声喊叫:"××!打洗脸水!"从他的宏亮的嗓音里,我感觉到草台班子演员的辛酸和满腹不平之气。我一生也忘记不了。

我的大伯父有一架保存得很好的留声机,——我们那里叫做"洋戏",还有一柜子同样保存得很好的唱片。他有时要拿出来听听,——大都是阴天下雨的时候。我一听见留声机响了,就悄悄地走进他的屋里,聚精会神地坐着听。他的唱片里最使我受感动的程砚秋的《金锁记》和杨小楼的《林冲夜奔》。几声小镲,"啊哈!数尽更筹,听残银漏……"杨小楼的高亢脆亮的嗓子,使我感到一种异样的悲凉。

我父亲是个多才多艺的人,他会画画,会刻图章,还会弄乐器。他年轻时曾花了一笔钱到苏州买了好些乐器,除了笙箫管笛、琵琶月琴,连唢呐海笛都有,还有一把拉梆子戏的胡琴。他后来别的乐器都不大玩了,只是拉胡琴。他拉胡琴是"留学生"——跟着留声机唱片拉。他拉,我就跟着学唱。我学会了《坐宫》、《起解·玉堂春》、《汾河湾》、《霸王别姬》……我是唱青衣的,年轻时嗓子很好。

初中,高中,一直到大学一年级时,都唱。西南联大的同学里有一些"票友",有几位唱得很不错。我们有时在宿舍里拉胡琴唱戏,有一位广东同学,姓郑,一听见我唱,就骂:"丢那妈!猫叫!"

大学二年级以后,我的兴趣转向唱昆曲。在陶重华等先生的倡导下,云南大学成立了一个曲社,参加的都是云大和联大中文系的同学。我们于是"拍"开了曲子。教唱的主要是陶先生,吹笛的是云大历史系的张中和先生。从《琵琶记·南浦》、《拜月记·走雨》开蒙,陆续学会了《游园·惊梦》、《拾画·叫画》、《哭像》、《闻铃》、《扫花》、《三醉》《思凡》、《折柳·阳关》、《瑶台》、《花报》……大都是生旦戏。偶尔也学两出老生花脸戏,如《弹词》、《山门》、《夜奔》……在曲社的基础上,还时常举行"同期"。参加"同期"的除同学外,还有校内校外的老师、前辈。常与"同期"的,有陶光(重华)。他是唱"冠生"的,《哭像》《闻铃》均极佳,《三醉》曾受红豆馆主亲传,唱来尤其慷慨淋漓;植物分类学专家吴征镒,他唱老生,实大声宏,能把《弹词》的"九转"一气唱到底,还爱唱《疯僧扫秦》;张中和和他的夫人孙凤竹常唱《折柳·阳关》,极其细腻;生物系的教授崔芝兰(女),她似乎每次都唱《西楼记》;哲学系教授沈有鼎,常唱《拾画》,咬字讲究,有些过分;数学系教授许宝騄,我们《刺虎》就是他亲授的;我们的系主任罗莘田先生有时也来唱两段;此外,还有当时任航空公司经理的查阜西先生,他兴趣不在唱,而在研究乐律,常带了他自制的十二乐均律的铜管笛子来为人伴奏;还有一位世事洞明,人情练达,童心犹在,风趣非常的老人许茹香,每"期"必到。许家是昆曲世家,他能戏极多,而且"能打各省乡谈",苏州话、扬州话、绍兴话都说得很好。他唱的都是别人不唱的戏,如《花判》《下山》。他甚至能唱《绣襦记》的《教歌》。还有一位衣履整洁的先生,我忘记他的姓名了。他爱唱《山门》。他是个聋子,唱起来随时跑调,但是张中和先生的笛子居然能随着他一起"跑"!

参加了曲社,我除了学了几出昆曲,还酷爱上吹笛,——我原来就会吹一点。我常在月白风清之夜,坐在联大"昆中北院"的一棵大槐树暴出地面的老树根上,独自吹笛,直至半夜。同学里有人说:"这家伙是个疯子!"

抗战胜利后,联大分校北迁,大家各奔前程,曲社、"同期"也就风流云散了。

一九四九年以后,我就很少唱戏,也很少吹笛子了。

我写京剧,纯属偶然。我在北京市文联当了几年编辑,心里可一直想写东西。那时写东西必需"反映现实",实际上是"写政策",必需"下去",才有东西可写。我整天看稿、编稿、下不去,也就写不成,不免苦闷。那年正好是纪念世界名人吴敬梓,王亚平同志跟我说:"你下不去,就从《儒林外史》里找一个题材编一个戏吧!"我听从了他的建议,就改一出《范进中举》。这个剧本在文化局戏剧科的抽屉里压了很长时间,后来是王昆仑同志发现,介绍给奚啸伯演出了。这个戏还在北京市戏曲会演中得了剧本一等奖。

我当了右派,下放劳动,就是凭我写过一个京剧剧本,经朋友活动,而调到北京京剧院里来的。一晃,已经二十几年了。人的遭遇,常常是不以自己的意志为转移的。

我参加戏曲工作,是有想法的。在有一次齐燕铭同志主持的座谈会上,我曾经说:"我搞京剧,是想来和京剧闹一阵别扭的。"简单地说,我想把京剧变成"新文学"。更直截了当地说:我想把现代思想和某些现代派的表现手法引进到京剧里来。我认为中国的戏曲本来就和西方的现代派有某些相通之处。主要是戏剧观。我认为中国戏曲的戏剧观和布莱希特以后的各流派的戏剧观比较接近。戏就是戏,不是生活。中国的古代戏曲有一些西方现代派的手法(比如《南天门》、《乾坤福寿镜》、《打棍出箱》、《一匹布》……),只是发挥得不够充分。我就是想让它得到更多的发挥。我的《范进中举》的最后一场就运用了一点心理分析。我刻画了范进发疯后的心理状态,从他小时读书、逃学、应考、不中、被奚落,直到中举、做了主考,考别人:"我这个主考最公道,订下章程有一条:年未满五十,一概都不要,本道不取嘴上无毛!……"。我想把传统和革新统一起来,或者照现在流行的话说:在传统与革新之间保持一种能力。

我说了这一番话,可以回答我在本文一开头提到的那位阔别三十多年的老朋友的疑问。

我写京剧,也写小说。或问:你写戏,对写小说有好处么?我觉至少有两点。

一是想好了再写。写戏,得有个总体构思,要想好全剧,想好各场。各场人物的上下场,各场的唱念安排。我写唱词,即使一段长到二十句,我也是每一句都想得能够成诵,才下笔的。这样,这一段唱词才是"整"的,有层次,有起伏,有跌宕,浑然一体。我不习惯于想一句写一句。这样的习惯也影响到我写小说。我写小说也是全篇、各段都想好,腹稿已具,几乎能够背出,然后凝神定气,一气呵成。

前几天,有几位从湖南来的很有才华的青年作家来访问我,他们提出一个问题:"您的小说有一种音乐感,您是否对音乐很有修养?"我说我对音乐的修养一般。如说我的小说有一点音乐感,那可能和我喜欢画两笔国画有关。他们看了我的几幅国画,说:"中国画讲究气韵生动,计白当黑,这和'音乐感'是有关系的。"他们走后,我想:我的小说有"音乐感"么?——我不知道。如果说有,除了我会抹几笔国画,大概和我会唱几句京剧、昆曲,并且写过几个京剧剧本有点关系。有一位评论家曾指出我的小说的语言受了民歌和戏曲的影响,他说得有几分道理。

一九八五年五月二十二日

注　释

① 本篇原载《新剧本》1985 年第四期;初收《晚翠文谈》,浙江文艺出版社,1988 年 3 月。

从哀愁到沉郁^①

——何立伟小说集《小城无故事》序

我最初读到的何立伟的小说是《小城无故事》。发表在《人民文学》上的。当时就觉得很新鲜。这样的小说我好像曾经很熟悉，但又似乎生疏了多年了。接着就有点担心。担心作者会受到批评，也担心《人民文学》因为发表这样的作品而受到批评。我担心某些读者和评论家会看不惯这样的小说，担心他们对看不惯的小说会提出非议。然而我的担心是多余了。看来我的思想还是相当保守的，对读者和评论家的估计过低了。何立伟和《人民文学》全都太平无事。——也许有一点"事"，但是我不知道。我放心了。何立伟接着发表了不少小说，有的小说还得了奖。我听到一些关于何立伟小说的议论，都是称赞的，都说何立伟是一个值得注意的、有自己的特点的青年作家。何立伟得到社会的承认，他在文艺界站住脚了，我很高兴。为立伟本人高兴，也为中国多了一个真正的作家而高兴。何立伟现在的情况可以说是"崭露头角"，他的作品也预示出他会有很远大的前程。从何立伟以及其他一些破土而出，显露不同的才华的青年作家身上，我们看到中国文学的一片勃勃的生机，这真是太好了。

但是我以前看过立伟的小说很少，——我近年来不大看小说，好像只有《小城无故事》这一篇。

蒋子丹告诉我，何立伟要出小说集，要我写序。有一次见到王蒙，我告诉他何立伟要我写序（我知道立伟的小说有一些是经他的手发出去的）。王蒙说："你写吧！"我说我看过他的小说很少，王蒙说："看看吧，你会喜欢的"。我心想：好吧。

何立伟把他的小说的复印件寄来给我了，写序就出一句话变成了真事。复印件寄到时，我在香港。回来后知道他的小说集发稿在即，就连日看他的小说。这样突击式地看小说，囫囵吞枣，能够品出多少滋味来呢？我于是感到为人写序是一件冒险的事。如果序里所说的话，全无是处，是会叫作者很难过的。但是我还是愿意来写这篇序。理由就是：我愿意。

子丹后来曾陪了立伟和另外一位湖南青年作家徐晓鹤到我在北京的住处来看过我。他们全都才华熠熠，挥斥方遒，都很快活。我很喜欢他们的年青气盛的谈吐。因为时间匆促，未暇深谈。谈了些什么，我已经不记得了。只记得我大概谈起过废名。为什么谈起废名，大概是我觉得立伟的小说与废名有某些相似处。

立伟最近来信，说："上回在北京您同我谈起废名，我回来后找到他的书细细读，发觉我与他有很多内在的东西颇接近，便极喜欢。"

那么何立伟过去是没有细读过废名的小说的，然而他又发觉他与废名有很多内在的东西颇接近，这是很耐人深思的。正如废名，有人告诉他，他的小说与英国女作家弗金尼·沃尔芙很相似，废名说："我没有看过她的小说"，后来找了弗金尼·沃尔芙的小说来看了，说："果然很相似"。一个作家，没有读过另一作家的作品，却彼此相似，这是很奇怪的。

但是何立伟是何立伟，废名是废名。我看了立伟的全部小说，特别是后来的几篇，觉得立伟和废名很不一样。我的这篇序恐怕将写成一篇何立伟、废名异同论，这真是始料所不及。

废名是一位被忽视的作家。在中国被忽视，在世界上也被忽视了。废名作品数量不多，但是影响很大，很深，很远。我的老师沈从文承认他受过废名的影响。他曾写评论，把自己的几篇小说和废名的几篇对比。沈先生当时已经成名。一个成名的作家这样坦率而谦逊的态度是令人感动的。虽然沈先生对废名后期的小说十分不以为然。何其芳在《给艾青先生的一封信》提到刘西渭（李健吾）非常认真地读了《画梦录》，但"主要地只看出了我受了废名影响的那一点。"那么受了废名影响的这一点，何其芳是承认的。我还可以开出一系列受过废名影响的作家的名单,只是因为本人没有公开表态,我也只好为尊者讳了。"但开风气不为师",废名是开了一代文学风气的,至少在北方。这样一个影响深远的作家,生前死后都很寂寞,令人怃然。

我读过废名的小说,《桃园》、《竹林的故事》、《桥》、《枣》……都很喜欢。在昆明(也许在上海)读过周作人写的《怀废名》。他说废名的小说的一个特点是注重文章之美。说他的小说如一湾溪水,遇到一片草叶都要抚摸一下,然后再汩汩地向前滚去(大意),这其实就是意识流,只是当时在中国,"意识流"的理论和小说介绍进来的还不多。这也是很有意思的事。西方的意识流的理论和小说还没有介绍进来,中国已经有用意识流的方法写的小说,并且比之西方毫无逊色,说明意识流并非是外来的。人类生活发展到一定阶段,对意识的认识发展到一定阶段,就会产生意识流的作品。这是不能反对,无法反对的。废名也许并不知道"意识流",正像他以前不知道弗金尼·沃尔芙。他只是想真切地反映生活,他发现生活,意识是流动的,于是找到了一种新的对于生活的写法,于是开了一代风气。这种写法没有什么奥秘,只是追求:更像生活。

周作人的文章还说废名之貌奇古,其额如螳螂。一九四八年我住在北京大学红楼,时常可以看到废名,他其时已经写了《莫须有先生坐飞机以后》,潜心于佛学。我只是看到他穿了灰色的长衫,在北大的路上缓慢地独行,面色平静,推了一个平头。我注意了他的相貌,没有发现其额如螳螂,也不见有什么奇古。——一个人额如螳螂,是什么样子呢?实在想象不出。

何立伟与废名的相似处是哀愁。

立伟一部分小说所写的生活是湖南小城镇的封闭的生活,一种古铜色的生活。他的小说有一些写的是长沙,但仍是封闭着的长沙的一个角隅。这种古铜有如宣德炉,因为镕入了椎碎了的乌斯藏佛之类的贵重金属,所以呈现出斑斓的光泽。有些小说写了封闭生活中的古朴的人情。《小城无故事》里的吴婆婆每次看到癫姑娘,总要摸两个冷了的荷叶粑粑走出凉棚喊拢来那癫子。"莫发癫!快快同我吃了!"萧七罗锅侧边喊:"癫子,癫子,你拢来!""癫子,癫子,把碗葱花末豆腐你吃!"霍霍霍霍喝下肚,将那蓝花瓷碗往地上一摔,啪地碗碎了。萧七罗锅也不发火,只摇着他精光的脑壳蹲身下去一片一片拣碎瓷。还有用,回去拿它做得甑片子,刨得芋头同南瓜。这实在写得非常好。拣了碎瓷,回去做得甑片子,刨得芋头同南瓜,这是一种非常美的感情,很真实的感情。

但是这种封闭的古铜色的生活是存留不住的,它正在被打破,被铃木牌摩托车,被邓丽君的歌唱所打破。姚笃正老裁缝终于不得不学着做喇叭裤、牛仔裤(《砚坪那个地方》)。这是有点可笑的。然而,有什么办法呢?

面对这种行将消逝的古朴的生活,何立伟的感情是复杂的。这种感情大体上可以名之为"哀愁"。鲁迅在评论废名的小说时说:"……在一九二五年出版的《竹林的故事》里,才见以冲淡为衣,而如著者所说,仍能'从他们当中理出我的哀愁'的作品。"从立伟的一些前期的小说中,我们都可觉察到这种哀愁。如《荷灯》,如《好清好清的杉木河》……。这种哀愁出于对生存于古朴世界的人的关心。这种哀愁像《小城无故事》里癫子姑娘手捏的栀子花,"香得并不酽,只淡淡有些幽远。""满街满巷都是那栀子花淡远的香。然而用力一闻,竟又并没有。"何立伟的不少篇小说都散发着栀子花的香味,栀子花一样的哀愁。

鲁迅论废名文中说:"可惜的是大约作者过于珍惜他有限的'哀愁',不久就不欲像先前一般的闪露,于是从率直的读者看来,就只见其有意低徊,顾影自怜之态了。"老实说,看了一些立伟的短篇,我是有点担心的。一个作者如果停留在自己的哀愁中,是很容易流于有意低徊的。

立伟是珍惜自己的哀愁的。他有意把作品写得很淡。他凝眸看世界,但把自己的深情掩藏着,不露声色。他像一个坐在发紫发黑的小竹凳上看风景的人,虽然在他的心上流过很多东西。有些小说在最易使人动情的节骨眼上往往轻轻带过,甚至写得模模糊糊的,使人得捉摸一下才明白是怎么回事。如《搬家》，如《雪霁》。但是他后来的作品，感情的色彩就渐渐强烈了起来。他对那种封闭的生活表现了一种忧愤。他的两个中篇，《苍狗》和《花非花》都是这样。像《花非花》那样窒息生机的生活，是叫人会喊叫出来的。但是何立伟并没有喊叫，他竭力控制着自己的激情，他的忧愤是没有成焰的火，于是便形为沉郁。也仍然是不动声色的，但这样的不动声色而写出的貌似平淡的生活却有了强烈的现实感。

我很高兴何立伟在小说里写了希望。谁是改造这个封闭世界的力量？像刘虹（《花非花》）这样追求美好，爱生活的纯净的人（刘虹写得一点都不概念化，是很难得的）。"那世界，正一天天地、无可抗拒地新鲜起来，富于活力与弹性"，是这样！

对立伟的这种变化，有人有不同意见，但我以为是好的。也许因为立伟所走过来的路和我有点像。

废名说过："我写小说同唐人写绝句一样"，立伟很欣赏他这句话。立伟的一些小说也是用绝句的方法写的，他和废名不谋而合。所谓唐人绝句，其实主要指中晚唐的绝句，尤其是晚唐绝句。晚唐绝句的特点，说穿了，就是重感觉，重意境。"小城无故事"，立伟的小说不重故事，有些篇简直无故事可言，他追求的是一种诗的境界，一种淡雅的，有些朦胧的可以意会的气氛，"烟笼寒水月笼沙"。与其说他用写诗的方法写小说，不如说他用小说的形式写诗。这是何立伟赢得读者，受到好评的主要原因。我也是喜欢晚唐绝句的。最近看到一本书，说是诗以五古为最难写，一个诗人不善于写五古，是不能算做大诗人的。我想想，这有道理。诗至五古，堂庑始大，才厚重。杜甫的《北征》，我是到中年以后才感到其中的苍凉悲壮的。我觉得，立伟的《苍狗》和《花非花》，其实已经不是绝句，而是接近五古了。何立伟正在成熟。

何立伟的语言是有特色的。他写直觉，没有经过理智筛滤的，或者超越理智的直觉，故多奇句。这一点和日本的新感觉派相似，和废名也很相似。废名的名句："万寿宫丁丁响"，即略去万寿宫有铃铛，风吹铃铛，直接写万寿宫丁丁响。这在一群孩子的感觉中是非常真切的。立伟的造句奇峭似废名,甚至一些虚词也相似,如爱用"遂"、"乃"。立伟还爱用"抑且",这也有废名的味道。立伟以前没有细读过废名的作品,相似乃尔,真是奇怪!我觉得文章不可无奇句,但不宜多。龚定庵论人:"某公端端,酒后露轻狂,乃真狂。"奇句和狂态一样,偶露,才可爱。立伟初期的小说,我就觉得奇句过多。奇句如江瑶柱,多吃,是会使人"发风动气"的。立伟后来的小说,语言渐多平实,偶有奇句。我以为这也是好的。

　　立伟要我写序,尽两日之功写成,可能说了一些杀风景的话,不知道立伟会不会难过。

一九八五年十一月一日序于北京

注　释

① 本篇原载《文学自由谈》1986 年第一期;初收《晚翠文谈》;浙江文艺出版社,1988 年 3 月。

待遣春温上笔端①

　　僻处南郊,孤陋寡闻。耳目所接,我觉得近年来文学创作的情况是好的。好在哪里? 好在出现了一些优秀的新人新作。

　　新人新作的可贵,在于新。思想、语言、表现方法,都有超越前人,异于同辈处。新,往往就有点奇,有点不合常规。于是引出各种议论。说好的,说坏的,都有。这不足怪。新人新作,难免有这样那样的不足、缺点、乃至失误(我不喜欢"失误"这个词,这让人想起"马失前蹄"),这不要紧。有人提出:要引导。引导引导也好。问题是:谁来引导? 一个作家的路是他自己走出来的。只要他对生活、对写作的态度是诚恳的,他会走得很稳当的。

　　淡化现实,和现实保持距离,有意疏远,以为这样的作品才有永久性,不知道有没有这样形诸文字的理论。如果有,我以为是不对的。但是对现实需要有一个熟悉的过程、思索的过程、沉淀的过程。要求今天有伟大的现实,明天就有伟大的作品,这想法本身是不现实的。

　　我认为一个作家是应该有社会责任感的,写作的时候应该考虑社会效果。一个作品总会对人的精神产生这样那样的影响。想到这一点,我就觉得很惶恐。但是我不主张把社会效果看得太死、太直、太窄。随风潜入夜,润物细无声。我们需要研究读者的欣赏心理学。

　　我希望青年作家能写一点叫人欢悦的作品。改鲁迅诗的一个字,作为我对年轻人的祝愿:待遣春温上笔端。

注　释

① 　本篇原载《瞭望》周刊海外版改版试刊 1985 年第四期,又载《瞭望》周刊
　　1985 年第五十一期,总题为《作家十人谈》;是该刊针对 1985 年的文学概

况,邀请十位文化界名人所进行的笔谈,参与者还有冰心、蒋子龙、王愿坚、刘心武、刘再复、流沙河、王安忆、张辛欣、高莽等。

用 韵 文 想①

　　一位有经验的戏曲作家曾对一个初学写戏曲的青年作者说：你就把它先写成一个话剧，再改成戏曲。我觉得这不是办法。戏曲和话剧有共同的东西，比如都要有人物，有情节，有戏剧性。但是戏曲和话剧不是一种东西。戏曲和话剧体制不同。首先利用的语言不一样。话剧的语言（对话）基本上是散文；戏曲的语言（唱词和念白）是韵文。语言是思想的直接的现实。思维的语言和写作的语言应该是一致的。要想学好一门外语，要做到能用外语思维。如果用汉语思维，而用外语表达，自己在脑子里翻译一道，这样的外语总带有汉语的痕迹，是不地道的。写戏曲也是这样。如果用散文思维，却用韵文写作，把散文的意思翻成韵文，这样的韵文就不是思想直接的现实，成了思想的间接的现实了。这样的韵文总是隔了一层，而且写起来会很别扭。这样的韵文不易准确、生动，更谈不上能有自己的风格。我觉得一个戏曲作者应该养成这样的习惯：用韵文来想。想的语言就是写的语言。想好了，写下来就得了。这样才能获得创作心理上的自由，也才会得到创作的快乐。

　　唱词是戏曲的重要的组成部分。写好唱词是写戏曲的基本功。我们通常所说的一个戏曲剧本的文学性强不强，常常指的是唱词写得好不好。唱词有格律，要押韵，这和我们的生活语言不一样。有的民间歌手运用格律、押韵的本领是令人惊叹的。我在张家口遇到过一个农民，他平常说的话都是押韵的。在兰州听一位诗人说过，他有一次和婆媳二人同船去参加一个花儿会，这婆媳二人一路上都是用诗交谈的！这媳妇到一个娘娘庙去求子，她跪下来祷告，那祷告词是这样的：

今年来了我是跟您要着哩，

明年来我是手里抱着哩，

咯咯嘎嘎地笑着哩！

民间歌手在对歌的时候，都是不加思索，出口成章。写戏曲的同志应该向民间歌手学习。驾驭格律，韵脚，是要经过训练的。向民歌学习是很重要的。我甚至觉得一个戏曲作者不学习民歌，是写不出好唱词的。当然，要向戏曲名著学习。戏曲唱词写得最准确、流畅、自然的，我以为是《董西厢》和《琵琶记》的《吃糠》和《描容》。我觉得多读一点元人小令有好处。元人小令很多写得很玲珑，很轻快，很俏。另外，还得多写，熟能生巧。戏曲，尤其是板腔体的格律看起来是很简单，不过是上下句，三三四，二二三。但是越是简单的格律越不好揣估，因为它把作者的思想捆得很死。我们要能"死里求生"，在死板的格律里写出生动的感情。戏曲作者在构思一段唱词的时候，最初总难免有一个散文化的阶段，即想一想这段唱词大概意思。但是大概的意思有了，具体地想这段唱词，就要摆脱散文，进入诗的境界。想这段唱词，就要有律，有韵。唱词的格律、韵辙是和唱词的内容同时生出来的，不是后加的。写唱词有个选韵的问题。王昆仑同志有一次说他自己是先想好哪一句话非有不可，这句话是什么韵，然后即决定全段用什么韵。这是很实在的经验之谈。写唱词最好全段都想透了，再落笔。不要想一句写一句。想一句，写一句，写了几句，觉得写不下去了，中途改辙，那是很痛苦的。我们要熟练地掌握格律和韵脚，使它成为思想的翅膀，而不是镣铐。带着格律、韵脚想唱词，不但可以水到渠成，而且往往可以情文相生。我写《沙家浜》的"人一走，茶就凉"，就是在韵律的推动下，自然地流出来的。我在想的时候，它就是"人一走，茶就凉"，不是想好一个散文的意思，再寻找一个喻象来表达。想的是散文，翻成唱词，往往会削足适履，舌本强硬。我们应该锻炼自己的语感、韵律感、音乐感。

戏曲还有引子、定场诗、对子。我以为这是中国戏曲语言的特点，而且关系到戏曲的结构方法。不但历史题材的戏曲里应该保留，就是现代题材的戏曲里也可运用。原新疆京剧团的《红岩》里就让成岗打了一个虎头引子,效果很好。小时候听杨小楼《战宛城》唱片,张绣上来念了一句对子:"久居人下岂是计,暂到宛城待来时",觉得有一种说不出来的悲怆之情。"丈夫有泪不轻弹,只因未到伤心处"②,"看看不觉红日落,一轮明月照芦花"③,这怎么能去掉呢?我以为戏曲作者应该在引子、对子、诗上下一点功夫。不可不讲究。我写《播鼓战金山》,让韩世忠念了一副对子:"楼船静泊黄天荡,战鼓遥传彩石矶",自以为对得很巧,只是台上没有产生预期的效果,大概是因为太文了。看来引子、对子、诗,还是俗一点为好。

戏曲的念白,也是一种韵文。韵白不用说。就是京白的韵律感也是很强的,不同于生活里的口语,也不同于话剧的对话。戏曲念白,明朝人把它分为"散白"和"整白"。"整白"即大段念白。现在善写唱词的不少,但念白写得好的不多。"整白"有很强的节奏,起落开阖,与中国的古文很有关系。"整白"又往往讲求对偶,这和骈文也很有关系。我觉得一个戏曲工作者应该读一点骈文。汉赋多平板,《小园赋》、《枯树赋》却较活泼。刘禹锡的《陋室铭》不可不读。我觉得清代的汪中的骈文是很有特点的。他写得那样自然流畅,简直不让人感到是骈文。我愿意向青年戏曲作者推荐此人的骈文。好在他的骈文也不多,就那么几篇。当然,要熟读《四进士》宋士杰和《审头·刺汤》里的陆炳的大段念白。

注　释

① 本篇原载《剧本》1986 年第三期,初收《晚翠文谈》,浙江文艺出版社,1988年 3 月。
② 《宝剑记·夜奔》。
③ 《打渔杀家》。

一篇好文章①

《朱光潜先生二三事》刊在 3 月 27 日《北京晚报》上。作者耿鉴庭。

这篇文章的好处是没有作家气。耿先生是医生,不是作家,他也没有想把这篇文章写成一个文学作品,他没有一般作家写作时的心理负担,所以能写得很自然,很亲切,不矜持作态。耿先生没有想在文章中表现自己(青年作家往往竭力想在作品里表现自己的个性,使人读了不大舒服),但是从字里行间可以看出耿先生的人品:谦虚、富于人情、而有修养。

这篇文章不求"全",没有想对朱光潜先生作全面的评述,真正是只写了二三事。一件是耿先生到燕南园找同乡,向朱光潜先生问路,偶尔相识,谈了一些话;一件是在胡先骕先生家,听朱先生和胡先生谈诗,说及朱自清先生家大门的对联;第三件是在北大看到朱光潜先生挨斗;第四件是朱先生来治耳聋,看到一本黄天朋著的《韩愈研究》,在一张薛涛笺上题了一首诗。对这几件事,耿先生并未作评论——只在写朱先生挨斗时,写了他的"生死置之度外的从容神态",并未对朱先生的为人作理性的概括,说他如何平易近人,如何好学,对朋友如何有情,甚至对朱先生的那首诗也未称赞,只是说"这可能是他未收入诗稿的一首诗吧!"然而读了使人如与朱先生对晤,神态宛然。文中没有很多感情外露的话,只是在写到朱先生等人挨斗时,说了一句:"我看了以后,认为他们都是上得无双谱的学者,真为他们的健康而担忧。"但是我们觉得文章很有感情。有感情而不外露,乃真有感情。这篇文章的另一个好处是完全没有感伤主义——感伤主义即没有那么多感情却装得很有感情。

文章写得很短,短而有内容,写得很淡,淡而有味。

从耿先生的文章中得知,朱自清先生的尊人,即《背影》的主人公到抗战时还活着。我小时读《背影》,看到朱先生的父亲写给朱先生的信中说:"……唯右膀疼痛,举箸提笔,诸多不便,大概大去之期不远矣"(手边无《背影》,原文可能有记错处),以为朱先生的父亲早已作古了。朱先生的父亲活得那样长,令人欣慰。我很希望耿先生能写一篇关于朱先生的父亲的文章。

《晚报》发表的散文,有不少好的,我觉得可以精选一本,供读者长期阅读。"一分钟小说"也可以编选成集。

注　释

① 本篇原载 1986 年 4 月 19 日《北京晚报》;初收《汪曾祺全集》第四卷,北京师范大学出版社,1998 年 8 月。

关于小说语言（札记）^①

语言是本质的东西

"他的文字不仅是表现思想的工具，似乎也是一种目的。"（闻一多：《庄子》）

语言不只是技巧，不只是形式。小说的语言不是纯粹外部的东西。语言和内容是同时存在的，不可剥离的。

语言决定于作家的气质。"气以实志，志以定言，吐纳英华，莫非情性"（《文心雕龙·体性》）。鲁迅有鲁迅的语言，废名有废名的语言，沈从文有沈从文的语言，孙犁有孙犁的语言……何立伟有何立伟的语言，阿城有阿城的语言。我们的理论批评，谈作品的多，谈作家的少，谈作家气质的少。"诵其诗，读其书，不知其人可乎？"（《孟子·万章》）理论批评家的任务，首先在知人。要从总体上把握住一个作家的性格，才能分析他的全部作品。什么是接近一个作家的可靠的途径？——语言。

小说作者的语言是他的人格的一部分。语言体现小说作者对生活的基本的态度。

从小说家的角度看：文如其人；从评论家的角度看：人如其文。

成熟的作者大都有比较稳定的语言风格，但又往往能"文备众体"，写不同的题材用不同的语言。作者对不同的生活，不同的人、事的不同的感情，可以从他的语言的色调上感觉出来。鲁迅对祥林嫂寄予深刻的同情，对于高尔础、四铭是深恶痛绝的。《祝福》和《肥皂》的语调是很不相同的。探索一个作家作品的思想内涵，观察他的倾向性，首先必需掌握他的叙述的语调。《文心雕龙·知音》篇说:"夫缀文者情动而辞发,观文者披文以入情。沿波讨源,虽幽必显。世远莫见其面,觇文辄见其心。"一个作品吸引读者(评论者),使读者产生同感的,首先是作者的语言。

研究创作的内部规律,探索作者的思维方式、心理结构,不能不玩味作者的语言。是的,"玩味"。

从众和脱俗

外国的研究者爱统计作家所用的辞汇。莎士比亚用了多少辞汇,托尔斯泰用了多少辞汇,屠格涅夫用了多少辞汇。似乎辞汇用得越多,这个作家的语言越丰富,还有人编过某一作家的字典。我没有见过这种统计和字典,不能评论它的科学意义,但是我觉得在中国这样做是相当困难的。中国字的歧义很多,语词的组合又很复杂。如果编一本中国文学字典(且不说某一作家的字典),粗略了,意思不大;要精当可读,那是要费很大功夫的。

现代中国小说家的语言趋向于简洁平常。他们力求使自己的语言接近生活语言,少事雕琢,不尚辞藻。现在没有人用唐人小说的语言写作。很少人用梅里美式的语言、屠格涅夫式的语言写作。用徐志摩式的"浓得化不开"的语言写小说的人也极少。小说作者要求自己的语言能产生具体的实感,以区别于其他的书面语言,比如报纸语言、广播语言。我们经常在广播里听到一句话:"绚丽多彩","绚丽"到底是什么样子呢? 这样的语言为小说作者所不取。中国的书面语言有多用双音词的趋势。但是生活语言还保留很多单音的词。避开一般书面语言的双音词,采择口语里的单音词,此是从众,亦是脱俗之一法。如鲁迅的《采薇》:

他愈嚼,就愈皱眉,直着脖子咽了几咽,倒哇的一声吐出来了,诉苦似的看着叔齐道:

"苦……粗……"

这时候，叔齐真好象落在深潭里，什么希望也没有了。抖抖的也拗了一角，咀嚼起来，可真也毫没有可吃的样子：苦……粗……

"苦……粗……"到了广播电台的编辑的手里，大概会提笔改成"苦涩……粗糙……"那么，全完了！鲁迅的特有的温和的讽刺、鲁迅的幽默感，全都完了！

从众和脱俗是一回事。

小说家的语言的独特处不在他能用别人不用的词，而在在别人也用的词里赋以别人想不到的意蕴（他们不去想，只是抄）。

张戒《诗话》："古诗：'白杨多悲风，萧萧愁杀人'，萧萧两字处处可用，然惟坟墓之间，白杨悲风尤为至切，所以为奇。"

鲁迅用字至切，然所用多为常人语也。《高老夫子》：

我没有再教下去的意思。女学堂真不知要闹成什么样子。我辈正经人，确乎犯不上酱在一起……

"酱在一起"大概是绍兴土话。但是非常准确。

《祝福》：

他是我的本家，比我长一辈，应该称之曰"四叔"，是一个讲理学的老监生。但比先前并没有什么大改变，单是老了些，但也还未留胡子，一见面是寒暄，寒暄之后说我"胖了"，说我胖了之后即大骂其新党。但我知道，这并非借题在骂我：因为他所骂的还是康有为。但是，谈话总是不投机的了，于是不多久，我便一个人剩在书房里。

假如要编一本鲁迅字典，这个"剩"字将怎样注释呢？除了注明出处（把我前引的一段抄上去），标出绍兴话的读音之外，大概只有这样写：

剩　是余下的意思。有一种说不出来的孤寂无聊之感，仿佛被这世界所遗弃，孑然地存在着了。而且连四叔何时离去的，也都未觉察，可见四叔既不以鲁迅为意，鲁迅也对四叔并不挽留，确实是不投机的了。四叔似乎已经走了一会了,鲁迅方发现只有自己一个人剩在那里。这不是鲁迅的世界,鲁迅只有走。

这样的注释,行么?推敲推敲,也许行。

小说家在下一个字的时候,总得有许多"言外之意"。"看似寻常最奇崛,成如容易却艰辛",凡是真正意识到小说是语言的艺术的,都深知其中的甘苦。姜白石说:"人所常言,我寡言之;人所难言,我易言之,自不俗。"说得不错。一个小说作家在写每一句话时,都要像第一次学会说这句话。中国的画家说"画到生时是熟时",作画须由生入熟,再由熟入生。语言写到"生"时,才会有味。语言要流畅,但不能"熟"。援笔即来,就会是"大路活"。

现代小说作家所留心的,不止于"用字",他们更注意的是语言的神气。

神气·音节·字句

"文气论"是中国文论的一个源远流长的重要的范畴。

韩愈提出"气盛言宜":"气,水也;言,浮物也。水大而物之浮者大小毕浮。气之与言,犹是也。气盛则言之短长与声之高下者皆宜。"他所谓"气盛",我们似可理解为作者的思想充实,情绪饱满。他第一次提出作者的心理状态与表达的语言的关系。

桐城派把"文气论"阐说得很具体。他们所说的"文气",实际上是语言的内在的节奏,语言的流动感。"文气"是一个精微的概念,但不是不可捉摸。桐城派解释得很实在。刘大櫆认为为文之能事分为三个步骤:一神气,"文字是最精处也";二音节,"文之稍粗处也";三字句,"文之最粗处也"。桐城派很注重字句。论文章,重字句,似乎有点卑之勿甚高论,但桐城派老老实实地承认这是文章的根本。刘大櫆说:"近人论文不知有所谓音节者,至语以字句,则必笑为末事。此论似高实谬。作文若字句安顿不妙,岂复有文字乎?"他们所说的"字句",说的是字句的声音,不是它的意义。刘大櫆认为:"音节者,神气之迹也。

字句者音节之矩也。神气不可见,于音节见之;音节无可准,以字句准之"。"凡行文多寡短长抑扬高下,无一定之律,而有一定之妙,可以意会而不可以言传。学者求神气而得之于音节,求音节而得之于字句,则思过半矣。"如何以字句准音节?他说得非常具体。"一句之中或多一字,或少一字;一句之中或用平声,或用仄声;同一平字仄字,或用阴平阳平上声去声入声,则音节迥异。"

这样重视字句的声音,以为这是文学语言的精髓,是中国文论的一个很独特的见解。别的国家的文艺学里也有涉及语言的声音的,但都没有提到这样的高度,也说不到这样的精辟。这种见解,桐城派以前就有。韩愈所说的"气盛言宜","言宜"就包括"言之长短"和"声之高下"。不过到了桐城派就更清楚地意识到这一点,发挥得也更完备了。

二十年代、三十年代的作家是很注意字句的。看看他们的原稿,特别是改动的地方,是会对我们很有启发的。有些改动,看来不改也过得去,但改了之后,确实好得多。《鲁迅全集》第二卷卷首影印了一页《眉间尺》的手稿,末行有一句:

> 他跨下床,借着月光走向门背后,摸到钻火家伙,点上松明,向水瓮里一照。

细看手稿,"走向"原来是"走到";"摸到"原来是"摸着"。捉摸一下,改了之后,比原来的好。特别是"摸到"比"摸着"好得多。

传统的语言论对我们今天仍然是有用的。我们使用语言时,所注意的无非是两点:一是长短,一是高下。语言之道,说起来复杂,其实也很简单。不过运用之妙,可就存乎一心了。不是懂得简单的道理,就能写得出好语言的。

"积字成句,积句成章,积章成篇。合而读之,音节见矣;歌而咏之,神气出矣"。一篇小说,要有一个贯串全篇的节奏,但是首先要写好每一句话。

有一些青年作家意识到了语言的声音的重要性。所谓"可读性",

首先要悦耳。

小说语言的诗化

意境说也是中国文艺理论的重要范畴,它的影响,它的生命力不下于文气说。意境说最初只应用于诗歌,后来波及到了小说。废名说过:"我写小说同唐人写绝句一样"。何立伟的一些小说也近似唐人绝句。所谓"唐人绝句",就是不着重写人物,写故事,而着重写意境,写印象,写感觉。物我同一,作者的主体意识很强。这就使传统的小说观念发生了很大的变化,使小说和诗变得难解难分。这种小说被称为诗化小说。这种小说的语言也就不能不发生变化。这种语言,可以称之为诗化的小说语言——因为它毕竟和诗还不一样。所谓诗化小说的语言,即不同于传统小说的纯散文的语言。这种语言,句与句之间的跨度较大,往往超越了逻辑,超越了合乎一般语法的句式(比如动宾结构)。比如:

> 老白粗茶淡饭,怡然自得。化纸之后,关门独坐。门外长流水,日长如小年。

> (《故人往事·收字纸的老人》)

如果用逻辑紧严,合乎语法的散文写,也是可以的,但不易产生如此恬淡的意境。

强调作者的主体意识,同时又充分信赖读者的感受能力,愿意和读者共同完成对某种生活的准确印象,有时作者只是罗列一些事物的表象,单摆浮搁,稍加组织,不置可否,由读者自己去完成画面,注入情感。"鸡声茅店月,人迹板桥霜。""枯藤老树昏鸦,小桥流水人家,古道西风瘦马"。这种超越理智,诉诸直觉的语言,已经被现代小说广泛应用。如:

> 抗日战争时期,昆明小西门外。

> 米市,菜市,肉市。柴驮子,炭驮子。马粪。粗细瓷碗,砂锅铁

锅。焖鸡米线,烧饵块。金钱片腿,牛干巴。炒菜的油烟,炸辣子的呛人的气味。红黄蓝白黑,酸甜苦辣咸。

(《钓人的孩子》)

这不是作者在语言上耍花招,因为生活就是这样的。如果写得文从理顺,全都"成句",就不忠实了。语言的一个标准是:诉诸直觉,忠于生活。

文言和白话的界限是不好画的。"一路秋山红叶,老圃黄花,不觉到了济南地界",是文言,还是白话?只要我们说的是中国话,恐怕就摆脱不了一定的文言的句子。

中国语言还有一个世界各国语言没有的格式,是对仗。对仗,就是思想上、形象上、色彩上的联属和对比。我们总得承认联属和对比是一项美学法则。这在中国语言里发挥到了极致。我们今天写小说,两句之间不必,也不可能在平仄、虚实上都搞得铢两悉称,但是对比关系不该排斥。

……罗汉堂外面,有两棵很大的白果树,有几百年了。夏天,一地浓荫。冬天,满阶黄叶。

如果不用对仗,怎样能表达时序的变易,产生需要的意境呢?

中国现代小说的语言和中国画,特别是唐宋以后的文人画的关系是非常密切的。中国文人画是写意的。现代中国小说也是写意的多。文人画讲究"笔墨情趣",就是说"笔墨"本身是目的。物象是次要的。这就回到我们最初谈到的一个命题:"他的文字不仅是表现思想的工具,似乎也是一种目的。"

现代小说的语言往往超出现象,进入哲理,对生活作较高度的概括。

小说语言的哲理性,往往接受了外来的影响。

每个人带着一生的历史,半个月的哀乐,在街上走。

(《钓人的孩子》)

这样的语言是从哪里来的？大概是《巴黎之烦恼》。

一九八六年五月七日

注　释

①　本篇原载《文艺研究》1986 年第四期；初收《晚翠文谈》，浙江文艺出版社，
1988 年 3 月。

“桥边杂记”序[①]

　　《陶然亭》要我开一个专栏，我没敢答应。我怕一开专栏，就戴上了“嚼子”。起初几篇也许还有点意思，到后来越写越“寡气”。作者骑虎难下，读者望而摇头，岂不尴尬？编者说：你写什么都可以，可长可短。意兴已尽，随时可以收场。我想这倒可以试一试。我不会下棋、打扑克，工作之余，只是看看闲书，或独坐着想一些无补于国计民生的小问题。偶有所感，不妨写出。其品格大概超不过一杯“高末”。如果能有一点单宁、咖啡因，那就很好。再有一点 VC，可真是喜出望外了。所居在东蒲桥边，因将这些小方块文章统名为“桥边杂记”。

一九八六年六月六日

注　释

　　①　本篇原载 1986 年 6 月 30 日《北京晚报》，是为“桥边杂记”专栏所作的序。

谈 读 杂 书①

我读书很杂,毫无系统,也没有目的。随手抓起一本书来就看。觉得没意思,就丢开。我看杂书所用的时间比看文学作品和评论的要多得多。常看的是有关节令风物民俗的,如《荆楚岁时记》、《东京梦华录》。其次是方志、游记,如《岭表录异》、《岭外代答》。讲草木虫鱼的书我也爱看,如法布尔的《昆虫记》,吴其濬的《植物名实图考》,《花镜》。讲正经学问的书,只要写得通达而不迂腐的也很好看,如《癸巳类稿》。《十驾斋养新录》差一点,其中一部分也挺好玩。我也爱读书论、画论。有些书无法归类,如《宋提刑洗冤录》,这是讲验尸的。有些书本身内容就很庞杂,如《梦溪笔谈》、《容斋随笔》之类的书,只好笼统地称之为笔记了。

读杂书至少有以下几种好处:第一,这是很好的休息。泡一杯茶懒懒地靠在沙发里,看杂书一册,这比打扑克要舒服得多。第二,可以增长知识,认识世界。我从法布尔的书里知道知了原来是个聋子,从吴其濬的书里知道古诗里的葵就是湖南、四川人现在还吃的冬苋菜,实在非常高兴。第三,可以学习语言。杂书的文字都写得比较随便,比较自然,不是正襟危坐,刻意为文,但自有情致,而且接近口语。一个现代作家从古人学语言,与其苦读《昭明文选》、"唐宋八家",不如参看杂书。这样较易溶入自己的笔下。这是我的一点经验之谈。青年作家,不妨试试。第四,从杂书里可以悟出一些写小说,写散文的道理,尤其是书论和画论。包世臣《艺舟双楫》云:"吴兴书笔,专用平顺,一点一画,一字一行,排次顶接而成。古帖字体,大小颇有相径庭者,如老翁携幼孙行,长短参差,而情意真挚,痛痒相关。吴兴书如士人入隘巷,鱼贯徐行,而争先竞后之色,人人见面,安能使上下左右空白有字哉!"他讲的是写字,写小说、散文不也正当如此吗? 小说、散文的各部分,应该"情意真挚,痛痒相关",这样才能做到"形散而神不散"。

读杂书的收获很多,我就以自己的感想谈这么一点。

一九八六年六月九日北京

注　释

① 本篇原载 1986 年 7 月 8 日《新民晚报》;初收《晚翠文谈》,浙江文艺出版社,1988 年 3 月。

写信即是练笔①

董其昌《画禅室随笔·评法书》载:"吾乡陆俨山先生作书,虽率尔应酬,皆不苟且。常曰:即此便是写字,时须用敬也。吾每服膺斯言,而作书不能不拣择。或闲窗游戏,都有著精神处,惟应酬作答,皆率易苟完,此最是病。今后遇笔研,便当起矜庄想。古人无一笔不怕千载后人指摘,故能成名。"又载:"吾乡陆宫詹,以书名家,虽率尔作应酬字,俱不苟且,(且)曰:即此便是学字,何得放过。"

此陆宫詹大概就是陆俨山。他的字我没看见过,据说是学李北海的,但是他的话我却觉得很有道理。他说的是写字,我觉得作文章也应该是这样。随便写一封信,写一个便条,在文字上都不能马虎,"遇笔研便当起矜庄想"。这要养成习惯。古人的许多散文的名篇,原来也都是信。鲁迅书信都写得很有风致,具有很大的可读性。曾见叶圣老写给别人的信,工整干净,每一字句都是经过斟酌的。我有时收到青年作家的信,字迹潦草,标点符号漫不经心,分不清是逗号、顿号还是句号。"此最是病"。写信如此,写作品就能认真么?

注　释

① 本篇原载 1986 年 7 月 14 日《北京晚报》"桥边杂记"专栏。

沈括的幽默[①]

在拉萨八角街一家卖草药的铺子里看到一只颜色发了红的小小的干螃蟹,放在一只黑漆的盘子里,很惊奇。卖药的一定以为这个奇形怪状的东西会有神异的力量。这东西大概不是西藏所产,物稀则贵。我忽然想起了《梦溪笔谈》。《笔谈》467 条:

"关中无螃蟹。元丰中,予在陕西,闻秦州人家收得一干蟹,土人怖其形状,以为怪物,每人家有病疟者,则借去挂门户上,往往遂差。不但人不识,鬼亦不识也。"

沈括是我很佩服的人。他学识丰富,文笔整洁,这是大家都知道的。从《笔谈》里,我看出他是一个恬淡和平的人。《笔谈》自序云:"以之为言则甚卑,以予为无意于言,可也。"因为他是用这样的无功利的态度来写作的,所以才能写得这样的洒脱。这才是真正的随笔。我尤其喜欢的,是他还很有幽默感。如 409 条记"凌床"、413 条记石曼卿覆考黜落为一绝句、446 条记北方人用麻油煎带壳生蛤蜊,读之都使人莞然。这一条记秦州人不识螃蟹是其最著者。"不但人不识,鬼亦不识也",是沈括所发的议论。如此议论,真是妙绝。我每次一想起,都要一个人哈哈大笑。如有人选一本《中国幽默文选》,此则当可压卷。

我在拉萨会忽然想起沈括,这件事也怪有意思。

注　释

① 本篇原载 1986 年 9 月 22 日《北京晚报》"桥边杂记"专栏;初收《汪曾祺全集》第四卷,北京师范大学出版社,1998 年 8 月。

读 廉 价 书 ^①

文章滥贱,书价腾踊。我已经有好多年不买书了。这一半也是因为房子太小,买了没有地方放。年轻时倒也有买书的习惯。上街,总要到书店里逛逛,挟一两本回来。但我买的,大都是便宜的书。读廉价书有几样好处。一是买得起,掏出钱时不肉痛;二是无须珍惜,可以随便在上面圈点批注;三是丢了就丢了,不心疼。读廉价书亦有可记之事,爱记之。

一折八扣书

一折八扣书盛行于 30 年代。中学生所买的大都是这种书。一折,而又打八扣,即定价如是一元,实售只是八分钱。当然书后面的定价是预先提高了的。但是经过一折八扣,总还是很便宜的。为什么不把定价压低,实价出售,而用这种一折八扣的办法呢,大概是投合买书人贪便宜的心理:这差不多等于白给了。

一折八扣书多是供人消遣的笔记小说,如《子不语》、《夜雨秋灯录》、《续齐谐》等等。但也有文笔好,内容有意思的,如余澹心的《板桥杂记》、冒辟疆的《影梅庵忆语》。也有旧诗词集。我最初读到的《漱玉词》和《断肠词》就是这种一折八扣本。《断肠词》的样子我到现在还记得,封面是砖红色的,一侧画一枝滴下两滴墨水的羽毛笔。一折八扣书都很薄,但也有较厚的,《剑南诗钞》即是相当厚的两本。这书的封面是米黄色的铜版纸,王西神题签。这在一折八扣书中是相当贵的了。

星期天,上午上街,买买东西(毛巾、牙膏、袜子之类),吃一碗脆鳝面或辣油面(我读高中在江阴,江阴的面我以为是做得最好的,真是细若银丝,汤也极好)、几只猪油青韭馅饼(满口清香),到书摊上挑一两本一折八扣书,回校。下午躺在床上吃粉盐豆(江阴的特产),喝白开水,看书,把三角函数、化学分子式暂时都忘在脑后,考试、分数,于我何有哉,这一天实在过得蛮快活。

一折八扣书为什么卖得如此之贱?因为成本低。除了垫出一点纸张油墨,就不须花什么钱。谈不上什么编辑,选一个底本,排印一下就是。大都只是白文,无注释,多数连标点也没有。

我倒希望现在能出这种无前言后记,无注释、评语、考证,只印白文的普及本的书。我不爱读那种塞进长篇大论的前言后记的书,好像被人牵着鼻子走。读了那样板着面孔的前言和啰嗦的后记,常常叫人生气。而且加进这样的东西,书就卖得很贵了。

扫 叶 山 房

扫叶山房是龚半千的斋名,我在南京,曾到清凉山看过其遗址。但这里说的是一家书店。这家书店专出石印线装书,白连史纸,字颇小,但行间加栏,所以看起来不很吃力。所印书大都几册作一部,外加一个蓝布函套。挑选的都是内容比较严肃、有一定学术价值的古籍,这对于置不起善本的想做点学问的读书人是方便的。我不知道这家书店的老板是何许人,但是觉得是个有心人,他也想牟利,但也想做一点于人有益的事。这家书店在什么地方,我不记得了,印象中好像在上海四马路。扫叶山房出的书不少,嘉惠士林,功不可泯。我希望有人调查一下扫叶山房的始末,写一篇报告,这在中国出版史上将是有意思的一笔,虽然是小小的一笔。

我买过一些扫叶山房的书,都已失去。前几年架上有一函《景德镇匋录》,现在也不知去向了。

旧 书 摊

昆明的旧书店集中在文明街,街北头路西,有几家旧书店。我们和这几家旧书店的关系,不是去买书,倒是常去卖书。这几家旧书店的老板和伙计对于书都不大内行,只要是稍微整齐一点的书,古今中外,文法理工,都要,而且收购的价钱不低。尤其是工具书,拿去,当时就付钱。我在西南联大时,时常断顿,有时日高不起,拥被坠卧。朱德熙看我到快 11 点钟还不露面,便知道我午饭还没有着落,于是挟了一本英文字典,走进来,推推我:"起来起来,去吃饭!"到了文明街,出脱了字典,两个人便可以吃一顿破酥包子或两碗焖鸡米线,还可以喝二两酒。

工具书里最走俏的是《辞源》。有一个同学发现一家书店的《辞源》的收售价比原价要高出不少,而拐角的商务印书馆的书架就有几十本崭新的《辞源》,于是以原价买到,转身即以高价卖给旧书店。他这种搬运工作干了好几次。

我应当在昆明旧书店也买过几本书,是些什么书,记不得了。

在上海,我短不了逛逛旧书店。有时是陪黄裳去,有时我自己去。也买过几本书。印象真凿的是买过一本英文的《威尼斯商人》。其时大概是想好好学学英文,但这本《威尼斯商人》始终没有读完。

我倒是在地摊上买到过几本好书。我在福熙路一个中学教书。有一个工友,姑且叫他老许吧,他管打扫办公室和教室外面的地面,打开水,还包几个无家的单身教员的伙食。伙食极简便,经常提供的是红烧小黄鱼和炒鸡毛菜。他在校门外还摆了一个书摊。他这书摊是名副其实的"地摊",连一块板子或油布也没有,书直接平摊在人行道的水泥地上。老许坐于校门内侧,手里做着事,择菜或清除洋铁壶的水碱,一面拿眼睛向地摊上瞭着。我进进出出,总要蹲下来看看他的书。我曾经买过他一些书,——那是和烂纸的价钱差不多的,其中值得纪念的有两本。一本是张岱的《陶庵梦忆》,这本书现在大概还在我家不知哪个角落里。一本在我来说,是很名贵的:万有文库汤显祖评本《董解元西厢记》。我对董西厢一直有偏爱,以为非王西厢所可比。汤显祖的批语包括眉批和每一出的总批,都极精彩。这本书字大,纸厚,汤评是照手书刻印出的。汤显祖字似欧阳率更《张翰帖》,秀逸处似陈老莲,极可爱。我未见过临川书真迹,得见此影印刻本,而不禁神往不置。"万有文库"算是什么稀罕版本呢?但在我这个向不藏书的人,是视同珍宝的。这书跟随我多年,约10年前为人借去不还,弄得我想引用汤评时,只能于记忆中得其仿佛,不胜怅怅!

小 镇 书 遇

我戴了右派帽子,下放张家口沙岭子劳动。沙岭子是宣化至张家口之间的一小站。这里有一个镇,本地叫做"堡"(读如"捕")。每遇星期天,节假日,没有什么地方可去,我们就去堡里逛逛。堡里有一个供销社(卖红黑灯芯绒、凤穿牡丹被面、花素直贡呢,动物饼干、果酱面包,油盐酱醋、韭菜花、青椒糊、臭豆腐),一个山货店,一个缝纫社,一个木业生产合作社,一个兽医站。若是逢集,则有一些卖茄子、辣椒、疙瘩白的菜担,一些用绳络网在筐里的小猪秧子。我们就怀了很大的兴趣,看凤穿牡丹被面,看铁锅,看扫帚,看茄子,看辣椒,看猪秧子。

堡里照例还有一个新华书店。充斥于书架上的当然是毛选,此外还有些宣传计划生育的小册子、介绍化肥农药配制的科普书、连环画《智取威虎山》、《三打白骨精》。有一天,我去逛书店,忽然在一个书架的最高层发现了几本书:《梦溪笔谈》、《容斋随笔》、《癸巳类稿》、《十驾斋养新录》。我不无激动地搬过一张凳子,把这几册书抽下来,请售货员计价。售货员把我打量了一遍,开了发票。

"你们这个书店怎么会进这样的书?"

"谁知道!也除是你,要不然,这几本书永远不会有人要。"

不久,我结束劳动,派到县上去画马铃薯图谱。我就带了这几本书,还有一套郭茂倩的《乐府诗集》,到沽源去了。白天画图谱,夜晚灯下读书,如此右派,当得!

这几本书是按原价卖给我们的,不是廉价书。但这是早先的定价,故不贵。

鸡 蛋 书

赵树理同志曾希望他的书能在农村的庙会上卖,农民可以拿几个鸡蛋来换。这个理想一直未见实现。用实物换书,有一定困难,因为鸡蛋的价钱是涨落不定的。但是便宜到只值两三个鸡蛋,这样的书原先就有过。

我家在高邮北市口开了一爿中药店万全堂。万全堂的廊下常年摆着一个书摊。两张板凳支三块门板,"书"就一本一本地平放在上面。为了怕风吹跑,用几根削方了的木棍横压着。摊主用一个小板凳坐在一边,神情古朴。这些书都是唱本,封面一色是浅紫色的很薄的标语纸的,上面印了单线的人物画,都与内容有关,左边留出长方的框,印出书名:《薛丁山征西》、《三请樊梨花》、《李三娘挑水》、《孟姜女哭长城》……里面是白色有光纸石印的"文本",两句之间空一字,念起来不易串行。我曾经跟摊主借阅过。一本"书"一会儿就看完了,因为只有几页,看完一本,再去换。这种唱本几乎千篇一律,开头总是:"自从盘古开天地,三皇五帝到如今",三皇五帝是和什么故事都挨得上的。唱词是没有多大文采的,但却文从字顺,合辙押韵(七字句和十字句)。当中当然有许多不必要的"水词"。老舍先生曾批评旧曲艺有许多不必要的字,如"开言有语叫张生","叫张生"就得了嘛,干嘛还要"开言"还"有语"呢?不行啊,不这样就凑不足 7 个字,而且韵也押不好。这种"水词"在唱本中比比皆是,也自成一种文理。我倒想什么时候有空,专门研究一下曲艺唱本里的"水词"。不是开玩笑,我觉得我们的新诗里所缺乏的正是这种"水词",字句之间过于拥挤,这是题外话。我读过的唱本最有趣的一本是《王婆骂鸡》。

这种唱本是卖给农民的。农民进城,打了油,撕了布,称了盐,到万全堂买了治牙疼的"过街笑"、治肚子疼的暖脐膏,顺便就到书摊上翻翻,挑两本,放进捎码子,带回去了。

农民拿了这种书,不是看,是要大声念的。会唱"送麒麟"、"看火戏"的还要打起调子唱。一人唱念,就有不少人围坐静听。自娱娱人,这是家乡农村的重要文化生活。

唱本定价120文左右,与一碗宽汤饺面相等,相当于3个鸡蛋。

这种石印唱本不知是什么地方出的(大概是上海),曲本作者更不知道是什么人。

另外一种极便宜的书是"百本张"的鼓曲段子。这是用毛边纸手抄的,折叠式,不装订,书面写出曲段名,背后有一方长方形的墨印"百本张"的印记(大小如豆腐干)。里面的字颇大,是蹩脚的馆阁体楷书,而皆微扁。这种曲本是在庙会上卖的。我曾在隆福寺买到过几本。后来,就再看不见了。这种唱本的价钱,也就是相当于三个鸡蛋。

附带想到一个问题。北京的鼓词俗曲的资料极为丰富,可是一直没有人认真地研究过。孙楷第先生曾编过俗曲目录,但只是目录而已。事实上这里可研究的东西很多,从民俗学的角度,从北京方言角度,当然也从文学角度,都很值得钻进去,搞10年8年。一般对北京曲段多只重视其文学性,重视罗松窗、韩小窗,对于更俚俗的不大看重。其实有些极俗的曲段,如"阔大奶奶逛庙会"、"穷大奶奶逛庙会",单看题目就知道是非常有趣的。车王府有那么多曲本,一直躺在首都图书馆睡觉,太可惜了!

一九八六年七月八日

注　释

① 本篇原载《书香集》(姜德明主编,中外文化出版公司,1990年版),又发表在《群言》1990年第四期,仅收录"一折八扣书"和"旧书摊"两个章节;以《小镇书遇》为题发表在1990年5月2日《团结报》,收录"小镇书遇"一个章节;初收《汪曾祺全集》第四卷,北京师范大学出版社,1998年8月。

小小说是什么①

　　小小说原来就有。外国也有小小说。但是中国近年来小小说特别流行，读者面很广，于是小小说就成了一个值得注意的新事物，"小小说"也就在事实上形成一个新的概念。小小说是什么？这个概念包含一些什么内容？探索一下这个问题，将有助于小小说创作的发展。

　　小小说的流行，不只是因为现在的生活节奏快，人们生活紧张，缺少闲裕的读书时间。如果是这样，那么长篇小说就没有人看了。更重要的原因恐怕是读者对文学形式的要求更多了。他们要求有新的品种、新的样式、新的口味。承认这一点，小小说才能真正在文学大宴中占到一个席位，小小说的作者才能有自己独特的追求。

　　小小说不就是小的小说。小，不只是它的外部特征。小小说仍然可以看作是短篇小说的一个分支，但它又是短篇小说的边缘。短篇小说的一般素质，小小说是应该具备的。小小说和短篇小说在本质上既相近，又有所区别。大体上说，短篇小说散文的成分更多一些，而小小说则应有更多的诗的成分。小小说是短篇小说和诗杂交出来的一个新的品种。它不能有叙事诗那样的恢宏，也不如抒情诗有那样强的音乐性。它可以说是用散文写的比叙事诗更为空灵，较抒情诗更具情节性的那么一种东西。它又不是散文诗，因为它毕竟还是小说。小小说是四不像。因此它才有意思，才好玩，才叫人喜欢。

　　小小说是小的。小的就是小的。从里到外都是小的。"小中见大"，是评论家随便说说的。有一点小小说创作经验的人都知道这在事实上是办不到的。谁也没有真的从一滴水里看见过大海。大形势、大问题、大题材，都是小小说所不能容纳的。要求小小说有广阔厚重的历史感，概括一个时代，这等于强迫一头毛驴去拉一列火车。小小说作者所发现、所思索、所表现的只能是生活的一个小小的片段。这个片段是别人没有表现过、没有思索过、没有发现过的。最重要的是发现。发现，必然就伴随着思索，同时也就比较容易地自然地找到合适的表现形式。文学本来都是发现。但是小小说的作者需要更有"具眼"，因为引起小小说作者注意的，往往是平常人易于忽略的小事。这件小事得是天生的一块小小说的材料。这样的材料并非俯拾皆是，随手一抓就能抓得到的。小小说的材料的获得往往带有偶然性，邂逅相逢，不期而遇。并且，往往要储存一段时间，作者才能大致弄清楚这件小事的意义。写小小说确实需要一点"禅机"。

小小说不大可能有十分深刻的思想，也不宜于有很深刻的思想。小小说可以有一点哲理，但不能在里面进行严肃的哲学的思辨（中篇小说、长篇小说可以）。小小说的特点是思想清浅。半亩方塘，一弯溪水，浅而不露。小小说应当有一定程度的朦胧性。朦胧不是手法，而是作者的思想本来就不是十分清楚。有那么一点意思，但是并不透彻。"此中有真意，欲辨已忘言"。世界上没有一个人真正对世界了解得十分彻底而且全面，但只能了解他所感知的那一部分世界。海明威说十九世纪的小说家自以为是上帝，他什么都知道。巴尔扎克就认为他什么都知道，读者只需听他说。于是读者就成了听什么是什么的老实人，而他自己也就说了许多他其实并不知道的东西。所谓含蓄，并不是作者知道许多东西，故意不多说，他只是不说他还不怎么知道的东西。小小说的作者应该很诚恳地向读者表示：关于这件小事，它的意义，我到现在，还只能想到这个程度。一篇小小说发表了，创作过程并未结束。作者还可以继续想下去，读者也愿意和作者一起继续想下去。这样，读者才能既得到欣赏的快感，也能得到思考的快感。追求，就是还没有达到。追求是作者的事，也是读者的事。小小说不需要过多的热情，甚至不要热情。大喊大叫，指手划脚，是会叫读者厌烦的。小小说的作者对于他所发现的生活片段，最好超然一些，保持一个旁观者的态度，尽可能地不动声色。小小说总是有个态度的，但是要尽量收敛。可以对一个人表示欣赏，但不能夸成一朵花；可以对一件事加以讽刺，但不辛辣。

小小说作者需要的是:聪明、安静、亲切。

小小说是一串鲜樱桃,一枝带露的白兰花,本色天然,充盈完美。小小说不是压缩饼干、脱水蔬菜。不能把一个短篇小说拧干了水分,紧压在一个小小的篇幅里,变成一篇小小说。——当然也没有人干这种划不来的傻事。小小说不能写得很干,很紧,很局促。越是篇幅有限,越要从容不迫。小小说自成一体,别是一功。小小说是斗方、册页、扇面儿。斗方、册页、扇面的画法和中堂、长卷的画法是不一样的。布局、用笔、用墨、设色,都不大一样。长江万里图很难缩写在一个小横披里。宋人有在纨扇上画龙舟竞渡图、仙山楼阁图的。用笔虽极工细,但是一定留出很大的空白,不能挤得满满的。空白,是小小说的特点。可以说,小小说是空白的艺术。中国画讲究"计白当黑"。包世臣论书,以为应使"字之上下左右皆有字"。因为注意"留白",小小说的天地便很宽余了。所谓"留白",简单直截地说,就是少写。小小说不是删削而成的。删得太狠的小说是可以看得出来的,往往不顺,不和谐,不"圆"。应该在写的时候就控制住自己的笔,每琢磨一句,都要想一想:这一句是不是可以不写?尽量少写,写下来的便都是必要的,一句是一句。那些没有写下来的仍然是存在的,存在于每一句的"上下左右"。这样才能做到句有余味,篇有余意。

小幅画尤其要讲究"笔墨情趣"。小小说需要精选的语言。古人论诗云,七言绝句如二十八个贤人,著一个屠酤不得。写小小说也应如此。小小说最好不要有评书气、相声气,不要用一种半文不白的轻佻的文体。小小说当有幽默感,但不是游戏文章。小小说不宜用奇僻险怪的句子,如宋人所说的"恶硬语"。小小说的语言要朴素、平易,但有韵致。

虽不能至,心向往之。

一九八六年七月二十四日密云水库

注　释

① 本篇原载《文艺学习》1986 年第三期;又载《小小说选刊》1988 年第三期;初收《晚翠文谈》,浙江文艺出版社,1988 年 3 月。

门前流水尚能西①

——《晚翠文谈》自序

昆明云南大学的教授宿舍区有一处叫"晚翠园"。月亮门的石额上刻着三个字,字是胡小石写的,很苍劲。我们那时常到云大去拍曲子,常穿过这个园。为什么叫"晚翠园"呢?是因为园里种了大概有二三十棵大枇杷树。《千字文》云:"枇杷晚翠",用的是这个典。这句话最初出在哪里?我就不知道了,实在是有点惭愧。不过《千字文》里的许多四个字一句的话都不一定有出处。好比"海咸河淡",只是眼面前的一句大实话,考查不出来源。"枇杷晚翠"也可能是这样的。这也是一句实话,只不过字面上似乎有点诗意,不像"海咸河淡"那样平常得有点令人发笑。枇杷的确是晚翠的。它是常绿的灌木,叶片大而且厚,革质,多大的风也不易把它们吹得掉下来。不但经冬不落,而且愈是雨余雪后,愈是绿得惊人。枇杷叶能止咳润肺。我们那里的中医处方,常用枇杷叶两片(去毛)作药引子。揢枇杷叶大都是我的事,我的老家的后园有一棵枇杷树。它没有结过一颗枇杷,却长得一树的浓密的叶子。不论什么时候,走近去,一伸手,就能得到两片。回来,用纸媒子的头子,把叶片背面的茸毛搓掉,整片丢进药罐子,完事。枇杷还有一个特点,是花期极长的。枇杷头年的冬天就开始著花。花冠淡黄白色,外披锈色的长毛,远看只是毛乎乎的一个疙瘩,极不起眼,甚至根本不像是花,不注意是不会发现的,不像桃花李花喊着叫着要人来瞧。结果也很慢。不知道什么时候,它的花落了,结了纽子大的绿色的果粒。你就等吧,要到端午节前它才成熟,变成一串一串淡黄色的圆球。枇杷呀,你结这么点果子,可真是费劲呀!

把近几年陆续写出的谈文学的短文编为一集,取个什么书名呢?

想来想去,想出了一个《晚翠文谈》。这也像《千字文》一样,只是取其字面上有点诗意。这是"夫子自道"么? 也可以说有那么一点。我自二十岁起,开始弄文学,蹉跎断续,四十余年,而发表东西比较多,则在六十岁以后,真也够"费劲"的。呜呼,可谓晚矣。晚则晚矣,翠则未必。

我把去年出的一本小说集命名为《晚饭花集》,现在又把这本书名之曰《晚翠文谈》,好像我对"晚"字特别有兴趣。其实我并没有多少迟暮之思。我没有对失去的时间感到痛惜。我知道,即使我有那么多时间,我也写不了多少作品,写不出大作品,写不出有分量、有气魄、雄辩、华丽的论文。这是我的气质所决定的。一个人的气质,不管是由先天还是后天形成,一旦形成,就不易改变。人要有一点自知。我的气质,大概是一个通俗抒情诗人。我永远只是一个小品作家。我写的一切,都是小品。就像画画,画一个册页,一个小条幅,我还可以对付;给我一张丈二匹,我就毫无办法。中国古人论书法,有谓以写大字的笔法写小字,以写小字的笔法写大字的。我以为这不行。把寸楷放成擘窠大字,无论如何是不像样子的。——现在很多招牌匾额的字都是"放"出来的,一看就看得出来。一个人找准了自己的位置,就可以比较"事理通达,心气和平"了。在中国文学的园地里,虽然还不能说"有我不多,无我不少",但绝不是"谢公不出,如苍生何"。这样一想,多写一点,少写一点,早熟或晚成(我的一个朋友的女儿曾跟我开玩笑,说"汪伯伯是'大器晚成'"),又有什么关系呢? 我偶尔爱用"晚"字,并没有一点悲怨,倒是很欣慰的。我赶上了好时候。

三十多年来,我和文学保持一个若即若离的关系,有时甚至完全隔绝,这也有好处。我可以比较贴近地观察生活,又从一个较远的距离外思索生活。我当时没有想写东西,不需要赶任务,虽然也受错误路线的制约,但总还是比较自在,比较轻松的。我当然也会受到占统治地位的带有庸俗社会学色彩的文艺思想的左右,但是并不"应时当令",较易摆脱,可以少走一些痛苦的弯路。文艺思想一解放,我年轻时读过的,受过影响的,解放后曾被别人也被自己批判过的一些中外作品在我心里复苏了,或者照现在的说法,我对这些作品较易"认同"。我从弄文学以来,所走的路,虽然也有些曲折,但基本上能够做到我行我素。经过三四十年缓慢的,有点孤独的思索,我对生活、对文学有我自己的一点看法,并且这点看法本像纽子大的枇杷果粒一样渐趋成熟。这也是应该的。否则的话,不是白吃了这么多年的饭了么?我不否认我有我的思维方式,也有那么一点我的风格。但是我不希望我的思想凝固僵化,成了一个北京人所说的"老悖晦"。我愿意接受新观念、新思想,愿意和年轻人对话,——主要是听他们谈话。希望他们不对我见外。太原晋祠有泉曰"难老"。泉上有亭,傅小山写了一块竖匾:"永锡难老"。要"难老",只有向青年学习。我看有的老作家对青年颇多指摘,这也不是,那也不是,甚至大动肝火,只能说明他老了。我也许还不那么老,这是沾我"来晚了"的光。

这一集里相当多的文章是写给青年作者看的。有些话倒是自己多年摸索的甘苦之言,不是零批转贩。我希望这里有点经验,有点心得。但是都是仅供参考,不是金针度人。孔子曰:"以吾一日长乎尔,无吾以也。"

此集编排,未以文章写作、发表时间先后为序,而是按内容性质,分为四类:

第一辑是所谓"创作谈";

第二辑是几篇文学评论;

第三辑是戏曲杂论;

第四辑是两篇民间文学论文。

"吾令羲和弭节兮,望崦嵫而勿迫"。套用孔乙己的一句话:"晚乎哉,不晚也",我还想再工作一个时期。

一九八六年八月十一日

序于蒲黄榆路寓楼

注 释

① 本篇原载《天津文学》1986 年第十一期;初收《晚翠文谈》,浙江文艺出版
社,1988 年 3 月。

有意思的错字①

　　文章排出了错字,在所难免。过去叫做"手民误植"。有些经常和别的字组成一个词的字,最易排错,如"不乏"常被排成"不缺",这大概是因为"缺乏"在字架上是放一起的,检字的时候,一不留神就把邻居夹出来了。有的是形近而讹。比如何其芳同志的一篇文章里的"无论如何"被排成了"天论如何"。一位学者曾抓住这句话做文章,把何其芳嘲笑了一顿。其实这位学者只要稍想一想,就知道这里有错字。何其芳何至于写出"天论如何"这样的句子呢?难怪何其芳要反唇相讥了。人刻薄了不好。双方论辩,不就对方的论点加以批驳,却在人家的字句上挑刺儿,显得不大方。——何况挑得也不是地方。这真是仰面唾天,唾沫却落在自己的脸上了。不知道排何其芳文章的工人同志看到他们争论的文章没有。如果看到,一定会觉得好笑的。

　　有错字不要紧。但是,周作人曾说过:不怕错得没有意思,那是读者一看就知道,这里肯定有错字的;最怕是错得有意思。这种有意思的错字往往不是"手民"误植出来的,而是编辑改出来的。邓友梅的《那五》几次提到"砂锅居",发表出来,却改成了"砂锅店"。友梅看了,只有苦笑。处理友梅的稿子的编辑肯定没有在北京住过,也没有吃过砂锅居的白肉。不过这位编辑应该也想一想,卖砂锅的店里怎么能进去吃饭呢?我自己也时常遇到有意思的错字。我曾写过一篇谈沈从文先生的小说的文章,提到沈先生的语言很朴素,但是"这种朴素来自于雕琢",编辑改成了"来自于不雕琢"。大概他认为"雕琢"是不好的。这样一改,这句话等于不说!我的一篇小说里有一句:"一个人走进他的工作,是叫人感动的"。编辑在"工作"下面加了一个"间"。大概他认为原句不通,人怎么能走进他的"工作"呢?我最近写了一篇谈读杂书的小文章,提到"我从法布尔的书里知道知了原来是个聋子,……实在非常高兴。"发表出来,却变成了"我从法布尔的书里知道他原来是个聋子……",这就成了法布尔是个聋子了。法布尔并不聋。而且如果他是个聋子,我又有什么可高兴的呢?阅稿的编辑可能不知道知了即是蝉,觉得"知道知了"读起来很拗口,就提笔改了。这个"他"字加得实在有点鲁莽。

我年轻时发表了文章,发现了错字,真是有如芒刺在背。后来见多了,就看得开些了。不过我奉劝编辑同志在改别人的文章时要慎重一些。我也当过编辑,有一次把一位名家的稿子改得多了点,他来信说我简直像把他的衣服剥光了让他在大街上走。我后来想想,是我不对。我一点不想抹煞编辑的苦劳,有的编辑改文章是改得很好的,包括对我的文章,有时真是"一字师"。我写这篇文章的用意是在息事宁人。编辑细致一些,作者宽容一些,不要因为错字而闹得彼此不痛快。

一九八六年八月十一日

注　释

① 本篇原载《汪曾祺全集》第四卷,北京师范大学出版社,1998年8月。

博　雅^①

　　德熙写信来,说吴征镒到北京了,希望我去他家聚一聚。我和吴征镒——按辈分我应当称他吴先生,但我们从前都称他为"吴老爷",已经四十年不见了。他是研究植物的,现在是植物研究所的名誉所长。我们认识,却是因为唱曲子。在陶光(重华)的倡导下,云南大学组织了一个曲会。参加的是联大、云大的师生。有时还办"同期",也有两校以外的曲友来一起唱。吴老爷是常到的。他唱老生,嗓子好,中气足,能把《弹词》的"九转货郎儿"一气唱到底,苍劲饱满,富于感情。除了唱曲子,他还写诗,新诗旧诗都写。我们见面,谈了很多往事。我问他还写不写诗了,他说早不写了,没有时间。曲子是一直还唱的。我说我早就想写一篇关于他的报告文学,他连说"不敢当,不敢当!"已经有好几篇关于他的报告文学了,他都不太满意。这也难怪。采访他的人大都侧重在他研究植物学的锲而不舍的精神,不大了解我们这位吴老爷的诗人气质。我说他的学术著作是"植物诗",他没有反对。他说起陶光送给他的一副对联:

　　　　为有才华翻蕴藉
　　　　每于朴素见风流

　　这副对子很能道出吴征镒的品格。

　　当时和我们一起拍曲的,不止是中文系、历史系的师生,也有理工学院的。数学系教授许宝騄就是一个。许家是昆曲世家,许先生唱得很讲究。我的《刺虎》就是他教的。生物系教授崔芝兰(女,一辈子研究蝌蚪的尾巴)几乎是每"期"必到,而且多半是唱《西楼记》。

　　西南联大的理工学院的教授兼能文事,——对文艺有兴趣,而且修养极高的，不乏其人。华罗庚先生善写散曲体的诗，是大家都知道的。有一次我在一家裱画店里看到一幅不大的银红蜡笺的单条，写的是极其秀雅流丽的文徵明体的小楷。我当时就被吸引住了，走进去看了半天，一边感叹：现在能写这种文徵明体的小字的人，不多了。看了看落款，知是：赵九章！赵九章是地球物理专家，后来是地球物理研究所的所长。真没想到，他还如此精于书法！

联大的学生也是如此。理工学院的学生大都看文学书。闻一多先生讲《古代神话》、罗膺中先生讲《杜诗》，大教室里里外外站了很多人听。他们很多是工学院的学生，他们从工学院所在的拓东路，穿过一座昆明城，跑到"昆中北院"来，就为了听两节课！

有人问我：西南联大的学风有些什么特点，这不好回答，但有一点可以提一提：博、雅。

解放以后，我们的学制，在中学就把学生分为文科、理科。这办法不一定好。

听说清华大学现在开了文学课，好！

注　释

① 本篇原载 1986 年 8 月 11 日、25 日《北京晚报》"桥边杂记"专栏；初收《汪曾祺全集》第四卷，北京师范大学出版社 1998 年 8 月。

责任应该由我们担起①

今天开这个会是个巧合,带有一定的纪念意义:今年正好是文革二十年。前几天开了纪念老舍先生的会,今天又参加了座谈《随想录》的会。我觉得这两个会是联系的。老舍故去二十年了,巴金同志的作品告一段落。听泰昌同志讲,他准备放笔了。我倒是希望他不要再写了,把这种沉重的历史负担放下来,轻松几年。我看他的书,很痛苦。好多年没有这种感觉了。他始终是一个流血的灵魂。我看这个血可以止住了,让别人去流流吧。他谈文革,有一点是非常可贵的:在党中央还没有正式提出必须彻底否定"文化大革命"时,他就否定了。谈"文革",他也把自己放进去了,而不是"择"了出来。对自己的解剖是无情的甚至是残酷的,他用了"卑鄙"、"可耻"这样的字眼。这种解剖是不容易的。"文革"中,我们很多人都像被一种什么蜂蜇了一下的青虫,昏昏沉沉地度过了。我读巴金作品,感到他是从一种痛苦中超脱出来了。后边有几篇色调比较亮些,从一种昏沉的状态中得到了清醒,还他本来面目了。得到了自己本来面目是非常愉快的事。一直沉浸在痛苦中,受不了。他充满了自信,一种强大的自信,一种失去自信后的自信。这是一个很了不得的心理历程。

我希望他偶尔能兴之所至写点儿,不要强迫自己每天写上百字,一个字一个字地抠出来。他的这个责任应该由我们担起来。有时我觉得"文革"不可理解,写"文革"要回答一个问题,"文革"究竟是怎么回事儿? 应该让我们、我们的后代子孙都弄清楚。

注 释

① 本篇原载 1986 年 9 月 27 日《文艺报》。该报在 1986 年 9 月 2 日为庆贺巴

金《随想录》完稿组织了座谈会,参与者还有袁鹰、张光年、王蒙、冯牧、陈荒煤、唐达成、刘再复、谌容、张洁、李存光等。本篇为汪曾祺在会上的发言,由《文艺报》整理。初收《汪曾祺全集》第四卷,北京师范大学出版社,1998 年 8 月。

"草木闲篇"小启 [1]

人非草木,树犹如此。一事不知,儒者所耻。半日清闲,浮生难得。愿借寸楮,聊代联床。亦宝尺璧,贤于博弈。内容不受限制,篇幅千字左右。文尚雅洁,自宜心平气静。情贵真诚,不妨剑拔弩张。有同好者,盍兴乎来。谨启。

注 释

① 本篇原载《北京文学》1987 年第一期。

说　"怪"①

　　我写过一篇小说《金冬心》,对这位公认为扬州八怪里的一号人物颇有微辞。我觉得这是一个装模作样,矫情欺世,似放达而实精明的人。这大概有一点受了周作人的影响。我认为他的清高实际上是卖给盐商的古彝器上的铜绿,这一点大概也不错。我不喜欢他的卢全体的怪诗。但那篇《金冬心》只是小说,不是对金冬心的全面评价。我对金冬心的另一面是非常喜欢的。我对他的从"天发神谶碑"变出来的美术字式的四方的楷字和横宽竖细的漆书是很喜欢的。对他的"疏能走马,密不容针"的梅花,也是很喜欢的。我在故宫博物院见过他画的一个扇面,万顷荷花,只是用笔横点了数不清的绿色的点子,竖点了数不清的漆红的点子,荷叶荷花,皆不成形,而境界阔大,印象真切。我当时叹服:这真是一个绝顶聪明的人!

　　我不想评定金冬心,只是想说说什么叫"怪"。很简单,怪就是充分表现个性,别出心裁,有独创性。

　　我希望扬州的写小说的同志能够继承八怪传统的这一方面,尽量和别人不一样。

　　扬州有一位大文体家,汪中。对汪容甫的文章,有不少人有极精到的见解。我很欣赏章太炎的评语,他说汪容甫的骈文"起止自在,无首尾呼应之式"(大意)。呼应,是小说的起码的要求。打破呼应,是更高的要求。小说不应有"式"——模式。

一九八六年十月二十八日 扬州

注　释

　　①　本篇据手稿编入。

小说的散文化①

　　散文化似乎是世界小说的一种（不是唯一的）趋势。屠格涅夫的《猎人日记》有些篇近似散文。《白净草原》尤其是这样。都德的《磨坊文札》也如此。他们有意用"日记"、"文札"来作为文集的标题，表示这里面所收的各篇，不是传统的严格意义上的小说。契诃夫有些小说写得很轻松随便。《恐惧》实在不大像小说，像一篇杂记。阿左林的许多小说称之为散文也未尝不可，但他自己是认为那是小说的。——有些完全不能称为小说的东西，则命之为"小品"，比如《阿左林先生是古怪的》。萨洛扬的带有自传色彩的小说，是具有文学性的回忆录。鲁迅的《故乡》写得很不集中。《社戏》是小说么？但是鲁迅并没有把它收在专收散文的《朝花夕拾》里，而是收在小说集里的，废名的《竹林的故事》可以说是具有连续性的散文诗。萧红的《呼兰河传》全无故事。沈从文的《长河》是一部很奇怪的长篇小说。它没有大起大落，大开大阖，没有强烈的戏剧性，没有高峰，没有悬念，只是平平静静，慢慢地向前流着，就像这部小说所写的流水一样。这是一部散文化的长篇小说。大概传统的，严格意义上的小说有一点像山，而散文化的小说则像水。

　　散文化的小说一般不写重大题材。在散文化小说作者的眼里，题材无所谓大小。他们所关注的往往是小事，生活的一角落，一片段。即使有重大题材，他们也会把它大事化小。散文化的小说不大能容纳过于严肃的，严峻的思想。这一类小说的作者大都是性情温和的人，他们不想对这个世界作陀思妥耶夫斯基式的拷问和卡夫卡式的阴冷的怀疑。许多严酷的现实，经过散文化的处理，就会失去原有的硬度。鲁迅是个性格复杂的人。一方面，他是一个孤独、悲愤的斗士，同时又极富柔情。《故乡》、《社戏》里有一种说不出来的惆怅和凄凉，如同秋水黄昏。沈从文企图在《长河》里"把最近二十年来当地农民性格灵魂被时代大力压扁扭曲失去原有的素朴所表现的式样,加以解剖及描绘",这是一个十分严肃的,使人痛苦的思想。他"唯恐作品和读者对面,给读者也只是一个痛苦印象",所以"特意加上一点牧歌的谐趣"。事实上《长河》的抒情成份大大冲淡了那种痛苦思想。散文化小说的作者大都是抒情诗人。散文化小说是抒情诗,不是史诗。散文化小说的美是阴柔之美,不是阳刚之美。是喜剧的美,不是悲剧的美。散文化小说是清澈的矿泉,不是苦药。它的作用是滋润,不是治疗。这样说,当然是相对的。

　　散文化的小说不过分地刻划人物。他们不大理解,也不大理会典型论。海明威说:不存在典型,典型是说谎。这话听起来也许有点刺耳,但是在解释得不准确的典型论的影响之下,确实有些作家造出了一批鲜明、突出,然而虚假的人物形象。要求一个人物像一团海绵一样吸进那样多的社会内容,是很困难的。透过一个人物看出一个时代,这只是评论家分析出来的,小说作者事前是没有想到的。事前想到,大概这篇小说也就写不出来了。小说作者只是看到一个人,觉得怪有意思,想写写他,就写了。如此而已。散文化小说作者通常不对人物进行概括。看过一千个医生,才能写出一个医生,这种创作方法恐怕谁也没有当真实行过。散文化小说作者只是画一朵两朵玫瑰花,不想把一堆玫瑰花,放进蒸锅,提出玫瑰香精。当然,他画的玫瑰是经过选择的,要能入画。散文化小说的人物不具有雕塑性,特别不具有米盖朗琪罗那样的把精神扩及到肌肉的力度。它也不是伦布朗的油画。它只是一些 Sketch,最多是列宾的钢笔淡彩。散文化小说的人像要求神似。轻轻几笔,神完气足。《世说新语》,堪称范本。散文化的小说大都不是心理小说。这样的小说不去挖掘人的心理深层结构,散文化小说的作者不喜欢"挖掘"这个词。人有甚么权利去挖掘人的心呢?人心是封闭的。那就让它封闭着吧。

　　散文化小说的最明显的外部特征是结构松散。只要比较一下莫泊桑和契诃夫的小说,就可以看出两者在结构上的异趣。莫泊桑,还有欧·亨利,耍了一辈子结构,但是他们显得很笨,他们实际上是被结构耍了。他们的小说人为的痕迹很重。倒是契诃夫,他好像完全不考虑结构,写得轻轻松松,随随便便,潇潇洒洒。他超出了结构,于是结构转更多样。章太炎论汪中的骈文"起止自在,无首尾呼应之式"。打破定式,是散文化小说结构的特点。魏叔子论文云:"人知所谓伏应而不知无所谓伏应者,伏应之至也;人知所谓断续而不知无所谓断续者,断续之至也"(《陆悬圃文序》)。古今中外作品的结构,不外是伏应和断续。超出伏应、断续,便在结构上得到大解放。苏东坡所说的"常行于所当行,常止于不可不止",是散文化小说作者自觉遵循的结构原则。

喔,还有情节。情节,那没有甚么。

有一些散文化的小说所写的常常只是一种意境。《白净草原》写了多少事呢?《竹林的故事》写的只是几个孩子对于他们的小天地的感受,是一篇他们的富有诗意的生活的"流水"(中国的往日的店铺把逐日随手所记账目叫做"流水",这是一个很好的词汇)。《长河》的《秋(动中有静)》写的只是一群过渡人无目的,无条理的闲话,但是那么亲切,那么富有生活气息。沈从文创造了一种寂寞和凄凉的意境,一片秋光。某些散文化小说也许可称之为"安静的艺术"。《白净草原》、《秋(动中有静)》,这从题目上就可以看得出来。阿左林所写的修道院是静静的。声音、颜色、气味,都是静静的。日光和影子是静静的。人的动作、神情是静静的。墙上的长春藤也是静静的。散文化小说往往都有点怀旧的调子。甚至有点隐逸的意味。这有甚么不好呢?我不认为这样一些小说所产生的影响是消极的。这样的小说的作者是爱生活的,他们对生活的态度是执着的。他们没有忘记窗外的喧嚣而躁动的尘世。

散文化小说的作者十分潜心于语言。他们深知,除了语言,小说就不存在。他们希望自己的语言雅致、精确、平易。他们让他们对于生活的态度于字里行间自自然然的流出,照现在西方所流行的一种说法是:注意语言对于主题的暗示性。他们不把倾向性"特别地说出"。散文化小说的作者不是先知,不是圣哲,不是无所不知的上帝,不是富于煽动性的演说家。他们是读者的朋友。因此,他们自己不拘束,也希望读者不受拘束。

散文化的小说会给小说的观念带来一点新的变化。

一九八六年十一月十七日北京

注　释

① 本篇原载《八方》丛刊 1987 年第五期;初收《汪曾祺小品》,中国人民大学出版社,1992 年 10 月。

张大千和毕加索①

　　杨继仁同志写的《张大千传》是一本有意思的书。如果能挤去一点水分,控制笔下的感情,使人相信所写的多是真实的,那就更好了。书分上下册。下册更能吸引人,因为写得更平实而紧凑。记张大千与毕加索见面的一章(《高峰会晤》)写得颇精彩,使人激动。

　　……毕加索抱出五册画来,每册有三四十幅。张大千打开画册,全是毕加索用毛笔水墨画的中国画,花鸟鱼虫,仿齐白石。张大千有点纳闷。毕加索笑了:"这是我仿贵国齐白石先生的作品,请张先生指正。"

　　张大千恭维了一番,后来就有点不客气了,侃侃而谈起来:"毕加索先生所习的中国画,笔力沉劲而有拙趣,构图新颖,但是有一个很大的问题,就是不会使用中国的毛笔,墨色浓淡难分。"

　　毕加索用脚将椅子一勾,搬到张大千对面,坐下来专注地听。

　　"中国毛笔与西方画笔完全不同。它刚柔互济,含水量丰,曲折如意。善使者'运墨而五色具'。墨之五色,乃焦、浓、重、淡、清。中国画,黑白一分,自现阴阳明暗;干湿皆备,就显苍翠秀润;浓淡明辨,凹凸远近,高低上下,历历皆入人眼。可见要画好中国画,首要者要运好笔,以笔清为主导,发挥墨法的作用,才能如兼五彩。"

　　这一番运笔用墨的道理,对略懂一点国画的人,并没有什么新奇。然在毕加索,却是闻所未闻。沉默了一会,毕加索提出:

　　"张先生,请你写几个中国字看看,好吗?"

　　张大千提起桌上一支日本制的毛笔,蘸了碳素墨水,写了三个字:"张大千"。

　　(张大千发现毕加索用的是劣质毛笔,后来他在巴西牧场从五千只牛耳朵里取了一公斤牛耳毛,送到日本,做成八枝笔,送了毕加索两枝。他回赠毕加索的画画的是两株墨竹,——毕加索送张大千的是一张西班牙牧神,两株墨竹一浓一淡,一远一近,目的就是在告诉毕加索中国画阴阳向背的道理。)

毕加索见了张大千的字,忽然激动起来:

"我最不懂的,你们中国人为什么跑到巴黎来学艺术!"

"……在这个世界谈艺术,第一是你们中国人有艺术;其次为日本,日本的艺术又源自你们中国;第三是非洲人有艺术。除此之外,白种人根本无艺术,不懂艺术!"

毕加索用手指指张大千写的字和那五本画册,说:"中国画真神奇。齐先生画水中的鱼,没一点色,一根线画水,却使人看到了江河,嗅到水的清香。真是了不起的奇迹。……有些画看上去一无所有,却包含着一切。连中国的字,都是艺术。"这话说得很一般化,但这是毕加索说的,故值得注意。毕加索感伤地说:"中国的兰花墨竹,是我永远不能画的。"这话说得很有自知之明。

"张先生,我感到,你是一个真正的艺术家。"

毕加索的话也许有点偏激,但不能说是毫无道理。

毕加索说的是艺术,但是搞文学的人是不是也可以想想他的话?

有些外国人说中国没有文学,只能说他无知。有些中国人也跟着说,叫人该说他什么好呢?

一九八六年十二月三日

注 释

① 本篇原载《北京文学》1987 年第二期"草木闲篇"专栏;初收《蒲桥集》,作家出版社,1989 年 3 月。

《汪曾祺自选集》自序^①

承漓江出版社的好意,约我出一个自选集。我略加考虑,欣然同意了。因为,一则我出过的书市面上已经售缺,好些读者来信问哪里可以买到,有一个新的选集,可以满足他们的要求;二则,把不同体裁的作品集中在一起,对想要较全面地了解我的读者和研究者方便一些,省得到处去搜罗。

自选集包括少量的诗,不多的散文,主要的还是短篇小说。评论文章未收入,因为前些时刚刚编了一本《晚翠文谈》,交给了浙江出版社,手里没有存稿。

我年轻时写过诗,后来很长时间没有写。我对于诗只有一点很简单的想法。一个是希望能吸收中国传统诗歌的影响(新诗本是外来形式,自然要吸收外国的,——西方的影响)。一个是最好要讲一点韵律。诗的语言总要有一点音乐性,这样才便于记诵,不能和散文完全一样。

我的散文大都是记叙文。间发议论,也是夹叙夹议。我写不了像伏尔泰、叔本华那样闪烁着智慧的论著,也写不了蒙田那样渊博而优美的谈论人生哲理的长篇散文。我也很少写纯粹的抒情散文。我觉得散文的感情要适当克制。感情过于洋溢,就像老年人写情书一样,自己有点不好意思。我读了一些散文,觉得有点感伤主义。我的散文大概继承了一点明清散文和五四散文的传统。有些篇可以看出张岱和龚定庵的痕迹。

我只写短篇小说,因为我只会写短篇小说。或者说,我只熟悉这样一种对生活的思维方式。我没有写过长篇,因为我不知道长篇小说为何物。长篇小说当然不是篇幅很长的小说,也不是说它有繁复的人和事,有纵深感,是一个具有历史性的长卷……这些等等。我觉得长篇小说是另外一种东西。什么时候我摸得着长篇小说是什么东西,我也许会试试,我没有写过中篇(外国没有"中篇"这个概念)。我的小说最长的一篇大约是一万七千字。有人说,我的某些小说,比如《大淖记事》,稍为抻一抻就是一个中篇。我很奇怪:为什么要抻一抻呢?抻一抻,就会失去原来的完整,原来的匀称,就不是原来那个东西了。我以为一篇小说未产生前,即已有此小说的天生的形式在,好像宋儒所说的未有此事物,先有此事物的"天理"。我以为一篇小说是不能随便抻长或缩短的。就像一个苹果,既不能把它压小一点,也不能把它泡得更大一点。压小了,泡大了,都不成其为一个苹果。宋玉说东邻之处子,增之一分则太长,减之一分则太短,施朱则太赤,敷粉则太白,说的虽然绝对了一些,但是每个作者都应当希望自己的作品修短相宜,浓淡适度。当他写出了一个作品,自己觉得:嘿,这正是我希望写成的那样,他就可以觉得无憾。一个作家能得到的最大的快感,无非是这点无憾,如庄子所说:"提刀而立,为之四顾,为之踌躇满志"。否则,一个作家当作家,当个什么劲儿呢?

我的小说的背景是:我的家乡高邮、昆明、上海、北京、张家口。因为我在这几个地方住过。我在家乡生活到十九岁,在昆明住了七年,上海住了一年多,以后一直住在北京,——当中到张家口沙岭子劳动了四个年头。我以这些不同地方为背景的小说,大都受了一些这些地方的影响,风土人情、语言——包括叙述语言,都有一点这些地方的特点。但我不专用这一地方的语言写这一地方的人事。我不太同意"乡土文学"的提法。我不认为我写的是乡土文学。有些同志所主张的乡土文学,他们心目中的对立面实际上是现代主义,我不排斥现代主义。

我写的人物大都有原型。移花接木,把一个人的特点安在另一个人的身上,这种情况是有的。也偶尔"杂取种种人",把几个人的特点集中到一个人的身上。但多以一个人为主。当然不是照搬原型。把生活里的某个人原封不动地写到纸上,这种情况是很少的。对于我所写的人,会有我的看法,我的角度,为了表达我的一点什么"意思",会有所夸大,有所削减,有所改变,会加入我的假设,我的想象,这就是现在通常所说的主体意识。但我的主体意识总还是和某一活人的影子相粘附的。完全从理念出发,虚构出一个或几个人物来,我还没有这样干过。

重看我的作品时,我有一点奇怪的感觉:一个人为什么要成为一个作家呢?这多半是偶然的,不是自己选择的。不像是木匠或医生,一个人拜师学木匠手艺,后来就当木匠;读了医科大学,毕业了就当医生。木匠打家具,盖房子;医生给人看病。这都是实实在在的事。作家算干什么的呢?我干了这一行,最初只是对文学有一点爱好,爱读读文学作品,——这种人多了去了!后来学着写了一点作品,发表了,但是我很长时期并不意识到我是一个"作家"。现在我已经得到社会承认,再说我不是作家,就显得矫情了。这样我就不得不慎重地考虑考虑:作家在社会分工里是干什么的?我觉得作家就是要不断地拿出自己对生活的看法,拿出自己的思想、感情,——特别是感情的那么一种人。作家是感情的生产者。那么,检查一下,我的作品所包涵的是什么样的感情?我自己觉得:我的一部分作品的感情是忧伤,比如《职业》、《幽冥钟》;一部分作品则有一种内在的欢乐,比如《受戒》、《大淖记事》;一部分作品则由于对命运的无可奈何转化出一种带有苦味的嘲谑,比如《云致秋行状》、《异秉》。在有些作品里这三者是混和在一起的,比较复杂。但是总起来说,我是一个乐观主义者。对于生活,我的朴素的信念是:人类是有希望的,中国是会好起来的。我自觉地想要对读者产生一点影响的,也正是这点朴素的信念。我的作品不是悲剧。我的作品缺乏崇高的、悲壮的美。我所追求的不是深刻,而是和谐。这是一个作家的气质所决定的,不能勉强。

重看旧作,常常会觉得:我怎么会写出这样一篇作品来的?——现在叫我来写,写不出来了。我的女儿曾经问我:"你还能写出一篇《受戒》吗?"我说:"写不出来了。"一个人写出某一篇作品,是外在的、内在的各种原因造成的。我是相信创作是有内部规律的。我们的评论界过去很不重视创作的内部规律,创作被看作是单纯的社会现象,其结果是导致创作缺乏个性。有人把政治的、社会的因素都看成是内部规律,那么,还有什么是外部规律呢? 这实际上是抹煞内部规律。一个人写成一篇作品,是有一定的机缘的。过了这个村,没有这个店。为了让人看出我的创作的思想脉络,各辑的作品的编排,大体仍以写作(发表)的时间先后为序。

　　严格地说,这个集子很难说是"自选集"。"自选集"应该是从大量的作品里选出自己认为比较满意的。我不能做到这一点。一则是我的作品数量本来就少,挑得严了,就更会所剩无几;二则,我对自己的作品无偏爱。有一位外国的汉学家发给我一张调查表,其中一栏是:"你认为自己最具有代表性的作品是哪几篇",我实在不知道如何填。我的自选集不是选出了多少篇,而是从我的作品里剔除了一些篇。这不像农民田间选种,倒有点像老太太择菜。老太太择菜是很宽容的,往往把择掉的黄叶、枯梗拿起来再看看,觉得凑合着还能吃,于是又搁回到好菜的一堆里。常言说:拣到篮里的都是菜,我的自选集就有一点是这样。

一九八六年十二月十四日序于北京蒲黄榆路寓居

注　释

① 本篇原载《汪曾祺自选集》,漓江出版社,1987 年 10 月。

戏 台 天 地[①]

——为《戏联选》而写

高邮金实秋承其家学,长于掌故,钩沉爬梳,用功甚勤。他搜集了很多戏台上用的对联,让我看看。我觉得这是有意思的工作。

从不少对联中可以看出中国人的历史观和戏剧观。有名的对联是"戏台小天地,天地大戏台"。这和莎士比亚的名句:"整个世界是一座舞台,所有的男男女女只不过是演员",极其相似。古今中外,人情相通如此。这是一条比较文学的重要资料。"上场应念下场日,看戏无非做戏人",莎士比亚也说过类似的话:"每个人物都有上场和下场",但似无此精炼。中国汉字繁体字的戏字,左从虚,右从戈,于是很多对联便在这上面做文章。大意无非是:万事皆属虚空,何必大动干戈!其实古汉字的戏字,左旁是"虍",属"虚"是后起的异体字,不过后来写成"虚"了,就难怪文人搞这种拆字的游戏。虽是拆字,但也反映出一种对于人生的态度。有些对联并不拆字,也表现了近似的思想,如:"功名富贵镜中花,玉带乌纱,回头了千秋事业;离合悲欢皆幻梦,佳人才子,转眼间百岁风光",如:"牛鬼蛇神空际色,丁歌甲舞镜中花"。有的写得好像很有气魄,粪土王侯,睥睨才士,一切都不在话下,如清代纪昀的长联:"尧舜生,汤武净,五霸七雄丑角耳,汉祖唐宗,也算一时名角,其余拜将封侯,不过掮旗打伞跑龙套;四书白,五经引,诸子百家杂曲也,李白杜甫,能唱几句乱弹,此外咬文嚼字,都是求钱乞食耍猴儿"。这位纪老先生大概多吃了几杯酒,嬉笑怒骂,故作大言。他真能看得这样超脱么?未必!有不少对联是肯定戏曲的社会功能的。或强调其教育作用,如"借虚事指点实事,托古人提醒今人";或强调其认识作用,如"有声画谱描人物,无字文章写古今"。有的正面劝人作忠臣孝子,即所谓"高台教化"了,曾国藩、左宗棠所写的对联都如此。他们的对联都很拙劣。倒是昔年北京同乐轩戏园的对联,我以为比较符合戏曲的艺术规律:"作廿四史观,镜中人呼之欲出;当三百篇读,弦外意悠然可思"。至于贵阳江南会馆戏台的对联:"花深深,柳阴阴,听别院笙歌,且凉凉去;月浅浅,风翦翦,数高城更鼓,好缓缓归",这样的对看戏的无功利态度,我颇欣赏。这种曾点式的对生活的无追求的追求,乃是儒家正宗。

中国的演戏是人神共乐。最初是演给神看的,是祭典的一个组成部分。《九歌》可以看作是戏剧的雏形,《湘君·湘夫人》已经有一点情节,有了戏剧动作(希腊戏剧原来也是演给神看的)。各地固定的戏台多属"庙台"。城隍庙、火神庙、土地庙、观音庙,都可以有戏台。我小时候常看戏的地方是泰山庙、炼阳观和城隍庙。这些庙台台口的柱子上多半有对联。这些对联多半是上联颂扬该庙菩萨的威德,下联说老百姓可以沾光看戏。庙台对联要庄重,写得好的很少。有时演戏是专门为了一种灾祸的消弭而谢神的,水灾、旱灾、火灾之后,常常要演几天戏。有一副酬雨神的戏台的台联:"小雨一犁,这才是天随人愿;大戏五日,也不过心到神知",写得很潇洒,很有点幽默感,作者对演戏酬神并不看得那么认真,所以可贵。这应该算是戏联里的佳作。甚至闹蝗虫也可以演戏,这是我以前不知道的。武进犇牛镇捕蝗演戏戏台的对子:"尔子孙绳绳,民弗福也,幸毋集翼于原田每每;我黍稷郁郁,神其保诸,报以拊缶而歌呼乌乌",写得也颇滑稽。大概制联的名士对唱戏驱蝗也是不大相信的。这副对联"不丑"。

很多会馆都有戏台。北京虎坊桥福州馆的戏台是北京迄今保存得比较完好的古戏台之一。会馆筑台唱戏,一是为联络乡谊,二是为了谢神。陕西两粤会馆戏台台联:"百粤两省二十七部诸同乡,于时语言,于时庐旅;五声六律十二宫大合乐,可与酬酢,可与祐神",说出了会馆演戏的作用(会馆演戏常是邀了本乡的班子来演的)。宋元以后,商业经济兴起,形成行帮。行,是不同行业,帮则与地域有关。一都市的某一行业,常为某地区商人匠人所把持,于是出现了许多同乡会——会馆,这是他们生存竞争的相当坚实的组织。许多会馆戏台的对联给我们提供了解这方面情况的资料。俞曲园是为会馆戏台制联的高手。会馆戏台台联一般都要同时切合异地和本土的风光,又要和演剧相关联,不易工稳;但又几乎成为固定的格式,少有新意。

三百六十行,都有行会。他们定期集会,也演戏,一般都在祖师爷的生日。行会酬神戏台的对联有些写得不即不离,句句说的是本行,而又别有寄托,如酒业戏台联:"正值柳梢青,乍三叠歌来,劝君更进一杯酒;如逢李太白,便百篇和去,与尔同销万古愁",铁器行戏台联:"装成千古化身,铁马金戈,总是坚心炼就;演出一场关目,风情火性,无非巧手得来",都是如此。

春夏秋冬,四时演戏,都有台联,大都工巧。

后来有了专业营业性的剧场,就和谢神、联谊脱离了关系,舞台的台联也大都只谈艺术了。有些戏联是与剧种、剧目有关的。有的甚至只涉及某个演员。

对联是中国特有的文学形式(一九三九年我路过越南时曾看到寺庙里也有对联,但我全不认识,虽然横竖撇捺也像是汉字,但结构比汉字繁复,不知是什么字)。这跟汉语、汉字的特点是有关系的。它得是表意的,单音缀的,并且是有不同调值(平上去入)的,才能搞出对联这种花样。在极其有限的篇幅里要表达广阔的意义,有情有景,还要形成对比和连属,确实也不容易。相当多的对联是陈腐的,但也有十分清新可喜的。戏联因为是挂在戏台上让读书不多的市民看的,大都致力于通俗,常用口语,如"大戏五日,也不过心到神知"即是,这是戏联的一个特点。

我觉得戏联至少有两方面的价值。一是民俗学方面的,一是文学方面的。

实秋索文,我对戏联没有深入的研究,只能略抒读后的感想,如上。

一九八六年十二月二十八日于北京蒲黄榆路寓楼

注　释

①　本篇原载《读书》1987 年第八期,是为《古今戏曲楹联荟萃》(金实秋著,中国戏剧出版社,1992 年版)所作序,收录该书时文字略有改动;初收《蒲桥集》,作家出版社,1989 年 3 月,题为《戏联选萃序》。

1987 年

林斤澜的矮凳桥^①

　　林斤澜回温州住了一段,回到北京,写出了一系列关于矮凳桥的小说。他回温州,回北京,都是回。这些小说陆续发表后,有些篇我读过。读得漫不经心。我觉得不大看得明白,也没有读出好来。去年十月,我下决心,推开别的事,集中精力,读斤澜的小说,读了四天。苏东坡说他读贾岛的诗,"初如食小鱼,所得不偿劳"。读斤澜的小说,有点像这样:费事。读到第四天,我好像有点明白了。而且也读出好来了。不过叫我写评论,还是没有把握。我很佩服评论家,觉得他们都是胆子很大的人。他们能把一个作家的作品分析得头头是道,说得作家自己目瞪口呆。我有时有点怀疑。子非鱼,安知鱼之乐。你没有钻到人家肚子里去,怎么知道人家的作品就是怎么怎么回事呢?我看只能抓到一点,就说一点。言谈微中,就算不错。

林斤澜的桥

　　矮凳桥到底是什么样子?搞不清楚。苏南有些地方把小板凳叫做矮凳。我的家乡有烧火凳,是简陋的长凳而矮脚的。我觉得矮凳桥大概像烧火凳。然而是砖桥还是石桥,不清楚。——不会是木板桥,因为桥旁可以刻字。这都没有关系。

　　舍渥德·安德生写了一系列关于温涅斯堡的小说。据说温涅斯堡是没有的,这是安德生自己想出来的,造出来的。林斤澜的矮凳桥也有点是这样。矮凳桥可能有这么一个地方,有一点影子,但未必像斤澜所写的一样。斤澜把他自己的生活阅历倾入了这个地方,造了一座桥,一个小镇。斤澜在北京住了三十多年,对北京、特别是北京郊区相当熟悉。"文化大革命"以前他写过不少表现"社会主义新人"的小说,红了一阵。但是我总觉得那个时候,相当多的作家,都有点像是说着别人的话,用别人也用的方法写作。斤澜只是写得新鲜一点,聪明一点,俏皮一点。我们都好像在"为人作客"。这回,我觉得斤澜找到了老家。林斤澜有了自己的思想,自己的感情,自己的语言,自己的叙述方式,于是有了真正的林斤澜的小说。每一个作家都应当找到自己的老家,有自己的矮凳桥。

斤澜的老家在温州,他写的是温州。但是他写的不是乡土文学。乡土文学是一个恍恍惚惚的概念。但是目前某些标榜乡土文学的同志,他们在心目中排斥的实际上是两种东西,一是哲学意蕴,一是现代意识。林斤澜不是这样。

林斤澜对他想出来的矮凳桥是很熟悉的。过去、现在都很熟悉。他没有写一部矮凳桥的编年史。他把矮凳桥零切了。这样的写法有它的方便处。他可以从不同角度来审视。横写、竖写都行。他对矮凳桥的男女老少可以呼之即来,挥之则去。需要有人写几个字,随时拉出了袁相舟;需要来一碗鱼丸面,就把溪鳗提了出来。而且这个矮凳桥是活的。矮凳桥还会存在下去,笑翼、笑耳、笑杉都会有她们的未来。官不知会"娶"进一个什么样的后生。这样,林斤澜的矮凳桥可以源源不竭地写下去。这是个巧法子。

幔

"世界好比叫幔幔着,千奇百怪,你当是看清了,其实雾腾腾……"(《小贩们》)。

幔就是雾。温州人叫"幔",贵州人叫"罩子",——"今天下罩子",意思都差不多。北京人说人说话东一句西一句,摸不清头绪,云里雾里的,写成文章,说是"云山雾沼"。照我看,其实应该写成"云苫雾罩"。林斤澜的小说正是这样:云苫雾罩。看不明白。

看不明白有两方面的原因。

一个是作者自己就不明白。斤澜在南京曾说:"我自己都不明白,怎么能让你明白呢?"斤澜说:"比如李地,她的一生,她一生的意义,我就不明白。"我当时在旁边,说:"我倒明白。这就是一个人不明白的一生。"有的作家自以为对生活已经吃透,什么事都明白,他可以把一个人的一生,来龙去脉,前因后果,源源本本地告诉读者,而且还能清清楚楚地告诉你一大篇生活的道理。其实人为什么活着,是怎么活过来的,真不是那样容易明白的。"君子于其所不知,盖阙如也",只能是这样。这是老实态度。不明白,想弄明白。作者在想,读者也随之而在想。这个作品就有点想头。

另一方面,是作者故意不让读者明白。作者写的是什么,他心里是明白的,但是说得闪烁其辞,含糊其辞,扑朔迷离,云苫雾罩。比如《溪鳗》,还有《李地》里的《爱》,到底说的是什么?

在林斤澜作品讨论会上,有两位青年评论家指出:这里写的是性。我完全同意他们的说法。

写性,有几种方法。一种是赤裸裸地描写性行为,往丑里写。一种办法是避开正面描写,用隐喻,目的是引起读者对于性行为的诗意的、美的联想。孙犁写的一个碧绿的蝈蝈爬在白色的瓠子花上,就用的是这种办法。还有一种办法,就是林斤澜所用的办法,是把性象征化起来。他写得好像全然与性无关,但是读起来又会引起读者隐隐约约的生理感觉。

林斤澜屡次写鱼。鳗、泥鳅。闻一多先生曾著文指出:中国从《诗经》到现代民歌里的"鱼"都是"廋辞"。"鱼水交欢"嘛。不但是鱼,水,也是性的廋辞。

"袁相舟端着杯子,转脸去看窗外,那汪汪溪水漾漾流过晒烫了的石头滩,好象抚摸亲人的热身子。到了吊脚楼下边,再过去一点,进了桥洞。在桥洞那里不老实起来,撒点娇,抱点怨,发点梦呓似的呜噜呜噜……"(《溪鳗》)。这写的是什么?

《爱》写得更为露骨：

"三更半夜糊里糊涂，有一个什么——说不清是什么压到身上，想叫，叫不出声音。觉得滑溜溜的在身上又扭又袅袅的，手脚也动不得。仿佛'袅'到自己身体里去了。自己的身体也滑溜了，接着，软瘫热化了。"

《溪鳗》最后写那个男人瘫痪了，这说的是什么？说的是性的枯萎。

《溪鳗》的情况更复杂一些。这篇小说同时存在两个主题，性主题和道德主题。溪鳗最后把一个瘫痪男人养在家里，伺候他，这是一种心甘情愿也心安理得的牺牲，一种东方式的道德的自我完成。既是高贵的，又是悲剧性的。这两个主题交织在一起。性和道德的关系，这是一个既复杂而又深邃的问题。这个问题还很少有作家碰过。

这个问题林斤澜也还没有弄明白，他也还在想。弄明白了，就没有什么意思了。有意思的不是明白，是想。弄明白，是心理学家的事；想，是作家的事。

斤澜的小说一下子看不明白，让人觉得陌生。这是他有意为之的。他就是要叫读者陌生，不希望似曾相识。这种作法不但是出于苦心，而且确实是"孤诣"。

使读者陌生，很大程度上和他的叙述方法有关系。有些篇写得比较平实，近乎常规；有些篇则是反众人之道而行之。他常常是虚则实之，实则虚之；无话则长，有话则短。一般该实写的地方，只是虚虚写过；似该虚写处，又往往写得很翔实。人都是有话则长，无话则短。斤澜常于无话处死乞白咧地说，说了许多闲篇，许多废话；而到了有话（有事，有情节）的地方，三言两语。比如《溪鳗》，"有话"处只在溪鳗收留照料了一个瘫子，但是着墨不多，连溪鳗和这个男人究竟有过什么事都不让人明白（其实稍想一下还不明白么）；但是前面好几页说了鳗鱼的种类，鱼丸面的做法，袁相舟的诗兴大发，怎么想出"鱼非鱼小酒家"的店名……比如《小贩们》，"事儿"只是几个孩子比别的纽扣小贩抢先了一步，在船不靠码头的情况下跳到水里上岸，赶到电镀厂去镀了纽扣;但是前面写了一大堆这几个小贩子和女舵工之间的漫谈,写了幔,写了"火雾"(对于火雾的描写来自斤澜和我们同到吐鲁番看火焰山的印象,这一点我知道),写了三兄弟往北走的故事,写了北方撒尿用棍子敲、打豆浆往绳子上一浇就拎回家去了……这么写,不是喧宾夺主么? 不。读完全篇,再回过头来看看,就会觉得前面的闲文都是必要的,有用的。《溪鳗》没有那些云苫雾罩的,不着边际的闲文,就无法知道这篇小说究竟说的是什么。花非花,鱼非鱼,人非人,性非性。或者可以反过来:人是人,性是性。袁相舟的诗:"今日春梦非春时",实在是点了这篇小说的题。《小贩们》如果不写这几个孩子的闲谈,不写出他们的活跃的想象,他们对于生活的充满青春气息的情趣,就无法了解他们脱了鞋袜跳到冰冷的水里的劲儿是从哪里来的,他们就成了心灵手快的名副其实的小商贩,他们就俗了,不可爱了。

"无话则长,有话则短",这个话我当面跟斤澜说过。他承认了。拆穿了西洋景,有点煞风景,他倒还没有不高兴。他说:"有话的地方,大家都可以说,我就少说一点;没有话的地方,别人不说,我就多说说。"

斤澜是很讲究结构的。我曾在一篇文章里写过:小说结构的特点是"随便"。斤澜很不以为然。后来我在前面加了一句状语:苦心经营的随便,他算是拟予同意了。其实林斤澜的小说结构的精义,我看也只有一句:打破结构的常规。

斤澜近年小说还有一个特点,是搞文字游戏。"文字游戏"大家都以为是一个贬辞。为什么是贬辞呢? 没有道理。斤澜常常凭借语言来构思。一句什么好的话,在他琢磨一团生活的时候,老是在他的思维里闪动,这句话推动着他,怂恿着他,蛊惑着他,他就由着这句话把自己飘浮起来,一篇小说终于受孕、成形了。蚱蜢舟、蚱蜢周、做蚱蜢舟的木匠姓周、老蚱蜢周、小蚱蜢周、李清照的"只恐双溪蚱蜢舟,载不动许多愁"……这许多音同形似的字儿老是在他面前晃,于是这篇小说就有了一种特殊的音响和色调。他构思的契机,我看很可能就是李清照的词。《溪鳗》的契机大概就是白居易的诗:花非花,鱼非鱼。这篇小说写得特别迷离,整个调子就是受了白居易的诗的暗示。白居易的"花非花,雾非雾"是一个到现在还没有解破的谜,《溪鳗》也好像是一个谜。

林斤澜把小说语言的作用提到很多人所未意识到的高度。写小说,就是写语言。

人

我这样说,不是说林斤澜是一个形式主义者。矮凳桥系列小说有没有一个贯串性的主题?我以为是有的。那就是:"人"。或者:人的价值。这其实是一个大家都用的,并不新鲜的主题。不过林斤澜把它具体到一点:"皮实"。什么是"皮实"?斤澜解释得清楚,就是生命的韧性。

"石头缝里钻出一点绿来,那里有土吗?只能说落下点灰尘。有水吗?下雨湿一湿,风吹吹就干了。谁也不相信,谁也不知觉,这样的不幸,怎么会钻出一片两片绿叶,又钻出紫色的又朴素又新鲜的花朵。人惊叫道:'皮实'。单单活着不算数,还活出花朵叫世界看看,这是'皮实'的极致。"——《舴艋舟》。

他们当中有人意识到,并且努力要实证自己的存在的价值的。车钻冒着危险"破"掉矮凳桥下"碧沃"两个字,"什么也不为,就为叫大家晓得晓得我。"笑杉在坎肩上钉了大家都没有的古式的铜扣子,徜徉过市,又要一锤砸毁了,也是"我什么也不为,就为叫你们晓得晓得我。"有些人并不那样意识到自己的价值,但是她们各各儿用自己的所作所为证实了自己的价值,如溪鳗,如李地。

李地是一位母亲的形象。《惊》是一篇带有寓言性质的小说。很平淡,但是发人深思。当一群人因为莫须有的尾巴无故自惊,炸了营的时候,李地能够比较镇静。她并没有泰然自若,极其理智,但是她慌乱得不那么厉害,清醒得比较早。她所以能这样,是因为她经历的忧患较多,有一点曾经沧海了。这点相对的镇静是美丽的。长期的动乱,造就了这样一位沉着的母亲。李地到供销社卖了一个鸡蛋,六分钱。她胸有成竹地花了这六分钱:两分盐;两分线——一分黑线一分白线;一分石笔;一分冰糖(冰糖是给笑翼买的)。这本是很悲惨的事(林斤澜在小说一开头就提明这是六十年代初期的故事,我们都是从六十年代初期活过来的人,知道那年代是怎么回事),但是林斤澜没有把这件事写得很悲惨,李地也没有觉得悲惨。她计划着这六分钱,似乎觉得很有意思。这一分冰糖让她快乐。这就是"皮实"。能够度过困苦的、卑微的生活,这还不算,能于困苦卑微的生活觉得快乐,在没有意思的生活中觉出生活的意思,这才是真真的"皮实",这才是生命的韧性。矮凳桥是不幸的。中国是不幸的。但是林斤澜并没有用一种悲怆的或是嘲弄的感情来看矮凳桥,我们时时从林斤澜的眼睛里看到一点温暖的微笑。林斤澜你笑什么? 因为他看到绿叶,看到一朵一朵朴素的紫色的小花,看到了"皮实",看到了生命的韧性。"皮实"是我们这个民族的普遍的品德。林斤澜对我们的民族是肯定的,有信心的。因此我说:《矮凳桥》是爱国主义的作品。——爱国主义不等于就是打鬼子!

林斤澜写人,已经超越了"性格"。他不大写一般意义上的、外部的性格。他甚至连人的外貌都写得很少,几笔。他写的是人的内在的东西,人的气质,人的"品"。得其精而遗其粗。他不是写人,写的是一首一首的诗。溪鳗、李地、笑翼、笑耳、笑杉……都是诗,朴素无华的,淡紫色的诗。

涩

斤澜的语言原来并不是这样的。他的语言原来以北京话为基础(写的是京郊),流畅,轻快,跳跃,有点法国式的俏皮。我觉得他不但受了老舍,还受了李健吾的影响。后来他改了,变得涩起来,大概是觉得北京话用得太多,有点"贫"。《矮凳桥》则是基本上用了温州方言。这是很自然的,因为写的是温州的事。斤澜有一个很大的优势,他一直能说很地道的温州话。一个人的"母舌"总会或多或少地存在在他的作品里的。在方言的基础上调理自己的文学语言,是八十年代相当多的作家清楚地意识到的。语言是一种文化现象。语言的背景是文化。一个作家对传统文化和某一特定地区的文化了解得愈深切,他的语言便愈有特点。所谓语言有味、无味,其实是说这种语言有没有文化(这跟读书多少没有直接的关系。有人读书甚多,条理清楚,仍然一辈子语言无味)。每一种方言都有特殊的表现力,特殊的美。这种美不是另一种方言所能代替,更不是"普通话"所能代替的。"普通话"是语言的最大公约数,是没有性格的。斤澜不但能说温州话,且能深知温州话的美。他把温州话熔入文学语言,我以为是成功的。但也带来一定的麻烦,即一般读者读起来费事。斤澜的语言越来越涩了。我觉得斤澜不妨把他的语言稍为往回拉一点,更顺一点。这样会使读者觉得更亲切。顺和涩我觉得是可以统一起来的。斤澜有意使读者陌生,但还不是拒人于千里之外。陌生与亲切也是可以统一起来的。让读者觉得更亲切一些,不好么?

董解元云:"冷淡清虚最难做"。斤澜珍重!

一九八七年一月九日

注　释

① 本篇原载 1987 年 1 月 31 日《文艺报》,又载《评论选刊》1987 年第四期、《新华文摘》1987 年第四期;初收《晚翠文谈》,浙江文艺出版社,1988 年 3 月。

再 谈 苏 三 ①

《玉堂春》这出戏为什么流传久远,至今还有生命力?我想主要是由于人们对一个妓女的坎坷曲折的命运的同情。这出戏在艺术上有很大的特点,可以给人美感享受,这里不去说它。

对于今天的观众来说,这出戏有相当大的认识作用。透过一个妓女的遭遇,使我们了解那个时代,那个社会的一个侧面,了解商业经济兴起时期的市民意识,看出我们这个民族的一块病灶。从这一点说,这出戏是有现实意义的。

不少人在改《玉堂春》,实在是多一事不如少一事。《起解》原来有一句念白:"待我辞别狱神,也好赶路",有人改为"待我辞别辞别,也好赶路"。为什么呢?因为提到狱神,就是迷信。唉!保留原词,使我们知道监狱里供着狱神;犯人起解,辞别狱神,是规矩,这不挺好么?祈求狱神保佑,这很符合一个无告的女犯的心理,能增加一点悲剧色彩,为什么要改呢?

有一个戏校老师把"头一个开怀是哪一个","十六岁开怀是那王公子"的"开怀"改了,说是怕学生问他什么叫"开怀",他不好解释。这有什么不好解释的呢?"开怀"是妓院的术语,这很有妓院生活的特点,而且也并不"牙碜"。这位老先生改成什么呢,改成了"结友"。可笑!

有一位女演员把"不顾腌臜怀中抱,在神案底下叙一叙旧情"拍掉了,说是"黄色"。真是!你叫玉堂春这妓女怎样表达感情,给王金龙念一首诗?

这样的改法,削弱了原剧的认识作用。

注　释

①　本篇原载 1987 年 1 月 10 日《北京晚报》"桥边杂记"专栏；初收《汪曾祺全集》第四卷，北京师范大学出版社，1998 年 8 月。

《江苏邑县丛书——高邮》序^①

秦邮八景我到现在还数不全。神居山在湖西，我竟未去过。鹿女丹泉我连在哪里都不知道，只是听说过这个名目。八景里我最熟悉的是文游台，实实在在觉得这是一"景"的，也是文游台。文游台离我家很近，步行十分钟即可到。我们上小学的时候，每年春游都是上文游台。正月里到泰山庙看戏，也要顺便上文游台去逛逛。文游台真不错。因为地势高，眼界空阔，可以看得很远。印象最深的是西面运河里的船帆由绿树梢头轻轻移过。再就是台边种了很多蚕豆，开着浅紫色的繁花。文游台前面是泰山庙。传说泰山庙大殿的屋顶上是不积雪的。因为大殿下面是一个很大的獾子洞，獾子用毛擀成了一片獾毡，和殿基一般大小，獾毡热气上升，所以雪下不到屋顶就化了。有人把獾毡盗走了，泰山庙的屋顶就照样积雪了。

高邮的八景我觉得有两个特点。一个是多半和水有关。我的家乡是一个泽国，这是很自然。甓社珠光、耿庙神灯、邗沟烟柳都是山水得景。镇国寺塔原来在西门外运河岸边。运河拓宽，塔在河中的洲上了，跟运河的关系就更密切了。第二是不少景都有点浪漫主义色彩，有点神秘的味道。神山爽气，只是一股气，真不好捉摸。爽气是什么样的气呢？缥缈得很。甓社湖珠大概宋朝以前就很有名。沈括的《梦溪笔谈》里有详细的记载。沈括是个有科学头脑的严肃的学者，所记必有所据，他把这颗神珠写得很美，而且使人有恐怖感。这到底是什么东西呢？有人怀疑这是外星人发射来的飞碟一类的东西，这只是猜测。甓社湖中已无珠，然而明烂的珠光长存在人们的想象之中。我觉得耿庙神灯是一个美丽的传说。我小时候好像七公殿还在。民国二十年发大水之前有许多预象，人们的迷信思想抬头，想象力也特别活跃，纷纷传说七公老爷显了圣,说是在苍茫云水之间看到神灯了。其实谁也没有看到。正因为没有人看到过,所以越加相信神灯是有的。

八景里我不喜欢的是露筋晓月。关于露筋祠的传说,欧阳修就怀疑过,认为这是不可能的事,不近情理。人怎么能被蚊子咬得露了筋而死去呢?她怎么也能想一点办法,至少可以用手拍打拍打。而且蚊子只吸人血,没有听说连人肉也吃的。这是一个出于残酷的贞洁观念而编造出来的故事。王渔洋露筋祠诗"门外野风开白莲"写得很凄清,就没有一笔涉及露筋而死的惨剧。我并不认为要把这一景从八景中开除,只是觉得在介绍传说时要加批判。

高邮可能会成为运河线上的一个旅游点,所有的景都需要收拾收拾,文游台最好在原有基础上整建。除了房屋的营造要有点宋代风格,室内装饰也要注意,听说现在刻制了一些楹联,希望朴素一些,不要搞得金碧辉煌。主楼内的家具陈设也要搞得讲究一些。在高邮找一堂红木几案坐榻、旧瓷器、大理石插屏、多宝格……都还是找得出来的。镇国寺塔要维修,现在相当残破了。另外,要多植花木。文游台前宜植罗汉松、桱柳、玉兰(不要广玉兰)、紫白丁香、西府海棠。镇国寺塔的地势很好,洲上现在种的树杂乱无章,且多是槐、榆之类,这个小洲似可辟为果树园,种桃、种杏、种梨,春华秋实,这样坐在运河的船上望之如锦绣,使过客很想泊舟到洲上喝一杯茶,吃几块界首茶干。邗沟烟柳本不是一个固定的地界,但可选一个合适的地段,移栽大量的垂柳,柳丛中可安置几个牛车篷式的草顶的大亭子,卖酒,卖起水旋煮的缩项鳊、翘嘴白。有些可以想象,无法目睹的景,好如甓社珠光、耿庙神灯,可以选一地点,立一碑石。石质要好,文宜雅洁,字要端秀,——不要那种带霸悍之气的"将军体"。

高邮的风味食物,有名的是双黄鸭蛋和大麻鸭。双黄蛋容易变质。我从家乡几次带了一些双黄鸭蛋准备送人,结果都坏了。家乡人应研究一下稍可久贮的腌制方法。大麻鸭是名种,但高邮人似乎并不太会做鸭。我建议高邮派定一二厨师到外地留留学,专门在做鸭菜上下一点功夫,学会做冂蘑炖鸭、虫草炖鸭、八宝鸭(腔内填糯米及香菇、虾仁、火腿清蒸）、香酥鸭……高邮人不善做盐水鸭,应该到南京学学,不难的。高邮原来有厨师会做叉子烤鸭的,现在好像失传了。高邮既以产鸭著名,应该能像淮安人做得出全鳝席一样做得出全鸭席。

朱延庆同志编了一本《高邮风物》,嘱我为序。延庆治学谨严,文笔清丽,此书必有可观,乃乐为之序。

一九八七年春节大年初一中午

注　释

① 本篇原载《雨花》1987 年第十一期;初收《汪曾祺全集》第四卷,题为《〈高邮风物〉序》,北京师范大学出版社,1998 年 8 月。

童 歌 小 议①

少 年 谐 谑

　　我的孩子(他现在已经当了爸爸了)曾在一个"少年之家""上"过。有一次唱歌比赛。几个男孩子上了台。指挥是一个姓萧的孩子。"预备——齐"!几个孩子放声歌唱:

　　　　排起队,
　　　　唱起歌,
　　　　拉起大粪车。
　　　　花园里,
　　　　花儿多,
　　　　马蜂蜇了我!

　　表情严肃,唱得很齐。

　　少年之家的老师傻了眼了:这是什么歌?

　　一个时期,北京的孩子(主要是女孩子)传唱过一首歌:

　　　　小孩小孩你别哭,
　　　　前面就是你大姑。
　　　　你大姑罗圈腿,
　　　　走起路来扭屁股,
　　　　——扭屁股哎嗨哟哦……

　　这首歌是用山东柳琴的调子唱的,歌词与曲调结合得恰好,而且有山东味儿。

这些歌是孩子们"胡编"出来的。如果细心搜集,单是在北京,就可以搜集到不少这种少年儿童信口胡编的歌。

对于孩子们自己编出来的这样的歌,我们持什么态度?

一种态度是鼓励。截至现在为止,还没有听到一位少儿教育专家提出应该鼓励孩子们这样的创造性。

第二种态度是禁止。禁止不了,除非禁止人有童年。

第三种态度是不管,由它去。少年之家的老师对淘气的男孩子唱那样的歌,不知如何是好,只是傻了眼。"傻了眼"不失为一种明智的态度。

第四种态度是研究它。我觉得孩子们编这样的歌反映了一种逆反心理,甚至是对于强加于他们的过于严肃的生活规范,包括带有教条意味的过于严肃的歌曲的抗议。这些歌是他们自己的歌。

第五种态度是向他们学习。作家应该向孩子学习。学习他们的信口胡编。第一是信口。孩子对于语言的韵律有一种先天的敏感。他们自己编的歌都非常"顺",非常自然,一听就记得住。现在的新诗多不留意韵律,朦胧诗尤其是这样。我不懂,是不是朦胧诗就非得排斥韵律不可?我以为朦胧诗尤其需要韵律。李商隐的不少诗很难"达诂"但是听起来很美。戴望舒的《雨巷》说的是什么?但听起来很美。听起来美,便受到感染,于是似乎是懂了。不懂之懂,是为真懂。其次,是"胡编"。就是说,学习孩子们的滑稽感,学习他们对于生活的并不恶毒的嘲谑态度。直截了当地说:学习他们的胡闹。

但是胡闹是不易学的。这需要才能,我们的胡闹才能已经被孔夫子和教条主义者敲打得一干二净。我们只有正经文学,没有胡闹文学。再过二十年,才许会有。

儿歌的振兴

近些天楼下在盖房子,电锯的声音很吵人。电锯声中,想起有关儿歌的问题。

拉大锯，

扯大锯。

姥姥家，

唱大戏。

请闺女，

接女婿。

小外孙子也要去，

……

这是流传于河北一带的儿歌。流传了不知有几百年了。

拉锯，

送锯。

你来，

我去。

拉一把，

推一把，

哗啦哗啦起风啦

……

这首歌是有谱，可以唱的。我在幼儿园时就唱过。我上幼儿园是五岁，今年六十六了。我的孙女现在还唱这首歌。这首歌也至少有了五十多年的历史了。

这两首儿歌都是"写"得很好的。音节好听，很形象。前一首"拉大锯"是"兴也"，只是起个头，主要情趣在"姥姥家，唱大戏……"。后一首则是"赋也"，更具体地描绘了拉大锯的动作。拉大锯是过去常常可以见到的。两根短木柱，搭起交叉的架子，上面卡放了一根圆木，圆木的一头搭在地上；圆木上弹了墨线；两个人，一个站在圆木上，两腿一前一后，一个盘腿坐在下面，两人各持大锯的木把，"噌、噌、噌、噌"地锯起来，锯末飞溅，墨线一寸一寸减短，圆木"解"成了板子。"拉大锯，扯大锯"，"拉锯、送锯，你来，我去"，如果不对拉锯作过仔细的观察，是不能"写"得如此生动准确的。

但是现在至少在大城市已经难得看见拉大锯的了。现在从外地到北京来给人家打家具的木工,很多都自带了小电锯,解起板子来比鲁班爷传下来的大锯要快得多了。总有一天,大锯会绝迹的。我的孙女虽然还唱、念我曾经唱、念过的儿歌,但已经不解歌词所谓。总有一天,这样的儿歌会消失的。

旧日的儿歌无作者,大都是奶奶、姥姥、妈妈顺口编出来的,也有些是幼儿自己编的,是所谓"天籁",所以都很美。美在有意无意之间,富于生活情趣,而皆朗朗上口。儿歌引导幼儿对于生活的关心,有助于他们发挥想象,启发他们对语言的欣赏,使他们得到极大的美感享受。儿歌是一个人最初接触的并且影响到他毕生的艺术气质的纯诗。

"拉锯,送锯"可能原有一首只念不唱的儿歌的底子,但也可能是某一关心幼儿教育的作家的作品。如果是专业作家的作品,那么这位作家是了不起的作家。旧儿歌消亡了,将有新儿歌来代替。现在的儿歌大都是创作的。我读了不少我的孙女的"幼儿读物",觉得新编的儿歌好的不多。政治性太强,过分强调教育意义,概念化,语言不美,声音不好听。看来有些儿歌作者缺乏艺术感,语言功力不够,我希望新儿歌的作者能熟读几百首旧儿歌。我希望有兼富儿童心和母性的大诗人能写写儿歌。

注 释

① 本篇原载《民间文学论坛》1987 年第一期;初收《蒲桥集》,作家出版社,1989 年 3 月。

《茱萸集》题记①

"小学校的钟声"一九四六年在《文艺复兴》发表时,有一个副题:"茱萸小集之一"。原来想继续写几篇,凑一个小集子。后来不知道为什么没有写下去,于是就只有"之一","之二"、"之三"都无消息了。现在要编一本给台湾乡亲看的集子,想起原拟的集名,因为篇数不算少,去掉一个"小"字,题为《茱萸集》。这也算完了一笔陈年旧帐。

当初取名《茱萸小集》原也没有深意。我只是对这种植物,或不如说对这两个字的字形有兴趣。关于茱萸的典故是大家都知道的。《续齐谐记》:"费长房谓桓景曰:'九月九日,汝家有灾,急令家人各作绛囊盛茱萸系臂,登高,饮菊花酒。'"王维的诗也是大家都知道的:"遥知兄弟登高处,遍插茱萸少一人"。我取茱萸为集名时自然也想到这些,有点怀旧的情绪,但这和小说的内容没有直接的关联。如果读者于此有所会心,自也不妨,但这不是我的本心。

我是江苏高邮人。关于我的家乡,外乡人所知道的,大概只有两件事。一是出过一个秦少游;二是出双黄鸭蛋。一九三九年,到昆明考入西南联大,读中国文学系,是沈从文先生的及门弟子。离校后教了几年中学。一九四九年以后,当了相当长时间的文学刊物的编辑。一九六二年起在北京京剧院担任京剧编剧,至今尚未离职。

我一九四〇年开始发表作品,当时我二十岁。大学时期所写诗文都已散佚。此集的第一篇"小学校的钟声"可以作为那一时期的代表。这篇东西大约写于一九四五年。一九四八年,我在巴金先生主编的文学丛刊中出过一本《邂逅集》。以后写作,一直是时断时续。一九六二年出过一本《羊舍的夜晚》。一九八二年出过一本《汪曾祺短篇小说选》,·九八五午出过小说集《晚饭花集》。近期将出版谈创作的文集

《晚翠文谈》、《汪曾祺自选集》。散文尚未成集,须俟明春。

我的小说在中国当代文学中可以视为"别裁伪体"。我年轻时有意"领异标新"。中年时曾说过:"凡是别人那样写过的,我就绝不再那样写。"现在我老了,我已无意把自己的作品区别于别人的作品。我的作品倘与别人有什么不同,只是因为我不会写别人那样的作品。

我希望台湾的读者能喜欢我的小说。

一九八七年八月下旬北京

注　释

① 　本篇原载《茱萸集》,台湾联合文学出版社,1988 年 9 月。

传统文化对中国当代
文学创作的影响①

　　前几年,有几位中国的青年评论家认为:"五四"是中国文化的断裂。从表面现象看,是这样。五四运动,出于革命的要求,提倡新文化,反对旧文化。那时的主将提出,"打倒孔家店","欢迎赛先生、德先生"。他们用很大的热情诅咒"选学妖孽,桐城谬种"。鲁迅就劝过青年少看中国书。但往深里看一看,五四并不是什么断裂。这些文化革命的主将大都是旧学根底很深的。这只要问问琉璃厂旧书店的掌柜的和伙计就可以知道,主将们是买他们的旧书的主要主顾!中国的新文学一开始确实受了西方的影响,小说和新诗的形式都是从外国移植进来的。但是在引进外来形式的同时,中国新文学一开始就没有脱离传统文化的影响。

　　鲁迅对中国古典文学,特别是中古文学,有很深的研究。他曾经讲授过汉文学史,校订过《嵇康集》。他写的《魏晋风度及文章与药及酒之关系》,至今还是任何一本中古文学史必须引用的文章。鲁迅可以用地道的魏晋风格给人写碑。他的用白话文写的小说、散文里,也不难找出魏晋文风的痕迹。我很希望有人能写出一篇大文章:《论魏晋文学对鲁迅作品的影响》。鲁迅还搜集过汉代石刻画像,整理过会稽郡的历史文献,自己掏钱在南京的佛经流通处刻了一本《百喻经》,和郑振铎合选过《北平笺谱》。这些,对他的文学创作都是有间接的作用的。

　　闻一多是把西洋诗的格律首先引进中国的开一代风气的诗人,但是他在大学里讲授的是《诗经》、《楚辞》、《庄子》、《唐诗》。他大概是最早用比较文学的方法讲中国古典文学的一个人。我在大学里听他讲过唐诗,他就用后印象派的画和晚唐绝句相比较。闻先生原来是学画的,他一直仍是画家。他同时又是写金文的书法家,刻图章的金石家。他的诗文也都有金石味,——好像用刻刀刻出来的。

郭沫若是一个通才。他写诗,也写过小说,写了一大堆剧本;翻译过《浮士德》。但他又是历史学家、考古学家。他是第一个用新的观点研究先秦诸子思想的学者,是从史实、章句到文学价值全面地研究《楚辞》的大家,他对甲骨文、金文的研究超越了前人,成为一代权威。他的书法自成一体,全国到处的名胜古迹楼台亭馆,都可以看到他的才气纵横的大字。他的诗明显地受了李白的影响。

沈从文在中国现代作家里是一个很奇特的例子。他只读过小学,当了几年兵,一个土头土脑的乡下人,冒冒失失地从边远落后的湘西跑到文化古城北京,想用一枝笔挣到一点“可以消化消化”的东西,可是他连标点符号都不会用。他在一种文化饥饿的状态中,贪婪地吞食了大量的知识,——读了很多书。他最初拥有的书,是一本司马迁的《史记》。他反复读这本书。直到晚年,对其中许多章节还记得。他的小说的行文简洁而精确处,得力于《史记》者,实不少。也像鲁迅一样,他读了很多魏晋时代的诗文。他晚年写旧诗,风格近似阮籍的《咏怀》。他读过不少佛经,曾从《法苑珠林》中辑录出一些故事,重新改写成《月下小景》。他的一些小说富于东方浪漫主义的色彩,跟《法苑珠林》有一定关系。他的独特的文体,他自己说是“文白夹杂”,即把中古时期的规整的书面语言和近代的带有乡土气息的口语揉合在一处,我以为受了《世说新语》以及《法苑珠林》这样的翻译佛经的文体的影响颇大。而他的描写风景的概括性和鲜明性,可以直接上溯到郦道元的《水经注》。他一九四九年以后忽然中断了文学创作,转到文物研究方面来。许多外国朋友,包括中国的青年作家,都觉得这是不可理解的,几乎是神秘的转折。尤其难于理解的是,他在不长的时间中对文物研究搞出那样大的成就,写出许多著作,包括像《中国服饰研究》这样的开山之作的巨著。我,作为他的学生,觉得这并不是完全不可理解。沈先生从年轻时候就对一切美的东西具有近似痴迷的兴趣,他对书画、陶瓷、漆器、丝绸、刺绣有着渊博的知识。这些，使他在写小说、散文时得到启发，而他对写作的精细耐心，也正像一个手工艺匠师对待他的制品一样。

四十年代是战争年代，有一批作家是从农村成长起来的。他们没有受过完整正规的学校教育，但是他们得到农民文化的丰富的滋养，他们的作品受了民歌、民间戏曲和民间说书很大的影响，如赵树理、李季。赵树理是一个农村才子，多才多艺。他在农村集市上能够一个人演一台戏，他唱、演、做身段，并用口拉过门、打锣鼓，非常热闹。他写的小说近似评书。李季用陕北"信天游"形式写了优秀的叙事诗。他们所接受的是另一种形态的文化传统。尽管是另一种形态的，但应该说仍旧是中国的文化传统。

在战争的环境中，书籍是很难得到的。有些作家在土改时从地主家中弄到半套《康熙字典》或残缺不全的《聊斋志异》，就觉得如获至宝。孙犁就是这样一位作家。孙犁的小说清新淡雅，在表现农村和战争题材的小说里别具一格（他嗜书若命）。他晚年写的小说越发趋于平淡，用完全白描的手法勾画一点平常的人事，有时简直分不清这是小说还是散文，显然受了中国的"笔记"很大的影响，被评论家称之为"笔记体小说"。

另一个也被评论家认为写"笔记体小说"的作家是汪曾祺。我的小说受了明代散文作家归有光颇深的影响。黄宗羲说："予读震川文之为女妇者，一往情深，每以一二细事见之，使人欲涕。"他的散文写得很平淡，很亲切，好像只是说一些家常话。我的小说很少写戏剧性的情节，结构松散，有的评论家说这是散文化的小说。

五十年代的青年作家读俄罗斯和苏联翻译作品及五四以来的作家的作品比较多，旧书读得比较少。但也不尽如此。宗璞从小受到古典文学的熏陶，她的作品让人想起宋代女词人李清照。

六十年代才真是文化的断裂。

七十年代由于文化对外开放，西方的各种文艺思潮和各种流派的作品涌进中国，这一代的青年作家热衷于阅读这些理论和作品，并且吮吸到自己的创作之中。

八十年代的青年作家有一部分忽然对中国传统文化激发出巨大的热情。有几年在大学生中间掀起了一阵"老庄热",有的青年作家甚至对佛学中的禅宗产生兴趣。比如现在美国的阿城。前几年有一些青年作家提出文学"寻根"。"寻根"是一个相当模糊的概念,谁也没有说明白它的涵义。但是大家有一种朦朦胧胧的向往,追寻好像已经消逝的中国古文化。我个人认为这种倾向是好的。

近年还出现"文化小说"的提法,这也是相当模糊的概念。所谓"文化小说",据我的观察,不外是:1. 小说注意描写中国的风俗,把人物放置在一定的风俗画环境中活动;2. 表现了当代中国的普通人的心理结构中潜在的传统文化的影响,——比如老庄的顺乎自然的恬静境界,孔子的"仁恕"思想。

无论"寻根文学"或"文化小说"的作者,都更充分地意识到语言的重要性。他们认识到语言不仅是手段,其本身便是目的。他们认识到语言的哲学的、心理的意蕴,认识到语言的文化性。语言是一种文化现象。语言的后面都有文化。正如中国古代的文论家所说:凡无字处皆有字。文学语言的辐射范围不只是字典上所注释的那样。语言后面所潜伏的文化的深度,是语言优次的标准,同时也是检验一个作品民族化程度的标准,也是一个作品是否真正能够感染读者的重要契因。比如毛泽东写给柳亚子的诗:

饮茶粤海未能忘,
索句渝州叶正黄。
三十一年还旧国,
落花时节读华章……

单看字面,"落花时节"就是落花的时节,但是如果读过杜甫逢李龟年的诗:

岐王宅里寻常见,
崔九堂前几度闻。

　　　　正是江南好风景，

　　　　落花时节又逢君。

就知道"落花时节"包含着久别重逢的意思。

因此，我认为当代中国作家，应该尽量多读一点中国古典文学。

中国的当代文学含蕴着传统的文化，这才成为当代的中国文学。正如现代化的中国里面有古代的中国。如果只有现代化，没有古代中国，那么中国就不成其为中国。

注　释

① 本篇原载《汪曾祺全集》第六卷，北京师范大学出版社，1998 年 8 月；是为参加爱荷华写作计划准备的讲稿，约 1987 年 8 月作。

我是一个中国人^①

—— 我的创作生涯

　　我的家乡是江苏北部一个不大的县，挨着大运河。乡下有劳苦的农民。城里有生活荒唐的地主、规规矩矩的生意人和整天在作坊里用大概两千年前就有的工具做工的工匠，这城里不少人是正直的，但也是因循的，封闭的，缺乏开创精神和叛逆思想。他们读过一些孔子、孟子的书，信奉玉皇大帝、灶君菩萨、财神爷和狐仙。生活是平静的。每天生出一些婴孩，死去一些老人。不管遇到什么灾害，水灾、旱灾、兵乱，居民都用一种出奇的韧性接受下来，勉强度过。他们的情绪是稳定的，不像有些西方人那样充满激动与不安，我的相当一部分小说表现的就是这样的人，他们的起伏不大，不太形之于色的小小的悲欢。我本人的思想也多少受了这小城居民的影响，虽然我十九岁就离开家乡了。

　　我从小生活在这个小城里。过年，过节，看迎赛城隍，看"草台班子"的戏，看各色各样的店铺，看银匠打首饰，竹匠制竹器，画匠画"家神菩萨"，铁匠打镰刀。东看看，西看看。我的记忆力有点畸形。对记忆数学公式、英文单词，非常低能；但对颜色、声音、气味的记忆是出色的；也许因此注定我只能当一个作家。

　　我的父亲是一个画家，——当然是画中国的彩墨画的。我从小爱看他作画，我小时在绘画方面颇有才能。中国画有两大派。一派是工笔画，一派是写意画。工笔画注重表现物象，写意画注意画家对物象的感受。我父亲是画写意画的。中国画讲究"计白当黑"，即留出大量的空白，让看画的人有想象的余地。这两者对我的小说创作有一定影响。一是我不详细地描写人物和背景；二是尽量少写一点。

　　1939 年，我就读昆明的西南联合大学中国文学系。教我们写作的是沈从文先生。沈先生是以一个作家的身份教书的。他讲课没有课本,也没有系统,只是随便漫谈。他不善于言词,家乡口音又很重,说话是轻轻的,不好懂。他经常说的一句话是:"要贴到人物来写"。但是这一句话使我终身受用。他的意思是作者的笔随时要和人物贴紧,不能飘浮空泛。我是沈先生亲授的弟子,我的作品自然受他的影响很深。但是沈先生曾对我说:你是你自己。

在中国当代作家中我的作品里中国传统思想文化影响的痕迹比较明显。我以为一个中国人,尤其是一个作家,都会或多或少地接受这样那样的传统文化的影响的。孔子的影响,老庄的影响,甚至佛教禅宗的影响。一般说来,中国作家所受传统文化影响是混杂的,什么都有一点,而又融入了作者的现代意识之中。有一个评论家说我写的一些人物的恬淡自然的生活态度有老庄痕迹,并推断我本人也是欣赏老庄的。我年轻时确是读过《庄子》。但是我自己反省了一下,我还是较多地接受了儒家的影响。我觉得孔子是个很近人情的思想家,并且是一个诗人。我很欣赏曾点的志向:"暮春者,春服既成,冠者五六人,童子六七人,浴乎沂,风乎舞雩,咏而归。"我以为这是一种超脱的,美的,诗意的生活态度。我欣赏宋儒的这样的诗:"万物静观皆自得,四时佳兴与人同";"顿觉眼前生意满,须知世上苦人多"。我是一个中国式的,抒情的人道主义者。我希望在普通人的身上看出人的价值,人的诗意,人的美。我追求的是和谐,不是深刻。

我年轻时读过一些西方的作品,受了一些影响。台湾在介绍我的作品时说我是中国最早使用现代派和意识流的作家。其实在我之前,废名、林徽因已经使用这样的手法了。不过我年轻时确实比较大量地使用过(现在这样的手法在我的作品里并未绝迹)。后来我的风格变了。我比较正视现实,严酷的现实教育我不得不正视;同时有意识地接受了中国古典文学和民间文学的传统。因为我是一个中国人。我不反对当代中国的一些青年作家竭力向西方学习,但是一个中国作家的作品永远不会写得和西方作家一样,因为你写的是中国的人和事,你的思维方式是中国式的,你对生活的审察的角度是中国的,特别是你是用中国话——汉语写作的。我认为作品的语言是有决定意义的。一个作家必须精通中国的语言,语言的美,语言的诗意,语言的音乐性和它可能引起的尽可能广阔的联想。语言具有辐射性。一个作家的看来似乎平常的语言所能暗示出来的信息愈多,他的语言就愈有嚼头,也具有更大的民族性。我相信西方现代派的作家对他本国的语言也是精通的。如果一个中国作家写出来的作品的语言像是翻译作品的语言,一种不三不四的,用汉字写出来的外国话,那他只能是鲁迅所说的"假洋鬼子"。因此,我在北京市作协举行的一次我的作品的讨论会上所作的简短的发言的题目是:"回到现实主义,回到民族传统"。当然,我说的现实主义是能吸收各种流派的现实主义,我说的民族传统是不排斥任何外来影响的民族传统。

谢谢!

注　释

① 　本篇是为参加爱荷华写作计划准备的讲稿,据手稿编入。

自　序[①]

我曾在一篇谈我的作品的小文中说过：我的作品不是，也不可能是中国当代文学的主流。我觉得这样说是合乎实际的，不是谦虚。"主流"是什么？我说不清楚，也不想说。我只是想：我悄悄地写，读者悄悄地看，就完了。我不想把自己搞得很响亮。这是真话。

我年轻时曾受过西方的、现代主义文学的影响。但是我已经六十七岁了。我经历过生活中的酸甜苦辣，春夏秋冬，我从云层回到地面。我现在的文学主张是：回到民族传统，回到现实主义。

一位公社书记曾对我说：有一天，他要主持一个会，收拾一下会场。发现会议桌的塑料台布上有一些用圆珠笔写的字。昨天开过大队书记的会。这些字迹是两位大队书记写的。他们对面坐着，一人写一句。这位公社书记细看了一下，原来这两位大队书记写的是我的小说《受戒》里明海和小英子的对话。他们能一字不差地默写出来。这件事使我很感动。我想：写作是件严肃的事。我的作品到底能在精神上给读者一些什么呢？

我想给读者一点心灵上的滋润。杜甫有两句形容春雨的诗："随风潜入夜，润物细无声。"我希望我的小说能产生这样的作用。

一九八七年九月二十日于爱荷华

注　释

① 本篇原载《汪曾祺全集》第四卷，北京师范大学出版社，1998 年 8 月。

作家的社会责任感[①]

你们也许希望我能够介绍一下中国大陆的当代文学的大概情况，但是我办不到。我的女儿经常批评我，说我不看任何当代中国作家的作品，除了我自己。但这个话说得夸张一点，但我对当代同代人作品确实看得很少。对于（这个）近几年文艺理论家的诸多理论，我看得更少。因为这些理论是五花八门，而且层出不穷。这些理论家拼命的往前跑，好像后面有只狗在跟着他，这个狗要咬他的脚后跟，所以我不能介绍（这个）当代大陆文学的情况，我只谈一个比较具体的问题。一个很没有趣味的问题，就是作家的社会责任感的问题。

作家在写作的时候，要不要考虑他的社会责任效果，跟这个问题相关的还有一个问题，就是作家的作品要表现的是社会生活、人的生活还是作家自己。对这个问题，中国作家有两种不同的看法，一部分作家，主要是一些比较年轻的作家，他们认为不考虑任何社会效果。他们认为我想写什么就写什么，我想怎么写就怎么写。而且他们主要是写自己的内心世界。我觉得这样的作家是无可厚非的。因为我自己年轻的时候就走过这样一段路。我在大学的时候曾经写过一些诗，这些诗是很不好懂的。我曾经在我们大学校园里，听到我的两个同学在我的面前议论，谁是汪曾祺。另一个就说，就说那个写"别人不懂，他自己也不懂"的诗的人。但是后来我的岁数比较大了，我经过生活的酸甜苦辣、春夏秋冬。我就从云层降到了地面。我觉得写作还是要考虑社会影响的。我觉得一个作家写作，不能像一个人想打一个喷嚏，他觉得鼻子痒了，他就打了一个喷嚏，他就浑身舒服了。我觉得写作不是那么简单的事情。另外有一类作家，把社会效果看得非常直接、非常迅速、非常明显。他们写作的目的往往非常现实，比如说他们希望写一个作品，能够推动一个工厂的改革，或者促进人们建立一种比较好的道德规范，对这样的作家我是充满了尊敬，但是很抱歉我不是这样的作家。中国有的理论家或者文艺界比较有权威的人，曾经提出过"创作要和生活同步"。但是，我觉得文学不是 Kentucky 炸鸡，可以当时炸，当时吃下去，当时就不饿了。我觉得文学的作用不是这样直接的。我想一个作品，如果写完了放在自己的抽屉里，那是他个人的事情。如果拿出来发表，就成了一个社会的现实。它总会对人们的思想感情产生这样那样的作用。比如说，可以引起人们对人的关心，让人们感觉到自己应该生活的更好更高尚一些，或者说使人们发现人本身的诗意和美，或者说给人们以希望，尽管这个世界充满了痛苦。但是，这个作用是比较间接、缓慢、潜在的。不能像阿斯匹灵治疗感冒那样有效。中国有句老话叫"潜移默化"，某些文学作品，我觉得对人们的心灵所起的作用，是一种滋润的作用。中国唐代的伟大诗人杜甫有两句诗，是写春雨的"随风潜入夜，润物细无声"。我想，这是某些作品给读者所起的作用，我希望我自己作品能够起到这样的作用。谢谢。

注　释

① 本篇为 1987 年 10 月 26 日在爱荷华写作中心所作的演讲，赵坤根据录音整理。

太监念京白[1]

京剧里的太监都念京白(一般生、旦都念"韵白",架子花偶尔念几句京白——行话叫"改口",花旦多念京白,但也有念韵白的),《法门寺》的刘瑾的"自报家门"是其代表。特别是经金少山那么一念:"咱家,姓刘名瑾,字表春华,乃是陕西延安府的人氏。自幼儿七岁净身,九岁进宫,一十三岁,伺候老王,老王驾崩,扶保正德皇帝登基。我与万岁,明是君臣,暗同手足的一般……"吐字归音,铿锵顿挫,让人相信,太监就是那样说话的。

大概从明朝起(更准确地说,从永乐年间起),太监就说一种特殊韵味的京白,不论在宫里、宫外,在京、出京。

《陶庵梦忆·龙山放灯》:

> 万历辛丑年,父叔辈张灯龙山……庙门悬禁条,禁车马,禁烟火,禁喧哗,禁豪家奴不得行辟人。……十六夜,张分守宴织造太监于山巅星宿阁,傍晚至山下,见禁条,太监忙出舆笑曰:"遵他!遵他!自咱们遵他起。"

张岱文每喜用口语写人物对话。这一篇写织造太监的说话如闻其声,是口语,而且是地道的京白。

明朝的太监横行天下,他们有一个特点是到哪里都说京白。王世贞《弇山堂别集·中官考》载:

> 西厂太监谷大用遣逻卒四出刺访。江西南庭县民吴登显等三家于端午竞渡,以擅造龙舟捕之,籍其家。自是偏州下邑,见有华衣怒马作京师语音,辄相惊告,官司密略之,冀免其祸。

这些"逻卒"都是锦衣卫的太监。

刘瑾说的是什么话呢？他是陕西兴平人（《法门寺》他自称是"陕西延安府的人氏"，差不多），本姓谈，按说该有点陕西口音，但他"幼自宫投中官刘姓者得进，因冒其姓"（《弇山堂别集》），他从小就进了宫，在太监堆里混大，一定已经说得一口太监味儿的京白了。他犯罪被捕，由驸马蔡震审问，他还仰起头来说："若何人？忘我德！"这显然是由记录者把他的话译成文言了。他被捕时，"时夜旦半，瑾宿于内直房，闻喧声，曰：'谁也？'应曰：'有旨'，瑾遂披青蟒衣以出……"（《弇山堂别集》）这一声"谁也？"还很像是京白。

明清两代太监说京白，是没有问题的。到了民国后，还有《茶馆》里的庞太监，说了那样一口阴阳怪气，听了叫人起鸡皮疙瘩的醋溜京白。

至于明以前的太监，如宋朝的童贯，说的是什么话，就不知道了。《白逼宫》里的穆顺也说京白，不知道有什么根据。

注　释

① 本篇原载 1987 年 11 月 3 日香港《大公报》；初收《蒲桥集》，作家出版社，1989 年 3 月。

中国作家的语言意识[①]

中国作家现在很重视语言。不少作家充分意识到语言的重要性。语言不只是一种形式，一种手段，应该提到内容的高度来认识。最初提到这个问题的是闻一多先生。他在很年轻的时候，写过一篇《庄子》，说他的文字（即语言）已经不只是一种形式、一种手段，本身即是目的（大意）。我认为这是说得很对的。语言不是外部的东西。它是和内容（思想）同时存在，不可剥离的。语言不能像橘子皮一样，可以剥下来，扔掉。世界上没有没有语言的思想，也没有没有思想的语言。往往有这样的说法：这篇小说写得不错，就是语言差一点；我认为这种说法是不能成立的。我们不能说这首曲子不错，就是旋律和节奏差一点，这张画画得不错，就是色彩和线条差一点。我们也不能说：这篇小说不错，就是语言差一点。语言是小说的本体，不是附加的，可有可无的。从这个意义上说，写小说就是写语言。小说使读者受到感染，小说的魅力之所在，首先是小说的语言。小说的语言是浸透了内容的，浸透了作者的思想的。我们有时看一篇小说，看了三行，就看不下去了，因为语言太粗糙。语言的粗糙就是内容的粗糙。

语言是一种文化现象。语言的后面是有文化的。胡适提出"白话文"，提出"八不主义"。他的"八不"都是消极的，不要这样，不要那样，没有积极的东西，"要"怎样。他忽略了一种东西：语言的艺术性。结果，他的"白话文"成了"大白话"。他的诗：

> 两个黄蝴蝶，
>
> 双双飞上天……

实在是一种没有文化的语言。相反的，鲁迅，虽然说过要上下四方寻找一种最黑最黑的咒语,来咒骂反对白话文的人,但是他在一本书的后记里写的"时大夜弥天、璧月澄照,饕蚊遥叹,余在广州"就很难说这是白话文。我们的语言都是继承了前人,在前人语言的基础上演变、脱化出来的。很难找到一种语言,是前人完全没有讲过的。那样就会成为一种很奇怪的,别人无法懂得的语言。古人说"无一字无来历",是有道理的。语言是一种文化积淀,语言的文化积淀越是深厚,语言的含蕴就越丰富。比如毛泽东写给柳亚子的诗:

> 三十一年还旧国,
> 落花时节又逢君。

单看字面,"落花时节"就是落花的时节。但是读过一点旧诗的人,就会知道这是从杜甫的《江南逢李龟年》里来的:

> 岐王宅里寻常见,
> 崔九堂前几度闻。
> 正是江南好风景,
> 落花时节又逢君。

"落花时节"就含有久别重逢的意思。毛泽东在写这句诗的时候未必想到杜甫的诗,但杜甫的诗他肯定是熟悉的。此情此景,杜诗的成句就会油然从笔下流出。我还是相信杜甫所说的"读书破万卷,下笔如有神"。多读一点古人的书,方不致"书到用时方恨少"。

这可以说是"书面文化"。另外一种文化是民间的,口头文化。有些作家没有受过完整的教育。战争年代,有些作家不能读到较多的书。有的作家是农民出身。但是他们非常熟悉口头文学。比如赵树理、李季。赵树理是一个农村才子,他能在庙会上一个人唱一台戏,——唱、表演、用嘴奏"过门",念"锣经",一样不误。他的小说受民间戏曲和评书很大的影响。(赵树理是非常可爱的人。他死于"文化大革命"。我十分怀念他。)李季的叙事诗《王贵与李香香》是用陕北"信天游"的形式写的。孙犁说他的语言受了他的母亲和妻子的影响。她们一定非常熟悉民间语言,而且是很熟悉民歌、民间故事的。中国的民歌是一个宝

库,非常丰富,我曾经想过一个问题:中国民歌有没有哲理诗?——民歌一般都是抒情诗,情歌。我读过一首湖南民歌,是写插秧的:

> 赤脚双双来插田,
> 低头看见水中天。
> 行行插得齐齐整,
> 退步原来是向前。

这应该说是一首哲理诗,"退步原来是向前"可以用来说明中国目前的一些经济政策。从"人民公社"退到"包产到户",这不是"向前"了吗?我在兰州遇到一位青年诗人,他怀疑甘肃、宁夏的民歌"花儿"可能是诗人的创作流传到民间去的,那样善于用比喻,押韵押得那样精巧。有一回他去参加一个"花儿会"(当地有这样的习惯,大家聚集在一起唱儿天"花儿")和婆媳两人同船。这婆媳二人把他"唬背"了:她们一路上没有说一句散文,——所有的对话都是押韵的。媳妇到一个娘娘庙去求子,她跪下来祷告,不是说:送子娘娘,您给我一个孩子,我给您重修庙宇,再塑金身……而是:

> 今年来了,我是跟您要着哪,
> 明年来了,我是手里抱着哪,
> 咯咯嘎嘎地笑着哪!

这是我听到过的祷告词里最美的一个。我编过几年《民间文学》,得益匪浅。我甚至觉得,不读民歌,是不能成为一个好作家的。

有一首著名的唐诗《新嫁娘》:

> 洞房昨夜停红烛,
> 待晓堂前拜舅姑。
> 妆罢低声问夫婿,
> 画眉深浅入时无?

这首诗没有说这位新嫁娘长得好不好看,但是宋朝人的诗话里已经指出:这一定是一个绝色的美女。这首诗制造了一种气氛,让你感觉到她的美。

另一首有名的唐诗：

> 君家住何处？
> 妾住在横塘。
> 停舟暂借问，
> 或恐是同乡。

看起来平平常常，明白如话，但是短短二十个字里写出了很多东西。宋人说这首诗"墨光四射，无字处皆有字。"这说得实在是非常的好。

语言的美，不在语言本身，不在字面上所表现的意思，而在语言暗示出多少东西，传达了多少信息，即让读者感觉、"想见"的情景有多广阔，古人所谓"言外之意"、"弦外之音"，是有道理的。

国内有一位评论家评论我的作品，说汪曾祺的语言很怪，拆开来每一句都是平平常常的话，放在一起，就有点味道。我想任何人的语言都是这样。每句话都是警句。那是会叫人受不了的。语言不是一句一句写出来，"加"在一起的。语言不能像盖房子一样，一块砖一块砖垒起来。那样就会成为"堆砌"。语言的美不在一句一句的话，而在话与话之间的关系。包世臣论王羲之的字，说单看一个一个的字，并不怎么好看，但是字的各部分，字与字之间"如老翁携带幼孙，顾盼有情，痛痒相关。"中国人写字讲究"行气"。语言是处处相通，有内在的联系的。语言像树、树干树叶、汁液流转，一枝摇了百枝摇，它是"活"的。

"文气"是中国文论特有的概念。从《文心雕龙》到"桐城派"一直都讲这个东西。我觉得讲得最好、最具体的是韩愈。他说：

> 气，水也；言，浮物也。水大而物之浮者大小毕浮。气盛则言之短长与声之高下者皆宜。

后来的人把他的理论概括成"气盛言宜"四个字。我觉得他提出了三个很重要的观点。他所谓"气盛"，照我的理解，即作者情绪饱满，思想充实。我认为他是第一个提出作者的精神状态和语言的关系的人。一个人精神好的时候往往会才华横溢，妙语如珠；疲倦的时候往往词不达意。他提出一个语言的标准：宜。即合适，准确。世界上有不少作家都说过"每一句话只有一个最好的说法"，比如福楼拜，韩愈则把"宜"更具体化为"言之短长"与"声之高下"。语言的奥秘，说穿了不过是长句子与短句子的搭配。一泻千里，戛然而止，画舫笙歌，骏马收鞭，可长则长，能短则短，运用之妙，存乎一心。中国语言的一个特点是有"四声"。"声之高下"不但造成一种音乐美，而且直接影响到意义。不但写诗，就是写散文，写小说，也要注意语调。语调的构成，和"四声"是很有关系的。

中国人很爱用水来作文章的比喻。韩愈说过，苏东坡说"吾文如万斛源泉，不择地涌出"，"但行于所当行，止于所不可不止"。流动的水，是语言最好的形象。中国人说"行文"，是很好的说法。语言，是内在地运行着的。缺乏内在的运动，这样的语言就会没有生气，就会呆板。

中国当代作家意识到语言的重要性的，现在多起来了。中国的文学理论家正在开始建立中国的"文体学"、"文章学"。这是极好的事。这样会使中国的文学创作提高到一个更新的水平。

一九八七年十一月十九日追记于爱荷华

注　释

① 本篇原载 1988 年 1 月 16 日《文艺报》，又载《香港文学》第三十八期（1988年 2 月 5 日）。本篇是在耶鲁及哈佛大学的演讲稿，原题为《中国文学的语言问题或中国作家的语言意识或我对文学语言的一些看法——在耶鲁和哈佛的演讲》，《香港文学》即用此题目刊载，文末附有舒非所作的近 400字附记；初收《汪曾祺小品》，题为《中国文学的语言问题——在耶鲁和哈佛的演讲》，有改动，中国人民大学出版社，1992 年 10 月。

文学语言杂谈①

我今天讲的题目叫《文学语言杂谈》，或者文学语言 abc。都是一些非常粗浅的、常识性的问题。有这么几个小题目，一个是语言的重要性，第二个是语言的标准，第三个是语言和作家气质的关系，第四个题目是一个作品的语言，特别是小说的语言要和这篇小说所表现的生活、所表现的人物相适应，要协调，这里面我可能讲一点关于语言对作品的、或对主题的暗示性的问题。第五个小题目是一个作品的语言基调，这里面可能还讲一点关于小说的开头或结尾的问题。第六个问题：关于中国语言的一些特点。第七个问题就是学习语言、随时随地的学习语言。就这么七个题目，但是每个小题目下面只有几句话。

所谓语言的重要性的问题，本来不需要讲的，大家都知道。文学、特别是小说，它首先是个语言的艺术。关于文学的要素，一般说起来，包括三个要素：语言、人物、情节，这种概括好像是一般的。大家都公认语言是第一要素，因为文学就是语言的艺术，它跟音乐和绘画不一样。离开语言就没有文学。但是这个语言、我们所说的文学语言，是在生活基础上经过作者加工的艺术，并不是每个能说中国话的都能写作品。所以我首先要说艺术语言是在生活基础上经过加工的。另外，我有一个看法，过去都认为语言是文学的特别是小说的重要的手段、技巧、或者基本功，但是我觉得这不仅是形式的问题、技巧的问题，语言它本身不是一个作品的外在的东西，而是这个作品的主题。如果说语言只是一个技巧或只是手段，那么它就只是个外在的东西。我的老师闻一多先生在他很年轻的时候写过一篇关于庄子的文章，题目就叫《庄子》，他说过，庄子的文字（因为那个时候，二十年代、三十年代，大家还不喜欢用语言这个词，都还用文字）不只是一种技巧，一种手段，看来本身也是一种目的。那就是说语言跟你所要表达的内容就融为一体的、不可剥离的。没有一种语言它不表达内容或思想，也没有一种思想或内容不通过语言来表达。因为各种不同门类的艺术有不同的表现手段或工具。比如音乐，我们一般说音乐靠什么表现呢？它靠旋律靠节奏；绘画靠什么表现呢？靠色彩靠线条。那么文学呢？它就是靠语言，它没有其他另外手段。我们现在有一种很奇怪的说法，说这篇小说写得不错，就是语言差一点，我个人认为这句话是不能成立的。你不可能说这个曲子作得不错，就是旋律跟节奏差一点，没有这个说法。或者说这个画画得不错，就是色彩跟线条差一点，不能这样说。认识一个作者、接触一个作者，首先是看他的语言，因为一个作品跟读者产生关系，作为传导的东西就是语言。为此我经过比较长时期的思考和实践。我写作时间很早，二十几岁就开始写作了，一九四〇年我就开始发表作品了，但当中间断了很长一段时间，后来我越来越感到语言的重要性。你们年轻的作者，我觉得首先得在语言上下功夫。

第二个问题我讲讲语言标准。什么样的语言是好的，什么样的语言是不好的。这个，我还得回过头来说一遍，就是语言的重要性的问题。现在不但是中国，而且是世界上研究文学的人开始十分注意这个问题。现在国外有文体学、文章学。我们中国的文艺评论家开始用科学的态度来研究语言问题，但是还不很普遍。我觉得，我们文学评论理论要开展文体学、文章学。

现在回答第二个问题，什么是好的语言，什么是差的语言，只有一个标准，就是准确。无论是中国的作家、外国的作家、包括契诃夫这样的作家曾经说过，好的语言就是准确的语言。大概有几位欧洲的作家，包括福楼拜尔这样的作家都说过这样的话：每一句话只有一个最好的说法，作为一个作者来说，你就是要找到那个最好的说法。文学语言，无论从外国到中国是有变化有发展的。我觉得从二十世纪以后，文学语言发展的趋势是趋于简单，就是普普通通的语言，简简单单的话。我们都知道，文学语言上有很多大师，比如说屠格涅夫的语言，他的语言很讲究，很精致，但是现在看起来，世界上使用屠格涅夫式的那种非常细致的描写人物、或者是景物的语言的作家不是很多的。英国有个专门写海洋小说的作家,叫康拉德,他的那个句子结构是很长的。这样的作家可能还有,但是较少,从契诃夫以后,语言越来越趋于简单、普通。比如海明威的小说,他的语言就非常简单。句子很短,而每个句子的结构都是属于单句,没有那么复杂的句式结构。所以我认为,年轻的同志不要以为写文学作品就得把那个句子写得很长,跟普通人说话不一样,不要这样写,就是用普普通通的话,人人都能说的话。但是,要在平平常常的、人人都能说的,好似平淡的语言里边能够写出味儿。要是写出的都没味儿,都是平常简单的、没味儿,那就不行,难就难在这个地方。准确,就是把你对周围世界、对那个人的观察、感受,找到那个最合适的词儿表达出来。这种语言,有时候是所谓人人都能说的,但是别人没有这样写过的。你比如说鲁迅写的小说《高老夫子》。它里边的高老夫子这个人是很无聊的人,他到一个女子学校去教书,人人劝他不必去,但是他后来发表感慨,他说"我辈正经人,确乎犯不上酱在一起。"酱,就是那个腌酱菜的酱。南方腌酱菜,什么萝卜、黄瓜、莴苣什么的,一块放在酱缸里、酱在一起。他这个词,"酱在一起",肯定是个绍兴话。但是谁也没有把绍兴那个"酱在一起"的词儿写进文学作品里边去过,用"混在一起",或跟他们同流合污,或用北京话说,"跟他们一块掺合",都没那么准确。"酱在一起",味儿都一样,色儿都一样。你看起来这个话很普通,绍兴人都懂,你们云南人可能不懂,但绍兴人懂什么叫酱在一起。你们云南人泡酸菜,什么东西都酸在一起,都是一个味儿,一个色儿。比如说我那个老师(你们云南人都知道我是沈从文先生的学生)他那个《湘行散记》里有一篇散文,当中说:"我就独自一人坐在灌满凉风的船仓里。"这个"灌"字也是很普通的,但是沈先生用的这个字是把他的感觉都写出来了。"充满凉风",或是"刮满凉风"都不对,就是"灌"满凉风,这个船舱好像整个都是灌满凉风的船舱。所以语言要准确,要用普普通通的、大家都能说的话,但是别人没有写过这样的字,这个是不大容易的。中国人中有人说写诗要做到这种境界:"看似寻常最奇崛,成如容易却艰辛。"你看着普普通通好像笔一卜就来,这个可不大容易。你找到那个准确语言就好像是"众里寻他千百度，蓦然回首，那人却在灯火阑珊处"。

　　第三个问题。我讲讲语言跟作家的气质的关系。一个作家的语言跟他本人的气质是有很大关系的。法国有个理论家，叫布封，他说过，"风格即人"，现在有人或者把它翻译成：风格即人格，也可以，但是我觉得不如"风格即人"那么简练，那么准确。不同的作家有不同的语言风格，这是不能勉强的。中国的文人里边历来把文学的风格，或者也可以说语言的风格分为两大类。按照桐城派的说法就是阳刚与阴柔，按照词家的说法就是豪放与婉约，我觉得这两者虽然有所区别，但大体上还是一致的，就是一个比较粗豪的，一个比较细腻的，这个东西不能勉强。因此我认为，一个作家，经过一段实践要认识自己的气质，我属哪一种气质，哪种类型。如苏东坡他写"大江东去"那是豪放派。你们比较年轻的同志，要认识自己的气质，违反自己的气质写另外一种风格的语言，那是很痛苦的事情。我就曾经有过这个痛苦的经历。我曾经在所谓的样板团里待过十年，写过样板戏，在那个江青直接领导下搞过剧本。她就提出来要"大江东去"，不要"小桥流水"。唉呀，我就是"小桥流水"，我不能"大江东去"，硬要我这个写小桥流水的来写大江东去，我只好跟他们喊那种假大空的豪言壮语，喊了十年，真是累得慌。一个作家要认识自己的气质，其实也很简单，就是你愿意看哪一路作家的作品。你这个气质的形成，当然有各种因素，但是与你所接近的、你所喜爱、所读的哪一路作家的作品很有关系。我受的影响比较多的，中国作家一个是鲁迅，一个是我那老师沈从文，外国作家是契诃夫，另外，还有一个你们不大熟悉的西班牙作家阿佐林。另外，中国的传统的文学作品我也读了，也不能说是很多吧，读了一些。从《诗经》、《楚辞》一直读下来，但是我觉得我受影响比较深的是归有光，归有光的全部作品，大概剩下来的有影响的不过就是三篇，就是《项脊轩志》、《先妣事略》、《寒花葬志》。大概就是这三篇对我影响比较大。所以我觉得一个作家的语言风格跟作家本人的气质很有关系，而他本人气质的形成又与他爱读的小说、爱读的作品有一定的关系。你们不要说什么作品评价最高、或什么作品风行一时、什么作品得到什么奖,我才读什么作品,这恐怕不一定划得来,你还是读你所喜欢的作品,说白了就是那种作品好像就是你所写出来的,或者那个作家好像是我一样,这样你才能形成自己独特的风格、独特的语言,也就是每个作家从语言上说来有他的个性。另外一方面,这个作家的语言虽然要有他自己独特的个性,还应该对他表现的不同的生活、不同的人物采取不同的语言风格。你看看鲁迅的作品,他的作品语言风格,一看就可以看出是鲁迅的作品,但是鲁迅的语言风格也不是一样的。比如他写《社戏》、写《故乡》,包括写《祝福》吧,他对他笔下所写的人物是充满了温情,又充满了一种苍凉感或者悲凉感,但是他写《高老夫子》,特别写那四铭,鲁迅使用的语言是相当尖刻,甚至是恶毒的,因为他对这些人是深恶痛绝,特别是对四铭那种人非常讨厌,所以他用的语言不完全是一样。对每一个作品,跟你所写的人物,跟生活要协调。比如,我写过一篇短篇小说,叫《徙》,迁徙的徙,那是写我的一个小学五六年级到初中三年级时我的一个语文(当时叫国文)老师,基本上是为他立传。我在写我的那个国文老师时,因为他教我们的是文言文,所以在写那篇小说中用了一些文言文的词句。我写他怎么教我们书,怎么怎么讲,怎么怎么教,他有什么主要的一些思想,这一段的结尾用了一句文言文:"呜呼,先生之泽远矣。"后来我写他死了,因为我一开头就写他是我们小学的校歌的歌词作者,我写他死了完全是文言文的,我写的是:"墓草萋萋,落照昏黄,歌声犹在,斯人邈矣。"这歌声还在,可这个人没有了。这种语言,只能用在写教过我的那个老师的小说里边,只有这样,跟那个人才合拍才协调。又比如我写《受戒》,就不能用这种语言。因为《受戒》是写小和尚和村姑恋爱的故事,你用这种语言是格格不入的。所以,一个作品里的叙述语言,不要完全是你那个作家本身、你的那种特别是带学生腔的语言,你一定要体察那个人物对周围世界的感受,然后你用他对周围世界感觉的语言去写他的感觉。有位年轻作家给我看过一篇小说,那小说写得还不错,他写的是他童年时代小学时跟他同桌的一个女同学的事,当然,这个小学生嘛也可以回忆,但是他形容这个女同学长得很"纤秀"。

我一看就觉得不对,因为小孩子没有"纤秀"这个词儿,没有纤秀这种概念。可以说长得很好看,长得小小巧巧的,秀秀气气的,都可以,但"纤秀"是不行的。绝对不要用一般报纸、特别是广播员的语言来写小说。什么"绚丽多彩",我劝你们千万不要用这种词儿来写小说,因为这种词是没有任何具体感觉的。什么叫"绚丽"?我到现在也不知道哪样叫"绚丽"嘛。

下面我讲第四个问题,就是在你写一个作品之前,必须掌握这篇作品的语言基调。

写作品好比写字,你不能一句一句去写,而要通篇想想,找到这篇作品的语言基调。写字、书法,不是一个字一个字写,一个横幅也好,一个单条也好。它不只是一个一个字摆在那儿,它有个内在的联系,内在的运动,除了讲究间架结构之外,还讲究"间行",讲行气,要"谋篇",整篇是一个什么气势,这一点很重要。写作品一定要找到这篇作品的语言基调。有位作家有次在构思一篇小说,半夜里去敲一位评论家的门,他说我找不到这篇小说的调子。我觉得他说得很对,如果找到这篇作品的调子就可以很顺利地写下去。你们在构思作品时,不要说我大体上把故事想好了就行了,你得在语言上找到作品的基调。关于基调——由于个人的写作习惯不一样而不同。我的写作习惯从头至尾概想,从开头一句到最后一句都想,但人人不一定是这样。我这样有个好处,可以不至于跑野马,可以顺理成章。还有很重要一点就是开头。孙犁同志说过,一篇小说开头开好了,以后就会是头头是道,这是经验之谈。所以你们不要轻易地下笔,一定要想得很成熟了,从哪一句开头,开头是定调子,要特别慎重地对待你写的第一句话。你看中国的很多古典文学作家写的开头都非常漂亮。你们大家都熟悉的欧阳修的《醉翁亭记》,原来《醉翁亭记》的原稿是"滁之四面皆山",后来他觉得这句子写得太弱,改成一句"环滁皆山也"这一下就把整个《醉翁亭记》的调子定下来了。我可以给你们我自己的一点经验,就是刚才提到的那篇纪念我那国文老师的小说。原来的开头那是在青岛对岸的那个黄岛写的,因为他是我们那个小学的校歌的作者,我一开头"世界上曾经有过很多歌,都已经消失了"我出去转了一下,觉得不满意,回来就改成一句"很多歌消失了。"下边写就比较顺畅了。

另外,写文章、写小说,哪儿起、哪儿顿、哪儿停、哪儿落,都得注意。中国人对文章之道,特别是写散文,我认为那是世界无比的。除了开头事先要想好外,还要注意我这篇作品最后落到什么地方、怎么收拾,不能说写完了,写到哪儿算哪儿,那不行。我觉得汤显祖批《董西厢》有一个很精辟的见解。他说结尾不外乎是两种,一种叫做"煞尾",一种叫做"度尾"。汤显祖这个词用得很美。他说煞尾好像"骏马收缰,寸步不离",咔!就截住了。"度"就好像"画舫笙歌,从远处来,过近处,又向远处去"。写得多好,汤显祖真不愧是个大作家。

下边简单说说中国语言的一些特点。年轻的同志要了解一下中国语言的一些特点。中国语言跟世界上的一些语言比较一下有什么特点?一个,中国语言是表意的,是象形文字,看到图像就能产生理解和想象。另外,中国语言还有个很大的特点,就是语言都是"单音缀",一字一声,它不是几个音节构成一个字。中国语言有很多花样,都跟这个单音节有很大关系。另外,与很多国家的语言比较起来,中国语言有不同的调值,每一个字都有一定的调值,就是阴、阳、上、去,或叫四声。这构成了中国语言的音乐感,这种音乐感是西欧的或其他别的国家的语言所不能代替的。我听搞语言的老同志说,调值不同的语言除中国话之外,只有古代的梵文、梵语,就是古印度语。我们搞世界和平运动时,郭沫若出国讲话,有个叫什么的主教的,他说郭沫若讲话好像唱歌似的。为什么,就是因为中国语言有个平上去入,高低悬殊很大。而英语只有两个调,接近我们中国的阳平和上声,没有阴平,所以听外国人说话很平。总之,这里面有很多学问,尽管写小说,也得注意声调的变化,才能造成作品的音乐美。举个最简单的例子。你们都知道所谓样板戏《智取威虎山》,原来有句唱词"迎来春天换人间"毛主席给它改了一个字:"迎来春色换人间。"为什么要改这个字,当然春色比春天要具体,更重要的我觉得是因为声调的关系。"迎来春天换人间"除了"换"字外其它都是平声字。哟哟哟哟 　　都飘在上边。所以毛主席改它一个字就把整个声音都扳过来了，就带来了语言上很大的稳定感。

所以，我劝你们写小说的同志，写诗的更不用说了，一定要研究一下中国的四声，而且学习写一点旧诗旧词，要经过这种语言锻炼。另外，中国语言还有个很大特点，就是对仗，这个东西国外是没有的。我有一篇小说，就是刚才介绍的那篇《受戒》，我看了法文本和英文本的翻译本，其中我用了四个对联，他无法翻译，翻译家的办法非常简单：把对联全删掉了，因为他无法翻译。写小说要学用一点对仗，不一定很工整。学一点对仗语言是很有好处的，可以摆脱一般的语法逻辑的捆绑，能够造成语言上的对比和连续，而且能造成语意上较大的跨度。我写过一篇小说，写一个庙，庙的大殿外有两棵大白果树，即银杏树，我写银杏树的变化："夏天，一地浓荫；秋天，满阶黄叶。"这就比用完全散文化的语言省了很多事，而且表达了很多东西。所以我劝你们青年同志，初学写作的同志，不要只看当代作家的作品、只看翻译的作品，一定要看看我们自己的古典作品，古典散文，古典诗词，包括散曲，而且自己锻炼写一写，丰富我们中国人的特有的语感。没有语感的或者语感迟钝的作品不会写得很美。

最后一个问题：语言要随时随地的学习。一个作家应该对语言充满兴趣。到处去听听，到处去看看，看看有什么好语言。可能你们在座的有的是写小说的，有的是写散文的，不妨，或者也应该看看、读读中国的戏曲和民歌，特别是民歌。我是搞了几年民间文学的，我觉得民间文学是个了不起的海洋，了不得的宝库。中国古代民歌、乐府，不管是汉代乐府、南朝乐府，是很了不起的。这些民歌、乐府有很多奇想。比方说汉朝有一首民歌，叫做《枯鱼过河泣》，枯鱼就是干了的鱼吧，"枯鱼过河泣，何时悔复及，作书与鲂鲏，相教慎出入。"这很奇怪，一个干了的鱼，它还有什么感受。这鱼都干了，它还在那儿哭，不但哭，它还写信，鱼怎么能写信呢？在现代民歌中，我发现有类似这样的一种奇想。有一首广西民歌，一开头就是个起兴的句子："石榴花开朵朵红，蝴蝶写信给蜜蜂，蜘蛛结网拦了路，水漫阳桥路不通。"这是一首情诗。意思是：你可别来了，咱们有各种干扰，各种阻碍。这很奇怪。另外，我搞了几年民间文学,曾经思考过一个问题:民歌中有没有哲理诗。我开始认为民歌一般都是抒情诗,但后来我发现了一首湖南民歌,写插秧的。湖南人管插秧叫插田。这四句诗开始打破了我的怀疑。民歌中哲理诗较少,但还是有的。它写的是插秧:"赤脚双双来插田,低头看见水中天(天在上头,低头看见水中天了,很有点哲学意味儿),行行插得齐齐整,(这句没什么)退步原来是向前。"插秧往后,实际上是向前,就好像我们现在某些政策好像往回退了一步,又回到包产到户,实际上是向前。

注　释

①　本篇原载《滇池》1987年第十二期,是作者在保山文学爱好者报告会上的讲话,陈自祥记录;初收《汪曾祺全集》第四卷,北京师范大学出版社,1998年8月。

1988 年

话说"市井小说"①

作家出版社要出一本《市井小说选》,"市井小说"这个词儿我还是头一回听说。

"市井小说"写的多半是市民,为什么不就叫"市民小说"? 我想大概是要和"市民文学"区别开来。"市民文学"是一个历史的概念,这是产生在封建时代,应手工业者和商人的需求而兴起的文学,反映他们的社会生活和家庭生活的悲欢离合。唐人小说开其端,宋人话本达到高潮。"市井小说"和这些不一样。"市井小说"不是《今古奇观》、《三言二拍》。主要的分别在思想。"市民文学"对封建秩序有所抨击,但本身具有很大的封建性。"市民文学"的作者的思想和他们所描写的人物是在一个水平上的,作者的思想常常就是人物的思想,即市民思想。"市井小说"作者的思想在一个更高的层次。他们对市民生活的观察角度是俯视的,因此能看得更为真切、更为深刻。

"市井小说"没有史诗,所写的都是小人小事。"市井小说"里没有"英雄",写的都是极其平凡的人。"市井小民"嘛,都是"芸芸众生"。芸芸众生,大量存在,中国有多少城市,有多少市民? 他们也都是人。既然是人,就应该对他们注视,从"人"的角度对他们的生活观察、思考、表现。

现代市民的生活和他们的思想意识与历史上的市民有一定的继承性。他们社会地位不高,财力有限,辛苦劳碌,差堪温饱。他们有一些朴素的道德标准,比如安分、敬老、仗义爱国。他们中的一些人,有的时候会表现出难能的高贵品质。但是贤愚不等,流品很杂。正因如此,才有所谓"市井百态",才值得一看。他们的生活是平淡的,但因时势播迁,他们也会有许多奇奇怪怪、坑坑洼洼的遭遇。"市井小说"的作者的笔下,往往对他们寄予同情。但是这些人是属于浅思维型的。他们只能想:怎么活着(这对他们是不易的),而想不到人为什么活着(这对他们来说,太深奥了),他们的思想上升不到哲学的高度。他们是庸俗的。他们的行事往往是可笑的,因此"市井小说"大都带有喜剧性,有些近于"游戏文章"。有谐谑,但不很尖刻;有嘲讽,但比较温和。市民是一个不活跃的阶层,他们是封闭的,保守的。他们缺乏冒险、探索,特别是缺乏叛逆精神,他们大都是"当了一辈子顺民"。他们既是社会稳定的因素,又是时代的负累。但是这是怎样造成的?有什么办法能使他们改变这种情况?谁也开不出一个药方。因此,"市井小说"在轻松玩世的后面隐伏着悲剧。

"市井小说"和"市民文学"是有渊源的。两者都爱穿插风物节令的描写,可作民俗学的资料。所不同处是"市民文学"中有大量的色情描写,而"市井小说"似乎没有继承这个传统。"市井小说"的语言一般是朴素、通俗的。多数"市井小说"的语言接近口语,句式和词汇都与所表现的人物能相协调。在叙述方法上比较注意起承转合,首尾呼应。"时空交错"、"意识流"很少运用。上乘的"市井小说"力避"市民文学"的套子。这些作者以俗为雅,以故为新,他们在探索一种具有浓厚的民族色彩但并不陈旧的文体。

"市井小说"和"军事文学"、"农村文学"……是并行的。如果它们有对立面,那可能是贵族文学或书斋文学,是普鲁斯特、亨利·詹姆士、莜琴妮亚·沃尔芙。"市井文学"的作者不用他们的方法写作,虽然他们并不排斥普鲁斯特、詹姆士、沃尔芙。

(一九八八年一月六日)

注　释

① 本篇原载 1988 年 3 月 18 日《光明日报》;是为《市井小说选》(杨德华编,作家出版社,1988 年版)所作序,收录该书时文字略有改动;初收《蒲桥集》,题为《〈市井小说选〉序》,作家出版社,1989 年 3 月。

《裘盛戎》前言①

这不是传记剧,许多情节是虚构的,希望不要有人索隐。但是盛戎的性格人品,他对艺术的忠诚,是真实的。他最后几年心情的压抑,也是真实的。我和盛戎相交不久,但自信相知颇深。想通过这个戏了解盛戎的为人,我想是可以的。

这出戏曾由北京京剧院排过,已经准备公演,一夜之间,忽遭"枪毙",我到现在还不知道是什么原因,也无从打听,只好就这样不明不白地搁下了。

这个戏看来只能永远是一个"文学本",不会演出,——哪里去找三个年龄不同的裘派花脸?

一九八八年新春记于北京

注　释

① 本篇原载《大成》第 173 期,1988 年 4 月 1 日出版。

浅 处 见 才①

——谈写唱词

本色　当行

有人以为本色就是当行。陈师道《后山诗话》："退之以文为诗,子瞻以诗为词,如教坊雷大使之舞,虽极天下之工,要非本色。"他所说的本色实相当于多数人所说的当行。一般认为本色和当行还是略有区别的。本色指少用辞藻,不事雕饰,朴素天然,明白如话。当行是说写唱词像个唱词,写京剧唱词是京剧唱词,不但好懂,而且好唱,好听。

板腔体的剧本都是浅显的。没有不好理解,难于捉摸的词。像"摇漾春如线"这样的句子在京剧、梆子的剧本里是找不出来的。板腔体剧种打本子的人没有多少文化,他们肚子里也没有那么多辞藻。杂剧传奇的唱腔抒情成分很大,京剧剧本抒情性的唱词只能有那么一点点。京剧剧本也偶用一点比兴,但大多数唱词都是"直陈其事"的赋体。杂剧、传奇,特别是传奇的唱词,有很多是写景的;京剧写景极少。向京剧唱词要求"情景交融",实在是强人所难。因为曲牌体和板腔体体制不同。"碧云天,黄花地,西风紧,北雁南飞。晓来谁染霜林醉,总是离人泪。"是千古绝唱。这只能是杂剧的唱词。这是一支完整的曲子,首尾俱足,改编成京剧,就成了"碧云天,黄花地,西风紧,北雁南翔。问晓来谁染得霜林绛? 总是离人泪千行",变成了一大段唱词的"帽儿",下面接了叙事性的唱:"成就迟分别早叫人惆怅,系不住骏马儿空有这柳丝长。七香车与我把马儿赶上,那疏林也与我挂住了斜阳,好让我与张郎把知心话讲,远望那十里亭痛断人肠!"杂剧的这支"正宫端正好"在京剧里实际上是"腌渍"了。但是这有什么办法？京剧就是这样！王昆仑同志曾和我有一次谈及京剧唱词，说："'一事无成两鬓斑，叹光阴一去不复还。日月轮流催晓箭，青山绿水常在面前'，到此为止，下面就得接上'恨平王无道纲常乱'，大白话了！"是这样。我在《沙家浜》阿庆嫂的大段二黄中，写了第一句"风声紧雨意浓天低云暗"，下面就赶紧接了一句地道的京剧"水词"："不由人一阵阵坐立不安"。

京剧唱词只能在叙事中抒情，在赋体中有一点比兴，《四郎探母》"胡地衣冠懒穿戴，每日里花开儿的心不开"，我以为这是了不得的好唱词。新编的戏里，梁清濂的《雷峰夕照》里的"去年的竹林长新笋，新娘的孩子渐成人"，也是难得的。

京剧是不擅长用比喻的，大都很笨拙。《探母》和《文昭关》的"我好比"尚可容忍，《逍遥津》的一大串"欺寡人好一似"实在是堆砌无味。京韵大鼓《大西厢》"见张生摇头晃脑，嘟不嘟不，逛里逛荡，好像一碗汤，——他一个人念文章"，说一个人好像一碗汤，实在是奇绝。但在京剧里，这样的比喻用不上，——除非是喜剧。比喻一要尖新，二要现成。尖新不难，现成也不难。尖新而现成，难！

板腔体是一种"体"，是一种剧本的体制，不只是说的是剧本的语言形式，这是一个更深刻的概念。首先这直接关系到结构，——章法。正如写诗，五古有五古的章法，七绝有七绝的章法，差别不只在每一句字数的多少。但这里只想论及语言。板腔体的语言，表面上看只是句子整齐，每句有一定字数，二二三，三三四。更重要的是它的节奏。我在张家口曾经遇到一个说话押韵的人。我去看他，冬天，他把每天三顿饭改成了一天吃两顿，我问他："改了？"他说：

> 三顿饭一顿吃两碗，
> 两顿饭一顿吃三碗，
> 算来算去一般儿多，
> 就是少抓一遍儿锅。

我研究了一下他的语言,除了押韵,还富于节奏感。"算来算去一般儿多",如果改成"算起来一般多",就失去了节奏,同时也就失去了情趣——失去了幽默感。语言的节奏决定于情绪的节奏。语言的节奏是外部的,情绪的节奏是内部的。二者同时生长,而又互相推动。情绪节奏和语言节奏应该一致,要做到表里如一,契合无间。这样写唱词才能挥洒自如,流利快畅。如果情绪缺乏节奏,或情绪的节奏和板腔体不吻合,写出来的唱词表面上合乎格律,读起来就会觉得生硬艰涩。我曾向青年剧作者建议用韵文思维,主要说的是用有节奏的语言思维。或者可以更进一步说:首先是使要表达的情绪有节奏。

　　板腔体的唱词是不好写的,因为它的限制性很大。听说有的同志以为板腔体已经走到了尽头,不能表达较新的思想,应该有一种新的戏曲体制来代替它,这种新的体制是自由诗体。这是有一定道理的。打破板腔体的字句定式,早已有人尝试过。田汉同志在《白蛇传》里写了这样的唱词:

　　　　你忍心将我伤,
　　　　端阳佳节劝雄黄;
　　　　你忍心将我诓,
　　　　才对双星盟誓愿,
　　　　又随法海入禅堂……

这显然已经不是"二二三"。我在剧本《裘盛戎》里写了这样的唱词:

　　　　昨日的故人已不在,
　　　　昨日的花还在开。

第二句虽也是七字句,但不能读成"昨日——的花——还在开",节奏已经变了。我也希望京剧在体制上能有所突破。曾经设想,可以回过来吸取一点曲牌体的格律,也可以吸取一点新诗的格律,创造一点新的格律。五四时期就有人提出从曲牌体到板腔体,从文学角度来说,实是一种倒退,这是有一定道理的。曲牌体看来似乎格律森严,但比板腔体实际上有更多的自由。它可以字句参差,又可以押仄声韵,不像板腔体捆得那样死。像古体诗一样，连用几个仄声韵尾的句子，然后用一句平声韵尾扳过来，我觉得这是可行的。新诗常用的间行为韵，ABAB，也可以尝试。这种格式本来就有。苏东坡就写过一首这样的诗。我在《擂鼓战金山》里试写过一段。但我以为戏曲唱词总要有格律，押韵。完全是自由诗一样的唱词会是什么样子，一时还想象不出。而且目前似乎还只能在板腔体的基础上吸收新的格律。田汉同志的"你忍心将我伤……"一段破格的唱词，最后还要归到：

> 手摸胸膛你想一想，
>
> 有何面目来见妻房？

板腔体是简陋的。京剧唱词贵浅显。浅显本不难，难的是于浅显中见才华。李笠翁说："能于浅处见才，方是文章高手。"怎样才能做到这一点呢？希望有人能从心理学的角度，作一点探索。

层次和连贯

曾读宋人诗话，有人问作诗的章法，一位大诗人回答说："只要熟读'打起黄莺儿，莫教枝上啼，啼时惊妾梦，不得到辽西'"，就明白了。他说的是层次和连贯。这首诗看起来一气贯注，流畅自然，好像一点不费力气，完整得像一块雨花石。细看却一句是一层意思。好的唱词也应该这样。《武家坡》：

> 这大嫂传话太迟慢，
>
> 武家坡站得我两腿酸。
>
> 下得坡来用目看，
>
> 见一位大嫂把菜剜。
>
> 前影儿看也看不见，
>
> 后影儿好像妻宝钏。
>
> 本当上前将妻认，
>
> 错认了民妻理不端。

不要小看这样的唱词。这一段唱词是很连贯的,但又有很多层次。
"这大嫂传话太迟慢,武家坡站得我两腿酸",是一个层次;"下得坡来
用目看,见一位大嫂把菜剜",是一个层次;"前影儿看也看不见,后影
儿好像妻宝钏"是一个层次;"本当上前将妻认"是一个层次;"错认了
民妻理不端",又是一个层次。写唱词容易犯的毛病,一是不连贯,句
与句之间缺乏逻辑关系,东一句,西一句。二是少层次。往往唱了几
句,是一个意思,原地踏步,架床叠屋,情绪没有向前推进,缺乏语言的
动势。后一种毛病在"样板戏"里屡见不鲜。所以如此,与"样板戏"过
分强调"抒豪情"有关。过度抒情,这是出于对京剧体制的一种误解。

写一人即肖一人之口吻

这是很难的。提出这种主张的李笠翁,他本人就没有做到。性格
化的语言,这在念白里比较容易做到,在唱词里,就很难了。人物性格
通过语言表现,首先是他说什么,其次是怎么说。说什么,比较好办。
进退维谷、优柔寡断的陈宫和穷途落魄、心境颓唐的秦琼不同,他们所
唱的内容各异。但在唱词的风格上却是如出一辙。"听他言吓得
我……"、"店主东带过了……"看不出有什么性格特征。能从唱词里
看出人物性格的,即不止表现他说什么,还能表现他怎么说的,好像只
有《四进士》宋士杰所唱的:

> 你不在河南上蔡县,
> 你不在南京水西门![2]
> 我三人从来不相认,
> 宋士杰与你们是哪门子亲!

这真是宋士杰的口吻! 京剧唱词里能写出"宋士杰与你们是哪门子
亲",是一个奇迹。"是哪门子亲!"可以入唱,而且唱得那样悲愤怨怒,
充满感情,人物性格,跃然"纸"上,太难得了!
　　我们在改编《沙家浜》的时候,曾给自己规定了一个奋斗目标,希

望做到人物语言生活化、性格化。这个目标，只有《智斗》一场部分地实现了。《智斗》是用"唱"来组织情节的，不得不让人物唱出性格来，因此我们得捉摸人物的口吻。阿庆嫂的"垒起七星灶"有职业特点的表现出她的性格的，除了"人一走，茶就凉"这一句洞达世态的"炼话"，还在最后一句"有什么周详不周详！"这一句软中硬的结束语，把刁德一的进攻性的敲打顶了回去，顶了一个脆。如果没有最后这句"给劲"的话，前面的一大篇数字游戏式的唱就全都白搭。

"宋士杰与你们是哪门子亲"，"有什么周详不周详"，都是口语。这就使我们悟出一个道理：要使唱词性格化，首先要使唱词口语化。

京剧唱词的语言是十分规整的，离口语较远，是一种特殊的雅言。雅言不是不能表现性格。甚至文言也是能表现性格的。"吾翁即若翁。必欲烹若翁，则幸分我一杯羹"，今天看起来是文言，但是千载以下，我们还是可以从这几句话里看出刘邦的无赖嘴脸。但是如果把这几句话硬捺在三三四、二二三的框子里，就会使人物性格受到很大的损失。

从板式上来说，流水、散板的语言比较容易性格化；上板的语言性格化，难。从行当上来说，花旦、架子花的唱词较易性格化，正生、正旦，难。

如果不能在唱词里表现出人物怎么说，那只好努力通过人物说什么来刻画。

总之，我觉得戏曲作者要到生活里去学习语言，像小说家一样。何况我们比小说家还有一层难处，语言要受格律的制约。单从作品学习语言是不够的。

时代色彩和地方色彩

按说，写一个时代题材的戏曲，应该用那一时代的语言。但这是办不到的。元明以后好一些。有大量的戏曲作品，拟话本、民歌小曲，给我们提供了大量的语言资料。晚明小品也提供了接近口语的语言。宋代有话本,有柳耆卿那样的词,有《朱子语类》那样基本上是口语的语录。宋人的笔记也常记口语。唐代就有点麻烦。中国的言文分家,不知起于何代,但到唐朝,就很厉害了。唐人小说所用语言显然和口语距离很大。所幸还有敦煌变文,《云谣集杂曲子》和"柳枝"、"竹枝"这样的拟民歌,可以窥见唐代口语的仿佛。南北朝有敕勒歌、子夜歌。《世说新语》是魏晋语言的宝库。汉代的口语究竟是什么样子的?《史记》语言浅近,但我们从"夥颐,涉之为王沉沉者!"知道司马迁 所用的还不是口语。乐府诗则和今人极相近。《上邪》、《枯鱼过河泣》、《孤儿行》、《病妇行》好像是昨天才写出来的。秦以前的口语就比较渺茫了……无论如何,我们不能对一个时代的语言熟悉得能和当时的人交谈!

即使对历代的语言相当精通,也不能用这种语言写作,因为今天的人不懂。

但是写一个时代的戏曲,能够多读一点当时的作品,在这些作品里"熏"一"熏",从中吸取一点语言,哪怕是点缀点缀,也可以使一出戏多少有点时代的色彩,有点历史感。有人写汉代题材,案头堆满乐府诗集,早晚阅读,我以为这精神是可取的。我希望有人能重写京剧《孔雀东南飞》,大量地用五字句,而且剧中反复出现"孔雀东南飞,五里一徘徊"。

写历史题材不发生地方色彩的问题。我写《擂鼓战金山》让韩世忠在念白里偶尔用一点陕北话,比如他生气时把梁红玉叫做"婆姨"(这在曲艺里有个术语叫"改口"),大家都认为绝对不行。如果在他的唱词里用一点陕北话,就更不行了。不过写现代题材,有时得注意这个问题。一个戏曲作者,最好能像浪子燕青一样,"能打各省乡谈"。至少对方言有兴趣,能欣赏各地方言的美。戏曲作者应该对语言有特殊的敏感。至少,对民歌有一定的了解。有人写宁夏题材的京剧,大量阅读了"花儿",想把"花儿"引种到京剧里来,我觉得这功夫不会是白费的。

写少数民族题材,更得熟悉这个民族的民歌。我曾经写过内蒙和西藏题材的戏（都没有成功），成天读蒙古族和藏族的民歌。不这样，我觉得无从下笔。

我觉得一个戏曲工作者应该多读各代的、各地的、各族的民歌，即使不写那个时代、那个地区、那个民族的题材，也是会有用的。"冬雷震震夏雨雪，天地合，乃敢与君绝"，这样的感情是写任何时代的爱情题材里都可以出现的。"大雁飞在天上，影子落在地下"，稍为变一变，也可以写在汉族题材的戏里。"你要抽烟这不是个火吗？你要想我这不是个我吧？""面对面坐下还想你呀么亲亲！"不是写内蒙河套地区和山西雁北的题材才能用。要想使唱词出一点新，有民族色彩，多读民歌，是个捷径。而且，读民歌是非常愉快的艺术享受。

摘用、脱化前人诗词成句

这是中国传统戏曲常用的办法。

前人诗词，拿来就用。只要贴切，以故为新。不但省事，较易出情。《裘盛戎》剧本，写"文化大革命"的动乱，抄家打人，徐岛上唱：

> 家家收拾起，
> 户户不提防。
> 父子成两派，
> 夫妇不同床。
> 访旧半为鬼，
> 惊呼热中肠。
> 茫茫九万里，
> 一片红海洋。

"家家收拾起，户户不提防"是昆曲流行时期的成语。"访旧半为鬼，惊呼热中肠"是杜甫诗。徐岛是戏曲编导，他对这样的成语和诗句是十分熟悉的，所以可以脱口而出。剧中的掏粪工人老王，就不能让他唱出这样的词句。

摘用前人诗句还有个便宜处,即可以使人想起全诗,引起更多的联想,使一句唱词有更丰富的含意。《裘盛戎》剧中,在裘盛戎被剥夺演出的权利之后,他的挚友电影女导演江流劝他:

> 这世界不会永远这样的不公正,
> 上峰何苦困才人!
> 人民没有忘记你,
> 背巷荒村,更深半夜,还时常听得到
> 　　裘派的唱腔,一声半声。
> 谁能遮得住星光云影,
> 谁能从日历上勾掉了谷雨、清明?
> 我愿天公重抖擞,
> 落花时节又逢君。

这最后两句,上句是龚定庵的诗,下句是杜甫诗。有一点诗词修养的读者(观众)听了上句,会想到"不拘一格降人才";听了下句会想到"正是江南好风景",想到春天会来,局势终会好转。这样写,有了好多话,唱词也比较有"嚼头"。

有时不直接摘用原诗,但可看出是从哪一句诗变化出来的。《擂鼓战金山》写韩世忠在镇江江面与兀术遭遇,韩世忠唱:

> 江水滔滔向东流,
> 二分明月是扬州。
> 抽刀断得长江水,
> 容你北上到高邮。
> 抽刀断不得长江水,
> 难过瓜州古渡头。
> 江边自有青青草,
> 不妨牧马过中秋!

"抽刀"显然是从李白"抽刀断水水更流"变出来的。

脱化,有时有迹可求,有时不那么有痕迹。《沙家浜》"垒起七星灶,铜壶煮三江",是从苏东坡《汲江煎茶》"大瓢贮月归春瓮,小杓分江入夜瓶"脱化出来的。这种修辞方法,并非自我作古。

要能做到摘用、脱化,需要平时积累,"腹笥"稍宽。否则就会"书到用时方恨少"。老舍先生枕边常置数卷诗,临睡读几首。我们应该向他学习。

注　释

① 本篇原载《晚翠文谈》,浙江文艺出版社,1988 年 3 月。

② 有的演员唱成"你本河南上蔡县,你本南京水西门",感情就差得多了,"你不在河南上蔡县,你不在南京水西门!"下面有一句潜台词:"好端端地,你们跑到我这信阳州来干什么!"

打 渔 杀 家^①

《庆顶珠》全本很少有人演,听说高庆奎曾经演过。通常只演其中的《打渔》和《杀家》两折,合在一起,叫做《打渔杀家》。

《打渔杀家》是一出比较温的戏。但是其中有刻画得很细致的地方,为别的戏所不及。

萧恩决定铤而走险,过江杀尽吕子秋的一家。离家的时候和女儿桂英有一段对话:

"……取为父的衣帽戒刀过来。"

"戒刀在此。"

"好好看守门户,为父去也。"

"爹爹请转。"

"儿呀何事?"

"女儿跟随爹爹前去。"

"为父杀人,你去做什么?"

"爹爹杀人,女儿站在一旁,与爹爹壮壮胆量也是好的呀。"

"儿有此胆量?"

"有此胆量。"

"将儿婆家的聘礼珠子带在身旁。"

"现在身旁。"

"开门哪!"

"爹爹呀请转! 这门还未曾上锁呢。"

"这门哎! ——关也罢,不关也罢!"

"里面还有许多动用家具呢。"

"傻孩子呀,门都不要了,要家具则甚哪!"

"不要了？喂噫……"

"不省事的冤家呀……！"

"不省事"今天的观众多不懂，马连良念成"不明白"。我建议干脆改为"不懂事"。

在过江时，萧恩唱"船行在半江中我儿要掌稳了舵！——我的儿为什么撒了篷索？"之后，有一小段对话：

"啊爹爹，此番过江杀人是真的还是假的？"

"杀人哪有假的！"

"如此女儿有些害怕。我，我，我不去了。"

"呀呀呸！方才在家，为父怎样嘱咐与儿，叫儿不要前来，儿是偏偏地要来！如今船行在半江之中……也罢！待为父扳转船头，送儿回去！"

"孩儿舍不得爹爹！"

"啊……桂英儿呀！"

这两段对话是很感人的。听说有的老演员在念到"门都不要了，要家具则甚哪！——不省事的冤家呀！"能把人的眼泪念下来。我小时听梅兰芳的唱片，梅先生念到"孩儿舍不得爹爹！"我的眼泪刷地一下子下来了。

一般演员很难有这样的效果。原因是没有很好地体会人物之间的关系。萧恩和桂英不是通常的父女。桂英幼年丧母，父女二人，相依为命。萧恩又当爸，又当妈，风里雨里，把桂英拉扯大，他非常疼爱这个独生女儿。由于爸爸的疼爱，桂英才格外的娇痴——不懂事。桂英不懂事，更衬托出失势的英雄萧恩毁家报仇的满腔悲愤。通过父女之爱表现这个报仇故事的深刻、内在的悲剧性，是《打渔杀家》的一个很大的特点。

这是很值得搞编剧的人学习的。我们今天的戏曲编剧往往忙于交待情节事件，或者热中于塑造空空洞洞的高大形象，很少能像《打渔杀家》这样富于生活气息的细致的刻画。——有人说京剧缺少生活气息,殊不尽然。

注 释

① 本篇原载《晚翠文谈》,浙江文艺出版社,1988 年 3 月。

《到黑夜我想你没办法》读后①

这几篇小说我是在一个讨论会开始的时候抓时间看的。一口气看完了,脱口说:"好!"

这是非常真实的生活。这种生活是荒谬的,但又是真实的。曹乃谦说:"我写的都是真事儿。"我相信,荒谬得可信。

这是苦寒、封闭、吃莜面的雁北农村的生活。只有这样的地方,才有这样的生活。这样的苦寒,形成人的价值观念,明明白白,毫无遮掩的价值观念。"人家少要一千块,就顶把个女儿白给了咱儿",黑旦就同意把老婆送到亲家家里"做那个啥",而且"横竖一年才一个月",觉得公平合理。温孩在女人身上做那个啥的时候,就说:"日你妈你当爷闹你呢,爷是闹爷那两千块钱儿"。温孩女人也认为应该叫他闹。丑哥的情人就要嫁给别人了,她说"丑哥保险可恨我",丑哥说"不恨",理由是"窑黑子比我有钱"。由于有这种明明白白的,十分肯定的价值观念,温家窑的人有自己的牢不可破的道德标准。黑旦的女人不想跟亲家去,而且"真的来了",黑旦说:"那能行?中国人说话得算话。"他把女人送走,就走就想,还要重复一遍他的信条:"中国人说话得算话。"丑哥的情人提出:"要不今儿我就先跟你做那个啥吧",丑哥不同意,说:"这样是不可以的。咱温家窑的姑娘是不可以这样的。"为什么不可以?温家窑的人就这样被自己的观念钉实、封死在这一片苦寒苦寒小小天地里,封了几千年,无法冲破,也不想冲破。

但是温家窑的人终究也还是人。他们不是木石。黑旦送走了女人,忍不住扭头再瞭瞭,瞭见女人那两只萝卜脚吊在驴肚下,一悠一悠的打悠悠,他的心也一悠一悠的打悠悠。《莜麦秸窝里》是一首很美的,极其独特的抒情诗。这种爱情真是特别:

"有钱我也不花,悄悄儿攒上给丑哥娶女人。"

"我不要。"

"我要攒。"

"我不要。"

"你要要。"

这真是金子一样的心。最后他们还是归结到这是命。她哭了,黑旦听她真的哭了,他也滚下热的泪蛋蛋,"'扑腾扑腾'滴在她的脸蛋蛋上。"也许,他们的眼泪能把那些陈年的习俗浇湿了,浇破了,把这片苦寒苦寒的土地浇得温暖一点。

作者的态度是极其冷静的,好像完全无动于衷。当然不是的。曹乃谦在会上问:"我写东西常常自己激动得不行,这样好不好?"我说:要激动。但是,想的时候激动,写的时候要很冷静。曹乃谦做到了这一点。他的小说看来不动声色,只是当一些平平常常的事情叙述一回,但是他是经过痛苦的思索的。他的小说贯串了一个痛苦的思想:无可奈何。对这样的生活真是"没办法"。曹乃谦说:问题是他们觉得这样的生活很好。他们不觉得这样的生活是可悲的。然而我们从曹乃谦对这样的荒谬的生活作平平常常的叙述时,听到一声沉闷的喊叫:不行! 不能这样生活!作者对这样的生活既未作为奇风异俗来着意渲染,没有作轻浮的调侃,也没有粉饰,只是恰如其分地作如实的叙述,而如实地叙述中抑制着悲痛。这种悲痛来自对这样的生活、这里的人的严重的关切。我想这是这一组作品的深层内涵,也是作品所以动人之处。

小说的形式已经不是一般意义上的朴素,一般意义上的单纯,简直就是简单。像北方过年夜会上卖的泥人一样的简单。形体不成比例,着色不均匀,但在似乎草草率率画出的眉眼间自有一种天真的意趣,比无锡的制作得过于精致的泥人要强,比塑料制成的花仙子更要强得多。我想这不是作者有意追求一种稚拙的美,他只是照生活那样写生活。作品的形式就是生活的形式。天生浑成,并非"返朴"。小说不乏幽默感,比如黑旦陪亲家喝酒时说:"下个月你还给送过来,我这儿借不出毛驴。"读到这里,不禁使人失声一笑。但作者丝毫没有逗笑的意思,这对黑旦实在是极其现实的问题。

语言很好。好处在用老百姓的话说老百姓的事。这才是善于学习群众语言。学习群众语言不在吸收一些词汇，首先在学会群众的"叙述方式"。群众的叙述方式是很有意思的，和知识分子绝对不一样。他们的叙述方式本身是情致的，有感情色彩，有幽默感的。赵树理的语言并不过多地用农民字眼，但是他很能掌握农民的叙述方式，所以他的基本上是用普遍话的语言中有特殊的韵味。曹乃谦的语言带有莜麦味，因为他用的是雁北人的叙述方式。这种叙述方式是简练的，但是有时运用重复的句子，或近似的句式，这种重复、近似造成一种重叠的音律，增加叙述的力度。比如：

> 温孩女人不跟好好儿过，把红裤带绾成死疙瘩硬是不给解，还一个劲儿哭，哭了整整-黑夜。
>
> ……温孩从地里受回来，她硬是不给做饭，还是一个劲儿哭，哭了整整儿一白天。(《女人》)

比如：

> 愣二妈跨在锅台边瞪着愣二出神地想。想一会撩起大襟揉揉眼，想一会撩起大襟揉揉眼。
>
> ……愣二妈跨在锅台边就看愣二裱炕席就想。想一会儿撩起大襟揉揉眼，想一会儿撩起大襟揉揉眼。(《愣二疯了》)

对话也写得好。短得不能再短，简单到不能再简单，但是非常有味道：

> "丑哥。"
>
> "嗯。"
>
> "这是命。"
>
> "命。"
>
> "咱俩命不好。"
>
> "我不好，你好。"

“不好。”

　　“好。”

　　“不好。”

　　“好。”

　　“就不好。”

　　我觉得有些土话最好加点注解。比如“不搂扁她要她挠”，这个“挠”字可能是古汉语的“那”。

　　曹乃谦说他还有很多这样的题材，他准备写两年。我觉得照这样，最多写两年。一个人不能老是照一种模式写。曹乃谦已经意识到自己的写法，别人又指出了一些；他是很可能重复一种写法的。写两年吧，以后得换换别样的题材，别样的写法。

一九八八年四月廿二日急就

注　释

① 本篇原载《北京文学》1988 年第六期；初收《汪曾祺全集》第四卷，北京师范大学出版社，1998 年 8 月。

一个爱国的作家①

——怀念沈从文老师

近十年,沈从文忽然受到重视,他的作品正在产生越来越广泛、越来越深刻的影响,特别是在青年读者当中,这是一个不得不承认的事实。但是在这以前,在一个相当长的时期,沈先生是一个受冷遇、被误解,甚至遭到歧视的作家。现代文学史里不提他,或者把他批判一通。沈先生已经去世,现在是时候了,应该对他的作品作出公正的评价,在中国现代文学史里给他一个正确的位置。

对沈先生的误解之一,是说他"不革命"。这就奇怪了。难道这些评论家、文学史家没有读过《菜园》,没有读过《新与旧》么?沈先生所写的共产党员是有文化素养的,有书卷气的,也许这不太"典型",但是这也是共产党员的一种,共产党员的一面,这不好么?从这两篇小说,可以感觉到沈先生对于那个时期的共产党员和知识分子有多么深挚的感情,对于统治者的残酷和愚蠢怀了多大的义愤!这两篇作品是在国民党"清党"以后,白色恐怖覆压着全中国的时候写的。这样的作品当时并不多,可以说是两声沉痛的呐喊。发表这样的作品难道不要冒一点风险么?

对沈先生的误解之二,是说他没有表现劳动人民。请问:《牛》写的是什么?《会明》写的是什么?《贵生》最后放的那把火说明了什么?《丈夫》里的丈夫为了生计,让妻子从事一种"古老的职业",终于带着妻子回到贫苦的土地,这不是写的农民对"人"的尊严的觉醒么?沈先生说他对农民和士兵怀着不可言说的温爱,这绝对不是假话。把这些作品和《绅士的太太》、《王谢子弟》对照着看看,便可知道沈先生对劳动者和吸血寄生者阶级的感情是多么不同。

误解之三,是说他美化了旧社会的农村,冲淡了尖锐的阶级矛盾。这主要指的是《边城》。旧社会的中国农村诚然是悲惨的,表现为超经济的剥削,灭绝人性的压迫,这样的作品当然应有人写,而且这是应该表现的主要方面,但不一定每篇作品都只能是这样,而且各地情况不同。沈先生美化的不是悲惨的农村,美化的是人,是明慧天真的翠翠,是既是业主也是水手的大老、二老,是老爷爷、杨马兵。美化这些人有什么不好?沈先生写农村的小说,大都是一些抒情诗,但它不是使人忘记现实的田园牧歌。他自己说过:你们能欣赏我文字的朴素,但是不知道朴素文字后面隐伏的悲痛。他的《长河》写得很优美,他是怕读者对残酷的现实受不了,才故意做出牧歌的谐趣。他的小说的悲痛感情是含蓄的,但是散文如《湘西》、《湘行散记》,就是明明白白的大声的控诉了。

沈先生小说的一个贯串性的主题是民族品德的发现与重造。他把这个思想特别体现在一系列农村少女的形象里。他笔下的农村女孩子总是那样健康,那样纯真,那样聪明,那样美。他以为这是我们民族的希望。他的民族品德重造思想也许有点迂。但是,我们建设精神文明,总得有个来源。如果抛弃传统的美德,从哪里去寻找精神文明的根系和土壤?沈先生的作品有一种内在的忧伤,但是他并不悲观,他认为我们这个民族是有希望的,有前途的,他的作品里没有荒谬感和失落感。他对我们这个国家,我们这个民族,对中国人,是充满感情的。假如用一句话对沈先生加以概括,我以为他是一个极其真诚的爱国作家。

沈先生五十年代以后不写文学作品,改业研究文物,对服饰、陶瓷、丝绸、刺绣……都有广博的知识。他对这些文物的兴趣仍是对人的兴趣。他对这些手工艺品的赞美是对制造这些精美器物的劳动者的赞美。他在表述这些文物的文章中充满了民族自豪感。这和他的文学作品中的爱国主义是完全一致的。

一九八八年五月十五日于浙江桐庐

注　释

① 本篇原载 1988 年 5 月 20 日《人民日报》(海外版)；初收《蒲桥集》，作家出版社,1989 年 3 月。

字 的 灾 难①

北京人遭到一场字的灾难。

从前在北京上街，遇不到这样多的字。看到一些字，是很愉快的。到琉璃井一带看看"青藜阁"之类的旧书店、各家南纸店的招牌，是一种享受。这些匾大小合适，制作讲究而朴素，字体清雅无火气。经过卖藤萝饼的"正明斋"，卖帽子的"同陞和"，招牌上骨力强劲而并不霸悍的大字会使人放慢脚步多看两眼。许多不大的铺子门前，还能看到"有匾皆书堺"的王堺的稍带行书笔意的欧体字，虽多，但不俗。东单牌楼香烛店的"细心坚烛、诚意高香"，西单牌楼桂香村的"味珍鸡蹠、香渍豚蹄"，那字也看得过去。就是煤铺门外粉壁上的"乌金墨玉、石火光恒"，写的也并非"酱肘子字"。北京牌匾的字多可看，让人觉得北京真是"文化城"，有文化。

现在可不然了。满街都是字。许多店铺把所卖的货物用红漆写在门前的白墙上，更多的是用塑料刻的字反贴在橱窗的大玻璃上。一个五金交电公司，可以把阀门、导管、扁线、圆线、开关、变压器……一塌刮子都标明在橱窗上，写得满满的。这是干什么？如果是中药店呢？是不是要把人参、鹿茸、甘草、黄芪、防风、连翘、肉桂、厚朴、槟榔、通草、福橘络、菟丝子……都写在橱窗上？再加上到处的菜摊都用竖立的黑板，白粉人书："韭菜"，所有的小饭馆都在门外矗着一个红漆的牌子，用黄色的广告色写道："涮羊肉"，于是北京到处是字，喧嚣哄闹，一塌糊涂。

"文化大革命"以后，逐渐恢复了请人写招牌的风气，这本是好事。我很欣赏天桥实惠餐馆的一块很小的匾，黑地绿字，写的是繁体字，笔画如兰叶，稍带分书笔意，却不作蚕头燕尾，字体微长，横平竖直，很雅致。大字里最好的我以为是"懋隆"，只有两个字。这两个字笔划都多,本不好摆,但是位置得恰好,很稳,而且笔到墨到,流畅饱满。我最初怀疑这是集的郑孝胥的字,后来看加了款,是赵朴初写的(落款有损"画面"的完整,没有原来的好看了)。赵朴老的匾还有一块写得很好的是"功德林"(这是一个素菜馆)。启功写的匾,我以为最好看的是"洞庭春酒家",不大,黑地金字,放在一个垂花门里,真是美极了。启元老的字书生气重,放得太大,易显得单薄,这样大小正合适。陈叔老(亮)的字功力深厚,虽枯实腴,但笔稍瘦,又喜作行草,于牌匾不甚相宜。如为"鸿霞"写的一块,字很好,但那"霞"字写得很草,恐怕很多人不认得。近二三年,写的字在商店、公司、餐厅间最时行的,似是刘炳森和李铎。他们是中年书法家。刘炳森的字我在京西宾馆看过两个条幅,隶书,规规矩矩,笔也提得起,是汉隶,很不错。但是他写的招牌笔却是扁的,完全如包世臣所说:"毫铺纸上",不知是写时即是这样,还是做招牌做成了这样? 他的字常被用氧化铝之类的金属贴面,表面平滑,锃光瓦亮,越发显得笔很扁。隶书是不宜用这样的"工艺"处理的。李铎的字我在卧龙冈武侯祠看到过一副对联,字很潇洒,用笔犹有晋人意(不知我有没有记错)。但他近年的字变了,用笔掞转,结体险怪,字有怒气。这种字写八尺甚至丈二匹的大横幅,很有气势,但作商店的招牌不甚相宜。抬头看见几个愤愤不平的大字,也许会使顾客望而却步。刘炳森和李铎的字在商业界似乎已经产生一种迷信,似乎有了这样的字的招牌,这个买卖才算个像样的买卖,有如过去上海的银楼、绸缎庄都得请武进唐驼写一块匾,天津则粮食店、南货店都得请华世奎写一样。刘炳森和李铎应该意识到自己的社会责任,除了照顾老板、经理的商业心理(他们的字写成某种样子可能受了买主的怂恿),也照顾一下市民的审美心理。你们有没有意识到,你们的字对北京的市容是有影响的?

北京街上字多,而且越来越大,五颜六色,金光闪闪,这反映了北京人的一种浮躁的文化心理。希望北京的字少一点,小一点,写得好一点,使人有安定感,从容感。这问题的重要性不下于加强绿化。

注　释

①　本篇原载 1988 年 6 月 5 日《光明日报》；初收《蒲桥集》，作家出版社，1989
　　年 3 月。

多 此 一 举①

信封上印画

我每次到文具店，问："有没有纯白的信封？"售货员摇摇头。"为什么要在信封上印画？"售货员白了我一眼，她大概觉得这个人莫名其妙。

中国的信封有三大缺点。一是纸质太坏，不结实。二是尺寸太小，只有一张明信片那样大，多写了几张纸，折起来，塞进去，一不小心，就会胀破。三是左下角都印了画：任率英的仕女，曹克家的猫，徐悲鸿的马……信封是装信的，有地方写下收信人和寄信人的姓名、地址、邮政编码，清清楚楚，就很好，为什么要印画呢？也许有些小姑娘喜欢，她们买信封时还会挑来挑去，挑几个最好看的。但是多数寄信的人在封信前后不会从容欣赏这些画。收信人接到信也都嗤啦一声把信封扯破，不会对信封上的画爱惜珍藏。为了照顾小姑娘们的审美趣味，在少量信封上印一点画也可以，但是所有信封一概印画，实是一种浪费。而且说实在的，印画的信封，小气得很。

上海最近出了一种白信封，纸质比较坚实，大小也合适：8寸×3寸。国际通用的信封，大都是这样的规格。我希望北京的印封厂也能出这样的信封。信封的封口处最好能刷一层胶，沾水即可粘住。

附带说一句，邮票背面也应该刷胶。现在是邮局大都设一张人造石面的桌，置胶水一器，由寄信人用小刷自己去涂，这张桌面于是淋漓尽致，一塌胡涂。

478

工 艺 菜

很多人反对工艺菜,有人写了文章。但是你反对你的,特一级厨师照样做,酒席上照样上,杂志里照样登上彩色照片,电视上还详详细细介绍工艺菜的全部制作过程,似乎这是中国值得骄傲的文化。

菜是吃的,不是看的。菜重色、香、味,当然也要适当地考虑形。苏州的红方,要把五花硬肋切成正方形。镇江的肴蹄要切成同样大小的厚片。广州的白斩鸡要把鸡脯鸡腿鸡翅在盘里安排妥帖。南方的拌荠菜上桌时堆成塔形。菜不能没个形,这样做,是为了引起人的食欲,见到这样的形,立刻就想到熟悉的、预期的滋味。

把煮得七八成熟的瘦猪皮片、鸡片、鸡蛋皮、胡萝卜、紫菜头、樱桃、黄瓜皮,在大白瓷盘里拼出一条龙、一只凤,有什么意思? 既不好看,也不好吃,只能叫人倒胃口。

工艺菜不是烹调艺术的正路,而是邪门歪道。

注 释

① 本篇原载 1988 年 7 月 10 日《光明日报》;初收《汪曾祺全集》第四卷,北京师范大学出版社,1998 年 8 月。

《西方人看中国戏剧》读后^①

施叔青在纽约从电视里看到《秋江》，激动得不得了，"想到我们这一辈年青人，只顾一味的往外冲，盲目的崇洋，对于自己的文化忽略漠视，更可能是故意的鄙弃。这是多么不可原谅的一件事。"我倒觉得，跑出去，看看人家的戏，读读西方的剧本和戏剧理论，——包括西方人对中国戏剧的看法，再回过头来审视中国戏曲，是有好处的。我一直主张中国的戏曲研究者把中国戏曲和外国戏剧——比如印度的、欧洲的放在一起，从一个宏观的、俯视的角度来看看，这样才能把中国戏曲是个什么东西，说得比较清楚。施叔青如果不是到美国学了几年戏剧，就不会对中国戏曲有这样比较清醒，也比较新鲜的看法。

贯穿全书，有一个重要观点，是把戏曲和中国文化联系起来考察。戏曲是一种文化现象，是整个中国文化的一个部分，并和中国文化的其他方面息息相关。这是施叔青的老师俞大纲教授的观点，也是施叔青奉为圭臬的观点。施叔青在序里说："老师的高妙在于他能把握重点，从大的、根本性的地方着手。他讲京剧，其实是在讲中国文化。"

俞教授认为："中国文化主要的一点，是受儒家思想的支配，儒家思想的根据是伦理观念，所以中国是个以伦理思想为主的民族，中国人基于伦理而形成一种文化模式。对中国人而言，伦理的意识代替了东方和西方的宗教道德观念"。伦理观念不但是戏剧的思想内核，而且直接影响到戏剧形式。"中国戏曲在抒写各种人与人之间的相互的故事，人际关系的接触，可以烘托出人物的性格与德性。人际关系以及人与自己性格的协调，便是京剧剧本的冲突性"。我以为这见解是很深刻的。

施叔青指出：中国戏剧无西方式的悲剧，都是千篇一律大团圆的结局,促成这样安排的理由,可能与中国戏的目的有关,它主要偏重在教育功能。"'善有善报,恶有恶报'的信念必得反映到剧中人来。我们希望好人在历尽坎坷辛酸之余,最后应该有完满的下场,否则观众要抱憾离去的。"这似乎是大家都知道的事实,但是我们往往不正视这样的事实。

我觉得我们在处理京剧剧本时不能简单地对其中的伦理意识加以批判,或者抛弃。把这些都当成"封建糟粕",予以剔除,是过于省事的办法。而且"剔除"也不易,正如施叔青所说:"忠孝节义"已经不是抽象的思想,而是具体的"现象"了。把这些剔除了,原来的剧本就不存在。中国的伦理观念不只具有阶级属性,同时是一种普遍的人性。它不随着封建时代的结束而消失。提起"大团圆",有人就会皱眉,仿佛这是很丢脸的事。希腊悲剧英雄的结局未必一定就是唯一可取的,"大团圆"也没有什么不好? 这和中国戏曲的重伦理有关,是中国戏曲的常有本质性的特征。如何对待这些问题,不属本文讨论的范围。我只是从读施叔青的书后,得到启发,觉得这些问题需要重新认识。——我想不会有人产生误解,以为我对传统戏曲主张原封不动。

近年来,布莱希特在中国产生很大影响。都说布莱希特从中国戏曲受到很大启发。一般都对他的"间离效果"很有兴趣,施叔青指出,布莱希特还"十分重视中国戏剧中的教诲功能,以及它所含有的道德内容"。一提"教诲功能",有人就十分厌烦。这一点我们也需要重新认识。布莱希特的戏,比如《高加索灰阑记》,教诲功能是很清楚的,但不妨碍其为杰出的艺术。我希望我们的剧作家不要鄙视教诲功能,只是不要搞得那样浅露。

施叔青介绍了传播中国戏曲的几位名家,其中史考特是"忠实的移植"者,他导演了《四郎探母》、《蝴蝶梦》。他对《蝴蝶梦》(《大劈棺》)的主题解释(不知是史考特自己的阐述还是施叔青的揣测),我觉得很深刻:《蝴蝶梦》的主题在述说着人在接受试探时,才反映人性的脆弱,以及容易受诱惑的劣根性,想要执着的困难。这是种普遍的人性。"

《大劈棺》在大陆事实上已经禁演，但是如果按照这样的解释，把它重写一遍，我以为会是一出好戏。施叔青对"二百五"被点化成人的过程极感兴趣，以为"其中道理之玄秘，以及'点化'这一举动背后的隐藏的宗教哲学，更显出中国精神的深不可测"，我觉得施叔青的理解，真是"妙不可言"，可惜过去的演员不大懂得其中的玄秘。

《拾玉镯》的研究，通过对一出戏的分析，广涉中国戏曲的若干带有原理性的问题，照大陆的流行说法，是"解剖麻雀"。"中国人创造花旦的心理"一节最为精辟。施叔青以为"倘若以心理学的观点来探讨，花旦的产生可以说，在潜意识里是针对老生、青衣所标榜的道德的一种反叛"，"中国男人可以一边欣赏花旦的妖媚风骚，而不与他所尊敬的贞节烈女相冲突。可以说是青衣是男人的理想，花旦则是他们可亲的伴侣"，可谓发前人所未发，却也言之成理。此文的后半截是关于《拾玉镯》的详尽身段谱。中国许多戏都应有这样的身段谱。

我对台湾歌仔戏一无所知，但是看了《台湾歌仔戏》这部分文章，觉得很亲切。《危楼里的老艺人》、《阿花入城记》是两篇访问记，作者看来只是忠实地客观地记述两位歌仔戏的艺人生涯，没有加进自己很多的感情色彩，忽而凄恻同情，溢于言表。《台湾歌仔戏初探》是一篇科学的全面的调查报告。这是一篇学术的论文，而且那样长（共108页），但读起来趣味盎然，丝毫不觉得沉闷，因为文笔极好。施叔青是小说家，她是用写小说的笔写学术论文的。她在《哭俞老师》中说："《拾玉镯》一文，以及其他有关中国戏剧的论述，我都是充分地用自己的想象力，很文学而抒情地来注释一些需要证据的问题，至于坐图书馆翻书，全不是我的兴趣所在。"把学术性和抒情性结合起来，是本书的始终一贯的特点。这一特点正是目前的学术文章（包括关于戏曲的论文）所缺乏的。

关于木偶、曲艺部分，我实在太生疏，只能当散文读，不能赞一词。

一九八八年七月十一日

注　释

①　本篇原载 1988 年 8 月 20 日《文艺报》；初收《汪曾祺全集》第四卷，北京师
范大学出版社，1998 年 8 月。

关于散文的感想[①]

　　我写散文,是搂草打兔子,捎带脚。不过我以为写任何形式的文学,都得首先把散文写好。因此陆陆续续写了一些。

　　中国是个散文的大国,历史悠久。《世说新语》记人事,《水经注》写风景,精采生动,世无其匹。唐宋以文章取士。会写文章,才能做官,在别的国家,大概无此制度。唐宋八家,在结构上、语言上,试验了各种可能性。宋人笔记,简洁潇洒,读起来比典册高文更为亲切,《容斋随笔》可为代表。明清考八股,但要传世,还得靠古文。归有光、张岱,各有特点。"桐城派"并非都是谬种,他们总结了写散文的一些经验,不可忽视。龚定庵造语奇崛,影响颇大。"五四"以后,散文是兴旺的。鲁迅、周作人,沉郁冲淡,形成两支。朱自清的《背影》现在读起来还是非常感人。但是近二三十年,散文似乎不怎么发达,不知是什么原因。其实,如果一个国家的散文不兴旺,很难说这个国家的文学有了真正的兴旺。散文如同布帛麦菽,是不可须臾离的。

　　"五四"以后的新文学形式,如新诗、戏剧,是外来的。小说也受了外国很大的影响。独有散文,却是土产。那时翻译了一些外国的散文,如法国蒙田的、挪威的别伦·别尔生的、英国兰姆的,但是影响不大,很少人摹仿他们那样去写。屠格涅夫和波特莱尔的散文诗译过来了,有影响。但是散文诗是诗,不是散文。近十年文学,相当一部分努力接受西方影响,被标为新潮或现代派。但是,新潮派的诗、小说、戏剧,我们大体知道是什么样子,新潮派的散文是什么样子呢,想象不出。新潮派的诗人、戏剧家、小说家,到了他们写散文的时候,就不大看得出怎么新潮了,和不是新潮的人写的散文也差不多。这对于新潮派作家,是无可奈何的事。看来所有的人写散文,都不得不接受中国的传统。事情很糟糕,不接受民族传统,简直就写不好一篇散文。不过话说回来,既然我们自己的散文传统这样深厚,为什么一定要拒绝接受呢?我认为二三十年来散文不发达,原因之一,可能是对于传统重视不够。包括我自己,到我意识到的时候,已经晚了。老年读书,过目便忘。水过地皮湿,吸入不多,风一吹,就干了。假我十年以学,我的散文也许会写得好一些。

二三十年来的散文的一个特点,是过分重视抒情。似乎散文可以分为两大类:抒情散文和非抒情散文。即使是非抒情散文中,也多少要有点抒情成分,似乎非如此即不足以称散文。散文的天地本来很广阔,因为强调抒情,反而把散文的范围弄得狭窄。过度抒情,不知节制,容易流于伤感主义。我觉得伤感主义是散文(也是一切文学)的大敌。挺大的人,说些小姑娘似的话,何必呢。我是希望把散文写得平淡一点、自然一点、"家常"一点的,但有时恐怕也不免"为赋新诗强说愁",感情不那么真实。

我写散文,是捎带脚,写的时候,没有想到要出集子,发表之后,剪存了一些,但是随手乱塞,散佚了不少。承作家出版社的好意,要我自己编一本散文集,只能将能找得到的归拢归拢,成了现在的这样。我还会写写散文,如有机会出第二个集子,也许会把旧作找补一点回来。但这不知是哪年的事了。

我的住处在东蒲桥边,故将书名定为《桥边散文集》。东蒲桥在修立交桥,修成后是不是还叫东蒲桥,不知道。不过好赖总是一座桥。即使桥没有了,叫做《桥边散文集》,也无妨。

注 释

① 本篇原载 1988 年 7 月 23 日《文艺报》,又载《花城》1990 年第二期;初收《蒲桥集》,题为《自序》,作家出版社,1989 年 3 月。

不要把作家抽象化起来①

北京的青年创造出一个新词儿,叫做"玩深沉"。几个小伙子在一起胡侃,其中之一默不出声,作沉思状,或者说两句带点哲理意味的警句,大伙就会嘲笑他:"这小子,玩深沉喉!""玩深沉"者,其实并不深沉,只是做出一副样子,显得比别人高一头。我觉得有些评论家就是在那里玩深沉。

评论文章的难懂,已经使得大家叫苦连天,包括评论家们自己。有些评论好像不是写给读者,也不是写给作家看的,只是写给评论家看的。他们自有一套名词、术语、概念、方法,不入他们的门,不掌握他们的符号,简直不知道他们说什么。而且他们使用的符号并不统一,甚至评论家自己也很难沟通。近年时兴两个评论家的对话,有时是三四个人交谈,但是我看他们并没有在交谈,只是各人说各人的,如上海人所说,在那里"自说自话"。他们演了一出《三岔口》,摸黑,打了半天,谁也没有打着谁。

有些评论,完全看不懂。有一些,硬着头皮看了,好像是懂了,而且觉得有些新的观点,新的意思,但是觉得:一,不必写得那样长,大可砍掉三分之二;不必那样云苫雾罩,仙鹤打架——绕脖子。有些评论,如果用普普通通的话,清清楚楚地说出来,本来是可以成为一篇好文章的,不知道为什么要搞得那样诘崛聱牙,那样艰涩。宋人某评一史家,说他爱用"恶硬语"。我们的评论家就爱用"恶硬语",似乎不如此即不像是评论,就不"深沉"。

相当多的评论家所用的方法是"六经注我"。自己搞了一个理论系统,然后把作家零拆了,塞进系统里去,作为他的系统的注脚。

"六经注我",古已有之,这是一个好方法,比在章句声训中讨生活要高明。但是：

一，要"我"值得一注，确实有点道理，能够自圆其说，一通百通。

二，要对"六经"（作品）读得很熟，可以随意征引，自由运用，"注"与"白文"，浑然一体，毫不勉强。让作者心服：我原来是这样的；让读者也觉得他（作者）或他们原来是那样的！你不说，我们不明白；你一说，还真是那么一回事。谢了，谢了！

但是我们很多评论家到不了这种境地。他们的理论系统本来就有点支离破碎，疙里疙瘩，他们在举作家为例时，往往把作家抽象化起来，似乎作家是按照他的某种理论概念写作的，作品只是他的理论的演绎。

我觉得一个评论家首先应该是一个鉴赏家。可惜我们不少评论家的"理论"的兴趣比对作品的兴趣要大得多。

我希望评论家在评我的作品时首先欣赏我的作品，不要拿我的作品来为他的理论"说事"。

一九八八年七月十三日

注　释

① 本篇原载《云冈》，日期不详，据手稿编入。

认识到的和没有认识的自己①

　　作家需要评论家。作家需要认识自己。"文章千古事，得失寸心知"。但是一个作家对自己为什么写，写了什么，怎么写的，往往不是那么自觉的。经过评论家的点破，才会更清楚。作家认识自己，有几宗好处。一是可以增加自信，我还是写了一点东西的。二是可以比较清醒，知道自己吃几碗干饭，可以心平气和，安分守己，不去和人抢行情，争座位。更重要的，认识自己是为了超越自己，开拓自己，突破自己。我应该还能搞出一点新东西，不能就是这样，磨道里的驴，老围着一个圈子转。认识自己，是为了寻找还没有认识的自己。

　　我大概算是一个现实主义的作家。现实主义，本来是简单明瞭的，就是真实地写自己所看到的生活。后来不知道怎么搞得复杂起来了。大概是苏联提出了社会主义现实主义。而将以前的现实主义的前面加了一个"批判的"。"批判的现实主义"总是不那样好就是了。什么是"社会主义的现实主义"呢？越说越糊涂。本来"社会主义"是一个政治的概念，"现实主义"是文学的概念，怎么能搅在一起呢？什么样的作品是"社会主义现实主义"的呢？标准的作品大概是《金星英雄》。中国也曾经提过社会主义现实主义，后来又修改成革命的现实主义和革命的浪漫主义相结合，叫做"两结合"。怎么结合？我在当了右派分子下放劳动期间，忽然悟通了。有一位老作家说了一句话：有没有浪漫主义是个立场问题。我琢磨了一下，是这么一个理儿。你不能写你看到的那样的生活，不能照那样写，你得"浪漫主义"起来，就是写得比实际生活更美一些，更理想一些。我是真诚地相信这条真理的。而且很高兴地认为这是我下乡劳动、思想改造的收获。我在结束劳动后所写的几篇小说：《羊舍一夕》《看水》《王全》，以及后来写的《寂寞和温暖》，都有这种"浪漫主义"的痕迹。什么是"革命的现实主义和革命的浪漫主义相结合"？咋"结合"？典型的作品，就是"样板戏"。理论则是"主题先行"，"三突出"。从"两结合"到"主题先行"、"三突出"是历史发展的必然。"主题先行"、"三突出"不是有样板戏之后才有的。"十七年"的不少作品就有这个东西，而其滥觞实为"社会主义现实主义"。我是在样板团工作过的，比较知道一点什么叫两结合，什么是某些人所说的"浪漫主义"，那就是不说真话，专说假话，甚至无中生有，胡编乱造。我们曾按江青的要求写一个内蒙草原的戏，四下内蒙，作了调查访问，结果是"老虎闻鼻烟，没有那八宗事"。我们回来向于会泳作了汇报，说没有那样的生活，于会泳答复说："没有那样的生活更好，你们可以海阔天空。"物极必反。我干了十年样板戏，实在干不下去了。不是有了什么觉悟，而是无米之炊，巧妇难为。没有生活，写不出来，这是最简单不过的事。样板戏实在是把中国文学带上了一条绝径。从某一方面说，这也是好事。十年浩劫，使很多人对一系列问题不得不进行比较彻底的反思，包括四十多年来文学的得失。"四人帮"倒台后，我真是松了一口气。我可以按照自己的方法写作了。我可以不说假话，我怎么想的，就怎么写。《异秉》《受戒》《大淖记事》等几篇东西就是摆脱长期的捆绑的情况下写出来的。从这几篇小说里可以感觉出我的鸢飞鱼跃似的快乐。

我写的小说的人和事大都是有一点影子的。有的小说，熟人看了，知道这写的是谁。当然不会一点不走样，总得有些想象和虚构。没有想象和虚构，不成其为文学。纪晓岚是反对小说中加入想象和虚构的。他以为小说里所写的必须是亲眼所见，亲耳所闻：

> 小说既述见闻，即属叙事，不比戏场关目，随意装点。

他很不赞成蒲松龄，说是：

> 今嫣昵之词，媟狎之态，细微曲折，摹绘如生。使出自言，似无此理，使出作者代言，则何从而闻见之。

蒲松龄的确喜欢写媟狎之态，而且写得很细微曲折，写多了，令人生厌。但是把这些嫌昵之词、媒狎之态都去了,《聊斋》就剩不下多少东西了。这位纪老先生真是一个迂夫子,那样的忠于见闻,还有什么小说呢?因此他的《阅微草堂笔记》实在没有多大看头。不知道鲁迅为什么对此书评价甚高,以为"叙述复雍容淡雅,天趣盎然"。

想象和虚构的来源,还是生活。一是生活的积累,二是长时期的对生活的思考。接触生活,具有偶然性。我写作的题材几乎都是可遇而不可求的。一个作家发现生活里的某种现象,有所触动,感到其中的某种意义,便会储存在记忆里,可以作为想象的种籽。我很同意一位法国心理学家的话:所谓想象,其实不过是记忆的重现与复合。完全没有见过的东西,是无从凭空想象的。其次,更重要的是对生活的思索,长期的,断断续续的思索。井淘三遍吃好水。生活的意义不是一次淘得清的。我有些作品在记忆里存放三四十年。好几篇作品都是一再重写过的。《求雨》的孩子是我在昆明街头亲见的,当时就很感动。他们敲着小锣小鼓所唱的求雨歌:

> 小小儿童哭哀哀,
> 撒下秧苗不得栽。
> 巴望老天下大雨,
> 乌风暴雨一起来。

这不是任何一个作家所能编造得出来的。我曾经写过一篇很短的东西,一篇散文诗,记录了我的感受。前几年我把它改写成一篇小说,加了一个人物,望儿。这样就更具体地表现了中国农村的孩子从小就知道稼穑的艰难,他们用小小的心参与了农田作务,休戚相关。中国的农民从小就是农民,小农民。《职业》原来只写了一个卖椒盐饼子西洋糕的,这个孩子我是非常熟悉的。我改写了几次,始终不满意。到第四次,我才想起先写了文标街上六七种叫卖声音,把"椒盐饼子西洋糕"放在这样背景前面,这样就更苍凉地使人感到人世多苦辛,而对这个孩子过早的失去自由,被职业所固定,感到更大的不平。思索,不是抽象的思索,而是带着对生活的全部感悟,对生活的一角隅、一片段反复审视,从而发现更深邃,更广阔的意义。思索,始终离不开生活。

我是一个极其平常的人。我没有什么深奥独特的思想。年轻时读书很杂。大学时读过尼采,叔本华。我比较喜欢叔本华。后来读过一点萨特,赶时髦而已。我读过一点子部书,有一阵对庄子很迷。但是我感兴趣的是其文章,不是他的思想。我读书总是这样,随意浏览,对于文章,较易吸收;对于内容,不大理会。我大概受儒家思想影响比较大。一个中国人或多或少,总会接受一点儒家的影响。我觉得孔子是个很有人情的人,从《论语》里可以看到一个很有性格的活生生的人。孔子编选了一部《诗经》(删诗),究竟是为了什么? 我不认为"国风"和治国平天下有什么关系。编选了这样一部民歌总集,为后代留下这样多的优美的抒情诗,是非常值得感谢的。"国风"到现在依然存在很大的影响,包括它的真纯的感情和回环往复、一唱三叹的形式。《诗经》对许多中国人的性格,产生很广泛的、潜在的作用。"温柔敦厚,诗之教也。"我就是这样的诗教里长大的。我很奇怪,为什么论孔子的学者从来不把孔子和《诗经》联系起来。

我的小说写的都是普通人,平常事。因为我对这些人事熟悉。

> 顿觉眼前生意满,
> 须知世上苦人多。

我对笔下的人物是充满同情的。我的小说有一些是写市民层的,我从小生活在一条街道上,接触的便是这些小人物。但是我并不鄙薄他们,我从他们身上发现一些美好的、善良的品行。于是我写了淡泊一生的钓鱼的医生,"涸辙之鲋,相濡以沫"的岁寒三友。我写的人物,有一些是可笑的,但是连这些可笑处也是值得同情的,我对他们的嘲笑不能过于尖刻。我的小说大都带有一点抒情色彩,因此,我曾自称是一个通俗抒情诗人,称我的现实主义为抒情现实主义。我的小说有一些优美的东西,可以使人得到安慰,得到温暖。但是我的小说没有什么深刻的东西。

现实主义在历史上是和浪漫主义相对峙而言的。现代的现实主义的对立面是现代主义。在中国，所谓现代主义，没有自己的东西，只是摹仿西方的现代主义。这没有什么不好。

我年轻时受过西方现代主义的影响，也可以说是摹仿。后来不再摹仿了，因为摹仿不了。文化可以互相影响，互相渗透，但是一种文化就是一种文化，没有办法使一种文化和另一种文化完全一样。我在美国几个博物馆看了非洲雕塑，惊奇得不得了。都很怪，可是没有一座不精美。我这才明白为什么有人说法国现代艺术受了非洲艺术很大的影响。我又发现非洲人搞的那些奇怪的雕塑，在他们看来一点也不奇怪。他们以为雕塑本来就应该是这样，只能是这样，他们对世界的认识就是这样。他们并没有先有一个对事物的理智的、现实的认识，然后再去"变形"，扭曲、夸大、压扁、拉长……。他们从对事物的认识到对事物的表现是一次完成的。他们表现的，就是他们所认识的。因此，我觉得法国的一些摹仿非洲的现代派艺术也是"假"的。法国人不是非洲人。我在几个博物馆看了一些西洋名画的原作，也看了芝加哥、波士顿艺术馆一些中国名画，比如相传宋徽宗摹张萱的捣练图。我深深感到东方的——主要是中国的文化和西方文化绝对不是一回事。中国画和西洋画的审美意识完全不同。中国人插花有许多讲究，瓶与花要配称，横斜欹侧，得花之态。有时只有一截干枝，开一朵铁骨红梅。这种趣味，西方人完全不懂。他们只是用一个玻璃瓶，乱烘烘地插了一大把颜色鲜丽的花。中国画里的折枝花卉，西方是没有的。更不用说墨绘的兰竹。毕加索认为中国的书法是伟大的艺术，但是要叫他分别一下王羲之和王献之，他一定说不出所以然。中国文学要全盘西化，搞出"真"现代派，是不可能的。因为你是中国人，你生活在中国文化的传统里，而这种传统是那样的悠久，那样的无往而不在。你要摆脱它，是办不到的。而且，为什么要摆脱呢？

最最无法摆脱的是语言。一个民族文化的最基本的东西是语言。汉字和汉语不是一回事。中国的识字的人，与其说是用汉语思维，不如说用汉字思维。汉字是象形字。形声字的形还是起很大作用。从木的和从水的字会产生不同的图像。汉字又有平上去入，这是西方文字所没有的。中国作家便是用这种古怪的文字写作的,中国作家对于文字的感觉和西方作家很不相同。中国文字有一些十分独特的东西,比如对仗、声调。对仗,是随时会遇到的。有人说某人用这个字,不用另一个意义相同的字,是"为声俊耳"。声"俊"不"俊",外国人很难体会,但是作为一个中国作家是不能不注意的。

有一个法国记者到家里来采访我。他准备了很多问题。一上来就说:"首先我要问你一个你自己很难回答的问题:你认为你在中国文学里的位置是什么?"我想了一想,说:"我大概是一个文体家。""文体家"原本不是一个褒词。伟大的作家都不是文体家。这个概念近些年有些变化。现代小说多半很注重文体。过去把文体和内容是分开的,现在很多人认为是一回事。我是较早地意识到二者的一致性的。文体的基础是语言。一个作家应该对语言充满兴趣,对语言很敏感,喜欢听人说话。苏州有个老道士,在人家做道场,斜眼看见桌子下面有一双钉靴,他不动声色,在诵念的经文中加了几句,念给小道士听:

> 台子底下,
> 有双钉靴。
> 拿俚转去,
> 落雨着着,
> 也是好格。

这种有板有眼,整整齐齐的语言,听起来非常好笑。如果用平常的散文说出来,就毫无意思。我们应该留意:一句话这样说就很有意思,那样说就没有意思。其次要读一点古文。"熟读唐诗三百首",还是学诗的好办法。我们作文(写小说式散文)的时候,在写法上常常会受古人的某一篇或某几篇的影响,自觉或不自觉。老舍的《火车》写火车着火后的火势,写得那样铺张,没有若干篇古文烂熟胸中,是办不到的。我写了一篇散文《天山行色》,开头第一句:

> 所谓南山者,是一片塔松林。

我自己知道,这样的突兀的句法是从龚定庵的《说居庸关》那里来的。《说居庸关》的第一句是：

> 居庸关者，古之谈守者之言也。

这样的开头，就决定这篇长达一万七千字的散文，处处有点龚定庵的影子，这篇散文可以说是龚定庵体。文体的形成和一个作家的文化修养是有关系的。文学和其他文化现象是相通的。作家应该读一点画，懂得书法。中国的书法是纯粹抽象的艺术，但绝对是艺术。书法有各种书体，有很多家，这些又是非常具体的，可以感觉的。中国古代文人的字大都是写得很好的。李白的字不一定可靠。杜牧的字写得很好。苏轼、秦观、陆游、范成大的字都写得很好。宋人文人里字写得差一点的只有司马光，不过他写的方方正正的楷书也另有一种味道，不俗气。现代作家不一定要能写好毛笔字，但是要能欣赏书法。"我虽不善书，知书莫若我"，经常看看书法，尤其是行草，对于行文的内在气韵，是很有好处的。我是主张"回到民族传统"的，但是并不拒绝外来的影响。多少读了一点翻译作品，不能不受影响，包括思维语言，文体。我的这篇发言的题目，是用汉字写的，但实在不大像一句中国话。我找不到更恰当的语言表达我要说的意思。

我是沈从文先生的学生，有人问我究竟从沈先生那里继承了什么。很难说是继承，只能说我愿意向沈先生学习什么。沈先生逝世后，在他的告别读者和亲友的仪式上，有一位新华社记者问我对沈先生的看法。在那种场合下，不遑深思，我只说了两点。一，沈先生是一个真诚的爱国主义者；二，他是我见到的真正淡泊的作家，这种淡泊不仅是一种"人"的品德，而且是一种"人"的境界。沈先生是爱中国的，爱得很深。我也是爱我们这个国的。"儿不嫌母丑，狗不厌家贫"。中国尽管有这样那样的问题，这样那样的缺点，但它是我的国家。正如沈先生所说，在任何情况下，都不应丧失信心。我没有荒谬感、失落感、孤独感。我并不反对荒谬感、失落感、孤独感，但是我觉得我们这样的社会，不具备产生这样多的感的条件。如果为了赢得读者，故意去表现本来没有、或者有也不多的荒谬感失落感和孤独感，我以为不仅是不负责任，而且是不道德的。文学,应该使人获得生活的信心。淡泊,是人品,也是文品。一个甘于淡泊的作家,才能不去抢行情,争座位;才能真诚地写出自己所感受到的那点生活,不耍花招,不欺骗读者。至于文学上我从沈先生继承了什么,还是让评论家去论说吧。我自己不好说,也说不好。

一九八八年八月十六日

注 释

① 本篇原载《北京文学》1989 年第一期,又载台湾《联合文学》第五卷第三期,是在《北京文学》组织的"汪曾祺作品研讨会"会上的发言。与会者还有吴组缃、陈平原、黄子平、林佩瑞等;初收《汪曾祺小品》,中国人民大学出版社,1992 年 10 月。

酒 瓶 诗 画[①]

阿城送我一瓶湘西凤凰的酒,说:"主要是送你这只酒瓶。酒瓶是黄永玉做的。"是用红泥做的,形制拙朴,不上釉。瓶腹印了一小方大红的蜡笺,印了两个永玉手写的漆黑的字;扎口是一小块红布。全国如果举行酒瓶评比,这个瓶子可得第一。

茅台酒瓶本不好看,直筒筒的,但是它已创出了牌子。许多杂牌酒也仿造这样的瓶子,就毫无意义,谁也不会看到这样的酒瓶就当作茅台酒买下来。

不少酒厂都出了瓷瓶的高级酒。双沟酒厂的仿龙泉釉刻花的酒瓶,颜色形状都不错,喝完了酒,可以当花瓶,插两朵月季。杏花村汾酒厂的"高白汾酒"瓶做成一个胖鼓鼓的小坛子,釉色如稠酱油,印两道银色碎花,瓶盖是一个覆扣的酒杯,也挺好玩。"瓷瓶汾酒"颈细而下丰,白瓷地,不难看,只惜印的图案稍琐碎。酒厂在酒瓶包装上做文章,原是应该的。

一般的瓷瓶酒的瓶都是观音瓶,即观音菩萨用来洒净水的那样的瓶。如果是素瓷,还可以,喝完酒,摆在桌上也不难看。只是多要印上字画:一面是嫦娥奔月或麻姑献寿或天女散花,另一面是唐诗一首。不知道为什么,写字的人多爱写《枫桥夜泊》,这于酒实在毫不相干。这样一来,就糟了,因为"雅得多么俗"。没有人愿意保存,卖给收酒瓶的,也不要。

注 释

① 本篇原载 1988 年 9 月 11 日《光明日报》;初收《汪曾祺全集》第四卷,北京师范大学出版社,1998 年 8 月。

关于"样板戏"①

有这么一种说法:"样板戏"跟江青没有什么关系,江青没有做什么,"样板戏"都是别人搞出来的,江青只是"剽窃"了大家("样板团"的全体成员)的劳动成果。我认为这种说法是不科学的,这不符合事实。江青诚然没有亲自动手做过什么,但是"样板戏"确实是她"抓"出来的。她抓的很全面,很具体,很彻底。从剧本选题、分场、推敲唱词、表导演、舞台美术、服装、直至铁梅衣服上的补丁、沙奶奶家门前的柳树,事无巨细,一抓到底,限期完成,不许搪塞违拗。北京京剧团曾将她历次对《沙家浜》的"指示"打印成册,相当厚的一本。我曾经把她的"指示"摘录为卡片,相当厚的一沓(这套卡片后来散失了,其实应当保存下来,这是很好的资料)。江青对"样板戏"确是花了很多"心血"的(不管花的是什么样的"心血"),说江青对"样板戏"没有做过什么事,这是闭着眼睛说瞎话。有人企图把"样板戏"和江青"划清界线",以此作为"样板戏"可以"复出"的理由,我以为是不能成立的。你可以说:"样板戏"还是好的,虽然它是江青抓出来的(假如这种逻辑能够成立),但是不能说"样板戏"与江青无关。

前几年有人著文又谈"样板戏"的功过,似乎"样板戏"还可以一分为二。我以为从总体上看,"样板戏"无功可录,罪莫大焉。不说这是"四人帮"反党夺权的工具(没有那样直接),也不说"八亿人民八出戏",把中国搞成了文化沙漠(这个责任不能由"样板戏"承担),只就"样板戏"的创作方法来看,可以说:其来有因,遗祸无穷。"样板戏"创作的理论根据是:革命的现实主义和革命的浪漫主义相结合(即所谓"两结合"),具体化,即是主题先行和"三突出"。"三突出"是于会泳的发明,即在所有的人物里突出正面人物,在正面人物中突出英雄人物,在英雄人物中突出主要英雄人物。这个阶梯模式的荒谬性过于明显了,以致江青都说:"我没有说过'三突出',我只说过'一突出'。"她所谓"一突出",即突出英雄人物。在这里,不想讨论英雄崇拜的是非,只是我知道江青的"英雄"是地火风雷,全然无惧,七情六欲,一概没有的绝对理想,也绝对虚假的人物。"主题先行"也是于会泳概括出来,上升为理论的,但是这种思想江青原来就有。她十分强调主题,抓一个戏总是从主题入手:主题不能不明确;这个戏的主题是什么;主题要通过人物来表现——也就是说人物是为了表现主题而设置的。她经常从一个抽象的主题出发,想出一个空洞的故事轮廓,叫我们根据这个轮廓去写戏,她曾经叫我们写一个这样的戏:抗日战争时期,从八路军派一个干部,打入草原,发动奴隶,反抗日本侵略者和附逆的王爷。我们为此四下内蒙,作了很多调查,结果是没有这样的事。我们还访问了乌兰夫同志,李井泉同志。李井泉同志(当时是大青山李支队的领导人)说:"我们没有干过那样的事,不干那样的事。"我们回来向于会泳汇报,说:"没有这样的生活",于会泳说了一句名言:"没有这样的生活更好,你们可以海阔天空。""样板戏"多数——尤其是后来的几出戏,就是这样无中生有,"海阔天空"地瞎编出来的。"三突出"、"主题先行"是根本违反艺术创作规律,违反现实主义的规律的。这样的创作方法把"样板戏"带进了一条绝径,也把中国的所有的文艺创作带进了一条绝径。直到现在,这种创作方法的影响还时隐时现,并未消除干净。

从局部看,"样板戏"有没有可以借鉴的经验?我以为是有的。"样板戏"试图解决现代生活和戏曲传统表演程式之间的矛盾,做了一些试验,并且取得了成绩,使京剧表现现代生活成为可能。最初的"样板戏"(《沙家浜》、《红灯记》)的创作者还是想沿着现实主义的路走下去的。他们写了比较口语化的唱词,希望唱词里有点生活气息,人物性格。有些唱词还有点朴素的生活哲理,如《沙家浜》的"人一走,茶就凉",《红灯记》的"穷人的孩子早当家"。到后来就全为空空洞洞的"豪言壮语"所代替了。"样板戏"的唱腔有一些是不好的。有一个老演员听了一出"样板戏"的唱腔,说:"这出戏的唱腔是顺姐的妹妹——

别妞(别扭)。"行腔高低,不合规律。多数"样板戏"拼命使高腔,几乎所有大段唱的结尾都是高八度。但是应该承认有些唱腔是很好听的。于会泳在音乐上是有才能的。他吸收地方戏、曲艺的旋律入京戏,是成功的。他所总结的慢板大腔的"三送"(同一旋律,三度移位重复),是很有道理的。他所设计的"家住安源"(《杜鹃山》)确实很哀婉动人。《海港》"喜读了全会的公报"的"二黄宽板",是对京剧唱腔极大的突破。京剧加上西洋音乐,加了配器,有人很反对。但是很多搞京剧音乐的同志,都深感老是"四大件"(京胡、二胡、月琴、三弦)实在太单调了。加配器势在必行。于会泳在这方面是有贡献的,他所设计的幕间音乐与下场的唱腔相协调,这样的音乐自然地引出下面一场戏,不显得"硌生",《智取威虎山》"打虎上山"的幕间曲可为代表。

"样板戏"与"文化大革命"相始终,在中国舞台上驰骋了十年。这是一个畸形现象,一个怪胎。但是我们还是应该深入、客观对它进行一番研究。"大百科全书"、《辞海》都应该收入这个词条。像现在这样,不提它,是不行的。中国现代戏曲史这十年不能是一页白纸。

一九八八年九月三十日

注 释

① 本篇原载《文艺研究》1989 年第三期;初收《汪曾祺全集》第四卷,北京师范大学出版社,1998 年 8 月。

关于作家和创作①

　　我写的东西很少,看的也不多,而且没有理论,不善于逻辑思维,亦无经验可言,与你们不同的一点就是岁数大一些。中国古人说一个人没出息在于"以年长人",我只剩下了"以年长人",因而今天只是随便漫谈。

　　第一个问题,作家要认清自己是什么样的作家,具备什么样的气质。法国的一位汉学家访问我时说:我首先问你一个你自己很难回答的问题,你觉得你在中国文学上的位置如何? 我们先撇开这个话题扯点别的。当时我问翻译要不要请这个法国人到家里吃顿饭,翻译说他很愿意到中国人家里吃饭。结果我亲自给他做了菜。法国人口味清淡,不吃猪肉,家里虽然有大虾,但法国海味很多,他不会感兴趣,给他吃牛排和鸡就更不行了。于是我琢磨了几个菜,非常简单,且不影响与他谈话。这几个菜之一是煮毛豆,把毛豆与花椒、大料、盐放在水里一煮;再一个是炒豆芽菜;还有一个是茶叶蛋。再说主食,吃面包不行,法国的面包是世界最好的,米饭也不会喜欢,结果我给他炒了一盆福建米粉,又做了碗汤。他连着说:"好吃,好吃。"抓起毛豆连皮整个儿往嘴里塞,法国人知道怎样吃大豆,但不知道毛豆的这种吃法。我问他在法国有没有炒豆芽菜,他说在中国饭店见过,他吃过,但我炒得更有些特点。其实我的豆芽菜很简单,炒时搁几粒花椒,炒完后把花椒去掉,起锅时喷点儿醋,所以很脆,不是咕嘟咕嘟煮出来的。鸡蛋全世界都有,但用茶叶煮鸡蛋他没吃过。炒米粉他也没吃过。另外我给他做了个汤。他不吃猪肉,我说我非得让你吃点,猪肉汤是用福建的燕皮丸做的。燕皮是把猪肉捣成泥掺点淀粉芡成的,像馄饨皮,里面包上精致的馅,他以为是馄饨,连说好吃。所以,让外国人能够欣赏,得是粗东西。

这位法国汉学家说了个笑话，说世界有四大天堂、四大地狱，四大天堂之一是中国的饭菜，之二是美国的工资，之三是日本的女人，之四是英国的住房；反过来，四大地狱是：日本的住房，美国的女人，英国的饭食，中国的工资。所以，我必须给他做地道的中国玩艺。也有人说，中国文学要走向世界必须有地道的中国味儿，跟中国菜似的。我为什么要给他做中国的家常菜呢？写作也一样，不但要有中国味儿，还得是家常的。家常菜也要做得很细致、很讲究。我做的那碗汤除了燕丸外还放了口蘑，但汤做好后我把口蘑捞出去了，只留下口蘑的香味鲜味。写作品也一样，要写得有中国味儿，且是普普通通的家常味，但制作时要很精致讲究，叫人看不出是讲究出来的。我喜欢琢磨做菜，有人称我是美食家。写作和做菜往往能够联系起来。那位法国汉学家问："你自己觉得你在中国文学中的位置是什么？"这个问题很难回答，我说了两点："首先我不是一个大作家，我的气质决定了我不能成为大作家。"我觉得作家有两类，一类写大作品，如托尔斯泰、巴尔扎克、福楼拜；另一类如契诃夫，他的小说基本上是短篇，有个西班牙作家叫阿佐林，阿佐林也写长篇，但他的长篇就像一篇篇的散文。所以，每个人概括生活的方法，是有所不同的。

作家应该读什么样的作品？我认为很简单，读与自己气质比较接近的作家的作品，文学史家应该全面完整，评论家可以有偏爱，但不可过度。一个作家，不单有偏爱，而且必须有偏爱。我承认你的作品很伟大，但我就是不喜欢。托尔斯泰的主要作品我都读过，倒是比较喜欢他的不太重要的作品，如《高加索的人》等。《战争与和平》从上大学开始，看了几次没看完，直到戴上右派帽子，下去劳动改造，想想得带几本经典的书，于是带两本《战争与和平》，好不容易看完了。巴尔扎克的东西了不得，百科全书，但我只是礼貌性地读他的作品。作家看东西可以抓起来就看，看不下去就丢一边。这样才可能形成你自己的风格，风格总是一些与你相近的作家对你施加影响，它不是平白无故形成的，总是受了某些作家的影响加上你自己的东西，形成独特的风格。完全不受人影响，独立自主地形成了一种风格，这不容易。在外国作家中，始终给我较大影响的是契诃夫，另外一个是西班牙作家阿佐林。法国作家中给我一定影响的是波特莱尔。苏联作家安东诺夫、舒克申的作品，我比较喜欢。一个作家要形成自己的风格，一方面要博览，另一方面要有偏爱，拥有自己所喜爱的作家。中国明朝散文家归有光对我影响极大，我并未读过他的全部作品。这是个很矛盾的人，一方面有正统的儒家思想，另一方面又有很醇厚的人情味，他写人事写得很平淡。他的散文自成一格。他的散文《项脊轩志》、《寒花葬志》、《先妣事略》给了我很深的影响。我认为归有光是中国的契诃夫。平平淡淡的叙述，平平淡淡的人事，在他笔下很有味儿。如《项脊轩志》中写项脊轩，又叫南阁子，文中有"吾妻归宁，述诸小妹语曰：'闻姊家有阁子，且何谓阁子也？'"他没有解释什么是阁子，仅记录了这句问。《项脊轩志》的结尾很动人，但写的极平淡，"庭有枇杷树，吾妻死之年所手植，今已亭亭如盖矣。"这个结尾相当动人。所以，我倾向于作家读那些与自己的气质相接近的作品。"我与我周旋久，宁做我。"

第二个问题是一个作家应该具备什么素质。首先要对生活充满惊奇感，充满兴趣，包括吃东西，听方言，当然最重要的是对人的兴趣。我写过一篇杂文，题目是《口味、耳音与兴趣》。有一次，遇一位中年妇女买牛肉，她问："牛肉怎么吃？"周围的人都很惊奇。她说："我们家从来不吃牛羊肉。""那你干嘛买牛肉？"她说："我的孩子大了，他们要到外地去，我要让他们习惯习惯。"这位母亲用心良苦，于是我给她讲了牛肉的各种做法。一个作家如果这也不吃那也不吃，口味单调可不是好事情。还要学会听各地的方言，作家要走南闯北，不一定要会说，但一定会听，对各地的语言都有兴趣。周立波是湖南人，但他写的《暴风骤雨》从对话到叙述语言充满了东北味儿。熟悉了较多的方言，容易丰富你自己的语感；熟悉了那个地方的语言，才能了解那个地方的艺术的妙处。作家对生活要充满兴趣，这种兴趣得从小培养。建议你们读读《从文自传》，他自称为顽童自传，我说他是美的教育，告诉人们怎样从小认识美、认识生活、认识生活的美。如这一段记述："学校在北门，我住的是西门，又进南门，再绕城大街一直走去，在南门河滩方面我还可看一阵杀牛,机会好时,恰好看到那头老实可怜的畜牲放倒的情形,因为每天可以看一点点,杀牛的手续与牛内脏的位置不久也就被我完全弄清楚了。再过去一点,是边街,有织席子的铺子,每天任何时间皆有几个老人坐在门口的小凳子上,用厚背的钢刀破篾,有两个小孩子蹲在地上织席子,(我对这行手艺所明白的种种,现在说来似乎比写字还在行。)……"这种随处流连是一个作家很重要的一个条件。有人问:你怎么成为作家了?我回答了四个大字:东张西望!我小时候就极爱东张西望。对生活要有惊奇感,很冷漠地看不行。一个作家应该有一对好眼睛、一双好耳朵、一只好鼻子,能看到、听到、闻到别人不大注意的东西。沈从文老师说他的心永远要为一种新鲜的颜色、新鲜的气味而动。作家对色彩、声音、气味的感觉应该比别人更敏锐更精细些。沈老师在好几篇小说中写到了对黄昏的感觉:黄昏的颜色、各种声音、黄昏时草的气味,花的气味,甚至甲虫的气味。简单地说,这些感受来自于观察、专注的观察,从观察中看出生活的美,生活的诗意。我小时候,常常在街上看打小罗汉、做竹器等,至今记忆犹新。当时有户人家的漆门上的蓝色对子"山似有骨撑千古,海经能容纳百川",不知不觉被我记住了。我写家乡的小说《大淖记事》,家乡人说写得很像。有人就问我弟弟:"你大哥小时候是不是拿笔记本到处记?"他们都奇怪我对小时候的事儿记得那么清楚。我说,第一,我没想着要当个作家;第二,那时候的纸是粗麻毛边纸,用毛笔写字、怎么记呀?为什么能住记呢?就是因为我比较细心地、专注地观察过这些东西,而且是很有兴趣观察。一个作家对生活现象要敏感,另外还应该培养形象记忆,不要拿笔记本记,那个形象就存在于你的大脑皮层中,形象的记忆储存多了,要写什么就可随时调动出来。当然,我说过,最重要的是对人的兴趣,有的人说的话,你一辈子忘不了。最近我发了一篇《安乐居》,写到一个上海老头,这个老头到小铺去喝酒,这个铺子喝一两,那个铺子喝一两。有人问他,他说:"我们喝酒的人,好像天上飞着的一只鸟,小酒店好像地上长的一棵树,鸟见了树总要落一落的。"他用上海话回答,很妙,翻成普通话就没意思了。作家不单是为了写东西而感受生活,问题是能否在生活中发掘和感受到东西。也不要求你一天到晚都去感觉。作家犹如假寐的狗,在迷迷糊糊的状态中,听到一点儿声音就突然惊醒。如果一个作家觉着生活本身没意思,活着就别当什么作家。对生活的浓厚兴趣是作家的职业病。阿城有一段时间去做生意,我问他做的怎么样,他说咱干不了那事,我问为什么,他说我跟人谈合同时,谈着谈着便观察起他来了。我说:你行,你能当个小说家。作为一个作家,最起码的条件就是对生活充满兴趣。

创作能否教,能否学,这是个世界性的争论问题,也牵扯到文学院的办学方针问题,多数人认为创作不能教,我大学时的一个老师说过:大学不承担培养作家的任务,作家不是大学里培养出来的,作家是社会培养的。这话有一定道理。也有人说创作可以教。其实教是可以教的,问题在于怎样教,什么样的人来教。如果把创作方法搞成干巴巴的理论性的东西,那接受不了,靠讲授学会创作是不可能的。按沈从文先生的观点说,不是讲在前,写在后。而是写在前,讲在后。你先写出来,然后再就你的作品谈些问题。沈先生曾教过我三门课,一门是《各体文习作》,一门是《创作实习》,还有一门《中国小说史》。前两门课程名称就很有意思,一个是习作、一个是实习。沈老师翻来覆去地讲一句话:要贴着人物来写。据我理解,小说里最重要的是人物,人物是小说里主要的和主导的东西,其他部分都是次要的或者说派生的。环境与气氛既是作者所感受到的,也必须是作品中人物所可能感受到的,景与人要交融在一起,写景实际也就写人,或者说这个景是人物的心灵所放射出来的。所以,气氛即人物,因为气氛浸透了人物。你所写的景是人物所感受到了,因而景是人物的一部分。写景包括叙述语言都受所写人物制约。有些大学生写农民,对话是农民味的,叙述语言则与农民不搭界,与人物便不够和谐。有一位青年作家以第一人称手法写一个小学生看他的女同学长得很纤秀。这不对,孩子没这种感觉,这个人物便假了。我有篇小说写一个山里的孩子到农业科学研究所当一个小羊倌,他的奶哥带他去温室看看,当时是冬天,他看到温室里许多作物感到很惊奇,大冬天温室里长着黄瓜、西红柿!"黄瓜这样绿,西红柿这样红,好像上了颜色一样。"完全是孩子的感觉。如果他说很鲜艳,那就不对了。我还写到一个孩子经过一片草原,草原上盛开着一大片马兰花,开的手掌般大,有好几里,我当时经过这片草原时感觉进入了童话世界,但写这个孩子则不能用"他仿佛走进了童话",因为这孩子是河北农村的,没有多少文化,根本不知道什么是童话。所以我只好放弃童话的感觉,写他仿佛在做梦,这是孩子有可能感觉到的,这种叙述语言比较接近孩子的感觉。所以我觉得议论部分、抒情部分,属于作者主观感受上的东西,一定要和所写人物协调。我年轻时候写人物对话总希望把对话写得美一点,抒情一点,带有一定的哲理,觉得平平常常的日常对话没意思。沈先生批评了我,他说:"你这个不是人物对话,是两个聪明脑壳打架,大家都说聪明话,平常人说话没这么说的。"因而,我有一个经验,小说对话一定要写得平平常常,普普通通,很日常化,但还很有味。随便把什么话记下来作为小说的对话也不行。托尔斯泰说:"人是不能用警句交谈的。"此话说得非常好!如若火车站候车室等车的人都在说警句,不免让人感到他们神经有问题。贴到人物来写最基本的就是作家的思想感情与人物的感情要贴切要一致,要能感同身受。作家的感情不能离开人物的感情。当然,作家与人物有三种关系:一种是仰视,属于高、大、全,英雄概念的;另一种是俯视的;还有一种是平等的。我认为作家与人物要采取平等态度。你不要有意去歌颂他,也不要有意去批判他,你只要理解他,才可能把人物写得亲切。一般来说,作家的感情应该与人物贴得很紧。也有人认为作家应该超脱开人物,这也是可以的。但就我自己来说,如果不贴着人物来写,便觉得笔下飘了,浮了,人物不一定是自己想写的人物了。而且,贴近人物容易有神来之笔,事先并未想到,由于你与人物共甘苦、同哀乐,构思中没想到的一些东西自然涌现了。我写小说的习惯是想到几乎能够背出来的程度再提笔。贴紧人物便会得到事先没想到的动人的东西。我写《大淖记事》中的小锡匠与挑夫的女儿要好,挑夫的女儿被一个地方武装的号长霸占,指使他的弟兄把小锡匠打死,但小锡匠没有死透,老锡匠使用尿碱来救他。小锡匠牙关紧闭,挑夫的女儿就在耳边说:十一子,你把它喝了吧。小锡匠便开了牙关。

一般说来,小说是语言的艺术,就好像音乐是旋律和节奏的艺术,绘画是色彩和线条的艺术。我觉得这种说法很奇怪,说这篇小说写得很好,就是语言不行。语言不好,小说怎么能写得出彩呢?就好像说这个曲子奏的不错,就是旋律不好,节奏不好,这是讲不通的。说这幅画很好,就是色彩不好,线条不好。离开了色彩和线条哪还有画?离开了节奏和旋律哪有音乐呢?我对语言有一心得,语言是本质的东西,语言不只是工具、技巧、形式。若干年前,闻一多先生写了篇文章叫《庄子》,其中说:"庄子的文字不单是表现思想的工具,似乎也是一种目的。"我觉得很对,文字就是目的。小说的语言不纯粹是外部的东西,语言和内容是同时存在,不可剥离的。我认为,语言就是内容,这可能绝对了一些。另外,作家的语言首先决定于作家的气质。有什么样的气质就有什么样的语言。一个作家的语言是他风格的一部分,法国的布封早就说过"风格即人"。或者还可以说,作家的语言也就是作家对生活的基本态度,一个作家的语言是别人不能代替的。鲁迅和周作人是哥俩,但语言决不一样。有些人的作品可以不署名,一看就知道。语言的特色一方面决定于作家的气质,另一方面决定于作家对于不同的人事的态度。鲁迅写《故乡》、《祝福》是一种语言,写《肥皂》、《高老夫子》又是一种语言。前一种是因为鲁迅对所写人、人事的态度。语言里很重要的是它的叙述语调,你用什么调子写这个人、这件事,就可看出作家对此人此事此种生活的态度。语言不在词藻,而在于调子。对人物的褒贬不在于他用了什么样的定语,而在于字里行间流露出的情感倾向。作家的倾向性就表现在他的语言里。中国的说法是褒贬,外国的说法是倾向性。褒贬不落在词句上,而在笔调上。中国的春秋笔法很好,它对人事不加褒贬,却有倾向性。《左传》中的《郑伯克段于鄢》,本是哥俩打仗,他们之间本没什么一定的谁是谁非。《史记》中叙述项羽与刘邦的语调截然不同。所以,我认为要探索一个作家的思想内涵,观察它的倾向性,首先必须掌握它的叙述语调。探索作家创作的内部规律、思维方式、心理结构,不能不琢磨作家的语言。鲁迅《故事新编》中的《采薇》写吃松针面，"他愈嚼，就愈皱眉，直着脖子咽了几咽，倒哇的一声吐出来了，诉苦似的看着叔齐道：'苦……粗……'。这时候，叔齐真好像落在深潭里，什么希望也没有了。抖抖的也拗了一角，咀嚼起来，可真也毫没有可吃的样子；苦……粗……"如果把"苦"、"粗"改成"苦涩"、"粗糙"，那么鲁迅的温和的讽刺，鲁迅的幽默就全没了。所以，从众和脱俗看似矛盾其实是一回事。语言的独特不在于用别人不用的词，而在于他能在别人也用的词中赋予别人所想不到的意蕴。诗话中有谈到古诗："白杨多悲风，萧萧愁煞人。"萧萧两字处处可用，用在此处则最佳。鲁迅所用的字人们也都用，但却用不出那味儿来。如鲁迅《祝福》中写鲁四老爷一见面便"是寒暄，寒暄之后说我'胖了'，说我胖了之后即大骂其新党。但我知道，这并非借题在骂我……但是，谈话总也不投机，于是不多久，我便一个人剩在书房里。""剩"字很一般，但用得贴切、出众。沈先生的文章中有："独自一人，坐在灌满了凉风的船头。""灌"字用得很好，又比如他写一个水手看人家打牌，说他"镶"在那里，太准确贴切了。语言是应该有独创性，但不能独创到别人不懂的地步，语言极重要的是要用字准。苏东坡写病鹤道："三尺长胫搁瘦躯"，这个"搁"字一下子就显出了生病的仙鹤。屠格涅夫的语言也相当准确，写伐木，"大树缓慢地庄重地……""庄重地"用得极妙，包含很多意思在内，融注了感情，这种语言是精到的。我写马吃夜草，琢磨了很久才写下"马在安静地、严肃地吃草料。"用词不必求怪，写出人人心中皆有、笔下却无的句子来就好。

还要注意吸收群众普普通通的语言，如若你留心，一天至少能搜集到三句好的语言。语言为什么美，首先在于能听懂，而且能记住。有一次宣传交通安全的广播车传出这样的话：横穿马路，不要低头猛跑。此话相当简炼准确，而且形象。还有一次看到一个派出所宣传夏令卫生，只有一句话，很简单，但很准确，"残菜剩饭必须回锅见开再吃。"此句中一个字也不能改动。街上修钥匙的贴了这样一张条："照配钥匙，立等可取。"简炼到极点。语言要讲艺术性，给人一种美感，同时要产生实际作用。西四牌楼附近有个铺子边贴了张纸条写道："出售新藤椅，修理旧棕床。"这就很讲艺术性,平仄不很规整,但还是对仗的。我在张家口劳动时,群众批评一个有英雄主义的人说:"一个人再能当不了四堵墙,旗杆再高还得两块石头夹住。"这话非概念化,但极有哲理。在宁夏时有位朋友去参加"花儿会",在路上发现一对婆媳一路上的对话都是诗,都是押韵的。媳妇到娘娘庙去求子,跪下来祷告词极棒。她说:"今年来,我是跟您要着;明年来,我是手里抱着,咯咯嘎嘎地笑着。"我的朋友说:"我还没听过世界上这么美丽的祷告词。"所以,群众语言是非常丰富的,要注意从群众语言中吸取营养。另外,还要向过去的作品学习,古文这一课还是应该补上;其次,还应该同民间文学学习,学一点民歌。不读若干首民歌,当不好作家。学习民歌对我的写作极有好处。这是我的由衷之言,特别是它们影响了我的语言和叙述方法。我学习的民歌主要是抒情性的,有时便想,民歌中有哲理诗吗?后来碰上一首,是写插秧的:"赤脚双双来插田,低头看见水中天。行行插得齐齐整,退步原来是向前。"再其次,也要读一点严肃文学以外的东西。如戏曲等,那里面往往有许多对写小说有启发的东西。

注　释

① 本篇系 1988 年 9 月作者为鲁迅文学院"文艺学・文学创作"研究生班的讲课记录,原载《人民文学》(函授版)1988 年;又载鲁迅文学院内部刊物《文学院》2004 年第二期,题为"汪曾祺谈创作"。

贾平凹其人[①]

贾平凹是当代中国作家里的奇才。他今年三十七岁,写了三十八本书。短篇、中篇、长篇都写。散文自成一格。间或也写诗。他的书摆在地下,可以超过他的膝盖。写得多的作家也有。有人长篇不过月,中篇不过周,短篇不过夜。写得多,而不滥,少。

平凹是商州人,对于中国古代文物古迹,尤其是秦汉时期的,有相当广博的知识,极高的鉴赏力,和少见的热情,平凹的书斋静虚村里就有好些坛坛罐罐,他朝夕和这些东西相对,摩挲拂拭,乐在其中。平凹是农家子,后来读了西北大学中国文学系,比较系统地泛览过中国古典文学。这样,他就不是一般意义上的"农民作家"。他读老子,读庄子,也读禅宗语录。他对三教九流、医卜星相都有兴趣,都懂一点。这些,他都是视为一种文化现象来理解,来探究的。他的《浮躁》写的是一条并不存在的州河两岸土著居民在开放改革的激变中的形形色色的文化心理的嬗递,没有停留在河上的乡镇企业、商业的隆替上。他把这种心理状态概括为"浮躁",是具有时代特点的。这样,这本小说就和同类的写改革的小说取了不同的角度,也更为深刻了。

平凹的小说取名《浮躁》,他的书斋却叫做"静虚村",这很有意思。"静虚"是老子思想。唯静与虚,冷冷淡淡,作者才能看清世态,洞悉人心。平凹确实是一个很平易淡泊的人。从我和他的接触中,他全无"作家气"。在稠人广众之中,他总是把自己缩小到最小限度。他很寡言,但在闲谈中极富机智,极富幽默感。作为"飞马奖"的评委,我觉得我们选了一本好书,也选了一个好人,我很高兴。

平凹的爱人小韩问平凹:你在创作上还有多少潜力?平凹说:我还刚刚才开始呢!他这样年轻,又有写不尽的,源源不竭的商州生活,这真是值得羡慕。但是我希望平凹重新开始时,写得轻松一点,缓慢一点,不要这样着急。从另一方面说,《浮躁》确实又写得还有些躁,尤其是后半部。人物心理,景物,都没有从容展开,忙于交待事件,有点草草收兵。作为象征的州河没有自始至终在小说里流动。

平凹将要改变"似乎严格的写实方法","去干一种自感受活的事"。我也觉得这种严格的写实方法对平凹是一种限制。我希望他以后的写作更为"受活"。首先,从容一点。

一九八八年十一月四日

注　释

①　本篇原载《瞭望周刊》第五十期(1988 年 12 月 12 日出版)。该刊在贾平凹的长篇小说《浮躁》获得 1988 年美国美孚"飞马文学奖"后组织该奖项评委作笔谈,总题为《〈浮躁〉四人谈》,其余三人为唐达成、萧乾、刘再复。

小　说　陈　言①

抓　住　特　点

　　杨慎《升庵诗话》卷四《劣唐诗》:"学诗者动辄言唐诗,便以为好,不思唐人有极恶劣者。"他举了一些劣诗,如"莫将闲话当闲话,往往事从闲话生",这真是"下净优人口中语"。但他又举"水牛浮鼻渡,沙鸟点头行",以为这也是劣诗,我却未敢同意。水牛浮鼻而渡,这是江南水乡随时可见到的景象,许多画家都画过,但是写在诗里却是唯一的一次。"沙鸟点头行"尤为观察入微。这一定不是野鸭子那样的水鸟,水鸟走起来是一摇一摆的。这是长腿的沙鸟。只有长腿鸟"行"起来才是一步一点头。这不是劣诗。这也许不算好诗,但是是很好的小说语言,因为一下子抓住了特点。

　　写景、状物,都应该抓住特点。写人尤当如此。宋朝有一个皇帝,要接见一个从外省调进京的官,他怕自己认不出这个官(同时被接见的还有别的人),问一个大臣,这个官长得什么模样。大臣回答:"这个人很好认,他长得是个西字脸。"第二天接见,皇帝一直忍不住笑。一个人长得一个西字脸是很好笑的。我们不但可以想见此人的脸型,还仿佛看见他的眉眼。这位大臣很能抓住人的特点。鲁迅写高老夫子的步态,"像木匠牵着的钻子,一扇一扇地直走",此公形象,如在目前。因为有特点。

虚　构

小说就是虚构。

纪晓岚对蒲松龄《聊斋》多虚构很不以为然：

> 小说既述见闻，即属叙事，不比戏场关目，随意装点。……今
> 嬿昵之词，媟狎之态，细微曲折，摹绘如生，使出自言，似无此理，使
> 出作者代言，则何从而见闻，又所未解也。

这位纪文达公（纪晓岚谥号）真是一个迂夫子。他以为小说都得
是记实，不能"装点"。照他的看法，"嬿昵之词，媟狎之态"都不能有。
如果把这些全去掉，《聊斋》还有什么呢？

不但小说，就是历史，也不能事事有据。《史记》写陈涉称王后，乡
人入宫去见他，惊叹道："夥颐！涉之为王沉沉者！"写得很生动。但
是，司马迁从何处听来？项羽要烹了刘邦的老爹，刘邦答话："吾翁即
若翁，必欲烹若翁，则幸分我一杯羹。"刘季的无赖嘴脸如画。但是我
颇怀疑，这是历史还是小说？历来的历史家都反对历史里有小说家言，
正足以说明这是很难避免的。因为修史的史臣都是文学家，他们是本
能地要求把文章写得生动一些的。历史材料总不会那样齐全，凡有缺
漏处，史臣总要加以补充。补充，即是有虚构，有想象。这样本纪、列传
才较完整，否则，干巴嗤咧，"断烂朝报"。

但是，虚构要有生活根据，要合乎情理，嘉庆二十三年，涪陵冯镇峦
远村氏《读〈聊斋〉杂说》云：

> 昔人谓：莫易于说鬼，莫难于说虎。鬼无伦次，虎有性情也。
> 说鬼到说不来处，可以意为补接；若说虎到说不来处，大段著力不
> 得。予谓不然。说鬼亦要有伦次，说鬼亦要得性情。谚语有之：
> "说谎亦须说得圆"，此即性情伦次之谓也。试观《聊斋》说鬼狐，
> 即以人事之伦次，百物之性情说之。说得极圆，不出情理之外；说
> 来极巧，恰在人人意愿之中。虽其间亦有意为补接，凭空捏造处，

亦有大段吃力处,然却喜其不甚露痕迹牵强之形,故所以能令人人首肯也。

这说得不错。

"虚构"即是说谎,但要说得圆。我们曾照江青的指示,写一个戏:八路军派一个干部,进入蒙古草原,发动王府的奴隶,反抗日本侵略者和附逆的王爷(这是没有发生过,不可能发生的事)。这位干部怎样能取得牧民的信任呢?蒙古草原缺盐。盐湖都叫日本人控制起来了。一个蒙奸装一袋盐到了一个"浩特",要卖给牧民。这盐是下了毒的。正在紧急关头,八路军的干部飞马赶到,说:"这盐不能吃!"他把蒙奸带来的盐抓了一把,放在一个碗里,加了水,给一条狗喝了。狗伸伸四条腿,死了。下面的情节可以想象:八路军干部揭露蒙奸的阴谋,并将自己带来的盐分给牧民,牧民感动,高呼"共产党万岁!"这个剧本提纲念给演员听后,一个演员提出:"大牲口喂盐,有给狗喝盐水的吗?狗肯喝吗?就是喝,台上怎么表演?哪里去找这样一个狗演员?"这不是虚构,而是胡说八道。因为,无此情理。

《阿Q正传》整个儿是虚构的。但是阿Q有原型。阿Q在被判刑的供状上画了一个圆圈,竭力想画得圆,这情节于可笑中令人深深悲痛。竭力想把圈画得圆,这当然是虚构,是鲁迅的想象。但是不识字的愚民不会在一切需要画押的文书上画押,只能画一个圆圈(或画一个"十"字)却是千真万确的。这一点,不是任意虚构。因此,真实。

干　净

扬州说书艺人授徒,在家中设高桌(过去扬州说书都是坐在高桌后面),据案教学生,每天只教二十句。学生每天就说这二十句,反复说,要说得"如同刀切水洗的一般"。"刀切水洗",指的是口齿清楚,同时也包含叙事干净,不拖泥带水。

过去说文章,常说简练。"简练"一词,近年不大有人提,为一些青年作者和评论家所厌闻。他们以为"简练"意味简单、粗略、浅。那么,咱们换一个说法:干净。"干净"不等于不细致。

张岱《陶庵梦忆·柳敬亭说书》:"余听其说'景阳冈武松打虎'白文,与本传大异。其描写刻画,微入毫发,然又找截干净,并不唠叨。"说书总要有许多枝杈,北方评书艺人称长篇评书为"蔓子活",如瓜牵蔓。但不论牵出去多远,最后还能"找"回来,来龙去脉,清清楚楚。扬州王少堂说《水浒》,"武十回"、"宋十回"、"卢十回",一回是一回,有起有落,有放有收。

因为参加"飞马奖"的评选,我读了一些长篇小说,一些作品给我一个印象,是:芜杂。

芜杂的原因之一,是材料太多,什么都往里搁,以为这样才"丰富",结果是拥挤不堪,人物、事件、情景,不能从容展开。

第二是作者竭力要表现哲学意蕴。这大概是受了西方现代主义的影响和青年评论家的怂恿(以为这样才"深刻")。作者对自己要表现的哲学似懂非懂,弄得读者也云苫雾罩。我不相信,中国一下子出了这么多的哲学家。我深感目前的文艺理论家不是在谈文艺,而是在谈他们自己也不太懂的哲学,大家心里都明白,这种"哲学"是抄来的。我不反对文学作品中的哲学,但是文学作品主要是写生活。只能由生活到哲学,不能由哲学到生活。

第三,语言不讲究,啰嗦,拖沓。

重读《丧钟为谁而鸣》,觉得海明威的叙述是非常干净的。他没有想表现什么"思想",他只是写生活。

我希望更多地看到这样的小说:明明白白,清清楚楚,干干净净。

一九八八年十一月十三日

注 释

① 本篇原载《小说选刊》1989 年第一期;初收《汪曾祺全集》第四卷,北京师范大学出版社,1998 年 8 月。